如果我的人生是一道方程
你就是唯一的解.

逃离图书馆

蝶之灵 ◆ 著

天地出版社 | TIANDI PRESS

目录

章节	标题	页码
第一章	逃离实验室	001
第二章	心血管病区	027
第三章	课题组	087
第四章	定向越野	123
第五章	校内论坛	179
第六章	素数迷宫	199
第七章	死亡密码	219
第八章	团队组建	285
第九章	城市崩塌	297
第十章	工地之谜	321
番外	少年时光	3/9

第一章

逃离实验室

第一章 逃离实验室

越星文是华安大学人文社会学院汉语言文学系三年级学生。这学期有一门课的期末考评要求大家写篇论文交给教授评分，这几天他正抓紧时间写论文，需要查阅大量的文献。

学校图书馆一楼有电子阅览室，能查到海量电子文献以及国内外的最新学术期刊。只是，最近快要期末考试了，各专业的学生如潮水一样涌进图书馆复习，图书馆从早到晚人满为患，去得稍微迟一点就很难占到座位。越星文每天都是大清早7点起床，好赶在8点图书馆开门之后进去占座。

这天早晨，他起床时发现外面大雪纷飞，整个世界银装素裹，宿舍楼旁边的操场被厚厚的积雪覆盖，像是铺上了一层白色的绒毯。

越星文是南方人，小时候没见过雪，来北方上学才发现冬日雪景的壮观。他兴奋地站在阳台上用手机拍了好多张照片，这才洗了脸，穿上厚厚的羽绒服准备去图书馆。

外面寒风刺骨，路面有厚厚的积雪，越星文走路十分小心。

刚走过男生宿舍楼拐角处，就见一个穿着黑色羽绒服的同学在台阶处摇摇欲坠，越星文还没来得及伸手去扶，对方就"啪"一声在雪地里摔了个狗啃泥，整个人在地上摆成个"大"字形。

那一声响，听着都疼。

越星文迅速上前，一手帮同学捡起地上散落的书，一手扶住对方的手臂把人拉起来，问道："同学，你没事吧？"

男生借着他手臂的力量挣扎着爬起来，飞快地擦了擦脸上的雪，露出一双清澈的眼睛。

两人目光相对，男生的眼里迅速浮起笑意："学长，好巧啊！"

越星文也认出了他："小年？"

章小年，华安大学建筑学院土木工程系大一学生，高中跟越星文同一所学校。由于章小年是自己高中的学弟，越星文对他十分关照。只是，小学弟有些迷糊，还是个路痴，经常分不清教学楼 A 区到 F 区该怎么走，闹出过不少笑话。

看他摔得全身是雪，越星文关心地问："没摔疼吧？"

章小年拍拍身上的雪，笑起来时露出两颗小虎牙："没事，我穿得很厚！"

越星文将捡起来的书递给对方："你的资料。"

章小年接过来谢了一声，问："学长这么早去自习室吗？"

越星文道："去图书馆。"

"我也去图书馆，一起吧！"

两人并肩往前走去。

越星文随口关心道："期末考试复习得怎么样？"

章小年苦着脸说："这几天正拼命背书，总感觉会挂科。"

越星文回头看向学弟："挂科后只有一次补考机会，补考不过就要重修。重修很麻烦，你得跟下一届的学生一起上课。还是尽量好好复习，60 分低空飞过都行。有挂科记录，以后就不能保研了。"

章小年认真点头："嗯，我知道。我最近天天泡在图书馆整理笔记，希望这次考试别太难……"

两人边走边聊，来到图书馆时正好 8 点。

图书馆准时开门，早就等在外面的学生们鱼贯而入。

越星文在门口跟他道别："我去一楼的电子阅览室查些资料。"

章小年笑着挥手："那我去四楼自习了，学长再见！"

两人在图书馆入口处分开。

越星文在一楼电子阅览室找到空位坐下，将手机放在一边，打开笔记本电脑开始查阅文献。

午饭和晚饭时间，学生们习惯将课本放在图书馆占座，越星文也将书包放在座位上，吃完饭又赶回来继续查资料——他得尽快完成论文，才能专心复习剩下的几门课程。

天早已黑了，越星文花了一整天时间，总算将论文整理完毕。他合上笔记本电脑，惬意地伸了伸懒腰，想着明天再通读一遍，改一改错别字，没问题了再发到教授的邮箱。

折腾了大半个月的论文总算写完了，越星文如释重负。

快到 10 点，他才收拾东西起身回宿舍。推开宿舍门，暖气扑面而来，越星文搓了搓快要冻僵的手，刚要换鞋，就见宿舍长顾铭走过来道："星文，给你打电话怎么不接啊？刚刚还想问你要不要去吃夜宵。"

"我今天一整天都在图书馆，可能是手机静音了，没听见来电话。"越星文从口袋里掏手机，手伸进口袋居然摸了个空。他急忙拉开书包的拉链翻找，翻了半晌，脸色渐渐苍白。

顾铭疑惑道："怎么了？"

越星文微微皱眉："我把手机落在了图书馆。"

顾铭问："是上周刚买的手机吗？"

越星文点了点头，无奈地揉着太阳穴："唉，查资料查得脑子都糊涂了。希望手机没丢。"

顾铭急忙催促："那你赶紧回去找吧！图书馆10点30分才关门，半个小时应该来得及。"

越星文将羽绒服重新穿上："嗯，我速去速回。"

他平时没这么马虎，可能是今天查了一整天资料，头昏脑涨，晚上收拾东西的时候居然把手机忘在座位上了。

越星文出门后，其他两个舍友先后回到宿舍，坐在桌前开着电脑闲聊。

有个舍友刷到学校论坛，兴奋地指着电脑说："你们快看！校内论坛十大热门帖，有个大一的师妹昨天半夜路过图书馆，发现大门敞开着，里面好多黑影在晃，就跟鬼片一样恐怖！"

顾铭端着茶杯走过去瞄了一眼帖子，道："这明显是期末复习太累产生的幻觉。图书馆哪有大半夜开着门的？还好多影子在晃，她怎么不说里面走出来一个红衣新娘？"

舍友点头附和："也对，肯定是她眼花。无图无真相。"结果刚刷新，就发现页面出现了"本帖已被删除"的字样。舍友一脸愤愤不平："果然是胡说八道的钓鱼帖，这么快就被版主给删了！"

此时，越星文正顶着寒风往前走。

雪下得更大了，四周白茫茫一片，只能看清眼前十几米的距离，凛冽的寒风夹杂着雪花扑向他的脸，刀割一般。从图书馆回来的学生一批一批自东向西而去，就他一个人是自西向东行走，周围的人都朝他投来疑惑的眼神，似乎在问：这位同学，你这么晚了去图书馆干吗？

越星文将羽绒服裹得严严实实。他也不想半夜冒雪去图书馆，但那手机是他用奖学金买给自己的二十岁生日礼物，才用了不到一周，要是丢了，他得心疼死。

越星文拉了拉帽檐，继续向前。

他到图书馆的时候已经是晚上 10 点 25 分，还有五分钟就要闭馆。

越星文飞快地冲向门口。

冬天太冷，屋内屋外温差很大，图书馆平时会关上最外面的玻璃门，并且挂上一层厚厚的门帘来挡风，可奇怪的是，此时，图书馆的大门居然敞开着，没人走出来，也没人走进去，安静得有些怪异。

大雪簌簌飘落，图书馆大楼融入了浓浓的夜色里，高耸入云，仿佛根本看不到顶一般。虽然图书馆内部亮着灯，可大雪模糊了视线，所有的窗户都蒙上了一层厚重的雾气，看不清里面到底还有多少学生。

这个时间段应该是学生们返回宿舍的高峰期，为什么没人从图书馆出来？

越星文迟疑片刻，走上台阶。他总觉得今天图书馆门口的台阶好像比往常多了几层，但他从来没数过台阶的数量，此刻并不能确认是不是真的多了几层。也可能是快到闭馆时间，为了方便同学们进出，大门才敞开着？想起自己遗落的新手机，越星文没再犹豫，在门口刷了校园卡，快步走进图书馆。

头顶光线昏暗，周围没有一个人影。

越星文径直朝一楼电子阅览室走去。他记得自己的座位是第三排最右边的位子，当时他把手机放在了内侧的座位上。那位置其实很隐秘，说不定手机还在原位，又或者被好心的同学捡到，交去了失物招领处。

越星文快步穿过走廊，然后，全身倏地一僵——

出现在他面前的并不是熟悉的电子阅览室和一排排整齐的电脑，而是一个篮球场大小的空旷大厅。

大厅周围高达四米的墙壁做了直通到顶的实木书架，上面密密麻麻摆满了各种书籍，屋顶的水晶吊灯散发出来的明亮灯光温柔地洒下来，洁白的大理石地板上光影交错，如同瑰丽梦境。

越星文用力揉了揉眼睛，还以为自己产生了幻觉。

可他揉完眼睛之后，面前的景象还是没变。

他的眼前依旧是四周摆满书架的空旷大厅，看不见任何电子阅览室原先的样子。

他下午还坐在这里查资料，怎么现在阅览室完全消失了？这奇怪的大厅是怎么回事？

越星文察觉到不对，立刻转身以百米冲刺的速度往外跑去！

可就在他跑到门口的那一刻，图书馆的门忽然"吱呀"一声在他面前关上了，那声音在寂静的夜里听着让人牙酸。越星文伸手推门，发现根本推不开。他回过头，厉声喝道："什么人在装神弄鬼？！"

他的声音在空旷的大厅里回响了两遍。

然后，耳边忽然响起一个冰冷的机械女声——

"越星文同学，华安大学人文社会学院汉语言文学系三年级学生，学生证编号18384016，资料已存档。

"欢迎来到'逃离图书馆'真人生存游戏。"

越星文查了一天文献，此刻太阳穴疼得突突直跳，面前奇怪的大厅和耳边冰冷的机械音很像是用脑过度产生的幻觉。他狠狠掐了一把自己的手臂，强烈的疼痛却在告诉他——这并不是幻觉！

越星文沉声问："你是谁？"

机械音："你好，我是图书馆导师。"

图书馆导师？周围看不见一个人影，这声音却清晰地响在他的脑海里。

越星文挑了挑眉，尽量礼貌地说道："请你放我出去。我很忙，明天还要交论文，没时间陪你玩游戏。"

机械音："抱歉，进入'逃离图书馆'生存游戏的学生，在通关之前无法离开图书馆。"

越星文强忍着满腹的火气："这是强制游戏！如果我非要离开呢？"

机械音："你可以试试。"

越星文轻轻揉了揉手腕，蓦地，他转身挥出一拳，如闪电一般迅速砸向身后的玻璃门！"砰"的一声巨响，然而玻璃门纹丝不动，甚至连一丝裂痕都没有出现。

这不是学校图书馆！刚才那一拳仿佛打在了冰冷、坚硬的墙壁之上，手背传来的锐痛也在印证他的推论——不知什么原因，他似乎误入了一个奇怪的封闭空间，出不去了！

越星文深吸一口气，转身看向面前的大厅，平静地问："游戏规则是什么？"既然出不去，他得先稳住情绪，看看这个游戏到底是干什么的。

"下面宣读新生入学须知：

"1.图书馆采用学分制，课程包括必修课和选修课。必修课是每个学生必须通关的副本，无法跳过；选修课可以自由选择。完成全部必修课，并且总计修满100学分，就能顺利从图书馆毕业，回到原来的世界。

"2.图书馆的电梯会将你送往不同的楼层，每个楼层对应不同的学院或者功能区。你当前所在的楼层为负一楼功能区——图书馆资料库。

"3.结束课程后会由系统进行评分，并由此获得积分。你最终获得的积分为该课程的学分×考核评分。例如通关的课程为2学分，考核评分为75分，你最终获得的积分就是 $2\times 75=150$ 分。学分越高，课程难度越大，请根据自己的优势酌情考虑如何选课。

"4.考试结束后获得的积分可以用来在图书馆资料库购买学习资料，包括专业技能书、相关专业道具。多余的积分还可以用来成立课题组，跟其他学生组队闯关。

"5.在必修课考试过程中死亡，等于期末挂科，没有补考机会，挂科者一律打回一楼重修；重修仍无法通关者，则会被图书馆系统彻底抹杀，现实中的你也将死于某种意外。

"6.请同学们努力学习，争取早日修满学分，从图书馆毕业。"

越星文脑子嗡嗡作响，恨不得用两只手把脑壳给扒开，将脑子里的那个声音彻底赶出去。

他闭上眼睛，连续深呼吸几次，才渐渐恢复了冷静。

生存游戏，他以前听说过，现实中有很多类似的游戏，像什么密室逃脱、剧本杀之类的，但从来没有游戏失败后真人也被杀的。他这次进入的奇怪空间，居然是"真人生存游戏"！

图书馆的规则他大概听明白了——副本等于课程，完成副本获得学分，攒够100学分就能毕业。他现在对这个"图书馆系统"了解有限，只能先跟着对方的提示走下去再说。既然是学分制，来到图书馆的肯定还有其他专业的同学。以后再问问别人，看看怎么才能尽快离开这个鬼地方吧。

想到这里，越星文便干脆地说道："好吧。接下来我该做什么？"

图书馆导师："请参加中文系入学资格考试。如果连本专业的入学考试都无法完成，你在其他学院的课程会挂科挂得更惨。"

越星文点了点头："行，你是导师你说了算。试卷呢？"

他话音刚落，大厅中间就凭空出现一个宽三米、高两米的液晶屏幕。屏幕上浮现出一排醒目的字符——

图书馆中文系入学资格测试，请选取试卷——
A卷、B卷、C卷、D卷、E卷、F卷。

越星文在考试时遇到不会的题就选C，这次他也毫不犹豫："选C卷。"

一张白色的试卷在液晶屏幕中缓缓展开，同时出现四个字——

考试开始。

"第一题：请用五秒时间说出含有数字的成语，所含数字越多越好。"

五秒的时间！看着大屏幕上弹出的倒计时五秒，越星文来不及细想，几乎是脱口而出："一穷二白三从四德五颜六色七上八下十拿九稳！"

时间刚好倒数到 1。

屏幕上弹出一行字——

　　回答正确，答案包括十个数字，得 20 分。

"第二题：请说出含有'人'字的八字成语，倒计时十秒。"

越星文语速飞快："人为刀俎我为鱼肉、十年树木百年树人、人不犯我我不犯人、前无古人后无来者、一人得道鸡犬升天、人同此心心同此理、谋事在人成事在天、人之将死其言也善！"

他连续念了八个八字成语，几乎没时间喘气。

倒计时结束，屏幕中弹出提示——

　　回答正确，得 32 分。

"第三题，请分别说出含有金、木、水、火、土的五个成语。"

越星文不假思索地道："金蝉脱壳、木石心肠、水滴石穿、火上浇油、入土为安。"

　　回答正确，得 10 分。

C 卷居然全是成语题。

越星文有些庆幸自己抽到 C 卷。考成语其实难不倒中文系的学生，如果给大家一堂课的时间慢慢写，他相信同学们能写出海量的成语。

但是，在短短几秒时间内让人迅速说出相关成语，反应慢一点的同学可能就会卡壳。这次考试主要还是考脑力，脑子转得快，尽量按要求说出更多的成语，得分就会更高。

越星文是学校辩论队成员，脑子转得很快，经常在辩论赛上怼得人哑口无言。这样的卷子，对他而言并不算难，他做完第三题，总得分就超过了 60 分。

图书馆导师："越星文同学入学测试已及格，请收取考核通过的奖励。"

越星文愣了一下，他还以为要把整张卷子答完，没承想拿到 60 分后，剩下

009

的题就不用再做了,及格就有奖励。

这么说,入学考试大部分人都能过关,哪怕一道题只拿 2 分,答 30 道题也能及格,只要在考卷题目全部念完之前拿到 60 分就可以。

这相当于游戏里的"新手任务",完成就会有新手装备。

越星文期待地看向四周:"奖励呢?"

空旷大厅四周的书架上,忽然有一本厚厚的书,像是被法术操控一样,缓缓飘到了越星文的面前。

越星文仔细一看,居然是《成语词典》。

只是,这词典跟他高中用过的词典不太一样,虽然也是厚厚一本,如同砖头,可以砸死人的那种,但词典封面上写着"图书馆出版"的金色字样,红色的硬壳封皮看上去很高级。

越星文翻开词典,只见词典第一页出现了几排印刷好的字符——

成语词典

来源:入学考试获得,或在图书馆资料库用积分兑换获得。

出版单位:图书馆。

技能书限定:中文系学生。

技能书等级:一级(可用积分升级)。

已解锁成语,请查看后续内容。

越星文往后翻了一页。第二页的左上角印着一个小朋友趴在地上的 Q 版图画,然后是一行红色的字——

五体投地:使用技能,可让指定目标以"五体投地"的姿势趴下给你行礼。冷却时间 5 分钟。

再往后翻,这一页印着十五个 Q 版小孩——七个在天上飞,八个在地上爬,图片后面同样是文字描述——

七上八下:使用技能,可选定视野范围内的十五个目标,让其中七个升空、八个趴地。冷却时间 1 小时。

第四页则是一只胖乎乎的金蝉脱掉了自己的外壳——

金蝉脱壳：当自己被控制或被包围时，可用于解除控制，并移动到10米外的指定地点。冷却时间24小时。

再往后翻，出现一句话——

更多成语，可在技能书升级后解锁。

这是来搞笑的吗？成语的释义彻底跑偏，变成奇奇怪怪的技能，还配上画风可爱的Q版图片！厚厚的一本《成语词典》，目前只有最开始的三页出现了三个成语，后面全是白纸。显然，他抽到的这本技能书可以用积分升级，升级后录入的成语就会越来越多，这本书的功能也会越来越强大。

越星文好奇之下问道："我选的C卷全是成语题，最后给我奖了本《成语词典》，那入学考试的A、B、D、E、F卷是什么题目，奖励不一样吗？"

图书馆导师："A卷考标点，奖励《标点符号大全》；B卷考错别字，奖励《现代汉语字典》；D卷考诗词赏析，奖励可从《唐诗》《宋词》《元曲》中三选一；E卷考当代文学，奖励当代知名作家的作品集；F卷考文言文，奖励经史子集相关古籍。"

越星文接着问："这些书我能用积分在资料库兑换吗？"

图书馆导师："可以。图书馆资料库始终对本专业学生开放，积分能兑换所有的资料书。"

越星文扫了一眼环绕在大厅四周的书架，可兑换的资料书多得数不清，能叫出名字的当代作家的文集都收录了，古籍也相当全面。

图书馆导师提醒道："你的积分不够换太多资料书，中文系大部分资料书的兑换积分都超过了2000分，而升级资料书只需要300分。通常，我们鼓励学生将初始阶段拿到的资料书升级使用。学得多不如学得精。"

越星文不动声色地试探口风："别的专业进入图书馆的学生，奖励也是资料书吗？"

图书馆导师："不同专业奖励不一样。理科专业有很多功能型道具，但对中文系的学生来说，文字，就是你们最好的武器。"

越星文赞同："那倒是。"

看来他猜得没错，图书馆除了他之外，还有很多别的专业的倒霉蛋也被拉了进来。越星文顿了顿，正色道："接下来，我要去上必修课，对吧？"

"是的。电梯已到达，请开始你的旅程。"

越星文将词典合上，想将它收起来，砖头大的词典像是感知到了主人的意念，居然变成了一个小书籍的图标印在了他的掌心里。他试着抬起手，那词典又出现了；他脑海里想要收起来的时候，它又乖乖变成图标回到他的掌心。

不错，这部词典携带方便，还挺听话。

越星文收拢掌心，快步向前走去。

"叮"的一声，大厅中央出现一部电梯。越星文走进电梯，耳边响起个温和的男性电子音——

"越星文同学，你当前所在楼层为负一楼——图书馆资料库，即将送达的楼层为一楼——医学院。"

视野中一片黑暗。

越星文感觉到电梯在飞快升起，只过了三秒，电梯门缓缓打开。

耳边再次响起系统提示音——

"欢迎来到医学院楼层。必修课'逃离实验室'，学分2分。挑战开始。"

眼前是一条漆黑空旷的走廊，只有走廊的尽头出现了一束光源，越星文放轻脚步朝着光源走去。进入光源处的那扇门后，他的头顶出现了一个透明的悬浮框，里面是课程信息——

> 医学院必修课：逃离实验室
> 学分：2分
> 限定：单人
> 课程描述：你是个实习医生，即将进入医学院一处神秘的临床实验室，这里一直用来做动物临床试验。奇怪的是，不知道从什么时候开始，实验室的动物似乎变得躁动不安起来。
> 考试要求：30分钟内从正前方的出口逃离实验室。
> 附加题：找到引起动物变异的药物并带出实验室。完成附加题，考核评分+20分。

一行行字符在他眼前快速跳过。

附加题？考试时出现附加题并不少见，这里的附加题应该类似于网游隐藏任务，做了会有额外奖励，不做也不影响通关。完成附加题，考核评分加20分，再乘以2分的课程学分，最终能加40分。蚊子再小也是肉，这种隐藏任务，能做的话还是得尽量完成。

第一章 逃离实验室

越星文打定主意，推开面前写着"临床实验室"的那扇门。随着他走入实验室，他身上的羽绒服消失了，居然换上了一件崭新的白大褂，白大褂左上角的胸口还戴有写着"实习医生：越星文"字样的铭牌。

图书馆系统居然能随意改变他的着装！

换了身白大褂的越星文吓了一跳，看来，图书馆的能力确实强大，图书馆导师所说的"在这里挂科，现实中的你将死于某种意外"并不是开玩笑。

他十分倒霉地被拉进了一个惊险刺激的真人生存游戏。

悬浮框内出现三十分钟的倒计时，越星文握了握拳，快步向前走去。

头顶的白炽灯似乎要坏了，发出"刺刺"的声响，忽明忽暗，让整个实验室的气氛变得尤为诡异。这里应该是医生办公室，有两张桌子、两把座椅以及两台电脑。

电脑是关机状态，越星文尝试着打开——两台电脑都设了密码，无法进入桌面。他要是计算机系的学生，说不定能强行破解系统，但他一个中文系的，不懂电脑系统，还是不浪费时间了。越星文转身去寻找别的线索。

他拉开办公桌的抽屉，里面有很多实验数据的记录，那些密密麻麻的数据他也看不懂。越星文合上抽屉，蹲下来仔细观察桌子的下方，发现被座椅挡住的角落里有一个本子。他伸长胳膊努力将本子抽出来，本子上有些血迹，封面写的是"实验室日记"。

7月10日，晴

今天跟师兄师姐一起来到新的实验室，实验要持续三个月。这次研究意义重大，说不定能发好几篇 SCI（科学引文索引）论文；导师又帮我们申请到了几十万研究经费，太棒啦！

7月15日，阴

师兄买了一批实验动物，小兔子们好可爱。

8月27日，小雨

第一阶段的实验顺利完成，每天都在观察动物。新型药剂已注射，不知道会产生什么反应。

9月1日，大雨

情况不太对劲，我有点害怕。早上去实验室检查的时候，发现好几只动物都死掉了。师兄师姐一起处理了动物的尸体，还告诉我说，动物体质不一样，有的动物可能会无法耐受新药，不用担心，死亡率目前还不到1%，可以继续观察。

再往后翻，越星文发现日记本里出现了大量刺目的血迹。

写日记的人显然很慌乱，字迹变得十分潦草，而且大部分内容都被血迹给糊掉了，能看清的几个字，依稀是"师兄他……疯……到处是血……我要离开这儿——"

"儿"字的后面是一道长长的黑色划线，将纸张整面划破。

越星文皱着眉将日记本放回桌上。

日记里线索不多，但能推断，这个实验室有大量的动物以及包括日记主人、师兄师姐在内至少三位医学院的研究生。假设实验室里的动物变异影响到了人类，在接下来逃离的过程当中，会不会遇到由人变异而来的 boss？

越星文继续翻找办公桌，没有更多的发现，他只好往前走去。前方有一扇金属门，越星文全身戒备，轻轻捏着放了《成语词典》的手心，推开那扇门。

耳边传来此起彼伏的"叽叽"声，尖锐刺耳的声音让他的头皮都差点炸开。

越星文定睛一看，只见这实验室的两边到处都是铁笼子，每个笼子里都装着一只实验用的肥大老鼠。这些老鼠在笼子里躁动不安地跑来跑去，笼子中用于喂食的盘子全都被打翻了。它们似乎挣扎着想要跑出来，却因为笼子的束缚而无法逃脱。

很多铁笼子上都沾了斑驳的血迹，应该是老鼠们疯狂撞击铁笼留下来的。整个实验室有上百只老鼠。越星文眉头紧皱，从笼子中间的走廊快步向前走去。两边的老鼠对着他叫个不停，让他心里一阵发毛。

老鼠是实验常用的动物，医学生们应该习惯了。可其他专业的学生，一时间很难适应视觉、听觉上的双重冲击，怕老鼠的人走进这个实验室估计要吓得腿软。

还好笼子都是关着的，老鼠们再暴躁不安，也只能在笼子里乱跑乱叫。他无法想象，如果这些铁笼子全被打开，老鼠们倾巢而出，会是个什么样的场景……

倒计时二十七分三十秒。

越星文快步走到实验室尽头，推开下一扇门。

浓烈的恶臭如巨浪一般扑面而来，映入眼帘的画面让他的心跳差点停止！

怕什么来什么，这个实验室的铁笼子全是开着的！

第一章 逃离实验室

整个实验室到处都是兔子——活着的兔子有几十只,双眼像是染了血一样,红得令人心惊,它们正在疯狂地撕咬着死去的兔子的尸体,拖着同伴的尸体到处乱跑,整个实验室被折腾得一片狼藉,中间的通路上也全是兔毛和血迹。

在越星文推开门的那一瞬间,活着的兔子们像是闻到了什么味道,齐刷刷地竖起耳朵,集体扭头朝他看了过来——

对上无数双血红的兔眼,越星文心知不妙,急忙撒腿以百米冲刺的速度朝实验室尽头狂奔!

地上都是血,他已经顾不上了。这个奇怪的实验室很不对劲,动物们就像疯了一样,万一被动物咬伤,说不定他也会被感染。

越星文跑得很快,兔子们反应过来后,立刻尖叫着,成群结队地追在他的身后!

屋内扑面而来的臭味让越星文胃里一阵翻腾,他强忍着呕吐的欲望飞快向前冲。身后乱叫的兔子群让他头皮发麻,仿佛他跑慢一步,就会被兔子们包围、撕咬。他一个文科生,真的是第一次见到这么多的兔子,印象中毛茸茸的、吃着胡萝卜的可爱小白兔,变成了一群追着他咬的疯兔!

有了这次经历,他对"兔子"这种动物可能会留下心理阴影……

越星文只用了不到半分钟的时间就跑到了实验室尽头。他不假思索地推开前方的金属门,进门之后立刻反手将门关上,追着他跑的疯兔们"砰"地撞到门上,被隔绝在门后。

耳边传来兔子们挠门的声音,就像尖锐的指甲划过黑板,听着让人牙疼。

越星文靠着金属门,微微喘了口气。

他看向前方,发现自己进入的这个房间是实验室仪器中心。

摆在桌上的金属仪器在灯光的照射下散发着冰冷的光泽。他并不认识医学院的这些仪器,但他明显看见了一个解剖台,上面还摆着一只兔子的尸体,旁边放了沾血的手术刀、镊子、剪刀等手术器具。

越星文想起课程提示中的附加题——找到引起动物变异的药物。

研究人员不可能把药放在关着动物的地方,实验室的药物和动物肯定是分开存放的,所以,答案很有可能就在这个摆满仪器的房间里。

越星文目光扫过四周,手脚麻利地在仪器中心翻找起来。

很快,他就在角落里找到一个存放药剂的冰柜,拉开柜门,扑面而来的冷气让越星文不禁打了个喷嚏。他屏息凝神,目光仔细扫过冰柜里的药剂。

这里的药剂非常多,一根根试管中有透明的液体,还有各种红色、蓝色的试剂,上面标注了药物的名字,什么"肿瘤靶细胞药物""免疫抑制剂""头孢类抗生素"……

　　让文科生找药，这附加题不是故意为难人吗？

　　倒计时还有二十五分钟，越星文决定再仔细看看。

　　冰柜上层的药，他总觉得不像正确答案，于是他弯着腰看向下排，然后眼尖地发现最下面一层有一支透明的玻璃试管，上面贴了标签，写着"新型EBEOV-II药剂"。

　　名字如此与众不同。

　　他看不懂这是什么，但直觉告诉他这个药有问题。以他肤浅的理解，临床试验通常是先在动物的身上实验各种药物，确定能治好病并且没什么副作用之后，才会找志愿者，在人类的身上试药。

　　这个奇怪的实验室里，老鼠、兔子全都暴躁不安，研究人员肯定先给它们注射了东西，让它们得了某种病，然后给它们注射相应的特效药，结果特效药产生的副作用引起了动物变异。

　　刚才的日记本中也提到了"新型药剂"几个字。

　　新型EBEOV-II药剂，就是你了！

　　越星文没再犹豫，将这支药剂拿出来放进口袋。反正是附加题，做错也不亏。

　　他关上冰柜，转身继续往前走。

　　仪器室的尽头同样是一扇门，门的旁边放着个垃圾桶，上面标有感叹号，写有"污染物垃圾箱"的字样，旁边还放着扫帚、拖把、水桶等打扫卫生的工具。

　　垃圾桶里有很多动物尸体，越星文移开视线，用右手拎起了旁边的扫帚。

　　在经过老鼠、兔子的实验室后，看见这个仪器室，加上找到的附加题中的药剂，很多人会以为课程考试就要结束了，毕竟考试的时候附加题都是最后才做的。

　　倒计时还剩下二十分钟，越星文总觉得事情没那么简单。

　　他抓紧扫帚，推开下一扇门。然后，他的脊背陡然竖起了一大片的寒毛——猴子，双眼发红、吱吱乱叫、全身是血的疯猴子。

　　它们到处乱窜，互相撕咬，尖锐的叫声震耳欲聋。

　　实验室里没有可以让它们荡秋千的地方，它们就顺着铁笼子乱爬。猴子的攀爬能力本来就很优秀，疯掉之后，一个个都仿佛飞檐走壁的蜘蛛侠，挂满了墙壁。有一只猴子还爬到了屋顶上，越星文刚进门，它就忽然用双脚倒挂在屋顶的吊灯上，发出"吱吱"的叫声，伸出尖锐的爪子猛地扑向越星文——

　　掌心泛红的利爪迎面而来，越星文的脊背瞬间紧绷，几乎是下意识地，他抡起扫帚就抽向头顶的那只疯猴！猴子被他打得尖叫了一声，缩回利爪，用泛红的眼睛恶狠狠地瞪着他。

越星文气得想爆粗口。

附加题的后面居然还有大题，这是哪个王八蛋出的卷子？！

被越星文抽了一扫帚的猴子口中发出更加刺耳的尖叫，那声音分贝极高，吵得越星文脑袋一阵胀痛。周围的猴子像是受到了它的号召，顺着铁笼、墙壁、屋顶，飞快地朝着越星文爬了过来。

猴群争先恐后地朝自己爬过来的画面，让越星文寒毛直竖。

他戒备地攥紧扫帚，后背紧贴着金属门——多亏刚才留了个心眼儿，拿了门口的扫帚充当临时武器，要是做完附加题之后精神松懈，直接推开面前的门，手无寸铁的他会直接被这群疯猴子给咬死吧。

越星文很快就被猴群包围了。

一只机灵的小猴子倏地从右边墙壁跳下，伸出双手想抢他手里的扫帚。越星文眸色一冷，右脚狠狠一踹，小猴子被他大力踹飞出去，"啪"的一声撞到远处的铁笼上。

左边有几只猴子顺着铁笼爬过来想要攻击他，越星文立刻转身朝左侧猛一横扫——猴群如多米诺骨牌倒塌一般被他扫倒了一片！

它们像是被激怒了，个个双目赤红，张牙舞爪。

猴子的吱吱尖叫和它们在铁笼表面爬来爬去的哗哗杂音，吵得越星文头痛欲裂。

他深吸一口气，冷静下来思考对策。

天花板上、墙壁上、铁笼两侧，猴子无处不在，好在这个实验室只有20米长，尽头的金属门近在眼前。只要抓准时机，一口气跑过去，应该来得及躲开猴子们的攻击。

越星文迅速回忆起词典里的技能——五体投地。

这么多猴子，让一只猴子趴下给他行礼没什么用。七上八下，七只猴子升空，八只猴子落地，这只能选中十五个目标。越星文目光扫过实验室，猴子虽不止十五只，但这个技能可以用，只是需要一个恰当的时机。

他咬了咬牙，飞快地往前冲去。

猴子们见他冲进实验室，立刻从四面八方跳下追他。

屋顶的那只猴子又把灯管当作秋千，用尾巴吊在上面，把身体荡过来想要挠他的脸。越星文抡起扫帚，大力砸向上方，那灯管直接被他打飞了出去，连带着猴子一起撞到金属门，发出"砰"的一声巨响，灯具的碎片四处飞溅！

身后有种奇怪的阻力让越星文迈不动腿。他回头一看，只见两只大猴子居然扯住了他白大褂的后摆，死皮赖脸地挂在他身上。越星文干脆利落地脱下白大褂，顺势将扯他衣服的两只猴子用白大褂包住，一脚踹去远处。

然而猴子太多，他手里的扫帚很快就被几只猴子联合抢走了。越星文眯起眼睛，右手一抬，一部厚厚的《成语词典》出现在了手中。

猴子们像是发现了新玩具，又要跑来抢，越星文心底默念："七上八下！"

周围的猴子被一种神秘的力量所驱使，瞬间，七只猴子以"趴着"的姿势悬浮到了空中，还有八只猴子如同踩到香蕉皮滑倒了一样集体仰躺在地。剩下的两只猴子距离较远，看到伙伴们做出同一种诡异的姿势，似乎有点蒙了，一时没反应过来。

越星文立刻拿出生平最快的速度撒腿狂奔！

体育课的五十米短跑考试，他都没跑这么快过。

那一刻，越星文只觉得胸膛像要炸裂了，超速的奔跑让他的心跳快到极致。越星文不敢有丝毫松懈，一口气跑到实验室尽头，抬脚踹开金属门，闪身进屋后立刻将门反手关上。

"七上八下"的控制时间结束。

吱吱尖叫的猴子们追上来在身后疯狂砸门，越星文却已经无暇顾及，因为他的眼前出现了更加可怕的一幕——

这房间有三个穿着白大褂的人，一男二女。

一个清瘦女生倒在地上，脖子被生生咬断，眼眸瞪得大大的，似乎不敢相信自己会这样死去。

而活着的两个人，男生身材高大健硕，面色苍白，瞳孔发红，正拿着什么东西津津有味地啃着。他的白大衣上沾满了血迹，他却浑然未觉。另一个长发女生也在吃东西，同样满身都是血。

越星文进门的那一刻，吃东西的两人同时停下了动作，抬头看向他。

越星文全身的鸡皮疙瘩都冒出来了！

他看过很多生化危机、末世类的电影，但是电影再逼真，也比不上亲眼所见造成的视觉和精神冲击震撼！这两个怪人就在距离他不到五米的位置……

那一刻，越星文真想自挖双目，忘掉这一幕。

然而容不得他多想，师兄师姐发现了更新鲜的食物，立刻朝着他扑了过来。

这次医学院"逃离实验室"的课程难度明显在逐级递增——第一关的老鼠被关在笼子里无法伤人；第二关的兔子体积小，不能对人造成致命伤害；第三关的猴子攻击力明显提升；第四关的人类，哪怕只有两个，也会对闯入者造成极

第一章　逃离实验室

大的威胁……

这两个人不像电影里的僵尸那样行动僵硬，反而非常灵活，甚至体能还有所加强。

男生身高超过一米八，一个箭步冲过来，铁钩一般的手直接袭向越星文脆弱的咽喉。

女生虽然看着瘦，但她嘴角扬着诡异的笑容，手上、身上都血淋淋的。

越星文经历了前面三个房间的洗礼，见到什么都不会慌了；况且他在办公室找到的日记也提到了"师兄师姐"，他早有预料会在这里遇见被感染的师兄师姐。

经历过吵吵闹闹到处乱爬的猴群，至少这个实验室很安静，他不用忍受震耳欲聋的噪声。

他右手掌心微微抬起，词典再次化成实物出现在他手中。

越星文心底默念："五体投地"。

伸出双臂眼看就要掐住他的喉咙的师兄，忽然被未知力量所影响，"啪"的一声直接趴在了越星文的面前，像是给越星文行了个跪拜大礼。

长发师姐紧跟在师兄身后，师兄这么一趴下，她也被绊倒在地，还出于惯性趴在了师兄身上。

两人在地上相继趴下，一时起不来。越星文抓住机会，飞快地从他们身侧逃跑。可惜他才跑了不到十米，地上的两人就迅速起身追上了他。

这一关的 boss 行动速度极快，远远超过越星文跑动的速度。在被两人一前一后拦住的那一刻，越星文的手心里冒出了一层冷汗。

"五体投地"有冷却时间，用了一次，要等五分钟后才能用。"七上八下"刚才也用掉了，况且现在不满足十五个目标的使用条件。"金蝉脱壳"他有些舍不得用，毕竟是冷却时间长达二十四小时的大招，现在用掉，说不定接下来还会遇到更难的课程，那就没辙了。

一级词典只有这三个技能，扫寻又被猴子们抢走了，房间里找不到别的武器，该怎么办？

前面是愤怒之下瞪圆了眼睛、试图要活活掐死他的师兄，身后是笑容诡异的师姐，他以一敌二，总不能上去肉搏吧？

忽然，越星文脑子里灵光一闪，将词典收回右手掌心。

在师兄朝他扑过来想要掐住他脖子的那一瞬间，越星文猛地抬起右手，掌心里的词典凭空出现，紧跟着，那砖头厚的词典就用力砸向了面前师兄的脑门！

"啪"的一声，对方被砸得眼冒金星，脚步都有些摇晃。

越星文右手一收，词典再次变成图标收入他的掌心。身后的师姐过来打他，他敏捷地侧身一躲，右手再次抬起，凭空出现的词典直接砸向师姐的后脑勺——大概是砸中了颈椎，清瘦的师姐居然被词典砸晕了。

越星文趁机撒腿狂奔。

眼冒金星的师兄终于回过神，咆哮着扑向越星文，结果刚冲到半路，忽然，一个厚如砖头的词典迎面飞来，那师兄来不及躲避，直接被词典砸了满脸。

词典有多厚不必说，何况是从空中飞来，且正面砸脸。那师兄被砸得头晕目眩，鼻血横流。

越星文再次收回词典。

或许，这才是《成语词典》的最佳用法？

厚如砖头的词典，可以凭空出现、瞬间消失，并且受他意识的操控。他让词典去哪儿，词典就会去哪儿，丢出去砸人还一点都不觉得累。

一时间，厚厚的红色词典满天乱飞，那师兄被词典砸得鼻青脸肿，无处可躲。终于，在越星文找好角度发出的一次突然袭击下，随着词典"啪"的一声砸中师兄的太阳穴，师兄翻了翻眼睛，轰然倒地。

四肢大开躺在地上的医学院师兄看着有些狼狈。

越星文松了口气，将词典召唤回来。

这词典居然有自我修复功能，刚才砸对方时封面上沾染了不少血迹，再次召唤出来的时候，词典居然又恢复了原本的模样，干干净净。

发现《成语词典》新用法的越星文心情十分愉快，转身走向金属门。

图书馆导师说文字是中文系最好的武器，越星文虽然认同中文系资料书的设定，可是现在，他的词典里成语还太少，冷却时间又那么久……还不如直接拿去砸人，方便快捷。

越星文推开门的那一刻，耳边响起"叮"的一声提示，熟悉的电子男音响起："恭喜越星文同学完成医学院必修课'逃离实验室'考核，请查看你的考核成绩。"

紧跟着，他眼前的透明悬浮框里连续跳出字符——

医学院课程：逃离实验室

学分：2分

考核评分：95分（根据通关时间、课程表现、受伤情况综合评分）

附加题：20分

总成绩：115分

最终积分：2×115=230 分

该课程挂科率：30%

点击链接可查看该课程成绩排行榜。

95 分的课程评分，加上 20 分的附加题得分，最终成绩居然有 115 分这么高。

越星文对这个成绩非常满意，毕竟他一个文科生，能在医学院拿这样的高分实属不易。多亏他的《成语词典》够厚、够重，直接砸晕了最后两个 boss，否则，他还真不一定能这么快跑出来。

倒是 30% 的挂科率让他有些意外，这说明进入图书馆的同学们还是挺强的，有 70% 通过了这门课。那些挂科的，很可能是胆子太小，被疯掉的动物吓傻了，没能在规定时间逃出来。

进入这里的大学生们年纪都在二十岁左右，却要面临如此残酷的生存考验，一想到这点，越星文就对这个图书馆系统深恶痛绝，恨不得早点离开这个鬼地方。

不过，成绩排行榜又是什么？

这里难道每一门课都有成绩排行吗？

越星文好奇地点开了悬浮框中的最后一行链接。随着链接被点开，一行行红色的字符快速跃入眼帘——

华安大学"逃离实验室"成绩排行榜

刘照青，男，医学院，119 分

段萌，女，医学院，118 分

张生明，男，医学院，117 分

卓峰，男，物理学院，117 分

许亦深，男，生科院，116 分

喻新雨，女，医学院，116 分

江平策，男，数学学院，115 分

越星文，男，人文学院，115 分

林蔓萝，女，环境学院，114 分

柯少彬，男，计算机学院，113 分

徐沐，女，政法学院，110 分

辛言，男，化学学院，110 分

…………

第一行写的是"华安大学"的成绩排行，说明这个排行榜里全是他的校友。其中卓峰师兄、林蔓萝师姐他都认识，还有江平策，跟他的成绩正好并列。

这些熟悉的名字让越星文眉头紧皱——看来，图书馆系统近期拉了一大批学生进入游戏，可学校内部为什么没有关于这件事的传言？这么多人同时失踪，学校怎么可能不闻不问？是校方早就知道这件事，还是说，学校领导也无法处理这种灵异事件？

越星文百思不得其解。

他收起疑惑，再次将目光放在排行榜上。

第一名，医学院的刘照青，去掉附加题的20分，课程评分居然达到了99分，真是牛！

医学院的学生属于"主场作战"，拿高分很正常，毕竟他们平时接触过实验室，心理上对那些动物不会产生恐惧。或许他们还能看懂实验记录，直接推理出正确药剂，在附加题环节能节省很多时间。

前十二名当中，有四个是医学院的学生。

让越星文意外的是，进入排行榜的居然有八个学生来自其他学院，除了他这个用词典砸人混进去的中文系学生，还有生命科学、物理、化学、数学、计算机，甚至还有政法、环境这类专业的学生。假设他们都跟自己一样，第一关找到日记本，第四关顺利推理出附加题的答案，可是，连续几个实验室他们是怎么跑过去的？难道是入学考试拿到功能型道具，可以让他们加速逃跑？

越星文仔细一想，觉得这种可能性很大。

这个排行榜给了越星文很大的动力和信心。

这么多校友来到了图书馆，在看不见的地方跟他一样努力过关，他不是一个人在战斗。总有一天，他们会离开这个可恶的图书馆系统，回归正常的学校生活！

越星文的目光在跟他并列的"江平策"三个字上停顿几秒，脑海里忽然闪过一张熟悉的脸。

男生长了一对特色鲜明的单眼皮和一双好看的剑眉，幽深的眼眸显得有些冷漠，鼻梁高挺，五官线条锋锐硬朗，是个明明可以靠脸吃饭却偏偏要学数学的大帅哥。江平策是青城七中2018级理科状元，和文科状元越星文齐名，并称"七中双学霸"。

高一的时候，两人都在重点班，但说过的话并不多。

江平策这个人很不喜欢说话，性格有些孤僻，高中三年一直独来独往，身边没几个朋友。每次看见他，他都是坐在窗边神色平静地看书、写作业，仿佛周围的人全是空气，谁都不能影响他学习。

和江平策相反，越星文在学校混得很开，平时闲了就去球场跟同学打球，每个班都有他的好哥们儿。越星文是个自来熟，性格阳光开朗，跟谁都能聊得来。同学们找他问问题，他也知无不答，在班里人缘特别好。

两人性格一冷一热，属于两种极端。

高二文理分科的时候，越星文因为喜欢看书，研究名著，所以去了文科班，江平策则去了理科班。从此，两人的交集越来越少，只是经常听见关于对方的传言。

例如，越星文又在全国作文大赛获了奖，率领学校辩论队拿下了青城市辩论赛第一名。例如，江平策参加了全国高中生数学竞赛、物理竞赛、化学竞赛……

学校里到处都是他们的传说，学弟学妹们把他俩尊称为"学神"。

由于当时文科班和理科班不在一层楼，两人自从文理分科后见面的机会就很少了。每次在学校各种活动见面，越星文都会客气地跟江平策打声招呼，江平策也会朝他点一下头。

因此，越星文将他们的交情归类为"点头之交"。

高考那年，两人分别成了文、理状元，光荣榜挂在学校门口，他们的名字又一次并排写在一起。巧的是，他俩都报考了远在北方的国内名校华安大学，越星文去了中文系，江平策去了数学系。

大学报到这一天，越星文在人群里一眼就看见了那个熟悉的身影，他走到对方面前，开玩笑道："江平策，认识这么久了，下次见面，你能主动跟我打个招呼吗？"

江平策疑惑："我以前也有跟你打招呼吧。"

越星文："点头吗？"

江平策点了点头，似乎在说：我对别人都懒得点头。

越星文忍着笑伸出手："正式交个朋友吧。高中三年校友，大学又是校友，咱们这也算是有缘，说不定将来还能互相帮忙。"

江平策眸中闪过一丝诧异，犹豫了几秒，然后配合地伸手跟他握了握。

江平策的手指修长干净，体温偏低。当时正好是9月，天气十分闷热，越星文发现江平策的手握着凉凉的，还挺舒服。也是那天，他们才正式交换联系方式，互相加了微信。

越星文喜欢发朋友圈分享日常，江平策会给他的每一条朋友圈点赞，但自己从不发朋友圈。

自那以后，江平策在学校碰见越星文，就不再像高中那么冷淡，会主动跟他打招呼，用好听的声线低声叫他"星文"。

快到期中、期末考试的时候，江平策还会发消息约越星文去图书馆自习。

越星文吐槽道："你数学系，我中文系，一起上自习不奇怪吗？"

江平策道："这叫思维互补。"

越星文发去个哈哈大笑的表情："你赢了！明晚8点图书馆门口见。"

他们经常这样约好时间一起去图书馆上自习，找个角落的桌子，面对面坐下，你做你的数学题目，我看我的文学资料，两个不同专业的学霸倒也相处得十分融洽。

越星文总觉得自己跟江平策的关系有些奇怪。

高一的时候，两个人争年级第一名，暗暗较劲，这回我第一，下回你第一，颇有种棋逢对手的剑拔弩张。

高二分科后，他们各自坐稳文、理科第一的宝座，再也不需要竞争。不过，每次学校放荣誉榜，左边文科右边理科，越星文、江平策的名字总是并排挂在榜首。要是有一天，自己的名字旁边不是他，反而会觉得不太习惯吧？

他们对于彼此的态度，可能就是"能跟我并肩的只有你"这种潜意识里的敬佩、尊重和认可。

就像武侠小说里的绝世高手，一人用刀，一人用剑，年少时意气风发，拼命争夺第一，后来发现，两个人齐名其实也挺好——在各自的领域继续优秀下去，就是对年少时的这位对手最大的激励。

越星文知道江平策有洁癖，不喜欢跟人亲近。

可惜他自身太过出众，一米八九的身高，帅气的样貌，又是数学系的学霸，他在学校的迷弟迷妹多得数不清，有不少大胆的学妹主动找他告白，都被他冷冷地以"我们不合适"挡了回去。

越星文忍不住想，高冷又有洁癖的江平策同学，来到"逃离图书馆"生存游戏，肯定会很厌烦"医学实验室"这种地方。他的衣服总是干净整齐的，看见脏乱血腥的实验室，他应该会一脸嫌弃地皱起眉头。他讨厌脏乱、吵闹，这次医学院的实验室，真是将他最讨厌的元素全部集中在了一起。

怪不得他跑那么快，拿了95分……

越星文想象了一下他被兔子追着跑的画面……抱歉，实在是无法想象。

江平策还是适合坐在学校的图书馆里看书，那样才赏心悦目——而不是在另一个"图书馆"疯狂逃命。

无论如何，既然江平策也在图书馆，越星文想第一时间找到对方。按江平策的说法，他们可以思维互补，文理搭配应该更容易过关。

想到这里，越星文立刻问道："图书馆导师，怎么找到某个同学？"

图书馆导师："可以给指定的学生发送私信，需要消耗积分，一个字 10 分。"

越星文目前有 230 分，这点分也不够升级他的《成语词典》。他想了想，便说："给华安大学数学系的江平策同学发送一条私信，就写三个字：越星文。"

图书馆导师："好的。私信发送中，扣除积分 30 分，剩余积分 200 分。"

一个字 10 分真的很贵，这 30 分一扣，相当于刚才的附加题白做了。但是，图书馆系统非常复杂，光是"逃离实验室"的成绩排行榜就出现了这么多校友，越星文想跟江平策在课程途中巧遇几乎是不可能的。

三个字的私信，他相信，以他们的默契，江平策肯定能看懂。

很快，耳边响起系统提示音："收到私信，来自江平策同学。是否打开阅读？"

越星文急忙打开。

一个字就要 10 点积分，因此，江平策发的消息同样简短，只有五个字——

　　课题组等你。

第二章 心血管病区

第二章 心血管病区

当初图书馆导师宣读入学须知的时候就提到过，通关获得的积分可以在图书馆资料库兑换相应的技能书、道具，也可以成立课题组，跟其他同学一起闯关。也就是说，图书馆系统并不是让学生们一直单打独斗的，学生们能用积分建立课题组，跟人组队。

江平策的意思很明显——他会在可以成立课题组的地方等着越星文。

越星文问图书馆导师："成立课题组需要什么条件？"

图书馆导师："在图书馆一楼医学院通关后，会解锁课题组功能，使用1000积分就可以成立。"

"怎么才算通关？"

"考完全部必修课就算通关。"

医学院的必修课还不止一门？刚刚被兔子、猴子们追着跑了一路，他才缓了一口气，接下来又要去哪儿？越星文按了按胀痛的太阳穴，冷静下来说："我准备好了，继续考下一门吧。"

图书馆导师："医学院必修课'心血管病区'，学分4分，人数限制10人。课程班级匹配中，倒计时10，9，8……"

在倒计时数到"1"的那一刻，越星文眼前的场景倏然一晃。

他发现自己躺在一个陌生房间的病床上。

跟刚才"逃离实验室"考试时给他穿了身白大褂一样，这次系统也强行换掉了他身上的衣服，只不过，他穿的好像是……病号服？

蓝白相间的条纹衣服和条纹裤子，正是医院的病号服。

他左手腕部还绑着一条腕带，上面写了"心血管三区·17号病床·越星文"的字样；右侧手背上连了根输液管，冰凉的透明液体正顺着输液管缓缓流入他的身体。越星文脊背发毛，不知道输液瓶里是什么药，但他也不敢贸然拔掉针头,毕竟他现在的身份是"病人",胡乱拔了针头,万一被医生、护士教训怎么办?

越星文坐起来,目光快速环顾四周。

这是一个三人间的病房,他在靠窗的17号病床。窗户上似乎刷上了一层奇怪的涂料,透过窗户往外看,只能看见一大团白色浓雾。这让他联想到图书馆那一扇奇怪的玻璃门,一拳砸上去就像是砸到了坚硬的墙壁——显然,这次考场是封闭式的,他们无法透过窗户观察到任何考场外的情况。

再看旁边,左手边的16号病床上躺着一个二十岁出头的男生,此时也跟越星文一样坐起来打量四周。男生留着简单清爽的寸头,浓眉大眼,五官端正,属于那种让人很有踏实感、男人味十足的帅气长相。他皱着眉想去拔手背上的针头,抬头发现输液瓶里剩下的药不多,于是忍了忍,又收回手去。

两人目光相对,很快就挪开视线,一起看向15号病床。

15号病床是个头发花白的老爷爷,身上插着无数奇怪的管子,连着心电监护仪,监护仪上出现绿色的波浪状心率曲线,老爷爷脸上还戴了个氧气面罩,此时正昏迷不醒,看上去病情挺严重的。

越星文刚想说话,下一刻病房门被人推开,一群穿着白大褂的医生鱼贯而入。

为首的中年男人看上去挺精神,胸口戴着"主任医生张志钟"的胸牌;走在他身后的是一个年轻男医生,戴眼镜,胸牌则是"主治医生萧文";再后面还有好多住院医师、实习医生。越星文粗略一数,医生团队有二十多人,浩浩荡荡地塞满了整个病房。

萧文医生推了推鼻梁上的眼镜,报道:"主任,16床和17床都是昨天新收的病人,主诉是心前区疼痛持续一周,目前还没有确诊,常规心电图看不出问题,怀疑是冠脉狭窄,明天早晨送他们去做冠脉造影。"

张主任感慨道:"年纪轻轻就得心脏病,小伙子们可要多注意,情绪千万别太激动!"

越星文左侧胸口忽然传来一阵绞痛,就像是有一只无形的手用力捏住了他的心脏,心脏快速地跳动着。那种诡异的剧痛顺着神经直冲脑门,越星文疼得拧起了眉毛,恨不得把心脏挖出来看看是怎么回事。

16床的男生脸色也变得无比难看,显然心脏也开始疼了。

张主任看着他们的脸色,急忙拿起听诊器在越星文胸口、后背听了一阵,低声交代道:"这位患者还有些心律不齐啊。萧医生,今天新来的病人有点多,尽快给他们做检查,确诊之后才能制订后续的诊疗计划。"

萧医生点头:"知道了主任。"

主任又去查旁边的病床,16号病床的哥们儿自始至终一言不发,沉着脸像木偶一样伸长胳膊配合医生做完检查。

主任查完他俩之后,萧医生走到15号病床前,说:"15床,七十七岁的老年患者,昨天刚做完心脏介入手术,放了支架,术后体征稳定。"

一群医生查完房又齐刷刷地离开。第一次住院的越星文看着浩浩荡荡的白大褂团队有点蒙,接着,又有个年轻护士走进来,帮越星文拔掉输液管,笑着说:"手背上留置的针头不要弄掉了,重新打针会很疼的。"

护士姐姐笑容亲和,越星文朝她点头:"谢谢。"

她给旁边16号病床的男生也拔掉了输液管,叮嘱了同样的话。

等她出门后,越星文面前的悬浮框中才终于弹出信息——

医学院必修课:心血管病区

学分:4分

班级人数:10人

课程描述:心血管病区收治的病例包括高血压、心绞痛、冠心病、心肌病、心脏衰竭等。心脏是人体的供血中枢,每一次跳动都会向全身输送新鲜血液。一旦心脏停止跳动,人体各处器官、组织,就会因为缺血而停止运转,人将在短时间内死亡。

考试要求:在心血管病区生存五天。

附加题:找到病友们死亡的真正原因,完成附加题+30分。

备注:1.你现在是严重心脏病患者,请勿太过激动。惊吓、恐惧、愤怒等负面情绪很可能引起心脏剧烈跳动、血管堵塞或破裂,从而出现急性心肌梗死、心搏骤停等症状,抢救无效死亡。

备注:2.每天早晨8点30分到9点为病区医生查房时间,这段时间不允许离开病房。其他时间谨遵医嘱,如果没有检查、输液等安排,你可以在病区自由活动,甚至可以偷偷进入医生办公室。心血管病区每晚入夜会查房,病人不许逃离病区。请不要尝试撬门、砸窗户等危险动作,否则后果自负。

本次考试会根据每个学生的表现,单独评分。

考试正式开始——

越星文看完考试须知，靠在床头陷入了沉思。生存五天？看来这次的考试相当危险，稍微不注意，就有可能因为心搏骤停而完蛋。附加题提到"病人真正的死因"，这有点奇怪，心血管专科的病人死亡，死因不就是各种原因的心脏病吗？那么，附加题中的"真正"二字意义何在？

威胁到他们的应该有两大因素——

第一，影响情绪的事件。部分胆小的学生会"吓死"，毕竟他们"心脏不好"，遇到突发事件，还真有可能因心脏剧烈跳动而引发心肌梗死而当场去世。

第二，人为事件。例如，治疗方案出错了，药物被拿错了，又或者病友发疯，家属发疯，说不定还会出现病区食物中毒之类事件。

总之，接下来的几天他得万分小心才行。

15号病床的老爷爷一直没醒。

越星文看向隔壁，主动打招呼道："同学你好，去过图书馆吗？"

16号病床的男生脸色微变："你也是？"

越星文点头："考生。"

两人面面相觑了一阵，越星文脸上露出笑容，态度友好："这次考试，虽然是每个同学单独打分，但大家并不是竞争关系，只要活过五天就能通关，要不要互相认识一下？"

对上越星文善意的目光，男生干脆地说："华安大学医学院研二，刘照青。"

越星文一愣："'逃离实验室'成绩排行榜第一名？"

他刚刚看过"逃离实验室"的成绩排行榜，第一名就是医学院的刘照青，没想到这么巧，居然在第二门课和他匹配到了同一个考场。这位研究生学长也太牛了，"逃离实验室"拿了99分。越星文立刻礼貌地问好："学长好，我也是华安大学的，人文学院中文系越星文，大三。"

是校友？刘照青的态度明显和善许多："学弟是去了学校图书馆，才被拉进这鬼地方的吗？"

越星文点头："嗯，我晚上10点之后去的图书馆，进门就发现不对劲，可惜出不去了。"

"我9点30分去的，本想查一些资料，进门发现周围就我一个。"

两人沉默片刻。刘照青好奇地问："中文系有什么道具？兔子、猴子，还有最后一关的两个boss，你是怎么过的上一门课，方便说吗？"

越星文右手轻轻一拍，拿出一本厚如砖头的《成语词典》，笑道："我用词典砸晕了他们。"

刘照青竖起大拇指，神色复杂："你这词典，砸人一定很疼。"

第二章　心血管病区

越星文道："学长呢？你能考99分那么高的分，能问一下怎么过的吗？"

"入学考试让我解剖尸体，分离大隐静脉，考完送了把手术刀，我把那些猴子全给杀了。"刘照青说着，手里忽然出现一把手术刀。他右手微微一扬，那手术刀就如飞镖一样直射出去，瞬间戳进墙壁；手掌一收，手术刀又回到他手中，再放，还可以继续射出去。

来来回回、无限使用的手术刀？

越星文赞道："小李飞刀，例无虚发啊！"

刘照青叹了口气："命中率还不够高，我这是第一次拿手术刀当飞镖用。"

越星文："我也是第一次用词典砸人。"

两人对视一眼，苦中作乐地笑了笑。

刘照青问道："学弟接下来怎么打算，出去找其他考生？"

越星文道："这个图书馆系统我们目前了解得还太少，不如打听一下其他同学的情况？"

刘照青也这么想："嗯，一起行动吧。"

越星文和刘照青一起出门的时候，旁边的病房也有人鬼鬼祟祟地冒出头，忐忑不安的表情，还有差不多的年纪，一看就是被图书馆系统丢到心血管病区的无辜大学生。

医生、护士都在忙碌，穿着病号服的"大学病友们"两两结伴，在走廊里四处溜达。大家颇有默契地从头到尾转了一遍心血管病区，先摸清病区的环境再说。

越星文从词典的最后面撕下一张空白的纸，找了支笔在白纸上画地图。反正他的词典有自我修复能力，撕掉几张纸，重新召唤时又会复原。

心血管病区面积很大，是一个"回"字形走廊结构。

左边和右边都是病房，其中，左下角的1号病房和右下角的2号病房是VIP（贵宾）病房，里面只摆了一张床；剩下的病房左右各八间，布局统一，都有三个床位和自带的卫生间。整个病区的床位分布，分别是左边二十四张、右边二十四张，加上角落的两个VIP床位，共五十个床位。

"回"字形结构的正上方是医生工作区，包括医生办公室、医生值班室、会议室、开水间等，下方区域是心血管病区的入门。此时入门紧锁着，门上挂了个写着"家属探视时间为下午3点到5点"的告示牌。大门旁边是护士站、药房、治疗室。护士站有一个亮着灯的牌子，牌子上有病区所有病人的简略信息，如"17床 – 越星文 –20岁男性"。

五十个床位都住了病人。越星文目光扫过牌子，飞快地将关键信息记在纸上。他发现48号病床是一个很熟悉的名字：柯少彬。

计算机系的柯少彬居然也在同一个课程里？越星文怔了怔，打算待会儿再去找这位校友。

心血管病区大部分病人都是老人，但有一些床位住的却是二十岁左右的年轻人，包括左侧走廊的3床、4床、16床、17床、25床、26床，右侧走廊的34床、35床、48床、49床，正好十个人，显然是跟越星文和刘照青一样的大学生。

也就是说，他们十个同学，被两两一组打散到五间病房，病房之间隔得很远，想要第一时间互通消息并不容易。

越星文再次核对了一遍地图和同学信息，接着就和刘照青一起朝左上角的休息区走去。

休息区摆了两排座椅，此时没什么人，越星文和刘照青在那里坐下之后，一些穿着病号服的年轻人转完整个病区，也朝这边慢吞吞地走了过来。

渐渐地，休息区聚集了八个人，四男四女。

年纪轻轻的大学生，却因为心脏病，个个面色苍白。有个清瘦的男生还皱着眉用力按住胸口，显然是心脏又开始犯病了。

一开始大家都不说话，默默地坐着。

直到一个身高一米五五左右、扎着马尾辫的瘦小女生忽然出声，打破了沉默："请问，大家都是滨江师范大学的校友吗？我是学前教育专业大二的学生，刘潇潇，住4号床位。"

这话一出，周围的人顿时神色各异。

坐在她对面，脸上长了几颗青春痘的男生立刻说道："我不是师大的，我是京都大学天体物理专业的，大四，25床，邹宇航。"男生名叫"宇航"，学的是天体物理，他父母取名还挺有远见。

听见他的话后，有个留着漂亮鬈发的女生看向他道："师兄好，我也是京都大学的，通信工程专业，瞿薇薇，今年大三，3床。"

两位校友交换了一个复杂的眼神。

"星洲大学，材料化学专业大四，24床。"按着胸口的清瘦男生心脏似乎好受多了，他收回手，目光忐忑地环顾四周，"有校友吗？"

"南阳交大，地理规划专业，秦露。"旁边的短发女生冷静地道。

"青城大学，医学院大三，我们在34床、35床。"和秦露坐在一起的长发女孩紧跟着道。

众人自我介绍了一轮，面面相觑。

片刻后，那个天体物理专业的邹宇航忍不住爆了句粗口："我还以为就我们学校那么倒霉，图书馆忽然变异了呢！原来还有别的学校的啊！"

师大的刘潇潇继续小声询问："大家是不是都在夜间去了图书馆，然后出不来了？"

众人纷纷点头叹气——

"是啊，我就是路过图书馆，进去借了本书。"

"我是期末考试去图书馆上自习，太困，打了个盹，醒来就出不去了。"

"我是去还书的……"

刘潇潇咬了咬苍白的嘴唇，接着说："我们学校没有任何关于这件事的讨论，但我通关第一门课后，看见了学校的成绩榜，发现很多校友都被拉进来了。大家也是一样吗？"

众人再次点头。

邹宇航又开始吐槽："我天天去图书馆查资料，好不容易把毕业论文写了一半，结果给我弄到这鬼地方，真是浑蛋！"他脾气挺暴躁，脸上暴了好几颗青春痘，或许就是最近作息不规律，熬夜写论文导致的。

化学学院的男生苦着脸说："我正准备大四毕业清考，明天考有机化学，这门课我已经是挂科重修了，要是再挂科我会毕不了业的。"

地理系的秦露皱眉道："我跟闺密吵架，想去图书馆静一静，结果被拉进这个奇怪的地方。"

越星文目光扫过大家，语气轻松地道："我在图书馆写论文写了一个月，好不容易写完，没来得及交给老师，还把刚买的新手机丢在了图书馆，回去找手机才被拉进这里的。"

众人："所以现在是比惨大会吗？"

刘照青摇着头叹气："唉，都是倒霉蛋啊。"

越星文心态倒是挺好，转移话题开始分析："图书馆系统居然从全国高校拉人。这么多学校的这么多学生同时失踪，应该是轰动全国的大新闻才对，为什么会悄无声息？我们学校也没有这方面的讨论，难道进入图书馆的学生被现实世界给遗忘了吗？"

刘潇潇小声道："我是师范生，也不太懂这些。该不会是什么高智能外星生物把我们给吸到它们的四维空间了吧？"

邹宇航拧着眉毛，沉声说道："人类探索宇宙这么多年，从没发现过高智能外星生物，应该不是外星生物入侵，何况外星文明跟地球文明不可能这么容易对接。图书馆系统有我们所有专业的资料书，一定要找个解释的话，我更倾向于——这还是咱地球人干的！"

暴躁的物理学院老哥的话很有道理，外星人知道各大专业的特色，还弄四面墙的资料书让大家兑换？

提出这论点的刘潇潇红了脸："我就是随口瞎说的，科幻电影看多了。"

越星文冷静地道："不管什么原因，大家既然来到图书馆，还是尽量按规则通关。在图书馆修满100学分就能出去——或许只有出去了，我们才能明白这个图书馆存在的原因和拉我们进来的目的。"

众人纷纷点头赞同。

"说得对，来都来了，还是先想办法出去吧。"

"就是，纠结怎么进来的也没用，这种诡异的事件太难解释了。"

"出去以后，肯定能知道这个破图书馆到底是怎么回事！"

然而，一堆天体物理、通信工程、地理规划、材料化学、汉语言文学专业的学生，能懂多少心血管疾病？还好有两位医学院的学生。

众人纷纷将目光投向医学院的两人身上，似乎在说：靠你们了。

医学院的妹子苦笑着摆摆手："别看我。我学的是麻醉学，我只能把指定目标给麻醉掉。'逃离实验室'那门课我是靠给猴子打麻醉剂才过关的，心血管这门课我是真的帮不上忙。"她求助地看向旁边的刘照青，"还好有临床专业的研究生师兄，师兄有什么建议吗？"

刘照青摊了摊手，神色无奈："我是骨外科的，研究方向是骨肿瘤。医学界'隔科如隔山'，心血管疾病我也不专业。何况，这个图书馆根本不按常理出牌，谁知道它会折腾出什么突发事件？上一关引发动物变异的起因，我学医这么多年，听都没听过，明显是图书馆瞎编乱造的。"

周围再次陷入沉默。

好不容易逮到个学临床的，结果研究生师兄学的是骨科。这怎么搞？

越星文低头沉思片刻，道："这次考试要求我们生存五天，还让大家集体得了心脏病，后面可能会发生很多刺激我们情绪的意外事件。不管遇到什么事，都不要太激动，平时吃饭之类也小心谨慎一些，大家就自求多福吧。"

众人纷纷叹息："只能这样了。"

越星文不动声色地转移话题，打听起第一门课的考试情况："大家都是怎么过的医学院第一门课？我是用中文系的词典把人砸晕的。"

邹宇航道："我抽到物理系的磁铁，磁铁的两极可以随意贴在指定的位置，把猴子吸走，第一关过得还算容易。"

刘潇潇道："我拿到的是课堂讲义，一边走路一边给猴子们上课，让它们听课罚站了几秒。"

学前教育专业的妹子，对着发疯的猴子也能讲得下去课？

通信工程的女生轻咳一声，道："我放了个 5G 信号塔，猴子们都跑去爬塔了。至于最后的 boss，我躲得有些狼狈，受了点伤，评分也不是很高。"

秦露冷静地说："我把实验室划分成了地球五大板块，用'板块运动'技能让它们移去远处，它们就追不上我了。"

化学学院男生道："我直接用浓硫酸泼了它们一脸……"

周围的同学们纷纷竖起大拇指："都是狠人啊！"

大家你看看我，我看看你，心情颇为复杂。

虽然面前的这些人来自天南海北的不同院校，但是，看到这么多同学为了通关而绞尽脑汁，大家发挥各种专业的特色去战胜难题，越星文就觉得，自己好像也不算特别倒霉。

刚才这几个同学，有拿磁铁吸猴子的、泼硫酸的、打麻醉的、放信号塔的、直接让实验室四分五裂的，甚至还有对着猴子们讲课的……真是一个比一个厉害。

越星文相信，同学们离开图书馆的信念都无比坚定。

生存五天，他希望这个考场的所有同学都能顺利地活下去。

越星文和刘照青回到病房，屁股还没坐热，萧医生忽然推门进来："16 床、17 床，我给你们预约了冠脉造影。明天早上起来你们什么都别吃，护士会先给你们抽血，然后再去影像科做检查。记得一定要空腹。"

两人对视一眼，齐声说："知道了，谢谢医生。"

刚才跟同学们聊了很久，时间快到中午，食堂那边统一送来了午饭。越星文和刘照青盯着面前一荤两素的盒饭，有些犹豫要不要吃。

刘照青打开盒饭用筷子扒拉了一下："应该不会在饭菜里给我们下毒吧？"

越星文建议道："要不，先看别人吃，吃完没事的话我们再吃？"

刘照青赞同："也对，小心驶得万年船。"

两人在走廊里转了一圈，发现其他病房的老人们已经开始吃饭，所有人的盒饭都一样。过了一段时间，吃过午饭的病人没出现什么不良反应，他俩才放下心，开始吃盒饭。

吃过饭后，越星文顺手帮师兄收拾了垃圾，道："师兄，我想去右上角的病房看看。"

刘照青对了一下越星文画的地图："右上角是 48 床和 49 床，今天早上没来参加讨论的两位考生，你认识？"

越星文说："其中一个是咱们校友。"

刘照青反正也闲着没事做，便跟上越星文一起行动。两人来到右上角的病房门口，越星文轻轻敲门："请问，柯少彬同学是在这里吗？"

一个戴着银边眼镜、长相斯文白净的男生疑惑地抬头看向门口。对上越星文带着笑的眼睛后，他立刻起身走过来，扶了扶眼镜，放轻声音说："星文，真的是你？！我刚才在护士站看见你的名字，还想去确认，结果你先找过来了。"

越星文道："我是14号晚上去图书馆才被拉进来的。"

柯少彬："我也一样。"他看向越星文身边的人，越星文介绍道："这位是医学院骨外科的研究生师兄，刘照青，也是咱们学校的。"

柯少彬礼貌地伸出手："师兄好。"

刘照青也客气地伸手跟他握了握："你好。"

越星文回头看向学长，解释说："柯少彬跟我同级，是学生会网络部的部长，我是学生会宣传部的。完成'逃离实验室'那门课的时候我看见成绩榜上有他的名字，刚才在病区又看见他的名字，所以才来找他确认。"

刘照青点了点头表示明白。

柯少彬听到这里，便说："我看成绩榜的时候，看见了卓峰师兄、林蔓萝师姐，还有江平策的名字，他们应该进来得比我俩还要早吧？"

物理学院的卓峰师兄和环境学院的林蔓萝师姐都是大四的，目前是学生会主席和文娱部长，正准备卸任。江平策在学生会秘书处，负责资料统计。

事实上，江平策是被越星文给拖进学生会的。当时他们刚上大学，看见学生会招新的宣传后，越星文就鼓动江平策去面试。两人组队去面试，被学生会的不同部门录取了。

脑海里浮现出大一那年的往事，越星文更想尽快找到江平策，他低声问柯少彬："你知道江平策最近在忙什么吗？"

计算机系和数学系的学生宿舍在同一栋楼，听到这话，柯少彬便回答道："我听数学系的人说，江平策跟着徐教授的团队，准备参加全国数学建模竞赛。我也很久没见过他了。他不是跟你关系最好吗？"

越星文叹了口气："我最近忙着闭关写论文，他上次约我去图书馆自习还是半个月前，这段时间也没怎么联系。"

刘照青在旁边听两人聊天，听到这里不由好奇："江平策是谁？"

柯少彬解释道："他是我们学校数学系的学神，经常拿国奖，大三的时候就已经修完了数学系的全部课程，确定要保研。他跟星文是同一个高中毕业的，两人是当年的文、理状元，一起考到华安大学。"

刘照青感慨："状元？厉害厉害！他也在图书馆？"

柯少彬道："我在成绩榜看见了他的名字，大概他也被拉进这地方了吧。"

越星文突然问："你在计算机学院有没有听到关于'全息游戏'的传言？"

柯少彬摇头："完全没听过。你怀疑这里是全息游戏？"

越星文道："我只是觉得这么多学生同时失踪，学校却没消息，这不太合理。"

柯少彬若有所思："但是，以我们现在的计算机技术，应该还没达到做出这种多人在线仿真游戏的水平吧？"

三人沉默了一阵。

越星文收起这个聊不出结果的话题，改口道："先不管这是怎么回事。你今早没出来跟其他考生碰头，病房里也没看见你，去哪儿了啊？"

柯少彬环顾四周，将越星文和刘照青叫到一个没人的角落里，神秘兮兮地压低声音："我趁所有医生都在查房，抓紧时间去医生办公室，将病区的资料全部拷了下来。"

这抓时机的能力也太强了吧，简直是当间谍的一把好手啊！

刘照青好奇地问道："师弟是抽到了计算机系的技能，还是自己强行破译的电脑？"

"这些电脑的安全系统防御级别都不高，我直接破译了。计算机系的入学考试奖励，给我发了个智能机器人，你们想看看吗？"柯少彬说着就面向墙角，摊开右手掌心。

墙角出现了一个巴掌大的带轮子的白色小机器人，短胳膊短腿的，像个玩具。越星文和刘照青围在墙角好奇地看着它。

刘照青一脸沉思的表情："我印象中，智能机器人不都挺大的吗？这巴掌大小的机器人，是……迷你版的？"

"这是一级的智能机器人，等升级之后，它就会长大了。"柯少彬看向角落里的小短腿，放轻声音说，"小图小图，播放歌曲。"

机器人脑门亮起灯，开始用童音唱歌："两只老虎，两只老虎，跑得快，跑得快……"

柯少彬："小图，停止播放。"

机器人："好的主人。"

越星文："……"

刘照青："……"

墙角陷入了令人尴尬的沉默。

柯少彬耳根一红，他本来就皮肤白，耳朵泛红的时候会非常明显。他看着墙角的机器人，努力跟两位校友解释："别看它傻傻的，还挺好用。机器人目前只解锁了一个智能语音功能，可以放《两只老虎》的歌，吸引周围的注意。"

越星文哭笑不得："所以，实验室那一关，你是让它唱着歌把猴子引走的？"

柯少彬苦着脸："嗯。我让小图把猴子引去了一个笼子里。"

越星文想象了一下猴子们追着小机器人跑的画面，莫名有些想笑——猴子们快要被这群大学生给玩坏了，一会儿要听师范大学的讲课，一会儿还要听智能机器人唱歌！

刘照青好奇地问："它还能升级学会别的歌吗？"

柯少彬："可以的。"

刘照青继续好奇："小图这个名字是你取的？它只听你的话吗？"

柯少彬点头："我当时想着既然进了'图书馆'，就给它取名叫'小图'，比较好记。它已经录入了我的声纹，只识别我的声音。"

刘照青试着叫了一声："小图小图，唱首歌。"

小图果然没理他。

越星文和刘照青对视一眼，面面相觑。

图书馆各专业的技能真是没有最奇葩，只有更奇葩，相比起来，越星文把词典当板砖，刘照青把手术刀当飞镖，还算是比较简单直接的物理攻击方式。这个小图唱歌引怪，就属于精神攻击了啊！

柯少彬也知道他的小机器人只会唱儿歌有点呆，便收起了小图，转移话题道："星文，这次考试的附加题，你有什么看法？"

越星文想了想，道："我觉得附加题的描述有些奇怪，什么叫'找出真正的死因'？心血管病区的病人，死因无非就是病情忽然恶化，心脏停止跳动，但加上'真正的'几个字，我忍不住怀疑，病人的死，也有可能是人为的。"

柯少彬怔了一下："人为？你的意思是？"

"人为因素造成的心搏骤停。例如……谋杀？"

他这话一出口，三人的脊背顿时冒起鸡皮疙瘩。

刘照青搓了搓手臂，轻咳一声道："你是说，有凶手潜伏在病区，不动声色地在病人药物中动手脚，让病人在睡梦中心搏骤停死去。表面看上去病人确实死于心脏病，实际上却是死于谋杀？这确实符合附加题的难度。我们考生也有可能中招，被凶手不动声色地干掉吗？"

越星文神色认真："可能是我悬疑小说看多了吧，总觉得这个病区透着古怪。这次的课程学分是4分，附加题是30分，仅附加题就值120分的积分。这么高分值的题，应该不太容易做出来。"

柯少彬立刻建议："不如我们三个合作，尽量找到附加题的答案。对了，我先把资料给你们看看。"他说着，右手轻轻一抬，手里居然神奇地出现了一台超薄笔记本电脑，"这是图书馆生产的电脑——计算机系学生都会有的额外赠礼，空间无限大，可以利用无线网络进行隔空数据传输。我刚才入侵医生办公室电脑，将整个病区的资料全都拷了下来。"

越星文和刘照青颇为震撼——计算机系真是大气，给每个学生都发一台笔记本电脑。要不是正好遇见柯少彬，他们自己去查这些资料肯定要费一番功夫。

柯少彬接着说："这台电脑是指纹解锁，我跟你们一起过去看吧。没我在，十分钟后它的屏幕就会自动锁定。"

三人一起回到越星文的病房。由于 15 床的老爷爷还没醒来，他们就坐在越星文的床上，打开电脑一起看资料。

资料很详细，包括病区所有病人的病例记录以及医生、护士的全部信息。刘照青仔细看完病例部分，得出结论："我们十个考生的病例是图书馆瞎编的，主诉全是心前区疼痛一周住院。其他病人的病例表面上看不出问题。"

柯少彬问："师兄没发现什么可疑药物？"

刘照青摇头："降压药、输血管药，都是高血压、心脏病患者的常用药。"

越星文分析了医生、护士的简历，说："医生、护士的简历看上去也没有异常，还是得等死者出现才能继续往下分析。而且，附加题的答案不一定是谋杀，我现在的推论毫无根据。"

刘照青道："走一步看一步吧，反正柯师弟拷的这份资料肯定用得上。"

越星文从词典撕下几张纸，记下一些资料中医护人员和病人的关键信息，然后将电脑还给柯少彬："今晚一定要小心，不知道会发生什么。"

刘照青提醒道："要是半夜有护士进来给你换输液瓶，等护士走后马上把输液管拔了，将输液瓶里的东西倒掉，免得出现星文推测的那种凶手换药的情况。"

柯少彬点点头，右手一收，笔记本电脑凭空消失，他的掌心里果然出现了一个电脑的图标。柯少彬看了眼墙上的时钟，起身道："那我先回去了，你们也小心些。"

时针渐渐指向晚上 10 点。

护士开始在整个病区查床，一张床一张床地找病人核对。

越星文和刘照青也在自己的病床上乖乖躺好。

窗户像是糊上了一层涂料，外面漆黑一片，连一丝灯光都看不见。

晚上，又会有什么事发生呢？

不知过了多久，墙上时钟的时针指向 12。

所有同学的耳边，同时响起一个冰冷的机械音——

"凌晨 0 点整，夜间考核开始。

"倒计时 3，2，1。"

话音落下，整个空间似乎被一股大力瞬间扭曲，走廊里紧跟着传来"哒哒哒"的诡异脚步声，那声音越来越密集，越来越近，最终在病房的门口骤然停下。

病房门被"吱呀"一声推开，一双白森森的、只剩下骨头的手慢慢地伸进了屋里。

越星文一个鲤鱼打挺从床上坐了起来，头皮都差点炸开——居然还有夜间考场？让他们一群心脏病患者，沉浸式体验夜间惊悚大逃杀吗？

刘照青的床铺距离房门更近，看见这一幕，他的脸色陡然一变，一个箭步冲过去，飞起一脚就将那白骨用力地踹出门去！他将门紧紧关上，用肩膀顶着门，回头看向 17 床："星文！"

越星文也飞快地蹿了过来，神色严肃："不是鬼？"

刚刚师兄一脚踹向对方手骨，越星文听见了手骨被踹断的清脆"咔嚓"声，显然不是鬼。

刘照青沉着脸吐槽："图书馆真不讲武德！让我们一群心脏病患者大半夜的打怪兽！也不知道是什么怪物，手骨看着还挺像人类！"

越星文其实早有预料——让他们得心脏病，再用各种方式刺激他们，这一堂课的关键其实是心理素质，胆小的学生估计会在夜间考场吓得当场去世。

刚想到这儿，楼道里就传来"啊"的一声尖叫，是一个女生发出来的，她的声音分贝极高，那直冲脑门的尖叫声倒是把整个病区的考生全给吵精神了。

紧跟着是物理系老哥邹宇航的怒吼："我去！这是什么怪物？！"

越星文立刻去按门口墙壁上的开关，屋内的灯亮了一下，紧跟着又"啪"的一声灭了。周围的光线太过昏暗，什么都看不清。

刘照青用身体堵着门，外面的东西开始疯狂撞门，"砰砰"的巨响震耳欲聋，连刘照青的身体都被撞得微微晃动。

越星文上前跟他一起顶住门，语速飞快地说道："刚才灯闪的时候我看了一下，15 床的老爷爷不在病床上，夜间考场说不定只有我们十个学生。"

这一点刘照青也想到了，如果真让乱七八糟的怪物入侵心血管病区，心脏不好的老人家估计要全被吓死，附加题答案如果是"被怪物吓死的"，那也太不合理了。

也就是说，这次考试，白天他们要推理附加题，找出病区患者真正的死因；

夜间考场则是将他们十个学生单独拉到"夜间病区"，开始一轮生死存亡的大逃杀。

想到这里，刘照青太阳穴突突直跳，左侧胸口一阵剧烈闷痛。他立刻揉了揉心脏位置，喘着气朝越星文道："我们的心脏病随时都有可能发作，得小心些。"

越星文无奈："看来这次还真是恐怖电影沉浸式体验。"他的心跳也有些不规律，只好迅速深呼吸，尽量调整好情绪。

就在这时，一直在"砰砰"撞门的东西忽然停了下来，周围变得无比安静。两人正在疑惑，下一刻，一只锋利的手骨骤然将这扇门给戳了一个窟窿！

要不是两人反应够快，同时偏过脑袋，脑袋上就被戳出窟窿了！

刘照青的心率陡然加快，他急忙深呼吸，稳住神，低声骂道："这破门是纸糊的吗，徒手就能戳穿？！"

门外的怪物攻击力很强，手骨伸进来之后继续"砰砰"撞门，颇有将整扇门给拆掉的架势。越星文面色苍白："看来不能躲在屋里，会被围攻。"

屋内空间逼仄，窗户又被封死，万一有大量怪物冲进来，他俩双拳难敌四手，很可能要玩完。两人在黑暗中对视一眼，虽然看不清对方的表情，但他们都明白了对方的意思。

刘照青深吸一口气："倒数三下开门，一起冲！"

两人在心底同时默数——3，2，1。

数到"1"的那一刻，刘照青暮地打开了门。那怪物刚刚用手将门戳穿一个窟窿，手骨还卡在门上，刘照青这猛一开，怪物出于惯性被整个拉进屋内。越星文毫不犹豫地唤出词典，不管这怪物是什么东西，当头就一板砖招呼过去！

"砰"的一声，怪物被越星文厚重的大词典砸得脑浆迸裂，轰然倒地。

两人急忙踩着它的尸体冲了出去。

越星文定睛一看——头顶的灯全灭了，整条走廊只有消防出口的绿色荧光指示牌发出微弱的光。护士站和医生值班房没有动静，其他病人估计也不在，只剩下他们十个大学生。

两人出门的时候，其他学生也都冲了出来，走廊里的脚步声异常凌乱，不时夹杂着物理系暴躁老哥的粗口和女生们的尖叫。有人不知道拿了什么东西拼命往后砸，重物砸到墙的碎裂声让人心惊胆战。

黑暗中，只靠"消防出口"四个字的荧光根本看不清谁是同学、谁是怪物！

这样的局面下，同学们的攻击手段很容易造成误伤。越星文立刻朗声说道："通信专业的瞿薇薇同学，快把5G信号塔放去左上角的休息区，大家往右下角护士站跑!"

黑暗中响起的清朗声音,让所有人精神一振——

原本慌乱无助的学生们迅速冷静下来,这时候大家才反应过来,夜间考试,自己并不是一个人在战斗,还有很多同学,大家是可以合作的!

瞿薇薇立刻回应:"知道了!"

5G信号的覆盖范围非常广,她之前过实验室那一关就是用这个信号塔引走了猴子。越星文记住了她的技能——既然能引走猴子,应该也能引走夜间的未知怪物。

瞿薇薇飞快地将5G信号塔往左上角区域一丢,果然,所有的怪物都被信号塔吸引,往左上角跑去,走廊里的压力顿时减轻了许多。

越星文紧跟着喊道:"物理系的师兄会修电路吗?刚才灯泡闪了,说明病区原本有电。"

邹宇航中气十足的声音从黑暗中传来:"大家掩护我,我去看看电表箱!"

走廊里的学生们听了越星文的话后都开始往右下角的护士站跑。很快,十个大学生就聚集在护士站区域。

黑暗中,有人踩到同学的脚,急忙道歉,但现在已经没时间计较这些了。大家都是心脏病患者,由于剧烈的运动和惊吓,都心跳加速,气喘吁吁,于是纷纷扶住护士站的台子剧烈地喘息,脸色一个比一个难看。

有个男生发颤的声音从黑暗中传来:"都没事吧?我是49床的,刘宇凡。"他上午跟柯少彬一样没去参加讨论,不知道干吗去了,这时候却出声询问。

瞿薇薇提醒道:"大家抓紧,我的5G信号塔只能存在十五秒。"

邹宇航道:"我记得病区电表箱的位置,但是没有光,我也看不清,这怎么修电路?"

"同学我来帮你,大家闭眼三秒。"刘宇凡说罢,右手忽然一抬,手中出现了一团极为刺眼的光球,他接着说道,"我是物理系的,我拿的道具是光。不要直视我的光源,会让人眼瞎。"

那光球确实极为刺眼,可惜,一级光球的可视范围太小,无法照亮整片病区,但足以照亮电表箱的局部区域。

光能减弱后,众人才睁开眼,邹宇航直接撸起袖子徒手拆了电表箱,对着那一堆乱七八糟的红蓝电线就开始研究,刘宇凡在旁边举着光球帮忙。

周围的同学们心脏越跳越快,瞿薇薇紧张得手心都在冒汗。她可以看到5G信号塔存在时间的倒计时,只剩下六秒了,肯定不够物理系的两位师兄排查故障啊!怎么办?!

第二章 心血管病区

越星文也想到了这点，忽然问道："刘潇潇同学，你敢对着这些怪物讲课吗？"

刘潇潇听见自己的名字，不由愣了愣。在没有光线的情况下，他们根本没法对付这群怪物，胡乱逃跑，还很有可能互相踩踏、撞伤。必须争取时间，先让物理系的师兄搞定电路。她咬了咬牙，说道："我可以讲十五秒。"

越星文走到她身边，声音温和："别怕，我掩护你。"

刘潇潇本来吓得脸色发白，不知为何，听见这声音后忽然没那么紧张了。对着疯猴子她都能硬着头皮讲课，这些黑暗中的怪物又有什么好怕的！她用力点头："好，走吧。"

越星文道："师兄，左路我守，右路交给你了。"

刘昭青爽快地说："没问题！"

邹宇航在抓紧时间修电路，他的手都在发抖，听见越星文冷静的声音，他也深吸一口气，让自己迅速冷静下来，尽量加快了故障排查的速度。电路是物理的基础，幸好他的基本功学得还算扎实。

时间一秒一秒地过去，大家能清晰地听见自己剧烈的心跳声。因为有心脏病，他们不敢情绪波动太大，都在反复深呼吸，强行让自己保持冷静。

瞿薇薇颤声提醒："5G 信号塔消失了……"

随着左上角的信号塔消失，"哒哒哒"的诡异脚步声又一次在走廊里响起，并且飞快地朝着这边包围过来。

刘潇潇和越星文守在左下的拐角处，她深吸一口气开始念讲义。师范学院的讲义可以强行让周围的怪物站立并听课，但"初级讲义"只能讲十五秒，自身还要离怪物比较近，相当危险。

还好有越星文保护，这让刘潇潇的胆子大了许多。她念了十几秒讲义，就在她念完的那一瞬间，整个病区的灯忽然一亮——

邹宇航师兄终于修好了电路！

而刘潇潇和越星文也终于看清了病区的情况——

只见走廊里的怪物多得数不清，它们的双腿、双臂都只剩下森森白骨，偏偏身体躯干部分是好的，还能看清脸——它们的脸上血肉模糊。

光线亮起的那一刻，有一只怪物正好追到离刘潇潇只有 1 米的位置，那双突出来的眼球直直对上了刘潇潇的眼睛。

"啊——"刘潇潇吓得差点心搏骤停。

越星文头皮发麻，几乎是下意识地召唤出词典，猛地朝空中砸了过去。

只听"砰"的一声，词典擦着刘潇潇的头顶飞过去，精确地砸中了那怪物的脑袋！沉重的词典砸得那怪物头晕目眩，四肢朝天，摔倒在地。

后面又有怪物追了过来，越星文急忙道："刘潇潇快走！"他让女生先撤，自己断后，连续几次词典板砖抛投，砸晕了追在前排的好几个怪物！

右边走廊，刘照青在破口大骂："这怪物比实验室变异的猴子还要恶心！"他嘴上骂着，手里的手术刀却"唰唰"飞出，虽然命中率还不够准确，但他出刀收刀的速度极快。一时间，右侧走廊被刘照青的飞刀给封死，怪物来一个扎一个。

修完电路的邹宇航回头一看，顿时瞳孔一震："我的妈……"他已经想不到骂图书馆的台词了。其他同学也纷纷捂住了嘴，强忍下当场呕吐的冲动。

开了灯看到的场面太让人恶心，还不如没看清它们的样子。可惜，不开灯的话，大家看不清这些东西在哪里，很容易误伤同学，也根本施展不开拳脚。

刘照青的手术刀渐渐控制不住场面，迅速退了回来。

越星文也护着刘潇潇跑了回来。他目光扫过周围，冷静地看向一脸惊恐的短发女生，说道："秦露，准备'板块运动'。"

地理系的秦露从惊恐状态回过神，急忙开口道："大家聚集到我周围，快！"众人闻言，纷纷围着她站成了一团。

秦露右手微抬，掌心里出现了一个微型的蓝色地球仪，她的指尖在地球仪上轻轻滑动，紧跟着，女生清亮的声音在众人耳边响起："太平洋板块、亚欧板块，移形换位！"

众人眼前忽地一晃，原本大家聚集在右下角的护士站，结果，由于"板块运动"技能的换位效果，他们居然集体换位，到了左上角的休息区。

这一刻，众人只想说一句："地理系，牛啊！"

可惜，秦露很快就给大家泼了盆冷水："地球有六大板块，我这个'板块运动'的技能最多用三次，而且用完之后的冷却时间非常久，大家快想别的办法！"

这倒也是，如果地理系的"板块运动"能无限使用，那他们可以遛怪遛到天亮，图书馆应该不会让某个专业过于强大，以至于完全压制其他的专业。

越星文飞快地在脑子里思考，很快他就想到个办法，回头问柯少彬："柯少，你的小图能不能远程操控？"

"可以，语音识别的有效距离是一百米。"柯少彬扶了扶眼镜，认真说道，"小图自带两只轮子，我还能操控它按照具体的路径移动。遇到障碍，它会自动绕过。"毕竟是计算机系奖励的机器人，虽然小了点，但智能方面还是挺高级的。

越星文松了口气，看向物理系的刘宇凡："你的光球能扔出去吗？"

刘宇凡点了点头："能。"

越星文立刻做出安排："这样，柯少你让小图去右侧走廊，把怪物全部引过来，刘同学再把光球丢过去，先弄瞎它们的眼睛。"

柯少彬和刘宇凡对视一眼，互相点了一下头。

下一刻，就听柯少彬道："小图小图，指定路线移动，播放歌曲。"

巴掌大的可爱机器人出现在脚下，脑袋上闪着蓝色的灯，按照柯少彬指定的移动程序滑行到了右侧走廊，一边往前滑一边欢快地唱起了歌："两只老虎，两只老虎，跑得快，跑得快。一只没有眼睛，一只没有尾巴，真奇怪，真奇怪……"

单曲循环播放，洗脑效果一流！

清脆悦耳的儿歌一响起，原本紧张刺激的生死逃亡似乎也变得没那么可怕了……

右下角护士站的怪物听到这首歌曲，被小图的"吸引"效果影响，纷纷跑到右侧走廊中间围观这台智能机器人，还有怪物试图去抓它。然而柯少彬设定的是S形的移动路线，小图体积小，速度快，它唱着歌在怪物们的双脚之间穿行，极为灵活，怪物们一时还抓不住它。

刘宇凡立刻说道："大家闭眼！"周围的同学集体闭上眼。刘宇凡扬起右手，用抛铅球的姿势用力一甩，一颗极为刺眼的光球朝着右侧的走廊直飞过去。随着光球在空中划出弧形的曲线，刺眼的白光让怪物们发出震耳欲聋的咆哮声——它们失明了。

物理专业的"光"经历过图书馆系统强化，真是看一眼就要眼瞎。怪物们集体瞎了眼，又被小图的歌声吸引在原地，痛苦的咆哮声几乎要掀翻整个病区的屋顶。

大学生们心惊胆战，他们完全没想到，居然还能这么玩！

原本黑暗的夜间环境对大学生集体作战十分不利，这种怪物的眼睛如同乒乓球那么大，夜间视力应该很强，大家在黑暗中很难躲开它们的攻击，还有可能伤到无辜的同学。然而如今，风水轮流转，电路在大家的合作之下修好了，病区恢复通电，物理专业拿到"光"的同学反过来让怪物们瞎了眼。

学生们视野清晰，怪物们集体眼瞎。以其人之道还治其人之身，这一招真是太强了！

众人纷纷朝越星文竖起大拇指："哥们儿，牛啊！"

越星文忙说："换位去左侧走廊。"

一开始大家都是因为慌乱中有人指挥，只好听越星文的，可是现在，大家对越星文的话已经信服无比。

秦露立刻操控"板块运动"技能将大家集体换到了左侧走廊。

越星文冷静地看向秦露："继续，右下角——绕后。"

秦露点点头，迅速在地球仪上操作一番，左侧区域的走廊和右下方区域再次换了位。怪物们被机器人小图集体聚集在右侧走廊，众人在病区换位一大圈，转眼间又绕到了怪物群的身后。

越星文深吸一口气："抓紧时间一个一个解决。走廊空间有限，化学系先上！"

化学系的清瘦男生刚才一直捂着胸口，嘴唇苍白得毫无血色。他可能是体质本来就不太好，心脏病也比其他人要严重一些。听见这话，男生咬了咬牙，轻声道："大家退后，我的硫酸会伤到人。"

妹子们一听"硫酸"，纷纷离他五米远，越星文和刘照青也谨慎地后退了一步。只见男生右手一抬，一种透明的液体从他手心里流出来，然后，那些液体迅速汇聚成水柱状，像是被拧开的水龙头一般，凶猛地喷向怪物群。

化学系强化版硫酸具有超强的腐蚀性，让怪物群再次发出尖锐的咆哮。

硫酸的可怕让众人瞪大了眼睛——几乎是瞬间，那些怪物的身体就被腐蚀，溶化成了一汪血水！

越星文的心脏怦怦直跳。

幸亏他在第一时间站出来，表明了"团队合作"的立场，要不然，大家各自为战，真把人逼急了，黑暗中互相残杀，误伤同学是肯定的。这强化版的硫酸一旦沾到同学身上，后果简直难以想象，比武侠剧里的"化尸水"还要恐怖！

化学系操控硫酸的学生，自己却不受任何影响，他的手似乎变成了硫酸的容器，释放完之后，收起手心，右手依旧白皙光滑，一点被腐蚀的痕迹都没有。

男生苍白着脸退了回来，小声说："我的硫酸用完了。"

越星文点头："好，接下来就交给我们吧。"

他跟刘照青对视一眼，并肩上前。

越星文手中的词典风一般飞过去，"砰"的一声砸中一个怪物的脑袋。刘照青的手术刀紧跟着飞出，瞬间戳进一个怪物的心脏，怪物轰然倒地！

两人收回工具，继续往前推进。

整条走廊都是血水，化学系同学的硫酸有限，只够融掉三个怪物，还剩十多个只能靠他们简单粗暴的物理攻击手段去解决，他们已经顾不上恐惧了。

因为他们没有退路。

柯少彬的机器人歌曲播放时间结束，那些怪物摆脱控制，集体咆哮着回头朝他们冲来!

它们的眼睛被闪瞎,攻击变得毫无章法,森森白骨到处乱挥。越星文目光扫过走廊,飞快地做出判断:"剩余数量十三个。"

刘照青咬了咬牙关:"全灭了!"

越星文立刻跟上去,两人互相配合扔词典、扔飞刀,这时候,其他同学才发现——还是"菜刀队"作战能力强啊!毕竟词典和飞刀都没有冷却时间,也没有数量限制,他俩可以无限召唤,取之不尽用之不竭。

刘潇潇呆呆地看着越星文的身影:"我第一次看见用词典打怪的……"

旁边的瞿薇薇颤声说:"看着都好疼。"

毕竟那词典看上去太厚太沉,抱起来都觉得很吃力,越星文专门对准那些怪物的脑袋砸,"砰砰"的声音不绝于耳,砸得怪物们脑浆飞溅。

刘照青的飞刀也很酷,一把又一把手术刀被他丢出去,收回来,再丢出去,虽然命中率有待提升,有时候会扎到肩膀之类的地方,可他速度快啊,总有一刀能扎中要害。

两人联手,飞快地解决掉四个怪物。

越星文低声计数:"九个。"

刘照青:"八个。"

就在这时,忽然有一只已经趴下的怪物死而复生一般从他们的身后爬了起来,两只锋利的爪子直接袭向越星文和刘照青的后脑勺。

在远处观战的同学心脏都差点停跳,柯少彬急忙喊道:"小心——"

长直发妹子出手非常果断,拿出一瓶药剂直接丢向那个怪物:"利多卡因麻醉!"话音刚落,那个怪物就被麻醉剂给放倒在地。

刘照青听到动静,来不及回头,只朗声说道:"谢谢师妹。"

女生苍白着脸:"不客气。你们小心!"

还剩下八个怪物,邹宇航见状也冲了过去,他将磁铁的N极丢去走廊的尽头,S极丢到三个怪物身后,磁铁两极的巨大吸引力让三个怪物瞬间被吸走。

越星文和刘照青的压力减轻了许多。两人配合飞快地干掉身边的几个怪物,越星文的报数越来越少:"六个……四个。"

被邹宇航吸走的那几个也被腾出手的刘照青连续几发飞刀给钉死在墙上。

"最后一个……搞定。"

越星文说出这句话后,眼前忽然一黑,身体不由晃了晃,眼看就要摔倒,柯少彬急忙一个箭步冲过去扶住他:"星文!你没事吧?"

剧烈的运动让越星文的心脏飞快地跳动着,像是要爆炸一般。他用力捂住胸口，脸色变得苍白如纸，周围的人迅速围上来。

"星文同学？"

"你怎么样，是不是心脏病犯了？"

越星文还没回答，刘照青这边也白着脸弯下腰，显然很难受。

他们两个是出力最多的，后面的怪物几乎全靠两人用词典和手术刀解决，两人体力消耗严重，显然是剧烈的运动诱发了心脏病。

学麻醉的女生忙说："快找个地方，把他们平放在地上休息！"

其他几个男生闻言，急忙将越星文和刘照青扶到干净的护士站。两人躺下来休息片刻，脸色渐渐有所好转。越星文睁开眼，见周围一群同学都在担心地看着他，微微笑了笑，说道："放心，我没那么容易死。"

刘照青低声骂道："老子平时打四场篮球都没这么累，这心脏病真是要命。"

几个女生眼眶都红了。

"你们没事就好！"

"快别说话了，先休息吧。"

越星文慢慢坐起来，回头看向大战之后一片狼藉的病区，强烈的视觉冲击让人恶心得想吐。好在怪物全部解决了。

他收回目光，看向众人："大家还好吧？"

众人你看看我，我看看你，其实，越星文和刘照青才是最狼狈的，他俩连续干掉那么多怪物，身上、脸上都溅满了鲜血。相对而言，其他同学因为离得远，虽然脸色苍白、头发凌乱、心跳有些失控，但衣服都还是干净的。

刘潇潇鼻子一酸，垂下头道："谢谢你们……"

邹宇航走过去，拍了拍越星文和刘照青的肩膀："哥们儿，谢了。"

越星文的脸色十分苍白，眼里却满是笑意："不用谢。没有你们，我也活不下来。别忘了这才第一天，如果第一天就有人牺牲，我们的实力会大大削弱，之后的四天，再出现夜间考场该怎么办？所以，一定程度上来说，我也是为了自己能顺利过关，借用了大家的力量。"

越星文说的是实话。如果大家群龙无首，乱打一通，造成人员伤亡，之后的几天会更难。

越星文并不是善心大发想要拯救全员，他只是根据目前这个团队的配置，想到了一种最佳的通关方案——能合作共赢，有什么不好？

刘照青哈哈笑道："没错，今晚算是大家齐心协力一起渡过的难关，所有人都发挥出了自己的特长。我发现，这种考试，比一个人在考场做卷子有意思啊！"

众人也纷纷笑了起来。

"感觉就像是组队打副本。"

"地理系厉害，我第一次体会到瞬移！"

"还是刘师兄的手术刀牛啊。我以前最喜欢古龙的《小李飞刀》，师兄再练练，就能开创一门江湖绝学，叫小刘飞刀！"

"星文的词典也很厉害，被他砸一下肯定得脑震荡。"

"对了，还有个功劳很大的，我们的机器人小图同学呢？"

听到这句话，柯少彬立刻在掌心里召唤出了小图，轻轻摸了摸小图的脑袋，笑着说："它现在才一级，只会唱《两只老虎》，希望它以后能更厉害一点吧。"

小图像是听懂了，脑袋闪了闪灯："好的主人，小图会努力变强的。"

众人都被它给逗笑了。

大家尽量不去看恐怖的右侧走廊，互相聊着天，心情放松了许多。越星文的脸色也有所好转，扶着墙壁慢慢站了起来。

就在这时，所有人耳边响起熟悉的冰冷机械音——

"夜间考核结束，死亡人数：0。请各位同学好好休息，准备明天的考试。"

听见"死亡人数：0"，大家的鼻子都有些酸涩。

要不是有人在关键时刻站出来，冷静指挥，刚才的局面得乱成什么样？大家在黑暗中到处乱跑乱叫，然后犯心脏病被怪物们杀掉？又或者紧张之下，化学系的男生到处泼硫酸伤到其他人，物理系的男生用光球不小心弄瞎同学的眼睛？甚至有人摔倒，被其他同学活活踩死？

那种比地狱还要可怕的场景，光是想象一下都让人头皮发麻。

幸好十个同学中有一位非常冷静的越星文及时站了出来。

众人都朝越星文投去感激的目光。

越星文神色镇定："都别松懈，回去好好休息，大家明天见。"

众人纷纷跟越星文道别。

"星文晚安，好好休息！"

"哥们儿，最该好好休息的是你俩，回去睡个好觉吧！"

"明天见！"

"谢谢人家，明天见！"

倒计时十秒后，空间再次扭曲，众人回到病房的床上。

15 床的老爷爷还在，越星文只来得及看一眼，上下眼皮就开始打架，无形中像是有一种力量在催着他尽快入睡。他闭上眼，不知不觉睡了过去。

次日早上7点，有护士推门进屋，催促道："16床、17床，空腹抽血。抽完血，跟着护工去影像科那边做冠脉造影。"

两人大清早被扎了一针，瞬间清醒过来。越星文起身下床，来到卫生间门口刚要进去洗漱，结果发现15床的老爷爷居然不在床上。他愣了一下，回头问护士："15床的病人呢？"

刘照青顺着越星文的目光看向15号病床，疑惑地摸了摸后脑勺："对啊，15床的病人呢，怎么大清早的不见了？"

护士平静地说道："15床的病人昨晚急性心肌梗死，去世了。"

去世？两人对视一眼，面面相觑。

等护士走后，越星文才压低声音："有古怪，老爷爷怎么会忽然去世？"

刘照青道："先洗漱，做完检查，跟其他同学碰头后再说。"

两人先后去卫生间洗漱，然后跟着一个四十多岁的护工阿姨来到影像科。这是昨天萧医生叮嘱过他们的，预约了今天上午的冠脉造影检查，不能迟到。

片刻后，其他同学也两两组队跟着护工过来。大家坐在走廊里等待叫号，有女生轻声问刘照青："刘师兄，这个冠脉造影检查，危险吗？"

刘照青解释道："冠脉造影是心血管专科很常见的一种检查，将造影剂通过血管打进身体里，然后拍CT（计算机层析成像），心脏的血管就可以清晰地在影像中显示。当然，如果对造影剂过敏的话，不能做这项检测，检查之前一般都会做过敏测试。"

医学生的专业解释让众人放心多了。

下一刻护士就开始点名："心血管病区，瞿薇薇，跟我进来做过敏测试。"

越星文提醒大家："大家做完检查之后尽快回到病区，吃完饭老地方集合。"

众人纷纷点头表示明白。同学们一个接一个地被点名，越星文也只好暂时放下思考，乖乖去做冠脉造影检查。

做完检查已经快到中午了，回到病房后，医院厨房统一送来了午饭。越星文和刘照青看着空空荡荡的15号病床，心里总觉得别扭。

越星文蹙眉说道："师兄，我记得昨天早上查房的时候，那个萧医生说，15床是个七十七岁的老爷爷，刚做完心脏支架植入手术，生命体征还算平稳。"

刘照青点头："我也记得。支架植入术后，病人猝死，理论上有几种可能——一是发生了排斥反应；二是术后并发感染，导致感染性休克；三是突发性的心肌梗死；第四种，可能就是你说的……"他压低声音："谋杀……"

越星文想了想，道："先跟其他同学碰头，问问他们的情况再说。"

两人迅速解决掉午饭，并肩来到左上角的休息区。

第二章 心血管病区

白天的心血管病区一切正常，医生、护士们忙忙碌碌，其他病房的老头、老太太看上去精神也不错，还有的老人家拄着拐杖在走廊里散步。

昨晚的惊悚大逃杀是只属于他们十个学生的记忆，就像是一场噩梦。然而，如果有人在昨晚死亡，或许今天，大家就能看见同学盖着白布，以"心脏病突发"的理由被推走。

休息区很快聚齐了十个人。

越星文问道："跟大家住一间病房的病友，都怎么样了？"

邹宇航沉着脸道："我们病房 24 床的病友，是个八十岁高龄的老爷子，病情一直挺严重，昨天查房的时候医生说他已经是第六次住院了。具体我也没听懂，就记下几个关键，他的冠状动脉前降支重度狭窄，粥样硬化严重，医生让他好好注意什么的。结果，老爷子昨晚猝死了。"

他说到这里就抬头看向刘照青："医学院的刘师兄，知道是什么原因吗？"

刘照青道："冠脉重度狭窄的八十岁高龄老人，身体不好的话很难承担介入手术的风险，有可能是粥样硬化形成血栓阻塞动脉，造成了急性心肌梗死。"

见大家一脸茫然，刘照青捏起左手拳头，右手在上面比画着解释："心脏就像是一个泵，每次跳动会向周围传输血液；血管就像是一条条运输血液的河流。冠状动脉血管分布在心脏的表面，是运输血液的重要河道。冠脉狭窄，就是河道变窄，会影响血液运输的效率。"

他顿了顿，继续说："粥样硬化，类似于河道里长年累月产生了淤泥。心脏病患者在剧烈运动或者心情激动时，心跳加速，导致原本就狭窄的河道瞬间阻塞；又或者，河道里的淤泥忽然脱落，流动到狭窄的位置堵住河道。河道被堵住，血液过不去，那么，这片区域就会因为血液无法流通而坏死——这就是心肌梗死。"

刘师兄解释得通俗易懂，众人大概明白了"冠脉狭窄"和"粥样硬化"的意思。

邹宇航道："我们病房的八十岁老爷子忽然去世，是因为他的血管不知道什么原因被堵住了，造成心肌梗死，这属于意外死亡吗？"

越星文目光扫过众人："其他病房是什么情况，都详细说一下吧。"

刘潇潇红着眼睛说："我们病房 5 床的阿姨昨晚也死了。阿姨人特别好，昨天下午她的家属来看她，给她带了个果篮，她还给我们剥橘子吃。她的病情不严重，我记得下午她还跟医生商量着今天办出院。可是，早上醒来的时候，她被盖着白布推走了。我问了护士，说是昨晚突发心肌梗死，没能抢救过来。"

越星文和刘照青对视一眼，继续问："秦露，你那边呢？"

秦露说道："我们病房33床是个六十岁的老阿姨，这次住院的病因也是冠脉狭窄，准备做介入手术。昨天查房的时候，她的主管医生说，副主任会亲自给她主刀，手术安排在三天后。结果昨晚她也忽然心肌梗死去世了。"

越星文看向柯少彬，后者立刻说道："我们病房50床是个七十岁的老爷爷，这次入院是因为不明原因心绞痛，昨晚也是突发心脏病没的。"

听到这里，大家终于察觉到不对劲。

刘潇潇声音发颤："大家的病友，全……全死了？"

邹宇航眉头一皱，看向越星文："你们病房的15床，该不会也去世了吧？"

越星文严肃地说："没错。这就是附加题的题目。"

同学们所在病房的病友一夜之间全部死亡，看来，考试确实来到了附加题的部分。

越星文飞快地拿出口袋里的纸，这是他昨天从柯少彬的笔记本电脑中记下来的重要资料，包括病区所有患者的基本信息。他迅速在其中五个患者的后面打下×，简单总结道："昨晚死亡的五人，分别是5床、15床、24床、33床、50床的病人，有术后恢复期的、术前准备期的，有住院治疗的，也有即将出院的，病情严重程度完全不同，唯一的共同点是，夜间猝死。"

众人见他记了笔记，心底忍不住佩服——这就是学霸对待考试的态度！

越星文看着笔记，冷静地说："昨晚大家被强行拉去夜间考场，关于他们到底是什么时候死的、死因为何、医生有没有抢救，我们一概不知。"

邹宇航忍不住吐槽："也就是说，附加题只给了一个'死亡五人'的题干，和一个'找出病友真正死因'的问题，然后让我们自己去查？"

化学系的男生白着脸道："这门课是白天悬疑推理，夜间惊悚大逃杀吗？"

邹宇航补了一句："还给我们集体安排了心脏病。"

众人："这难度也太高了吧？"

刘潇潇建议道："不行的话，附加题我们可以放弃，也不影响通关。我平时喜欢看科幻电影，推理是真的不行。"

也有人小声吐槽："我从小学开始考试就很少做附加题，做了也没能做对过。"

越星文道："这才是图书馆第一层，你们就要放弃，不试试吗？"

第一层的医学院如此变态，后面的二楼、三楼是什么学院，又给大家开了些什么课程，真是想想都让人脊背发凉。

越星文收起笔记，道："昨晚大家合作得很好，我希望接下来大家也能互相配合，共享一些信息。毕竟，谁都不可能同时盯着五个病房。单独做题很难做出完整的答案。愿意试着做附加题的，可以加入进来，我们一起讨论，集思广益。"

众人互相对视一眼，纷纷点头。

邹宇航第一个举起手："我认为，星文同学思路冷静，逻辑清晰，昨晚也多亏他，我们才能零死亡活到今天。结束这门课后大家能不能遇见都不一定，没必要互相防备。共享线索更容易推理。我建议大家听星文的安排，一起努力试试。附加题的分值有 30 分，做对的话，出力多的同学肯定拿高分，其他人也能拿点基础分，再乘以 4 分的学分，积分会有很多！"

旁边的刘宇凡也点了点头："我赞同。"

化学系的男生举起手道："我愿意加入。"

越星文看向其他人："你们呢？"

四个女生纷纷点头。

"我同意。"

"有什么需要帮忙的尽管安排。"

"我推理不行，可以跑跑腿，帮大家收集线索！"

没人反对，越星文便爽快地说道："那就分工吧。所有人，先把自己病房的病友昨天一整天说过的每一句话、医生们查房时对他们病情的判断，以及家属探班时的对话，能记得的，全部回忆、整理一遍。"他飞快地从词典上撕下十张纸，每人发了一张："吃过晚饭后，交到我这里汇总。"

邹宇航玩笑道："我们这也算临时班级了。班长布置作业，大家一定认真完成！"

越星文问刘照青："师兄，患者死亡后，医生们会写死亡分析吧？"

刘照青道："一般会在二十四小时内写出死亡病例汇报，还得开会讨论。他们开会肯定是在会议室，我们进不去，但可以等他们开完会之后，让柯师弟去查他们的会议记录。"

越星文看向柯少彬："今晚吃完饭后，大家帮柯少打好掩护，所有人装病，把护士、医生们全部叫走，让医生办公室空出来。"

众人一脸惊喜地看向柯少彬："你还能破解他们的电脑密码啊？"

柯少彬骄傲地点头："我是计算机系的。"

他还是老样子，一提起计算机就双眼发亮。越星文看着柯同学泛红的耳朵尖，轻轻笑了笑，最后叮嘱道："下午医生们开完会，晚上电脑就能录入会议记录。到时候大家发挥演技，拖住病区所有的医护人员，给柯少争取拷资料的时间。"

他目光扫过众人，起身道："先回去整理信息，晚上 7 点 30 分统一行动。"

这次考试会根据每个同学的表现来评分，哪怕最后大家合力做出了附加题，得分肯定也不一样。越星文最主要的合作伙伴还是柯少彬和刘照青两位校友：一个计算机系的负责拿资料，一个医学院的负责分析病例，他来做汇总和推理。

其他配合行动的同学，可能只拿个基础分。但是，有同学们配合，解题会变得顺利很多。

一夜之间五人死亡，越星文相信，只要凶手存在过，那就一定会留下作案的痕迹。

下午 6 点，同学们各自吃过晚饭，紧跟着就来到越星文所在的病房，将之前要求完成的"作业"交到越星文的手里。

越星文将大家交的作业仔细汇总梳理，把五个死者生前的经历整理出来。

5 号床，五十五岁女性，性格开朗。儿子、儿媳都是老师，昨天下午曾来医院探望过她，原本说好今天办理出院手续，老太太身体恢复得还不错。今天上午家属来到医院，听说她意外猝死，不肯接受这个事实，在病房大哭了一阵，还跟医生们争论了很长时间。

越星文将资料递给刘照青，后者皱着眉说："这老阿姨死得可真冤，本来今天都能出院了，昨晚却突发心肌梗死，怪不得家属们难以接受。"

越星文接着道："八十岁老人的家属就很平静。他本身病情危重，住了六次院，他的家属应该是做好了心理准备，很快就接受了老爷子死亡的事实，已经通知殡仪馆将尸体运走。"

刘照青问道："六十岁那个老阿姨，原本安排了三天后的手术，可惜，手术还没做，她就去世了。她的家属怎么说？"

越星文道："她的家属在外地，还没来得及赶来。剩下分别是七十岁、七十七岁的两个老爷爷，尤其是七十岁的那位老爷爷，都已经做过手术了，家属们应该会很难受，本来以为手术成功了，结果术后猝死。"

刘照青叹了口气："唉，医院里突发疾病，半夜死人很常见，我实习的时候都遇到过好几次。可如果真像你说的，有人暗中动手脚，那就完全不一样了。"

越星文点头："所以，我们得尽快找到线索。"

晚上 7 点 30 分，医生们大部分已经下班，同学们按照越星文的盼咐开始装病。

先是 4 床的刘潇潇按了呼救按钮，等护士来到病床前，她就缩在床上一边打滚一边喊着："我胃里好难受，是不是吃坏肚子了，好痛……"瘦小的女生额头冷汗直冒，按着胃部一脸苍白。护士吓了一跳，急忙去找值班医生。

医生刚走进刘潇潇的病房，化学系男生也开始装病。男生本就一脸病态，缩在床上一边瑟瑟发抖，一边按着心脏。同病房的邹宇航一脸紧张地冲去医生办公室："医生医生，我病友心脏病犯了，快去看看！"

刚吃过饭的医生被他叫走。

再然后，秦露也配合着演戏，假装自己头痛，叫走了最后一个值班医生。

病区患者状况频发，三位医生被调虎离山，越星文和刘照青一直在医生办公室附近散步，见医生们全被叫走，越星文立刻朝远处的柯少彬打了个手势。

柯少彬会意，在越星文的掩护下溜进医生小办公室，打开医生的电脑开始破译密码。刘照青和越星文守住走廊左、右拐角，以防医生或护士过来。

柯少彬坐在电脑前，修长的双手飞快地敲击着键盘，神色无比严肃。

电脑屏幕中出现一行行复杂的代码，片刻后，柯少彬成功入侵系统。他迅速抬起右手，将自己的笔记本电脑放在台式机旁边，开启无线数据传输。

电脑中出现蓝色的读条框，显示"数据传输中……"

眼看传输到了80%，右侧走廊忽然传来一阵脚步声，刘照青见一个护士推着治疗车走了过来，急忙上前一步拦住对方，笑道："护士你好，麻烦问一下，今天晚上，我还需要打针吗？我是16床的病人刘照青。"

护士看了眼他腕带上的名字，翻了翻治疗车上的单子，道："你今晚不用打针，回去好好休息。具体的治疗方案明天早上查房的时候再问你的主管医生。"

听见走廊里传来的对话，柯少彬紧张得手心里直冒冷汗。

数据传输终于变成了100%，柯少彬立刻退出系统，右手一抬，将笔记本电脑收回掌心，迅速溜出办公室，跟着越星文一起转身离开。

刘照青看见他俩走过来，这才朝护士笑了笑，侧身让路："谢谢，谢谢。"

三人沿着走廊往病房的方向走，途经护士站的时候，发现护士站旁边的走道尽头摆着一个标注着"医疗废品"字样的超大垃圾桶。越星文看向刘照青，指了指垃圾桶："师兄，要不要去翻翻？如果我的推论属实，凶手没来得及处理的证据说不定就在垃圾桶当中。"

刘照青点头："嗯，走吧。"

三人鬼鬼祟祟地来到护士站旁边。

由于其他同学还在卖力表演拖住了医生、护士，附近并没有人，柯少彬守在通道口打掩护，越星文和刘照青从护士站偷了两双医用手套戴上，翻开垃圾桶就开始寻找线索。

纱布、注射器这些没什么参考价值，关键在药剂瓶。

越星文翻出了所有的药剂瓶和输液袋，刘照青在旁边仔细核对。"生理盐水、降压药、舒血管药……还有肾上腺素，应该是抢救病人的时候用过的。"他将翻出来的药剂瓶依次过了一遍，然后摇摇头，"都是常见药物，没什么异常。"

虽然白费一番功夫，但越星文并不沮丧："这里没留下痕迹，说明凶手不是在护士站换的药，护士作案的可能性比较低，可以进一步缩小排查范围。"

三人回到病房坐下，片刻后又有几个同学敲门进来。

越星文声音温和："大家辛苦了，找地方坐吧，我们先开会讨论一下。"

邹宇航打趣道："有种开班会的感觉啊，星文就是我们的临时班长。"

越星文朝他笑了一下，看向柯少彬："打开资料吧，看看医生们的结论。"

柯少彬右手一抬，手心里的电脑图标变成了一台超薄笔记本电脑。

柯少彬打开笔记本电脑里的病人资料文件夹，将屏幕旋转给越星文看。

越星文操控鼠标快速滑过昨天已经看完的病程记录，直接打开了新增的"死亡病例讨论"部分，招呼刘照青："师兄你更专业，你也来看看吧。"

刘照青搬了个凳子坐在他旁边，看着屏幕道："这些是下午医生们开完会之后录进去的死亡病例分析。五个人的死亡原因，都是急性心肌梗死。病例里有详细的死亡时间、抢救记录。从抢救记录来看，医生们确实尽力了，可惜都没抢救过来。"

越星文从词典上撕下来一张白纸，一边整理一边说道："15床病人死于凌晨1点10分，24床死于凌晨1点20分，5床死于凌晨3点30分，50床死于凌晨3点40分，33床死于凌晨5点整。"他抬头看向大家："发现规律了吗？"

众人面面相觑了一阵。

邹宇航率先举起手："是不是死亡时间有问题？"

柯少彬分析道："这些病床听着挺乱的，但星文按照死亡时间整理过后，病人的死好像是分成了三个阶段，1点10分、1点20分，间隔10分钟死了两个，3点30分、3点40分，同样间隔10分钟也死了两个，但5点只死了一个？"

其他同学恍然大悟，但紧跟着又露出茫然的表情："这有什么讲究吗？"

越星文用笔在纸上画下一个圈："凶手的作案时间以及移动路径。"

听见"凶手"两字，一群学生同时脊背一僵。邹宇航白着脸，嘴唇忍不住哆嗦："凶……凶手？你的意思是，这五个病人是被人给杀害的？！"

"没错。附加题让我们找到病区患者真正的死因。如果他们的死没有人为因素，那这道题的答案就是'急性心肌梗死'。"越星文顿了顿，抬眸看向大家，"你们觉得，30分的附加题，会这么简单，直接送分吗？"

心脏病患者死亡，大家都很容易想到急性心肌梗死，医生们的死亡病例分析也是这么写的，所以这肯定不是正确答案。

"我认为，五个病人的死，是同一个凶手所为。"越星文扭头看向刘照青，"师兄，有没有什么药物，可以让心脏病患者突发心肌梗死？"

"缩血管类药物。"刘照青再次将左手轻握成拳代表心脏，右手在上面比画着讲解，"你们可以这样理解，冠心病的病人心脏表面血管狭窄，河道拥堵，医生通常会用舒张、软化血管的药物来疏通河道。可如果反其道而行，给他们用缩紧血管的药物，"他的两根手指忽然夹紧，"原本就狭窄的血管，被药物一缩紧，不就堵住了吗？"

刘师兄的解释加上动作比画，通俗易懂。病人本就血管狭窄，继续用缩血管的药很容易引发血管阻塞，神不知鬼不觉让病人突发心肌梗死。

他们要做的就是找到这个人，这才是附加题的答案。

柯少彬提出另一种猜想："有些剧毒物质也可以迅速要这些人的命吧？假如有人在他们的药物中添加剧毒，这一针打下去，也可以杀掉五个人。"

越星文点头："确实不能排除下毒的可能性。"

瞿薇薇脸色发白，咬着唇问道："可是，谁会这么做呢？这么做的理由又是什么？五个病人跟他有什么深仇大恨？"

邹宇航猜测道："从我们汇总的资料来看，五个病人之间根本不认识，得罪同一位凶手的概率很小吧？会不会是医院某个变态医生在做人体实验？之前'逃离实验室'那一关就是实验室的药物出了问题，导致动物变异。"

越星文也想过这种可能，沉思片刻，指出了一个疑点："实验室那门课，是研究人员在动物的身上实验新型药物。如果心血管病区也在实验新型药物，刘师兄应该能从病例中发现不对吧？"

他看向刘照青，后者急忙打开笔记本电脑中几个病人的诊疗记录，指着上面的药物说道："诊疗方案我昨天看过，没什么问题。医生给病人开的都是临床上常见的控制冠心病的药，刚才我们也翻了垃圾桶，没发现可疑药剂，应该不是医生在做实验。"

柯少彬说："分析来分析去，还是星文的推论最合理——病区有一位潜伏的凶手在作案。他偷偷换掉了药，或者在药物中添加了剧毒，连续杀死了五个病人。"

同学们的脸色都有些难看。

邹宇航道："星文，你对凶手有什么头绪？"

越星文清了清嗓子，总结道："很多连环杀人案的死者都会有共同特征，例如都是长发女性或者都是青年男性等，这通常跟凶手对该类人群的仇恨值有关。"

我们这个案子，五个死者年龄不同，身份、性别不同，共同点是患有心脏病，凶手应该是对心脏病患者有什么不满。他专杀患有心脏病的人，我们大家也得小心。"

邹宇航忍不住吐槽："专杀患有心脏病的人？这岂不是很难推理？"

越星文平静地说："倒也不算很难。这个案子的凶手就在我们的身边，有固定的嫌疑人范围，我们可以用排除法，一个一个地排查。"

刘照青很快反应过来："没错！病人是昨晚死的，死亡时间包括凌晨 1 点、3 点、5 点。晚上病区大门上了锁，外人进不来，说明凶手昨晚一整夜都在病区！"

越星文点了点头："昨晚留在病区的，除了我们十个人和已经被杀的五个人外，所有值班医生、护士、病人，都有嫌疑。大家先看我画的这张图。"

他将刚才画了半天的纸拿起来展示在众人面前。

同学们惊讶地发现，他在上面画出了一个奇怪的环形轨迹。

越星文道："五个病人的死亡时间分别是 1 点 10 分、1 点 20 分、3 点 30 分、3 点 40 分、5 点，可以分成三个阶段；凶手杀人的顺序，从 15 床、24 床，再到 5 床、50 床，最后到 33 床，这是凶手昨晚的移动路线。"

他用笔在纸上画出三个箭头，分别代表三个时间段的凶手移动轨迹，紧跟着道："根据图形轨迹分析和犯罪心理学的推断，凶手作案，会先挑距离自己近的人，这样方便下手，等作案成功后，才会挑距离远的病床。那么，凶手很大可能……"他将三条移动轨迹画出个交叉点，圈出位于交叉点的两间病房："就在这里。"

同学们目瞪口呆地看着越星文。

片刻后，刘照青才竖起大拇指："越侦探，牛啊！"

邹宇航一脸佩服："哥们儿，你不是中文系的吗，怎么还懂运动轨迹分析？"

越星文笑着解释道："我有个数学系好友，轨迹分析的方法是跟他学的。如果他参加这门考试，他肯定能迅速找到死亡时间、运动路径和凶手位置之间的联系。"

众人叹服。跟着越星文这样的班长，大家是不是做好躺赢的准备就可以了？

就近原则，这是犯罪心理学经常提到的凶手作案思路——人在陌生的环境中会忍不住紧张，容易犯错，而对自己熟悉的环境和身边的人则会更有把握。

因此，连环杀人案的凶手往往会挑选距离自己近的、身边的人先下手，在杀掉一两个之后，凶手心中会产生顺利杀了人的成就感，胆子渐渐变大，作案范围也会相应扩大。

这就是越星文判断凶手位置的依据。

第二章　心血管病区

越星文指着绘图跟同学们解释道："整个心血管病区是'回'字形走廊结构，上方是医生办公区，下方是护士站，左、右下角是 VIP 病房，两边走廊各八个病房、二十四张床位——左边最上方 3 床、4 床、5 床，最下方 24 床、25 床、26 床，右边下方从 27 床、28 床、29 床开始，右上角 48 床、49 床、50 床结束。"

大家看见他画的病区分布图，就跟上课听讲做笔记一样，迅速拿空白的纸抄写了一份，并且将自己对应的床号和死者的位置标注出来。

越星文也将五个死者的位置标了星号，道："凌晨 1 点死亡的两个病人，15 床、24 床，病床靠近走廊，也就是说，凶手在深夜轻轻推开门，往前走两步就能直接给病人的注射器里加入缩血管药物或毒素，作案非常方便。"

刘照青终于看明白了："凶手第一次作案，会选择离自己近的人下手，杀完人后，他就能最快时间返回自己的病房，避免被其他病友或医生护士撞见。那么，离死者最近的……也就是 18 床、19 床、20 床和 21 床、22 床、23 床所在的两个病房的病人？"

柯少彬扶着眼镜仔细一看，顿时恍然大悟："15 床的死者在他出门的左手边；24 床的死者，在他的右手边。来回作案的时间不会超过 10 分钟，这也能解释，两个人的死亡时间只间隔了 10 分钟。因为离得近，方便凶手作案？"

越星文点头："没错。病区晚上有值班医生和护士，病人一旦出状况，护士站会报警，凶手必须在 10 分钟内迅速给病人注射完危险药物，溜回病房，否则，护士站报警后，医生们会飞快地赶来现场抢救，容易在走廊里撞上凶手。"

凶手就在隔壁，出门杀人再潜回病房，用时会非常短；而死者分别在他的左右两边，离他很近，他杀完人也能随时观察医生、护士们抢救的情况。

越星文接着分析："杀完这两人后，他的胆子变大了。隔了两个小时，凌晨 3 点 30 分再次作案时，他选择了更远的目标。5 床和 50 床，距离医生值班房比较近，而且那里正好有洗手间，他可以假装去洗手间，先杀掉 5 床的病人，再杀掉 50 床的病人，然后快速返回自己的病房。"

"凌晨 5 点，第三次作案时，他选择了较远的目标，甚至大摇大摆地从护士站的前方绕过，从左侧走廊摸去了右下角的病房，干掉了 33 床的病人。"

见越星文完整地画出凶手的移动路线，同学们纷纷点头。

"星文的推理，我觉得很符合逻辑！"

"我也觉得，凶手作案分成了三个时间段，那肯定是先找距离近的，最后再杀距离远的。"

想起这位凶手昨晚曾出入过自己的病房，不动声色地干掉了隔壁床的病友，众人不寒而栗，脊背上起了一层的鸡皮疙瘩。

刘潇潇打了个哆嗦，咬着牙问道："星文，你确定嫌疑人是这些病人中的一个吗？医生和护士是不是也有可能作案呢？"

越星文道："当然。就近原则并不适用于医生和护士，如果这个案子的凶手是医护人员，他们可以随意出入任何一个病房，哪怕被病人或者同事看到也不会引起怀疑，不需要遵守'先杀近，再杀远'的规律。医护人员可以随机作案，我们分析的时间和路径就没有意义。"

他打开病区医护人员的资料，将重点放在昨晚的值班表上："这是昨晚的值班医生和护士的名单。大家先回忆一下对他们的印象，看看他们的资料有没有疑点。刘潇潇同学所说的医护人员作案的可能性，我们也不能草率地排除掉。"

刘潇潇接过资料看了一遍，道："这个是我们病房的护士姐姐，性格温柔。昨天听她跟人聊天说，她下周就要结婚，还给同事们发了请帖。喜事将近，她应该不是连杀几个人的屠夫吧？"

同病房的瞿薇薇补充道："我注意到这位护士脖子上戴了条项链，说是未婚夫送的，两人感情应该很好，这样的女生应该没有忽然杀人的动机。"

越星文点点头，看向大家："其他护士呢？"

邹宇航皱着眉说："这是我们病房的主管护士，刚毕业的小姑娘，才二十来岁，性格比较腼腆，昨天我问她话的时候她还脸红，看着也不像凶手啊！"

柯少彬道："第三个是我们病房的主管护士，她跟她老公吵架了，我昨天听她跟人聊天提到的，她心情明显不太好，我问她问题，她还凶了我几句。她好像是刚休完产假回来上班不久，情绪比较焦虑，但也没到杀病人泄愤的程度吧？"

越星文本来也没怀疑是护士作案，三个护士都没有作案动机，何况，护士们换完药，会习惯性地将药瓶丢在护士站旁边专门收集医疗垃圾的垃圾桶里，那垃圾桶每天都会清理，不用担心被人发现证据。他跟刘照青翻了垃圾桶，没找到任何线索。

他之所以让大家逐个分析逐个排除，只是为了让同学们能认可他的推论。要不然，最后答案错了，同学们还会怪罪他没有分析到位。班长也不是那么好当的。

越星文看向刘照青："师兄觉得，三个值班医生当中，有没有可疑的人？"

刘照青低头看了眼值班表上的名字，将他们的资料从电脑中翻出来："主管医生萧文精明能干，心血管专科博士毕业，年纪轻轻就升了主治医生，前途一片光明。他花十多年的时间读书、写论文、培训，好不容易当上主治医生，跑来病区杀人，不至于这么疯狂吧？除非他心理变态。"

越星文点头:"嗯,反社会人格障碍,或者心理变态,才有可能做出这种事。"

刘照青摸着下巴继续分析另外两个值班医生:"马平医生,三十岁,履历表显示他是从其他医院调过来的,在这里工作才一年,对病区的病人下手总觉得说不通。还有一个孙亮是实习医生,二十五岁,刚刚研究生毕业,好像都没什么动机。"

越星文思考了片刻,最终得出结论:"三个护士大概率可以排除,昨晚留在病区的三位值班医生先待定。嫌疑更大的,还是我刚才根据路径分析出来的那两个病房的病人。"

杀人总要有个动机,总不能心情不好随机滥杀。

何况,昨晚的凶手准备得相当充分,明显不是冲动型作案,而是蓄谋已久,凶手还很了解心血管专科的相关理论知识。

越星文将两个病房的病人资料挑出来递给同学们:"六个嫌疑人,18床老太太刚做完手术,目前戴着氧气面罩,昏迷不醒,自身行动困难,第一个排除。"

邹宇航补充道:"22床、23床的两个老爷爷住我们隔壁,都是七十岁以上,一个以前是装修公司水泥工,一个以前是木工,两人明显认识,彼此老张、老李地叫着,还在走廊里聊自家孙子的考试成绩。他们看上去老实忠厚,应该不懂这些医学知识。我觉得他俩嫌疑也不大。"

六个人排除了三个,范围再次缩小。

越星文将剩下三人的资料打开:"19床,医学院退休教授;20床,在医院从事药学相关工作;21床曾经当过医药代表。这三人都具备医学知识背景,应该知道怎么让心脏病患者猝死,年龄都在五十岁到六十岁之间,病情也不算严重,都有作案条件。接下来就是找到作案动机。"

越星文想不明白,是什么原因让凶手对心脏病患者如此仇视。

就在这时,病房门忽然被推开。

众人齐刷刷地回头,只见穿着白大褂的主治医生萧文面无表情地走了进来。看见病房里聚集了这么多病人,他不悦地挑了挑眉,冷声问:"你们在做什么?"

同学们差点脱口而出:我们在开班会。

对上医生冷冰冰的目光,众人迅速低下头。柯少彬急中生智,将笔记本电脑里的资料一键关闭,打开电脑里自带的一部电影,微笑着说道:"医生,人家太无聊了,凑在一起看电影呢。"结果好巧不巧地,他打开的正是一部恐怖电影。

萧医生脸色更难看了:"一群心脏病患者聚在这里看鬼片,是嫌自己活太长吗?"

众人面面相觑。

萧医生道:"还不回去?"

被医生冷冷一瞪,同学们顿时作鸟兽散,飞快地逃回了自己的病房。

越星文和刘照青迅速在床上坐好。萧医生走过来,拿起听诊器仔细听了一下两个人的心率,淡淡地说道:"你们两个的冠脉造影诊断结果已经出来了。"

刘照青急忙问:"萧医生,不严重吧?"

萧医生看向刘照青说:"刘照青,你的冠状动脉左前降支狭窄程度80%。"然后他又拿出一张片子递给了越星文,道:"你是左侧回旋支狭窄程度80%,病情都挺重,已经达到了手术标准。好在你们还年轻,没有别的基础病,做介入手术的话预后还不错。"

越星文和刘照青对视一眼,脱口而出:"做手术?"

萧医生:"这是手术知情同意书,你们先看一下,改天叫家属来签字。"

越星文接过同意书,看着上面列出的一大堆"危险情况"和"术后并发症可能",越看越觉得头皮发麻,忍不住道:"非做不可吗?"

萧医生冷漠地回应:"80%的狭窄很容易造成血管阻塞,最好尽快手术。"

医生走后,越星文忍不住按住太阳穴:"不会真把我们送去手术室吧?这课程体验也太丰富了。"

刘照青沉着脸将知情同意书放在床头柜上:"我们只要生存五天,做手术之前离开这里就行。家属在外地,不能过来签字,这个借口可以拖个几天,反正我是绝对不会去手术室的。"

越星文赞同:"我也不想做手术。谁知道进了手术室还能不能活着出来?万一手术过程中来个意外,那真是死得太冤了。"

刘照青拿起冠脉CT的片子,对着光仔细看了看动脉狭窄的位置,道:"唉,我们的心脏病比我想的还要严重,80%的狭窄已经算是四级狭窄了。话说,夜间考核昨晚已经结束了吧?今晚不会还来吧?再来一遍,我们这心脏能受得了吗?"

越星文听到这话,脊背微微一僵,他总觉得师兄有张乌鸦嘴。

由于萧医生开始全病区查房,同学们只好老老实实在病床躺下。大家的病情都差不多,听见"做手术"都心惊胆战,生怕自己真被推进手术室里。

天又一次黑了,窗外依旧看不到任何光亮。

时钟渐渐走向凌晨,越星文紧张地在被窝里攥紧了拳头。

今晚就不要夜间考核了吧?也不能把学生们逼得太狠对不对?越星文在心里默默祈祷着,结果这话刚说完,"叮"的一声,耳边响起熟悉的冰冷机械音——

"凌晨0点整,第二次夜间考核开始。

第二章　心血管病区

"倒计时3，2，1。"

越星文脸色难看："又来了！"

刘照青直接爆粗口："图书馆不是不讲武德，简直是毫无人性！"

听着外面响起的诡异脚步声，两人无奈对视一眼，飞快地逃出门去。

这次不用越星文提醒，瞿薇薇就在走廊里喊："5G信号塔我已经放去了左上角！大家快往右下角跑！"

邹宇航道："又断电！快掩护我修电路！"

看来，同学们大逃杀都逃出经验来了！

在5G信号塔的帮助下，所有同学第一时间跑到了右下角的护士站。

十人到齐，刘宇凡沉声说道："大家闭眼！"

待众人闭上眼，他迅速拿出光球，控制光能，照向护士站旁边的电表箱区域。邹宇航急忙撸起袖子开始接电路。

一切就仿佛是昨晚夜间考核的重演，同学们都熟练无比。

越星文却丝毫不敢松懈。他从小考试考到大，还没遇到过完全一样的题目出现在两场考试中。今晚的怪物如果跟昨晚的一模一样，同学们过关岂不是很轻松？图书馆系统会那么好心让大家重复昨晚的过程？

刘潇潇小声问道："星文，我要继续讲课拖延时间吗？"

越星文走到她身边："嗯，我掩护你，先修好电表箱看清楚病区的情况再说。"两人来到左下角，越星文朝这边喊了声"刘师兄"，刘照青立刻会意："明白，右路交给我！"

大家之前合作过一次，已经有了一定的默契。

十五秒后，刘潇潇念完讲义，邹宇航那边也修好了电表箱。整个心血管病区的灯同时一亮，越星文终于看清了走廊里的情况——

一大批怪物正朝他和刘潇潇冲过来。这些怪物的双手双脚只剩下森森白骨，身体躯干部分却很完整，一双双眼睛如同乒乓球那么大，血淋淋地凸了出来。

跟昨晚一模一样！难道真是考题重复？

越星文果断地说："撤！"

他护着刘潇潇飞快撤回护士站。刘照青师兄也撤了回来，秦露已经熟练地拿出了地球仪，问道："还是跟之前一样板块运动换位吗？"

越星文道："避开它们，先去左上角。"

秦露点了点头，手指在地球仪上飞快操作。

板块换位，众人出现在左上角的休息区。邹宇航沉着脸骂道："把昨晚的考试内容又来一遍，这么折腾我们有意思吗？！"

柯少彬召唤出小图，看向越星文问："还是像昨天那样，我让小图去引怪，物理系同学用光球闪瞎它们的眼睛，大家再板块运动，绕后清场？"

昨晚越星文就是这样指挥的，最终，十个学生毫发无损，灭了怪物，大家对流程已经相当熟悉，所以，今晚的夜间考核，同学们一点都不紧张。

越星文的表情却格外严肃，竖起耳朵，认真听着走廊里传来的杂乱脚步声，听了几秒，忽然改口道："不能完全重复之前的套路，没那么简单。大家考了十几年的试，有谁见过前后两张卷子上出现一模一样的题目的吗？"

众人仔细一想，顿时脊背发冷——看见这些怪物跟昨晚长得一样，大家差一点就放松了警惕！可是，图书馆怎么可能让他们把一模一样的题目连续做两遍呢？

一定有哪里不对劲！

越星文低着头思考几秒，迅速做出决定："大家先躲进第一间病房。"同学们没有怀疑越星文的指挥，纷纷照做。越星文最后一个走进病房，却没有关门。

刘潇潇小声问："不关门吗？"

"这扇门在怪物眼里就跟纸糊的一样，就算关上，它们也可以轻松破开。"越星文冷静地说，"真遇到危险，板块运动换位就行。我要站在这里，仔细观察一下它们。"

刘照青闻言便来到越星文身边，两人一起站在病房门口往外看。

越星文道："柯少，让你家小图沿着走廊，做环绕运动去引怪。"

柯少彬将小图放了出去，熟悉的儿歌在寂静的心血管病区响起："两只老虎，两只老虎，跑得快……"

小图脑袋上闪着蓝色的灯，脚下的滚轮飞快前行，转眼间就将护士站的怪物全部引了过来。一群怪物追在小图的身后，排成一条长队，场面十分壮观。

由于小图的歌声有吸引效果，怪物们从病房门口路过时并没有攻击大家，而是继续追着小图跑。

于是，众人就看见了智能机器人小图沿着走廊遛怪的诡异场景。

由于今晚大家先修了电表箱，没跟怪物战斗，走廊里没有尸体之类的障碍物，小图唱着歌在走廊滑行，一群怪物追在它身后，一时居然追不上。

转眼间，小图就带着这群怪物在病区里遛了一大圈。众人都不知道越星文这么做是想干什么，遛着这些怪物玩吗？

邹宇航心直口快，直接问出口："星文，你这么做有什么用意？不直接打吗？"

越星文冷静地说道："我在计数。"

众人对视一眼，很快就明白过来："怪物的数量有变化？"

越星文果然点头："昨晚的怪物是二十个，今晚是二十五个——多了五个。"他从一开始就觉得不对劲，脚步声比昨晚要杂乱许多，原来是数量增加了。

要不是越星文细心谨慎，大家根本没想到还有"计数"这种操作！

柯少彬忍不住道："白天病区正好死了五个人，晚上的怪物就多出五个，这应该不是巧合吧？其中会有什么联系吗？"

眼看小图的歌曲快要唱完了，越星文语速飞快："现在没时间分析，先解决掉它们再说。注意，多出来的五个很可能实力比其他的强，大家小心！"

他看向身后脸色发白的秦露："准备换位。"

秦露立刻用板块运动将大家集体换到右下角的护士站。就在这时，走廊里歌声停止，怪物们不再被歌声吸引，咆哮着朝他们冲了过来。

跑在最前面的五个怪物速度明显比其他的同伴快，它们敏捷又灵活，一双双白骨森森的手直接攻向众人的胸口。

越星文急忙闪身躲避，那锋利的手骨居然在他身后的墙壁上掏出了一个大洞。要不是他反应够快，他的胸膛说不定已经被掏出了一个血窟窿！

数量增多，能力变强！

昨天，它们的白骨爪子还只能破坏木门，今天居然能将水泥墙都挖出个洞来。看着墙壁上留下的洞，众人只觉得头皮发麻——幸亏越星文留了个心眼，要不然，贸然冲上去打，说不定会被反杀！

越星文深吸一口气，迅速调整好情绪，说道："物理系的同学放光球！"

旁边的刘宇凡听见这话，立刻将光球抛到怪物群中。

怪物们瞬间被刺激得失去了视力，它们嘴里发出嗷嗷的吼叫声，到处乱撞，转眼间那些病房的门都被它们撞烂了。跑在最前面的五个怪物哪怕眼睛失明，却也凭借着嗅觉闻到了同学们的位置，张牙舞爪地扑了过来！

同学们飞快地闪身躲避。它们看不见，就伸出锋利的爪子到处乱砸，木制的护士台在它们面前如同不堪一击的泡沫，不到五秒就被砸了个稀烂。

越星文大喊："麻醉系的同学快控制住它们！"

麻醉系的女生脸色苍白，听到这里，她立刻拿出利多卡因，将针管直接甩出去——不管多厉害的怪物，麻醉剂的效果立竿见影，而且是定点控制。可惜她的麻醉剂数量有限，女生颤声道："我只能控制住三个！"

转眼间，冲在前面的三个精英怪就被麻醉剂给放倒了。

还剩下两个战斗力极强的精英怪。邹宇航急中生智，干脆拿出磁铁，将N极丢到远处的墙壁上固定，S极丢到两个怪物的身后，一股巨大的磁力将两个怪物"砰"的一声吸去了几十米外的墙上。两个怪物一时无法逃脱磁铁的吸引，在远处疯狂挣扎。

同学们心惊胆战，心脏开始剧烈跳动，大家急忙深呼吸以保持镇定。

越星文："板块运动。"

秦露还有一次板块运动的机会，听到之后立刻开启地球仪，大家集体瞬移到医生办公室附近，绕到了怪物群的后方。

五个精英怪被控制，剩下的二十个怪物如潮水一般朝大家涌了过来。

越星文翻开词典，果断使用技能："七上八下！"

这个群控技能在混战当中非常好用，只见七个怪物同时飘到空中，八个如同滑倒一样四肢朝天仰躺在地，剩下的五个被同伴们的身体挡住，根本过不来。

越星文朝刘照青使了个眼色："师兄，抓紧时间清理！"

这些小怪的战斗力和昨天完全一样，用词典砸它们的头就能砸死。在它们被控制的情况下，越星文的词典一砸一个准，刘照青的飞刀准确率也明显提升，两人配合，不到一分钟就将这批小怪全部清理完毕。

越星文喊道："没技能的同学躲去医生办公室！"

刚放完控制技能的几个女生飞快地跑去了办公室，紧张地透过玻璃看向外面。

磁铁的控制效果结束，那两只被吸在墙上的精英怪如同会飞檐走壁一般，口中发出尖锐的咆哮，转瞬间就冲到了众人面前。它们挥动着森森白骨，眼看就要朝几个同学扑来，越星文急忙喊道："上硫酸！"

化学系的男生迅速抬手，透明的硫酸如同暴雨一般泼向那两只怪物，血肉溶化的"刺刺"声夹杂着怪物的嘶吼声，震耳欲聋。

被麻醉的三个精英怪也醒了过来，越星文一个词典砸过去，明明砸中了其中一个精英怪的头部，然而那怪物居然只是身体轻轻晃动了一下，并没有被砸晕过去。眼看那怪物就要抓到越星文的脸了，越星文急忙后退一步翻开词典："五体投地！"

怪物"啪"的一声趴在了越星文的面前，刘照青急忙一刀捅向怪物的心脏，那怪物抽搐了两下，再也不能动弹。

刘照青察觉到关键，急忙出声提醒："弱点在心脏，打头不管用！"

另一边，两个怪物凶猛地扑过来，所到之处的墙壁都被它们恐怖的攻击力砸穿，传来一阵阵"轰轰"的巨响。

怪物锋利的爪子直直袭向刚用完硫酸的化学系男生。

男生脸色煞白，全身僵硬，旁边的刘照青见状，急忙拿起手术刀，对准那怪物的心脏位置用力地捅过去。

刀子捅穿了心脏，那怪物两眼一翻，"砰"的一声摔倒在地。

男生回过神来，发现自己摆脱了危机，扭头看见刘照青手里的刀子上鲜血淋漓，他鼻头一酸，感激地道："谢……谢谢你……"

刘照青笑了一下："不谢，我可不想看见某个同学死在我的眼前。"

剩下的那个怪物去追躲在角落里的柯少彬，那怪物的爪子距离柯少彬只有十几厘米，眼看就要抓到他的头部了。柯少彬急中生智，立刻召出他的笔记本电脑往脑门前一挡，然后就转身往刘照青的方向狂奔，边跑边喊："师兄救命！"

刘照青大吼一声："蹲下！"

柯少彬一个弯腰，手术刀"唰"的一声从他头顶飞过，一刀捅穿了怪物的心脏。听着身后的怪物轰然倒地的声音，柯少彬蹲在那里，嘴唇微微颤抖："谢……谢谢……"

刘照青收回刀："客气了，你这声'救命'喊得还挺及时。"

柯少彬抱着被打碎的电脑欲哭无泪。还好他的电脑也有自动修复功能，关键时刻给他当了次护盾，不然刚才被打碎的就是他的脑袋了。

旁边，体力透支的越星文脸色苍白地靠着墙喘气。心脏剧烈的跳动让他一阵头晕目眩，这是他第一次真切地感受到濒临死亡的恐惧，心脏阵阵绞痛，牵扯到整个后背也开始剧烈地疼。

办公室里的几个女生急忙来到越星文面前，紧张地问："大家都没事吧？"

"有没有受伤？"

"星文你怎么样？"

越星文闭着眼睛调整了一下呼吸，良久后，他终于平静下来，缓缓地直起身。

他的脸上溅了几滴鲜血，头发略显凌乱，嘴唇也苍白得毫无血色，但他的一双眼睛始终清澈冷静。他回头看了眼满地狼藉的惨况，声音略显沙哑："今晚的经历足以证明，夜间考场和白天考场并不是完全割裂的两个世界。"

"多出来的五个精英怪，弱点都在心脏，他们应该就是白天在病区死亡的病人。夜间考场，是对白天案件的数据补充。如果我的这个推论没错，那就说明，在我们进入心血管病区之前，还死了二十个病人。"

他一个文科生，对数据其实并不敏感。但他有一位数学系的好友，相处得久了，总会受到对方的一些影响，因此他已经习惯去统计数量了。

昨晚第一次大逃杀的时候他特意数了一下，怪物是二十个。他当时还以为考生有十个，怪物二十个，是按比例分配的。今晚他第一时间清点怪物数量，结果发现怪物变成了二十五个，多出来的五个战斗力还特别强。

不可能出现这么明显的巧合。显然，这是一种数据提示——白天在病区死亡的患者，夜间考场会变成怪物。

怪物被考生们杀死后，次日夜间还会再次刷新。可以理解为，他们被凶手所害，变成了心血管病区的怨灵，在夜间考场追杀考生。

第一天二十个，第二天二十五个。

如果后续还有人死亡，夜间考场的难度就会越来越大。

这次考试是循序渐进地增加难度，除非他们能尽快找出凶手，阻止凶手作案，否则，第五天的夜间考场，一旦凶手杀的人过多，增加的怪物数量将会让他们难以应付。

越星文深吸一口气，看向身边的同学，冷静地说："心血管病区的凶手，并不是单次作案，而是潜伏在这里长期作案。嫌疑人的范围，可以进一步缩小。"

听见越星文的话，其他同学也迅速发动脑细胞开始分析。

夜间考场出现的怪物，都是白天死在心血管病区的人所产生的怨灵，这样一来，就把白天、夜晚两个考场联系在了一起。那么，在他们来到心血管病区之前，死亡的二十个人又是谁？

刘潇潇忽然想到了一种可能性，抬头问道："会不会是之前课程中被淘汰的同学，也变成怨灵，出现在了夜间考场呢？"

越星文思索片刻，摇头道："不会。'逃离实验室'那门课的淘汰率就有30%，'心血管病区'这门课的淘汰率肯定不低。如果把被淘汰的学生全部放在夜间考场，那我们面对的远不止二十个怪物。"

刘潇潇赞同道："也是！"她皱着眉思考了片刻，又说："如果，我们当中有人被淘汰呢，会不会出现在夜间变成怪物？"这个问题让同学们毛骨悚然。一想到自己被淘汰后会在夜间变成可怕的怪物，大家都觉得脊背发凉。

越星文道："有可能。假设昨晚的大逃杀，我们当中有人死了，今晚的怪物会更多。学生死亡造成减员，本身战斗力就下降，怪物再增多，会造成恶性循环，更难过关。为了防止这种情况发生，我们要尽量保证全员活到最后。"

所以，第一时间召集全体考生联手，才是这门课通关的关键。

可想而知，其他考场如果没有领导力出色的学生，又或者某些学生太过自私，在大逃杀的时候牺牲其他同学，说不定所有考生都会被灭。

大家心底不由庆幸，这次考场匹配的同学都很厉害，尤其是越星文，是他第一时间提出合作的。

秦露将手里的地球仪收起来，看向越星文道："星文，你觉得谁会是凶手？"

她决定跟着越星文的思路走,反正她也不擅长推理。

越星文道:"我们目前锁定的嫌疑人,包括三位值班医生和三位病人。既然确定凶手是长期作案,可以首先排除孙医生。他是研究生毕业后来心血管病区轮科实习的,来病区的时间不超过一个月,不满足作案条件。"

秦露疑惑道:"病人不能排除吗?病人想要长期作案,时间上也不符合吧?心血管病区的病人可以一直住在这里好几个月吗?"

她看向学医的刘照青,后者答道:"理论上,心血管病区的病人住院时间不会太长。有手术指征的做完手术,观察几天就能出院;没法做手术的,住院调养一两周也会出院,很难长期作案。"

越星文并不这样认为:"你们还记不记得昨晚死亡的那位八十岁老人?"

邹宇航立刻举起手:"记得,他是我们病房的,他的病情一直很严重,据说是第六次住院了……"说到这里,邹宇航猛然反应过来:"多次住院?!"

越星文点头:"是的。如刘师兄所说,病人一次住院的时间不会太长,但他可以像那位八十岁老爷爷一样多次住院。所以,我们不能草率地把病人是凶手的可能性给排除掉。虽说医生长期作案更加方便,但推理不能局限于主观思维,还是得找实质性的证据。"

刚才听到"长期作案"这个关键词的时候,大家都下意识地认为医生是凶手的可能性更大,毕竟医生一直待在病区,作案岂不是很方便?

然而,越星文的话让大家茅塞顿开——如果有一个对心脏病十分了解的病人先后多次住进心血管病区,那么,他同样有充足的时间动手杀人!

这样一来,嫌疑人的范围确实缩小了。三个嫌疑人当中,只住院一两次的可以直接排除,多次住院的病人嫌疑直线飙升。

越星文道:"明天大家抓紧时间调查,尽量在第三天锁定凶手。早上起来,第一时间确定跟自己相邻的病房有没有患者死亡;医生查完房后老地方集合,再交流线索。"

就在这时,众人耳边响起熟悉的机械音——

"夜间考核结束,死亡人数:0。请大家回到病房好好休息,准备明天的考试。"

同学们互相告别。

回到病房后,越星文竖起耳朵仔细听着走廊里的动静,然而,无形中像是有什么奇怪的力量在催促着他睡觉,他又一次沉沉睡去。

次日早晨7点醒来,越星文侧头问道:"师兄,你昨晚听到什么了吗?"

刘照青揉了揉惺忪的睡眼："回到病房后我就睡着了。"

越星文眉头微蹙，看了眼身上干干净净的病号服，说："昨晚打斗的时候，衣服上溅的那些血迹全都不见了。这可以理解为夜间考场是一个异次元空间，我们被集体拉去了那里，出来的时候被清除了数据。可为什么，回到病房我就会控制不住地想要睡觉？"

刘照青也意识到了这一点，坐起身看向越星文："是图书馆系统在强制我们睡觉？还是说，我们的饮食当中，被加入了安眠药之类的东西？"

越星文仔细一想："安眠药应该不会让我们定时睡觉、定点起床。"两次都是考核完成后瞬间睡着，次日早晨 7 点准时醒来，没有安眠药可以做到这一点。越星文抬头看了眼墙上的时钟，道："应该是图书馆系统干的，不想让我们通宵抓凶手。"

如果学生们晚上不睡觉，所有人都躲在门口偷看，就能直接看见凶手是谁。图书馆系统强制学生们睡着，就是想让他们寻找线索、分析凶手，而不是当面撞见凶手。

想通这一点后，越星文便起床洗漱，顺便走出病房看了看隔壁的病人有没有出事。

早晨 8 点 30 分，医生开始查房。萧医生又一次询问两人对于手术的看法，越星文为难地说："医生，手术的事我再考虑一下，我家属不在，没人在我的同意书上签字。"

刘照青也是同样的理由："我爸妈出差去了，我得跟他们商量商量。"

萧医生道："尽快商量。年纪轻轻的冠脉狭窄这么严重，越早做手术越好。"

其他同学也都被手术吓得面色发白，纷纷找借口拖延。

医生查完房后，越星文和刘照青一起走出病房。他们刚出门，就见护工推着一张病床从走廊经过，病床上盖着白布，白布下面显然是不久之前死亡的病人。

两人对视一眼，快步走向休息区。

见同学们已经到齐，越星文轻声问道："大家都查了相邻的病房吗？"

刘潇潇点头道："我早上起来第一时间去看了，6 床到 14 床的病人全都没事。"

邹宇航紧跟着道："19 床的病人死了。你们刚才出门应该看见了护工推着个病床往外走吧？盖着白布的，就是 19 床病人。"

越星文昨天推理时锁定了两间嫌疑人病房，嫌疑最大的就是 19 床、20 床、21 床，三人都从事医疗相关行业。其中，19 床的是一位医学院的退休教授。

越星文皱了皱眉，继续问："右侧走廊什么情况？"

柯少彬说："44 床不在了。"

秦露补充道："我隔壁 36 床的老太太也没了。"

越星文若有所思："死了三个？"

看来凶手有所收敛，第一天夜里杀掉五人，第二天夜里杀了三人。

但是，19 床病人的死让越星文百思不得其解。他昨天重点怀疑的就是 19 床、20 床、21 床的三个病人，结果 19 床病人居然死了。是凶手丧心病狂直接杀掉了隔壁床的病友，还是说凶手就是医生，在随机作案？又或者，他的推理出现了失误？

越星文拿出这几天整理的笔记，看着上面的资料陷入了沉思。

既然 19 床病人已死，那么，嫌疑人的选项就只剩下四个——

A. 20 床病人，五十五岁冠心病患者周衡，从事药学相关工作；

B. 21 床病人，五十六岁患者许大鹏，曾经当过医药代表；

C. 主治医生萧文，长时间留在心血管病区；

D. 三十岁住院医师马平，一年前调到这家医院，也符合长期作案的条件。

这四个嫌疑人都是越星文推理出来的，只不过，他的分析真的全面吗？

越星文总觉得自己似乎漏掉了什么线索。

他目不转睛地盯着手里的资料。突然，他脑子里灵光一闪——既然顺着线索推理推不出来，那就从结果反推原因，也就是逆向思维。

他找不到这四个嫌疑人的作案动机，又觉得凶手的行为十分怪异，但他知道凶手作案的结果——之前死了二十人，这两天又死了八人。他可以从结果下手，寻找线索和证据，反推出谁是凶手。

越星文脑海中豁然开朗，立刻起身看向柯少彬："柯少，去你的病房打开笔记本电脑。不管什么嫌疑人了，我想直接从现有的资料里重新找凶手。"

为免一群心脏病患者聚在病房会被医生骂，越星文朝周围的同学说道："大家先回去吧，我跟柯少分析一下资料，有结果了再跟大家讨论。"

同学们回去等消息。

越星文和刘照青一起来到柯少彬的病房，他顺手将旁边的凳子拎到病床前坐下，问道："柯少，你拷了医生办公室电脑里的全部资料，对吧？"

柯少彬点头："对，第一天就拷了。你要查什么？"

"在所有资料中检索死亡病例，先把死在心血管病区的病人全部找出来。"

柯少彬飞快地在电脑中输入信息，检索关键字。

不到十秒，电脑屏幕中就列出了一大堆病人的资料。除去今天凌晨死亡的三人和昨天死亡的五人，最近一年，在心血管病区死亡的患者总共有四十八人。

越星文凑过去看了一眼："死于呼吸衰竭、脑出血，这些跟心脏无关的病例去除后还剩下多少？"

柯少彬锁定了死因是心肌梗死的患者："还剩三十三个。"

越星文道："做一下数据分析，将几天内集中死亡的病例挑出来。那种隔很久才死亡的单个人员，作为干扰项剔除。"

凶手的作案风格是"屠杀"，他不会一次只杀一个人，那些隔了很久才死亡的，应该是真正死于突发心脏病的干扰项，和凶手无关。

柯少彬根据死亡时间的先后顺序将病例排好，隔好几天只死亡一个的干扰项全部剔除后，他道："还剩二十六个。"

越星文说："死亡时间在白天的，全部去掉，只留凌晨的。"白天病区人多眼杂，凶手无法作案，但心血管病区也有可能出现正常死亡的患者，这些也都是干扰项。

柯少彬剔除白天、傍晚时分死亡的病例，将死亡时间在凌晨的全部挑出来。他看向电脑屏幕，激动地说："剩下的病人正好是二十五个，跟昨晚夜间考场的怪物数量对上了！"

刘照青看着这些病例，紧紧地握住了拳头："看来，这二十五个人，就是之前的全部受害者？"

越星文点了点头，冷静地说："从这二十五个病例当中找出第一个死者。"

柯少彬迅速锁定了死亡时间最早的目标："是一位七十八岁的女性，死于急性心肌梗死，死亡时间是6月1号凌晨2点10分。"

越星文指着这份病例，笃定地说："这位老太太，就是凶手杀掉的第一位受害者。"

柯少彬和刘照青激动地看向越星文——他用资料库数据分析、反推理的方式，精确锁定了凶手在半年前杀死的第一个受害者！

只有找到第一个死者，才能根据心理学的理论，反推出凶手的作案方式。

越星文道："我昨天的推理出现了失误，昨天已经不是凶手第一次作案，他对心血管病区的环境早就了如指掌，不需要先杀近的，再杀远的。"

越星文顿了顿，继续说："第一个受害者死于半年前。找出同期住院的全部病人和值班医生，再跟这两天住在心血管病区的病人、医生做一下对比。"

既然凶手是长期作案，那么很显然，两次案件都在场的，就是嫌疑最大的。

柯少彬开始飞快地检索。

第一位受害者死于六个月前，当天病区住院的病人总共有四十个人，值班医生正好是萧文、马平。而这四十个人当中，跟这两天心血管病区的住院病人重合的，有两个人。

一个叫朱远伯，目前住在VIP-1号病房。一个叫许大鹏，目前住在21床，是越星文昨天锁定的嫌疑人之一，并且曾经当过医药代表。

越星文道："对照第一个死者的病床号和这两位嫌疑人的距离。"

柯少彬查出他们半年前住院的病床号，惊讶地说："六个月前受害的老奶奶，当时住在10床；两个嫌疑人，许大鹏当时住在40床，而朱远伯住在死者隔壁的11床！"

这才是就近原则！

越星文的分析理论其实没错，只是他搞错了凶手第一次作案的时间，锁定的嫌疑人是基于凶手"初次作案"推理出来的。

但事实上，昨天并不是凶手初次作案。凶手真正的第一次作案，是在半年前，杀掉的是隔壁床的病友。

这道附加题，并不是只有A、B、C、D四个选项。

被他漏掉的"E选项"，目前住在VIP-1号病房的神秘病人，或许才是真正的答案！

既然确定了附加题的选项，接下来，就要用排除法找到最佳答案。

越星文看了眼笔记本电脑里的死者病历，朝柯少彬道："根据死亡时间将病例重新分组，病人集中死亡总共发生过几次？"

柯少彬迅速整理出一份表格，道："一共有四次。6月1号到6月3号死了五人，8月10号到8月13号死亡七人，10月15号到10月20号死亡八人，我们住院的时间是12月24号，两天内又死了八人。"

越星文仔细看着几组病例，继续说："把这几次案发时留在心血管病区的病人和值班医生、护士，全部整理出来，找出重合度最高的名单。"

柯少彬按姓名排序，通过表格一对比，答案就非常清晰了。

越星文将刚才确定的五个选项记在一张纸上，分析道："第一位，20床病人，过去几次案发时他都不在场，这回是他初次住院，完全不符合作案条件，可以排除。"

越星文说着就干脆地将"A选项"用笔画掉，继续分析.

"第二位，21床，五十六岁的许大鹏，曾当过医药代表。6月1号、8月10号案发时他都在场，但10月15号的那次他并没有住院。也就是说，病人四次集中被害，他缺席了一次，他不是凶手……而是关键的证人！"

"第三位，主治医生萧文，今年正好当住院总，几乎每天都在心血管病区，目前还没法排除他随机杀人的可能性，先待定。

"第四位，三十岁住院医师马平，夜班时间不固定，6月1号、8月10号两次案发时他都不在现场，也不符合作案的条件。"

三人将目光放在最后一个选项上。

E选项，经过数据库资料分析找出来的潜藏病人。

越星文看着这个名字，微微眯起眼："最后一个嫌疑人，朱远伯，55岁男性，药厂退休职工。6月1号、8月10号、10月15号、12月24号，每次病人集中死亡时，他都住在心血管病区。第一次案发时，他就住在11床，距离第一位死者10床的老太太最近，他是凶手的可能性很大。"

越星文看着纸上剩下的选项，用笔将两个名字圈起来，道："萧文、朱远伯，凶手就在这两个人当中。"

原本复杂的局面经过数据对比整理，终于渐渐明朗。

中午的时候，越星文假装在各病房溜达，将写好的字条递给了同学们。

从词典撕下来的白纸上用黑色的笔写了几行字，字迹潇洒飞扬——

各位同学，之前的二十位受害者已经全部找到，几次案发时间分别为6月1号、8月10号、10月15号、12月24号。根据病例库的资料对比，目前，20床、21床、马平医生，都有几次案发时不在现场的情况，嫌疑已排除。嫌疑人锁定为萧文医生和VIP-1号病房的朱远伯，凶手二选一，开始调查作案动机。

拿到字条的同学们纷纷感慨——这感觉，就像是考试的时候遇到了完全不会做的附加题，结果，学霸亲自给大家写了个解题思路。

当天下午，越星文给同学们分别布置调查任务。几个女生想办法找病区的其他患者套话，问问萧文医生的情况。

刘潇潇身高一米五五，长得娇小可爱，嘴巴又特别甜。她从越星文给的名单中找到一位曾三次住院的老奶奶，假装闲聊问起萧医生的情况。

同一时间，越星文也在调查关键证人——21床的许大鹏。

他一开始还怀疑这个人是凶手，最后却发现，这个人居然是四次案发中有三次都在场的关键证人。许大叔看上去精神抖擞，越星文和刘照青走到他病房假装闲聊。

越星文礼貌地道："大叔，您已经做过心脏病手术了对吧？医生让我俩做手术，我俩有点害怕，想问一下做过手术的前辈们的情况。"

第二章　心血管病区

许大鹏爽朗一笑："手术有什么好怕的？介入手术又不是在胸口开刀，只是在大腿血管开一个很小的口子，把支架顺着血管一直导入到心脏里面。"

刘照青紧跟着问："您是什么时候做的手术啊？"

许大鹏道："6月3号。"

越星文假装好奇："您那次住院，病区有死过人吗？这两天连续死了好几个病人，我今天出门还看见护工推着个盖了白布的病人出去……"

许大鹏叹了口气，道："心脏病猝死挺常见的。我前几次住院，都遇到病区死人。今天我隔壁的19床也不在了，今天早上推出去的，估计就是他吧。"

越星文问："今天凌晨，您有听见走廊里传来什么响动吗？"

许大鹏仔细回忆片刻，才说："我睡得挺死，就是……隐约听到似乎有医生去过隔壁病房，应该是换药。后来，隔壁的心电监护仪忽然报警，医生、护士们跑进病房抢救，我才知道是19床出事了。"

"是萧医生负责抢救的？"

"嗯，每次都是萧医生和值班护士一起抢救。昨晚他们抢救了半个小时，没能救回来。唉……19床真是可惜，他才五十五岁，年纪跟我差不多。"

两人对视一眼，又跟许大叔闲话了一些家常，这才从病房离开。

许大叔对前几次住院的记忆不是很清楚，但这次，受害者正好在他隔壁，他凌晨察觉到有人来给隔壁换药，证明凶手的作案手法确实是给病人注射药物。只是，这凶手格外小心，或许还假扮成医护人员出入病房，所以没有引起病人们的怀疑。

刘潇潇在走廊里等他们，见到越星文后，她立刻上前一步，小声说道："星文，我们几个分头去问了病区的一些老奶奶，大家对萧医生的评价都很高，还有一个老奶奶是萧医生抢救回来的。另外，她们还八卦说，萧医生忙于工作，一直没找女朋友。病区有老奶奶热心地给他介绍对象，都被他以工作太忙为由拒绝了。"

工作太忙，不找女友？

越星文摸着下巴陷入了沉思。

这半年来，萧医生每天都在病区，有充足的作案时间和作案条件。

假设他是反社会人格障碍，或者是心理变态，学医多年后，依靠自己学到的知识开始屠杀自己的患者，心情不好就干掉几个病人来寻找刺激和成就感……但他为什么要集中杀人？他长期待在病区，一年365天随时都可以杀人，没必要分时段集中在几天内连杀几人。

连续几天患者大量死亡，医生们要抢救，要讨论病例、做总结，并且向上级汇报死亡病例讨论的结果，他自己也会忙得焦头烂额。

一边给病人注射药物引发心肌梗死，一边又跑过来抢救病人，一晚上抢救好几个，救不活，再写死亡病例汇报……他是太闲了，自己给自己找事吗？

如果真是他的话，隔几天杀掉一个人，让人无法察觉，才是更合理的作案方式吧！

何况，病区还有老太太说自己心脏病发作被萧文抢救了回来，如果萧医生真是凶手的话，为什么要一边杀人一边救人呢？这是前后矛盾，解释不通的。

相对而言，朱远伯的嫌疑更大。

越星文低声朝刘照青道："师兄，看来得亲自查一查这个朱远伯。"

刘照青严肃地问："你想偷偷溜进他的病房吗？"

越星文点了点头，转身看向刘潇潇："麻烦你叫一下秦露，我需要她帮忙。"

刘潇潇很快就把地理系的秦露叫了过来。越星文让三人过来，附耳轻声道："朱远伯刚吃完晚饭。睡觉之前，他应该会出门扔饭盒垃圾。趁他出门，你们想办法缠住他，我跟秦露进病房找线索。师兄，一旦他回来，立刻出声报警。"

三人都表示明白。

晚上 7 点左右，病区所有的患者都刚吃过晚饭。

越星文和刘照青在护士站附近假装散步，秦露和刘潇潇则坐在旁边的椅子上，顺手从病区找来一本心血管疾病宣传手册，低头认真看着。

等了很久，VIP 病房的门忽然开了。

几人立刻绷紧了神经。

一个老人走了出来，左手提着餐盒，转身去集中扔饭盒的地方丢垃圾。越星文在他身后打了个手势，等老爷子走远，他和秦露飞快闪身进屋。

VIP-1 号病房位于"回"字形走廊的左下角，门上有玻璃窗，平时可以拉上帘子保护隐私，但只要拉开帘子，就能清楚地观察到护士站的情况，趁着夜班护士不在的时候溜出去作案。

病房面积很宽敞，里面摆了张柔软的沙发，墙上还有液晶电视机。

越星文注意到，病房里并没有家属陪夜的折叠床，也没有任何果篮、鲜花之类的东西，显然住院期间根本没有人来探视过他。整个病房干净得纤尘不染，连病床上的被子都很整齐。看来，这位朱老爷子有一定程度的强迫症。

越星文将目光投向病人用来放生活用品的衣柜，他打开柜子飞快地翻找。衣柜里挂着一件黑色西装，是朱老爷子住院之前穿的。越星文翻了翻西服口袋，从中翻出一个钱夹。

钱夹里有一张照片。

照片是四个人的全家福，两人坐在前面，两人站在后面。

越星文一眼就认出了坐在前面两鬓斑白的老爷子就是朱远伯，被他轻轻搂着的老太太看上去很有气质，应该是他的妻子。两人身后，站着一个扎着马尾辫的女孩，清秀漂亮，笑起来脸上有两个可爱的酒窝；另一个年轻男子——居然是萧文医生！

越星文的头皮一阵发麻，迅速将这张照片收进口袋里，把西装挂好，继续翻找衣柜下方。然后，越星文找到了一件被叠放在最下层的崭新的白大褂。

秦露怔了怔，小声说道："看来他是穿着白大褂，假装成医生出入病房？"

越星文脸色严肃："去洗手间看看。"

秦露推开洗手间的门，洗手间也很整洁，越星文仔细在马桶周围寻找线索。忽然，秦露说道："星文，你看这里！"他顺着女生的目光看过去，仔细一看，在垃圾桶旁边的角落里居然发现了一枚针头。

秦露撕了块纸巾，将针头小心翼翼地拿起来给越星文看。

那是一次性注射器的针头。

病人的针头都是护士统一拿回医疗垃圾回收站的，病房的洗手间里出现的注射针头，显然是朱老爷子私下带进医院的东西。他在洗手间整理作案工具的时候，有一支全新的针头不小心掉落在了垃圾桶的角落里，被秦露和越星文找到。

就在这时，外面忽然响起一阵对话："老伯，您好，我想问一下，您以前有没有做过介入手术啊？唉，老伯，您别不理我，我是隔壁的病友……老伯！"

刘照青的声音很大，夹杂着脚步声——朱老爷子回来了！

越星文立刻反手将洗手间的门关上。

只听"吱呀"一声，病房的门被轻轻推开，朱远伯的脚步声越来越近，正往洗手间的方向走，秦露飞快地拿出地球仪："移形换位！"

两人所在的洗手间板块和秦露之前定好的板块瞬间换位，他俩出现在了病区左上角的休息区，刘潇潇就在那里接应。

见两人安然无恙从病房里出来，刘潇潇松了口气："你们没事吧？"

"没事。"越星文将照片递给刘潇潇，"这个女孩子，应该就是萧文的女朋友。"

刘潇潇接过照片，道："不只是女朋友。他俩手上戴了对戒，应该订婚了！"

越星文顺着刘潇潇指的位置一看，果然，从两位老人站位的空隙中可以看到背后的两个年轻人正亲密地十指相扣，手指上确实有反光的东西，正是一对婚戒。

刘潇潇恍然大悟："怪不得萧医生一直没找女朋友，他应该很喜欢这位未婚妻，忘不掉她，所以别人给他介绍女朋友，都被他用工作太忙的借口拒绝了！"

线索终于全部串了起来。

越星文带着两个女生迅速来到右上角的病房，将照片递给柯少彬道："资料再往前翻，查询最近几年内，有没有一个姓朱的女孩死于心脏病。"

柯少彬看到照片，精神一振，急忙打开电脑检索关键词。

过了片刻，他果然找到一年前有一位名叫"朱晨雪"的二十五岁女孩死于心脏病，死亡时间在凌晨1点。朱晨雪的"家属"那一栏，父亲的姓名正是朱远伯，母亲姓名是薛华凝。他继续搜索薛华凝，发现这位五十岁的老人居然也是一年前死于心脏病，死亡时间同样在凌晨。

四个人面面相觑。

越星文再次看了眼照片，轻叹口气："找到凶手的作案动机了。"

照片里的朱远伯笑容温和慈爱，女儿终于跟年轻有为的医生订婚，然而，好景不长，最爱的妻子和独生女儿先后死于心脏病，朱远伯的心理渐渐扭曲，开始杀害病区接受治疗的心脏病患者。

萧文是他女儿的未婚夫，借着这层关系，他可以轻松住进心血管病区。

萧文大概是对女友的死心怀愧疚，所以对这位"准岳父"住院一事从不拒绝。朱老爷子想什么时候住院，萧文都可以给他腾出床位，并亲自照顾他，这次还直接住进了VIP病房。萧医生大概也没想到，这位老人，会因为妻子、女儿的死，变成一个嗜血的屠夫。

四次案发时全都在场。

跟第一个死者距离最近。

妻子、女儿都死于心脏病，导致心理扭曲。

自己是心脏病患者，从事药学相关工作，知道如何快速杀死患有心脏病的人。

病房的卫生间发现遗落的针头，衣柜里发现崭新的白大褂。

照片显示了他跟病区主治医生萧文的特殊关系。

铁证如山。

心血管病区潜伏的凶手，就是这个神秘病人——VIP-1号病房的朱远伯！

越星文将推理的结果和依据依次转告给了其他同学。

知道真相的同学们大跌眼镜。

这次多亏柯少彬这位计算机系的高手提前拷了医生电脑里的全部资料，还有刘照青这位医学院的研究生懂得心血管疾病的原理，说出了凶手的作案手法，最关键的还是越星文基于犯罪心理学的分析推理，将资料库数据分组整理后精确地定位了嫌疑人。

如果没有这三个人帮忙，其他同学根本不知道从何查起，更不可能在惊慌失措的夜间生死大逃杀中，去关注怪物的数量有什么不同，将怪物数量和病区受害者数量画上等号，反推出之前的二十位受害人，并找到第一位死者……

刘潇潇心情复杂地说："接受不了妻子和女儿先后死于心脏病，杀别的心脏病患者泄愤，这位朱老伯就是那种'我老婆和女儿死了，你们也别想活着'的反社会心理的典型例子吧？"

刘照青沉着脸骂道："连环杀人案的凶手大多都是心理变态，很难解释他们的思维，因为他们压根儿就不是正常人！"

秦露谨慎地问："萧医生呢？嫌疑彻底排除了吗？"

越星文道："是的。朱晨雪死后，萧医生变成了工作狂。这一年来，他抢救成功的病人有好几十个，很多老头、老太太都是被他从生死线上拉回来的。这样一位兢兢业业的医生没理由去杀人。而且我们查到，今天凌晨 1 点 30 分左右，他曾接了个电话去胃肠外科会诊。也就是说，最后一次案发时他离开过半个小时，时间跟受害者的死亡时间有冲突。"

秦露点头道："明白了。这么说，就是朱远伯一人作案，萧医生不知情？"

越星文看向萧医生的办公室方向："他或许察觉到了，只是不敢相信。毕竟，那个人是他未婚妻的亲生父亲。"

众人沉默下来，越星文转移话题道："附加题的答案，我们已经做出来了，但考试还没有结束，我们要在这里生存五天。今晚这位朱老爷子还有可能作案，万一他摸到我们病房给某个同学打一针，岂不是很危险？"

想到这个可能性，众人的脊背一阵恶寒。

找到凶手，并不是百分百就安全了，还得想办法善后。刘潇潇下意识地说道："证据这么多，能报警吗？"

越星文摇头："我们没有手机，病区的电话也打不出去。考场全封闭，没法报警，我们得自己想办法处理。"

他思考片刻，凑到众人耳边低声说了几句话。

晚上 11 点 30 分，夜间考核还没开始。

几个女生配合演戏，装病叫走了所有的医生护士；越星文和刘照青偷偷来到 VIP-1 号病房门口，刘照青飞快地从护士站偷了一卷纱布，将纱布剪成几条长带，两人合作把病房门从外面绑起来，打了个死结。

门从外面锁上，朱老爷子半夜就出不来了。他如果用蛮力破坏这扇门，就会发出巨大的声音，惊动病区的值班医生和护士。

只要他夜间不出来作案，同学们就是安全的。

当晚0点，第三次夜间考核。

越星文故技重施，让小图唱着歌带怪物们在病区遛了一圈。怪物的数量果然从二十五个增加到了二十八个，过了0点，是昨天了，证明他之前的推理完全正确——白天死在病区的人，就会成为夜间的怨灵。

有了之前的经验，这次夜间大逃杀，各专业的同学们默契配合，飞快清场，只花了不到5分钟就将怪物给解决干净了。

第四天，天亮以后，病区果然没有新增死者。

当天晚上，他们再次将VIP-1号病房的门绑死。朱远伯毕竟是单独作案，没有帮手，只要没人给他从外面开门，他就出不来。

第五天，心血管病区考试的最后一天。

下午的时候，越星文发现朱老爷子正在医生办公室跟萧文谈话，似乎提到"出院"这个词，看来，他已经察觉到自己作案被发现了，想要溜之大吉。

考试即将结束，越星文趁着晚饭时间，潜入萧医生的值班室，将一沓资料放在了萧医生的办公桌上——包括他们整理出来的所有受害者的名单，四次作案的时间，朱远伯的作案手段、作案动机，第一位死者的资料，以及那张全家福的合影。

照片里的女孩笑容甜美可爱，萧医生也微微弯着嘴角，两人戴着婚戒的手牵在一起。如果女孩没得心脏病，他们应该是很幸福的一对。

越星文在照片下面压了张字条："你希望她的父亲，变成一个屠夫吗？"

这是封闭考场，学生没法用报警的方式来收尾。但越星文总觉得，哪怕这只是一场考试，是一段虚构的故事，作恶者也该得到应有的惩罚。

朱远伯双手沾满鲜血，让心血管病区变成了人间地狱。他希望，萧文能基于一位有良知的医生的立场，阻止这样的悲剧继续发生。当然，后续的剧情，越星文无法掌控，他只能做一些力所能及的事。

第五天，夜间。

"凌晨0点整。今晚没有夜间考核。

"考试结束，成绩清算中……"

几句机械音后，大家被拉到夜间考场。

这次的夜间考场没有怪物，也没有停电，大家在一片光明中互相看了一眼，劫后余生的喜悦让所有人的脸上都露出了笑。

第二章　心血管病区

"考完了吗？！"
"看来，我们都通关了，我这边提示说正在清算成绩！"
1分钟后，大家面前的悬浮框中刷出了自己的成绩——

　　姓名：越星文
　　医学院课程：心血管病区
　　学分：4分
　　考核评分：95分（生存五天+60分，带领同学存活+25分，手术前通关+10分）
　　附加题：30分（答案正确，贡献极为突出，获得满分）
　　总成绩：125分
　　最终积分：4×125=500分
　　该课程挂科率：60%
　　点击链接可查看该课程的成绩排行。

同学们看到自己面前的悬浮框后，纷纷好奇地询问起了其他人的成绩。
邹宇航道："你们都考多少？我105，比想象中高！"
刘潇潇道："我附加题拿到了20分，太棒了！"
秦露道："我的考核评分80分，附加题是20分，总分100分。"
瞿薇薇道："我的考核评分85分，附加题给了15分，总分也是100分！"
考了这么高的分，大家都很开心。这门课有4学分，考核评分成绩乘以4，同学们差不多都拿到了400分左右的积分，几乎是上门课"逃离实验室"所得积分的双倍。
众人齐齐回头看向越星文："星文的成绩肯定最高吧？"
越星文此时正好点开了最后一行链接，想看看成绩排行。
打开之后，是华安大学"心血管病区"成绩排行榜。
他看见一个熟悉的名字赫然挂在榜首——

　　江平策，男，数学学院，成绩125分。

紧随其后的是——

　　越星文，男，人文学院，成绩125分。

由于他的成绩刚刚进行了清算，他超过了榜单上原本以122分排在第二名的卓峰学长，跟江平策成了并列的第一名。

还记得高中文理分科之后，每次学校统一考试，文科第一永远是越星文，理科第一始终是江平策。没想到，如今来到图书馆，"心血管病区"的考试成绩，两人居然也能并列第一。

越星文很容易猜到江平策的推理方式——那人最重视数据分析，大概也第一时间发现了夜间怪物和白天死者的联系，然后找到了第一位死者，锁定了凶手。

至于夜间大逃杀，他们那个班级是怎么过的，得见到江平策之后才能知道。

越星文正思考着，忽然察觉到肩膀被人轻轻拍了一下。他回过头，就见刘照青扬起眉毛，笑着调侃道："师弟，你发什么呆呢？大家在问你考了多少分。"

越星文回过神来，轻咳一声："我是125分。考核评分95分，附加题30分。"

众人愣了愣："附加题满分？"

可随即大家又觉得这个分数非常合理，毕竟大家这次能顺利过关，越星文的贡献是最大的，他附加题拿满分，大家确实心服口服。

刘照青紧跟着道："话说，我看了华安大学的排行榜，你那位数学系好友，成绩跟你并列第一啊，都是125分。"

越星文笑着说："他确实厉害，推理类课程他能拿这个分数我并不惊讶。"

柯少彬好奇地问："各位同学，你们学校的成绩榜，最高分是多少？"

邹宇航道："我们京都大学有一个学长的分数也是125分。"

刘潇潇道："我们滨江师大，有两个师姐120分以上。大家都好强啊！"

众人听着别人的成绩，心情颇为感慨——看来，学霸们玩逃生游戏，依旧是学霸。

越星文看向大家，鼓励道："你们其实也很强，考核评分都能在80分以上。"

邹宇航开玩笑说："刘潇潇同学，已经给猴子和怪物讲过课了，以后遇到再调皮的学生，都不用担心管不住了吧！"

刘潇潇红着脸道："我也没帮上太多忙，谢谢大家带我通关。"

秦露回头看向越星文，诚恳地说："星文，这次真的要谢谢你。我们能顺利通关，多亏有你这个临时班长带队。"

她朝越星文比了个大拇指。

周围响起一阵掌声——

"没错，给班长鼓掌！"

第二章　心血管病区

"谢谢班长带队！"

众人投向越星文的目光充满佩服。

越星文谦虚道："不用谢我，这次是大家合作通关，每个人都在出力。我们这个十人的临时班级，考完这门课就要解散了，以后或许很难再遇见。很高兴能在这次考试中认识大家，希望大家都能顺顺利利地走出图书馆。"

刘照青感慨道："是啊，大家都要顺利活下去，祝大家在图书馆永不挂科！"

众人也跟着喊道："希望我们都别挂科！"

在图书馆挂科，可是要人命的。

就在这时，同学们耳边响起了熟悉的机械音——

"考试结束，考场即将关闭，请做好退出准备。

"倒计时10，9，8……"

大家依依不舍地看着周围的同学。

偶然的相聚，一次考试，来自天南海北、不同高校的学生，齐心协力渡过了这一关。未来的路谁都不知道会有多少艰辛。

只有咬紧牙关，永不放弃，才能走到最后。

越星文礼貌地朝同学们挥手告别。

倒计时结束的那一刻，他眼前画面忽地一晃，再次回到了图书馆的资料库。四周的实木书架上摆满了各种文学书籍，耳边响起熟悉的机械提示音——

"恭喜越星文同学，顺利通过图书馆一楼医学院两门必修课程的考试。

"解锁新内容如下——

"图书馆一楼，医学院，选修课程全面开放。

"图书馆二楼，数学学院，必修课程全面开放。

"图书馆负二楼，课题组中心全面开放。

"图书馆负三楼，学生宿舍全面开放。

"图书馆负四楼，学生食堂全面开放。

"图书馆负五楼，购物广场全面开放。

"友情提示：你目前的积分为700分，可随时回到负一楼的资料库，升级《成语词典》，或者兑换新的中文系技能书。

"接下来，你可以在图书馆系统导师这里升级、兑换技能书，或者乘坐电梯，去已经解锁的负一楼至负五楼、一楼至二楼，查看相应的楼层公告。

"祝你在图书馆玩得愉快！"

玩得愉快？这次的"心血管病区"，差点把小命都玩没了。

越星文皱了皱眉，快步走进电梯，毫不犹豫地按下了负二楼的按钮。

课题组中心。

说好在课题组等我的，江平策，你可不要食言。

第三章 课题组

第三章 课题组

越星文走进电梯。今天的电梯和他第一次乘坐时不太一样，随着图书馆更多功能的解锁，电梯内出现了一排按钮以及相应的楼层标注。

2F：数学学院

1F：医学院

-1F：图书馆资料库

-2F：课题组中心

-3F：学生宿舍

-4F：学生食堂

-5F：购物广场

可以看出，地下楼层全是功能区，地上的楼层则是各大学院。

越星文考完医学院的必修课，解锁了二楼的数学学院，看来，他得考完数学学院的必修课才能继续解锁三楼的学院。这栋图书馆总共有多少楼层、多少课程，目前还是个未知数。

电梯"叮"的一声降落到负二楼，紧跟着，耳边传来熟悉的机械音——

"欢迎来到负二楼，课题组中心。"

电梯门打开，越星文快步走了出去。

课题组中心的面积几乎比得上高铁站的候车大厅，头顶的白炽灯投下明亮的光线，地面上铺着干净的瓷砖。大厅中央有两块超过八米宽的巨大液晶屏幕，上面滚动着一行行红色、蓝色的文字信息。

距离太远，越星文看不清那些信息的具体内容。

字符滚动的速度很快，让他不由联想到网游里的"世界聊天频道"。

屏幕的左右两侧整齐摆放着用于休息的座位，每个座位的前方都有一台平板电脑。此时，课题组中心人头攒动，80%以上的座位都坐了学生，两块巨大的液晶屏幕下方也站了很多同学，这场面真像是春运期间人潮拥挤的火车站。

人山人海，怎么找江平策？

越星文蹙着眉，目光迅速扫过四周，并没有发现那个熟悉的身影。

液晶屏幕下面挤满了人，江平策很讨厌这种吵闹的场合，更不喜欢跟人近距离肢体接触，他必定不会挤在屏幕下方的人堆里，更大可能是坐在某处休息。只不过，这么多座位，江平策会坐在哪里？

发一个字的私信就要消耗10分的积分，越星文想了一下，决定不浪费积分，自己去找。

以前，江平策约他去图书馆上自习，最常去的地方就是六楼。华安大学的图书馆六楼角落里有一处座位，空间宽敞，且位置隐蔽，很安静，不会受到来回走动的同学的打扰。江平策很喜欢那个位子，每次都会提前过去占座，越星文直接去六楼角落里的15号座位，总能找到他。

6-15，这是他们不需要说出口的默契。

越星文目光扫过座位区，发现每一排座位都有固定的数字编号。他款步走到第六排，果然看见6-15号座位上坐着一个熟悉的男生。

男生神色冷漠，坐姿端正，他的周围像是形成了一道天然的冰冷气流隔离带，左右手边的连续两个座位都没有人坐。

他穿了件浅灰色的长袖衬衫，搭配黑色西裤和皮鞋。高中的学校要求学生必须穿校服，很正经很严肃。上了大学，江平策的穿衣风格一以贯之，就变成了这样。越星文还曾开玩笑说："你穿得这么正经严肃，每次跟你上自习，感觉就像跟领导开会。"

不过，江平策的颜值很适合正装，他穿衬衫确实好看。他的长相有种古典的韵味，鼻梁高挺，五官轮廓线条锋锐，修长的剑眉，很有特色的单眼皮，加上一双黑白分明的冷淡眼眸，让人看见他的第一眼就觉得这个人难以亲近。

他独自坐在那里，微微蹙着眉头，似乎在思考什么事情。周围有不少同学路过时都会忍不住多看他几眼，只不过，他对那些视线毫不在意。

越星文快步走过去，停在他面前，叫道："平策。"

听到熟悉的声音，江平策霍然抬眸，在对上越星文的目光后，他立刻站了起来。越星文还没等他说话，就猛地伸出双臂，紧紧地拥抱住他。

江平策沉默几秒，才伸出手，轻轻揽住越星文的肩膀："星文，还好吧？"

低沉好听的声线响在耳边，越星文的眼睛忽然有些酸涩，轻叹口气，说道：

"在这个图书馆见到你,我不知道该高兴还是该难过。"

奇怪的图书馆,考试变成了生死存亡的搏斗。

他们不过是普通的大学生而已,却被疯掉的猴子追着跑,莫名得了心脏病,还经历了几晚惊心动魄的大逃杀……

这个鬼地方,越星文真是一刻都不想多待。

自从进入图书馆,他的精神一直紧绷着,丝毫不敢松懈,因为一步踏错,搭上的或许就是自己的性命。如今,看见这位认识多年的好友,越星文紧绷的情绪像是忽然找到了一个宣泄的出口。

他们互相了解,在彼此面前并没有掩饰情绪的必要。

江平策拍了拍越星文的肩膀,声音难得温和:"我也不希望你来到这种地方。但事情已经发生了,我们两个一起考试,总比一个人单独过关要好。"

越星文的心底涌起一股暖流,松开对方,笑道:"来都来了,只能硬着头皮继续考试了。这次我俩一起考,还能互相商量着怎么答题。"他看向江平策,神色认真:"有你在,我们肯定能顺利毕业,一起走出去。"

见越星文信心满满的模样,江平策点了点头,说:"坐下聊。"

两人并肩坐了下来,越星文侧头看着他,问道:"我给你发完消息之后就去了'心血管病区'考试,五天时间才出来,你不会在这里等了我五天吧?"

江平策道:"课程考试的时间和图书馆的计时方式不一样。我收到你的消息后就来这里等你,只等了你两个小时。"

越星文有些意外:"也就是说,我在医院过了五天,你在图书馆却只过了两个小时?"

"是的。"江平策解释道,"图书馆时间和课程时间并不对等,每门课程从考试开始到考试结束,在图书馆的时间里都是两个小时。课程内部的时间独立计算,这一点已经有很多同学证实过了。"

越星文皱着眉思考片刻,忽然提出一种大胆的猜想:"课程时间和图书馆时间独立计算,那现实中的时间,是不是也跟这里不一样?说不定,离开这里之后,我还赶得上交论文,参加期末考试?"

"这种可能性确实存在。"

越星文将目光投向座位前方的平板电脑,好奇道:"这电脑是做什么的?"

江平策伸手过来帮他按下开机键:"课题组中心的平板电脑,可以连接校内网,查看同学们发布的招募信息。你进来的时候,看见那两块大屏幕了吧?"

越星文看着平板电脑里刷出的红色、蓝色的文字,很快就反应过来:"这平板电脑的信息,跟大屏幕是同步的对吗?我们也可以在电脑上输入信息,发送到大屏幕当中，就像是网游里的聊天客户端？"

"嗯。负二楼的电脑只能发布课题组招募信息，其他的聊天内容会被屏蔽。"江平策帮越星文打开课题组简介，说，"你先看一下课题组相关的规定。"

越星文仔细看向平板电脑中弹出的课题组功能介绍——

课题组：

类似于固定的科研小组，加入课题组之后，同学们可以跟组员一起进入同一门课程的考场，而不被图书馆系统的随机匹配分散。

组员之间可以互相合作，共同努力通关，并且能免费交换、赠送彼此获得的积分。图书馆只允许课程进度在同一楼层的学生互相组队，不在同一楼层的学生无法组队。

必修课需要全体组员同时到场方能开启，选修课不受限制。后期课题组扩大后，组员可根据自己擅长的领域，分别选择更容易获得学分的选修课程。

组长有权限开除组员，组员也可主动离开。

成立课题组的条件为：1.通过一楼医学院的两门必修课；2.组长拿出1000积分，或组员共同拿出1000积分。

初级课题组成员上限四人。到达三楼后可升级课题组，增加组员数量。

图书馆有三位不同风格的导师，成立课题组时，可选择跟随心仪的导师。

A组：秦教授，课题组速度属性加成，技能冷却时间缩减。

B组：刘教授，课题组体能属性加成，获得免死护盾，每次考试可用一次。

C组：朱教授，课题组积分加成，每次考试结束后，积分清算×1.5倍。

越星文快速读完课题组相关说明："看来想进同一个考场，必须成立课题组。课题组得1000积分，我目前只剩700积分，你呢？"

"12学分，1400积分。"江平策说，"我进图书馆的时间比你早几天，还完成了医学院的两门选修课。"

"你还去了选修课？怪不得积分比我高。"越星文仔细算了算，"这样吧，我先出400分，你出600分，成立课题组。我想剩下300分，刚好去升级一次技能书。你看行吗？"

"可以，宿舍费也由我来出。"

"宿舍费？"越星文愣了愣，"住宿舍也要积分？"

"嗯。在这栋图书馆，吃饭、住宿、购物，全都要消耗积分。"江平策对这个规定显然有些不悦。他微微一顿，看向越星文："宿舍的话，我们住双人间？"

"双人间的宿舍费会不会很贵？"越星文纠结地皱起眉，"要是太贵，就找四人间之类便宜一点的，先凑合一下？"

"我看过了，双人间的宿舍费是400，我的积分够用。"江平策淡淡地说道，"我不喜欢跟陌生人一起住。"

越星文想了想，爽快地点头："那好吧，我俩住双人间。"

他知道江平策最讨厌吵闹，宿舍人太多很可能会让他休息不好。宿舍费先让江平策垫上，以后自己赚到积分再出饭钱和生活费也是一样。

两人这么多年的朋友，越星文也懒得说什么客套话，直接问道："接下来，我们先去宿舍，还是先成立课题组？"

江平策发现越星文眼睑下方隐隐浮现的黑眼圈，起身说："先去宿舍休息，课题组的事情不急，可以回头再商量。"

越星文跟着站起来："行，我也想休息一下。'心血管病区'的考试太折磨人了，这几天，我一直没睡好。"

两人并肩来到电梯口。环绕整个大厅有上百部电梯，电梯门一开一关，无数同学进进出出，场面颇为壮观。

两人并肩走进电梯，按下负三楼的按钮，电梯很快就将他们带到了学生宿舍区。

越星文走出电梯，发现图书馆的学生宿舍区结构非常复杂，面前出现了整整齐齐的八条走廊，通往不同的方向，如同一个大型迷宫。

走廊上方标注了从A到H共八个字母，中央大厅竖起一面液晶大屏幕，上面写着《学生宿舍守则》，旁边还有"宿舍区自助中心"的标志，摆放了一排自助办理业务的平板电脑。

江平策熟门熟路地将越星文带到一台空闲的电脑前。

他将手指放在平板电脑的指纹识别区，电脑中出现了一个可爱的小人儿。

"你好，我是宿管优优，欢迎华安大学数学系江平策同学来到宿舍区。智能系统检测到，你目前还没有登记住宿，是否登记学生宿舍？"

越星文凑在旁边，看着平板电脑里出现的可爱小人儿，忍不住道："图书馆这么高科技啊，做什么都用平板电脑来搞定，连宿管都是智能电脑？"

江平策一边按照指引在电脑上飞快操作，一边说道："图书馆启用了全智能化管理，所有区域都有指纹识别的平板电脑，学生食堂、购物中心，都由平板电脑结算积分。负一楼到负五楼的功能区，看不见一个人类员工。"

这种冰冷的智能化大楼，让越星文有种被监视着的不适感，仿佛他们这一群人是被放进图书馆大楼的实验品，是笼子里的小白鼠。

越星文皱着眉忽略了这种不适感，继续看向电脑。

江平策已经打开了宿舍列表，A区到H区，都标注了空闲宿舍的数量，后面还有"随机匹配"的选项，每个区的空闲宿舍差不多都有一百间。

江平策问："喜欢哪个区？"

越星文笑道："考试遇到不会的题我都是选C，要不就选C区吧。"

江平策修长的手指在C区轻轻一点，整个C区的宿舍分布图便出现在了屏幕中，从C-1一直到C-999。光是C区就有999间宿舍，整个宿舍区该有多少人？

似乎察觉到越星文的疑问，江平策迅速心算出结果："八个区共计7992间学生宿舍，其中6000个四人间，1992个双人间，宿舍区的床位数量有27984张，目前还没有住满。"

"两万七千多个床位？"越星文深吸一口气，很难想象，如果现实中有超过两万大学生莫名失踪，整个社会将乱成什么样。

江平策从C区选了一间空闲的双人宿舍，平板电脑中弹出文字提示框："确认选择C-77号双人宿舍，400积分已扣除，指纹门锁匹配成功，请录入舍友的指纹。"

江平策回头看向越星文，越星文立刻配合地将拇指放在指纹识别区。

平板电脑再次提示："华安大学中文系，越星文，指纹录入成功。你的宿舍号码是C-77号双人宿舍，舍友江平策，是否确认？"

越星文按下"确认"。

宿管优优Q版的小脸上露出个笑容："欢迎江平策、越星文同学入住学生宿舍，入住宿舍前，请仔细阅读《学生宿舍守则》，违反规则者将被强制驱逐。"

越星文抬头看向大屏幕。

学生宿舍守则

一、禁止在宿舍区使用任何专业的技能书和道具；

二、严格遵守作息时间，每晚11点后禁止出入，11点30分熄灯断网，早晨7点30分闹铃叫醒；

三、在宿舍区请勿大声打闹喧哗；

四、禁止私下交换床位，换宿舍请到登记处正式更换指纹锁；

五、宿舍区严禁使用电饭锅、电热毯等违规电器。

请同学们养成早睡早起的健康生活习惯。

晚上11点后禁止出入，11点30分熄灯断网，早晨7点30分准时起床，这样规律的作息仿佛又回到了刚上大学的时候。两人对视一眼，心情都有些复杂。

江平策关掉平板电脑："走吧，去宿舍看看。"

进入C区后，又是一片更加开阔的空间，再次分成了很多条走廊，走廊的上方标注着C-1至C-50这样的宿舍编号。两人进入第二条走廊，顺利找到C-77号宿舍。

江平策将手指放在智能门锁上，"嘀"的一声，宿舍门果然打开了。

两人一前一后走进宿舍。双人宿舍面积大约二十平方米，左右各摆了一张床，床边有写字桌和衣柜。宿舍自带洗手间，洗手间很宽敞，有干湿分离的浴室和很大的洗脸池。房间最里面有个阳台可以晾衣服，但阳台的窗户被糊住了，看不清外面的世界。

桌上各摆了一台平板电脑，可以连接校内网。床铺对面的墙上挂着个电子钟，上面用红字显示——

星期五

晚上7点30分

室内温度27摄氏度

越星文来图书馆的那天正好下着大雪，他穿了很厚的羽绒服和羊绒毛衣，考医学院的课程时他的羽绒服不见了。此时，他身上穿了件米色羊绒毛衣，里面还穿着保暖内衣。27摄氏度的温度让他热得汗流浃背，可他找了一圈也没看见空调遥控器在哪儿。

"宿舍区应该有恒温系统。"见他额头上冒出细密的汗珠，江平策转身道，"我们先去购物中心买几件衣服，洗手间是空的，日常用品也得买。"

"好，我也想去图书馆其他地方逛逛。"

两人走出宿舍。走廊尽头就有电梯，可以直达图书馆的任何楼层。

越星文忍不住吐槽："这个图书馆就跟迷宫一样，每走过一扇门，场景都会变。要不是有路标指示，真的要转晕了。"

江平策道："每扇门内都是独立的空间。宿舍分成八个区，就像游戏分成八个服务器，不同宿舍区的同学不一定能见面。图书馆大楼超过两万学生，却不显得拥挤，就是分区的缘故。"

越星文若有所思地点点头，图书馆的很多东西，用游戏来解释的话似乎更好理解。他没再纠结这些，两人一起乘坐电梯来到负五楼的购物广场。

负五楼就是个大型商业中心，有琳琅满目的服装店、食品店、日用品超市、化妆品店，居然还有KTV（拥有音响、电视设备等，可供唱歌等娱乐活动的房间）和电影院！

越星文看向电影院的方向："谁会有闲情逸致，跑来这里唱歌、看电影吗？"但他转念一想，当同学们被各种考试折磨疯的时候，或许也可以看电影放松一下！

江平策扫了眼购物区的价格，说："物价还算便宜。"他带着越星文来到一家服装店门口，"先换身衣服。你这羊毛衫，穿着太热了。"

越星文无奈道："我进来的时候穿的还是羽绒服，也不知道去哪儿了。"

服装店没有导购，都是使用积分自助购物。越星文跟着江平策走进一家男装店，随手挑了件白色短袖T恤和薄款牛仔裤，去试衣间把新衣服换上。他本身皮肤就白，这样简单清爽的装扮，再加上一张阳光帅气的脸，笑起来的时候，真是满满的朝气蓬勃。

江平策站在镜子旁边打量着他，点头道："不错。再买一套换着穿？"

越星文想了想，又转身挑了套浅蓝色运动装，顺手给江平策挑了套同款深蓝色的运动装和一双黑色运动鞋，朝他身前比画了一下大小："这件好看。你也买套运动装吧，以后遇到逃生类的课程，穿着衬衣、皮鞋，跑路不方便。"

江平策不爱穿运动装，但越星文说得没错。他没有拒绝，接过衣服看了眼尺码，便转身去门口的平板电脑刷积分付款。

所有衣服加起来才花费100积分，物价倒是不贵。

越星文走到电脑旁边，看他熟练地刷积分，笑着拍拍他的肩："谢了哥们儿。先花你的积分，以后赚到了再补给你。"

"没关系。"江平策回头看向对方，"还有什么想买的吗？"

"买点洗漱用品吧。"

两人走进附近的日用品超市，挑了杯子、牙刷、拖鞋、毛巾、沐浴露之类的日用品，江平策还顺手拿了两套睡衣。

越星文推着购物车走在后面，见他神色严肃地往购物车里一件一件地放东西，忍不住感慨："唉，真像当年新生报到的时候。我记得你来学校报到只提了一个行李箱，床单、被套之类的什么都没准备，学校又不发这些，还是我带你去超市买的。"

新生报到时偶然相遇，越星文主动开口说正式交个朋友，江平策便跟他交换了电话和微信。然后，越星文就以朋友的身份，热心地带着江平策去学校的超市购置生活用品。

在华安大学的超市里，江平策推着购物车，越星文走在前面给他挑东西，时而回头问他需不需要这个、需不需要那个。

十八岁少年阳光明朗的笑容，让人印象格外深刻。江平策远赴千里之外的陌生城市上大学，第一次离家那么远，却因为有了越星文这样的朋友，心里不再孤独。

这么些年过去，如今像是往事重现，他们又在超市购置起了生活用品。不同的是，这次在图书馆，越星文成了他的舍友。

江平策的唇角微微扬起个弧度："多亏有你。当时走进宿舍，看见空荡荡的木板床，我都不知道去哪里买东西。"

"我就猜你没准备床单、被子，因为我也没准备。记得那天晚上，我俩连续跑了三次超市才把东西给买齐，大包小包的，就跟搬家似的。"

回忆起几年前的往事，越星文笑得很是开怀。可想到如今两人身在图书馆，他的笑容又渐渐凝固，轻咳一声，道："随便买些便宜的吧，积分还是要省着花。"

"嗯。"江平策很快就买齐了日用品，路过零食区时，顺手捞了一包薯片放进购物车里，是越星文最爱吃的口味。

这些日用品总共花掉了100积分。好在杯子、牙刷和沐浴露之类的都可以用很久，以后不需要再买。

两人提着大包小包回到宿舍，合作将床单、被子给铺好，江平策又将杯子、牙刷之类的东西在洗手间里整齐摆放好，忙完这些的时候已经是晚上9点30分。越星文瘫在凳子上，耷拉着脑袋："好累啊……图书馆既然这么智能化，就不能把床单、被套、牙刷之类的给我们准备好吗？非得让我们花积分去买？"

江平策冷静地说："它想让我们重新体验新生入学的仪式感。你有没有发现，这栋图书馆大楼，就像是存在于异世界的一所大学？"

越星文点头："嗯，我也觉得奇怪。什么导师、课题组、学分制，还有必修课、选修课，感觉真像是来到了一所奇怪的魔法大学。"

见越星文恹恹地垂着脑袋，上下眼皮直打架，江平策走过去，说道："别想太多。你先去洗个澡，好好睡一觉吧。明天周六，没课，有什么事明天再说。"

越星文确实很累，听到这里便起身去洗手间，打开花洒冲了个热水澡。在"心血管病区"住院的这五天，别说是洗澡，每晚都要夜间大逃杀，真是心力交瘁。

如今，热水洗去了一身的疲惫，越星文换上新买的睡衣，随便选了张床坐下，看了眼墙上的时钟："快10点了。我好困，先睡了啊。"

江平策将新毛巾递给他："头发擦干再睡，不然会头疼。"

看着对方严肃的样子，越星文只好无奈地接过毛巾："行行行，听你的。"他迅速擦了擦头发，一头黑发被揉成了鸟窝，然后钻进被窝里打了个大大的哈欠，迷迷糊糊地说："平策，我先睡了，你也早点睡。"

江平策轻声说："嗯，晚安。"

越星文闭上眼睛，不到一分钟就沉沉睡去。

江平策坐在床边看着他，目光渐渐温和下来。

越星文是辩论队的成员，去年还率领华安大学校队拿下全国大学生辩论赛的冠军。他站在台上侃侃而谈，经常抓住对手一句话中的漏洞穷追猛打，直说得对方无言以对。这样神采飞扬的一个人，睡着的时候却是一副很乖顺的模样——柔软的黑发散落下来遮住额头，长而浓密的睫毛轻轻覆盖着眼睑，身体窝在被子里，一动不动。

本以为他会翻来滚去地踢被子，没想到他睡觉时居然这么老实。

江平策见他在被窝里缩成一团，上前帮他掖了掖被角，顺手关掉宿舍的大灯，只开了自己那一边的台灯。

高中时代，他们曾是彼此最强的竞争对手，为了争夺第一名互相较劲了一整年。文理分科后，由于很少见面，他们从来没有在任何活动中合作过。

但江平策心里知道，越星文一直都有注意他，就如他也一直在关注着越星文一样。每次成绩榜公布，他们都会下意识地在旁边寻找对方的名字。

这次，两人在危机重重的图书馆相遇，也是第一次以"队友"的身份站在彼此的身边。

次日早晨7点30分，越星文被一阵闹铃声吵醒。

他迷迷糊糊地揉着眼睛坐起来，发现隔壁床的江平策已经醒了，正坐在桌旁盯着平板电脑查看信息。屋内光线昏暗，只有平板电脑的一束柔光投射在男生英俊的脸上，显然，他担心吵醒越星文，所以没有开灯。

越星文打着哈欠，顺手开了灯，趿着拖鞋走到他身边："你起这么早啊？"

"嗯，我习惯了7点钟起床。"江平策回头看向睡眼惺忪的越星文道，"换了个新宿舍，昨晚睡得还好吗？"

"挺好的。一觉睡到天亮，我都没做梦。"刚起床的困意渐渐消散，越星文也恢复了精神。见江平策穿戴整齐，他便转身往洗手间的方向走："我先洗把脸。"

越星文迅速洗完脸，换上了昨天买的运动装。江平策穿的也是昨天买的那套运动服。越星文仔细打量了一下他，忍不住笑道："其实你穿运动装挺帅的。我不是反对你穿衬衣和皮鞋，就是觉得，这种休闲的衣服，跑路会比较方便。"

江平策赞同："嗯，那倒是。"

越星文伸了伸懒腰，问："有点饿，去吃早餐吗？"

江平策起身说："走吧。今天没课，我们吃完饭，可以四处逛逛，先把课题组给成立起来。"

两人转身出门，一起来到负四楼的学生食堂。

图书馆有好多食堂，直接用"第一食堂""第二食堂"这种方式命名，门口的屏幕上可以看见食堂空位的数量，两人找到一个空位多的食堂走了进去。

宽敞的空间，可一次性容纳上千人就餐。

不同于学校食堂大家排队在窗口打饭的场景，图书馆的食堂是正方形结构，环绕四周的是一条自动运行的传送带，传送带上整齐摆放着一份份餐盒。越星文看见不少同学走到窗口，把手指放到指纹识别区刷掉积分后，就可以直接从传送带上取下餐盒。

食堂内的大屏幕上写了今日菜单。

早餐可选豆浆油条、面包牛奶，还有不同口味的米粉和牛肉面，统一定价3积分。午餐和晚餐则是10积分一荤两素、15积分两荤两素的套餐。

江平策带着越星文走到一个窗口，熟练地刷了积分，取了两份面包牛奶。两人挑了个空位坐下，越星文一边吃一边打量着周围的同学。

华安大学的食堂，一到吃饭时间总是人声鼎沸。同学们排队打饭，遇见熟悉的人会互相打招呼，吃饭的时候也经常一群人聚在一起，边吃边聊天。偶尔还能听见某处传来的欢声笑语，或者是一些学生对考试题目太难的吐槽。

但是，图书馆的食堂，异常安静。

所有人都在默默低头吃饭，即便是聊天也会刻意压低声音，因为食堂门口的大屏幕上写着"用餐时请遵守餐桌礼仪，勿大声喧哗"。

这些学生来自天南海北的各大高校，越星文一眼扫过去，没有一个认识的。而且，所有同学的脸色都很严肃，极少看见笑容。上千名学生的食堂安静得有些压抑。不断运送食物的传送带，让人感觉他们就像是被关在一栋大楼里的犯人。

越星文忽略了心底的不适感，飞快地吃完早餐。两人并肩走出食堂，刚要去坐电梯，身后忽然响起个女生的声音："江平策？"

听到声音后，越星文和江平策同时回头。

迎面走来的是三个人，中间的男生身材高大，五官端正，眉毛很浓，皱起眉的时候，给人的感觉非常有威严。

另一个男生眼眸颜色偏淡，皮肤很白，明明是亚洲人的长相，头发却是欧洲人的那种栗色的天然卷，有点像混血儿，气质十分独特。

出声叫人的女生，一头长发在脑袋后面扎了个利落的马尾辫。她身材高挑，长相秀美，说话时声音清朗，御姐气场十足。

江平策看到这三人后，礼貌地点了点头，打招呼道："学长、学姐。"

越星文激动地上前一步："卓师兄、林师姐，真巧！"

华安大学学生会主席，物理学院应用物理专业，卓峰。

学生会文娱部长，环境学院环境工程专业，林蔓萝。

这两人的名字，越星文在当初"逃离实验室"的成绩榜上见到过，两位是学校出了名的神仙眷侣，郎才女貌十分般配，感情也很稳定。越星文和江平策大一那年加入学生会的时候，面试官就是卓峰和林蔓萝。两人如今已经大四，准备毕业之后就结婚。没想到会在这里遇见他们。

卓峰低声骂了句脏话，沉着脸道："星文，你也被拉进了图书馆？"

越星文无奈："是的。你们进来得比我要早吧？但是学校没听见你们失踪的消息。"

林蔓萝冷静地说："图书馆跟学校不是同一个世界，时间的计算方式我们还没弄清楚。但我猜测，我们来到图书馆，只要不在这里死亡，现实中的我们应该不会失踪。否则，超过两万名大学生莫名失踪，整个社会将彻底陷入恐慌，而不是什么消息都没有。"她看向江平策："你要等的人，就是星文？"

江平策"嗯"了一声。

越星文疑惑："师姐，什么意思？"

"昨天我们过完一楼的课程后，在成绩榜看见了江平策的名字，课题组正好差一个人，我就发私信问他要不要一起组队。但平策说，他要等人，暂时不能加入我们。"林蔓萝看向越星文，微笑道，"原来是星文，难怪平策会专门等你。"

越星文朝江平策笑了笑，用眼神说"谢谢你这么讲义气"。后者也轻笑了一下，似乎在说"不用客气"。

越星文看向旁边那位鬈发男生，问道："对了，这位是？"

第三章 课题组

林蔓萝忙说:"忘了介绍,这位是生科院大四的许亦深同学,卓峰跟他很熟,我们在医学院的考场遇见,考试结束后就一起建了个课题组。"

许亦深笑眯眯地打招呼:"两位师弟好,久仰大名。"

两人也礼貌地跟他问好。生科院的学长,名字曾出现在"逃离实验室"和"心血管病区"的成绩榜上,这位学长应该挺强的。

许亦深轻叹一声,说道:"既然江师弟要跟越师弟一起组队,那咱们三个人的队伍,还是差一个人。卓峰,你怎么打算的?"

卓峰干脆地说:"去课题组中心找个会议室聊吧,别在食堂门口。"

一行五人乘坐电梯来到负二楼的课题组中心。

今天是周六,图书馆没课,各学院通关的学生吃过早饭都跑来课题组中心。这里人山人海,比昨天还要拥挤。卓峰带着四个人绕过一大排座椅,在会议室区域登记开启了一间课题组会议室,消耗了10积分。

会议室空间很大,有一张椭圆形的桌子,周围摆了十几张座椅。

卓峰让大家随便坐下,这才说道:"公众区域不方便谈论课程。其实,我们三个昨天下午刚刚挂了科。"

越星文怔了怔:"挂科?"

江平策淡淡问道:"什么课?"

卓峰皱眉:"建筑学院的必修课'城市崩塌'。"

越星文和江平策对视一眼,面面相觑。

居然还有这种课?!

林蔓萝想到那段不太美好的经历,白着脸说:"我们逃跑的速度比不上大楼倒塌的速度,我第一次体验被倒塌的大楼压死的感觉,真是太可怕了。这门课,应该需要建筑学院的队友。"

许亦深轻轻揉着太阳穴:"重修,就要从'心血管病区'这门课从头开始考试,而且考试过关也不奖励积分……唉,太惨了,又要得一次心脏病。"

卓峰的眉头快要拧成一个"川"字:"我们从一楼的医学院开始重修课程,进度会比你俩慢。要不这样,你们到了三楼之后,先别上建筑学院的课,等我们也到三楼,扩大课题组再试试?"

林蔓萝看向两人,问道:"初级课题组最多容纳四位组员。你们是打算两个人一起过关,还是再招募两个队友?"

越星文想了想,凑到江平策耳边轻声问:"平策,我有两个队友的人选,你介意我拉他们进来吗?要是你不喜欢,我们就两个人先过关。"

江平策道:"没关系,你决定吧。"

越星文点点头，看向林蔓萝说："师姐，柯少彬也来了图书馆。"

卓峰听到这话，忍不住骂了一句，道："进来的人怎么越来越多了？！"

林蔓萝怔了一下："小柯？他是计算机系的高才生，有小柯和平策在，理科类的学院应该会很好过关。文科有星文，这样一来，文理科我们都不用怕了。"

卓峰点头："嗯，图书馆的课程，明显要多学科搭配才能过关。建筑学院是一道坎，挂科率高得惊人。三楼以上还不知道是什么学院。要是遇到厉害的同学，可以再招募进来，增强团队的实力。"

越星文顺着这话题说道："我之前遇到一位师兄，叫刘照青，是医学院骨外科的研究生，拿了把手术刀，打怪特别厉害。我想，我跟平策的课题组，可以先把柯少彬和刘师兄给拉进来。等到了三楼，课题组扩大之后，我们两边再合并？"

三人对视一眼，卓峰干脆点头："这办法可行。你们过了二楼的数学学院，就在三楼等我们吧。"

江平策随口问道："数学学院的课程难度大吗？"

卓峰说："挺难，大量的数据运算，费了我们一番功夫。图书馆有庞大的考试题库，每次考试内容都不一样。以你的能力，过数学学院的考试应该会很轻松，我就不误导你了。"

越星文听到这里，不由疑惑："题库？'心血管病区'你们推出来的凶手，难道不是 VIP-1 号病房的朱远伯吗？"

卓峰摇头："不是，我们上次考试，凶手是 16 床。"

江平策道："我们那个班，凶手是 10 床的一位老太太。"

居然还有随机变化的题库！

这样一来，哪怕通关了高层的学生，也无法给低层的学生提供答案，直接抄答案肯定会答错。就像在学校里考试一样，每年的卷子题目都会变，大家最多学会解题的方法，具体怎么过关还得自己动脑子。

江平策转移话题问："学长，你知不知道目前进度最快的团队到了哪一层？"

卓峰道："进度最快的在四楼。京都大学的速度流暴力队，他们的队长我正好认识，是地理规划专业的。昨天过建筑学院的这门课，应该是靠地理系的快速板块运动。不过，他们现在很犹豫，要直接去四楼，还是回头刷选修课，攒积分扩大课题组再说。"

林蔓萝提议道："我觉得大家不用心急，京都大学的那个队伍，为了迅速过关，课题组选的是秦教授的速度加成和冷却时间缩减；他们团队的专业配置，是数理化加上地理，没有一个文史类的同学，后期的文科学院肯定过不去。我我们得好好规划一下团队配置，以后尽量不要挂科，否则就会前功尽弃，又打回一楼重修。"

好不容易爬到四楼，回去重修，又要经历一遍"心血管病区"之类的课程，考完还不给积分。虽然重修的学生有考试的经验会更容易过关，但是反反复复挂科、重修，浪费时间不说，一旦重修时不小心出错，那可就死透了。

图书馆系统早就警告过——重修时再挂科，将会被抹杀。

所以，蔓萝师姐的话很有道理。

不能心急，得好好规划一下，再去尝试后续的课程。

越星文看向江平策，轻声商量道："我们先成立课题组，把柯少彬和刘师兄加进来吧？我怕事情有变，他们被别的课题组拉走，我们又得另外找人。"

江平策点头："好，尽快成立吧。"

成立课题组，要在课题组大厅的自助平板电脑上办理。

越星文和江平策一起走出会议室，随便找了个空位坐下。越星文凑到江平策的耳边，轻声问道："我拉一个陌生人进组，你会不会不高兴啊？"

江平策看他一眼，道："不会。我相信你的判断。"

越星文说："刘照青师兄，我虽然认识得不久，但他性格豪爽，为人仗义。当时夜间大逃杀有个怪物扑向一位化学系同学，刘师兄冒着危险主动出手相救——他连陌生人都肯救，我想，他肯定不会在关键时刻抛下队友。"

江平策点头："嗯，危急关头确实能看出一个人的本性。你邀请他吧，只要他愿意加入，我没什么意见。"对于越星文认可的人，他总会给几分面子。

越星文打开平板电脑，点击"成立课题组"的选项，屏幕中弹出提示框——请选择课题组导师，导师不允许更改，除非解散课题组，请谨慎决定。

越星文仔细看了一遍三位导师的特色，问道："你觉得哪个导师好？"

江平策思考片刻，说："积分。每次积分清算乘以1.5倍，像'心血管病区'这样学分高的课程，500积分就会变成750，学分越高，积分加成就越多。"

当然，速度流和生存流也各有优势，但未来课题组会有多少成员，还是个未知数，选积分是最稳妥的做法。

越星文赞同："好，那我们就选朱教授的C组。"

他按下C选项，屏幕中弹出操作提示："确认选择导师朱教授。越星文，学号18384016，成立初级课题组需要1000积分，你想贡献的积分是？"

越星文输入400。江平策紧跟着将手指放在指纹识别处，补充了600。

屏幕中出现"请确认组长"的选项。

江平策说："组长你来当。"他不擅长跟人交流，星文的性格更适合当组长。

逃离图书馆

越星文听到这话也没有推辞，干脆地将手指按上去确认——

C-183号课题组已成立，组长越星文，副组长江平策。
初级课题组成员上限为四人，可公开招募组员，或邀请其他同学加入。

越星文选择邀请同学，迅速按提示输入信息。

邀请华安大学计算机学院人工智能专业柯少彬同学加入课题组。
邀请华安大学医学院骨外科刘照青同学加入课题组。
请等待响应……

现在时间是上午8点30分。

柯少彬收到消息后很快就响应了，越星文这边弹出"柯少彬同学已同意邀请"的提示。但刘师兄不知道在做什么，等了几分钟还是没有消息。是他没看到邀请，还是他已经加入了别的课题组？

江平策说道："他可能有事，先等等吧。"

两人打开平板电脑首页，看向屏幕中的招募信息。

屏幕被分成了两部分，左边是红色的"课题组招募区"，右边是蓝色的"自由聊天区"。招募区的消息只能由组长发布，类似于新闻列表，可以一条条往下翻看，不会消失。而自由区的消息，则是同学们随意发布的，滚动得很快，一条消息就会被后面的消息淹没。

越星文随手翻了翻招募区——

A-89初级课题组，招募一位建筑学院同学。
B-96初级课题组，招募计算能力强的理科同学，三缺一，进度在数学学院。
A-172中级课题组，招募临床医学、麻醉学、影像医学、预防医学、医学心理学、口腔医学等医学相关专业同学，欢迎各高校医学院同学加入。

第三条招募消息让越星文心生疑惑。他点进去，只见招募面板写了详细介绍——

第三章　课题组

星洲大学医学院，内、外科研究生师兄带队，目前还差三人。我们是临时课题组，只刷医学院的选修课，选修课全通后解散队伍。医学院的同学可申请。

越星文若有所思："还有只刷选修课的临时小组？"

江平策凑过来看了眼招募信息，说："进度在一楼的话，没法成立中级课题组，这位队长应该是走到了三楼，发现建筑学院的课不好过，又返回一楼刷选修课，想赚点积分提升能力。"

越星文对这个课题组很感兴趣："全医学专业的临时小组，只刷医学院的选修课，应该很好过关吧？都是医学生，遇到解谜类课程，他们能从头分析病例；遇到逃生类课程，各种医学专业的异能也挺厉害。"

这还真是个不错的思路。只不过，全医学专业，刷一楼医学院的考试会很轻松，到二楼、三楼估计就会死得很惨。所以这位组长才会成立"临时课题组"，过完医学院的选修课之后就直接解散。

越星文正思考，忽然看见一条系统提示——

C-183课题组聊天频道已建立，组员在课题组频道发布消息不消耗积分。

柯少彬看见组员名单，便发消息道："星文，你跟平策会合了啊？"

越星文道："是的。我们在负二楼课题组中心17排1号座。我还拉了刘师兄进组，不过他那边可能遇到些问题，还没有回复。"

柯少彬很快就来到负二楼找到两人。

他远远看见越星文和江平策并肩坐在一起，越星文正凑到江平策耳边说话。江平策的性格出了名的冷漠，跟同学碰面最多点头打个招呼，计算机系还有人开玩笑说"隔壁数学学院那个江平策，就像个毫无情绪的AI（人工智能）"。

然而此刻，江平策正耐心地听越星文说话，他的眉头舒展开来，神色温和。也不知道越星文说了什么好玩的事情，他的唇角微微扬起，露出了一个很浅的笑容。越星文口若悬河，表情生动丰富，江平策就那样带着笑意听他说话。

柯少彬看着他俩聊天，总觉得自己有些多余。

直到越星文将目光投向侧面，见到柯少彬后，热情地招手："柯少，这里！"

江平策也看了过来，目光平淡，朝柯少彬点了一下头。

柯少彬走过去扶了扶眼镜，笑容腼腆："星文、平策。"

越星文道："你来得挺快啊，正好在负二楼？"

"是的。"柯少彬解释说，"我昨天考完试太累，先选了一间宿舍去睡觉。今早起来我吃完饭到课题组中心找队伍，结果刚下楼，就收到你发来的邀请。"他对越星文非常信任，看到越星文发的邀请后，毫不犹豫地按下了"同意"。

越星文关心道："你宿舍在哪儿？"

"F-930四人间。我挑了个空宿舍，另外三个床位目前还没有舍友。你们呢？"

越星文直率地说："我跟平策一起，在C-77号双人间。"

正聊着，屏幕中弹出"刘照青同意邀请"的提示，越星文立刻在小组频道发消息："刘师兄，课题组中心17排1号座，我们三个都在，就等你了。"

没过半分钟，刘照青就来到三人面前。他穿了条牛仔裤和条纹T恤，一路小跑过来，额头上渗出了一层汗，气喘吁吁地停在越星文面前。看见越星文旁边的英俊男生后，刘照青笑着打招呼："这位就是星文的数学系好友吧？"

江平策朝他点了点头："师兄好。"

刘照青一屁股坐在柯少彬旁边，缓了口气，问："课题组就咱四个人吗？"

"是的，初级课题组只能加四个人。"越星文回头看向他，"对了师兄，你刚才是什么情况？一直没有响应。"

"我昨天才加入一个课题组，收到你的邀请之后我得先退出原来的，才能加新的课题组。第一次退组，需要十五分钟的冷却时间。"刘照青的呼吸已经平稳下来，指了指不远处，压低声音说，"刚才，他们还在那边开会，我退完组就来找你们了。"

越星文好奇道："是不是那支全是医学生的队伍？"

刘照青有些意外："你怎么知道？"

越星文说："我刚看见招募区的信息。你退组，他们没骂你吧？"

刘照青爽快地摆摆手："那倒不会，我解释说朋友叫我进组，他们都表示理解。他们想搞一支全是医学生的队伍，去刷医学院的选修课，报名的人还挺多，我走了之后立刻有一个麻醉专业的进组了。队长很有想法，但我跟他们都不熟，还是和熟人组队比较靠谱。"

越星文站了起来，笑着说："卓师兄和林师姐也在，我们去会议室，大家先认识一下吧，这里不是聊天的地方。"他带着大家来到会议室，输入密码开门。

屋内坐着三个人，两男一女。

越星文介绍道："这位是物理学院的卓峰师兄，环境学院的林蔓萝师姐，生科院的许亦深师兄……这位就是我跟大家说的骨外科刘照青师兄。"

刘照青性格爽朗，主动走上前，跟两个男生依次握了握手，和女生就笑着打过招呼。柯少彬也乖乖跟大家打了招呼。

卓峰道："人齐了？都坐吧。"

刘照青坐下来，目光环顾四周，好奇地问："你们都是校学生会的吗？"

许亦深笑眯眯地摆了摆手："我可不是，他们五个都是——主席、文娱部、网络部、宣传部、秘书处，快要集齐了吧？"

卓峰无奈叹气："我可不想在这里集齐学生会成员，千万别再进来了。"

刘照青看向说话的许亦深："师弟是混血儿吗？头发很有个性啊！"

许亦深随手摸了一下自己的栗色鬈发道："我是东西方基因融合的产物，我学的专业也是生科院的基因工程。听说师兄是骨外科的研究生？"

刘照青道："嗯，研二。我本科也是在华安大学读的。"

虽是第一次见面，可由于"校友"这层关系，大家闲聊几句，很快就熟悉起来。越星文把接下来的计划跟队友简单说了一遍："初级课题组只能加四个人，我们现在要分成两个小队，等到了三楼，课题组升到中级之后，两边再合并。"

刘照青爽快地说："行，我听你们安排。"

"我也没意见。"柯少彬扶着眼镜，认真问越星文，"那我们接下来，是考完数学学院的必修课，然后在三楼等师兄师姐吗？"

"没错。先刷必修，必修课是所有人都要考的，没法跳过，等刷完全部的必修课之后，到时候再看看还差多少学分，挑一些好过的选修课，凑够100学分就能顺利毕业了。"越星文说道。

"星文说得有道理。如果现在急着去刷选修课，到了后面的楼层，学分可能会溢出，但因为必修课没上完，还是不能毕业。"林蔓萝说。

"就这么办吧！"卓峰干脆地拍板决定，"星文你先带队，在三楼的建筑学院等我们三个来会合。我们从医学院重修，可能要花几天时间才能爬回三楼。"

"好的，我们三楼再见。"越星文道。

林蔓萝忽然说："对了，大家都拿到什么技能？该升级的先去升级，待会儿咱们在训练室了解一下队友的技能，心里也好有个数。"

越星文正想升级他的词典，听到这里便问道："师姐，训练室在哪儿？"

林蔓萝道："在课题组中心，可以花积分开启单独的课题组会议室，或者去训练室。只有训练室内可以使用技能，其他的公众场合用不出来。"

越星文恍然大悟："明白了，那我先去升级技能，待会儿见！"

走出会议室后，众人在电梯口道别。越星文去了负一楼的图书馆资料库，找到图书馆导师:"导师在吗？我要升级词典。"

熟悉的女性机械音在耳边响起:"中文系技能书,《成语词典》,从一级升到二级,需要消耗的积分是300分,是否确认？"

"确认。"

越星文抬起手,手心里出现了熟悉的《成语词典》。那词典像是受到召唤一样,飘浮到了大厅的中央,词典周围陡然出现了一团耀眼的金色光芒!

片刻后,越星文耳边"叮"的一声:"《成语词典》升级成功。"

词典主动飘回越星文的手上,他快速翻开一看——

"五体投地""七上八下"这两个成语的描述并没有变化。

金蝉脱壳:

当自己被控制或被包围时,可用于解除控制,并移动到10米外的指定地点。冷却时间24小时。

技能已升级:对课题组全体组员有效,可瞬间让全体组员解除控制,并移动到20米以外的指定地点。冷却时间24小时。

越星文双眼一亮。从一个人的脱离、瞬移,变成了课题组全团队的脱离加更大距离的瞬移,效果增强得相当明显。

他继续往后翻,又出现了两个新的成语——

风驰电掣:

形容行动非常迅速。

使用技能后,课题组全体成员移动速度增加5倍,持续时间5分钟。冷却时间1小时。

暴雨如注:

暴雨如同从天空中往下浇灌。

可立刻画出一片10平方米的区域,形成倾盆暴雨。

暴雨无法直接伤人,但可以作为引导媒介——

例1:配合物理系电技能,形成雷阵雨,雨水可导电,造成大范围雷电伤害。

例2:配合化学系酸类技能,形成腐蚀性极强的酸雨,瞬间溶化雨水范围内的一切生物。

其他用法请自行探索。

越星文的《成语词典》升级后，终于有了"魔法词典"的样子，不再是单纯被他甩出去砸人的砖头了。不论是升级版的"金蝉脱壳"，还是新增的全团加速"风驰电掣"和大范围"暴雨如注"，威力都很强，明显比一级时的"五体投地"和"七上八下"要强得多。

尤其是"暴雨如注"这个技能，算是万金油类的搭配神技，可以强化物理系、化学系的其他技能，说不定还能跟刘师兄的手术刀配合，直接下一场刀子雨！

越星文再往后翻，接下来是一片空白。他合上词典，离开图书馆资料库。这次升级词典给了他很大的惊喜，看来这本"魔法词典"很有潜力，值得继续培养。

从资料库出来之后，越星文就在课题组发了条消息："大家，我去负二楼等你们。"

江平策回复："我已经到了。"

刘照青很快发来消息："我也刚兑换了新的医学工具，马上过去。"

几人在课题组中心碰头，林蔓萝师姐就在刚才的会议室那里等着他们。见人到齐，她便消耗 10 积分开启了一间课题组训练室。

众人进入训练室。

这里很像是室内篮球场，非常开阔，旁边的筐里放了篮球、羽毛球还有乒乓球等不同大小的球类工具，方便学生们练习各种技能。

林蔓萝笑道："开始吧。卓峰，你先给大家示范一下？"

卓峰点了点头，右手轻轻一抬，只见一股金色的电流噼里啪啦地包裹住他指向的几个羽毛球，不到三秒，那几个羽毛球就被电流给烧成了黑色的焦炭！

卓峰收回手道："我拿的是'高压电'，目前才升到二级。三级应该能学会串联电路、并联电路，让电流大范围流窜，或者是产生平行溅射伤害。"

越星文惊叹道："好厉害！"

之前在心血管病区，他见过物理系的光、磁这两种技能，但物理系最厉害的攻击方式其实是电流。卓峰师兄拿到的高压电果然很强，怪不得"逃离实验室"那门课他的成绩排在前五名，猴子们估计都被他电晕了吧？

"看看我的。"林蔓萝紧跟着抬起右手，只见一条绿色的藤蔓，如同灵蛇一般倏然蹿出。那些藤蔓飞快地生长，将一颗篮球紧紧地包裹，瞬间绞成了碎片。

"砰"的一声，篮球的碎片四处飞溅，吓了众人一跳。

林蔓萝冷静地收回手："我目前只能控制藤蔓。"

柯少彬好奇道:"师姐,你这藤蔓是不限量的吗?能捆死一个人吗?"

林蔓萝笑着逗他:"没错。小柯你想试一试吗?"

柯少彬急忙红着脸摆手:"不用不用!"想象一下自己被藤蔓捆住,瞬间绞成碎片的画面,他就脊背发毛。怪不得宿舍区不允许使用任何专业技能,这要是同学们一言不合打起来,岂不是分分钟要人命?

越星文看向许亦深:"许师兄呢?生科院是什么技能?"

许亦深轻笑着摸了摸鼻子:"我的技能比较奇怪。"

话音刚落,一片残影在众人眼前倏地一晃,紧跟着,训练室东、西、南、北方位出现了四个长得一模一样的许亦深!

四个男生都面带微笑,连头发丝都看不出区别。

大家震惊地瞪大眼睛,只见四个许亦深同时开口,说道:"生科院的'有丝分裂'。你们知道哪个是我的本体吗?"

瞬间分裂成四胞胎,这谁能认得出来?!

片刻后,其中三个许亦深消失不见,站在越星文身后的许亦深笑着说:"这技能没什么攻击力,但逃跑或者配合队友都很方便。我的本体可以随时跟分裂体换位,现在是二级,可以分裂三个,三级能分裂五个。我打算升到三级先停下,分裂体太多会控制不住。"

越星文竖起大拇指:"厉害!"

假设刚才许亦深手里拿把刀,忽然分裂出现在越星文的身后,暗杀越星文,那还真是防不胜防。同时,许亦深如果想跑路,也没人能抓得住他,毕竟他的分裂体太多了,不知道谁才是本尊。

"有丝分裂"这个技能,自身没有攻击性,用起来却非常灵活。

林蔓萝看向四个人:"该你们了。刘师兄先来?"

刘照青拿出手术刀给大家秀了秀"飞刀绝技",连续戳烂好几个篮球,他的飞刀命中率比之前更高了。见他飞快地出刀、收刀,明晃晃的手术刀让众人眼花缭乱,卓峰忍不住道:"小刘飞刀,例无虚发啊!"

刘照青笑着说:"还有一个。"

他收回刀子,在手臂上划出一道血淋淋的伤口。这样的举动让大家吓了一跳。但下一刻,他忽然变出条纱布,包住伤口,不到三秒,那伤口居然以肉眼可见的速度痊愈。

刘照青解释道:"我刚去负一楼兑换了医用纱布,可以给大家疗伤。只要你们别死透了,伤口被纱布包扎后就能痊愈。"

"又能打又能治疗的暴力医生!"没想到,越星文拉进来的医学院队友这么强，卓峰和林蔓萝对视一眼，心情都有些激动。

刘照青哈哈笑道："过奖过奖。我还是希望你们别受伤，我的纱布最好用不上。"

林蔓萝看向柯少彬："小柯，你呢？计算机系该不会是代码攻击吧？"

柯少彬耳朵一红，轻声道："我有个机器人。小图小图，唱首歌。"

话音刚落，一个可爱的智能机器人出现在地上，脑门亮起了蓝色的灯。它比越星文第一次见到时长大了一圈，还学会了新的歌曲："找呀找呀找朋友，找到一个好朋友，敬个礼呀握握手，你是我的好朋友！"

众人面面相觑。

柯少彬耳朵通红，小声解释道："我的小图升到了二级，这首歌可以迅速定位课题组队友的位置。它还学会了雷达探测功能，能发现十米内的危险，并且出声报警。"

卓峰无奈扶额："你们计算机系，挺有创意啊！"

柯少彬哭笑不得。他能怎么办？他也想像大家那样，掌握酷酷的技能，结果给他发了个唱儿歌的机器人。

越星文摸了摸小图的脑袋，说："挺好的，小图以后就是我们的团宠。它会的两首歌，《两只老虎》引走敌人，《找朋友》找到队友，这不是挺全面的吗？"

柯少彬轻咳一声，将小图收了起来。

众人看向越星文："星文你呢？"

越星文召唤出一本厚厚的词典，他试了试"金蝉脱壳"，众人集体瞬移了20米。

林蔓萝微微瞪大眼睛："全体瞬移？"

越星文道："它还可以解除控制，比如，蔓萝师姐你用藤蔓绑住我的时候，我可以立刻'金蝉脱壳'逃生。"

林蔓萝竖起大拇指："这个好！有了'金蝉脱壳'，控制类的技能都不用怕了。"

越星文紧跟着开启"风驰电掣"的加速，众人像是脚底踩了风火轮，跑动速度比平时快了五倍，柯少彬差点控制不住一头摔倒。

开启"暴雨如注"后，十平方米范围内忽然下起了暴雨。这个技能的描述特别有意思，刘照青试着将手术刀扔到雨中——

居然真的下起了刀子雨！

卓峰将电抛向雨中，雨水区域居然出现了大量的闪电，一道道闪电划破天空，简直像是仙侠剧中的雷劫。

卓峰感慨道:"看来,你这雨水能放大并增强各专业的技能,化学系的各种酸更可怕,直接下酸雨,腐蚀性无敌了。"

林蔓萝忍不住道:"星文这本词典的潜力很强!毕竟成语那么多,升级后的技能也会越来越多,可以输出,还可以辅助,非常全面,应该是图书馆最强魔法书了。"

刘照青勾起嘴角,低声吐槽道:"星文同学的词典,可不只是魔法书。"

越星文点头:"没错,它还有一种用法。"

说罢就将词典忽然抛了出去,沉重的词典像砖头一样,"砰"的一声砸向放篮球的铁筐,那铁筐直接被他砸出了一个大大的坑。

"啊……"第一次见到这种用法的人啼笑皆非。

林蔓萝轻轻按住太阳穴:"星文,你是把魔法书当砖头用吗?"

越星文笑道:"这样就没有冷却时间了,可以随时丢出去砸人。"

许亦深感慨道:"这么重的词典,真是'知识的力量',被砸肯定很疼。"

卓峰吐槽道:"这已经不是疼的问题了,估计能把人砸得脑出血、脑震荡。"

越星文轻咳一声,看向江平策:"该你了。"

只剩江平策没有展示数学系技能,大家都很好奇地看向他。

江平策忽然伸出右手,拇指、食指和中指分开指向了三个方向,紧跟着像是写公式一样快速写下了一些数字,然后,令人不敢相信的一幕出现了——

篮框里的全部篮球,像是被什么未知的力量所操控,忽然飘浮到了空中!

它们开始沿着规律的曲线,如同波浪一样,上下快速浮动,并环绕在了江平策的周围,形成了一个完美的圆。

十几颗篮球飘浮在他的周围,位于中心的江平策,眸光冷静,神色淡漠,就像是强大的魔法师,可以操控一切的主宰。

同学们震撼地看着他。

江平策的手指轻轻一划,上下浮动的篮球忽然开始沿着直线飞快运动;再一划,那些篮球又猛地朝远处飞去,绕了一圈后,又稳稳地落回刚才被越星文砸了个坑的篮筐里。

他没有毁掉任何一颗篮球。

但是,他这样任意操控物体运动的能力,让同学们不由心惊胆战!

可想而知,如果他操控的是人,对方被这么抛到空中转一圈,可比坐过山车还要刺激。如果他想杀人,可以将一个人直接抛向空中!

越星文走到他身边,好奇道:"你这是什么技能?"

江平策说:"三维坐标系。利用公式,让某个坐标做固定的数学运动。"

柯少彬也是理科生，很快就反应过来："所以，你刚才是右手定则，画了个笛卡尔坐标系，写公式让篮球做正弦曲线运动，然后是直线运动，最后是抛物线？"

江平策点头："没错。"

越星文竖起大拇指："牛啊！"

在数学坐标上，X轴、Y轴、Z轴，三条线共同构成的三维空间，也称为"笛卡尔坐标系"，在这个空间内的任何一个点，都可以用数据坐标来表示。其中（0，0，0）代表原点，也就是江平策刚才伸出右手画坐标系时的位置。

三维坐标系，涵盖了周围的整个空间。

别的同学的攻击目标始终有限，但坐标系是可以无限延伸的，哪怕地上放一粒花生米，角落里丢一颗铁钉，江平策也能用坐标系精确地定位，并且操控它们按照固定的曲线运动。

这个技能有多强呢？

数学，三维空间，任何一个点都能被定位。

也就是说，只要是江平策目之所及的地方，他就可以用公式，操控一切物体的运动轨迹。

数学系的江平策，才是最强控场！

大家轮番展示过自己的技能后，越星文发现他们这个团队的综合能力还挺全面的。这个七人组合，如果去"心血管病区"再来一轮夜间大逃杀，越星文认为，会远比自己之前随机匹配的十人临时班级强大，甚至都不用越星文出手，江平策的控场，配合卓峰师兄的电流，就能清光小怪。

其他同学在看到大家的技能后，神色也明显轻松了许多——有这么多强力队友在身边，以后遇到再难的课都不用怕了。

刘照青感慨道："大家都很厉害。小时候看《哈利·波特》，我还想着，将来要是能上魔法大学就好了，结果现在……咱们还真的来到了魔法大学啊！"

卓峰道："不是我吹牛，咱们这个团队的综合实力，在目前已知的图书馆课题组当中肯定能排进前五名。不过，咱们的文科人数还是有点少，严格来算，只有星文是纯文科。后面一旦有法学院、商学院之类的课，我们七个人估计都要发蒙。星文再厉害，也不能同时懂商学和法学吧？"

越星文点头："法律和经济我是一窍不通，不知道这两大文科学院具体在几楼？如果调到这些学院的课程，我们肯定要扩充队伍，再增加相关专业的队友。"

卓峰道："慢慢来吧，目前这个队伍，过完前三楼的课程应该不成问题。"

训练室墙上的电子钟显示到了中午12点。

大家一边聊天一边练习技能，时间居然不知不觉地过去了一个上午。越星文摸了摸空荡荡的肚子，提议道："12点了，不如大家先去吃午饭？"

众人纷纷赞同——

"走吧，我也饿了。"

"去食堂吃饭！"

走到训练室的门口时，越星文忽然想到一件事，停下脚步，回头问："对了，三位师兄，你们的宿舍在哪儿？"

卓峰道："我跟许亦深住A区96号，另外两个舍友都是京都大学的。"

刘照青说道："我在D区72号四人间，三个舍友都不认识。我早上起来就直接来了负二楼的课题组中心，还没来得及跟他们详细聊。"

越星文看向柯少彬："你宿舍不是空着吗？不如跟师兄们一起住？"

柯少彬双眼一亮，立刻说道："三位师兄要是不介意的话，搬过来F区930跟我一起住吧！我选了个四人间，目前就我一个人，正好空着三张床位。"

另外三人对视一眼，卓峰干脆地点头："这办法好，大家住在一起，以后也方便沟通。我隔壁床的那位哥们儿，昨晚打了一晚上的呼噜，吵得我头疼。"

许亦深也想起了昨晚不太好的经历，轻轻揉着太阳穴说："我也没睡好。那呼噜声惊天动地的，咱们又不好直接说他，还是跟熟人住比较方便。"

刘照青爽快地说："那我也搬过去吧，三个舍友我都不熟，还是跟你们住。"

越星文关心地看向林蔓萝："师姐呢？"

林蔓萝说："我没关系。我们宿舍两个空床位，另一个女生是南阳交大外语学院的，性格比较温柔，还算好相处。"

目前，队里就她一个女生。越星文也想不到别的方法，只能让师姐跟陌生人先住着，以后有了女生队友再说。

卓峰紧跟着问："你俩呢？住哪儿？"

江平策淡淡地说道："我跟星文一起住在C-77号双人间。"

卓峰很难想象跟江平策当舍友会是什么体验，也只有越星文能对着江平策一脸严肃的表情在旁边开玩笑，他俩住一起，应该能相处得很融洽。卓峰放下心来："那行，你俩互相关照吧。"

一行人坐着电梯来到学生食堂，选了个空位多的食堂去打饭。

周六午饭时间，学生食堂人山人海，但气氛依旧安静得令人压抑。

没有人大声聊天，更没有人嬉笑打闹，学生们都神色严肃，飞快地去传送带上刷积分、拿盒饭。

刘照青压低声音问越星文："午饭咱们是各付各的，还是轮流请客？"

第三章 课题组

越星文想了想，说："今天先各付各的吧。以后可以上交积分，建立课题组基金，找个人来统一管理团队的日常开支，就不用一个一个刷积分那么麻烦了。大家觉得呢？"

众人都点头表示同意，找了张大桌坐下来，一起吃午饭。一荤两素的套餐，所有人餐盒里的饭菜都一样。

刘照青感叹道："真怀念咱们华安大学的食堂，有很多菜可以选。"

卓峰道："我平时喜欢去第一食堂，角落那个窗口的酸菜鱼特别好吃。"

林蔓萝道："我喜欢第一食堂的米粉，各种口味的都好吃。"

许亦深苦着脸打断他们："别说了。这里的饭菜味道很一般，好在能吃饱，米饭还是不限量提供，总比饿着肚子强吧。"

刘照青叹了口气："也是，在这种地方，要求不能太高。"

从食堂出来后，众人在电梯口道别。

越星文热心地道："卓师兄，你们搬宿舍需要帮忙吗？"

卓峰摆摆手："不用，你跟平策先回去吧。我们的行李都很少，几件衣服和洗漱用品，一次就能搬完。"

"好，那你们先跟柯少去办宿舍手续，晚饭时间再见。"

卓峰三人跟着柯少彬去了宿管中心，越星文和江平策则回到自己的宿舍。

进屋后，越星文脱了鞋躺在床上，双手交叠枕在脑后，似乎在想心事。他平时话挺多的，很少会这么安静。

见他盯着天花板神游，思维也不知飘去了哪里，江平策起身从昨天的购物袋里拿出一包薯片，递给他："中午是不是没吃好？给你加餐。"

越星文一骨碌从床上翻起来，迅速接过薯片，拆开包装抓了几片塞进嘴里。熟悉的味道让他脸上不由露出笑容："还是你懂我，谢了！"他抓了几片递给江平策，江平策摇了摇头："我不吃零食，这是给你的。"

越星文便自顾自地吃了起来，眯起眼睛，一脸满足的神色。吃掉半包后，他把袋子封好放在桌上，认真地看着江平策说："我刚刚在想，图书馆的每层楼是一个院系，有相应的专业必修课和专业选修课，但是不是少了一种课程？"

江平策很快就跟上他的思路："你是说，全校公共选修课？"

越星文点头："对。大学不都有公共选修课吗？公共选修课也算学分。图书馆既然是仿照国内大学的模式，给我们设定了一堆的专业必修、专业选修，为什么就没有公共选修课呢？"

公共选修课，是大学生们刷学分的利器。而且公共选修课通常不会特别难，

115

教授们也比较通情达理，考试方式都是交论文、写心得，甚至是开卷考试，能直接带书进考场去找答案的那种。

如果图书馆也有公共选修课，岂不是很方便刷学分和积分？

这里吃、穿、住、行都要花费积分，越星文刚刚升级完魔法词典，现在连一个积分都没有了，住宿、吃饭都要花江平策的，他真是迫切地想要赚点积分。

江平策微微蹙眉："国内大学都有公共选修课，但图书馆不一定会有吧？"

越星文道："我也只是无聊瞎想想。公共选修课一般都不难，没有就算了，如果有的话，或许可以赚点积分什么的……"

正说着，耳边忽然响起机械音："同学们，明天的课程安排已公布，宿舍区的平板电脑已同步课程表，请各位同学看清楚课程表，及时报名选课。"

今天周六停课休息，明天是周日，居然要上课的吗？图书馆不是双休？

越星文和江平策对视一眼，迅速打开桌上的平板电脑——

图书馆课程表

周日上午 10:00—12:00

全校公共选修课：珠宝鉴赏

学分：2分

班级人数：100人每班，共50个班

报名时间：周六晚 20:00—20:30

下午 14:00—16:00

全校公共选修课：定向越野

学分：2分

班级人数：100人每班，共50个班

报名时间：周六晚 20:00—20:30

备注：

1. 公共选修课的学分计入毕业总学分，挂科不需要重修，也没有任何惩罚。但挂科的同学，禁止再次选择同一门课程。每周只能报名一门公共选修课程。

2. 个人报名的同学，随机匹配班级。课题组报名的，可以和组员进入同一个班级。

3. 选课成功的同学请在规定的上课时间，到图书馆五楼的公共选修课中心等待开班。迟到者，视为课程不通过。

江平策看向越星文，那眼神似乎在说：你是预言家吗？

越星文轻笑着摸了摸鼻子："这个图书馆虽然变态了一点，倒还挺讲规矩，大学有的它基本都有。我甚至怀疑，过段时间，它会不会开一场全校技能运动会？"

江平策无奈："你别乱说话了。你的嘴，说什么都容易应验。"

越星文在嘴巴上做了个拉拉链的动作，眼睛里透着满满的无辜。

江平策道："你想要的选修课来了，想选哪一门？"

越星文立刻指着平板电脑的课表说道："'珠宝鉴赏'这个完全不懂，我更倾向于选'定向越野'，你觉得呢？"

江平策点头："嗯，'珠宝鉴赏'应该是推理类课程，'定向越野'更像生存类课程。不过，选课有可能失败，你看到班级限制了吧？"

越星文道："一个班一百个人，开五十个班，那就是五千人，两门课加起来一万人，图书馆的学生都去上公共选修课的话，肯定挤不下。"

这还真跟大学的公共选修课一样，有的热门课程需要拼手速去抢。

他们华安大学有一门叫作"服饰搭配"的公共选修课，女教授气质优雅，幽默风趣，考试是开卷，每年公共选修课一放出来，三秒内爆满，超级难抢。

拼手速的噩梦又来了！

柯少彬忙着帮三位师兄办理宿舍更换手续。搬进 F-930 新宿舍后，四个人迅速将床铺、洗手间给收拾好。

柯少彬这才打开平板电脑，看了眼周日的课表："还有公共选修课？"

其他三人凑过来看了看，刘照青无奈扶额："这图书馆是在努力扮演一所魔法大学的角色吗？连公共选修课都来了！"

他话音刚落，耳边就响起机械音提示："课题组有新的信息，请注意查收。"

左上角的悬浮框弹出一个"未读信息"提示，两人同时点开，是越星文发来的："你们搬完宿舍了吗？搬完先午休一下，下午大家再商量选哪一门公共选修课吧。"

柯少彬回复："好的星文，三位师兄都已经搬过来了。"

许亦深没理公共选修课表，干脆地在床上躺平："睡午觉吧，昨晚那哥们儿吵得我失眠到 3 点，困死了。"他打了个哈欠就钻进被窝里，其他人也先后睡下。

越星文和江平策同样睡了会儿午觉，下午 2 点整起床。

117

2点30分的时候，刘照青发了条消息在课题组："睡醒了没？卓峰叫你俩来F-930宿舍商量，选课的事情咱们直接在宿舍说。"

知道宿舍号，互相串门倒也方便。

越星文和江平策过去的时候，大家已经到齐，林蔓萝也来了。

柯少彬主动给三位访客搬来凳子，其他人则坐在床上。

林蔓萝道："课题组的会议室开启一次就要10分，一份盒饭的钱。你们四个住一起确实方便，以后需要商量什么事情，就直接来F-930宿舍吧。"

在课题组发消息叫人不用积分，这样互相通知，一来一回确实能节省很多。

卓峰直入正题："选修课，大家怎么打算的？"

越星文和江平策对视一眼，说道："我跟平策想选下午的'定向越野'。之前我们学生会团建，不是玩过定向越野吗？这种野外活动，应该是偏向生存类的课程，大家正好磨合一下。"

"星文的课题组选'定向越野'，咱们呢？"卓峰询问的目光看向林蔓萝和许亦深。林蔓萝想了想道："我们去年不是在学校上过珠宝鉴赏的公共选修课吗？陈教授开的那门课，你还记不记得？"

卓峰点头："当然记得，我还认真听了几节课，讲得挺有意思。"

公共选修课由于不限年级、专业，不同专业的学生可以选择同一门课程，在一起上课。卓峰和林蔓萝感情一直很好，他俩选同一门公共选修课再正常不过了。

许亦深笑道："巧了，我大二的时候也选过这门课，还记得一些基础理论。不过，图书馆的'珠宝鉴赏'，肯定不是让我们去鉴别珠宝真假，我感觉更像是推理课。"

林蔓萝蹙眉："推理课的话，是从已知的线索中判断珠宝的真假，还是干脆来个珠宝盗窃案，让我们去找失窃的珠宝？不管怎样设置，都不简单。"

卓峰道："选修课挂科也没事，珠宝鉴赏这门课我还是挺感兴趣。别忘了，公共选修课有班级人数限制，图书馆超过两万名学生，这周公共选修课只录取一半，也就是说选课的失败率达到50%。相对来说，选'珠宝鉴赏'的学生应该比较少，'定向越野'竞争会更激烈。"

越星文赞同："师兄说得没错。我估计，这图书馆的大部分学生都不懂珠宝，不会选上午的'珠宝鉴赏'，大家一起抢下午的公共选修课，失败率会很高。我们两个课题组分开选课，双重保险。一队选不上，另一队还能选上。"

三人对视一眼，卓峰干脆地拍板决定："那就这样，咱们课题组选上午的'珠宝鉴赏'，星文你们课题组选下午的'定向越野'。2学分的公共选修课难度应该不会太大,刷点积分,作为团队的日常经费也好。"

许亦深笑眯眯地说:"公共选修课最大的好处是挂科不用重修,也没什么惩罚,就当是一次特殊的体验了。"

林蔓萝看向柯少彬问:"小柯,晚上8点全校开放选课通道,所有人一起选课的话,这竞争也太激烈了,只能拼手速吗?你们计算机系,不是有各种自动点击的小软件?"

越星文也好奇道:"自动点击的软件应该比我们手动点击要快。"

柯少彬认真地说:"图书馆系统会自动封杀一切计算机系的外接软件和程序,我刚才已试过了,这个智能系统的防火墙非常厉害。"

想来也是,整栋图书馆大楼都在智能系统的管理下井然有序地运行。如果计算机系的学生能破译这个系统,岂不是分分钟就黑掉图书馆,把所有大学生给救出去?

越星文打消了用外挂软件取巧的念头,轻叹一口气:"看来只能拼手速了。晚上8点的时候,掐着秒,第一时间报名。我们的课题组是C-183,柯少你来报名吧,我手速很一般。"

柯少彬天天敲笔记本电脑写代码,那才是真的"运指如飞"。越星文把重任交给了他,他只好点点头:"嗯,我守着时间报名。"

下午,众人各自回房休息。越星文打开平板电脑,想查一些定向越野相关的资料,可图书馆的网络根本连不上外网,百度、搜狗之类的搜索网站也打不开,想从外界获取信息是不可能的。

大家只能打开校内网。他发现"图书馆校内网"居然有个论坛入口,点进去一看,出现了很多帖子,不少学生在发帖找课题组的队友,也有几个零星的帖子在讨论明天的公共选修课。

其中就有一个标注了"HOT"的热门帖——

定向越野相关科普,想选这门课的同学看一下。

越星文顺手点进去,发帖人是滨江师大物理系一个叫秦朗的学生,帖子写道——

定向越野,是一种借助地图和指南针等工具,在一个固定的范围内,通过途中的各种障碍,快速到达各个目标地点,完成各个地点的任务,最后到达终点的户外运动项目。

逃离图书馆

关键词：1. 户外地图；2. 目标点任务；3. 规定时间到达终点。

很多大学都有类似的团队活动，例如学生会团建、班级外出游玩。可能有些同学玩过定向越野，但别忘了，图书馆系统不可能让你们休闲娱乐，去野外旅游一圈。

我个人猜测，这次的定向越野是专业竞技类，会按课题组分队竞技，让大家争夺目标点的道具，或者团队竞速，先跑到终点的人拿高分，跑不到终点的人挂科。

建议大家以课题组的形式报名。单人的话会很难。

如果对竞技没有信心，你们还是去报上午的珠宝鉴赏吧。那门课至少不用跟其他组竞争，更像是珠宝盗窃案之类的推理课。

以上只是个人猜测，我对自己的言论不会负责的。祝大家选课成功。

越星文玩过定向越野。大二那年，学生会外出团建就是定向越野活动。记得当时是把他们弄到一个深山老林里面，发了张地图，让他们走到终点。

图书馆的"定向越野"肯定不会太简单。越星文皱着眉思考片刻，说道："图书馆会不会把我们丢到一个荒岛上，一边让我们找终点，一边给我们制造生存危机？像野兽袭击、食物短缺，这些也要考虑到吧？"

江平策道："没错，当初学生会去定向越野，地图不大，一天时间就结束了。图书馆万一做个好几天时间的大地图，到时候吃、住都成问题。"

"那我们要不要提前准备一些物资？买个背包，带一些水、饼干、牛奶之类的，万一要好几天的话，总不能饿着肚子走路啊。"

江平策道："晚上等柯少彬选课吧，选课成功之后再说。"

周六下午，同学们并没有心思好好休息，大家都盯着论坛和明天的公共选修课。在那位秦同学发了定向越野的相关科普后，也有同学发了珠宝鉴赏的基础知识。

看着论坛里多出来的一个又一个讨论公共选修课的帖子，越星文忍不住想到华安大学的论坛，每到期末考试，总会有师兄师姐好心地发一些复习资料给大家。

大学就是这样神奇的地方，热心的师兄师姐对新生会十分关照，而当新生们成了师兄师姐，他们又会继续关照下一批的新生。这样一批又一批地传承下去，大部分师兄师姐都不会吝啬于分享自己的心得体会、考试经验给下一届的学生。

第三章 课题组

没想到，如今在危机重重的图书馆，越星文居然在论坛上看见了这些经验分享。看来，大家并没有因为被拉进图书馆就心理变态，惊慌失措。在经历了医学院的磨炼后，住进新生宿舍的学生们已经渐渐适应了图书馆的氛围。他们还是保留着大学时的习惯，乐意去给其他同学分享经验，让人知道，自己在这个图书馆并不孤独。

晚上 7 点 30 分。

柯少彬打开自己的笔记本电脑登录了校内网。他从来没这么紧张过，大学选课的时候，选不上是他一个人的事，如今他可是代表了 C-183 课题组！

时间一分一秒地过去。

柯少彬绷紧神经盯着时钟，8 点整一到，选课通道准时开放，柯少彬立刻以闪电般的速度选择了"定向越野"这门课，并且输入详细的课题组信息。他的手指快得让人眼花缭乱，短短三秒就完成了选课。

十秒后，大家看见屏幕上弹出"公共选修课人数已满，无法选课"的提示。

然后，课题组频道收到系统信息——

C-183 课题组，成功选择公共选修课"定向越野"，请于周日下午 1 点 55 分之前到图书馆五楼公共选修课中心签到。该课程统一发放服装和道具，不允许携带任何工具进入考场，请组长确认。

越星文看向江平策，无奈道："我还想买些吃的，看来是什么都带不进去。"

江平策蹙眉："统一发放服装和道具，这门课，可能比我们想象的要难。"

奇怪的公共选修课，会是什么内容呢？

第四章 定向越野

第四章　定向越野

　　次日一早，学生宿舍区准时响起闹铃，众人一起到食堂吃过早饭，越星文跟三位队友回宿舍休息，卓峰、林蔓萝和许亦深则去了五楼的公共选修课中心。

　　他们两个小组的运气还不错，都顺利选上了公共选修课。

　　很多同学不懂珠宝鉴赏，但周末公共选修课"挂科不重修"的规定，也让大家可以放下心理负担去尝试这门课。过了有好处，不过的话影响也不大。五十个班全部爆满，上午10点整正式开班。

　　不管课程内容是什么，按图书馆时间来算，这门课就是两个小时，12点必定考试结束。越星文四个人不到中午12点就提前去约好的学生食堂门口等师兄他们。没过多久，就见卓峰三人一起走过来，脸色不太好看，越星文急忙上前问道："师兄，考得怎么样？"

　　刘照青也关心道："你们过了没？"

　　卓峰和两位队友对视一眼，轻叹一口气，说："过是过了，可惜是低空飞过，评分60分，刚刚及格，最后也只拿到120积分。"

　　越星文问："每个人120分吗？"

　　卓峰无奈摇头："是总共120分。公共选修课的积分按课题组团队来算，不按个人算，积分会直接给到组长的手里。"也就是说，他们辛苦一趟，最后只拿到120分，可以买十二份盒饭。

　　"能过就行。120积分够两天的生活费，还多了2学分，不亏。"越星文安慰道。

　　"也是，至少赚了两天的饭钱。"卓峰脸色渐渐好转，跟大家说起考试的经历，"考试一开始就把我们所有人拉去拍卖会现场，拍卖到一半，忽然说有珠宝丢失，让我们寻找失窃的珠宝，并且找到偷走珠宝的盗贼。"

　　林蔓萝补充道："一群学生快要把拍卖会现场翻个底朝天了，最后也没找齐。

125

那么小的钻石根本不知道藏在哪儿，我们能找到三枚，已经算不错的，有的小组什么都没找到，白忙活一天。"

许亦深笑眯眯地说："这门课的挂科率很高，现场也极度混乱，好在不用打怪，也没什么生命危险。星文说得没错，2学分和120积分，能过就不算亏。"

众人一起走进食堂吃饭。

林蔓萝轻声叮嘱道："星文，从上午公共选修课的挂科率来看，下午的定向越野肯定不会太简单，你们要做好心理准备。"

"嗯，课程要求说是统一发放服装和道具，我总觉得会变成野外生存模式。"越星文看向身旁的江平策，道，"好在以我们四个的技能，自保不是问题。还有平策的全场强控，就算是生存类课程也没什么好怕的。"

江平策冷静地说："不用担心，我们肯定能过关。"看着他自信从容的模样，越星文笑着拍了拍他的肩膀："借你吉言，希望这门课考试顺利！"

吃过午饭后，越星文四人同时收到系统提醒——

你所在的C-183课题组报名了今天下午的"定向越野"公共选修课，分配到1班，请在下午1点55分之前到五楼公共选修课中心签到。

越星文和队友们提前十分钟来到了五楼的公共选修课中心。

签到处那里摆了几台智能平板电脑，越星文带着队友们走过去，将指纹依次按在识别区，屏幕中弹出提示——

C-183课题组全员签到成功，考场即将开放，请等待。

距离考试只剩最后八分钟。

这里是1班的签到处，说明周围的同学待会儿将进入同一个考场。

大家互相不熟，三人、四人的小组聚在一起，低声讨论着。

忽然，有个男生朗声说道："各位同学，如果这次的课程是生存模式，希望大家能合作就合作，不能合作也别为难其他人。毕竟，公共选修课挂科不需要重修，没必要跟同学们拼命，放技能悠着点，别伤到人吧！"

听到这句话，不少人点头赞同，但也有同学只看了他一眼，并没有理他。

那男生倒是神色自若，说完这句话后就回头跟旁边的队友低声交谈。越星文意外地看见了一张熟悉的面孔——那男生的身边站着个身高一米五五左右的瘦小女生，扎着马尾辫，皮肤有些苍白。刚才她被男生彻底挡住，这时候往旁边挪了一步，越星文才看到她。

她似乎察觉到越星文的视线，朝这边看过来，旋即双眼一亮："星文！"

越星文朝她露出个笑容："真巧，刘潇潇！"

刘潇潇迅速小跑过来，站在越星文的面前仰起头看着他，声音显得有些激动："好巧啊，又匹配到一个班了！刘师兄和柯少也在，你们是组了一支队吗？"至于越星文身边那位英俊冷漠的男生，她不认识，也没敢贸然打招呼。

越星文道："对，我们几个校友干脆一起建了个课题组。"

江平策看了她一眼——这个女生瘦瘦小小的，长了张娃娃脸。他不记得越星文的朋友中有这么一号人，看来是在图书馆新认识的！

察觉到江平策在打量对方，越星文轻声介绍："这位是滨江师大的刘潇潇同学，我们之前在'心血管病区'的考场正好匹配到一个班。"

江平策淡淡地"嗯"了声，朝她点了点头，算是打过招呼。

越星文介绍道："这是我最好的朋友，数学系的江平策。"

刘潇潇恍然大悟："就是你说的那位数学系好友吧！"

越星文笑道："没错。"

江平策疑惑地看向越星文，后者凑到他耳边解释道："之前推理凶手的时候，我用了你教的轨迹分析方法。他们好奇我一个中文系的怎么对数据这么敏感，我就说，我有个数学系好友，被你给影响的。"

江平策沉默了几秒，低声问："你在别人面前，经常提起我？"

越星文神色坦然："也就随口提了一句。"

江平策没再多问。

刘照青笑着调侃道："敢对猴子讲课的刘潇潇同学，你找到课题组了吗？"

刘潇潇红着脸说："我跟滨江师大的师兄师姐组了一队。我师兄叫秦朗，人挺好的。待会儿考试也不知道是什么形式，要是可以的话，我们再合作吧！"

在利益不冲突的前提下，越星文当然乐意跟其他同学合作通关。她师兄叫秦朗，显然就是昨晚在校内论坛发定向越野攻略的那位滨江师大物理系的秦朗。挺热心的一个人，看来他本就认识刘潇潇，就在课题组收留了这位师妹。

越星文点点头说："没问题，有机会合作的话再说吧。"

刘潇潇转身回到队友们的身边，给师兄师姐介绍了一下越星文。对方朝越星文投来友好的目光，越星文也朝他们点头打了招呼。

耳边响起机械音提示："签到结束，考场即将开放，请大家做好准备。"

倒计时十秒后，所有人眼前的场景忽然一变——

只见大家集体出现在了一架大型直升机上，所有人面对面坐成了两排，并且换上了统一的军绿色迷彩服，身后还有个背包。

耳边传来螺旋桨震耳欲聋的轰鸣声。

越星文侧头看向江平策，正好对上他的目光。

熟悉的迷彩服，让人想起大一那年刚入学时的军训。经历过医学院，越星文已经习惯了考场忽然换衣服。可问题在于，把他们弄上直升机做什么？

下一刻，就听机舱内响起冰冷的机械音："同学们，欢迎来到'定向越野'公共选修课。直升机即将带大家前往考试的小岛，请大家做好准备。"

周围响起一阵议论——

"去小岛？该不会是野外求生吧？"

"用直升机送我们过去，我怎么觉得心里有点发毛！"

"是鸟不拉屎的荒岛吗？我们要在那里待几天？"

机械音并没有理会同学们的议论，继续冷冰冰地说道："各位同学身后背的是降落伞。飞机到达目的地后，请大家自行跳伞。跳伞的最低安全高度为五百米，所以，请在五百米以上的高空中打开降落伞，一旦摔死，后果自负。"

什么玩意儿？跳伞？！

机械音："接下来，请大家仔细观看降落伞操作说明。"

越星文这还是第一次坐直升机。以前飞机起飞的时候，座位前方播放的是"安全须知"，这次起飞，播放的居然是"降落伞操作说明"。

直接把一群大学生拉去跳伞，一开始就这么刺激的吗？

越星文立刻集中精神，将注意力放在机舱内播放的视频上。

这段视频十分简略地讲了降落伞的操作方法，怎么打开，怎么把控方向，看上去并不算特别难。可是，从高空中往下跳，大家的心里总会忍不住打退堂鼓——谁都不想体验"摔死"的感觉！

视频只放了一遍，机械音紧跟着道："考试地点即将到达。从现在开始，直升机将在岛上环绕一周，持续时间十分钟，各位同学可选择喜欢的地点跳伞。同一个课题组的同学请注意组员的位置，跳伞时不要太过分散。"

"本次定向越野考核持续三天，食物、住宿请自行解决。组长的背包里有地图、指南针等工具。小岛上散落着大量的积分卡，收集积分卡可获得相应的积分，60分以上判定为及格。注意，必须在第三天晚上0点之前到达终点，否则考试不通过。"

直升机在空中悬停下来，机舱内响起刺耳的轰鸣，紧跟着，舱门大开，凛冽的寒风扑面而来，吹得同学们几乎无法睁眼，头发更是乱成了一团。

第四章 定向越野

嘀嘀的警报声似乎在催促着大家跳伞。

一百个学生面面相觑。

有男生大着胆子走到舱门口往下看了一眼,吓得差点腿软:"这是有多高?!"

他身旁的队友声音发颤:"降落伞有高度提示,目前的高度是三千米。"

有女生快要哭出来了:"我恐高!怎么办?我会摔死吧?要不,这门课咱们不考了,能不能逃课啊?选修课不是可以逃课的吗?"

"对啊,我不跳了,逃课不行吗?!"

周围声音嘈杂,没有人敢第一个往下跳。

机械音:"请同学们准备跳伞,倒计时十分钟结束后,将强制投放。"

刘照青低声吐槽:"这是真人版'吃鸡'吗?把一群人机载到荒岛上空跳伞。我平时玩游戏都是在电脑上操作,真往下跳……这也太刺激了吧!"

柯少彬从窗户往下看了一眼,心里也忍不住地紧张。

三千米的高度,高空中风力很大,碧蓝的海上只有一座椭圆形的小岛,让跳伞经验为零的学生们直接往下跳,万一把控不好方向,被吹到海里淹死,或者不小心撞到礁石摔死,想想都很惨。

十分钟的倒计时,不断响起的警报声,让机舱内的气氛紧张到了极点。

江平策看向越星文,后者也正好看向他,两人交换了一个眼神,并肩朝舱门口走去,刘照青和柯少彬只好硬着头皮跟上。

江平策压低声音说:"你们先跳,我最后。如果你们方向偏移,或者遇到危险,我可以用坐标系改变你们的运动轨迹。"

在下降的过程中算坐标、写公式,这也太难了。

但越星文相信江平策的能力。

越星文看向对方,伸出手:"我先跳。要是把我摔死,回去再跟你算账。"

江平策伸出手,两人像是互相鼓励一样,轻轻击掌。

然后,越星文就干脆利落地从舱门跳了下去!

刘照青和柯少彬只好大着胆子跟上,江平策最后才跳。这样一来,他就能看清在自己下方的三位队友的位置,用他的坐标系来保护好队友。

机舱内响起一阵惊呼:"他们已经跳了!"

其他学生听到这里,纷纷扭头从窗户往下看去。

最开始跳下去的男生已经打开了降落伞。

紧跟着,他的队友们也先后开了伞,四张降落伞如同在空中飘荡的四片花瓣,朝着荒岛的方向飞快地飘去。

机舱内的同学们看到这一幕，纷纷来到舱门口。

有个女生伸出手，将长发在头顶利落地绾了个发髻，说："来都来了，跳吧！总比十分钟以后被强制丢下去要好，我可不想被丢到海里喂鱼！"

她深吸一口气，纵身干脆地朝下一跃，她的另外三个队友也硬着头皮依次跳了下去。

空中很快就多了四面张开的降落伞。

机舱内，轻度恐高的刘潇潇脸色发白："师兄，我们……"

秦朗干脆地说："跟上吧。注意降落伞的高度提示，五百米之前一定要开伞。"

他率先跳下。刘潇潇脸色发白地抓紧机舱出口的扶手，旁边，她师姐轻轻拍了拍她的肩膀："别怕，闭上眼往下跳，快到开伞高度的时候我会提醒你。"

刘潇潇咬紧牙关，闭上眼睛往下一跳，那神色颇有"视死如归"的壮烈。

随着一个又一个团队跳伞，其他人也纷纷来到机舱门口。

除了有严重恐高症的人双腿发软、抱着护栏不肯撒手外，大部分同学都硬着头皮跳了下去。一时间，整个空中到处都是打开的降落伞，如同一团团花瓣四处飘荡。很多人不会把控方向，加上身体失重、快速下坠所带来的恐惧感，周围响起一阵阵"啊啊"的尖叫，夹杂着呼啸的风声传到耳边。

江平策顾不上别人，他只盯着下方的三位队友。

此时，第一个跳伞的越星文离地面已经不到五百米，荒岛的景象映入眼帘。江平策发现，他们四个跳伞的位置距离一座山峰非常近，眼看越星文再过几十米就要撞到峭壁，江平策立刻伸出右手。

右手定则，笛卡尔坐标系。他的眼前出现了坐标轴，三位队友就像是蓝色的点，在坐标系中不断地下坠，江平策估算了一下越星文的坐标位置，以极快的速度写了一条抛物线公式。

越星文正在努力尝试掉转降落伞的方向。

风力太大，被风吹着继续往前飘，肯定会撞到悬崖峭壁上。就在他焦急万分的那一刻，忽然有一种神奇的力量将他整个人给包裹住，他的身体开始不由自主地朝斜上方飞行——

等越星文回过神的时候，他已经稳稳地降落在了山顶。

降落伞在下坠的过程中是不可能莫名其妙往上飞的，越星文站在山顶愣神两秒，很快就反应过来——应该是江平策看见他差点撞山上，所以改变了他的运动轨迹。

越星文亲自体验过一次坐标系控场的强大。

数学公式算出来的运动轨迹不会受风向、重力等外界因素的影响，江平策算准了哪个落点，被他控制的目标，就会准确地落在那个坐标点上。

越星文抬头一看，刘照青、柯少彬也先后落在了他的旁边，江平策是最后一个落下来的，四个人的落点相隔不到二十米。

若不是江平策用公式控制，他们随着风乱飘，肯定不会这么整齐。

越星文走上前去，拍了拍江平策的肩膀道："厉害啊！你这一眨眼写四个公式，把我们的落点都算准了。"

他的头发被风吹乱了，笑容却很灿烂。

江平策的唇角微微扬起，道："没撞到吧？"

越星文摆了摆手："没事，有你控制运动路线，我刚才落地很稳。"

刘照青和柯少彬也朝这边走了过来。柯少彬惊魂未定，眼镜都差点掉了，他急忙将眼镜戴好，看向江平策道："原来是平策在控制，怪不得我能降落在山顶。我刚才还想着，掉下来会不会摔个狗啃泥。"

刘照青开玩笑道："摔个狗啃泥还算好的，就怕我们落地成盒。"

发现大家都没有受伤，越星文松了口气，道："落在山顶也好，我们站在高处，可以看一下周边的环境，商量下该怎么走。"

江平策问："地图呢？"

越星文收起降落伞，将随身的背包翻过来找了找——包里的工具包括一张地图、一块指南针、一块很古老的怀表以及一个打火机。

简简单单，就这四件。

刘照青吐槽："一瓶水都不给，让我们待三天，喝西北风啊！"

柯少彬环顾了一下四周，小声说："大概是让我们就地取材！这荒岛上应该有野果、野菜之类的吧，说不定还能打点野鸡、野兔烤来吃。打火机就是让我们生火用的。"

江平策冷静地问："你们谁能分辨野果有没有毒？"

三个人同时沉默下来。

他们不过是普通大学生，谁有野外生存的经验啊？

越星文苦笑道："野果、蘑菇之类还是别乱吃，容易中毒。至于柯少说的野鸡、野兔……我看这荒岛，不像是有这种小动物的样子，海里说不定有鱼。"

刘照青道："三天不吃饭倒也饿不死，先别担心这个。我们看看地图是怎么回事，这模式很像真人吃鸡。我们需要去安全圈吗？"

越星文找了块大石头，将地图在石头上铺开，跟大家一起分析。

这张地图比他想象中要大得多，地图有方向和距离换算标注，正中央的位

131

置标了一个红色的旗子，并且写着"终点"的字样。

越星文用手指了指地图上类似山峰的地方，看向江平策道："我们的位置，应该就是这片山顶。地图比例尺是1∶50000，你能换算出我们跟终点的距离吗？"

江平策微微眯起眼，在脑内快速运算。

很快，他就得出结果："直线距离是二十公里，但由于沿途有沼泽、丛林之类的障碍，我们想在三天内赶到终点，不能走直线。绕路的话……"他用手指在地图上飞快地比画出一条曲折的路径，道："四十五公里左右。"

刘照青低声骂了一句："徒步四十五公里？！我们当年军训拉练都没走过这么远！"

柯少彬扶了扶眼镜，认真地问："你能写一个抛物线公式，直接把我们抛过去吗？"

江平策对柯少彬的问题有些无语。

越星文见他脸色严肃，主动解释道："肯定不能，平策的坐标系能控制的是他视野范围内的坐标和路径，四十五公里以外的地方他根本看不见。"

江平策点头："嗯。"

柯少彬微微红脸："咳，我就是随口一说。"

刘照青道："江师弟，那你算一下，我们如果从现在开始徒步，多久能到终点？"

江平策皱了皱眉，说道："成年人正常步行的速度是十二分钟约一公里，十公里要两个小时，加上体力的消耗，理论上，步行四十五公里需要十个小时以上。"

他指向地图上的两个坐标点："考试时间是三天，我们可以每天前进十五公里。把这里还有这里作为两次休息的中转站，既能保证充足的体力应对各种意外，还能在第三天考试结束前按时到达终点，收集到足够的积分卡。"

越星文低头看了看他在地图上画出的路径，赞同地说："移动路线覆盖了这一片区域的左右两侧，我们可以多花点时间侦察周围，把这一片所有的积分卡都拿到手。"

刘照青仔细看了看地图，也觉得挺像那么回事。

数学系的学霸规划出来的路径，那肯定是既高效又快捷的最佳路径，他一个医学生，地图都看得似懂非懂，干脆放弃了思考，跟着走就对了。

柯少彬干脆拿出笔记本电脑，说："为免地图丢失，我在电脑里备份一下吧，把平策指的这条路线建个模，也好让小图侦察周围的环境。"

江平策道："嗯，我帮你。"

两个理科生当场就在笔记本电脑里建模。

这种地图建模并不算难，有江平策帮忙整理数据，柯少彬在键盘上运指如飞，很快就做了个3D（立体）版的地图出来。

考试发给他们的是平面图，柯少彬做成了立体的，山峰还标注了高度，并且将最佳路径周边辐射的范围也用蓝色线条给圈了起来，似乎在说：这地盘就是我们的。

刘照青在旁边看得啧啧称赞："有你们两位在，以后每去一个陌生的环境，是不是都能搞出一份模拟地图？理科生都这么硬核的吗？"

越星文笑道："不是所有理科生都这么硬核，是我们柯少和平策太强了。"

现场建模，对柯少彬和江平策来说确实是小菜一碟，他们能将图书馆给予的技能运用到极致。如果是学渣，抽到坐标系这种技能，半天算不出公式，队友早就摔死了……

他正想到这里，右上角的悬浮框中忽然弹出提示——

考试正式开始

荒岛考生数量：88人

柯少彬愣了愣："岛上只有八十八人吗？"

越星文道："看来有十二个考生摔死，或者降落到海上淹死，直接被淘汰了。"

四人对视一眼，想起刚才从高空跳下来的那一幕，仍心有余悸。大家第一次体验高空跳伞，能顺利着陆已是万幸。

那十二位倒霉的考生真是应了刘师兄的话"落地成盒"，真是太惨了。

紧跟着，右上角的透明悬浮框列出一排信息——

积分卡排行榜

A-76课题组：20分

B-16课题组：15分

C-11课题组：10分

A-53课题组：5分

目前上榜的只有四个课题组，考试刚开始，他们就收集到了积分卡，显然是降落的地点附近正好有卡片，运气爆棚。

刘照青不由吐槽："有吃鸡的味儿了，还实时更新排行榜。"他顿了顿，担心地问道："到了后期，同学们会不会为了争夺积分卡，发生内斗？"

越星文想了想，摇头道："这跟游戏区别还是挺大的。游戏中的赢家必须杀光其他团队，存活到最后才算赢。我们这次定向越野，团队之间并不矛盾，只要拿到60积分就算过关；而且，目前大家都不太清楚其他专业的技能，贸然动手，很可能被反杀。"

刘照青赞同道："也对。像刘潇潇那样柔弱的女生，都能对着猴子讲课，让猴子罚站十五秒，谁知道别的专业有什么奇葩的技能。我们这个班，匹配的应该全是课题组，小组和小组PK（对决），贸然动手，还真不一定讨到便宜。"

柯少彬道："要是遇到化学系的直接泼硫酸，就算打赢了我们也得毁容。"

越星文道："我们不去招惹别的团队。平策画出来的这片区域足够大了，应该能收集到不少积分卡。"

柯少彬这边的地图模型已经做好。

江平策直起身说："走吧，趁天还没黑，搜一搜山上的积分卡。"男生穿了一身军绿色的迷彩服，迈开长腿走路时，动作干脆利落。这身装束让他显得帅气非凡，原本就硬朗的五官，在军装的衬托下更是英气十足。

越星文快步跟上，和他并肩而行，低声问道："现在的时间是下午2点整，我们今晚在山顶过夜，还是下山？"

江平策说道："下山吧。应该只有我们团队降落在了山顶，其他团队都在山下，如果我们下山的时间太晚，山脚附近的积分卡就被搜罗光了。"

越星文也是这样想的："嗯，那我们抓紧时间先把山顶扫一遍。"

两人默契地一左一右盯着周围，走了大概十米，江平策忽然眯起眼，指向前方的一棵树："上面有光，不知道是不是积分卡。"

这棵树的树干有成年人双臂环抱那么粗，树冠枝叶茂密，形成了一大片天然的绿荫。越星文顺着江平策的目光看过去，果然发现树叶中间似乎有什么东西在闪烁，光芒十分柔和。

只是，这树也太高了吧，而且树干十分光滑，没有借力点。

越星文若有所思："怎么爬上去？"

四人站在树下，面面相觑。这定向越野，还要考验学生们爬树的能力吗？

柯少彬小声说："平策的坐标系，能送人上去吗？"

江平策面无表情地说："冷却了。"

"哦。"柯少彬挠头，"我的机器人也不会爬树。"

刘照青道："卡片在树叶的中间，我手术刀瞄不准。"

"看我的。"越星文拿出词典，笑眯眯地说，"你们站远点，别砸到你们。"

三人对视一眼，迅速后退一步。越星文闭左眼，用右眼瞄准了树上的光芒，扬起头，朝着那位置猛地将词典抛了出去，只听"砰"的一声巨响，树枝被砸得哗啦啦一阵晃动，然后"咔嚓"一声折断了！

随着树枝掉落，一张绿色的卡片轻轻飘了下来。

越星文神色一喜，伸手接过卡片，只见绿卡的背面写了个"5"字，紧跟着，众人耳边响起系统提示音："C-183课题组获得绿卡一张，增加5积分。"

越星文将卡片塞进了口袋里，笑着看向队友们："搞定！"

关键时刻还是越星文的词典好用。

他的词典就像一块砖，哪里需要哪里搬。

越星文指着地图道："山上岔路有点多，咱们要不要分头行动？"他回头看向柯少彬："小图不是学会了雷达探测功能吗，能不能自动在周围搜索卡片？"

柯少彬说："只要是它见过的东西都可以识别出来。可惜，它的探测范围暂时只有十米。"

江平策问："以它为圆心朝周围扩散十米，还是前方半径十米的扇形？"

柯少彬道："以它为圆心半径十米的圆。"

圆的覆盖范围比扇形要大得多，江平策低头想了想，指着地图的某一片区域说："你能设定一个路径程序，让机器人小图按照指定的路线移动，对吗？"

柯少彬双眼一亮："对！我可以让小图去侦察那些比较短的岔路，这样能节省很多时间！"他召唤出机器人，将白色的机器人捧在手心里，说："小图学会雷达探测功能之后，我的笔记本电脑里可以随时看到它探测到的周边环境，它的眼睛就像是可移动的摄像头。如果遇到危险，我也能立刻将它收回来。"

刘照青竖起大拇指："小图厉害了！也就是说，只要是它见过的东西，它都能侦察和识别，那岂不是比闻过味道就能追踪目标的警犬还要灵敏？"

"嗯！"柯少彬看着手心里的机器人，轻轻摸了摸它的脑袋，"小图升级后确实变强了。雷达探测这个功能找卡片真的很方便，我先设定它的移动路线。"

他说着就打开笔记本电脑，飞快地编写程序。

江平策在旁边给了一些参考意见："小图的侦察范围是半径十米的圆形，容易漏掉一些死角，你让它沿着这条路做S形运动……"

两位理科生开始算数据。江平策按十米半径的圆形来算，把所有死角都算了进去，部分距离比较近的路段，小图侦察一条路其实可以覆盖两条路之间的区域，能极大地提升侦察的效率。

柯少彬按江平策给出的数据给小图设定了一条移动路线。

刘照青好奇道:"小图的体积这么小,要是遇到障碍物,能过得去吗?"

柯少彬道:"它有自动绕过小型障碍物的功能,而且我可以随时查看它探测到的周边环境,要是遇到绕不过去的大型障碍,我就用程序改变它的路径,或者将它收回。"

越星文轻笑着摸了摸小图的脑袋:"小图真是个聪明的机器人。"

小图的脑门亮了亮灯,不知道是不是在回应越星文的夸奖。

柯少彬将小图放在地上,轻声唤醒了它:"小图,指定路径移动,开启雷达探测功能,探测目标:带有光源的卡片。"

他将卡片在小图的眼睛部位扫描了一下,耳边很快响起机器人清脆的童音:"好的主人,目标数据已录入,雷达探测功能开启,指定路径移动!"

它打开脚底的轮子,灵活地转身,脑门上亮着灯,按柯少彬设定的路线往前滑去。

看着消失在视线中的机器人,越星文忍着笑说:"我们这次定向越野真够高科技的,又是地图数据建模,又是智能机器人雷达探测。柯少和平策也太厉害了,有你俩在,以后遇到什么样的野外地形都不用怕。"

柯少彬被夸得耳朵发红,嘴上却毫不谦虚:"咳,这是基本操作。"

越星文知道,小柯要是有条尾巴的话,此时肯定骄傲地翘起来了。相对而言,江平策似乎习惯了被人夸,脸上没什么表情。他蹙着眉看向远处,冷静地说:"记清楚主路的位置,到岔路口后分两队行动吧,节省时间。"

越星文也回到正题,说:"岔路太多,小图可以侦察左边的那一片区域,剩下的地方我们分头排查。刘师兄和柯少一组,我跟平策一组,最快速度搜索岔路,找积分卡,遇到麻烦就在课题组频道随时交流。"

考试期间往外发私信发不出去,但课题组频道是一直开放的。

现在是下午 2 点 30 分,考试刚开始不久。大白天的,同学之间就算遇到,也不会贸然动手开战。至于野兽,大部分是夜间才出来活动的。

越星文手里拿着地图和指南针,柯少彬的笔记本电脑里有地图建模,分开行动也不怕会迷路。所以越星文才敢大着胆子分队,想以最快速度将山顶的积分卡收入囊中。

柯少彬和刘照青对视一眼,点头道:"好,分队侦察。"

四人在路口分开。

越星文和江平策并肩往右侧的岔路赶去。

这条岔路弯弯曲曲,路的两边都是高高的杂草,耳边不时传来蟋蟀"吱吱"

的叫声，还有一些青蛙在草丛里跳来跳去。

荒无人烟的小岛，路的宽度只容得下两人并肩通过。江平策捡了根树枝，遇到草丛茂密的地方就拨开查看里面有没有藏着积分卡，越星文则拿着地图和指南针核对方向。

走了将近半个小时，前方出现一处断崖。断崖有五米多高，下方是湍急的河流。断崖上搭着一棵树，作为连通两边的桥梁。由树木做成的独木桥应该有些年头了，树干的周围长满了绿色的苔藓。

桥的那边是一片茂密的树林，远远看去，树林里闪烁着一些柔和的光，不知是阳光照在叶片上反射出来的光芒，还是藏了积分卡。

越星文看向江平策，询问对方的意见："过去看看？"

"嗯，我先走吧，你跟上。"

今早应该下过一阵雨，树干有些湿滑，江平策一脚在前一脚在后，尽量保持着身体的平衡，三两步跨了过去，回头看向越星文。

越星文紧跟着往前走。他的身体平衡性明显没有江平策那么好，走到独木桥中间的时候就开始微微摇晃，江平策立刻伸出手："手给我。"

越星文急忙抓住对方的手。

江平策微微一用力，就将越星文给拉了过去。

越星文回头看向独木桥下湍急的河水，松了口气，笑道："真有种野外探险的刺激，比我们那次学生会的定向越野团建好玩多了。"

江平策也扬了扬嘴角，道："走吧。"

越星文这种乐天派，不管在什么环境中都能迅速适应，苦中作乐，自我安慰，这样其实也挺好。要不然，时刻想着自己会不会被淘汰、会不会死掉，心里会很累。江平策也暂时放下了心里的包袱，就当这是一次野外探险。

两人朝着树林深处走去。

就在这时，课题组频道出现柯少彬发来的消息："星文，我跟刘师兄侦察的那条路没发现积分卡，倒是小图找到了一张5分的绿卡，我们已经拿到手了。"

越星文赞道："小图厉害。"半径十米的雷达探测确实比他们用肉眼侦察要高效许多，越星文紧跟着道："我跟平策过了一条河，前面是树林，你们在岔路口稍等一下，我俩很快回来。"

刘照青道："好的，注意安全。"

越星文和江平策继续往前走。

地面上到处都是被风吹下来的落叶，树叶上还有雨水的痕迹，阳光透过树叶的间隙洒下来，让那些水迹都反射出柔和的光芒。越星文心想，刚才看到的光该不会全是阳光反射的吧？他俩难道白跑一趟？

他眯起眼睛仔细观察四周，忽然，他发现不远处的一棵树上有一团光，跟周围的阳光反射明显不同。不断闪烁的柔光，很像他之前见到的那张积分卡。

越星文指着光源的方向说："那边好像有一张卡。"

江平策立刻跟上他，两人快步来到树下，越星文再次召唤出词典。

沉重的词典像是被神奇的力量操控，在越星文手中缓缓浮空。越星文对准树梢，用力将词典抛出去——"咔嚓"一声，树枝断裂，连带一张蓝色的卡和几片树叶一起掉到地上。

蓝卡？积分会不会比绿卡高？越星文刚要伸手去捡，忽听耳边响起江平策低沉的声音："小心！"

他还没反应过来是怎么回事，肩膀蓦地被人一扳，身体被江平策的一股大力带动着强行扭转。越星文不知道发生了什么，等脚下稳住的时候，紧张地扭头一看——

只见江平策脸色冷峻，眉头微微蹙着，手里捏了条通体碧绿的小蛇，那蛇被他修长的手指紧紧攥住，正在疯狂地扭动挣扎。

越星文瞪大眼睛："蛇？"

江平策干脆地将蛇扔得远远的，说："是竹叶青。"

越星文的脊背瞬间冰凉："要是被它咬一下，岂不是完蛋了？！"

树林里居然藏着十大毒蛇之一的竹叶青，这次考试还能更坑一点吗？

就在这时，周围忽然响起一阵窸窸窣窣的声音，那是有东西在树叶上滑行的声音。前方的树上出现了很多条暗绿色的小蛇，它们像是受到了召唤一样，朝着越星文和江平策飞快地爬过来，转瞬间就将两人团团围住。

密密麻麻的蛇群朝着两人吐出红芯，那种"嗞嗞"的声音让人脊背发毛，一双双金色的眼瞳紧紧地盯着他们，如同盯着两只猎物。

被毒蛇盯住的那一刻，越星文全身的血液像是坠入了冰窖，忍不住低声骂道："我去！居然把积分卡放在蛇窝里！"

江平策面色一寒，全身戒备地紧绷。

两人的身体快要僵成雕像——他俩从小到大还没见过这么多蛇！

江平策在越星文耳边说："我的坐标系冷却还有三分钟。"

毒蛇不可能原地不动等他们三分钟，两人现在也不能拿树枝和词典去跟蛇群近身肉搏——这些蛇的数量太多了，还有大量小蛇挂在树梢上盯着两人，可以随时从空中发动攻击。

越星文面色发白，深吸一口气："我带你走！"

第四章　定向越野

眼看周围的蛇就要扑过来，越星文忽然翻开词典——"金蝉脱壳！"

几乎是同时，江平策用树枝猛地挑飞了最近的一条蛇，紧跟着弯下腰，手指快如闪电般从草丛里拿起那张蓝色的卡。

眼前场景一晃，越星文带着江平策瞬移到了二十米以外的地方。

蛇群被甩在身后，但二十米的距离并不算安全。

越星文的心脏快要提到嗓子眼，急忙喊道："快跑！"

江平策毫不犹豫地抓住越星文，带着他飞快地逃跑！越星文打开成语词典，直接开了"风驰电掣"技能，移动速度增加五倍。

加了速的两人脚下如同踩着风火轮，健步如飞，在树林里逃命狂奔！那一刻越星文脑子里只剩一个念头——跑快点！他不想被蛇群咬死在这片荒岛上！

身后的蛇群追了上来，周围的树上又有不少蛇被唤醒，加入追击军团。

越星文的头皮都快炸了，两人如闪电般飞奔出树林。

前方出现了熟悉的断崖和独木桥。

越星文在河边急刹车停下脚步。独木桥不好过，他们要是慢慢走过去，肯定会被蛇群追上。他紧张地扭头看向江平策，只见江平策脸色冷静，右手忽然伸出——

男生修长的手指再次画出坐标系，并且以最快的速度写下一行公式。

千钧一发之际，越星文忽然被江平策抓住，身体蓦地腾空——

两人在高空中完成了一个完美的抛物线运动，稳稳地落在了河的对岸。江平策回过头，一不做二不休，干脆操控独木桥直接下沉到河里，断了蛇群追击的路！

"哗啦"一声巨响，架在断崖上的木桥掉进河水之中，激起的白浪飞溅到两人的身上。越星文看着河对面的蛇群，手心里全是冷汗。

江平策刚才一路拉着他狂奔，此时，两人终于安全了，江平策这才回头看向他，问道："没事吧？"

越星文摇了摇头："没事。积分卡你拿到了吗？"

江平策从口袋里拿出一张蓝卡，只见背面写着个"10"。

越星文皱眉："10 分的卡居然这么难拿！"

五米高的断崖阻隔了蛇群，但对岸的蛇群依旧紧紧地盯着两人。它们飞不过来，只能远远地朝着越星文和江平策愤怒地吐芯子。

越星文掉了一身的鸡皮疙瘩："我第一次见这么多蛇。"

江平策道："我也是。"

越星文苦笑："找个积分卡，居然能找进蛇窝里！我真是服了图书馆。"

这门课确定叫"定向越野"吗？这明明叫"荒岛逃生"吧？！

课题组频道连续刷出两条提示——

积分+10

积分+5

10分自然是越星文和江平策刚从蛇窝里拿到的蓝卡，另外的5分，看来是刘照青和柯少彬那边有所收获。越星文急忙问道："又找到一张绿卡吗？"

柯少彬道："是我跟师兄找到的，藏在一片草丛里。"

刘照青紧跟着问："10分是怎么回事？你俩一次性找到了两张？"

越星文道："找到一张蓝卡，直接加10分。我们这就回来，见面再聊。"

两人最后看了眼断崖对面的蛇群，迅速转身往回赶。

半个小时后，他们来到刚才和队友分开的岔路口，柯少彬和刘照青正在路口等，小图也侦察完回来了。见越星文满头是汗，柯少彬关心道："星文，你们怎么去这么久？"

越星文无奈道："我俩在那边的树林里找到一张发光的卡片，结果闯进了蛇窝，被蛇群追着跑了一路！那边树林里，密密麻麻的全是竹叶青！"

柯少彬一愣："竹叶青？毒蛇？"

越星文点头："嗯，至少有上百条。"

刘照青急忙往前一步，担心地看着两人："你们没被咬伤吧？竹叶青的毒很厉害，一旦进入血液，得抓紧送去医院抢救！"

江平策冷静地说："没事，星文用了'金蝉脱壳'技能，我俩逃了。"

越星文轻轻呼出口气，心有余悸地说："还好那边有一处断崖，下面是河流，平策毁掉了独木桥，它们追不过来。要不然，我就算开了加速，也不一定跑得过蛇群。"他顿了顿，又看向江平策："对了，我们拿到的蓝卡，给大家看一下吧。"

江平策将蓝色的卡片拿出来递给柯少彬。

柯少彬拿出刚收集的绿卡，将两张卡放在一起仔细对比："卡片的材质完全一样，只有光效上的区别。看来，这处荒岛上的卡片有不同面值的积分，5分的绿卡获取比较容易，从10分的蓝卡开始，难度就会越来越大。"

目前他们共收集了三张绿卡，第一张绿卡是越星文用词典砸断树枝捡的，第二张是小图侦察到的，第三张是刘照青看见光效后在草丛里翻出来的。

三张都是"白送"的,没什么风险可言。

但 10 分的蓝卡确实凶险,想起刚才被蛇群追着狂奔的经历,越星文不由头皮发麻:"以后,看见光效不一样的卡片,得小心一些,我们还是尽量收集绿卡吧。"

60 分就算及格,目前,他们已经收集了 25 分的卡片。

而荒岛上的实时排行榜也在更新——

  A-76 课题组:35 分
  D-16 课题组:30 分
  C-183 课题组:25 分

他们的 C-183 课题组排在第三位,前两名课题组的速度居然比他们还要快。

江平策刚才看排行榜的时候就记住了前几名的数据,此时排行榜更新,他微微蹙了蹙眉,道:"A-76 课题组是怎么回事?我记得考试刚开始的时候他们就拿了 20 分。"

柯少彬分析道:"20 分需要四张绿卡,不可能连续四张绿卡放在一起被他们凑巧捡到,更大的可能是,他们的降落点附近正好有一张 20 分的卡,被他们拿到手了。"

刘照青道:"降落点正好有 20 分的卡,他们运气挺好啊。"

越星文若有所思:"10 分都这么难,20 分该不会是狼窝虎穴之类的地方吧?"

刘照青笑道:"队伍里如果有个群控,遇到虎穴反而不怕。别忘了给猴子讲课的刘潇潇,如果 A-76 课题组正好是她那支滨江师大的队伍,两个人轮流讲课,能连续控住老虎长达三十秒,再派一个人去拿卡,他们甚至能毫发无损地拿着卡跑路。"

理论上这么讲没错,可人面对猛兽时会产生本能的恐惧,对着发疯的猴子讲课已经很不容易了,对着老虎讲课……

那可真是胆识超群的人才可以做到。普通人看见老虎,早就吓得腿软了。

不管 A-76 课题组是怎么拿到 20 分卡片的,越星文都对他们表示崇高的敬意——同学们牛啊!荒岛这种危机四伏的环境,逼得大家不得不硬着头皮面对各种野兽的攻击,换成平时,这帮大学生连动物园都很少去。

越星文转移话题道:"山上排查得差不多了吧,我们准备下山?"

小图的雷达探测帮了他们很大的忙,它直接扫完左上角的一大片区域,剩下的部分岔路，四个人分头检查，没有漏掉任何死角。

整片山顶总共 25 分的卡片，全被他们拿到手，收获还算丰盛。

天黑之前，四个人总算下了山。

刚走到山脚，小图的脑门上忽然亮起灯，电脑画面中出现一小团约成年人两只手大小的红色斑点状的东西。红色代表雷达探测发现了高热量，明显是活物。

柯少彬停下脚步，指向左前方，轻声说："那边草丛里有只小动物。"

越星文闻言，仔细望去，果然发现一只山鸡正在草丛里觅食，翘起来的灰色尾巴刚好和草丛平齐。他唤出自己的词典，小心翼翼地往前走了几步，然后，趁着山鸡不注意，猛地将词典抛过去——

"砰"的一声，山鸡被沉重的词典砸趴下，发出一阵惨叫声。

越星文飞快地上前一步逮住了它，拎着它的翅膀来到三位队友的面前，笑容满面地说："谢谢小图，我们的晚饭问题解决了。"

刘照青哭笑不得："你这词典还能打猎！"

越星文将山鸡提到刘照青面前："师兄，你会杀吗？"

刘照青沉思片刻，道："我的手术刀应该能派上用场，试试吧。"

以前都说"杀鸡焉用牛刀"，如今，杀鸡居然用上了手术刀……

刘照青从越星文手里接过山鸡，道："找个地方休息，顺便吃晚饭吧。"

江平策目光快速扫过四周："去那棵树下。"

越星文跟在江平策的身后来到树下，将周围的落叶和杂草清理了一番。

太阳已经落山，周围的光线渐渐变得昏暗，越星文的怀表上显示此时是晚上 7 点，附近并没有发现其他的同学团队。

四下里寂静无声，荒岛即将进入夜间。

越星文环顾了一下四周，说："今晚就在这里睡吧，不往前走了。"

忙活了一个下午，大家确实有点累，再说天黑了也不方便继续行动，只能凑合着在野外过夜，等天亮再说。

刘照青提着山鸡去旁边，拿出手术刀，干脆利落地一刀解决了山鸡。

他不愧是学外科的，动手又快又准，完全没有越星文想象的山鸡胡乱扑腾、血液飞溅的可怕场面。

刘照青将山鸡一刀毙命，杀了鸡后又将毛给拔光，飞快地将鸡处理干净。柯少彬去捡了些干燥的柴火，越星文又找了些干枯的树叶，拿出打火机生了火。刘照青找了根粗木棍，将山鸡架在火上开始烤。

四个人围着火堆席地而坐。

第四章 定向越野

很快，鸡肉被烤黄，传来了一阵香味。

柯少彬双眼发亮，一脸期待地说："我还没吃过山鸡。"

江平策冷静地说："这只鸡不会很好吃。"

柯少彬疑惑地回头看他："不是说，山鸡烤着吃，还挺香的吗？"

江平策说："我们没有盐，也没有别的调料。"

"冷场王"的称号果然名不虚传，他一句话瞬间就让美好的晚餐变得索然无味起来。越星文忍不住看了江平策一眼："你说话总是这么直接。"

江平策道："我说的是事实。"

越星文无奈一笑，见柯少彬一脸郁闷，拍了拍他的肩膀，安慰道："没关系，等回了学校，我们去东门外面那家店吃烧烤。在这破岛上，就随便凑合吧。"

柯少彬沮丧地垮下肩膀："唉，有得吃就不错了，不能要求太高。"

刘照青将山鸡翻了个身，说道："还是小图聪明，帮我们找到了晚饭。其他课题组的同学今晚说不定要饿肚子，这么一想，我们几个运气其实挺好的。"

越星文赞同："我们运气确实不错，忽略蛇群的话，第一天就拿到25分，还有两天时间，这次考试肯定能及格。"

鸡肉很快烤好了，刘照青将一只野鸡撕成四份，分给队友们。

柯少彬吃了一口——果然不大好吃！

没有盐，没有任何调料，江平策的这句话正中要害。柯少彬默默低头嚼鸡肉，味同嚼蜡。越星文倒是大口大口吃得挺香。

简单吃过饭后，刘照青拿出纱布，给每人扯了一小块："擦手。"

越星文试着一擦，手上的脏污、油腻居然神奇地消失不见了，他看向刘照青："师兄，你这纱布，还有清除污渍的功能吗？"

刘照青说："是的。修复伤口，清理污渍，医用纱布的用途挺多。"

越星文一边感叹医学技能的神奇，顺手用纱布擦了把脸，果然清爽多了。

天已经完全黑下来。好在夏天的夜里不算很冷，他们四个坐在火堆周围，柯少彬提议道："据说，野兽比较怕火，有火的地方它们不敢靠近，我们是不是得多捡一些树枝，晚上轮流守夜？"

江平策道："让小图守夜吧。遇到危险，它可以第一时间报警。"

刘照青问道："小图的续航时间是几个小时？智能机器人不用充电的吗？"

柯少彬说："我收回它的时候就相当于给它充电，一个小时充满，可以连续工作十二个小时。它现在的电量能帮我们守夜到早晨7点。"

众人听到这里便放下心来。机器人守夜其实比人类靠谱，毕竟人类会打瞌睡，机器人只要有电，就不会犯困。

越星文欣慰地说："太好了，让小图守夜，大家早点睡，明天还要赶路。"

四个人捡了很多木柴放在周围，半夜随时可以起来添加柴火。

直接躺在冷冰冰的地面上睡觉会很难受，他们便背靠着大树休息。

下午狂奔一路消耗了太多体力，越星文确实有点累，很快就睡着了。江平策坐在他旁边闭目养神。

夜里的荒岛安静极了，耳边只剩下柴火燃烧时偶尔发出的噼啪声响。

次日早晨，越星文醒来时发现刘照青并不在附近，疑惑地问道："刘师兄呢？"江平策道："我醒来的时候他就不在，不知道去哪儿了。"

柯少彬想了想，说："我让小图去找他。"

小图脑门上亮起灯，一边唱着"找呀找呀找朋友"一边跑了出去，片刻后，小图定位了刘照青的位置，给柯少彬电脑里发来一个蓝色坐标点。柯少彬看向坐标点，道："师兄离我们不到1公里，待在那里不动，不知道在干吗。"

越星文站起来伸了个懒腰，打着哈欠道："用课题组频道问一下不就得了。"

这话刚说完，课题组频道就发来刘照青的信息："三位起了没？我找到一条河，河水很清澈，里面还有活鱼，这里的水应该能喝。"他是大清早被渴醒的，就去附近找水源。

江平策起身道："过去看看。"

片刻后，三人根据小图的定位找到刘照青，他正蹲在一条河边尝试着用手术刀戳鱼。河水清澈见底，柯少彬走到河边吞了吞口水："这水真能喝吗？"

刘照青道："我刚刚喝了一口，没什么异味。荒岛上没人住，纯天然无污染的溪水就算没有矿泉水干净，至少不会让人中毒。"

越星文也渴得嘴唇快要裂开，喉咙也像要冒烟。他撸起袖子蹲下来，用手捧起溪水喝了两口。清甜的水让干涩的喉咙好过了许多，他急忙招呼江平策："平策，你也来喝几口。这应该是山泉，挺干净的。"

江平策走到他身边喝水。

刘照青环顾四周，发现附近有片竹林，便快步走过去，将一棵倒在地上的竹子用手术刀劈成几段，捡了几块竹筒当盛水的容器，在溪边盛了一些水备用。

手术刀升级后非常锋利，不但能杀鸡，还能砍柴。

越星文笑着比了个大拇指："还是师兄想得周到。我们多拿一些水，封住竹筒的口子，装进背包里，半路上渴了还能继续喝。"

四个人迅速装了十几个竹筒，放进四个背包里固定好。

刘照青盯着河里游动的鱼群，道："我的手术刀瞄不准那些鱼，试了几次都没戳到。你们谁会捉鱼吗？弄几条吃。"

江平策说："我来吧。"

他右手画出坐标系，微微眯起眼睛看向水里的鱼群。

由于光线的折射，鱼在水中真正的位置和人的肉眼看到的位置其实有一定的误差，刘照青直接拿手术刀去戳，很容易歪。江平策估算了这部分数据误差，将一片河水定位，直接写出抛物线公式——

只见一大片河水像是被神秘力量掀起来一样，从河中蓦然飞起，"哗啦"一声摔在岸边，连带着几条鱼也摔到了河岸。

没有了水的鱼在河岸上翻起肚皮挣扎片刻，便奄奄一息。

数学系的人，抓鱼都这么硬核。

转眼间，江平策就弄了十几条鱼上岸，越星文激动地道："这么多鱼，我们可以烤熟了，用师兄的纱布包住放进背包里，接下来的饭就能解决了！"

四个人在河边忙活半天，将水和食物准备齐全，刚要转身返回，忽然听见身后传来一阵脚步声，几个熟悉的人朝这边走过来——正是滨江师大的团队，为首的是他们的领队秦朗，身后跟着瘦小的刘潇潇。

对上越星文的视线，刘潇潇双眼一亮，立刻小跑过来："星文，是你们啊！"

越星文朝她笑笑："真巧。来找水喝吗？"

"嗯，我们听见水流的声音就到这边看看。一天没喝水，快渴死了。"刘潇潇看了眼清澈见底的小溪，问，"这水能喝吗？"

越星文道："没问题，我们已经喝过了。河里还有鱼，你们可以抓几条吃。"

刘潇潇听见有鱼，立刻来到河边，拿出一本讲义就开始念了起来——河里的鱼被讲义的群体定身效果影响，静止不动，她身边的师兄师姐徒手抓鱼，转眼间也抓了很多条。

看来刘潇潇同学给动物们讲课已经很熟练了啊！

秦朗主动走到越星文面前，问道："你们拿到多少积分？"

越星文道："25分。你们呢？"

秦朗道："也是25分。这一片我们已经搜过了，只找到三张绿卡和一张蓝卡。"

越星文怔了怔："你们不是排第一的A-76课题组？"

秦朗道："我们是A-153，排第四。"

越星文疑惑："师兄知道A-76课题组是什么人吗？一开始就拿到20分，挺厉害的。"

秦朗道："是京都大学进度最快的那支队伍，刷课已经刷到了四楼。"

京都大学进度最快的那支队伍，卓峰学长之前提到过，说是物理、化学、生物、地理组合在一起的速刷队，利用地理系的位移技能过了三楼建筑学院的考试。

刚想到这里，右上角悬浮框里的排行榜实时更新——

A-76 课题组：55 分

B-16 课题组：40 分

C-233 课题组：30 分

C-183 课题组：25 分

A-153 课题组：25 分

越星文他们团队掉到第四，跟他们并列的就是秦朗这支队伍，两队都是 25 分。排第一的队伍天刚刚亮居然已经开始行动，并且获得了 55 分，还差 5 分就能及格。理、化、生、地搭配的速刷队效率果然够高。

越星文感慨道："速刷队都快及格了，看来我们也得抓紧时间。"

秦朗说："小岛上积分卡有限，还有两天时间，加油吧。"他说罢便朝队友们招招手，道："走了，先吃饭喝水，吃饱赶紧干活儿。"

刘潇潇兴奋地提着几条鱼跑了过来，在越星文面前停下，从背包里拿出一团红糖状的东西递给越星文："星文，给你一点蜂蜜，我们拿到好多，也吃不完！"

越星文怔了怔："蜂蜜？哪儿来的？"

秦朗苦笑道："昨天找到一张蓝卡，放在马蜂窝里，我拿卡的时候不小心捅了马蜂窝，被成群结队的马蜂追着跑了一路……唉，别提了，我只来得及用背包护住头，手臂上被叮了好多个大包。"

他撸起袖子，越星文低头一看，男生结实的手臂上一连串脓包挨在一起，几乎没剩多少完好的皮肤。刘潇潇看到这里，眼眶立刻红了："师兄为了保护我们，引开马蜂。当时我们的技能都在冷却，师兄被蜇得很惨……"

旁边的长发师姐叹了口气，道："10 分的卡真难拿，还好关键时刻潇潇的讲义技能冷却结束，我们才逃了出来。这种马蜂有毒，好在不致命，就是被蜇了之后皮肤红肿流脓，有些难受。"她的手腕上也有两个大包，太痒了，她总是忍不住想用手去挠。

越星文看了刘照青一眼。

刘师兄会意，拿出一团纱布说："来，医生帮你们看看。"他查看了一下秦朗的伤口，手脚麻利地将洁白的纱布包在秦朗的手臂上。

神奇的是，那些脓包居然以肉眼可见的速度消了下去，秦朗的手臂皮肤很快就恢复了正常，一种奇异的清凉感让人浑身舒畅。

秦朗愣住："这么厉害？！"

刘潇潇瞪大眼睛："刘师兄，你不是拿到了手术刀吗？这纱布是？"

"后来换的技能，能治外伤。你们被马蜂蛰，毒素没有侵入血液，只是皮肤上的红肿发痒，我可以治。"他说着就将纱布撕了几块，递给刘潇潇，"纱布是一次性的，用完就扔。我给你们几块备用，要是再被咬伤，就自己包住伤口。"

秦朗鼻子一酸，伸出手用力拍了拍刘照青的肩膀："谢了哥们儿。"

他虽然强作镇定，但被马蜂叮得手臂上全是脓包，非常痒，简直比直接用鞭子抽他还要难受，昨晚一整夜都没能睡好。刘照青跟他第一次见面，看在刘潇潇的面子上用技能帮他们治疗，这种陌生同学之间的善意，真是太难得了。

刘潇潇红着眼眶道："谢谢你们，谢谢师兄的纱布……"

刘照青摆摆手："不客气，举手之劳。"

越星文微笑着看向刘潇潇："也谢谢你的蜂蜜，我们可以吃甜味的烤鱼了。"

众人相视一笑。

秦朗看向越星文，认真道："潇潇昨天跟我讲了你们在'心血管病区'的事情，星文，你确实很厉害。客气的话我就不多说了，以后，只要用得上的地方，随时给我发私信，或者在校内网论坛找我。我认识论坛上很多高手，或许能帮得上忙。"

越星文点头："好的，秦师兄再见，祝你们好运。"

一行人在河边分开。

越星文看着他们远去的背影，心中感慨——如果，所有的学生团队彼此之间都能和睦相处，那该多好！但他知道，这只是一种奢望。

他们跟滨江师大的团队能毫无介蒂地交换信息，关键在于刘潇潇。

之前在"心血管病区"曾和刘潇潇并肩作战，越星文对这个女生直率的性格和给猴子讲课的胆量十分欣赏，加上秦朗在论坛发定向越野攻略，越星文觉得，滨江师大这个团队的学生还不错，才会让刘师兄顺手给他们治一下伤。

刘潇潇主动送蜂蜜，也是在答谢越星文之前对她的帮助。

然而，图书馆有好几万学生，什么样的人都有。

以后遇到别的团队不一定能这么和谐。越星文的原则是，你给我善意，我便回以善意；你若直接动手，那我也不会客气。

荒岛上的学生团队少说也有二十多个，会发生什么还是个未知数。

147

吃过早餐后，柯少彬扶了扶眼镜，神色间终于带上一些笑意："抹了蜂蜜的甜味烤鱼挺好吃的，比昨天没味道的烤鸡好吃多了！"

这家伙居然是个吃货！越星文拍拍柯少彬的肩膀，道："刘潇潇给的蜂蜜很多，管够。我们把所有的鱼都烤熟了带上，够你吃两天的。"

背包里装满了水和烤鱼，大家便放心地上路。

由于滨江师大的团队往西南方向走，他们便调整路线往北边走去。两支队伍侦察同一片区域的话，积分卡不好分配，还容易起争执。

小图继续开着雷达探测，四个人也擦亮眼睛寻找路边的积分卡。

他们刚走了一段路，就发现前方的情况有些不对。

八个穿着迷彩服的同学，一边四人，双方隔着一片泥潭对峙，气氛剑拔弩张。

泥潭里有很多用于落脚的石块，分布凌乱，最中间的石块上放着张卡片，散发出柔和的蓝光——蓝卡，10分。

越星文和江平策对视一眼，看来是两支队伍一起找到了这张蓝卡，却因为卡片的归属起了争执。江平策低声说："不要插手。"越星文点点头，停下脚步没再向前。

离越星文更近的南边站着四个女生，对面则是四个男生。

就在这时，身高超过一米七的短发女生淡淡地说道："是我们先发现的积分卡。先到先得，不懂规矩吗？"她的声音清澈冰冷，面无表情。

对岸的一个男生嘴角扬起笑意，语带戏谑："你这就不讲道理了。这卡片是写了你的名字别人不准拿吗？我记得，考试要求并没有先到先得的规定吧？谁拿到手就是谁的。"

女生目光锋利："想从我手里抢？你倒是试试看。"

越星文从远处看着她的侧脸，总觉得这张脸有些面熟，正思考在哪里见过，柯少彬忽然小声说："星文，她是不是地理系那个秦露？'心血管病区'见过的。"

刘照青也想了起来："好像是她，手里拿了个地球仪，会'板块运动'的妹子！"

秦露，越星文自然记得她。当时为了搜集证据，他还带着秦露去VIP病房找线索，然后用"板块运动"换位逃跑；在夜间大逃杀的时候，秦露的换位技能给大家的帮助也很大。

但越星文总觉得奇怪。印象中的秦露，留着一头齐耳的短发，容貌清秀，个性内向。越星文清楚地记得第一天夜间大逃杀的时候，秦露吓得全身僵硬，脸色惨白，双手都在发抖，要不是他出声提醒，她都想不起自己有个地球仪。

第四章 定向越野

然而，面前的这个女生，却过于冰冷、锋利、强势。

长得一样，气质却完全不一样，到底是怎么回事？越星文也想不明白。

听到越星文和两位队友的讨论，江平策低声问："你认识那个女生？"

越星文解释道："她叫秦露，跟刘潇潇一样，之前在'心血管病区'，我们匹配到了同一个考场，有过合作。她是南阳交大地理系的，会'板块运动'技能。"

江平策若有所思："'板块运动'，是不是能把河中间的卡片直接挪过来？"

越星文点头："嗯，所以她才那么自信。对面的几个男生应该抢不到这张卡了。"

然而，秦露并没有像江平策猜测的那样将卡片直接用"板块运动"挪到自己的面前，倒是对面的几个男生率先动了——

其中一个身材高大、皮肤黝黑的男生，右手拿出一根又细又长的竹竿，他将竹竿在地上用力一撑，身体蓦然腾空，如大鸟一般翩然飘落到四个女生的身后。

男生朝秦露露出一口白牙："我不想欺负人，这张卡就让给我们吧。"

秦露神色冰冷："凭什么让给你？谁欺负谁还不一定呢。"

男生发现跟她讲道理讲不通，只好皱着眉朝对岸的伙伴使了个眼色。

其中一个头发染成金色的清秀男生，忽然右手一抬，只见无数高一米左右的白色跨栏密密麻麻连接在一起，出现在秦露四个人的周围，像是圈养动物的围栏一样将四人团团围住。

紧跟着，铺天盖地的乒乓球如同暴雨一样砸下！

普通的乒乓球自然无法伤到人，但图书馆的乒乓球明显被强化过，像是一个个结实的冰雹，被砸着可不是开玩笑的。

撑竿跳、瞬间出现并将人围住的跨栏、铺天盖地的乒乓球……

这一幕魔幻得简直像在拍电影。

越星文和江平策对视一眼，后者低声说："应该是西州体校的团队。"

越星文点头："嗯，拿的全是体育工具，不太好对付。"

眼看暴雨般的乒乓球噼里啪啦地砸了下来，秦露面色一变，厉声道："走！"

她身旁的一个女生立刻拿出地球仪："移形换位！"

四个人瞬间移动到泥潭的对岸，将对面三个男生反过来包围住。

对面个子最矮的男生忽然召唤出一块滑板，众人只觉得眼前一花，他就带着两个队友踩着滑板瞬间滑到了对岸，跟一开始跳过去的男生会合到了一处。

那滑板的速度快如闪电，还能带上人一起滑行，作为位移类技能，完全不比地

149

理系的移形换位差。

双方交换了一下位置，隔着泥潭对峙，气氛依旧剑拔弩张。

撑竿跳的黝黑男生挑了挑眉，劝道："抢一张卡片，不用拼个你死我活吧？我劝几位去别的地方找找，跟我们死磕，没这个必要！"

秦露的脸色冷到极点："我也劝你去别的地方找找，这张卡归我们了。"

四个男生显然没想到会遇见如此硬气的女生，相互对视了一眼，个子最高的那位队长有些不耐烦地皱了皱眉，压低声音："别废话，直接抢！"

身侧的黑发男生手中暮地甩出一根跳绳，那纤细的跳绳极为灵活，如同带了眼睛一般从他手中飞蹿而出，眼看就要将泥潭中央石头上的蓝卡给卷起来，就在这时，拿着地球仪的女生忽然喊道："移形换位！"

卡片瞬间被转移到泥潭的对岸，距离秦露不到一米。

秦露俯身去拿卡，可惜，她的指尖还没来得及接触到卡片，一块铁饼夹杂着凌厉的疾风从天而降，"轰"的一声，直接将卡片所在的位置砸出了一个数米深的巨坑！

秦露沉着脸收回手。

下一刻，那个撑竿跳的男生一跃而起，来到大坑旁边拦住了秦露。

紧跟着，拿着乒乓球拍的男生忽然连续三次跳跃——只见他足尖在泥潭上轻轻一点，如同蜻蜓点水一般，第一跳来到泥潭的对岸，第二跳进了坑底，第三跳又回到队友身旁。

流畅的三段跳，身姿像是武侠电影中轻功高手的幻影，快得让人眼花缭乱！众人只觉得眼前晃过了一团虚影，紧跟着，那男生稳稳地站在队长身旁，手里拿着一张蓝色的卡，笑容满面地说："成哥，我拿到蓝……"

可惜，他话没说完，就听秦露轻声念道："杯酒释兵权——"

话音刚落，男生们手里的长竿、乒乓球拍、滑板、跳绳，还有刚拿到的蓝色卡片，像是被一种无形的力量所驱使——居然控制不住地纷纷落在了地上！

四个人微微瞪大眼眸。

高个子男生立刻俯身去捡掉在地上的卡片，却发现根本捡不起来。落到地上的东西如同被神秘力量固定住了一样，完全不能动。

秦露面无表情地伸出右手。她白皙纤细的手如同有了法力，地上的蓝卡受到她的召唤，主动飘浮到了她的手中。她用食指和中指将卡片轻轻夹住，挑了挑眉，看向面前的男生道："早就说了，你们抢不走。"

高个子男生骂了声："你这是什么技能？"

秦露没有回答这个问题，淡淡说道："你们是西州体校的吧？为了张蓝卡跟我们死磕，没这个必要——原话送给你。"

这妹子不但性格强势，嘴巴也挺毒。那几个哥们儿被她气得瞪圆了眼睛。

越星文看向刘照青，轻声说道："她不是秦露。"

秦露应该不会在短短两天内性格大变吧？

之前在"心血管病区"的秦露清秀内向，别说是寒着脸怼人，遇到这种局面，她应该会退让，而不是像面前这个妹子一样正面对抗。

刘照青疑惑地捎了捎后脑勺："难道是双胞胎？这长得也太像了吧。"

柯少彬附和道："是很像，我也记得秦露是短发，皮肤很白。"

四个女生再次移形换位，换到了泥潭的这边，朝着越星文他们所在的位置走过来。体校的男生抢卡失败，似乎有些不甘心。

那队长刚要说话，就在这时，泥潭里那些石块一样的东西忽然动了，距离"秦露"最近的一块石头蓦然张开大口，露出锋利的獠牙——

越星文大声喊道："小心，是鳄鱼！"

"秦露"还没反应过来，刚才那个召唤滑板的男生往身后一看，脸色蓦然一变，急忙将她一拉，直接带着她和另一个队友滑出去好几米远！

"秦露"惊魂未定，回头一看，泥潭里的所有的"石块"居然不知不觉全部浮出了水面。

果然是鳄鱼。

埋伏在泥潭里的鳄鱼群！

拿着地球仪的女生惊恐尖叫："啊啊啊鳄鱼！这么多鳄鱼！"

泥潭对岸的两个男生急忙开启跳跃类的技能疯狂逃命。

早就知道10分的蓝卡不好拿。越星文最初还以为，这张卡的难点在于宽阔的泥潭会像沼泽一样把人给陷进去溺死。结果，他低估了图书馆的节操——居然是一大群鳄鱼假扮成石头藏在泥潭里。万一刚才有人不小心踩上去，岂不是瞬间成了鳄鱼的腹中餐？

想想都觉得头皮发麻！

越星文毫不犹豫地翻开词典："七上八下！"

泥潭中的鳄鱼数量超过十五只，正好可以让他使出这个技能。群体强控一开，其中七只鳄鱼直接浮到空中，瞬间失去威胁；另外八只被越星文打回深潭。见那边三个女生还在惊恐发呆，越星文急忙喊道："快跑，别愣着！"

三个女生反应过来，急忙撒腿往这边狂奔。

撑竿跳的黝黑男生跳到泥潭对岸，顺手拎起一个妹子，直接跳出十多米远。三级跳远的男生也顺手捞起了两个跑得慢的妹子。一行人跌跌撞撞地跑到越星文他们面前，体校的男生这才呼出口气，转身一招"百米跨栏"阻挡，将鳄鱼群拦在了远处。

"秦露"脸色苍白，看向第一时间带她逃跑的滑板男，低声说："谢谢。"

那男生尴尬地挠了挠头，耳根有些红："总不能看着你被鳄鱼给吃了吧。我也没反应过来那是鳄鱼。咳，谢谢兄弟提醒……"

他感激地看向越星文。

越星文道："先离开这儿再说吧。"

一行人心惊胆战地离开泥潭区域，跑出去好远，这才停在一片树林里缓了口气。几个女生双腿发软地扶着树干，男生们也没好到哪里去，各个脸色铁青。

鳄鱼这种动物，他们大多只在电视里见到过，刚才的视觉冲击实在是太强了，那么多鳄鱼张开血盆大口，锋利的牙齿只要轻轻一咬，绝对能将他们拦腰咬断。他们还在抢那张 10 分的卡片，真是不想活了！

"秦露"深吸一口气，将蓝卡递给皮肤黝黑的男生队长："卡片给你，刚才谢谢了。"

男生干笑着挠头："算了吧，跟妹子们抢，丢人……我们去别的地方找。"

"秦露"将卡片硬塞进他手里，平静地说："我不想欠人情。我们四个的位移技能都用完了，能从鳄鱼口中逃生，多亏各位不计前嫌，跑的时候带上了我们。"

虽然刚才还因为卡片闹了点不愉快，可一张卡怎么比得上生死？！

生死关头，体校这帮男生下意识救人的举动，还是让几个女生心里浮起一丝暖意。10 分的卡，让就让了。

高个子男生也没推辞，笑着说："那我就收下了啊。唉，不是我小气故意跟你抢，实在是我们几个太倒霉，到现在连一张卡都没发现，这还是第一张。"

他将卡片塞回兜里，吐槽了一句："这卡也太难拿了吧！把卡片放在鳄鱼的身上，差点就中计了！"

"秦露"的脸色已经恢复了冷静，道："10 分的卡本来就很难拿。你们没找到积分卡，或许是这一片区域降落的团队太多了。绕过鳄鱼潭，去那边看看吧。"

她指了指北边，高个子男生道："行，那我们走了，几位保重。"

众人互相道了别。"秦露"带着三位队友朝另一个方向走去，路过越星文的身边，只朝越星文点了一下头，表示对刚才出声提醒的感谢。

越星文看着她的背影，忍不住开口道："你不是秦露？"

秦露是地理系的，当初在"心血管病区"拿出地球仪用"板块运动"技能协助过大家。但是刚才这个女生并没有拿出地球仪，越星文记得她好像念了一句"杯酒释兵权",让体校男生手里的"武器"全部落地,这明显不是地理系的技能。

女生听到这话,脚步忽然一顿。她回过头,疑惑地看向越星文:"你认识秦露?你是交大的吗?"

越星文笑道:"不是,我是华安大学的。之前跟秦露随机匹配到一个考场,所以认识。你跟她长得一模一样,你是她的……姐姐或者妹妹?"

女生道:"我是她姐姐秦淼,华安大学历史系。"

越星文确认道:"所以,你刚才用的是宋太祖的'杯酒释兵权'技能?"

秦淼点头:"是。"

这女生太过冷淡,比冷场王江平策还会终结话题。越星文轻咳一声,道:"你们小心点吧,遇到 10 分的卡不要大意。再见了。"

秦淼道:"嗯,再见。"

她带着三个队友转身离开,并没有因为遇到的是华安大学的校友而表现出亲密、友好的态度,也没追问秦露的事情。

刘照青摸了摸鼻子,低声道:"她这一招'杯酒释兵权'可以让对方群体缴械,我俩的手术刀和词典,遇到她可就不灵了。"

越星文看着她们远去的背影,道:"这一招,对付工具类技能确实厉害。看来,历史系的技能也很强。"

由于卓峰师兄交代过,遇到厉害的校友可以招募到团队当中,他们又正好缺文科专业的队友,越星文其实有意跟这位女生接触一下,给林蔓萝师姐找个女伴。只是,秦淼过于冷淡,加上她有自己的队伍,越星文便暂时打消了这个念头。

这次荒岛求生真是惊险刺激,蛇群、马蜂窝、鳄鱼群,玩的就是心跳。山下的团队越来越多,他们才拿到 25 分,看来得抓紧时间了。

越星文深吸一口气,干脆地说:"走吧,我们得加快速度抢点积分!"

如果积分不够,哪怕在规定时间到达了终点,那也不算及格。

这片区域往东南方向,有刘潇潇她们滨江师大的团队;往北边,是西州体校的男生团队;往西,又是秦淼所带的队伍。

到处都是人。

越星文不想浪费时间跟人争抢积分,打开随身携带的地图,看向江平策说:"不如我们换一条更远的路,从外围绕过去?"

他指向地图上标注了棋子的终点位置,道:"考试要求明晚 0 点之前到达终点,我想,大部分学生团队今天开始就会往终点的方向走。我们之前在山上耽误了一下午的时间，行动本来就比他们慢，再跟着大部队往终点走的话，就捡不到积分卡了。"

对上越星文认真的目光，江平策低头看了眼地图，毫不犹豫地答应下来："好，我重新算一下路径，不走原来那条路。"

刘照青凑过来看向地图："这就像是吃鸡的时候，安全圈缩小在荒岛的中间，你却反过来往外围跑。那样的话，距离终点越来越远，来得及赶回去吗？"

越星文自信地说："来得及。必要的时候我可以开'风驰电掣'的团队加速功能，平策的坐标系也能将我们一次抛投好几百米。"他看向江平策，建议道："今天一整天，我们干脆去外围收集积分，等攒够 60 分之后，明天再赶去终点。"

原本的计划是一边往终点走一边在沿路上收集积分。如今，沿路上团队太多，这计划行不通，越星文便干脆改变了策略。

这种"反其道而行"的方式也是个不错的思路。

江平策飞快地心算了一下数据，说："这样做是有点风险。第三天，我们得用最快速度赶去终点。但星文说得没错，我们有加速类技能，时间上是来得及的。"

既然他算过距离，认为时间来得及，队友们也没什么好反对的。

刘照青和柯少彬对视一眼，点头道："好吧，听星文的！"

江平策迅速算好了路径，柯少彬在电脑里修改数据，众人便朝着南边沿海的方向走去。这相当于和地图上的终点背道而驰，所以，沿路上并没有遇到其他的学生团队。

小图走在前面侦察，没过半小时，它的脑门就亮起了灯——前方一个石头下面压着张卡片，散发出柔和的绿光。越星文走过去，翻开石头，将卡片从泥土中挖了出来。

5 分到手，积分变成了 30，绿卡果然很容易拿到。

重新规划的这条路要途经一大片山林和沼泽，再经过一片广阔的沙滩才能来到海边。在越星文看来，山林、沼泽，都是很可能藏了积分卡的地方。只不过，树林里并没有路，为免迷路，越星文就一直拿着指南针核对方向，带着队友们一路向南。

昨天下过一场雨，地面上坑坑洼洼，有很多被雨水浇灌出来的浅坑，还有大量的蚊虫。越星文的脸上、手上被蚊子咬了好几个包，跟他并肩走在一起的江平策却完全不招蚊子。越星文看向旁边的男生，无奈道："它们怎么不咬你，只咬我？"

江平策猜测道："可能是你的血比较好吃？"

越星文郁闷："我是 O 型血。是不是 O 型血更容易招蚊子？"

刘照青笑着拿了块纱布递给他："有医生在，你被咬多少个包都能给你消下去。来，拿去擦擦。"

越星文接过纱布，轻轻敷在被蚊子咬红肿的位置。纱布一上脸，那种冰凉、清爽的感觉真是让人通体舒畅，他忍不住感慨："师兄，你这纱布也太好用了。"

刘照青道："纱布的功能描述是修复外伤，其实还能祛除痘印，让皮肤变光滑。"

柯少彬认真地说："这纱布是美容神器，如果能带回现实去卖，师兄就赚翻了。"

刘照青哭笑不得："图书馆的技能如果真带回现实生活，整个社会都要彻底乱套。体育系的打个乒乓球赛，也能打残好多人。"

柯少彬接着话茬道："话说，体校那几个哥们儿为什么要大晚上去图书馆呢？"

越星文道："不知道。被拉进这里，他们也挺倒霉的。不过，体校的技能倒是有点意思，逃命速度一流，一个个的就像学会了轻功……"

三人边走边聊，江平策很少插话。

烈日当空，他们走得汗流浃背。下午 1 点，越星文建议道："先停下休息一会儿，再仔细排查。我觉得，这么大的树林应该不会只有一张 5 分的卡。"

江平策停下脚步，从背包里拿出一个竹筒递给他："喝点水吧。"

越星文确实口渴得很，接过竹筒咕噜噜灌下去一半。四个人又将烤鱼拿出来简单吃了午饭，这才开始仔细排查整片树林。

有小图帮忙，排查起来方便多了。

他们对这片树林展开地毯式搜索，花费一个半小时，最终找到两张绿卡、一张蓝卡。

绿卡都放在树上的鸟窝里，被越星文用词典砸了下来，还顺手收获了几颗鸟蛋，放进背包，准备晚上烤着吃。

蓝卡跟滨江师大遇到的一样，放在马蜂窝里。有秦朗师兄被马蜂蜇伤的前车之鉴，越星文没有直接去捅马蜂窝，而是让江平策用坐标系使整个马蜂窝飞去远处，卡片掉落下来，他们毫发无损地拿到了一张 10 分的蓝卡。

柯少彬激动地扶了扶眼镜："50 分了啊，还差 10 分就能及格！"

此时，积分榜上，除了 A-76 团队依旧遥遥领先，率先凑满了 60 分，越星文他们 C-183 课题组以 50 分的成绩排第二，还有个 B-16 课题组，也是 50 分，跟他们并列。

众人走出树林的时候已经是下午4点。

越星文看了眼地图,道:"树林外面有一片沼泽地,应该还有不少积分卡,我们再去那边找找看。大家小心脚下。"

没走几步,小图忽然开始报警。

众人根据它提供的方向,来到一个奇怪的洞穴前。

洞穴前站着四个学生,二男二女,脸色有些紧张。那洞口的大小只容一个人通过,洞穴内发出了一团柔和的红色光芒。小图的脑门上亮灯报警,显然,它检测到洞穴内的卡片材质,跟之前拿到的积分卡是一样的。

红色的卡,应该比蓝卡积分更高,但也更危险。

站在洞口的四个同学看见越星文他们,脸色满是戒备。

越星文摊了摊手,笑道:"放心。你们先找到,你们拿,我们不会抢的。"反正他们就差10分,红卡难度高,越星文并不打算跟这几位同学动手。

柯少彬问道:"这里面是红卡?多少分啊?"

其中一个长相斯文的男生听到他的声音,忽然回头道:"柯少彬?!"

男生个子很高,却十分清瘦,穿着军绿色的迷彩服,衬得一张脸有些病态的苍白。他摘掉了帽子,乌黑的头发柔顺地贴在脸上,看上去挺文弱的,目光冷淡,哪怕在跟柯少彬打招呼,也是很淡漠的声音。

柯少彬愣了一下,眼中浮起一丝欣喜:"辛言?!"

辛言道:"真巧。"

越星文疑惑的目光投向柯少彬:"你们认识?"

柯少彬急忙介绍:"我高中同学辛言,华安大学化学学院材料化学专业。"他紧跟着指向越星文三人,飞快地介绍:"人文学院越星文、数学学院江平策、医学院刘照青师兄。"

辛言朝三人点了点头打招呼。

旁边的马尾辫女生道:"这个洞穴里有张红卡,应该是20分。我们不敢贸然进去拿,不如大家合作,拿到之后再平分?"

越星文本来并不打算插手,可既然对面的团队里有柯少彬的朋友,帮一下忙倒也没关系。想到这里,越星文便冷静地道:"让小图去探个路,侦察一下洞穴里的环境再说。"

柯少彬将小图放了进去。小图脑门上亮着灯,开启雷达探测,柯少彬的笔记本电脑里实时传送出它拍摄到的图像。

洞穴内部昏暗潮湿,小图走了几米,就发现周围的墙壁上挂满了密密麻麻的蜘蛛网。

有很多成年人拳头大小的蜘蛛在墙壁上爬来爬去，它们的身体以黑色为主，点缀着一些诡异的白色斑点，腿上还长着毛，八条腿伸开时，整个身体的长度居然超过了二十厘米，足以糊住人的脸。

蜘蛛的数量多得数不清，密密麻麻爬满了整个洞穴。

刘照青忍不住爆粗口："我去，是蜘蛛洞！"

柯少彬脸色一白，微微瞪大眼睛，眸中浮起一丝惊恐："我……我最讨厌蜘蛛！"

旁边几个学生看见柯少彬笔记本电脑里的画面，脸色一个比一个难看。马尾辫妹子吓得后退一步，颤声道："幸……幸亏没直接闯进去！"

越星文看着笔记本电脑里播放的画面，不由头皮发麻："你们刚才要是贸然进去，可就被蜘蛛给包围了。"

全身瞬间爬满蜘蛛，被咬得到处是伤，想想都让人脊背发凉。

江平策冷声道："这种斑点蜘蛛并不常见，很可能是攻击性极强的毒蜘蛛。"

话音刚落，几只大蜘蛛忽然从洞穴里爬了出来，眼睛盯着他们，八条腿张牙舞爪。江平策脸色一沉，护着越星文飞快地往后退几米："小心！"

刘照青脸色铁青："毒蜘蛛释放的通常是神经毒素，没法救治，一定别被它们咬到。"

由于进入洞穴的小图很快被蜘蛛包围，柯少彬的笔记本电脑里的画面开始不断闪烁，有蜘蛛挡住了小图的眼睛，小图也无法继续摄像。

洞穴内的蜘蛛密密麻麻，估计有上千只。

越星文从没见过这么多的蜘蛛，而且是长得很诡异的黑白花斑大蜘蛛。这样的画面对密集恐惧症极不友好，柯少彬快要恶心吐了，脸色难看地别过头去。

他们根本进不去这个蜘蛛洞。

一旦进去以后被蜘蛛包围，那就是找死。

越星文深吸一口气，当机立断地做出决定："让小图把所有的蜘蛛引出来。"

柯少彬愣了愣，声音不由发颤："这……这么多蜘蛛……你确定把它们引出来？！"

越星文在关键时刻总能保持冷静，看向身侧的辛言，低声问道："辛言同学，你有学会化学系的硫酸类技能吗？"

辛言点头："我把浓盐酸和浓硝酸混合升级成了王水。王水是目前已知的对有机物腐蚀性最强的强酸药剂，经过图书馆加强之后，我手中王水的量，可以溶化三个成人。"

越星文道："好，待会儿配合一下。"

江平策低声道:"你想把这群蜘蛛引出来杀掉?"

越星文果断地点头:"只有这样,我们才进得去蜘蛛洞。"他看向柯少彬:"柯少准备,别让小图被彻底围住,快!"

柯少彬脸色惨白地朝小图发出指令:"小图,反向移动,播放《两只老虎》。"

洞穴内传来清脆的童音,欢快地唱起了儿歌:"两只老虎,两只老虎,跑得快……"

越星文厉声道:"所有人后退十五米!"

同学们听到这里,飞快地往后退。

小图脚底踩着滑轮,缓缓滑出了洞穴。

《两只老虎》的"吸引"效果,让整个洞穴的蜘蛛闻声而动——

接下来的画面让众人差点崩溃。

密密麻麻的黑色蜘蛛群,如同潮水一样跟着小图涌出了洞穴!

同一时间,越星文翻开词典,召唤出范围十平方米的暴雨。

暴雨如同泼水一般从云层中洒下,越星文看向辛言:"把你的酸融到云层当中。"

辛言不明白越星文的用意,但还是听越星文的指示抬起了右手——只见一股浓茶样的液体从他手心激射而出,注入了越星文布置的那片云层。

然后,让人震惊的一幕出现了——

原本透明的暴雨蓦然变成了恐怖的酸雨,落下的褐色雨水,浇灌在那些蜘蛛的身上,发出"吱吱"的诡异声响,几乎是瞬间,蜘蛛就被酸雨溶化!

中文系的暴雨,放大了化学系的酸技能。

更可怕的是,暴雨可以持续下很久!

小图的歌声吸引着蜘蛛不断地从洞穴深处涌出来——而等待它们的,就是洞穴门口大面积的酸雨和瞬间溶化的死刑!

出来多少,溶化多少。

蜘蛛再多、毒素再强又有什么用?大家后退了十五米远,蜘蛛们根本来不及扑过去咬人,自己就被溶化成了一摊青绿色的蜘蛛血水。

有小图的歌声强制吸引,它们不出来都不行。

蜘蛛们在前仆后继地疯狂送死。

周围的同学震撼地瞪大眼睛,就连辛言也不可思议地看向越星文。

他的王水数量有限,溶化不了这么多的蜘蛛,但跟越星文的暴雨结合之后,效果被放大数倍,上千只蜘蛛居然在暴雨中瞬间消失……

令人望而生畏的蜘蛛洞,原本大家都在头疼该怎么进去拿卡。越星文的策

第四章 定向越野

略，却轻而易举地化解了当下的难题。

进不去？那就把毒蜘蛛引出来，全部杀光！

洞穴里爬出来的蜘蛛渐渐变少，最后爬出的零星几只也被酸雨瞬间秒杀。小图的儿歌《两只老虎》只能播放两遍，歌曲结束时，洞穴内的蜘蛛也被清理干净。

周围安静下来，同学们难以置信地看向越星文。

越星文松了口气，笑着说："虚惊一场。我的暴雨会大幅度加强各专业的技能，化学系的酸跟我的暴雨融合之后，形成的强化版酸雨可以秒杀任何动物。"

如果现场没有辛言这位化学系的男生，来个物理系的电技能，也可以做到刚才这样的配合，用雷电劈死所有蜘蛛，甚至刘师兄的手术刀也可以配合下一场刀了雨。

"暴雨如注"这个技能，第一次实战的效果超出了越星文的预期。

能想到"引蛛出洞，暴雨团灭"这一招，越星文关键时刻的冷静让柯少彬忍不住比了个大拇指："还是星文厉害。我刚才脑子都蒙了，完全没想到让小图引它们出来。"

越星文道："你害怕蜘蛛，也不能怪你。"

人在遇到恐惧的生物时，不可能保持绝对的理智，柯少彬已经做得很好了。越星文拍了拍他的肩，道："麻烦小图再去侦察一下，看看有没有漏网之鱼。"

这种蜘蛛含有剧毒，如果漏掉几只，他们贸然闯进去，被咬一口，那就前功尽弃了。柯少彬立刻让小图重新返回洞穴，拍摄了一段洞穴内的视频。

黑暗潮湿的洞穴内，雷达探测没有发现任何生命体存在的热量痕迹，说明蜘蛛全被引出来了。小图的引怪技能真是厉害。

越星文看向江平策，说："这洞穴内部很窄，只能容一个人通过。我进去拿卡，你们在外面等……"

江平策伸手拦住他："不用麻烦，我来吧。"他看了一眼柯少彬电脑里拍摄的图像，问："小图探测的洞穴内径长度是多少？"

柯少彬道："十五米。"

江平策心算了一下距离，右手轻轻一抬，画出坐标系。

从小图拍摄的洞穴影像来看，红卡就放在洞穴深处的石头上。江平策迅速写出公式，那团闪烁着红光的卡片，像是被风吹动一样，忽然飘到了空中，上下翻滚着一路飘出洞口，稳稳地落在了江平策的手中。

越星文他们早就习惯了这一幕，对面四个同学却微微瞪大眼睛。马尾辫女生好奇地问道："同学你这是什么技能，还能隔空取物吗？"

江平策道:"数学系的公式。"

见女生一脸茫然,越星文笑着解释:"数学系太复杂了,一般人就算拿到这个技能也用不出来。他刚才是算出了卡片的精确坐标,然后让卡片正弦曲线运动从洞穴里飘了出来。这不算隔空取物,只是对某个坐标运动轨迹的操控。"

女生一脸震撼,喃喃道:"幸亏我当初没去学数学,要不然,拿到技能都不会用,就太惨了……"

旁边的同伴纷纷点头赞同——数学系太硬核了,放技能还要算公式!

辛言问道:"红卡多少分?"

江平策翻开卡牌,只见红色卡的背面赫然写着"20"这个数字。

越星文心下一喜:"太好了,20分的卡!按照刚才说好的,我们平分吧。"

对面的马尾辫女生脸颊有些发红:"这多不好意思……我们也没帮上太多忙,都是你指挥着团灭了蜘蛛群。要不是你们的机器人和暴雨,我们连蜘蛛洞都进不去。"

"辛言的酸帮了大忙,如果没有他的酸,溶化蜘蛛也不会这么快。"越星文从口袋里拿出一张10分的卡递给辛言,"我拿这张20分的卡,给你们10分的卡吧。"

柯少彬也道:"星文既然给你了,你就拿着吧。我们之前的积分已经是50分,这10分加起来,就能直接及格,可以去终点报到。"

辛言轻轻蹙眉:"积分50分?你们是C-183课题组吗?"

目前的课题组排行榜上,积分50的有C-183和B-16两支课题组,他没有怀疑越星文四个人是B-16小队,直接说是C-183……

那就只有一个可能。越星文反问道:"难道你们是B-16课题组?"

辛言果然点头:"真巧,我们也是50分,跟你们并列。"

旁边的马尾辫妹子激动得双眼发亮:"这么一来,我们两队是不是能同时及格了?!"

越星文拿走20分的红卡,给他们还一张10分的卡,最后的结果就是,两队都变成60分,同时及格,皆大欢喜。

辛言也没再客气,从越星文手里接过积分卡:"谢了。"

越星文道:"你是柯少的高中同学,咱们又是校友,不用客气。"

辛言侧头看向柯少彬:"柯少?你什么时候有这么个昵称了?"

柯少彬耳根一红:"少彬叫着像是烧饼,缩写又是SB……咳咳,所以我就让他们叫我柯少,听起来会稍微……酷一点。"

辛言挑了挑眉,看向柯少彬手里的白色机器人:"小图,也是你取的名字?"

柯少彬点头:"嗯。不好听吗?"

辛言看向脑门亮灯的小机器人,道:"还行。"

越星文走过来问:"辛言,你们这么快就收集了50分,是在荒岛外围搜索的吗?"

辛言道:"没错。我们昨天降落的时候操作失误,降落伞差点被吹到海上;昨天下午和今天一天都在沙滩那边沿着海岸搜索,找到六张绿卡、两张蓝卡,共50分。"

这么看来,他们没有继续往外围走的必要了。

越星文拿出地图,指向一片沼泽地:"这片沼泽地,你们还没搜?"

辛言道:"嗯。你们也没搜吗?"

越星文道:"我们是从山那边过来的。接下来还有时间,既然我们两队确定及格了,不如分头去搜沼泽地,要是遇到比较难拿的红卡,还可以一起配合。"

对方几个人对视一眼,欣然同意。

众人在岔路口分开,对大片沼泽展开地毯式搜索。路上,越星文随口聊起辛言:"柯少,你跟辛言关系怎么样?对他了解多少?"

柯少彬回答道:"我俩的关系其实很一般,也就互相认识。上大学后因为是高中同学,留了联系方式,但平时联系很少,肯定比不上你跟平策那么要好。"

越星文继续问:"那你觉得辛言这个人怎么样?"

柯少彬认真说道:"他高中的时候不怎么跟人说话,因为他比较瘦,皮肤又白,个子还没长开,我们班有些男生经常欺负他⋯⋯"

辛言皮肤偏白,是男生中比较少见的,气质又比较清冷,不太合群的样子,加上当时个子没长开,确实看上去挺好欺负的。刘照青对这种抱团欺负人的事情最为厌恶,听到这里不由皱眉道:"他就任人欺负,不知道反抗吗?"

柯少彬环顾了一下四周,确定没有外人,这才小声说:"那倒不是。辛言这个人特别记仇。高三那年,那几个经常欺负他的男生被他堵在厕所里打得鼻青脸肿,自那以后再也没人敢欺负他了,看见他都躲着走⋯⋯"

刘照青头皮一麻:"看不出来啊,这小子这么狠!"辛言哪怕现在个子拔高,看着也挺斯文清秀的,没想到动起手来确实够狠。

柯少彬道:"人不可貌相。他看着文弱,打起人来真可怕。"

江平策凑到越星文耳边,低声问:"你打听他的情况,是想招纳他做队友?"

越星文道:"以后要通过各大院系的课程,我们队伍的实力还不够。如果队伍里多个化学系的,跟我的暴雨配合,威力有多大你们刚才也看到了。不管性格怎么样,只要别做出卖队友的事情,我都可以接受。"

柯少彬困惑地挠挠头："但是，他有队伍吧？"

越星文分析道："他们这支队伍，应该是为了公共选修课临时组建的，互相不怎么说话，看上去也不太熟，说不定过完公共选修课就会解散。"他顿了顿，"看情况吧！柯少你跟他保持联系，要是哪天他的队伍解散，或者他退队了，可以拉他来我们这边。"

柯少彬点头："嗯，我明白了。"

四个人一边聊天一边搜索积分卡。由于现在他们的分数已经满60分了，接下来他们没必要那么紧张，找到积分卡当然更好，找不到也无所谓。

这片沼泽地的路很不好走，四个人慢慢往前侦察，在天黑之前又找到两张5分的绿卡。

70分。越星文很满意地说："没必要太拼，天快黑了，我们还是尽快走出这片沼泽地吧。天黑之后看不清路，万一陷进泥潭里就麻烦了。"

四个人借助小图的侦察离开沼泽地，来到附近的树林里，在一棵大树下休息。

过了片刻，辛言他们团队大概是看见了火光，也来到这里跟他们会合。

柯少彬问道："辛言，你们收获怎么样啊？"

辛言说："只找到两张绿卡。"

越星文道："看来红卡的数量非常少，这片沼泽地应该只剩绿卡了。"

右上角的积分榜，他们两支队伍并列70分，排在第一的依旧是A-76课题组，已经拿到了100分。那支队伍到现在还没和越星文他们组碰过面，显然是在荒岛的另一侧。

越星文在树旁坐下，从背包里拿出烤鱼。辛言他们背包里装了不少的贝壳、螃蟹，应该是从海边抓的，架起火堆开始烤着吃。

双方对视一眼，柯少彬吞了吞口水，小声道："能跟你们换只螃蟹吗？"

辛言递来一只螃蟹，柯少彬急忙把烤鱼递回去，笑容满面："谢谢！"

越星文对这个吃货的执着很是无奈。在他看来，荒岛这个破地方，能吃饱就不错了。

众人解决掉晚饭后，天已经彻底黑下来。

就在这时，天空中忽然下起大雨。暴雨倾盆而下，大家的衣服瞬间被雨水浇透了，刚才生的火堆也被大雨浇灭。

暴雨只下了几分钟就停了。这种阵雨最是烦人，被淋成落汤鸡的大家脸色都不太好看。

刘照青直接骂道："这是故意下雨，不让我们睡一个好觉吗？衣服全部湿透，周围的树叶、树枝也都湿了,还怎么点火?"

越星文听到这话,忽然拿出自己的《成语词典》。

刘照青嘴角一僵:"你该不会想烧词典吧?"

越星文接着拿出打火机,笑着说:"撕几张纸拿来烧烧,给大家烤烤衣服。"

只见他撕下一沓纸点燃,然后收回词典,再召唤出来,继续撕纸。由于这本词典非常厚,并且有自我修复功能,他不断地召唤、撕纸、收回、召唤……

这样一来,他就拥有了源源不断的纸。

这比淋湿的木柴好用太多了。

众人沉默了。

词典如果有意识的话,一定会很委屈——越星文,你怎能这样对待一本魔法词典?!

火越烧越旺,越星文笑着招呼大家:"衣服都湿透了,来烤一烤吧,不然今晚会很难受。"

穿着湿淋淋的衣服确实容易着凉。众人听到这里,便走过来围在火堆旁,把外套脱下来架在树枝上烤干,再穿回身上。暖烘烘的外套穿着确实舒服多了。

地面被雨水淋湿,越星文目光环顾四周,正想着能不能找个干燥一点的地方睡觉,就在这时,不远处忽然传来一阵奇怪的叫声。

"嗷呜——"

黑夜里,野兽的叫声格外清晰。

越星文面色一变,压低声音道:"该不会有狼吧?"

下一刻,就听周围响起窸窸窣窣的脚步声,转眼间,他们几人居然被狼群团团围住。那些野狼的眼睛在黑夜里冒着绿光,冷冰冰地凝视着他们,像是饿疯了的野兽在凝视食物。群狼伸出长长的舌头,流着口水,仿佛下一秒就会扑过来将他们咬死。

如此近距离地跟狼群接触,对所有人来说都是第一回。

这群狼多达二十匹,跟他们只有不到五米的距离。这点距离,以狼的奔跑、跳跃能力,三两下就能将他们扑倒!

被狼群凝视让众人脊背发毛。

柯少彬吓得脸色一变,急忙闪身躲去越星文背后,好像越星文能保护他似的。

越星文全身僵硬,下意识地问道:"小图还能引怪吗?"

柯少彬欲哭无泪:"技能冷却了。"

越星文的暴雨范围是十平方米,狼群将他们从四面八方包围起来,他没法用暴雨溶化掉全部野狼。而"金蝉脱壳"技能虽然可以让群体脱逃，可惜只能带大家瞬移二十米——二十米对狼群来说算距离吗？几秒钟就能追上。

人类的奔跑速度跟狼完全没法比，如果惊慌乱跑，他们只能变成狼群的晚餐。那一瞬间，越星文的脑子转得飞快，他将队友的技能都在脑子里过了一遍——刘师兄的飞刀对付不了这么多野狼，"金蝉脱壳"没用，"七上八下"的控制只能持续短短几秒，小图的技能又在冷却，只能寄希望于江平策。

要把所有人带走，江平策是不是要连续算八个公式？

越星文回头看向江平策。对上他的目光，江平策理解了他的意思，冷静地说道："所有人到我周围，跟我保持一米以内的距离！"

旁边两个女生吓得双腿发软，辛言和另一个高大男生脸色也很难看，但听见江平策的声音后，他们还是飞快地靠过来站在一起。

江平策右手定则画出坐标系，修长的食指闪电一般写出一串数学公式。越星文没有看清他写的是什么，但下一刻，八个人如同乘风而起，同时飞向高空。

身体陡然腾空，另一组的四个人吓了一跳，其中一个女生尖叫出声："啊啊啊！我恐高！"旁边的女生立刻抓住她的手："别怕，别往下看！"

江平策语速飞快地说："坐标集合，群体抛物线运动。我只能送大家去一百米远的地方。狼群不出半分钟就会追上我们，快想办法！"

越星文身体腾空，紧张之下心跳都快要停滞。

江平策的坐标系有个很大的限制——只能控制目标在他视野范围内的三维空间做数学运动。刚才漆黑一片，他的视野能见度有限，最多将大家送出去一百米。

越星文迅速冷静下来，问道："几位同学都有什么技能？"

因为恐高而尖叫的马尾辫女生深吸一口气，她不敢往下看，干脆闭上眼睛，颤声说道："我是预防医学专业，可以给人打预防针，让人的周身形成保护膜，不受一切伤害，持续半分钟。"

她身旁的短发女生说："我是麻醉学的，有升级版麻醉药，能麻醉五个目标。"

高个子男生说："大气科学，学了升级版雾霾，能释放范围二十平方米的大雾，影响指定动物或者团队的视野，让其瞎掉。"

图书馆技能真够奇葩，连雾霾都出来了。

越星文脑子飞快地转着——这群狼的数量他刚才大概数了数，应该有二十匹；他们有八个人，也就是说，平均每人要处理两三匹狼，他们才有胜算。

正常情况下，人类面对狼群时不可能有还手之力。

第四章　定向越野

然而现在他们根本不是正常人，他们的手里都有技能——控制、免疫、伤害、位移，各种异能五花八门，他们有能力跟狼群一战！

如果心生恐惧，遇到狼群只知道逃跑，两条腿的人类怎么可能跑得过饿疯了的狼群？脚下稍微一个趔趄，摔倒在地，身后的狼群绝对会毫不留情地扑过来将他们撕咬成一团团碎肉。

他们必须战斗。

越星文厉声道："所有人，技能不要乱放，听我指示配合！"

刘照青脊背一僵："你该不会想跟狼群正面刚吧？"

越星文目光沉静，缓缓说道："杀掉这群狼，我们才有生机。"

众人听到这里只觉得头皮发麻。

杀蜘蛛还能说得通，毕竟越星文的暴雨配合辛言的酸可以将蜘蛛群直接溶化。可是，狼群？你确定要去正面干掉凶残的狼群？

"'心血管病区'都考过了吧？把狼群当成那些怪物，没什么好怕的。"江平策第一个支持越星文，声音平静冷淡，"害怕的话，你们可以逃跑试试，看自己跑得过野狼吗？"

"说得没错。"刘照青赞同，"我们跑，狼群在后面追，很容易被它们追上来咬死。既然跑不掉，还不如拼一次！"

"还有五秒落地。"江平策提醒道。

"大家准备，听我指示，别害怕！"越星文大声喊了一句，像是提醒大家，顺便给自己打气壮胆。

五秒时间很快过去，众人降落在江平策算好的位置。江平策看了越星文一眼，伸出手，越星文紧紧地握住他的手，两人用这种方式给了彼此一些鼓励。

周围是大片树林。树木的阻挡、湿滑的地面，还有坑坑洼洼的水坑，如果他们只会逃跑，很大可能会滑倒、摔倒——在树林里跟狼群赛跑，简直就是找死！

同学们似乎也意识到了这一点，纷纷靠拢到越星文周围。

越星文道："狼群怕火，先点火。"

他刚想拿出词典烧，辛言忽然说："我来吧。"

男生声音清冷，目光已经恢复了平静，苍白的右手轻轻一抬——

只见一个接一个的酒精灯从他手中倏然飞出，像是变魔术一样，密密麻麻的酒精灯瞬间在众人的周围环绕了一整圈，并稳稳地飘浮在了空中。

酒精灯的火光照亮了周围，环绕一圈的酒精灯如同串成了一个由火光构成的链条，将大家团团围住。

这一幕场景让同学们纷纷扭头，震撼地看向辛言。

越星文问道："化学系的'无限酒精灯'？"

辛言道："在酒精烧完之前，哪怕遇到暴雨，我的酒精灯也不会熄灭。"

他刚才本来想放出这个技能，但越星文开始烧词典，他就留着了，这时候正好派上用场。辛言可以控制酒精灯，浮空环绕在周围保护队友，狼群畏惧火光，就不会直接上前攻击他们。

刚布好酒精灯，就听耳边响起熟悉的脚步声——狼群的速度果然超出人类的想象，他们明明飘出去一百米，狼群居然也闻着味道转瞬间就追了上来！

大片的火光让狼群停下脚步。

它们伸出舌头，紧紧地盯着众人，并迅速将八个学生团团围住。

越星文翻开词典，大喊一声："麻醉准备，控制地上的！"

他直接开了"七上八下"技能，七匹狼被瞬间浮空，八匹狼被控制着四肢大开摔倒在地，剩下的几匹狼不受控制，对着越星文发出尖锐的嘶吼。

麻醉系的妹子急忙丢出麻醉药——

仰躺在地的狼中，有五匹中了麻醉剂，瞬间失去意识。

剩下的三匹狼躺在地上被越星文控制着不能动，刘照青的飞刀毫不客气地跟上，一刀扎不中要害，那就扎两刀，三刀……

一时间，刘照青手里的刀子如暴雨一般激射而出！

躺倒在地的三匹狼转眼就被他扎成了刺猬，再无活路。

越星文大吼一声："雾霾放出来！"

雾霾的影响让狼群瞬间瞎掉，但同学们不会受影响。转眼间，被麻醉的五匹狼让刘照青给杀了个干净。面对悬浮在空中的七匹狼，江平策迅速算出坐标，直接正弦曲线，一个接一个的波浪运动，将嗷嗷叫着的七匹狼丢去远处，"轰"的一声撞到一棵大树上。

越星文一招"七上八下"的控场彻底打乱狼群的阵型。但是狼群却被激怒了，号叫着包围过来！

就算视野被雾霾影响，狼群也能凭借敏锐的嗅觉围住同学们，它们暴躁地摇晃着尾巴。

雾霾渐渐散去。

酒精灯的威慑让狼群一时不敢上前，但这并不是长久之计。

越星文想了想，忽然说："大家听好，倒数十秒后，预防医学的师妹给集体打预防针，辛言立刻收起酒精灯，等狼群扑过来的那一瞬间——"

他右手一抬，拿出厚厚的词典："再来一遍酸雨！"

第四章 定向越野

周围的同学惊骇地瞪大眼睛，预防医学的妹子脸都吓白了："你……你是让我们站在酸雨当中，作为诱饵，引狼群过来吗？！"

越星文沉声道："小图引不了怪，我们自己引。预防针的技能描述你再仔细看一看，是不是半分钟内免疫一切伤害？"

女生声音发抖："是……是的……"

越星文道："免疫一切伤害，那就是无敌，哪怕硫酸直接浇我们头上也不怕。这么多狼，体积又比蜘蛛大得多，辛言的酸可能会不太够，到时候师兄补刀。"

刘照青脸色发青："半分钟，狼群如果不扑过来怎么办？"

越星义道："狼群不知道我们有酸雨，也没那么高的智商。饥饿的狼群看见这么多美食站在眼前，它们会发自本能地扑过来攻击，这是杀死它们最快捷的手段！"

居然以肉身作为诱饵，请君入瓮。这胆子也太大了吧？

同学们想想被狼群扑咬的画面，都觉得双腿发软。

下一刻却听越星文果断地道："准备，倒计时五秒！"

5，4，3，2，1——

预防医学的女生硬着头皮给周围的人使用了预防针技能，大家只觉得右侧上臂刺痛一下，就像去打预防针的时候被针头扎了一下。

辛言右手猛一收拢，环绕一圈的酒精灯瞬间熄灭。

狼群发现这群人居然没了火，立刻嗷嗷叫着，凶狠地扑了上来。

越星文立刻在头顶开启"暴雨如注"，辛言将强酸注入云层——

漆黑的夜里，凄厉的惨叫声不绝于耳！

浓稠的酸雨如泼水一般洒下，洒在同学们的身上，同时也浇在十平方米范围内所有野狼的身上！

越星文能清晰地感觉到雨水滴在身上时的灼热，然而由于预防针在周身形成了一层透明保护膜，他们的身体浸泡在酸雨里，却毫发无损。

野狼毕竟体积大，光靠酸，一时间没法溶化掉全部。刘照青立刻补刀，将手术刀也注入云层，酸雨夹杂着锋利的刀子，将进入十平方米范围的野狼戳得全身是血！

一时间，鲜血飞溅，惨叫声不绝于耳。

柯少彬惊恐地闭上眼睛。他能感觉到刀子擦着身体滑过，但他的皮肤像是有了铜墙铁壁，居然没被割破一丝一毫，甚至有一匹狼碰到了他的手，毛茸茸的脑袋就蹭在他的手边，他全身的鸡皮疙瘩都要掉下来了！

预防医学的这个无敌保护真的牛。

要不是提前打了预防针,他们会被酸雨给烧成一摊血水。

更牛的是越星文,居然想得出这种"自残式诱敌"的方法!!

三十秒的免疫时间即将过去,暴雨还在下。万一免疫时间结束,他们还站在暴雨中,那酸雨加刀子雨,瞬间会让他们灰飞烟灭!

江平策立刻说道:"聚到我周围,撤!"

集合、抛物线,江平策再次算出公式,八人集体飞到空中。

光线昏暗,看不清地面的情况,辛言在高空中伸出右手,指尖微微弯曲,无数酒精灯从他手中飞射而出,如同从天而降的火雨一般,密密麻麻地包围并照亮了刚才那片区域。

越星文借着酒精灯的光线低头一看——

二十匹狼,被刘师兄的手术刀配合麻醉系的妹子连续刺死十匹,被酸雨夹杂刀子雨溶化、扎死了九匹,最后只剩一匹孤狼,摇着尾巴,对着天空发出愤怒的嘶吼。野狼的咆哮声震得人耳膜发痛,可见这匹头狼有多么气愤。

越星文毫不客气地朝它丢出词典!

沉重的词典从天而降,"砰"的一声砸在了那匹狼的脑袋上。那狼身上本就插着几把手术刀,奄奄一息,被越星文一词典砸得鲜血直流,愤愤不平地倒在了地上。

同学们安稳落地。

看着一片狼藉的地面,众人都有些崩溃——

今天,在越星文的指挥下,所有人切身体验了一下什么叫"以身饲狼",刚才被狼群扑过来咬的画面或许会变成他们这辈子都忘不掉的噩梦,尤其是身体被狼的牙齿碰到的同学,虽然没被咬伤,可那种触感还在!

而就在大家都崩溃的时候……

越星文却快步走到狼群尸体中间:"有光效,好像掉了张积分卡!"

他把两匹被溶化得不成狼形的尸体一脚给踹开,俯身扒拉了两下,发现它们的身体下面果然压着一张黑色的卡,要不是他眼神好,差点就错过了。

黑卡。

翻过来一看:50积分。

越星文笑容满面:"50分的黑卡,不亏!"

同学们面面相觑:你怎么还笑得出来?!

越星文本以为这群狼只是半夜饿疯了出来寻找食物,没想到,狼群并不是单纯来找食物,还带了积分大礼包。显然,这是考场故意制造的突发事件。

同学们顺利解决狼群,就可以获得boss掉落的黑卡一张。如果他们慌忙逃跑，被狼群追上咬死，那即便他们收集够了60分也会被淘汰出局。

越星文拿着黑卡来到江平策身边，眉眼间满是笑意："50分，相当于五张蓝卡，两张半的红卡！大家没白忙活！来商量一下，这张卡该怎么分配？"

众人听到这里急忙聚集在越星文周围。柯少彬看着越星文手里的卡，惊讶道："50分的黑卡？怪不得这么难！"

越星文看向辛言："继续平分？我这边给你们五张绿卡怎么样？"

辛言淡淡道："这张卡你拿，我们不要。"

越星文怔了怔："大家一起合作杀掉狼群，没道理我们独吞吧？"

辛言很直接地说："我们这个队伍是临时组的公共选修课团队，只为了拿公共选修课的2学分，过完公共选修课就会解散。刚才如果不是你冷静指挥，我们遇到狼群肯定会想办法逃跑，到时候连命都要留在这里，更别说拿到学分。"

他冷冷的目光扫过三位队友："这张卡让越星文拿，没意见吧？"

马尾辫女生急忙摇了摇头，脸色苍白地道："我没意见。要不是星文同学，我们早就被狼群给吃了！"

旁边的短发女生也附和道："就是，我们能过公共选修课已经很满足了。之前的蜘蛛群也是你们帮忙解决的，反正60分就算及格，这点积分不重要，还是你拿吧。"

越星文谦虚道："也不能这么说，你们刚刚帮了大忙。尤其是预防针，开了技能之后周身像是形成了一层透明的保护膜，三十秒刀枪不入，非常厉害，没你这个无敌技能，我也不敢直接肉身引怪。"

马尾辫女生勉强挤出个笑容："我……我根本没想过，预防针还能这样用。"

越星文也不想贪便宜独占这张卡，考虑片刻，道："这样吧，50积分，我们拿30，你们拿20怎么样？"

见辛言还想拒绝，越星文笑着打断他："我这个人也不喜欢欠人情，既然是大家合作，你们都出了力，没有你们的话，刚才的配合根本没法完成。你们觉得我功劳大，我就不客气多拿一点，我们三你们二，这样谁都不吃亏。"

他说罢就从口袋里拿出两张蓝卡，凑了20积分递给辛言。

辛言并没有伸手去接。

柯少彬走过来劝道："辛言，你拿着吧。星文不是斤斤计较的人，你就当认识一场交个朋友。50分我们全拿的话我们也会不好意思，20分给你们，你们四个也好分配。"

辛言看他一眼，没再反驳，伸手将两张蓝卡接了过去："谢谢。"

越星文发现这个男生的手虽然带着一种病态的苍白，但手指修长有力，还挺好看，让人忍不住联想起实验室里常年泡在药水中的手，干净，清瘦，估计还有点洁癖。

他说他们小组是为了过公共选修课临时组建的，越星文给了柯少彬一个眼色，后者立刻会意，假装好奇地问道："你刚刚说，你们是为了公共选修课临时组的队？"

辛言道："是的，我在论坛发了招募队友的帖子。"

越星文问道："那你们出去之后，怎么打算？"

辛言毫无情绪地说："解散。"

两个妹子对视一眼。虽然她们很想留下辛言这个强力队友，不过辛言这一路不怎么说话，性格冷漠孤僻，加上大家不熟，她们没有理由让临时队变成固定队。

越星文问道："辛言，你必修课的进度在几楼？"

辛言："三楼。"

越星文有些疑惑："你一个人怎么过的二楼的课？"

辛言道："之前加入了一个课题组，其中有数学系的高手，一起过了数学学院，后来观念不和解散了，我就一个人出来找临时团队，先过完这一周的公共选修课再说。"

越星文看向柯少彬，后者立刻凑过去，小声问道："那你愿意加入我们团队吗？"

辛言微微挑眉："你们四个，不是满员了吗？"

柯少彬放轻声音，在他耳边说悄悄话："我们还有一支小队，在四楼挂科，回一楼重修，他们有三个人，分别是物理、环境、生科院的，还差一个队友。你要是愿意的话，回头让星文跟那支小队说一下，他们队伍正好缺化学系的，他们肯定很欢迎你加入。"

辛言神色冷淡地听他说完，回道："等出去再说吧。"

柯少彬也不好意思逼着对方当场给答复，扶了扶眼镜，凑去越星文的耳边当传话筒："他没答应，也没拒绝，说是出去了再说。"

越星文道："不急，过了这门课，约他在图书馆见一面。他有顾虑也很正常，毕竟我们这个队伍中他只认识你，卓峰学长那边三人他见都没见过，直接答应反而显得草率了。"

柯少彬想想也是，组固定队不是开玩笑，答应了又退出反而会让彼此尴尬，辛言大概也想见一见其他的队友再做决定。

就在这时，江平策忽然说："你们看排行榜。"

第四章　定向越野

越星文看向右上角的透明悬浮框——

A-76 课题组：150 分
C-183 课题组：100 分
B-16 课题组：90 分
…………

排第一的依旧是京都大学那支速刷队，积分忽然涨到 150，明显是跟越星文他们一样也遭遇了野兽突袭，并且拿到了 50 分的黑卡。

越星文他们目前排在第二，辛言的临时队排第三。

后面还有好几个 70~85 分的团队，应该是本来积分不够，团灭兽群后拿到了黑卡。雨夜突袭，就像是试卷上分值非常高的一道大题，做对就能及格。

经过第二天的雨夜，荒岛的考生人数从八十八人锐减到了六十八人，说明有二十个学生在今晚被淘汰出局。考试还没有结束，学生被淘汰的原因只有一个——死亡。

江平策压低声音："消失的五个课题组，应该是被突发事件淘汰了。我们遇到的是狼群，他们或许遇到了狮子、老虎之类的猛兽。"

越星文皱眉："公共选修课的淘汰率居然这么高？"

柯少彬想起刚才被狼追的一幕，不由脸色发白："我一开始还以为公共选修课是直接送分的，2 学分很轻松就能拿到。看来，我们把图书馆想得太好了！"

刘照青忍不住吐槽："图书馆开个公共选修课都不讲武德！"

好在公共选修课淘汰不受损失，不用回一楼重修，可以在图书馆复活，继续后面的课程。只是，被野兽咬死的心理阴影，估计会伴随同学们一生。

越星文的脸色有些难看："这样下去，很多同学会精神崩溃。"

想起刚才跟兽群搏斗的一幕，大家都脊背发凉。很难想象那些无力对付狼群的学生，被狼群追上来扑倒、咬伤，会是什么样的体验。那一刻，他们一定很痛、很恐惧吧？即便在图书馆复活，他们也很难快速调整好心态。

这个图书馆真是要把一群大学生逼疯！

越星文深吸一口气，勉强露出个笑容，道："大家休息一下，养精蓄锐，天一亮立刻出发前往终点。积分已经够了，别在最后关头功亏一篑。"

同学们听到这里，纷纷找位置坐下来。

地上十分潮湿，但他们已经顾不上这些了，考场中二十位同学的死亡像是一片乌云压在众人的心头，众人虽然围着大树坐着，却丝毫没有睡意。

沉默片刻后，刘照青忍不住睁开眼："一闭眼就是狼群，睡不着。"

柯少彬也道："我……我也是。"

马尾辫女生哭丧着脸道："公共选修课都这么难，以后可怎么过？！"

越星文笑了笑，安慰大家道："不用太悲观。图书馆既然设置了完整的院系、专业，还有各种必修、选修和公共选修课程，并且制定了毕业的规则，总不至于连一个学生都毕不了业吧？毕业难度虽然高，但也不是毫无希望，大家别放弃。"

听到他的话，众人的心情忽然好了许多。

越星文接着道："何况，每个专业都有自己的异能。放在现实中，用手术刀杀狼，用强酸溶化蜘蛛，打预防针无敌，你们敢想吗？"

众人听到这里不由得笑了起来："确实不敢想，跟做梦似的！"

越星文道："我们其实也挺厉害，杀了二十匹狼、上千只毒蜘蛛。在这个异能大学，没什么不可能的。别被图书馆给吓到了，挂科还能重修，机会其实很多。"

众人纷纷附和——

"对啊，我们有异能在手，个个成了魔法学生。"

"而且，异能可以升级，以后大家也会越来越强的！"

对面的高个子男生道："现实中遇到狼，我估计要跪下喊它'爸爸'，求它别咬我！"

刘照青道："真到了现实，被狼追上，你喊爷爷都没用！"

"哈哈哈，也是！"

几句玩笑，让周围的气氛瞬间轻松起来。

越星文就是这种个性，他总能在人悲观的时候，简单几句话，就让人的心情变得明朗起来。这也是他从小到大，周围总是不缺朋友的原因。

人类总喜欢靠近温暖的光源。

江平策看着被大家围在中间满面笑容的越星文，唇角不由轻轻扬起。有这个家伙在，图书馆的旅途虽然会充满艰辛，但一定不会有太多悲伤和恐惧。

星文会带着大家，以阳光、积极的心态，面对每一次困难和挑战，直到从这里顺利毕业。

这一夜大家睡得并不安稳，噩梦连连。他们一群大学生近距离跟狼群搏斗，这样惊险刺激的经历真是让人毕生难忘。很多同学都梦见自己被狼追，柯少彬甚至梦见自己被狼吃掉了……

早上起来的时候，大部分同学都说被噩梦困扰，脸色一个比一个难看。

越星文招呼大家简单吃过早饭，笑着宽慰大家："昨晚的事情已经过去了，大家打起精神，抓紧时间去终点报了到，这门课就能及格。"

柯少彬打开笔记本电脑，调出地图问："回程的路线怎么走？"

江平策算了算，道："原路返回最安全。我们在荒岛外围，距离终点超过六十公里，徒步要十二个小时以上。现在是 8 点，除去中途休息的时间，晚上 10 点应该能到。"

越星文道："今晚 0 点考试结束，我们的时间还是有些紧张。"

柯少彬问道："星文，你不是有加速技能吗？加速五倍的那个'风驰电掣'？"

"这个技能只对课题组的组员有效。"越星文回头看向辛言，"帮不了你们。"

"没关系。"辛言神色淡漠，"既然你们有加速技能，你们先走。方便的话，沿途留一些记号，我们也好跟在后面。"

"那好，我们开加速先在前面探路，抓紧时间赶去终点，沿路给你们留下标记。"他从词典上随手撕了张纸，快速折成一个纸飞机的形状道，"每到岔路口，我就找石头压一个纸飞机，飞机的头代表前进的方向，你们跟着我标注的方向走。"

"多谢。"辛言朝他点了点头，看向柯少彬，"路上小心。"

"嗯嗯，你们也小心。"柯少彬笑着跟他们挥手道别。

越星文开启加速，带着队友朝终点走去。

"风驰电掣"可以全队加速五倍，冷却一小时。江平策算了一下，道："星文每隔一小时开一次加速，我们用八小时就能到达终点。"

刘照青道："天黑之前就能到吗？"

江平策点头："嗯，前提是一路顺利。"

越星文擦了擦额头的汗，吐槽道："这次定向越野，感觉真像是图书馆的新生军训，还包括了惊险刺激的跳伞和野兽突袭环节。"

刘照青紧跟着吐槽："只发迷彩服，不发水壶和食物，军训也没这么折腾人的，还让我们徒步几十公里。唉，今天看来要走一整天，热死了。"

烈日当头，四个人都是汗流浃背，迷彩服被汗水浸湿，裹在身上，越星文热得受不住，干脆把外套给脱了，其他三人也纷纷脱掉闷热的外套，只穿着迷彩背心，把裤腿也卷了起来。

路面泥泞不堪，小图的轮子也转不动了，他们只好一人拿了根树枝，一边走一边探路，以防草地里突然有蛇蹿出。

快中午的时候，四个人来到了昨天取水的那条小溪，停下来休息片刻，顺便补充一些水源，抓几条鱼烤着吃。

没过多久，他们来到昨天那片鳄鱼潭附近。越星文看着周围熟悉的环境，停下脚步，说："这里得绕路，不能去鳄鱼潭。"

他迅速从词典撕了张纸，折好纸飞机，给辛言做好方向标记。

四个人绕路往前走了十几米，江平策忽然皱眉道："你们看那边。"

越星文顺着他的目光往侧前方一看——不远处有几件残破的迷彩服，上面还沾着鲜红的血迹。柯少彬的脸色一白："该……该不会是被咬死的同学吧？！"

越星文脸色一沉，快步上前，用树枝翻了翻迷彩服。

几件迷彩服跟他们身上的一模一样。荒岛上又没有外人，还能是谁？迷彩服里面，尸体只剩下森森白骨，显然，这几个学生是在昨晚被野兽攻击后吃掉了。

柯少彬趴在旁边吐了起来。

刘照青是学医的，在现实中见过不少尸体，可他看见这画面也有些难以忍受，皱着眉移开视线，忍不住低声骂道："全被野兽吃干净了！"

江平策皱眉道："公共选修课淘汰的同学应该会在图书馆复活。"

按照课程的规定，公共选修课挂科的学生不用接受惩罚，也不用回一楼重修。话虽这么说，但被野兽咬死的经历依旧会刻在他们记忆深处。

很难想象，昨晚在这里发生了多么惨烈的战斗。四个同学被野兽扑倒、活活咬死的画面，光是想象越星文都忍不住地揪心。

他用树枝的尖端拨开一件迷彩服，衣服的下面居然闪烁起了柔和的绿光。越星文定睛一看——居然是三张绿卡。

四个人面面相觑。

刘照青道："是他们捡到的卡片吧？结果他们被淘汰之后，卡片就掉落在了地上？"

柯少彬脸色苍白，声音微微发抖："图书馆好像真的把我们当成玩家看待？公共选修课死了直接在图书馆复活，必修课死了打回一楼重修，重修的时候死了那就删档删号？"

越星文俯身将三张绿卡捡起来："我也是这样想的。重修挂科就会被抹杀，类似于游戏里直接被删号。在被删档之前，每一门必修课只有两次考试机会。"

他将掉落的卡片收进口袋，朝着地上的尸体鞠了个躬，说："抱歉，你们辛苦收集的卡片，我先拿走了，丢在这里也是浪费。"

四个人继续往前走，沿路上居然又遇见两个被灭的团队，捡到零星散落的一些绿卡。他们的积分渐渐涨到了 140 分。

第四章　定向越野

一路上走走停停，倒是没再遇见野兽的攻击。只是，出现在视野中的尸骨，给他们的心理上造成了强烈的冲击。那些鲜血淋漓的迷彩服，似乎在警告他们——在图书馆的世界里，随时都有可能死去，而且会死得很惨。

这一整天徒步下来，四个人都累得气喘吁吁，衣服早就被汗水浸透。黄昏时分，他们终于来到了地图上标注的终点附近。

终点是一片比十个足球场还要大的沼泽池，沼泽的中央有块十平方米左右的湖心岛一样的落脚点，上面插着红色的旗子，标注"定向越野终点"。

他们刚来到这里，就看见两队同学站在沼泽旁边，都没有过去。

一组是四个身材高大的男生，另一组是四个女生。

那短发女生越星文认识——正是在之前的鳄鱼潭见过的秦淼。

越星文主动上前打招呼："秦淼，你们积分够了吗？"

秦淼说："够了，90分。"

这么高分，说明她们昨晚也从野兽的攻击中顺利逃脱，拿到了50分值的黑卡。越星文仔细一看，女生的手臂明显被咬伤了，她撕了块迷彩服的布料简单包住伤口。鲜血已经将军绿色的迷彩服给浸透，她却一声不吭，只是眉头紧皱着，脸色有些惨白。

越星文走到刘照青的身边低声耳语几句，刘照青会意，来到秦淼面前，拿出一块纱布道："伤口给我看看，用纱布重新包扎一下。"

秦淼戒备地盯着他。

刘照青无奈："我是医生，这纱布是图书馆发的异能，有奇效。你的伤口还在流血，失血过多晕过去的话，考试不一定算过关。"

秦淼沉默片刻，飞快地将缠在手臂上的绿色布料撕开——她的手臂被野兽咬掉了一块肉，血肉模糊的惨状让她旁边的几个队友瞬间红了眼眶，附近另一个男生团队的成员看到这里也忍不住倒抽一口凉气。

看着都好疼，她居然没哭，这妹子也太坚强了。

刘照青飞快地用干净纱布重新包扎了她的伤口。外科医生包扎伤口的动作标准又利落，包完之后，他叹了口气，道："好了。你可真厉害。"

伤口处传来舒适的清凉感，一点都不疼了，血肉似乎也在慢慢修复。

她惊讶地看了刘照青一眼："这纱布……"

刘照青道："图书馆给的异能纱布，你的手臂很快就能复原。"

秦淼沉默几秒，看向越星文："为什么帮我？"

越星文走到她面前，说道："之前跟你妹妹秦露组过队，再说，你还是我们的校友，帮你也是应该的。"

秦淼看向两人，冷漠的脸色微微缓和："谢谢你们。"

刘照青笑着摆摆手："不客气，举手之劳。"

旁边的团队，一个戴耳钉的酷帅男生走过来，笑道："华安大学的吗？"

越星文看向他道："你们是排第一的A-76课题组吗？"

男生挑了挑眉："怎么猜到的？"

越星文说："能这么早赶到终点，你们积分肯定很多，实力也很强。听卓峰师兄说，你们是地理、物理、化学、生物的速刷队？"

男生哈哈一笑："原来是卓峰的师弟！我们几个也是运气好，在降落点直接看见20分的红卡，物理系的同学电死了几只老虎，拿到红卡，所以才能一路领先。"

其他三位队友也走过来，跟越星文他们客气地打招呼。

越星文看着远处的湖心岛，问："你们不先过去吗？"

男生道："等一下同学们吧，不急着过去。"

越星文点头："好。"

过了片刻，滨江师大、西州体校的团队也先后来到终点。

天渐渐黑了，终点附近的课题组越来越多。

从排行榜看，他们1班一百个人中，活到最后一天并且顺利拿到60分以上的课题组，总共有十七支，也就是六十八人过关，剩下三十二人被淘汰。

晚上10点，辛言带着队伍姗姗来迟，至此，十七支课题组全部到齐。

温柔的月光洒下来，将湖心岛上的旗子照亮。

有个女生疑惑道："各位早就到了，为什么不过去？"

越星文说："大家不要直接过去，这片沼泽池有问题。"他将一块石头踢进沼泽，那沼泽池里忽然咕噜噜冒起了气泡，转眼间，石块就被化掉了。

女生脸色一变："沼泽池不能碰？！"

辛言走过来仔细看了看，低声说："腐蚀性的沼泽，任何东西碰到了都会被瞬间溶化，比王水还要厉害。"他的右手微微一抬，无数酒精灯从他手里飞射而出，分裂成两排，就像是漆黑的夜里位列两侧的暖色路灯，给大家指明方向。

然后，酒精灯将湖心岛环绕了一圈。他直接把酒精灯当路灯用，这样一来，大家就不会因为看不清脚下而出错。

秦淼走过来道："地理系的'板块运动'，可以把人换去终点吧？"

越星文说："没错。位移类、飞行类技能，都可以越过这片沼泽。"

A-76课题组戴耳钉的男生走过来道："既然都到齐了，大家分一分工，看看怎么过去。我的二级'板块运动'一次最多带上十二个人，来回两次，可以带走二十四个。"

一个女生站出来说："我也有二级'板块运动',可以帮忙带人。"

体育系的黝黑男生走过来道："我们的滑板可以带上四个。滑板无视环境障碍,应该不怕被沼泽腐蚀。"

江平策道："坐标集合运动加抛物线,剩下的人交给我。"

后面赶来的同学听到这里,心底不由升起一股暖流,他们快步走到越星文面前道："你们提前到了终点,却不过去,原来是在等人吗?"

越星文道："反正来到这里的人都能通关,我们要是只管自己过去,把其他同学丢在岸边发愁,也太不仗义了。"

沿路上看到的那些同学尸体让他心里有些难受,他还捡了很多死亡同学掉落的积分卡。京都大学 A-76 课题组的四个人,积分排第一,也留在岸边等,越星文当时就明白了几位学长的想法——要等大家都到了,再一起去终点。

这门课已经淘汰了三十二个学生,他们 1 班剩下的六十八个人,一个都不能再落下。这就是先到的几个课题组没有明说的默契。

大家一边休息一边等人,所有人到齐后才集体前往终点。

六十八人分成四组,十二人一组的团队被地理系的"板块运动"带去终点,八人的被体育系的滑板送了过去,剩下的集合在一起,江平策用坐标系抛物线稳稳地将大家送到终点。

六十八人站在湖中间的小岛上,酒精灯的火光照亮了大家的脸。回想起这三天的惊险经历,众人都心情复杂,如今总算能通关,大家都有种"劫后余生"的感觉;可想到路上看见的同学们的尸体,他们又很难高兴得起来。

时间渐渐走到 0 点,同学们眼前迅速刷出悬浮框提示——

公共选修课"定向越野"考试结束。

1 班 100 人,过关人数 68 人,淘汰率 32%。

A-76 课题组获得积分……

…………

C-183 课题组获得积分 140,积分 2×140=280 分。

课题组加成 ×1.5 倍,最终积分 420 分,由组长越星文分配。

…………

即将回到图书馆,请等待……

眼前画面一晃,他们来到了位于五楼的公共选修课中心。

逃离图书馆

公共选修课的积分是按课题组来统一结算,越星文的手里果然多了420积分,他轻轻呼出口气,道:"总算结束了。先去食堂好好吃顿饭吧。"

柯少彬道:"没错,这三天荒郊野外的,没吃好也没睡好!"

过去的课程没有时间细想,明天就是周一,又得上必修课。他们得尽快调整好心态,迎接后续的挑战。

第五章

校内论坛

第五章 校内论坛

课表上写的"定向越野"的考试时间为周日下午 2 点到 4 点,越星文他们考完试时,图书馆正好下午 4 点整。食堂还没开饭,四个人在荒郊野外吃了三天烤鱼,饿得受不住,干脆来到负五楼的超市买了些泡面带回宿舍吃。

宿舍不能使用违规电器,但配有饮水机,可以烧热水。越星文和江平策来到 F-930 四人间,煮泡面的同时也跟卓峰师兄碰头。

卓峰一直在宿舍等他们,见到四个人后急忙问道:"考试过了吧?"

越星文道:"过了,拿到 420 积分,成绩还行。"

四个人在阳台接热水把泡面泡上,找位置坐下,聊起了这次公共选修课的经历。越星文简单把过程讲了一遍,跳伞、野兽等等,卓峰越听越震撼:"这么看来,'定向越野'比我们那门'珠宝鉴赏'要难得多?"

许亦深轻轻拨开自己的卷毛刘海,笑着说道:"过程是曲折了点,听起来也比较惊险,但淘汰率其实差不多,'珠宝鉴赏'的挂科率也是 30% 左右。"

江平策忽然道:"第一门课'逃离实验室'挂科率 30%,这几门课都是 2 学分。"

经他一提醒,越星文也想到了这一点:"看来不是巧合。2 学分的课程挂科率都在 30% 左右,不管必修还是公选,只要学分相近,挂科率也相近。"

江平策点头:"嗯,图书馆在控制挂科率。"

柯少彬皱着眉一脸担忧:"'心血管病区'是 4 学分吧?挂科率多少来着?"

刘熙青说:"我记得是 60%。"

众人沉默一阵,卓峰安慰柯少彬道:"别担心,你们后面要过的是二楼的数学学院,有平策在,数学学院的课程就是小菜一碟。"

卓峰是物理系的,理工科都要学高数,他的数学其实也不差,但比起江平策还是逊色许多。听到这话,大家心里总算放松下来,柯少彬双眼发亮:"对啊,数学学院还怕什么，挂科率再高，我们也能过！"

越星文凑过去在江平策耳边开玩笑："看来我们得抱紧你的大腿。"

江平策道："我尽量。"

越星文扬眉看他："什么叫尽量？你应该说——别担心，有我在，随便拿满分。"

刘照青在旁边提醒："星文，你这样说，他压力会很大的。"

越星文按了按江平策的肩膀："开个玩笑，你正常发挥就行。"

江平策"嗯"了一声。

泡面的香味飘来，四个人端起来开吃。卓峰和许亦深并不饿，便拿起平板电脑去论坛上看帖子。

越星文忽然想到一件事："对了师兄，我们这次公共选修课凑巧遇见了A-76课题组。那位地理系的学长人挺好的，在终点的时候，还等着送同学们一起过去。"

卓峰问："是不是戴了颗明晃晃的耳钉？"

越星文点头："对，就是他。"

卓峰道："他叫喻明羽，我俩是在大学交流会上认识的，聊得挺投机就互相加了好友。他是京都大学上一任学生会主席，现在已经保研了，虽然喜欢臭美瞎打扮，但人挺好的。他那个A-76课题组实力也很强，四个人全是学霸。"

怪不得A-76课题组在"定向越野"公共选修课始终保持着第一名的成绩。越星文好奇道："他们的进度已经到四楼了吧？"

刚聊到这，许亦深忽然说："你们看论坛，有人吵起来了。"

越星文一边狼吞虎咽吃光泡面，一边走到许亦深旁边，低头看向他手里的平板电脑。

校内论坛果然出现一个标注着火红色"HOT"的热门帖。

"定向越野"37班的某些同学能要点脸吗？！！！

点进去一看，主楼是一位同学的控诉——

这周公共选修课，为了一张红色积分卡，两组学生发生争执，最后演变为群体斗殴。20分的积分卡大家都想要，可以理解，但你们朝人泼硫酸是不是过分了？！在图书馆拿到硫酸，觉得自己厉害坏了是吧？

第五章 校内论坛

  几个女生整张脸都被毁容，留下了严重的心理阴影，复活后也不敢再去考后续的课程，躲在宿舍里哭。
  我在这儿说一句——朝妹子泼硫酸的那位男生不得好死！

  越星文看到这里不由皱眉："图书馆的硫酸经过强化，泼到脸上能瞬间溶化血肉，比现实中的硫酸还要恐怖，他是怎么狠下心对女生出手的？"
  刘照青忍不住大骂："看来我们1班真是太和平了！居然还有朝同学泼硫酸的，这帮人疯了吗？！"
  柯少彬想起被浓酸溶化掉的蜘蛛和狼群，不由得头皮发麻。
  几个女孩子太让人心疼了，生命可以复活，但是，被硫酸毁掉整张脸的惨痛经历，或许这辈子都没法忘记。
  江平策冷声道："查出是谁了吗？"
  卓峰听到这里也迅速翻开论坛，一目十行地扫过帖子："目前还没破案，37班的一百个同学，由于内斗严重，最后过关的好像只有十二个课题组共四十八人，超过一半被淘汰。不少同学出来证实楼主的说法，确实有几个妹子被毁容，还有几个被物理系的光球给弄失明了。"
  学生内斗，这是最让人担心的事，没想到这么快就出现了。
  他们1班的同学都不错，A-76课题组京都大学的团队最后关头主动等着带同学去终点，西州体校的几个体育生，虽然因为积分卡跟女生发生争执，可遇到鳄鱼的第一时间，他们逃命的同时还顺手带上了几个妹子。
  那个男生的话越星文记得很清楚："我总不能看着你被鳄鱼给吃了吧。"
  积分和同学的生死，孰轻孰重，大家都分得清。
  可37班的同学显然拎不清。他们让积分竞争变得白热化，没有人退让，甚至丧心病狂地使用杀伤性技能，用光球把人眼睛弄瞎，泼硫酸让人毁容！
  比起狼群突袭，来自同学的恐怖攻击更让人心寒。
  图书馆有好几万学生，不能要求每一个都像越星文这样对同学抱有善念，奇葩必定会出现，随着后面的课程越来越难，心理变态的学生也会越来越多。
  ——死也要拉着你们垫背。
  ——反正我过不去，你们也一起陪葬。
  这种心态出现得越多，后期的课程过关的难度就会越大。越星文最不希望的就是图书馆最后演变成真人大逃杀，有人为了活下去，随意杀同学。
  如果用这种方式通关，他们即便回到现实，还能继续做一个正常的人吗？
  越星文皱着眉陷入了沉思。

逃离图书馆

论坛的帖子回复量渐渐破千，直接盖出一栋高楼。
其中有匿名的人说——

　　我是 1 班的，看了你们的经历很难受。我们班的同学都特别好，在此谢谢最后留下来带我们去终点的所有人，你们简直是天使。

还有人道——

　　同样是遇到高积分的卡片，我们的解决方式是两队合作、平分积分！1 班的某位中文系帅哥真的太暖心了，晚上碰见狼群，也没有丢下我们这群陌生人，带领我们合力杀光野狼。希望图书馆像他这样的同学能更多一些。

有人义愤填膺地指责——

　　大家的生存环境已经够恶劣的了，遇到同学哪怕不帮忙，也别往死里打啊，泼硫酸怎么想的？！那位化学系的男生，你这是在侮辱化学！

一个 ID（身份标识号）叫辛言的人冷冷地留下一句——

　　化学系的学生，以这位同学为耻。

有个叫邹宇航的回复——

　　物理系用光球把同学眼睛弄瞎的兄弟，敢不敢报上名字，试试我的二级磁铁？拿了个破光球瞎把你能耐的！

回帖越来越多，其中不乏一些熟悉的名字。很多同学在谴责那些伤害同学的人，也有人在庆幸自己的班级没有发生严重斗殴。
越星文飞快地扫过帖子，发现这次"定向越野"课程的五十个班级中，除了 37 班，5 班和 16 班也发生了类似的事情，不少学生受伤。
还有七个左右的班级爆料说，最后关头，有位移技能的同学坐地起价，敲诈大家的积分，那些没有位移技能的团队只能被迫交出好不容易收集到的积分，来购买"船票"。

帖子里的争吵越来越严重，甚至变成了互喷、对骂。

相对而言，1班真是这次公共选修课最和谐的班级。团队之间哪怕有争执也和平解决，最后还互帮互助，免费带人去终点。

收费？越星文想都没想过，因为他知道大家的积分都得来不易。

大量的负面信息让整个论坛阴云笼罩，越星文说道："卓师兄，如果任由事情这样发展下去，同学之间不再互相信任，下一次公共选修课，情况会比这一周还要糟糕；以后遇到随机匹配的多人课程，也会有同学为了通关攻击其他的团队。"

一旦开了这个先例，以后大家"不服就干"，图书馆五花八门的技能都很厉害，谁能保证自己一定会讨到便宜？这就相当于在刀尖上跳舞，总有一天割到自身。

卓峰也意识到事态的严重性，沉着脸道："这是第一次全校公共选修课，居然发生了使用技能伤人的事件，我们必须将这种苗头扼杀！"

越星文道："我有个想法，不知道能不能实现。"

卓峰立刻抬头看向他："说来听听。"

越星文认真地说道："图书馆拉了全国各大高校的学生，其中有不少是在学校比较有威信的学长学姐，可以试着联系他们，发布一个《图书馆学生公约》，让同学们遵守一些规则。恶意用技能伤害同学的人，列入黑名单，成为全校公敌，各校成立监督组，对这类同学实施惩罚。在这样的约束之下，理智的同学就会变多。"

他顿了顿，说："人性太复杂，现实中大家能安稳生活，是因为有法律的约束。图书馆的世界没有法律，只能我们自己来制定规则。"

卓峰听到这里，赞道："星文的想法很超前！我们现在大部队还在二楼、三楼，一次公共选修课闹出这么多破事儿，不知道后面等着大家的会是什么。必须要立规矩。"

许亦深抵着下巴，若有所思："我赞成星文的建议。只是，想联合各大高校不是容易的事。咱们华安大学有卓峰和星文出面就行了，其他学校呢？"

越星文道："我这次公共选修课遇到滨江师大的秦朗师兄。他在论坛混得久，认识的人应该很多，我们可以通过他，去找各大高校的学长学姐。另外，最好再找个法学院的——写规章条款，法学院的同学会比较在行。"

卓峰同意："没问题。这件事星文你来办吧，我全力配合。"

逃离图书馆

越星文当下就跟秦朗发了论坛私信，秦朗显然也在刷论坛，秒回信息："这主意不错，我马上联系大家。目前被拉进图书馆的有三十所大学，如果大家都愿意按你说的那样遵守规矩，以后的课程就好过多了。"

秦朗回完这句话后，紧跟着发来一句："星文，谢谢你愿意在这个风口浪尖站出来，召集我们来做一件有意义的事情！"

总有人要站出来，制止这样的恶性循环。

图书馆的学生都拥有厉害的技能，聚众斗殴的事情一旦愈演愈烈，这里将变成真正的人间炼狱！越星文只是希望，大家心里能保留一点善念，在离开图书馆之后，还可以坦然面对自己的同学和师长，安心从大学毕业——做一个正常的人。

秦朗是第一批进入图书馆的学生，在图书馆待了一周左右，在论坛认识很多人。收到越星文的消息后，他立刻发私信联系了几个高校的同学，拜托大家帮忙找人。

想要联系到所有学校的同学没那么容易。越星文和江平策先回宿舍洗了个澡，休息了几个小时，直到晚上8点，秦朗才回复说："星文，我用各种手段找人，总算是找齐了。"

越星文急忙问道："大家是什么态度？"

秦朗说："我约了他们晚上9点在课题组开会。这件事比较复杂，私信说不清，还是得当面说。每个学校派几个学生会的代表过来。你是提出这次倡议的人，到时候还得你发言说服大家，我可以帮忙主持会议，怎么样？"

越星文干脆地答应下来："好的，辛苦学长。"

秦朗道："应该的，你才更辛苦。"

越星文关掉对话框，开始思考今晚该怎么说服其他学校的同学。他拿了支笔，从词典上撕下一张纸，写了个会议发言的提纲。

晚上8点40分，越星文和江平策一起来到负二楼课题组中心。

周日的课题组中心人山人海，很多没找到队伍的同学在这里看招募信息，环绕大厅的电梯不断升降。越星文和江平策走出电梯时，一眼就看见前方不远处的卓峰和林蔓萝，华安大学就他们四个人作为代表参会。

卓峰上前道："1号会议室，时间从9点到11点，这次会议很正式。"

越星文道："我听秦朗师兄说了，他找齐了三十所学校的学生会代表。"

卓峰拍了拍越星文的肩膀，温和地说："星文，我虽然是华安大学现任学生会主席，但你知道，我马上要毕业了，这学期几乎没时间管理学生会，一直是你跟平策在管。我早就提交了换届申请书,下一届的主席是你,秘书长是平策,只不过没对外公布。"

换届的事情卓峰学长确实很早就打过招呼,越星文也发表过竞选演讲,如果不是被图书馆拉进来,期末考试结束后就会正式宣布换届了。

越星文明白了他的意思:"学长是想让我代表华安大学出面?"

卓峰干脆地点头:"对。我不是推卸责任,只是觉得你来做这个人更合适。在这次会议上,我会跟大家介绍你是华安大学的新任学生会主席,这样的话你的发言也更有权威。"

越星义和江平策这两年一直很受卓峰学长的关照。还记得大一正式加入学生会的时候,卓峰跟他们说:"学生会不是高高在上的领导阶层,而是给同学们服务、保护同学们权益的组织。加入学生会,更要以身作则,谦虚谨慎,尤其是校外交流的时候,要记住,我们就是华安大学的脸面。"

学生食堂使用过期食品、体育馆开放时间不合理等,都是学生会出面跟校方谈判,协商改革的。华安大学的学生会很受同学们的认可,卓峰学长功不可没。如今,卓峰要将担子交给越星文,他没道理退缩。

越星文看向卓峰,目光坚定:"我明白了,师兄。这次高校联盟也是为同学服务的组织,我们义务打工,责任重大,还可能被人骂,我都做好了心理准备。"

卓峰笑道:"我相信你能行。"他又看向江平策,低声叮嘱:"平策,你也要陪着星文。星文绵里藏针,你手段强硬,你俩搭档做事,我最放心。"

越星文和江平策对视一眼,互相点了点头。两人并肩朝着会议区走去,在平板电脑输入1号房间,密码3030,一扇门在他们面前缓缓打开。

宽敞的会议室足以容纳近百人,超大的圆桌,座椅环绕摆放,每张座位前都有一台平板电脑和扩音话筒,会议室的正前方还有一块5米多宽的液晶屏幕。

秦朗和刘潇潇正坐在门口附近说话,看见越星文便起身迎上来。众人互相握手打过招呼,秦朗压低声音道:"找位置坐吧,已经有不少人到了,但大部分同学并不熟悉,气氛有点尴尬。"

越星文目光扫过会议室,桌旁确实坐了不少人,坐一起的显然是同一个大学的,但大学之间如同有真空隔离带,互相并不说话。

时针渐渐指向9点,不断有人输入密码打开会议室进来,有男有女,气质各不相同。直到9点整,全员到齐,会议室几乎坐满了。

秦朗这才打开面前的麦克风:"大家好,我是滨江师大的秦朗,这次匆忙召集大家开会,是想跟大家商量一下高校联盟的事情。具体细节,待会儿由越星文同学跟大家讲述。大家先自我介绍一圈,互相认识一下。"

他顿了顿，目光扫过周围："由于图书馆 11 点便不能自由出入，我们的会议必须在 10 点 50 分之前结束，大家长话短说。顺时针开始。"

坐在他旁边的刘潇潇道："我是滨江师大学生会秘书处的刘潇潇。"

话筒一个个传递下去——

"京都大学学生会主席，地理规划专业喻明羽。"

"南阳交通大学学生会秘书长，周阳。"

"南阳外国语学院，林迦南。"

"北江政法大学，陈沐云。"

"青城美术学院，徐飞雪。"

"星河音乐学院……"

听着一个个熟悉的大学名字，越星文心头无比震撼。

这些大学都是高中时代大家梦寐以求的学府，除了全国排名前十的综合型大学，还有各种专业领域的龙头学校——例如，师范类最强的滨江师大，外语类最强的南阳外院，政法最高学府北江政法，以及音乐、电影、美术、体育类最具代表性的学校。

三十所大学的学生齐聚一堂，这么大的场面，越星文还是第一次经历。

一圈介绍下来，轮到越星文。他按开麦克风，微笑着说："我是华安大学中文系的越星文。"江平策紧跟着道："数学系江平策。"

林蔓萝也简单介绍："环境学院林蔓萝。"

卓峰接过麦克风："我是华安大学物理系卓峰。越星文是我们新一任学生会主席。他召集大家开会，是想成立高校联盟，杜绝本周公共选修课中朝同学泼硫酸等用技能伤人的事情再次发生。接下来，欢迎星文跟大家详细说一说自己的想法。"

卓峰看向越星文，给了师弟一个鼓励的眼神。

越星文点点头，按开面前的麦克风，目光环顾四周——这么多陌生的面孔，来自全国各大高校的学生代表，越星文不可能完全不紧张，但他能够调整好自己的状态。

枪打出头鸟，第一个站出来的人通常会遭受大量非议。可如果没有人敢出头，他们所有学生将面临更加残酷的生存环境——就算为了那四个被毁容的妹子，他也必须站出来。

越星文深吸一口气，声音清朗平静："各位同学晚上好，我是越星文。相信今天公共选修课发生的事情大家都有所耳闻。为了争夺一张积分卡，两组同学发生争执，有化学系的同学对着女生泼硫酸，导致四位女生毁容。还有物理系同学滥用光球,让不少同学失明。坐地起价收费的、互相陷害的、确认自己被淘汰后故意拖他人下水的,更是数不胜数。"

越星文的开场白简单干脆,说话时冷静清晰,让人情不自禁地将目光投在他的身上。他顿了顿,接着说:

"一次公共选修课闹得乌烟瘴气,暴露出了很多潜在的危机。现实中,由于法律、校规的管束,大家哪怕对某个同学心生不满,也不会直接动手伤人。打架会被学校批评教育甚至开除,恶意伤人还要承担法律责任。"

"但是,图书馆没有规矩!"他的声音忽然严厉起来,"没有规矩的地方,会将人性中的恶念放大。

"只要开了这样的先例,以后看谁不顺眼就直接泼硫酸、放高压电、丢手术刀……同学们掌握了强大的技能,却没有任何规则管束,时间长了,图书馆将变成人人自危的地狱!同学们的人性也会渐渐扭曲,后果将不堪设想!

"所以,在这个关键的时刻,我想召集各个高校的代表成立高校联盟,制定图书馆的规则,尽量杜绝这样的恶性事件再次发生。图书馆的生存环境已经非常艰难,同学们之间就算做不到互相帮助,也不该互相仇视和伤害……"

越星文神色镇定,侃侃而谈。面对这么多学校的同学,他没有一丝怯场。

开始还有人疑惑他为什么要叫这么多人来开会,甚至有人质疑他是哗众取宠,可听到这里,众人的脸色才变得和缓下来——因为他说的话,一点都没错!

公共选修课发生的事闹得沸沸扬扬,在座的众人都看见了论坛上铺天盖地的对骂。没有规矩不成方圆,任凭事情发酵下去,图书馆确实会变成人间地狱。

趁着现在事态还没有扩大,立刻制止,堵住缺口,才是最明智的做法。

"我建议,被拉进图书馆的所有高校学生会的代表,联合发布《图书馆学生公约》,让大家一起遵守规则。违背规则的人将接受相应的惩罚,严重者上图书馆黑名单;同时设立举报通道。有了规矩,只要大部分学生愿意遵守,图书馆的环境就不会进一步恶化……"

在座的不少学生都点头赞同。越星文结束发言,礼貌地道:"以上只是个人拙见,大家有什么意见或者建议,可以当面提出来讨论。"

他放下话筒。

会议室内沉默了几秒。

京都大学的喻明羽率先举手道:"我同意越星文同学的建议。这次公共选修课我在1班,恰好跟星文同学一个班。我们班的气氛非常和睦,最后大家等同学一起去终点,有六十八个人过关,在所有班级中排第一。我记得有个女生被狼咬掉一块肉,一位医学院的学长毫不吝啬地用纱布给她包扎,帮她治好了伤。

说实话，那一刻我心里很受触动。如果同学之间多一些帮助，大家都会好过很多。我们制定规则，不仅仅是为了约束同学，其实也是为了保护我们自己。如果四个女生被毁容，我们不管；有同学眼睛被弄瞎，我们在旁边看戏；那么，终有一天，当我们面临生死关头的时候，也就没有人会关心我们的死活了。"

喻学长耳朵上的钻石耳钉明晃晃的，很是耀眼，还穿了身紫色T恤，但他这段话说得很合越星文的心意。卓峰交的朋友，果然坦率大气。

秦朗紧跟着站出来支持越星文："我很欣赏星文的勇气，必须有人来做这件事情，而站出来的那个人肯定会遭受非议。会有同学酸他，说他爱出风头……但我相信，在座的各位，能够理解星文的做法。如果谁都自扫门前雪，图书馆的环境只会越来越恶劣。现在，论坛上同学们的情绪已经有些失控，正是我们站出来的最好时机。在座的各位都是各大高校的学生会管理成员，还有不少学生会主席，我们在学校的时候就是同学们选举出来的代表，如今，同学们遇到困难，我们更不应该置之不理。"

会议室内渐渐响起低声讨论的声音。

有不少同学点头赞同，也有人在皱着眉思考。

忽然，一位留着长直发、笑容温婉的女生举起手，按开麦克风，微笑着道："我是北江政法大学的陈沐云。没有规矩不成方圆，这一点我赞同。但我们这个学生公约严格意义上来说不算正式的法律法规，没有强制执行的条件。现实中恶意伤人，警方可以强制逮捕。对在图书馆恶意伤人的人，我们怎么惩罚他？制定规矩容易，谁来执行？何况，立法的同时必须设立监察机构，法院上面还有检察院，谁能保证我们作为执法者就不会出问题，不会有私心？"

越星文抬头看向她——他认识陈沐云，去年全国高校辩论赛曾经交过手。她是北江政法大学的学生会主席，是为数不多的女主席，学的是刑法。

不愧是专业人士，一针见血地提出了越星文也在纠结的问题。制定规矩容易，最难的其实是执行，怎么去惩罚那些犯了规的学生？怎么避免监守自盗？

江平策忽然按开麦克风，道："我们可以成立监督组，将违规学生列入黑名单，要求他所在的课题组踢他出去。没有课题组收留他，后面的课程他根本没法过关。既然定下规矩，执行的手段必须强硬。做到杀一儆百，才能杜绝后患。至于监督组内部会不会徇私枉法，可以再招募一些同学反向监督，保证公平公正。"

陈沐云看向他："监督组，谁愿意担这么重的责任？"

越星文立刻配合地说："我来担。"

他微笑着看向周围的同学们："欢迎各位同学加入监督组。我们不是图书馆世界的警察，我们只想尽量维护秩序，为同学们创造一个相对和睦的环境。"

坐在主持位的秦朗干脆地接过麦克风："为了节省时间，大家举手表决。同意的举手，不同意的再说说自己的看法。"

一只又一只的手举了起来，超过95%的同学表示同意，剩下零星几个不爱管事光看热闹的，见周围的人都举手，也犹豫着举起了手。

秦朗笑道："很好，全票通过。我们抓紧时间，先把规矩条款给定下。"

越星文看向陈沐云，诚恳地道："沐云姐，这方面你比较专业……"

陈沐云无奈道："行，这个担子我担下，尽量让语句显得严谨，接近我们现实中的校规。我们是没有资格立法的，只能以大家协商好的《图书馆学生公约》的方式来颁布。"

林蔓萝站起来道："沐云，你来这边坐，跟星文他们好好商量一下。"

陈沐云搬着凳子过来，低声跟越星文、秦朗、喻明羽等人商量起条款。卓峰朗声道："大家有建议的也可以过来，我们集思广益，先起草一份初稿！"

渐渐地，又有几个同学走过来，聚在一起低声讨论。

越星文不是万能的，很多他没想到的事情，经过其他同学的补充，公约的条款会更加具体，也更加合理。

一个来自江州医科大学心理学系的女生说："我是心理学硕士，可以召集几个学心理学的同学成立心理咨询团队，对考试过程中留下阴影的同学进行一些心理疏导。"

越星文双眼一亮："太好了，那几个被毁容的女生肯定需要师姐的帮助！"

还有同学道："我自愿加入监督组。我是计算机应用专业的，查资料比较方便。那些被举报的同学，我可以尽快定位他们的具体课程、名单甚至宿舍，带你们上门去找人。"

西州体校的黝黑男生凑过来道："我也加入监督组吧。我的脑子没有大家聪明，但我长得比较吓人，可以给你们当保镖。对女生泼硫酸的那个混蛋，我要是见到了，先让他尝尝我的拳头！"

周围一阵哄笑。

"你长得也不算吓人吧。"

"你只是比较魁梧！"

青城美术学院的女生徐飞雪走过来，提议道："既然是学生会代表发布的联合声明，需要在声明中挂上各校的校徽吗？感觉那样会正式一点。虽然私下使用校徽，可能不太好，但图书馆环境特殊，学校应该不会责怪我们的。"

越星文心中一喜："你会画校徽吗？"

"国内各大高校的校徽我都收集研究过,我可以找我闺密一起画,不过,三十个校徽没那么快,要等我们一天时间。"

越星文道:"不急,我们的声明润色、定稿,也得一两天。"

女生认真地点头:"那我这就去画了。"

聚集在这边的人越来越多,大家讨论得很是热烈。

喻明羽看着大家热烈讨论的画面,轻轻拍了拍卓峰的肩膀,低声道:"你这个师弟挺厉害啊,能把这么多人集中在一起,关键是大家还愿意听他的。"

卓峰一脸骄傲:"那当然了,我们华安大学人才辈出。我早跟你说过,长江后浪推前浪,找到合适的接班人就赶紧隐退。"

喻明羽苦着脸:"我也想啊,我半夜在图书馆写辞职申请书,写完就出不去了。"

卓峰哭笑不得:"那你可真倒霉!"

陈沐云的办事效率很高。她在政法大学耳濡目染多年,写的条条款款非常严谨,严谨到了每一个标点符号都不会出错。

越星文又在语言上加以润色,再加上其他同学的建议,初稿当场就敲定了。

高校联盟的负责人每个学校出一两个代表,越星文担任总负责人,监督组的名单当场确定下来。至于反向监督他们的团队,需要在学生群体中另外招募热心的同学。

由于门禁严格,晚上 10 点 50 分准时散会。

秦朗提醒道:"各楼层的课程表已经公布,明天是周一,大家先停课一天,把这件事搞定之后,周二再开始刷课也来得及,辛苦大家了。"

众人互相道别,回到宿舍后抓紧时间冲澡。

在荒岛上连续三天没睡好,加上今晚大脑高速运转的会议,越星文快要累瘫了,洗了个澡就在床上躺平。他身体很疲惫,精神却非常亢奋。

今晚的会议十分顺利,得多谢秦朗、喻明羽、卓峰这些有威望的学长的力挺。果然,同学们当中还是愿意互帮互助的居多。

江平策洗完澡出来,见他躺在床上枕着双手,睁大眼睛看着天花板发呆,便走到他身边,低声问:"在想什么?"

越星文叹了口气,声音透出一丝疲惫:"你会不会觉得我在给自己找事儿?其实我也没太大信心,还好有你站在我这边。以后我忙不过来的话,可能还要你帮我分担一些。"

江平策一边擦头发,一边随口说道:"我什么时候没帮你分担过?"

越星文仔细一想,这些年他确实经常拉江平策帮忙,只要是他的要求江平策从来不会拒绝。越星文心里微微一暖,坐起来看着江平策:"我知道你不太喜欢人多的场合,更不爱多管闲事。我总是拉着你做这做那的,你不烦我吗?"

江平策坦然道:"一开始,确实觉得你有些闹腾。"

越星文小声说道:"什么叫闹腾?我就是话多了一点……"

江平策接着说:"后来相处久了,我觉得跟你在一起,生活变得丰富、明亮,也有趣了很多。反正你一向这样,我已经习惯了。"他坐在越星文床边,"我从来都没有厌烦过你。"

越星文挠了挠头:"是吗?"

江平策拍拍他的肩膀:"嗯,睡吧,马上熄灯了。"

越星文钻进被窝里迅速躺好,江平策也在旁边的床上睡下,顺手关上灯。

黑暗中,越星文听见隔壁床传来江平策低沉好听的声音:"星文,既然认为自己是对的,那就努力去做吧——不管你做什么决定,我都会支持你。"

越星文轻声说:"我知道了,谢谢。"

次日晚,轰动整个图书馆的《图书馆学生公约》初稿在论坛上正式发布。

三十所高校联合声明,一条一条简单、明确的规定,几乎每一条都说到了同学们的心坎里。

不用在图书馆获得的强大技能恶意伤害同学,这本该是大家都应遵守的规矩,可由于公共选修课硫酸伤人事件的发生,让整个图书馆人心惶惶。

就在同学们愤怒、茫然、心寒的关键时刻,各大高校学生会干部碰头商议,制定了这个图书馆的"校规",简直就是及时雨!

公约里列出详细的规则,处罚方式包括将无视规则的同学踢出课题组、将其列入图书馆全校黑名单、拒绝该同学参与后续课程等。

图书馆后面的很多课程都是以课题组形式报名的,被所有课题组拒之门外的同学在图书馆相当于没了活路,江平策想出来的处罚手段确实够狠。

不是为了考试及格泼同学硫酸吗?那好,以后的课程你连考试资格都没有。

黑名单的震慑力太过可怕,敢挑战规则的人自然就会变少,除非他们不想活着出去。

公约最后,有三十所高校学生会的联合署名——

华安大学、京都大学、青城大学、星洲大学、滨江师范、北江政法、南阳外院、江州医科大学、西州休校、星河音乐学院、青城美术学院……

一所所耳熟能详的大学名称整整齐齐排列在一起。

三十所高校的学生会代表联合签名,视觉效果极为震撼。

帖子里还放出所有大学的校徽、校训。熟悉的校徽让不少同学热泪盈眶。校训中，一个个简短的词汇，就像是警钟一样敲打在同学们的心上。

原来还有这么多校友在图书馆，甚至有这么多学生会的学长学姐也被拉进了图书馆，大家并不孤独，大家的身后，还有"学生会"这个坚实的后盾！

高校联盟发布的《图书馆学生公约》就是这所"图书馆大学"约定俗成的"校规"。有了规矩，大家才能安心上课，受了委屈也有个找回公道的地方。

帖子是越星文编辑的：一楼放公约条款和学生代表签名；二楼是校徽、校训；三楼放出高校联盟监督组的联系方式，以及反监督学生代表团的报名方式。

考试过程中，遇到同学用异能恶意伤人，男生可私信@越星文 @秦朗 @喻明羽，女生问题可找 @林蔓萝 @陈沐云 @徐飞雪举报。受害人如有心理咨询需要，请联系江州医科大学心理学硕士 @肖茹。

监督组会调查、核实举报的详情，恶意伤人行为一旦被确认，伤人者姓名则会上黑名单，监督组会亲自走访该同学宿舍。

监督组保证公平公正地执行规则。为免大家对监督组有所质疑，请热心同学找 @卓峰报名加入学生代表团，反向监督高校联盟。

同学们对公约、执行规则，有任何意见的，请找秘书长 @江平策提出建议。该公约为初稿，三天后正式定稿。

越星文还在四楼留下了几行字——

我们的目标是离开图书馆，回归正常的生活。

我们是有感情、有理性、有基本是非善恶观念的大学生。我们才二十多岁，还这么年轻，以后数十年的生命中，不该被沾满血腥的双手和噩梦困扰。

图书馆的环境如此艰难，对他人多一些善意，他人也将回你以善意。

赠人玫瑰，手有余香。

愿大家不忘初心，顺利从图书馆毕业。

公约发布后，越星文、江平策收到了很多同学的私信，其中大部分都是支持、感谢的言论，例如"谢谢你们愿意出面""有这个公约真的太好了""希望以后的图书馆能像学校一样多一些善意"等等。

越星文没时间一一回复。他一目十行地扫过信息，发现有几条举报恶意伤人的私信，都是本周公共选修课发生的事情，针对的还是泼硫酸、用光球伤人的两位同学。

江平策这边也收到很多私信，是对公约的部分条款提出质疑——有同学担心这些恶意伤人的同学一旦上了全校黑名单，被踢出课题组，会不会在偏激之下抱团形成"恶势力"。

越星文想了想，道："这种可能性确实会有。但卓峰学长之前说过，后面的课程越来越难，需要搭配各个专业的同学才能过关，光是三楼的建筑学院挂科率就高得惊人。想要凑齐一支包括语数外、理化生、政史地的多学科、多专业恶势力团队，也挺难的吧？"

江平策赞同："嗯，所以他们成不了气候。"

假设泼硫酸的化学系同学和用光球闪瞎别人的物理系同学抱团组队，可没有中文、历史类文科专业的队友，他们照样过不去后面的课。

组建一支包含全专业的黑恶队伍太难了。

在公约的限制下，99%的同学会忌惮于黑名单而遵守规则，剩下的那些就会成为人人喊打的过街老鼠，久而久之，敢于打破规则的学生就会越来越少。至于个别心理变态的，只要成不了气候，对大部分同学不会产生影响。

就在这时，秦朗忽然给他发了条消息："星文，物理系用光球闪人的同学发私信给我认错，还供出了化学系用硫酸泼人的队友。他主动退出课题组，希望我们不要公布他的名字，给他一次改过自新的机会，他愿意向那几位受伤的同学道歉，并且赔偿全部积分。"

考试过程受的伤不会带回图书馆，图书馆就像游戏里的复活点，被淘汰的学生在这里复活后是原始状态，包括四个被毁容的女生目前容貌也已经复原。

如果这位同学用光球只是一时冲动、失误，愿意道歉赔偿，受伤的同学愿意原谅的话，越星文也不想让这位同学彻底在图书馆社死——迷途知返的人，还有救。

越星文回复道："问问受伤同学的意见，毕竟他们才是受害者。"

秦朗道："我正在联系，回头让他们私下见见，当面道歉认错，写保证书。"

越星文问："化学系那位呢？"

秦朗说："南阳交大的，叫瞿勇，并没有道歉的意思。"

当晚，物理系用光球伤人的同学，在监督组的见证下，私下在课题组会议室向几个失明的同学道歉，并写下保证书保证不会再犯。

毁容的四个女生找到心理学专业的肖师姐，师姐对她们进行了心理疏导，四人也终于重新振作起来，决定组队继续后面的课程。

越星文几人找到瞿勇的宿舍，然而舍友说他已经换了宿舍。这时候换宿舍，明显是在逃避，并且拒绝沟通。

秦朗花积分给他发了条长私信，希望他能跟监督组的同学聊一聊，对四个女生做一些赔偿。结果，他收到私信理都不理。秦朗沉着脸道："看来他是想逃避到底了。这图书馆有九千多间宿舍，我们也不好一间一间地找他。"

江平策冷声道："那就杀一儆百，公布他的信息吧。"

越星文赞同："正常同学也做不出向人泼硫酸的事，何况公约发布后我们已经清楚地说明了处罚措施，他还不出面道歉、悔过，甚至觉得自己没错，已经没有挽救他的必要了。"

众人商议一阵，最终让瞿勇同学成了图书馆第一个上黑名单的人。

风波暂时告一段落。听肖师姐说，四个女生目前心态已经调整过来了，越星文心里的石头总算落地。他这一觉睡得很是安稳，都没做梦。

恍惚间，一个熟悉的低沉声音响在耳边："星文，该起床了。"

越星文挣扎着睁开眼睛，刚睡醒的缘故，他的眼睛一时对不上焦，声音也有些迷糊："几点了啊？"

江平策道："7点。起来洗个澡吧，不然赶不上今天的课。"

越星文打着哈欠爬起来，发现江平策刚洗完澡，头发还是湿的。

昨晚他俩回来太晚，刚进宿舍门整个宿舍区就熄灯停电，没来得及洗澡。越星文身上黏着一层汗，确实不太舒服。他去洗手间冲了个澡，这才神清气爽地走出来，擦干头发，换上一身干净的衣服："今天要去数学学院上课？"

江平策点头："嗯。昨天因为学生公约的事情忙了一整天，大家都停课。今天不能再逃课了，准备去数学学院吧。"

越星文在课题组频道发消息："大家第一食堂门口见，吃完饭去上课了！"

柯少彬宿舍的四人也一同起床，洗漱完毕后来到第一食堂门口。

越星文将在"定向越野"公共选修课中拿到的420积分交给了江平策，说："这是公共选修课拿到的课题组共用积分，你来管吧。以后的团队支出，从这笔经费里扣除。"

江平策也没拒绝，接过积分说："以后吃饭我来统一刷积分，大家不用单独去刷了。等这笔积分花完，再找你们收团费。"

卓峰问："我们公共选修课赚的积分比较少，只有120分，也交给平策吗？"

越星文道："嗯，加起来540分，够我们三天的生活费。大家抓紧时间考试，再多拿些积分，吃饭问题不用担心。"

就在这时，身后忽然响起个冷冷淡淡的声音："柯少彬？"

柯少彬疑惑地回头，对上一双漆黑的眼眸。

辛言今天穿了件蓝衬衫，配黑色修身长裤，高大清瘦，一张脸越发苍白。柯少彬看见他后，立刻笑着走过去，一脸歉意："对不起啊，这两天太忙，差点忘了约你跟大家见面。这回倒是巧了，卓峰师兄他们都在……"

"没关系。"辛言抬起头，目光在卓峰三人身上淡淡扫过，"这就是你说的，在三楼挂科回去重修的那支小队？"

卓峰尢佘扶额："这位同学真够直接的啊。"

林蔓萝轻笑着说："他说的也是事实，我们确实在三楼挂了科。"

柯少彬脸色有些尴尬："辛言他说话就是这样，咳，师兄你们别介意……"

越星文上前问道："你那个课题组怎么样了？"

辛言道："成立课题组要1000积分，我们在公共选修课上只拿到200分，直接解散不划算。队里正好有麻醉系、预防医学的女生，我决定带她们去刷两门医学院的选修课再解散。"

越星文凑到卓峰耳边，问："师兄，介不介意加一个化学系的队友？可以配合我的'暴雨如注'，下出腐蚀性极强的酸雨。"

卓峰问道："就是这个辛言吗？"

"嗯，他是柯少的高中同学，目前有'腐蚀性王水'和'无限酒精灯'两个技能。"

"既然你们认为可以加他，我没什么意见。"

越星文看向辛言道："辛言，你跟我们课程进度不在一层楼，没法直接组队。要不这样，等你刷完医学院选修课，卓峰学长跟我们应该也到三楼了，到时候会扩大课题组。我们正好缺人，你没有固定课题组的话可以考虑一下加入我们？"

本以为辛言会来一句"再说吧"，结果他居然同意了："行，三楼见。"

柯少彬有些开心，扶着眼镜笑容满面地说："太好了！我们又多了个化学系队友，我觉得辛言的'无限酒精灯'特别酷！"

辛言朝越星文几人点了下头，转身去食堂吃饭。路过越星文身边时，他忽然说道："公约这件事，你处理得不错。"

或许这也是他答应加入这个团队的原因？

越星文笑了笑，对着他的背影说："祝你们顺利过关，三楼见。"

卓峰看着男生清瘦的背影，总觉得这个辛言气质有些阴郁，衬着冷白的肤色，看着像是很久没晒过阳光的吸血鬼，说话也冷冷淡淡，似乎不太好相处。

但化学系作为"远程魔法输出"，队里还是得有一个，后期到了化学学院也能帮上忙，卓峰倒是不反对加他。

林蔓萝有些发愁："就我一个女生啊，而且文科专业还是很少。"

越星文笑着安慰她："师姐别急，文科学院应该在后面的楼层，过了三楼之后我们主要找文科的队友，多找几个女生陪你。"

林蔓萝道："好吧！先刷完前面的课程再说。"

第六章

素数迷宫

简单吃过早餐后,七人在电梯口分队。

卓峰三人去了一楼的医学院重修,越星文四人去了二楼的数学学院。

电梯停在二楼,耳边响起冰冷的机械音:"欢迎来到数学学院。"

随着电梯门打开,越星文被眼前的场景震撼得说不出话来——

宽阔的走廊两侧是铺满整面墙的液晶显示屏,屏幕中正不断跳动着一行行公式。密密麻麻、乱七八糟的数学公式让文科生不由心生敬畏。除了墙壁屏幕中写满公式之外,脚下的大理石地板也是0到9的自然数规律排列,就像是一个完全由数字构成的世界。

大厅的中央是一块屏幕,上面写着"数学学院本周课程表",四个人来到屏幕前方,抬头看向课程安排——

周一 / 周三

8:00—10:00:死亡密码(必修,学分6)

10:00—12:00:数列(选修,学分2)

14:30—16:30:微积分(选修,学分3)

周二 / 周四

8:00—10:00:素数迷宫(必修,学分3)

10:00—12:00:概率论(选修,学分3)

14:30—16:30:几何拼图(选修,学分4)

周五

8:00—10:00:素数迷宫(必修,学分3)

10:00—12:00：图论与最佳路径（选修，学分6）

14:30—16:30：死亡密码（必修，学分6）

16:30—18:30：傅立叶级数（选修，学分6）

刘照青忍不住吐槽："数学不好的人，看见课程表都要跪了！"

越星文轻轻揉着太阳穴："我高中的时候数学还行，但大学报了文科，已经两年没碰过数学，以前学过的知识差不多都还给了老师。"

前方大屏幕下，有些女生在小声哭诉："我连课程表都看不懂！"

还有人道："有没有数学厉害的带带我啊？只要能过关，积分全部给你！"

课程表屏幕下方乱哄哄一团。

柯少彬小声道："昨天的课我们已经错过了，今天周二，必修只有一门'素数迷宫'。"

"素数迷宫"？三人同时回头看向江平策。

江平策神色镇定："应该是与素数相关的大型立体迷宫，需要用到素数推理和一些立体几何的知识，不会太难。"

你说的不会太难，对别人来说是噩梦级难度吧？！

越星文轻轻拍了拍对方的肩膀："靠你了。"

四个人走向旁边并排摆放的平板电脑，按下"选课"的按钮。

屏幕上弹出提示——

数学学院必修课：素数迷宫

学分：3分

考场规则：课题组限定课程，必须以课题组形式报名。

课程描述：这是一个由素数构成的立体迷宫。素数，又称质数，是指在大于1的自然数当中，除了1和它本身以外不再有其他因数，只能被1和本身整除。

孪生素数猜想，在数学家希尔伯特于1900年国际数学家大会的报告中，位列二十三个"希尔伯特问题"中的第八个——存在无穷多个素数P，对每个P而言，有P+2这个数也是素数。

孪生素数即相差为2的一对素数，如3和5、17和19，都是孪生素数。

考试要求：4小时内走出迷宫。

附加题：找到所有孪生素数，评分+30分。

备注：课题组中最好至少有一位运算能力强的理科专业学生。
　　确认选课：是／否

　　越星文看向江平策："我确认了？"
　　江平策点头："嗯。"
　　越星文将手搭在江平策肩膀上，玩笑道："我得跟紧你，你待会儿带着我走，立体迷宫要是走丢了，我可出不去。"
　　江平策唇角微扬："放心，不会把你弄丢的。"
　　四个人的耳边响起机械音："C-183课题组选课成功。考试即将在8点准时开始，请做好准备。"
　　早晨8点整，数学学院的必修课"素数迷宫"考场开启。
　　越星文等四个人被瞬间拉进一个奇怪的迷宫里。
　　迷宫的房间是正方体结构，上下、前后、左右，六个墙面都被刷上了特殊的黑色涂料，还贴了很多图案作点缀，就像是置身于漆黑、深邃的宇宙星空之中，那些"星星"散发出微弱的光芒，照亮了这个房间。
　　四面墙各有一扇门，门上用白色的荧光字符贴着四张数字卡片。那卡片闪闪发亮，就像是"定向越野"课程的积分卡片一样，可以拿下来收集。

　　附加题：找到所有孪生素数。

　　他们应该要将贴在墙上的"孪生素数"卡片全部拿下来，才算完成附加题。
　　越星文的目光快速环顾四周。第一个房间的四个数字非常简单，是4、5、6、7。个位的素数很好找，5和7就是一对孪生素数。如果拿错了卡片，附加题肯定不会得分，所以，一定要算清楚之后再拿卡。
　　越星文看向江平策："3学分的迷宫课，应该不会太简单吧？"
　　江平策蹙着眉思考几秒，道："每个房间有四扇门，如果每扇门的后面都有通路，那么，这个迷宫的门的数量就是4的n次方。难点不是找孪生素数，是找到正确的路径。我们需要一边走迷宫，一边绘图，并且判断清楚方向。"
　　柯少彬飞快地拿出自己的笔记本电脑："我可以写一段代码，迅速算出哪些是素数，顺便建一个迷宫模型图——等等，我的笔记本电脑好像开不了机？"
　　刘照青凑过去看了看："不会坏了吧？"
　　柯少彬将指纹放在开机键按了半天，疑惑道："难道不让用电脑？"
　　越星文无奈扶额："看来，这次考试不能用电脑计算，得咱们自己算。"他抬头瞄了眼右上角的倒计时:"考试时间有四个小时,岔路多的话,我们慢慢排查应该也来得及?"

刘照青摊了摊手:"我都好多年没碰过数学了啊,让我算除法,我脑子一团糨糊。这门课,你们就当我是个移动挂件吧,我会安静地跟在你们后面的。"

越星文笑道:"我也差不多。"

江平策忽然严肃地道:"为了最快时间通关,我们还是分队探路。"

柯少彬和刘照青对视了一眼,异口同声:"分队?!"

江平策肯定和越星文一队,剩下的两个人能行吗?

柯少彬不好意思地扶了扶眼镜:"我虽然是个理科生,但我从大一开始就习惯用电脑来解决计算问题,我已经很久没自己算过数学了。三位数以上的乘除法,我要拿纸笔算几遍才能算明白。我跟刘师兄一队,效率可能会很低吧?"

江平策道:"不是分两队。"

他扭头看向身边的队友,一字一句地说:"是分四队,每个人一队。"

三人异口同声:"你是在开玩笑吗?!"

刘照青一脸惊恐:"我数学真不行啊!"

越星文很快就明白了他的思路:"你的意思是,我们四个人分头去探路,计算的任务全部交给你?你一个人同时算四条路的素数吗?"

果然还是越星文比较了解他,江平策神色镇定地点了点头。

柯少彬和刘照青瞪大眼睛看着他。

本以为他说的分队是分成两个小队,结果江平策比大家想象的还要狠——直接分成四队!他一个人同时算四路!

显然,他对自己的计算能力有足够的信心。

江平策看向越星文,认真说:"课题组频道在考试期间可以发消息,你们每进入一个迷宫房间,就将门上的数字打在课题组频道,我来计算,并且给出正确答案。"

越星文试着在课题组频道发了一行字:"能看到吗?"

四个人全都在左上角的透明悬浮框看到了信息。

越星文双眼一亮:"这办法厉害!四个人分成四路往前走,能大大节省探索迷宫的时间,来回走冤枉路的次数也会变少。"

他顿了顿,有些担心地看向江平策:"可这样的话你的压力会很大吧?四条路,到后面走乱了,你能分得清方向吗?"

江平策看着越星文,黑亮眼瞳里满是认真:"相信我。"

对上他的目光,越星文立刻点头:"好,我信你,就按你说的办!"

第六章 素数迷宫

江平策道:"先把你的词典拿出来,撕一些纸给我,我来画迷宫路径图。"

越星文照做,顺便从口袋里掏出一支笔递给江平策。

江平策走到贴了"5"这个数字的墙壁面前,推开门,下一个房间果然跟这个房间一模一样,也是四面墙,贴了四个数字。

江平策又试着推开其他三扇门,得到同样的结论。

看来他的推论是正确的——每个房间都有四扇门,对应四个出口。后面的部分房间肯定会变成死路。想要找到正确的那条迷宫出口,如果他们四个人在一起,一个个房间慢慢排查,当然也能在 4 个小时内走出去,可是,想要在这门谍拿高分,肯定不能用这种最笨的方法。

江平策在纸上飞快地画出几个正方形,解释道:"大家路径走多了,会记不清方向。比如,现在的房间 4、5、6、7 四个数字,推开写了'5'的这扇门后,你会进入下一个房间,记住跟 5 连在一起的另一扇门是什么数字。报数的时候,就从你走进去的这扇门开始,顺时针报数,明白我的意思吗?"

越星文看他在纸上连续画出五个挨着的房间,全是正方形,每条边都有一个数字。如他所说,后面路径一多,方向感什么的就成了浮云,东西南北肯定分不清,何况,这个迷宫内部所有的墙壁都被刷成星空,不晕头转向才怪。

想要定位准确的方向,就必须借助上一个迷宫的房间。

例如,A 房间正前方的门贴着"5",推开这扇门后,是 B 房间;由于 B 房间也是正方形,两个正方形连在一起会共用一条边,也就是 B 房间的四面墙,必定有一扇门和 A 房间的 5 号门直接相连。

江平策利用的逻辑就是,两个房间共用一扇门,门的正反面贴着不同的数字,从第一个房间开始,不断往下推理,就能推出完整的迷宫图形。这种推理方法不需要管东西南北,只要每一个房间都不出错,他的图就不会出错。

江平策看向三位队友,再次叮嘱:"一定要记清楚自己推开的那扇门上的数字,进入下一个房间后立刻看好同一扇门背面的数字,顺时针方向报数,不要报错。错一个,后面就会连环出错,大家明白吗?"

三人对视一眼,齐齐点头:"明白!"

东西南北他们分不清,顺时针和逆时针还是能分清的!

江平策道:"准备分队。柯少走 4 号门,我走 5 号门,星文 6 号门,刘师兄 7 号门。"

越星文主动伸出手:"来,我们给学霸加油。"

刘照青和柯少彬自觉地将手放上去,江平策看了越星文一眼,也配合地将手放了上去。越星文笑容灿烂:"加油,别给自己太大压力,我们能过关就行,没必要去冲第一名，知道吧？"

江平策朝他点头："嗯，大家不要拿错卡片。附加题的给分标准肯定是我们收集的所有卡片必须是孪生素数，拿错要扣分。"

四个人对视一眼，分头走入四扇门，下一个房间又一次出现了数字。

这回是两位数。

越星文的房间是 11、12、13、14，柯少彬的房间是 16、17、18、19，刘照青的是 28、29、30、31，江平策的是 40、41、42、43。

两位数很简单，大家自己就可以算出来，但为了江平策画图方便，三人还是按照他说的规则，从自己进入的那扇门开始顺时针报数。

江平策做出指示："把孪生素数卡片拿下来，星文走 13，柯少走 18，师兄走 30。"

他选的都是正前方的路，先走直线，遇到死路后退往右走，再往左走，这样就不会乱套。

四个人很快进入下一个房间，这次的数字变成了三位数。

江平策："师兄拿 107 和 109，走 111 那扇门。"

课题组频道不断弹出江平策发来的信息："星文拿 137、139，走 133 号门。"

"柯少拿 179、181，走 181 号门。"

下一个房间，素数又变成四位数。

两位数和三位数的大家还能算算，到四位数之后，三人干脆放弃了思考，有那个时间自己慢慢去算，还不如专心等江平策的结果。

江平策脑力惊人，同时算四条路径居然还能秒给答案！

"4019，4021。

"8969，8971。

"9281，9283。"

再走一个房间，数字又上升成了五位数。

"16829，16831。

"31541，31543。"

…………

对江平策来说五位数也没难度，一对对孪生素数被他迅速、准确地报了出来。

队友们手里收集的素数卡越来越多。江平策不但要同时算出四条路的孪生素数，还要一边走一边画迷宫路径，保证队友的方向不出错……

在这个到处是数字的迷宫里，其他人两眼一抹黑，不知道该怎么走，江平策却如鱼得水——这些数字是他从小到大最亲密的伙伴。

他在高中时就去参加了全国数学竞赛，他发自内心地喜欢数学，喜欢由数字构成的奇妙、丰富却又严谨的世界。

在数学的世界里，他就像天生的王者，别人惧怕数字，他却能驾驭数字。

房间内的数字越来越复杂，计算量在疯狂增长。

江平策如同大脑高速运转的计算机，他一边计算，一边在脑海里绘制迷宫的图形。队友们一报出数字，他总能第一时间给出正确的答案。

越星文："前面房间是死路，没有门了。"

江平策指示道："后退一个房间，走 8861 号门。"

柯少彬很快也说："我遇到了死路。"

江平策："后退，走 9657 号门。师兄也退回来，走 9861 号门。"

在江平策的指挥下，大家反反复复探路。整个数学迷宫被探索的岔路快要数不清，光是越星文就走了八条岔路，很难想象江平策居然丝毫没有出错。

本以为这样探查下去，他们很快能排查完所有的岔路，然而，就在越星文手里收集的孪生素数卡片达到三十张的时候，课题组频道忽然出现刘照青发来的消息："我去，我进的房间出现了一部电梯，还有向上、向下的按钮。"

没过几秒，柯少彬也发来消息："我进入 24189 这扇门，里面也有电梯。"

可升降的电梯？

越星文道："难道这个迷宫至少有三层？"

江平策道："早就料到了。课程描述上说这是立体迷宫。平面迷宫岔路再多，做记号慢慢摸索并不难，立体迷宫的难度会加倍。"

越星文担心道："立体迷宫，你的计算量也会加倍吧？"

江平策道："没事，先退回来，我们把这层楼的孪生素数收集齐了再上楼。"

想做附加题，集齐所有的孪生素数，那就意味着他们必须探查完迷宫的所有房间。三人早已晕头转向，分不清南北，但江平策冷静清晰的指挥，给了他们十足的信心。

在这个浩瀚如星空的数字迷宫里，不但要四线同时运算，让队友在密密麻麻的数字中迅速找出孪生素数，还要保证在反复的推门、探路、返回过程中，不让队友迷失，如此高难度的指挥，别的团队，或许连想都不敢想。

但越星文相信，江平策，一定可以做到。

三人按照江平策的指示继续收集这层楼的孪生素数卡片。随着一个个新的房间被开启，这层楼的干扰路径渐渐完整地展现在了江平策手里的迷宫地图上。

直到所有的房间都被搜完，江平策才仔细看向迷宫地图——

图纸上画出四十八个房间，主路的排列如同一个"十"字，周围又有很多条岔路，上、下、左、右四个方向尽头的房间内出现了四部电梯，可通向其他楼层。

这一层共计一百九十二张数字卡，所有的孪生素数都被江平策圈了起来，目前收集到的孪生素数卡片是四十八组、九十六张，也就是说，每个房间都有一对孪生素数。

其中，星文走的那条路岔路较多，收集到十六对；柯少彬和刘照青走的方向频繁遇到死路，各收集到了八对；江平策收集到十六对。

假设这个立体迷宫有三层楼，上、中、下三层的结构一样，江平策的推理就会变得简单很多。可万一不同楼层结构不一样，迷宫的路径将会更加复杂。

倒计时还剩 3 小时 40 分钟。也就是说，排查完这层楼的全部四十八个房间，并且计算完一百九十二个数字，江平策只花了二十分钟。

由于江平策没有做出指示，三人都停下脚步等待课题组的消息。

过了片刻，江平策才说道："刘师兄直线后退五个房间，找到 11073 那扇门，坐电梯下楼。柯少从 13011 那扇门出去，往右直线走四个房间，坐电梯下楼。"

两人立刻按江平策的指示飞快地找房间。

刘照青在迷宫里转了二十分钟，早已晕头转向，分不清方向，更别提是记住哪个房间有电梯。但他按照江平策的提示，直线后退五个房间后，果然看到右侧的门上贴了 11073 这个数字，推开门——正是电梯房！

他们在迷宫里如同无头苍蝇一样乱撞，江平策却像是开了上帝视角，能清楚地看到他们的移动路径，并且做出最准确的指示。

刘照青佩服无比，忍不住在课题组频道打字："厉害，我下楼了！"

柯少彬也按照江平策的提示下了楼。

越星文问道："我呢？"

江平策说："星文从 12077 号门进去，往前直线走五个房间，坐电梯上楼。"

越星文怔了怔："我是上楼，不下楼吗？"

江平策解释说："节省时间。你跟我上楼，师兄和柯少下楼。"

三层的迷宫，中间这一层已经搜完，江平策安排刘照青和柯少彬去了下层，他和越星文去上层，上、下两层就可以同时查探。

这样一来，不但是四个人、四条路径，还在不同的两个平面！

如果不是空间想象力和立体几何足够厉害，这样做肯定会彻底乱套。三位队友显然对江平策很有信心，没有提出任何的质疑。

江平策分出两张纸，开始一边绘制下层和上层的地图，一边飞快地在课题组频道打字道："还是老规矩，进房间后顺时针报数。"

刘照青很快就报出四个数："101277、101279、101281、101283。"

越星文看着这些数字就忍不住头晕——以他的数学常识来判断，尾数 0、2、4、6、8 的肯定不是素数，因为能被 2 整除。尾数是 5 的，能被 5 整除。也正因此，迷宫中的卡片极少出现"一看就不是素数"的简单题目，到了后面，全都以 1、3、7、9 结尾。

刘照青列出的四个数看着都很像素数，而且，两两之间的差都是 2，看似都符合"孪生素数"的条件，可是到底该选哪两个？

江平策为了节省时间，直接报了尾数："选 79、81，进 81 这扇门。"

刘照青感觉自己的智商受到了暴击！

让他去算这四个数，他肯定要一个一个地试，像 101277 这种六位数的数字，起码要花上 1 分钟才能算出答案。但江平策不知道用的什么方法，六位数的数字居然能瞬间报出答案！这简直是堪比计算机的最强大脑吧？！

柯少彬遇到的也全是六位数："107507、107509、107511、107513。"

江平策道："拿 07 和 09，进 09 号门。"

柯少彬伸手拿下了门上的孪生素数卡——同样是理科生，江平策居然算得这么快，真是自愧不如。

越星文已经彻底放弃了思考，进入房间后，就在课题组频道输数字："111117、111119、111121、111123。"

江平策回答得很快："拿尾号 19 和 21，进 21 号门。"

上、下层的探索正式开始。

课题组频道不断刷出信息——全都是三个人在报数，江平策在报答案。

周围安静极了，课题组频道被大量的数字刷屏，看得人眼花缭乱。

但江平策的指示总是清晰、简明，他会告诉队友拿下哪两张孪生素数卡片，推开哪一扇门。三位队友哪怕是小学生，在他这样精确的指示下，也不会犯错。

连续走过几个房间后，难度再次增加。

越星文报出四个数："147677、147679、147681、147683。"

本以为江平策会像之前那样让他拿下一对孪生素数卡，然而，出乎他的意料，江平策忽然说："这里没有孪生素数卡，走尾号 77 的那扇门。"

越星文走进门，发现该房间的两张卡被拿掉了。

有两张卡被拿掉，那就说明这个房间他曾经来过？越星文立刻将自己的发现告诉了江平策："有两张卡被拿了。"

"退回，走 79 号门。"

"还是有两张卡被拿了。"

江平策忽然陷入沉思。

越星文有些担心，这迷宫的复杂程度超出了他的想象，他明明没有走回头路，可走着走着，怎么就来到了自己刚才去过的房间？就像"鬼打墙"一样绕了一圈回到原点了？越星文困惑道："这迷宫到底是什么结构，这房间周围的房间我好像都去过？"

楼下，刘照青和柯少彬看见越星文遇到麻烦，同时停下脚步，给江平策一点时间来消化信息，厘清思路。

三人都在等江平策的回应。

片刻后，江平策才道："上层的房间排列成了无数'田'字形，房间之间互相连通，星文刚才发现的没有孪生素数的房间，应该是整个楼层的中心点。"他顿了顿，道："星文，你原地别动，我来找你。师兄和柯少稍等一下。"

三人站在房间不动。过了大概半分钟，越星文右侧的一扇门忽然被推开。

江平策快步走了进来。

男生身材高大，穿着简单干净的黑色长裤和白色衬衫，腰间系一条皮带，衬托出修长笔直的双腿。四周的墙面如同深邃的星空，墙面上繁星点点，他从侧面推门进来的时候，就像是从星空宇宙中走过来一样。

越星文回头，对上他冷静的眼眸，心里忽然特别踏实。

迷宫不管再复杂，有平策在，又有什么好担心的？

越星文快步迎上前去："这么乱的迷宫，你居然能在1分钟内找到我？"

江平策唇角一弯，看向越星文的目光很是温和："看来我的推论没错，这一层应该是七乘七共四十九个房间的'田'字形迷宫结构，我们现在所在的房间，就是巨大方格迷宫最中心的房间。"

越星文似懂非懂："厉害啊！我的脑子已经乱成了一锅粥，你是怎么分析出来的？"他低头看了眼江平策手里的地图……

三张纸分别代表上、中、下三层，星号代表电梯，密密麻麻的正方形房间连在一起，标注了无数个数字和方向箭头。

越星文发现自己连地图都看不懂……

江平策道："解释起来比较复杂，我们先找齐素数，抓紧时间考完试，等出去之后我再给你慢慢分析。"

越星文赞同："也是！迷宫的通关时间肯定和考试评分挂钩，你现在解释我估计也听不懂。你吩咐吧，接下来我该怎么做？"

江平策指向地图中间："我们现在的位置是上层迷宫的中心点，从中心点往

第六章 素数迷宫

外反向找路，就不会漏掉任何一个房间。你走右边的这扇门，我走左边。"

越星文点了点头，江平策接着说："进了右边这扇门后，连续走三个房间，再左转，然后给我报数。"

越星文转身走了过去，跟江平策分开。

江平策在课题组频道说："柯少和师兄继续。"

下层的两人继续查探，很快，刘照青也遇见一个房间，出现了四个看上去很像素数但其实根本不是素数的数字。

江平策道："师兄所在的房间也没有孪生素数，应该是下层的中心点。柯少，从你现在房间正前方的门出去，连续走三个房间，然后左拐，看看能不能跟师兄会合。"

柯少彬照做。

片刻后，两人果然在课题组频道打字："会合了！"

刘照青："厉害了！你是怎么让我俩在迷宫中会合的？"

江平策没时间解释，干脆地说："上、下层结构一样。现在开始以最快速度找路，师兄去 171083 那扇门，柯少走 171081，每人直线向前走三个房间。"

两人各自走过三个房间后，江平策继续说道："师兄左转，柯少右转，报数。"

两人报数后，江平策道："师兄拿下 192191、192193，向右直线向前走七个房间。柯少向左转身，直线向前七个房间……"

三人几乎变成"找卡工具人"，江平策连他们的面向都能精确掌握！

刘照青直线走了十个房间后发现前面是条死路，柯少彬和越星文同样如此，不知道江平策是怎么算出七个房间尽头就是死路的。

如果此时有一部上帝视角的摄像机，就能发现，庞大的立体迷宫如同一栋布满正方形房间的三层楼结构，他们在江平策的指挥下，朝着四个方向做S形的运动……这样的搜索方式不会漏掉任何一个房间。

过了片刻，越星文忽然道："我看见一个房间，里面出现一部电梯，只能向上。"

江平策道："星文，你找到的就是出口。"

找到出口，至少这门课能及格。他瞄了眼右上角的倒计时，四小时的考试时间，他们才用掉了八十分钟。

江平策道："师兄向前三个房间，然后左转走两个房间，坐电梯上两层楼，往前走五个房间，再右转。柯少向右走三个房间，然后直走四个房间，坐电梯上两层楼，往前走四个房间再左转。"

江平策说的这些简直像是绕口令，可见，他的手里已经有了完整的立体迷

211

宫地图，才能如此精确地指示队友们的行动路线。

  片刻后，江平策再次来到越星文所在的房间。

  没过多久，刘照青和柯少彬居然也准确地来到了这个房间会合。

  三人对视一眼，心中震撼，一时不知道说什么才好。

  越星文问道："收集的孪生素数总共多少对？"

  江平策不需要数卡片，直接报出数量："一百四十四对，齐了。我们走吧。"

  他按了开门键，三人跟着他走进了电梯。这部电梯只能向上。

  很快传来"叮"的一声响，电梯停下的那一刻，四个人耳边同时响起机械音："恭喜C-183课题组顺利离开素数迷宫，用时九十分钟，收集到孪生素数一百四十四对。考试结束，积分清算中……"

> 课题组：C-183
>
> 数学学院课程：素数迷宫
>
> 学分：3分
>
> 考核评分：100分（完美通关）
>
> 附加题：30分（孪生素数全部集齐）
>
> 总成绩：130分
>
> 获得积分：$3 \times 130 = 390$分
>
> 课题组加成：C组积分加成×1.5倍，每人最终获得积分585分
>
> 该课程挂科率：65%
>
> 点击链接可查看该课程的成绩排行。

  打开链接，他们C-183课题组赫然排在了第一名。

  考核评分100满分，没人能够超越。

  记得前天晚上越星文还跟江平策开玩笑说："有平策在，随便拿满分。"

  没想到这个玩笑居然成了真——

  江平策真的凭一己之力，带着三位队友拿下了满分通关的惊人成绩！

  数学学院"素数迷宫"这门课让课题组的四个人都获得了高达585分的积分，比之前"心血管病区"的积分还要高，而获得这么多的积分他们只花了一个半小时！

  想起当初在"心血管病区"又是找凶手又是打怪兽的五天惊险经历，这次一个半小时拿585分，真是太轻松了。

  越星文心情激动，转身就给了江平策一个拥抱："满分，你也太厉害了！我

第六章　素数迷宫

们三个只不过是跑了跑腿，就能拿到 585 积分，舒服啊！"

刘照青感慨道："这应该是我们拿积分最容易的一次吧！队里有个学霸，简直像是开了外挂。"

柯少彬也认真地说："我就算拿个计算器，估计也比不上平策心算的速度。"

越星文一直知道江平策数学很好，高中的时候每次考试江平策数学都拿满分，据说，他们班的数学老师会直接拿着江平策的卷子当标准答案来讲题。

到了大学，江平策更厉害了。这次迷宫结合了数学、运算和立体几何图形分析，如果没有江平策，他们别说一个半小时走出来，四个小时都不一定找得到路。

越星文轻轻拍了拍江平策的肩膀，笑道："大功臣，这次辛苦你了。"

江平策道："没事，不辛苦。"

考完第一门课，图书馆的时间是上午 10 点，越星文看了眼墙上的挂钟，道："我们先回宿舍吧。卓峰师兄他们去重修医学院的课程，应该也快出来了。"

四个人出门时又回到数学学院的大厅。不少学生聚在课程表的大屏幕下，同学们各个愁眉苦脸，显然是不知道数学学院该怎么过关。

越星文看了眼茫然无措的同学们，低着头想了想，凑到江平策耳边，轻声说："'素数迷宫'这门课挂科率高达 65%，看来难住了不少同学。你要是不介意的话，不如将我们的通关攻略分享给大家，帮一下他们？"

江平策干脆地答应下来："好，我回去整理一下思路。"

他们已经考完了，分享攻略给后面的同学，对他们自身的成绩没有任何影响。

越星文在学校曾受过很多师兄师姐的帮助，他自己也经常在论坛分享资料。

江平策从来没这样做过。但如今，图书馆跟现实不同，挂科就要重修，再挂科会死人！越星文既然号召成立高校联盟，江平策当然也愿意配合他，将自己的经验分享出来，让后面的同学可以更加轻松地过关。

两人回到宿舍，江平策就开始整理迷宫地图。

他将上、中、下三层的地图重新绘制，用宿舍内自带的平板电脑拍照上传，然后就在论坛发布了一个帖子——

数学学院"素数迷宫"课程通关攻略

江平策的攻略帖非常简洁，用的是论坛自带的黑色宋体字。他就像做数学题一样，简单地列出了几个要点。

一、不想做附加题，只求60分及格的队伍过关方法：

素数迷宫为三层立体结构，进入迷宫后可忽略所有房间内的数字，不用计算它是否为素数，单纯将门上的数字作为编号，一边走一边绘制路线，可先走直线，遇到死路后一间间房后退，先右后左，最快速度找到本层的电梯，上楼或者下楼。

迷宫上、下两层是7×7共49个房间，在纸上画49个正方形格子，朝任何一个方向直走到尽头，右转或左转继续直走到尽头，也就是走一个"L"形路线，此时，你将在49号房间的一个角落位置，然后再按"S"形路线排查，就不会走重复路径，迷失方向。

找到电梯后出迷宫，课程完成，评分60分及格。

二、想做附加题的队伍过关方法：

附加题要求收集所有孪生素数，因此需要搜索迷宫内的所有房间并且计算每一个数字是不是素数。

尾数1、3、7、9是素数的可能性较大，尾数0、2、4、5、6、8直接排除。

1. 快速判断一个数能否被3整除：将这个数的每一位数相加，若能被3整除则自身也能被3整除。例如数字185337，可直接计算1+8+5+3+3+7=27，27可被3整除，则185337也能被3整除，此数字不是素数。

2. 快速判断一个数能否被7、11、13整除，可使用"末三法"，末三位与前几位的差值（取正数）能被7、11、13整除，这个数就能被7、11、13整除。

例如939911可分割成939-911=28，28能被7整除，则939911也能被7整除。

相加法和末三法都是为了简化数学运算。

证明如下：

设一个数为ABCDEF。

ABCDEF=ABC×1000+DEF=ABC×1001-ABC+DEF=ABC×7×13×11-(ABC-DEF)

当ABC-DEF能被7、11、13整除，则ABCDEF能被7、11、13整除。

……

数学果然是一门神奇的学科。

第六章　素数迷宫

　　江平策写的攻略认真严谨，不但告诉大家该怎么做，还告诉大家为什么要这样做，理科生看起来没什么难度，但文科生真的头晕。

　　江平策发完攻略之后，回帖量立刻暴涨。很多文科专业的师弟师妹纷纷留言——

　　　　学霸，舍友问我为什么跪着看你的攻略！
　　　　我怎么有信心点进数学学院的攻略帖？我想自戳双目。
　　　　我的眼睛告诉我：它看懂了。但我的脑子告诉我：它没懂！
　　　　文科生你们想什么呢？数学学院的课程及格就行，你们直接看第一条好吗？这位师兄连地图都画了出来，第一条还是挺好懂的。至于第二条……我直接略过了，抱歉。
　　　　楼上说得没错！附加题？想多了。别做附加题了，直接无视所有的数字，单纯走迷宫能走出去就烧高香吧！
　　　　…………

　　很多理科生表示看完帖子后思路终于清楚了，对主动发攻略的江平策同学表示感谢，还有不少迷弟迷妹在帖子里跟江平策告白。回帖中混杂着大量的"师兄好帅""学霸么么哒""男神你还缺腿部挂件吗"等类似表白的话……

　　越星文不由得回头看了江平策一眼，调侃道："你这攻略一发，在图书馆估计会收获一大批的迷弟迷妹，跟你表白的回帖我已经看见几十个了。"

　　江平策淡淡道："要不是你开口，我也不会写这个攻略。"

　　他从来都不是热心肠的人，但他也从不拒绝越星文的要求。越星文让他帮谁，他就帮谁。如果越星文不说，他是不会耗费时间主动发什么攻略帖的。

　　越星文知道江平策就是这种冷淡的性格，听见这话，便笑着走过来跟江平策坐在一起，道："你这个攻略帖虽然有人看不懂，但也有大量同学能从中吸取经验，至少在看懂第一条后，可以顺利走出迷宫，拿到60分的及格分。"

　　他扭头看向江平策，轻声说："平策，写这个攻略，对你而言只是举手之劳，但它就像是及时雨，能解决很多课题组过不去素数迷宫的难题。"

　　越星文的神色很认真："不要觉得我多管闲事、滥好心。图书馆的环境太残酷，刚才数学学院大厅的课程表屏幕下面，有几个女生都急哭了。对你来说轻而易举就通关的素数迷宫，或许会让很多数学不好的学生睡不好觉，甚至被淘汰出局。咱们只是顺手帮一下，能帮几个是几个，你说呢？"

　　他每次认真地跟人说话的时候总能说服对方。

江平策点点头道："好，听你的。以后的课程，我们也可以整理出考试攻略，给师弟师妹们作为参考。"他看向身旁的越星文，"你一向喜欢帮助别人，图书馆有你在，整体难度降低了很多。"

不管是制定学生公约来约束大家，防止同学团队之间互相斗殴，还是主动发攻略，给后面考试的同学们多一些参考思路……

越星文一直在帮助同学们，是他让整个图书馆的氛围变得和睦温暖。

原本黑暗惊险的逃生游戏，居然变成"同学们一起努力"的大学期末考试。

从今天论坛上的回复就可以看出来，很多同学回复时的语句轻松幽默，还有一些比较皮的在帖子里调戏江平策，比起前天泼硫酸导致的大规模谩骂和争吵，图书馆的论坛，如今也渐渐多了些活力和温情。

越星文被夸得不太好意思，轻咳一声："别给我戴高帽子，我只是做一些力所能及的事情，这次迷宫多亏有你。我现在才看明白你画的那个地图是什么意思。"

江平策温言道："我的空间感和运算能力确实比你强，但你的语言表达能力和知识面要比我强太多。人各有所长，不用因为数学比不过我就惭愧。"

越星文挑眉："我哪有惭愧啊？有你在，以后遇到数学，我直接放弃思考就行了！"

两人相视一笑。

论坛上，江平策的帖子很快被顶上热门。

感谢的留言越来越多，还有师弟师妹认出江平策的名字，对传说中数学系的学神江平策表示膜拜。

江平策扫了眼留言，关掉论坛。

这是他长这么大以来，第一次将自己的心得分享给其他同学。

高中三年，由于他太过冷漠，没人敢找他借笔记。到了大学，他独来独往，除了偶尔跟越星文一起上自习，很少跟同学们交流。

攻略帖发出后，看见上千个回帖中大量出现的"谢谢"，江平策忽然觉得心情还不错——以前觉得越星文爱折腾，现在才发现，不管面对什么样的世界，星文都能保持一份善念和赤子之心。这样的人，才最为难得。

见江平策一直看自己，越星文不由疑惑："怎么了，我说得不对吗？"

江平策轻轻一笑："你说什么都对。"

越星文拍拍对方肩膀，一脸"算你识相"的得意表情，顿了顿，又正色道："今天下午的选修课咱就不去了吧？我看课程表都头疼，先过必修再说。"

江平策点头："嗯。下午在宿舍休息，明天上午 8 点数学学院还有一门必修课'死亡密码',我们直接去这门课。"

越星文若有所思:"'死亡密码',听名字很像是推理课?"

江平策猜测道:"可能是跟数字有关的悬疑案件。"

两人对视,越星文笑着说:"如果是推理课,我还能帮得上忙。到时候,咱们文理思维互补,一起通关,争取多拿点积分升级我的词典!"

第七章 死亡密码

第七章 死亡密码

越星文看了一下医学院的课程表，今天，医学院的必修课"心血管病区"也安排在上午 8 点，现在是 10 点 30 分，卓峰三人应该考完了。他在课题组频道问："卓师兄回来了吗？"

柯少彬很快回复："刚回宿舍。师兄说，他们这门课过得很惊险，成绩评定 70 分。这次重修课程的难度明显增大，死者、凶手也都换了。"

"反正重修不给积分，能过就行。中午一起吃饭。"

就在这时，越星文忽然听见耳边响起系统提示——

"你有新的私信，请注意查收。"

越星文疑惑之下打开一看，私信来自一个熟悉的名字"章小年"，内容是"师兄，我在 F-965"。

章小年？越星文记得那天下大雪，自己大清早去图书馆占座，走到宿舍拐角处时看见一个人在雪地里摔倒，顺手扶了一把，那人正是章小年。两人结伴去图书馆，越星文去了一楼的电子阅览室，章小年去了四楼自习室，之后就没再联系。

章小年居然也在这里？

越星文看向江平策道："章小年也来了图书馆，还给我发了私信！"

江平策问："是七中那个小师弟？建筑学院土木工程系的路痴？"

越星文无奈一笑："就是他。"

章小年是他们的高中校友，江平策自然也认识。

这位小师弟的路痴属性是出了名的。有一次早晨，已经上课五分钟了，迟到的章小年同学才慌慌张张地冲进教室。当时越星文就坐在第一排，章小年没看见越星文，跟教授鞠了个 90 度的躬，匆忙跑去后排坐下，听课听了一分钟，才发现自己完全听不懂——为什么老师在讲世界文学史？！

221

直到越星文哭笑不得给他发消息："你走错教室了，这里是 F301。"

章小年抬起头，对上越星文看过来的目光，满脸通红，急匆匆地猫着腰从后门溜了。

教授大怒："刚才这位同学是哪个班的？迟到了从前门进来，给我鞠了个躬又从后门溜出去！这种态度不端正的同学，考试不用来了！"

越星文站起来解释道："教授，他是建筑学院大一新生，走错教室了。"

教授愣了愣："路痴还学建筑，他以后是要造迷宫吗？"

全班同学哄堂大笑。

自那以后，大家都知道越星文有个迷糊的路痴师弟。

江平策道："他发私信找你吗？"

越星文："嗯，F-965 宿舍。我们去看一下吧，他可能遇到麻烦了。"

两人一起去 F 区找到 F-965 敲了敲门。宿舍门打开，越星文果然看见一张熟悉的脸——章小年身高一米七，人也比较瘦，娃娃脸挺可爱的，身上还带着刚从高中毕业的少年的青涩稚嫩。

看见越星文后，他的眼睛瞬间红了："师兄！"

越星文温言问道："你怎么来了图书馆？"

章小年道："14 号那天我不是跟你一起去图书馆吗？我在图书馆待了一天，晚上 10 点的时候不小心睡着了，睡醒后发现身边一个人都没有。我急忙往下跑，跑到一楼却发现……"

江平策道："出不去了？"

章小年垂下脑袋，闷闷地说："嗯。图书馆不让我出去，还让我去上医学院的课。我刚刚考完'心血管病区'，点开成绩排行榜，看见星文师兄和江师兄并列第一名，我就给星文师兄发了一条私信。"

也就是说，章小年进图书馆的时间跟越星文是同一天，但他比越星文迟了一个多小时。他今天才考完医学院的"逃离实验室"和"心血管病区"，越星文上周就考完了。看来图书馆计时和现实世界完全不同。

章小年看着越星文，一脸恳求："师兄，我刚解锁课题组功能，我能投奔你吗？我现在还没有队伍，不知道后面的课该怎么过。"

越星文比章小年高两届。在高中，越星文每次参加演讲比赛，章小年都会去听，鼓掌鼓得特别起劲儿，是越星文的头号粉丝。上了大学后，他第一时间找到越星文加好友，之后又跟屁虫一样跟着越星文团团转。

越星文一直把章小年当弟弟看，对他生活、学习上各种照顾，他也特别乖，一口一个"师兄"，叫得很是亲切。

对上小师弟忐忑不安的目光，江平策淡淡地说道："我们队伍目前满员，只能问下卓师兄那边。只不过，你之前跟辛言说好了，三楼的时候让辛言入组。"

越星文也很为难，他们C-183课题组四人满员了，不可能换人；卓峰那边还有个位置，之前说好到三楼的时候把辛言加进来，他们总不能言而无信。

但是，章小年是越星文的师弟，又很听越星文的话，越星文实在不忍心把这个小家伙单独丢下。以章小年的路痴水平，别说是后面的楼层，光二楼的迷宫就能折腾死他。

越星文仔细考虑片刻，说道："这样吧，小年先加卓师兄他们的队伍，跟着卓师兄过完二楼数学学院的课程，到三楼之后，我们再调整。"

江平策想了想，赞同这个提议："也行。卓峰他们重修到二楼反正也要过数学学院的必修课，到时候章小年加入队伍，跟着他们躺赢就行。"

如果没人带，章小年是绝对走不出迷宫的。卓峰他们的队伍正好差一个人，重修数学学院的课时，章小年可以加入。

等卓峰他们进度到了三楼，大家凑一凑积分，应该能再将课题组扩大，到时候把辛言也加进来，就不会有问题了。何况，章小年是建筑学院的，在三楼建筑系课程中说不定能帮上忙。

章小年听见越星文愿意收留自己，立刻感激地道："谢谢师兄！"

越星文笑着拍拍他的肩膀："不客气。话说你有什么技能？"

章小年苦着脸道："给我发了个挖掘机，可以拆掉建筑。"

你们建筑系这么粗暴的吗？

越星文好奇地问："能直接把墙给挖断？"

章小年点点头："图书馆大楼内部禁止使用工具，其他地方都可以挖。我考第一门课'逃离实验室'的时候就直接开着挖掘机一路碾轧过去的……"

猴子和兔子也确实奈何不了挖掘机，这都能把实验室给撞烂了。

越星文哭笑不得："你这是搞建筑还是搞拆迁啊？"

章小年小声道："我目前只拿到这个技能，升到二级。其他施工图纸、施工材料之类，需要的积分很高，我想换的话也不够分，我现在手里就剩20积分了……"

越星文伸手拍拍小帅弟的肩膀，道："没事，师兄请你吃饭。"

正好快到中午，越星文在课题组频道叫了刘照青他们，一起在食堂集合。

林蓼萝笑着调侃道："章小年，你就是那个传说中上课跑去中文系，给教授鞠了个躬，然后又从后门跑出去的路痴啊？"

章小年满脸通红："我这么出名吗？"

卓峰道："咱们学校教学楼的那扇玻璃门也是被你撞碎的吧？"

章小年："……"

越星文忍着笑说："小年当时没睡醒，玻璃门关着，他以为那是空气就直接往前冲，把门给撞碎了，脸差点被玻璃划烂。"当时越星文就在附近，目睹了这一惨状，将一脸茫然的章小年送去了医院。

这家伙有些冒冒失失的，越星文要加他进队，队友们可能会有意见。

想到这里，越星文便低声道："小年，图书馆上课过程中出错有可能让全队被淘汰，你如果想跟着我们，必须听指挥。没让你动，你就别乱动，知道吗？"

章小年认真点头："我知道，我不会拖大家后腿的。"

卓峰问道："数学学院我可以带你过，三楼建筑学院，你那个挖掘机好像也用不上吧？"

林蔓萝说："'城市崩塌'那门课用不上，但建筑系还有很多厉害的技能。我听说京都大学有建筑系的学霸将施工图纸升满级，遇山开隧道，遇水建桥梁，特别厉害。"

卓峰想了想："嗯，小师弟还是挺有潜力的，只要愿意听话，我们可以带你。"

柯少彬扶了扶眼镜，轻声问："那辛言呢？"

越星文道："大家最近几门课获得的积分先留着，不要拿去升级技能，到时候看看能不能将课题组再扩大。我记得二级课题组上限八人，三级的话，应该能容纳十二人？"

卓峰道："三级课题组需要的积分很高，目前图书馆还没出现过三级课题组。我们三个重修，不管成绩如何都不再给积分，攒积分的事就要靠你们了。"

越星文道头："素数迷宫我们每个人拿到500多分，还没来得及花；明天去上数学学院另一门课，到时候也把积分攒下来吧。"

众人商量好对策，章小年便直接加入卓峰的队伍。

次日是周三，早上有一门数学学院必修课"死亡密码"，高达6学分。

越星文几人来到数学学院大厅，在选课平台选课。

屏幕中弹出提示——

数学学院必修课：死亡密码

学分：6分

考场规则：可以以课题组形式或个人形式报名。

班级人数：12

课程描述：这是一栋位于郊区的客栈，据说，客栈的主人曾在每

第七章 死亡密码

个房间写下一串数字密码。来到这里住宿的人，如果无法破解密码，将在夜间离奇死亡。这些年，客栈中发生过很多起惨案，死在这里的人不计其数。你，会是下一个吗？

考试要求：破解死亡密码，生存六天。

附加题：无

确认选课：是／否

越星文按下"是"的按钮，四个人耳边同时响起熟悉的机械音："恭喜C-183课题组选课成功。由于'死亡密码'考场上限为十二位同学，正在为你匹配同班考生，请等待。若匹配人数不足十二人，四人以上也可开启考场。"

十二人的班，很大可能会匹配三个课题组。

走到"死亡密码"这门课的大部分同学都会找好队伍，希望这次考试遇到的同班队伍别太坑，就算帮不上忙，至少别拖后腿。

时针走到8点的那一刻，几人眼前同时一晃——

刚才在图书馆的时候还是早晨，进考场之后居然变成了夜间。

太阳已经落山，周围的光线十分昏暗，依稀能看清前方是一片茂密的树林，有一条弯弯曲曲的小路通向树林深处。周围安静得落针可闻，瞧不见一个人影。那幽深的树林就像是张开了大嘴的怪兽，想要将他们尽数吞没。

荒郊野岭的树林，很容易让人联想到一些恐怖故事。

刘照青抖了抖后背的鸡皮疙瘩，吐槽道："这地方怎么阴森森的！"

越星文和江平策对视一眼，并肩朝着树林深处走去。

柯少彬在心里默念一句"相信科学"，然后紧张地跟在越星文的身后。

天边升起了半轮月亮，清冷的月光温柔地洒下来，像是给整片树林笼罩上了一层轻纱。周围格外静谧，别说是人声，连虫鸣、鸟鸣声都没有，仿佛这里是一片被世界遗弃的荒废角落。

忽然，一阵冷风吹过，树叶发出"哗哗"的声响，地面上投下的黑色斑驳树影，就像是张牙舞爪的厉鬼。柯少彬脊背发毛，手指紧紧攥起来，小声道："考试也没个任务指示，我们要继续往里走吗……"

越星文抬头看了眼天空，道："标准的上弦月，按照农历计算，今天的日期应该是初八，我们现在往前走是正北方位。"

江平策道："嗯，记下了。"

两人进入状态也太快了，这就开始观察周围的细节，分析起时间和方位。

走了一段路，他们发现远处有栋阁楼，在月色下依稀露出一个屋顶的轮廓。

越星文指着那栋楼道:"这应该就是考试说明里提到的客栈。"

几人加快脚步,连续走过几个拐角后,一栋三层高的建筑出现在大家面前。

楼房正前方挂着一个破旧的牌匾,上面写着"七号客栈",越星文并没有贸然进去,而是借着月色仔细观察起周围的环境——

客栈的侧面有一片荷花池,面积有足球场那么大,池子里的荷花开得很是旺盛,在月光下争奇斗艳。忽略位于树林深处的诡异客栈,光看这片荷花池的风景倒是极为壮观。

池塘上还搭了木制的栈道,可以走到池子中间近距离欣赏荷花。

就在这时,身后忽然响起一阵轻盈的脚步声,越星文蓦然回头,对上一双黑白分明的眼眸——女生留着齐耳短发,戴了顶鸭舌帽,身穿蓝色牛仔裤搭配简单的黑色T恤和黑色运动鞋,酷酷的,脸上没什么表情,高挑清瘦,皮肤在月色下显得有些苍白。

越星文打招呼道:"秦……淼?"

应该是双胞胎中的姐姐,妹妹的脸色没这么冷。

他话音刚落,女生旁边忽然冒出一张一模一样的脸,不过,后者没戴帽子,穿了同款牛仔裤和白色T恤、白色运动鞋,脸色明显柔和得多。

看到越星文后,她嘴角浮起个腼腆的笑容,上前一步道:"星文,刘师兄,还有柯同学,又见到你们了!"

没想到这对双胞胎姐妹居然组了一个队!

秦淼原本面无表情,目光冷得像要结冰,但"定向越野"中最后关头她的胳膊被狼咬伤,刘照青用纱布治好了她,这份情她还是记得的。

认出几人后,秦淼的神色缓和了许多,上前一步,礼貌地点了一下头:"你们好。真巧,匹配到了一个考场。"

越星文问道:"你们姐妹俩组队了?"

秦淼看了身旁的妹妹一眼,说道:"嗯,上次公共选修课你们把我认成秦露,叫她的名字,我这才知道她也来了图书馆,出去之后就发私信找到了她。"

两张脸一模一样,可从表情、神态和衣服其实很好区分——姐姐是高冷型的,气场很强,妹妹则温柔腼腆。

越星文看向两人身后,有些疑惑:"怎么就两个人,你们的队友呢?"

秦淼压了压帽檐,低声说道:"之前的课题组,我跟那三个女生本来也不熟,过完公共选修课就解散了。我找到秦露后,我俩先单独组了一队。"

江平策问道:"你们只有两个人,也敢直接来推理课?"

"找临时队友很可能被坑,还不如随机匹配同学。这次考场既然要十二个人,

第七章 死亡密码

肯定有十个跟我们不熟。匹配考场看运气,大不了挂科回一楼重修。"秦淼很镇定,似乎对挂科这件事毫不介意。

秦露看向姐姐,凑过去说悄悄话:"我们运气真好,遇见星文,这次又能躺赢。"

秦淼挑了一下眉,没有回话。

正说着,身后又传来一阵脚步声。朝客栈走过来的是四个人,两男两女。男生牵着身边女生的手,动作亲密,看起来像是情侣。女生一个留栗色鬈发,一个留长直发,颜值都挺高,只是脸色发白,似乎是有些紧张。

他们四个人一到,耳边就响起熟悉的机械音——

"本次考场匹配到三个课题组,共十位同学。考试即将开始,请进入前方的客栈住宿。"

四人组中,身材高大的男生直接骂了一句。

长直发女生紧紧抓着他的手:"这荒郊野外阴森森的客栈,怎么看都像是鬼屋,说不定里面有不干净的东西,我们确定要住这里吗?"

越星文目光扫过这四个人,问道:"你们好,都是什么专业的?"

四个人戒备地看着他,鬈发女生道:"为什么要告诉你?"

秦淼有些不耐烦:"考试要求你们没看吗?破解'死亡密码'并且生存六天才算通关。解谜类副本肯定要共享线索,大家合作才可能推出正确的答案。别磨叽,快点自我介绍。"

两个女生被她戗得愣了愣,其中一个皱眉道:"同学,你怎么说话呢?"

另一人立刻附和:"就是,凶什么凶……"

秦露站出来打圆场:"我们也是希望这门课能顺利一点过关。刚才问你们话的帅哥,是中文系的学霸,推理特别厉害,当初医学院的课我就是跟着他躺赢的。你们这门课要听他的指挥,别捣乱,跟他的思路走,肯定就能过关。"

越星文心说:不是,同学,你对我这么有信心吗?

那几人怀疑地看着越星文:"真的假的?"

江平策冷冷地道:"不要浪费时间。"

个子最高的那个男生比较识趣,上前一步,友好地伸出手道:"你好,我是南阳交大建筑系高永强,这是我女朋友,中文系的高小欣。"

他给了身边的直发女生一个安慰的眼神,紧跟着介绍道:"我表弟,物理系陆凯,他女朋友,生科院的骆佳佳。"

刘照青调侃道:"你们来图书馆还拖家带口啊?"

高永强一脸无奈:"我们四个人那天正好约着一起看了场电影,回学校的时候发现图书馆的门开着，好奇进去瞄了一眼，结果出不来了。"

好奇害死猫。

越星文看向中文系的高小欣："我也是中文系的。你拿到什么工具书？"

高小欣说："我拿的是《标点符号大全》，顿号和逗号可以让动作暂停几秒，句号让某个人的话立刻结束，双引号能把指定的目标框起来定身，省略号可以延迟时间、放慢动作，连续的感叹号可以发动精神攻击。"

越星文忍着笑说："那问号呢？"

高小欣的脸色有些尴尬："让对方满脑子问号，彻底蒙掉。"

众人听得也有点蒙：中文系的异能真是奇奇怪怪。

高永强咳嗽一声，道："我们介绍完了。各位呢？"

越星文道："我们四个人分别是中文系、数学系、医学院和计算机系的。"

高永强点了点头，目光移向两个短发妹子："唉，你俩长得一样……双胞胎吗？"

秦露道："嗯。姐姐是历史系的，我是地理系。大家多多关照。"

考场全员到齐。

越星文提前问清楚大家的专业，也是担心晚上要是真的出事，他们进入逃生模式的话提前知道大家的专业和技能，也好互相配合。

江平策淡淡道："进屋吧。"

他上前一步推开了门。

荒凉的树林里，木门被推开时的"吱呀"声在夜里听着让人牙酸。

随着破旧的木门被推开，一阵冷风忽地从屋内扑面而来。这屋子就像多少年没人住一样，散发着一股潮湿的霉味。江平策皱着眉捂住口鼻，抬头仔细一看，地面铺着很朴素的青石板地砖，整个客栈仿古风建筑，上楼的台阶也是木制楼梯。

一楼摆着几张木凳和木桌，然后就是办理入住的接待处。长期没人打理的缘故，屋内的植物野蛮生长，绿色的藤蔓都爬到了房顶。

越星文的目光扫过身后的同学们，平静地说："大家用最快速度走一遍客栈，先弄清楚内部的构造，然后再分头搜集线索。"

这客栈从外面看上去像是有三层楼高，但内部的结构其实只有两层，一楼的大厅层高超过三米五，十分宽敞阔气。

顺着木制的台阶上楼之后，是一条宽阔的走廊。左侧走廊房间门顶标着大写的"壹""叁""伍""柒"的木牌，右侧则是双数的"贰""肆""陆""捌"

第七章　死亡密码

四个木牌，共八个房间，其中，数字最小的1号房和2号房在走廊的尽头，7号和8号靠近楼梯。

越星文迅速撕下一张纸画起了地图。

笔直的走廊，八个房间，客栈内部的结构比他想的要简单许多。

越星文走到走廊尽头，推开左侧的1号房门。柔和的月光透过木制的窗棂洒进室内，可以看清屋子中央摆了张木制方桌和四把椅子，角落里是一张宽约1.5米的实木雕花大床，四周挂着红色的帐幔，床上铺了大红锦缎被褥，还摆着一对绣花枕头。

刘照青盯着面前的雕花木床，若有所思地摸摸下巴："怎么像是来到了古代或者民国？现代已经很少看见这种带床柱和床顶的木床了吧？"

柯少彬环顾了一下四周，走到越星文身边小声说："这里确实很像古装剧里的客栈。整栋楼没发现任何现代化的东西，屋里连开关、灯泡都没有，更别说网线、电脑了。"他有些忐忑地看向越星文，"该不会让我们穿越到古代了吧？"

秦淼忽然说道："从雕花、工艺和家具的风格来看，应该属于明朝。清代的木床喜欢用彩绘、描金等手法，做出华丽的效果。相对来说，明代的家具更追求简洁质朴。"

越星文回头看她："你对家具还有研究吗？"

秦淼点了点头："各朝代的家具服饰我都查过文献资料。明朝的家具，造型简单大气，结构相对严谨，不会刷太多彩色的漆，也不做大面积浮夸的雕花装饰，充分发挥木材本身的颜色和纹路特点，只雕刻些简单、雅致的花纹。你们看，这床几乎没有多余的装饰，和清代、民国的床区别明显。"

刘照青揉着太阳穴："这数学学院的课程，怎么还夹杂着历史知识呢？"

越星文笑道："推理课，当然不会只让人做数学题。"

秦淼指向桌面："蜡烛能点燃吗？光线太暗看不清。"

越星文顺着她的目光一看，发现窗台上放着两个很有特色的烛台，烛台内的红色蜡烛燃烧了将近一半，烛台旁边的东西很像是火石。

他走过去将两块火石用力碰撞，擦出明亮的火星，点燃了蜡烛。屋内的光线瞬间变亮，大家这才看清，整个房间都以红色为主，窗户上还贴了大红的"囍"字，床边靠墙的位置摆着一个木制衣柜和配套的梳妆台，衣柜上同样贴了"囍"字。

恐怖片里，打开衣柜经常会冒出些可怕的东西，情侣组看着那衣柜，纷纷往后躲避。越星文和江平策交换了一个眼神，越星文默契地将蜡烛递给江平策，召唤出自己的词典——要是开门的那一刻有东西出来，他就直接用词典砸。

229

江平策右手拿着蜡烛，左手打开门。

大家都绷紧了神经。

然而，衣柜里并没有乱七八糟的妖魔鬼怪，反而整齐地叠放着红色的衣服。

江平策皱着眉将衣服拿出来递给越星文，越星文展开观察：其中一套裙摆很长，绣着金色凤凰，显然是女子嫁衣；另一套绣了龙，是男子的婚服。旁边梳妆台的抽屉里也发现了配套的首饰和凤冠。

江平策蹲下来继续翻找，又从衣柜里翻出了两个布娃娃。

这一对布娃娃穿着大红的喜服，脸上用黑色的线缝制出了眼睛、鼻子和嘴巴，眼睛只缝了个十字形，但嘴角缝制得很是逼真，微微上扬，似乎在笑。

江平策将布娃娃拿出来递给越星文。

布娃娃做得还挺可爱，只是在这个阴森森的房间里，布娃娃的笑让人不由得心底发毛。越星文将布娃娃翻转细看，没看出什么特别，便将娃娃暂时放在桌上，问大家道："你们有什么想法？"

站在最后的女生骆佳佳全身发抖，嘴唇哆嗦着："该……该不会是冥婚吧？"

听见"冥婚"这个词，众人只觉得背后寒毛直竖。

骆佳佳继续说："大红床幔、大红被子，一对蜡烛也是红色，衣柜里还有嫁衣，这……这明显就是古代的婚房啊！有人被杀了，在这里结阴亲，被杀的女孩子变成了厉鬼，后来住进这里的人就不断惨死……我们……我们会不会也遇到厉鬼索命？"

她越说越害怕，脸色惨白如纸，全身都开始哆嗦。她男朋友的脸色也很难看，急忙环住她的肩膀以示安慰。另一对情侣也紧紧地牵着手互相鼓励。

越星文看了他们一眼，低声跟江平策讨论起来："课程名字叫'死亡密码'，但目前为止，除了房间编号是从'壹'到'捌'的大写汉字之外，没看见任何跟数字有关的线索。让我们破解死亡密码……密码在哪儿？"

江平策道："找一下墙壁和屋顶，看有没有留下记号。"

越星文点了点头，将两套衣服搭在木椅上面，顺手点燃另一根蜡烛，跟江平策一人举着一根蜡烛在房间内仔细观察。他们在墙壁上发现了一些早已干涸的血迹，并没有跟密码相关的线索。

越星文道："去别的房间看看。"

两人带着大家依次查过所有的房间。

每个房间内的陈设都差不多，结构方方正正。

左侧走廊的 1 号房间出现了大红嫁衣，其他房间则出现了丫鬟、杂役、喜婆等人员的衣服，很像一个婚礼队伍途经这里，在客栈临时落脚住宿。

第七章　死亡密码

众人都有些迷茫。

越星文皱眉看着八个房间内找出来的衣服，总觉得哪里不对。

就在这时，耳边忽然响起机械音："考试第二天，凌晨0点。请大家分配住宿房间，尽快上床入睡。"

提示音就是考官，肯定要听话。

十个人、八间房，要收集全部线索，最好每个房间都有人住。想到这里，越星文扭头问道："你们情侣住一间怎么样？"

情侣组两个女生对视一眼，单独住她们确实不太敢，便点点头："好。"

越星文道："行，你们四个人先挑两间房。剩下的六个人每人住一间。"

骆佳佳急忙拉着男朋友，选择了最靠近走廊入口的8号房间，大概觉得靠近走廊入口更容易逃跑。高永强和高小欣住去了他们隔壁的6号房。

越星文指向走廊最深处的房间，道："我住1号房。"

1号房就是那个大红的婚房，有新娘新郎的衣服和布娃娃，怎么看都很诡异。越星文主动挑了这间，江平策接着道："我住你隔壁。"

秦淼和秦露姐妹两人住去了对面。

刘照青和柯少彬则选了左侧走廊的5号、7号房间。

越星文叮嘱道："既然是解谜加生存课程，可能又像在'心血管病区'那样，晚上会出事。"他将画好的地图展示在大家面前，"这是客栈内部分布图，下楼的通道只有一条，出口狭窄。遇到危险后如果楼梯这条通道被堵，下不去，你们就反方向往走廊尽头跑。"

他在走廊尽头的位置标了一个星号，继续说："你们四个人，在秦露的4号房门口集合，让秦露用'板块运动'带你们走出客栈，明白了吗？"

那四个人互相看了一眼，个子最高的高永强点了点头："好。"

越星文道："回房休息，注意各自房间内的线索，明天汇总。"

两对情侣飞快地转身进屋，其他同学也各自回了房间。越星文和江平策并肩走向走廊深处，在门口停下来，江平策看向越星文，道："我们换房间吧。"

越星文愣了一下，拍拍他的肩膀，道："没事，我住这间房最合适，我的逃生手段比你多。万一路被封死，你用坐标系出不去，但我可以'金蝉脱壳'，魔法词典还有很多控制类技能。遇到麻烦，保命不成问题。"

他这么坚持，江平策只好作罢，低声叮嘱道："小心一点，遇到麻烦立刻叫我。"

两人在门口分开，拿着蜡烛进了屋。

雕花木床上铺着红色的被褥，越星文想起刚才机械音提示时有说"上床入睡",便干脆大着胆子和衣睡到了床上。

红烛照亮屋内,越星文睡在大红的被褥上,总觉得心里毛毛的。他盯着床顶的雕花纹路看了片刻,渐渐地,一阵困意袭来,越星文沉沉地进入了梦乡。

他做了个很奇怪的梦。

梦里,他穿上大红嫁衣,盖着大红的盖头,被人扶着往前走。脚下的石板路弯弯曲曲,周围还种了很多花草树木,院子宽阔得看不到尽头,很像是一个大户人家。他在媒婆的搀扶下穿过长长的走廊,跨过门槛,来到一个大厅里。

耳边响起"吉时已到,一拜天地"的高亢声音。

他转身,朝着屋外躬身一拜,连续三拜之后,他被扶进一个房间。

坐在床上,他掀开了碍事的盖头,仔细一看四周,发现房间内的雕花木床、衣柜、梳妆台还有木桌,陈设跟客栈的一模一样,桌上摆着一对红烛。

他的目光扫过四周,在枕头下面发现一对红色的布娃娃。

布娃娃的身上扎了一根很长的银针,银针将一块白色的布条固定在娃娃身上,布条上似乎写了很多数字,只是看不清。

就在这时,外面的走廊忽然响起一声震耳欲聋的尖叫,越星文被吵醒,翻身下床,刚要冲出门,房门忽然被推开,一阵冷风刮过,吹灭了屋内的蜡烛。

屋内的光线顿时变得昏暗,苍白的月光下,一身大红嫁衣的女子,忽然如鬼魅一般出现在越星文的床边。她的红盖头被风吹走,露出一张脸,脸色白得像是糊了一层面粉,嘴唇却鲜红似血,额头还有一颗圆润的红色朱砂痣,笑容诡异。

越星文头皮发麻,立刻拿出手中的词典朝她脑袋猛砸过去!

然而,那词典直接从她身体穿过,"砰"的一声砸到墙上——她的身体就像是摸不到的虚影,只轻轻晃了一下,便伸出利爪猛地掐向越星文的脖子——

越星文转身就跑,跑到门口,却见那扇门忽然在眼前关上,无数红色的绫罗绸缎从新娘手中飞出,像是长着眼睛的灵蛇一样瞬间包围在越星文的身边。越星文灵活地弯腰躲过那些绸缎的攻击,三两步冲到窗边,大喊一声:"江平策!"

隔壁房间江平策忽然推开窗户,右手飞快地画出坐标系。越星文在看到他的那一刻就毫不犹豫地往下跳,有江平策在,从三米多高的位置跳下来也不会摔残。

越星文双脚落地,身体微微晃了晃,江平策急忙伸手扶住他。紧跟着,这一侧的窗户全开了,刘照青和柯少彬也在江平策的眼神示意中咬牙跳了下来。

三米多高,大家跳下来都没有受伤。

第七章 死亡密码

刘照青脸色铁青："是红衣新娘，我的手术刀根本不管用。"

柯少彬颤声道："真……真是恐怖副本！"

越星文迅速冷静下来，道："这是一种幻影，想杀掉她是不可能的，我们只能跑！快去跟其他人会合。"

几人快步来到客栈门口，秦淼和秦露已经用"板块运动"移动下来了，高永强和高小欣这对情侣也在，但另一对情侣不见踪影。

越星文沉着脸问："还有两个呢？"

秦露小声道："我听见那个骆佳佳在尖叫，我让她往我这边跑，他俩大概没听见，直接往楼梯那边跑过去，然后就不见了……"

越星文大声喊道："骆佳佳！"

客栈内没有回应。

高小欣的脸色有些难看："该不会出事了吧？"

越星文来不及细想，客栈的门忽然开了。

连续七个穿着红色嫁衣的女人从客栈里走了出来，她们长相各异，妆容却很相似，额头都点了一颗红色的朱砂痣。

成群出现的红衣新娘让人头皮发麻！

她们的身形如同鬼魅，越星文只觉得眼前一晃，那七个新娘就瞬间将他们团团围住。

这么多的红衣新娘，这个"七号客栈"到底有什么秘密？！

七个新娘的脸上带着奇怪的笑容，手中的红色绸缎朝众人飞出，遮住了头顶的月色。越星文急忙喊道："大家快到秦露身边！"

众人聚到秦露周围，秦露手指飞快地在地球仪上点了两下，全体运用"板块运动"瞬移到树林里，将这群厉鬼远远甩在身后。

高小欣继续紧张地问："骆佳佳呢？"

越星文道："我刚才已经说过了，遇到危险，能出门的话立刻出门往4号房间秦露的门口跑，她反过来往楼下跑，很可能是被拦住了。"

想起刚才客栈里传来的凄厉尖叫声，高小欣不由全身一抖，急忙看向身边的男朋友："你在课题组频道发消息叫他们啊！"

高永强脸色严肃，飞快地在课题组频道打字："陆凯、骆佳佳，快来树林！"

然而根本没有回应。

高永强脸色铁青："我表弟平时就是慢性子，每次约吃饭都迟到，真是服了他了！"高小欣咬了咬嘴唇没说话。

越星文低声在秦露耳边叮嘱几句。

233

这群红衣新娘很快就追了过来，她们的身体飘在空中，像是会飞的红色幻影，转眼间又将众人团团围住。秦露再次使用换位技能："移形换位！"

她的换位技能升级之后，可以用六次了，用法是在当前场景设定六个点，代表地球仪上的六大板块，任何点位之间都可以交换。越星文让她将大家换回客栈，一来躲避新娘的攻击，二来也顺便去客栈看看那对情侣是什么情况。

让越星文直接无视同学的生死，他做不到这么冷血，至少活要见人，死要见尸。

眨眼睛，众人又被移回客栈门前。

高小欣满脸写着震撼："地……地理系这么厉害啊？"

秦露看她一眼，绷着脸说："让大家聚集到我房间门口，自然是因为我可以带你们换位逃走。你那个朋友不相信我，刚才叫她过来，她疯了一样往楼下跑……"

高小欣脸色尴尬："她……她这个人疑心比较重。"

越星文看了江平策一眼，后者会意，两人迅速来到客栈右侧的走廊。江平策右手微微一抬，直接带着越星文直线上升来到二楼的窗口。

越星文推开窗，一个翻滚进了屋，江平策紧跟着跳进屋里——

屋内的蜡烛已经被风吹灭，借着月光，只见一个男生倒在地上双眸紧闭，金边眼镜掉在旁边摔裂了，女生不见踪影。

越星文用力掐了一把男生的人中："醒醒！"

那男生迷迷糊糊地醒了过来，越星文问："骆佳佳呢？"

男生一脸茫然："佳佳？"他似乎反应过来刚才发生了什么，急忙起身往外冲。

江平策冷着脸拦住他："别添乱，你先下楼。"说罢就拎小鸡一样拎住他的后衣领，直接将他从窗户丢下楼，使用坐标系让他稳稳落地——江平策刚刚召唤出的坐标系还没有冷却。

越星文快步出门，朝楼梯方向走了几步——

只见楼梯下方，一个穿着白色连衣裙的女生仰面躺在青石板上，眼睛因为惊恐而瞪得极大，头发凌乱地散开，脑袋周围是一摊刺眼的鲜血。显然，她在慌乱逃跑的过程中失足从楼梯摔了下去，又或者被红衣新娘推了下去，脑袋正好磕到坚硬的石板，当场毙命。

越星文闭了闭眼。

这是他第一次看见活生生的同学死在自己面前，女孩脸上惊恐的表情和周围刺目的鲜血让他的心脏一阵发紧。

第七章 死亡密码

江平策攥住他的手臂："走。"

越星文跟着江平策跳窗出去。

楼下，秦露拿着地球仪正在等他们。新娘飘动的速度快如闪电，又一次追上来包围住了他们，秦露看见江、越二人，手指立刻在地球仪点了两下："移形换位！"

众人来到刚才在树林里设定的位置，摆脱红衣新娘的包围。

刚刚被救下来的陆凯双手颤抖着将碎掉的眼镜戴在鼻梁上，声音干涩地问："我女朋友骆佳佳呢？"他将目光投向越星文。

越星文沉声道："摔死了。"

听见同学死亡的消息，大家的脸色都微微一变。

秦露咬着唇："她应该往我这边跑的，我当时要是能拉住她就好了……"

陆凯大吼一声："死了？不可能！你在开玩笑吧？我要回去看看！"

越星文的耳朵快要被他吼聋。

江平策蹙了蹙眉，目光冷冷地盯着他："吼这么大声，刚才遇到危险的时候怎么不知道保护女朋友？想回去看，请便，没人拦着你。"

陆凯狠狠地瞪向江平策，却被对方锐利的目光看得脊背发凉。

越星文第一次听见江平策斥人，严厉冰冷的声音，瞬间从气势上压制住了对方。陆凯哑口无言，白着脸默默站去了表哥的身后。

江平策嘴角浮起个冷笑："看来，你也不是特别喜欢她。"

如果真喜欢一个人，是拼了命也会保护好对方的。

高永强白了表弟一眼，转移话题："那些红衣新娘会不会追过来？我们该怎么办？"

越星文道："红衣新娘是幻影，我们碰不到她们的身体，也就没法杀死她们。刚才刘师兄的手术刀、我的词典，砸到她们身上会直接从身体穿过去，对她们全都没用……"他看向身边的同学们，"我想做一个实验，需要大家配合一下。"

秦淼干脆地道："你说吧。"

越星文道："待会儿等那些新娘过来，柯少放小图出去吸引她们，大家也用一些控制技能试试，看哪些技能对她们有效。"

众人纷纷点头。

话音刚落，那群红衣新娘就闪电般飞过来包围住了他们。

柯少彬急忙叫出小图，让小图唱着歌往树林深处快速滑去。新娘们果然被小图的歌声吸引，跟着小图整整齐齐地飘走。

小图的歌声只能维持一段时间，歌声结束后她们又飘了回来。红衣新娘手

235

中的红色绸缎倏地探出，眼看那绸缎就要缠上大家的脖子，秦淼忽然右手一抬："杯酒释兵权！"

所有红衣新娘手里的红色绸缎瞬间落地。历史系的这个缴械大招打群架确实好用。

越星文急忙道："跑！"

众人朝着树林外面狂奔，越星文一边跑一边喊："中文系师妹，你的省略号呢！"

高小欣似乎终于反应过来，右手飞快地写了好几个省略号。

那些红衣新娘眼看就要追上他们，被省略号的"放慢节奏"给影响，动作瞬间卡壳。高小欣意识到自己的技能对她们有用，紧跟着又画出一大堆感叹号丢了过去。

一个个感叹号像是利箭一样从天而降，却全都穿过新娘的身体，在地上连续砸下好几个坑。刘照青回头看了一眼，忍不住吐槽："这连续往下砸的感叹号怎么跟棒槌似的。"

高小欣哭笑不得："但是攻击没有用啊！"

越星文道："问号。"

高小欣一边跑一边画问号往身后甩过去，一群红衣新娘满脑袋都被问号包围，她们停在空中，一脸迷茫，显然是被问号给搞蒙了。那一幕画面看着反倒有些搞笑。

没想到中文系的控制还挺好用。

几个人以最快速度冲出树林，气喘吁吁地停下脚步，回头一看——

那些红衣新娘并没有再跟上来。

高小欣心惊胆战："什么情况？她们不……不追了吗？"

越星文轻轻呼出口气，分析道："第一，她们的活动范围包括客栈周围以及树林，只要我们跑出这片树林，她们就会停止追击；第二，由于新娘是幻象，我们没法用任何物理攻击、魔法攻击伤害到她们，但控制技能对她们有效。"

江平策总结道："也就是说，遇到红衣新娘，我们只能控制住她们，然后逃跑？"

越星文点头："对。比'心血管病区'的夜间大逃杀稍微难一点，好在可以应付。"

"心血管病区"的怪物虽多，但能杀死，杀一只少一只。红衣新娘数量虽少，速度却极快，几乎是瞬间就能飘到身前，手里还有可以发起远程攻击的红色绸缎作为武器，一不小心就会被她们的红绸给勒断脖子，而且她们不能被杀死，

第七章 死亡密码

所以大家只能逃跑。

还好她们活动范围有限，跑出树林也就狂奔一公里左右，在秦露的"板块运动"的帮助下，用腿逃跑的距离还能缩减一半，对他们来说并不难。

越星文微微呼出口气，看向大家道："你们睡着之后，有没有做奇怪的梦？我梦见拜堂成亲的画面，还在婚房看见了一对布娃娃。"

江平策道："我梦见一个护卫在屋里画画，画上的女子极美，穿着一身大红的衣服，衣服上有种奇怪的花纹。"

刘照青挠了挠后脑勺："我的梦里，一个女孩在树林里被蛇咬伤，一个路过的年轻郎中救了她，帮她吸出毒血，并且背着她去医馆治好了伤。"

柯少彬认真地说道："我梦见一个穿粉色衣服的女人在缝布娃娃，一针一线缝得很认真，还给布娃娃穿上红色衣服。她在写纸条，上面好像有数字，但是我看不清楚。"

秦淼道："我梦见一个媒婆带着很多聘礼去一户人家提亲，那户人家的门口写着'苏府'，看上去不是大户之家，院子很小，只有一个丫鬟和一个护卫。"

秦露说："我的梦好像能跟姐姐的接上——苏家答应了这门亲事，说过了年就将苏小姐送去赵府冲喜。听媒婆的话音，那位赵公子病魔缠身，快不行了，苏小姐跟他八字相合，算命先生说，冲喜的话赵公子还有一线生机。他们给了苏家好几箱金元宝。"

越星文目光扫向情侣组："你们呢？"

高小欣道："我梦见一个穿着红衣服的新娘被装进棺材里，脸色惨白，可吓人了。"想起梦里的棺材，她就忍不住脊背发毛。

她男友高永强也说："我的梦跟小欣一样，也是个装着新娘子的棺材，棺材被埋进了地里。"

陆凯一脸迷茫地说："你们都做梦了吗？我怎么没做梦……"

众人齐刷刷地回头看他，越星文皱眉："你没在那张木床上睡觉？"

陆凯小声辩解道："那张木床都已经发霉了，佳佳说，被子有可能是死人盖过的！我们怎么能到床上去睡？我们都是趴在桌上睡的。"

江平策冷冷地道："你俩考试不听题目？"

秦淼也沉下脸："机械音相当于每场考试的考官，不是说了'请各位同学分配房间，上床睡觉'吗？'上床睡'！那么明白的三个字，你们没听见啊？！"

秦淼说话挺不客气，陆凯被她说得脸色一阵青一阵白。

高永强倒是挺会做人，立刻转身劈头盖脸骂了表弟一顿："你平时就磨磨叽叽，吃个饭都迟到，现在可是图书馆！能不能认真点？！还有骆佳佳，大小姐

237

的臭毛病改都改不掉，来这里秀什么洁癖……她被淘汰了，我就不说她了。你要是不想死，后面别犯错连累大家，听见没？"

说罢他就一巴掌拍过去，拍得陆凯差点脑震荡。陆凯连忙回应："知道了哥……"

高永强开口骂了，越星文等人也不好再继续骂。

越星文轻轻揉了揉太阳穴，当初让大家分别睡八个房间，就是担心晚上收集线索会有遗漏。结果，陆凯、骆佳佳这对情侣真不靠谱，居然连机械音的提示都能粗心忽略，还因为洁癖嫌弃被子不干净，没有在床上睡觉，因此也就没接收到夜间的剧情线索。

之前几次课程匹配的同学都很厉害，让越星文有种"图书馆的同学都很强"的错觉，事实上，像这对情侣组这样的菜鸟也有很多。

越星文移开目光，看向江平策，分析道："目前已经出现的人物，包括苏小姐、赵公子、郎中、护卫、粉衣女子、媒婆。8号房的骆佳佳和陆凯可能漏掉了一些线索，但影响不会太大。当初课程提示有说，如果匹配的考生不够，单个课题组也可以开启考场，那就说明四个人也能过这一关，线索肯定还会重复给我们。"

越星文的这段话让大家的情绪好转了很多。有个能稳定军心的人真的很棒，要不然，大家可能会陷入对陆凯、骆佳佳两人的抱怨和"是不是漏掉线索就不能过关了"的焦虑中。

秦淼疑惑地问道："这次是用梦境的方式给线索，每个房间一段梦境？这几天的梦境可能会重复？"

越星文点头："嗯，或许可以理解为'冤魂托梦'。我跟柯少梦里的布娃娃身上都有纸条，肯定是非常关键的信息。梦里看不清纸条的内容，但我觉得布娃娃有点像诅咒娃娃，身上贴的可能是生辰八字。"

秦淼赞同道："古人确实喜欢用扎小人、写生辰八字的方式来诅咒某人。缝娃娃的粉衣服女人，到底要诅咒赵公子还是苏小姐？"

秦露猜测道："从媒婆的话来看，赵公子病入膏肓，赵家走投无路，才想用冲喜的方式让赵公子的病好起来。会不会他的病，就是因为被布娃娃诅咒了？"

柯少彬提出不同意见："可我梦见的那个女人缝布娃娃的时候，笑容很诡异，感觉像是讨厌极了某个人。也可能她是嫉妒苏小姐，扎布娃娃诅咒苏小姐呢？"

越星文道："天亮再调查吧。"

目前还是有很多谜团。

最让越星文疑惑的是，梦里的剧情，很像一段古代多角恋，加上封建迷信所引发的惨案，最终新娘也被装进棺材埋掉了。

为什么跟这个客栈毫无关联？

由于陆凯和骆佳佳遗漏了 8 号房的剧情线索，越星文目前也没法确定新娘的死是跟这个客栈本身就没关系还是正好被漏掉了。必须再收集一轮线索才能继续往下分析。

想到这里，越星文便道："大家先在树林外面凑合睡吧，天亮了再说。"

大家只好各自找了棵树，背靠着树干睡下。

凌晨的时候，越星文忽然被一阵争论声吵醒。他皱着眉睁开眼——不远处两个男生正在吵架，正是陆凯和高永强这对表兄弟。

天蒙蒙亮，越星文所在的角度能看清高永强的侧脸。

高永强脸色铁青，指着陆凯压低声音骂道："你是不是脑子有病？！按照规则，每门课都有重修的机会，骆佳佳又不是真死了，回到图书馆就能看见她，你纠结什么！"

陆凯背对着越星文，背影单薄清瘦，声音在微微发抖："不是骆佳佳的原因！这个图书馆我一分钟都不想再待下去了。一开始的兔子、猴子我还能忍，后来变成一堆怪物，现在连冤魂都出来了！以后还有什么你知道吗？说不定会出现各种吃人的怪兽！"

高永强沉着脸没说话。

陆凯哽咽道："哥，我们现在只拿到 10 个学分，要 100 个学分才能毕业。你有没有想过，这样恐怖的事情我们还要经历多少次？我真的快崩溃了！"

高永强眼眶发红："我也不想来这个图书馆！但是有什么办法？已经来了啊！你现在放弃，就不怕图书馆说的是真的，现实中的你也会被抹杀？"

陆凯拼命摇头，像是在说服自己："我不信图书馆能影响到现实世界，这里的一切都太假了！"他忽然灵机一动，"说不定在这里死掉，在现实中才能复活？"

"你难道想死一次试试？你疯了！"高永强伸手就要揍他。

陆凯闪身一躲，声音带着哭腔："反正我不想浪费时间在这里受虐，你要继续就留着。我想回去！我要回去！"

他的情绪明显有些崩溃，说罢就转身冲进了树林，如同脱缰的野马一样根本拉不住。越星文很快就听见树林深处响起"啊啊"的惨叫声，那声音高亢、尖锐，如利刃划破寂静的天际，吵醒了所有睡觉的同学。大家惊恐地睁开眼睛："怎么了？"

柯少彬的眼镜歪去了旁边，他急忙戴回去，如同灵活的兔子一样蹦到越星文面前，全身紧绷："什么情况，红衣新娘追来了吗？"

越星文看向高永强，后者脸色黑如锅底，不知道该怎么解释。

见他不解释，越星文只好说："陆凯同学放弃考试，冲进了树林里。"不用继续说，大家都明白了刚才那惨叫声的来源。

高小欣脸色苍白："他放弃考试？是为了佳佳吗？"

这个女生还对爱情抱有美好的幻想，觉得是骆佳佳的死刺激到陆凯，所以陆凯去陪女朋友了。但实际上，陆凯放弃考试，根本不是因为女友的死，而是他自己怂。

男生当中也有胆小的怂包，越星文不知道该怎么评价这位同学。

高永强走过去轻轻握住女友的手，声音透着浓浓的疲惫："等将来出去了，我绝对揍得他连他亲妈都认不出来！从小娇生惯养，被我小姑给宠坏了。"

高小欣咬了咬嘴唇，没再说话。

被打扰睡眠的江平策明显不太高兴，冷声道："红衣新娘不来追他，他自己跑去送死，这位同学可真有创意。"

天已经亮了，被陆凯这番操作吵醒，大家也没了睡意。

见江平策臭着脸神色冰冷，越星文急忙走过去，像顺毛一样拍拍他的肩膀："好了，别生气。我知道你最讨厌睡一半被人吵醒，白天有时间了再补个觉。"

对上越星文笑眯眯的眼睛，江平策心情总算好转。

越星文回头看向大家道："陆凯同学退出考试是他自己的选择，我们不能要求每个人都有坚定的信心和毅力，他有权决定自己的命运。但是，留下的人，希望能有一点团队精神，之后的几天别再给大家添麻烦了。"

他看向高永强、高小欣这对情侣："其他人我都熟悉，就你们两位比较陌生。昨晚你们也看到了，由于陆凯和骆佳佳的疏忽大意，我们遗漏了重要线索，没法继续推理。请你们接下来尽量配合大家的行动。"

高永强立刻点头："我知道。我表弟是独生子，从小被父母溺爱，饭来张口，衣来伸手，平时生活不能自理，连袜子都不会洗。给大家添麻烦了，不好意思。"

相比表弟那对，越星文对表哥的印象还不错。越星文看向旁边的高小欣："你呢，也愿意留下吗？"

高小欣眼眶一红，哽咽着说："我不想死，我的标点符号还没升满级，还想换其他的技能书……图书馆虽然危险，但也不是没法通关吧？至少要试试。"

越星文温和地道："你说得没错，我们中文系可以兑换的技能书很多，课程会变难，但我们的能力也会变强。努力试试吧，说不定就过了呢！"

高小欣用力点头："嗯，谢谢学长！"

第七章 死亡密码

越星文带着大家回到客栈时，天已经彻底亮了。

众人走进客栈，看见躺在地上满脸是血的骆佳佳，强烈的视觉冲击让所有人的脚步蓦然一僵。高小欣扭过头，身体一直在发抖，高永强低声道："她会在图书馆复活的，别难过了。"

柯少彬说："把她的尸体搬走吧？我们总不好围着她的尸体讨论。"

江平策运用坐标系将骆佳佳的尸体运去远处。

天亮之后再看这座客栈，比昨晚黑暗中看到的要气派很多。他们昨晚没探查到的角落里居然还有一扇暗门，被一把铁锁给锁住了。

越星文在暴力破坏铁锁和找钥匙之间犹豫几秒，选择了后者："大家分头找找，看看这个房间的钥匙藏在哪儿。"

八个人迅速分工，四个去楼上的房间找，剩下四个在一楼到处翻。

过了片刻，秦淼忽然说："我找到了。"

越星文回头，只见她手里拎起一串钥匙，居然是从角落的花盆里面找到的。

楼上的同学听见之后也立刻跑下来。

秦淼将钥匙递给越星文："我数了一下，有十一把。其中八把应该是二楼客房的钥匙，一把是这个暗门的，剩下的两把不知道用途。"

江平策忽然眉头微蹙："等等。"

高大的男生快步走到越星文面前，接过这串钥匙仔细研究片刻，然后说："我想到了，'死亡密码'的课程考试内容是'数字推理'，但考官并不是直接给我们一串数字密码让我们猜，而是将数字密码散落在整个考试的过程当中。"

其他人听了江平策的话，似懂非懂。

越星文立刻明白过来："你的意思是，从进入考场开始，遇到的所有跟数字有关系的线索，会变成串联起整个案件的关键？这就是'数字密码'？"

江平策点头："是。你们有没有察觉到很多不对劲的地方？"

众人齐齐点头。这个地方阴森诡异，从昨晚走进来开始人家就觉得浑身不对劲。可到底奇怪在哪儿，大家又说不出个原因来。

江平策道："首先，这栋客栈从外面看上去很像是三层。"越星文立刻接话道："但是内部的结构是两层，数字对不上？"

江平策点了点头，继续说："二楼的房间，是八间。"他看向越星文，后者接着他的话道："而红衣新娘的数量却是七个？"

两人一唱一和，同学们听到这里总算是明白了。

刘照青一拍脑门："没错，这些数字都在提醒我们客栈不对劲！根据数字来推理，才能发现客栈的秘密！"

江平策道:"我们刚找到一扇昨晚没注意的暗门,加上二楼的八个房间,目前只需要九把钥匙,可钥匙串上有十一把,说明,这个客栈还有别的房间没被我们找到。"

越星文继续说:"七个新娘,也跟我们梦境的内容完全对不上。我们获得的剧情线索可以连贯起来——女主角是苏家小姐,男主角是疾病缠身的赵家公子,配角有护卫、郎中、粉衣女子、媒婆和双方父母。哪来的七个新娘?"

秦淼道:"古代男人娶几个老婆并不少见,赵家那么有钱有势,会不会是找了七个女孩子一起给赵公子冲喜?"

越星文思考片刻,道:"在古人的认知当中,七是'阴阳'与'五行'之和,人死后也有'头七回阳,了却心愿'的说法。如果,赵家为了给病入膏肓的儿子冲喜,花高价买来七个新娘,结果冲喜不成,赵公子死了,他们就将七个新娘全部杀掉,送去跟儿子结阴亲……是不是这一切都能说得通?"

众人仔细琢磨了一下越星文的话,这个推测确实能解释七个新娘的存在。

江平策道:"但两只布娃娃的诅咒跟这个推论对不上。"

越星文也知道这一点,立刻安排道:"先把钥匙跟房间对上。秦淼、秦露、高小欣,试钥匙的任务交给你们三个女生。"他从词典上撕下来一张纸,道:"每个房间对应哪一把钥匙,写个字条贴在上面,方便对号。"

三个女生接过越星文给的白纸,拿着钥匙上楼,一个一个房间地试。

江平策看向高永强,问:"我记得,你是南阳交大建筑系的,对吧?"

高永强急忙点头:"嗯。我能帮上忙吗?"

江平策淡淡地道:"跟我过来。"

剩下几人跟着江平策走出客栈,江平策问:"建筑测绘,会吗?"

高永强双眼一亮:"会的!"

其实江平策自己也可以用坐标系测量数据,但这对情侣既然愿意留下,江平策想让他们也参与进来。有了参与感,两人才能渐渐信任大家,不拖后腿。

江平策道:"我们先从外部测量,写出建筑外围的具体数值,再进行内部测量,绘制出建筑内部的详细图纸。内外一对比,我们就能找到这个客栈到底哪里不对。"

人的视觉很容易产生误差,并且受各种光线、颜色的影响,空间设计中也经常利用视觉效应,人走进一个房间后眼睛所看到的,不一定就是房间本身的样子。

客栈给人的第一感觉就很奇怪,具体怪在哪里?——江平策相信数据。

高永强拿出纸笔,还有一个看似像计算器的工具。他在自己所站的位置做

第七章 死亡密码

了一个记号,然后快步后退到客栈的另一头,按下工具上的按钮,一道红色的激光朝前方射出,他的工具屏幕上立刻出现了精确到小数点后两位的数字。

见高永强在图纸上写写画画,越星文走过去道:"你这是建筑系发的测量工具吗?"

"嗯,这叫激光测绘仪,所有建筑系的学生通过入学考试之后,都会发这个工具,可以精确地测量两个点之间的距离。"

就跟计算机系给所有学生发笔记本电脑一样,建筑系给所有学生发测量工具和图纸,倒是给学生们提供了很多方便。

高永强很快就将客栈外围的数据测量完毕,在图纸上画出一个立体图形,标注了客栈的长、宽、高等参数。然后,三人走进屋内,将客栈一楼、二楼的所有空间、走廊、房间内部,也依次测量完,由高永强画出精确的建筑图纸。

众人在一楼会合。

秦淼将那串钥匙递给了越星文:"十一把钥匙,其中的八把对应二楼的八个客房,已经全部做好了标注;一把可以打开我们刚才发现的暗门;剩下的两把目前还不知道用途。"

越星文接过钥匙:"辛苦了。我们先去看看暗门里面有什么。"

他和江平策一起走到一楼角落的门口,将秦淼标注的钥匙插进锁孔,铁锁果然被打开。越星文推门一看,只见屋内摆着张超大的实木圆桌,桌旁环绕放着八把木椅,椅子背后雕刻了从"壹"到"捌"的数字,跟二楼的房间号一致。

越星文道:"八个座位各自编了号码,是对应楼上的八个房间?"

江平策蹙眉:"客栈里,为什么会出现类似'圆桌会议'的地方?"

刘照青听到这里,扭头看向秦淼:"师妹,你学历史的,能给个解释吗?"

秦淼道:"古人很讲究身份尊卑,很少会一群人围绕着一张圆桌坐下来开会,他们举行会议的时候通常会在大堂里面,身份高贵的坐在首位,其他人分坐两侧。这个房间肯定不是会议室,反倒像是餐厅。"

可是,餐厅需要用一把锁单独锁起来吗?

高永强走进来,迅速测量了这个房间的数据,对图纸进行补充。

越星文和江平策默契地分开走到两边,沿着屋子内部的墙壁轻轻敲击,果然在角落里又发现了一扇暗门。这扇门没有上锁,推门进去,居然是个厨房。

厨房面积也很大,有一排泥土做成的灶台,旁边是案板和菜刀。那菜刀上面有明显的血迹,也不知是杀猪宰羊留下的鲜血,还是杀人留下的。

越星文看了高永强一眼,后者立刻上前测量数据。江平策在厨房内继续寻找,没再找到其他的暗门。众人返回一楼大厅,开始分析高永强绘制的客栈建筑图纸。

  这客栈的外部结构是个规规整整的长方体，长二十米，宽十二米，高七米五。

  由于现代民居建筑每层的高度在二米五到三米之间，大家第一眼看见这客栈的时候，下意识地认为它是三层楼——因为它跟大家在现实中看到的三层高的楼房差不多。

  走进客栈时才发现是两层，层高目测超过了三米，就跟别墅客厅挑高了一样，十分宽敞阔气。

  如今，仔细对比图纸，江平策很快就发现了不对劲："建筑外部测量总高是七米五，但内部测量的结果，一楼大厅层高三米五，二楼客房高三米，差了一米。"

  众人将目光投向高永强，后者挠了挠脑袋，道："我用激光测绘仪测的数据肯定不会出错，两层楼之间使用的是木质制结构，地板的厚度也不可能达到一米。"他想了想，确定地说："误差这么大，只有一个解释——这栋楼还有我们视觉上看不出来的夹层。"

  外面高七米五，内部高六米五，有一米左右的高度凭空消失了，说明客栈内部还有隐藏空间。

  江平策拿数据说话的建议确实有效，能很直观地看出区别。

  越星文道："高度差一米，存在夹层或者是阁楼。继续看长、宽，看能不能对得上。"

  高永强飞快地算了算，道："客栈总长二十米，一楼的大厅和隐藏密室、厨房全部加起来长度刚好二十米；二楼的客房左、右各四间，每个房间东西朝向四米、南北朝向五米，加上楼梯空间和走廊，总长度十八米，总宽度十二米——宽对得上，长度缺了两米。"

  江平策仔细看着他画出来的图纸。

  由于二楼走廊位于房间之间，没有窗户，看不到外面，人走进这样半封闭式的空间时没有任何参照物做对比，来到走廊尽头，就会下意识以为自己走到了终点，当然不会察觉到二楼的长度和客栈外面测出来的长度差距达两米。

  二楼缺失的长度，自然是因为存在他们没有发现的密室。

  江平策道："去二楼最里面的房间找。"

  众人迅速上楼，越星文和江平策走在最前，两人各自带队走进走廊尽头的1号、2号房间。在墙壁上敲敲打打了一阵，忽然，大家耳边同时响起两个人的声音："找到了。"

第七章 死亡密码

越星文问:"是在床的后面吗?"

江平策的声音从另一侧传来:"没错。进去看看。"

密室的门正好被靠墙放的木床给挡住了。

由于木床的四周围了床幔,凭肉眼根本看不出异常。越星文让刘照青和柯少彬合力挪开木床,他走到对面房间,江平策果然在同样的位置找到了一扇门。

两人一起将床挪开。墙壁上的石砖是空心的,敲打时会发出"咚咚"的回音,越星文将砖一块块拿下来,果然发现一扇木门镶嵌在墙里面,上面还挂了把铁锁。

秦淼刚才找到的钥匙只有两把不知用途,越星文将其中一把试着往锁孔里插,果然听到"哐当"一声,铁锁打开,越星文戒备地拉开木门——

这木门十分狭窄,只能容一个人通过。越星文猫着腰走进去,大量灰尘扑面而来,呛得他不住咳嗽。江平策在身后道:"没事吧?"

越星文咳了几声,用手挥去面前的灰尘,道:"没事。给我根蜡烛。"

江平策将蜡烛点燃递给他。越星文举起蜡烛仔细一看,脸色不由微变,道:"你们都进来看看吧,这里面的空间还挺大。"

江平策第一个走进去,其他人依次跟上,对面的刘照青几人听到这话也走了过来。

越星文举着蜡烛站在密室中间。这是个二米乘以六米的狭长空间,空荡荡的房间里做了三面墙的衣柜,里面挂满了一大堆色彩各异的衣服,有男有女,全是古代服饰,甚至有金色的皇帝龙袍、贵妃服装、配套的首饰,以及江湖气息浓厚的男女侠客服饰、佩剑。

刘照青愣了愣:"这客栈主人有衣服收集癖吗?居然在密室里搞了个衣帽间?"

确实很像是衣帽间,色彩、种类都挺丰富。

秦淼道:"你们看,这几套锦衣卫的服饰,还有女子的襦裙、袄衫属于明代;龙袍和贵妃的服饰风格更像是唐代。这些佩剑、长刀之类的武器,我看不出是哪个朝代的。"

江平策忽然从衣柜最里面拿出一个帽子:"怎么还有清朝的衣服?"

清朝的女子,尤其是格格,脑袋上戴的那个大拉翅真是别具一格,清朝男子的帽子和长辫子也跟其他朝代完全不同。

越星文走到江平策身边,又从他面前的衣柜里翻出个帽子,后面是一根长长的黑色麻花辫。越星文看了江平策一眼:"还有假发?"

清朝男性的辫子头,特征再鲜明不过。

众人都有点蒙，柯少彬更是满脸问号："这客栈主人收集衣服，怎么还能收集到清朝的衣服？秦淼不是说，这建筑风格是明朝的吗……"

越星文分析道："有两种可能——第一，这建筑是明朝时期遗留下来的，我们所在的时代，其实是清朝，客栈主人是清朝人，爱好收集各个时代的古装服饰。"他回头看向众人，"你们昨晚的梦境中，有见到男人吧？留着辫子头吗？"

刘照青道："我梦见的郎中没留辫子，长发在后面扎了一小部分，绑上发带，是古装剧里常见的那种发型。"

江平策道："我梦见的护卫也没有辫子。"

越星文笃定地说："那就不是清朝。第二种可能，"他回头看向队友们，"你们去过那种专门拍摄古装写真的影楼吗？"

众人一听这话，顿时醍醐灌顶。

如果他们所在的时代是明朝，明朝的客栈老板不可能预料到百年后有清军入关，更不可能收集到清朝的服饰。如果是清朝，跟梦境里人物的装扮完全对不上。明朝风格的建筑、家具，更不可能是明代以前的唐、宋能有的。

所以，他们事实上并没有穿越去古代，而是身在现代！

客栈老板将这里修成了仿明风格的建筑，却因为密室里的衣服而露出马脚。

柯少彬还是不懂，困惑地挠了挠脑袋："如果这里是现代影楼的话，没有开关、灯泡、插座、网线，他们怎么办公？就算专门搞个古色古香的外景用来拍写真，也不至于连一丝现代的痕迹都不留下吧？"

越星文道："去对面的密室看看。"

众人来到1号房间。刘照青刚才已经将床后面的砖头拿开，越星文用剩下的一把钥匙开了门，拿着蜡烛率先走进去，江平策紧随其后。

两人进屋后，忽然沉默了。

令人窒息的静默让队友们都有些担心，高小欣忍不住声音发颤："怎……怎么不说话啊？是密室里发现什么恐怖的东西了吗？"

江平策沉声道："你们自己进来看吧。"

他往侧面让了个位置，队友们排队走进屋。刘照青一进去就惊叫了一声，柯少彬紧跟着发出短促的"啊"，秦淼和秦露进去后都没出声。高小欣更加疑惑了，心惊胆战地走进去，然后整个人如坠冰窖，瞬间僵成了一尊雕像。

两米乘六米的狭长密室里，并排摆放着七把木椅，最中间的一把空着，剩下的六把椅子上坐了六个人——不，是六具尸体，只剩下森森白骨的尸体！

白骨的身上全都穿着鲜红的嫁衣，腰部被红色绸缎固定在了座位上。

这一幕诡异的场景让大家头皮发麻。江平策皱眉看着面前整整齐齐的骷髅

第七章　死亡密码

新娘，低声道："看来，这里就是客栈老板的储藏室——专门用来藏尸的。"

在烛光的照射下，白森森的人骨和大红的喜服形成了鲜明的对比，这诡异的一幕让同学们脊背发毛。

越星文昨晚就睡在1号房，旁边居然是个藏尸房！

他身上起了一层鸡皮疙瘩，强忍着恶心，回头看向江平策说："凶手显然心理变态，杀这么多人，还给死者穿上新娘的衣服，整整齐齐地摆放在这里，把这里布置得像个'新娘展览馆'。"

并排摆放的六具尸体不但穿的衣服一样，连坐在椅子上的姿势都一模一样，就像是服装店里用来展示的模特。只不过，这些"模特"已经变成了森森白骨。

江平策分析道："凶手对红衣新娘有这么强的敌意，有可能是曾经受过红衣新娘的伤害，怀恨在心，渐渐导致心理扭曲，于是通过屠杀新娘来平息心理上的愤懑。"

越星文点头赞同："很大可能是这样。我奇怪的是，新娘的尸骨只发现了六具，昨晚追杀我们的红衣新娘却是七个，数目对不上，还差一个呢？"

江平策目光环顾四周，道："两个储藏室的面积都是两米乘六米，正好能填补建筑图纸的空缺，二楼不可能再出现密室。但高度还缺了一米，说明有一层我们没发现的阁楼。"

越星文道："大家出去找找看吧。"

众人从储藏室退了出来。

越星文爬上木桌，踮起脚，一边用指关节敲了敲天花板，一边安排道："两人一间房，仔细查看天花板和地板，看看有没有中空的结构。"

八个人迅速分组去各个房间寻找，江平策留下来陪着越星文。越星文查屋顶，江平策查地板，几乎是一寸不落地进行地毯式搜索。

然而，并没有发现额外的入口。

两人退出1号房，隔壁的刘照青和柯少彬也搜完了："没发现暗门。"

其他队友结论也一样。

二楼的八个房间全都没发现，越星文站在走廊里若有所思："屋顶和地面都没有门，他总不至于盖这栋楼的时候直接把一米高的夹层给封死了，不能进出吧？"

高永强插话道："要不，把这栋楼拆了看看？"

众人：你们建筑系的，动不动就搞拆迁吗？

越星文无奈地回头看他："不能拆，我们晚上要睡在床上，才能在梦境里获得剧情线索，目前线索没收集齐全，你把房子拆了，我们的剧情线就中断了。"

247

高永强面色一红："我……我就是随口说说。"

江平策眯起眼睛仔细观察这栋楼的构造，高度明明缺了一米，怎么会找不到阁楼的入口呢？忽然，他灵机一动，道："内部找不到，就从外面找。"

他跟越星文对视一眼，飞快地转身下楼。走到客栈门口后，江平策右手微微一抬，用坐标系集合抛物线运动，带着全体队友直接飞向了屋顶。

高永强懊恼地拍脑门："我怎么没想到！客栈里面找不到阁楼入口，内部的房间又不能破坏，但我们可以从外面拆——直接拆掉屋顶不就得了！"

江平策道："大家仔细检查一下，看看屋顶的瓦片有没有松动。"

众人分组从角落开始查，过了不到半分钟，高小欣忽然拿起一块瓦片，道："我找到了，在这儿！"

越星文快步走过去，只见被瓦片遮盖的下方出现了一块可活动的木板，取掉木板之后果然是一个深约一米的狭长密室。

秦淼主动说道："我跟妹妹先去探路，你们男生个子太高，里面不好走。"

越星文将蜡烛递给她，叮嘱道："小心。"

秦淼和秦露一起跳进密室。她俩身高都在一米七以内，身材又很清瘦，弯着腰进这种密室，确实比身高一米八九的江平策和一米八四的越星文要方便许多。

片刻后，耳边传来秦露短促的叫声："啊……"

越星文担心地问："怎么了？"

秦淼淡淡地道："发现很多行李箱。让秦露板块运动，挪出去给你们看看。"

过了几秒，姐妹俩灰头土脸地从密室爬了出来，秦露说："这里面太久没人打扫，到处都是灰。我跟姐姐搜了一圈，除了行李箱，没有别的发现。"

她说着就拿出地球仪，用"板块运动"将大量行李箱挪去地面。

众人都被箱子的数量给震撼到了——居然有十个之多！

箱子大小各异，颜色有黑白、彩色，还有些是卡通图案，所有箱子都属于现代，证明他们之前的推测是对的——他们根本没有穿越去古代，这里依旧是现代世界，只不过客栈布置得比较偏古风。

缺失的一米高的"阁楼"，是客栈老板存放行李箱的地方？

刘照青头疼地揉着额角："这客栈老板是个变态收集癖吗？二楼的储藏室，一个收集衣服，一个收集新娘的尸体，楼顶还有一个储藏间专门收集箱子？"

越星文看着颜色各异的十个行李箱，若有所思："外出拍摄古风写真，需要带行李箱吗？我只有出门旅行的时候才会带行李箱。"

高小欣指着地面最中间的行李箱道："中间那个粉色米老鼠图案的行李箱，

第七章 死亡密码

跟我的是同款，能装下外出三天的衣服和化妆品。我以前也拍过古风写真，一天就能拍完。就算是婚纱照出外景，也没见人带行李去拍照的啊。"

秦淼皱眉道："感觉这里更像是民宿。这些行李箱是住客带过来的吧？"

柯少彬推了推眼镜，很是疑惑："如果是民宿的话，怎么会没有插座、网线？现代世界中没插座、没网线、没浴室的民宿，会有人住吗？手机没电了都不能充吧……"

越星文总觉得不对劲。

如果是外出取景地，刻意布置成古风建筑，可以解释环境偏古风的问题，却解释不了这么多行李箱出现的原因。如果是民宿，如柯少彬所说，就算再仿古风，连一个插座都不留，谁愿意住在这种地方与世隔绝？

行李箱的数量总共十个，这个数字也很奇怪。

越星文道："打开箱子看看。"

众人从屋顶落地，动作麻利地将箱子全部打开——

有女生行李箱，里面塞满了漂亮裙子、T恤以及化妆品。那些瓶瓶罐罐，越星文一个都不认识，全部递给秦淼她们去看。还有男性行李箱，出现了剃须刀、袜子、男士运动鞋等。有几个行李箱中还发现了书，包括一本名著、两本言情小说。

众人面面相觑。

三个女生在旁边讨论得很是热闹。

"这面霜一瓶就要好几千吧？真有钱。"

"这个女生带的化妆品，都是一线品牌啊……"

越星文对妹子们用的东西完全不了解，走过去问："有什么发现吗？"

高小欣道："从行李箱里化妆品价格来看，这几个妹子都挺有钱的，而且很重视打扮，有个箱子里光是口红就有五支。"

秦露补充说："这个白色行李箱的女主人没带任何化妆品，她的洗漱包里只有洗面奶和一瓶保湿乳液，应该是不爱化妆爱素颜的女生。"

至于衣服风格，那真是五花八门，有带性感黑色蕾丝裙的，也有带清纯女神范儿长裙的，还有走酷帅路线、带了一箱子运动装的……男生的行李箱同样五花八门。

越星文看着满地的箱子，太阳穴突突直跳："线索太多太乱，先好好理一理。"

江平策道："分类整理吧，我来列个表。"

越星文点了点头，跟江平策一起在客栈屋檐下找了个阴凉处坐下来。越星文拿出纸笔递给江平策,后者很快就画出一张详细的统计表。

江平策在"行李数量"那里填上"10",紧跟着问:"男生和女生分别有多少?"

越星文迅速清点完毕:"三个男生,七个女生。"

七个女生,这数据和红衣新娘的数量正好对上,但七个行李箱是不是正好属于七位死者,江平策还不能确定,他在这里打了个问号,继续列表清点。

众人花了一个多小时清点行李箱。

最终列出的清单当中,包括二十套女生的服饰、六套男生的衣服、四双鞋和大量的化妆品,还有三本书。这三本书越星文重点关注,并且在行李箱上标好。

江平策皱着眉看着面前的行李箱,道:"衣服,我觉得不是重要线索,太乱了,什么风格的都有,很像一群人外出旅行随身携带的行李箱。客栈应该能提供临时住宿,行李箱就是住客留下来的,这种解释最合理。"

越星文也赞同他的推测:"现实中也有一些风格独特的民宿,网红们为了拍照,会专门去住这类民宿。没有插座、网线,很可能是客栈老板故意让大家有种穿越到古代的'沉浸式体验'?但我觉得,民宿的话,说服力还是不太够。"

同学们越听越头疼。

目前线索很多,却没有一条线能将线索串起来。

刘照青疑惑道:"可这跟我们的梦又有什么关系?我梦里的场景确实很像古代,郎中背着药篓上山采药,救下一个被毒蛇咬伤的大小姐,环境也跟这里完全不像。"

高小欣紧跟着说道:"我梦见的葬礼也是古代的丧葬风格,新娘被装进棺材里,几个人抬着她一直往东面走,将她埋进地下,还立了一个碑……"

越星文问:"看清墓碑上写的是什么了吗?"

高小欣摇头:"没看清。"

越星文微微皱着眉,百思不得其解。

零碎的梦境,奇怪的客栈,储藏室里的各种古代衣服,二楼藏尸房里的六具红衣白骨,还有阁楼储藏室里的大量行李箱……

到底是什么线索才能将这些串联在一起?

越星文仔细理了理,忽然捕捉到高小欣话里的关键:"等一下,高小欣,你说梦里梦见那些人一直抬着棺材往东走,你确定是东边?"

高小欣愣了一下,点点头说:"确定。葬礼是傍晚的时候举行的,天快黑了,太阳会从西边落山,但他们一直背朝着阳光的方向往前走,不就是向东吗?"

第七章　死亡密码

越星文立刻站起来看向队友："师兄，麻烦你们跟秦露姐妹将行李箱整理一下，箱子里的东西尽量还原，暂时放去一楼的大厅。剩下的人，跟我去东边的树林看看。"

八个人分成两组行动。

越星文沿着弯弯曲曲的路来到树林外面。这里是一片荒地，但杂草和野花十分茂盛，昨晚被红衣新娘追击的时候他们一路往前跑，就是跑到这个交界处休息的。

奇怪的是，红衣新娘追到交界处就停下脚步了，感觉像是被什么震慑住了似的。

联系到高小欣所说的梦境里"送葬"的画面……如果梦境跟现实相关，那么，是不是现实中也有一个新娘被放进棺材，葬在了地下？

四个人继续往东走去。

走了大概半公里，耳边忽然响起冰冷的系统音："警告，你已来到考场边界，离开考场将判定为考试不及格。"

四个人同时停下脚步，越星文看见，正前方立着一块墓碑，墓碑上刻着："爱妻苏婉芯之墓"。

姓苏的女子！

关键线索终于找到了——还差的一个新娘，就葬在客栈不远处的一片山丘上。姓苏，跟大家梦境中的新娘苏家小姐正好能对上号。

越星文和江平策对视一眼，同时从对方眼中看到一丝兴奋。

高小欣看着面前的墓碑，脸色有些苍白："我的梦里，那个苏小姐被葬在了一片荒地，不像现在这样，墓碑的周围还开满了花……"

墓碑的周围确实开满了一种蓝色的野花，一簇簇汇聚在一起，生命力很是旺盛。越星文问："有谁认识这种野花吗？"

高小欣说："这是勿忘我，花语所表达的意思是，我对你的爱永恒不变。"

越星文若有所思地看着墓碑，然后说："挖开看看吧。"

除了江平策神色镇定，高永强和高小欣听到这句话的那一刻瞬间瞪大眼睛。高永强头皮发麻，声音都忍不住哆嗦："挖……挖开？"

越星文道："你们建筑系不是发了台挖掘机吗？你没拿到？"

高永强："可这……"

越星文拍拍他的肩膀："别怕，大白天不会有事的。我们要破解客栈的谜团，当然得先找到所有的新娘尸骨——挖吧。"

高永强哭笑不得地操控着挖掘机从侧面挖土，越星文在旁边感叹："还好这次匹配到一位建筑系的同学，不然，我们拿铁锹慢慢挖，得挖到猴年马月去。"

江平策点头："嗯。"

高永强却懊恼地想：自己大概是第一个用挖掘机去挖墓的建筑系学生了。

挖掘机三两下把周围地面给挖出个大坑，果然露出了一个刷了红漆的棺材。江平策注意到，棺材四个角上似乎有些奇怪的纹路。

越星文胆子够大，直接跳下去将棺材的盖子给推开——棺材里躺着一个红衣新娘，尸体已经腐烂，只剩白骨，但白骨右手的无名指上戴着一枚硕大的钻戒，在阳光下熠熠生辉。

越星文道："这应该就是我们梦境中频繁出现的女主角，苏婉芯。"

线索大概能对上，可时而古代时而现代的时空错乱感，还是让越星文有些厘不清头绪。江平策将他从坑里拉了上来，低声问："七个新娘齐了，回去整理一下线索吧。"

越星文点点头，四个人一起走回客栈。

来到客栈时，刘照青四个人已经将行李箱并排摆好，越星文特意把三本小说找出来放在了桌上，然后让大家先在一楼餐厅里等候，自己则上楼去把两个布娃娃拿了下来。餐厅有圆桌和八把座椅，正好可以充当临时会议室。

越星文坐在标注"壹"的椅子上，仔细观察两只布娃娃。

昨晚点着蜡烛，光线昏暗，看不太清楚，今天在明亮的光线下仔细一看，越星文发现布娃娃的背面有一部分黑色的针线显得格外凌乱，跟旁边整齐的缝针一对比，简直就是"买家秀"和"卖家秀"——有人对布娃娃重新缝合过，而且是个针线活很糟糕的人。

越星文道："师兄，借一下手术刀。"

刘照青抬起右手，变出一把刀递给他。越星文手脚麻利地用刀子挑断背面那部分缝线，将布娃娃给拆开。

遇见坟墓，说挖就挖；找到这么重要的道具，毫不犹豫说拆就拆……越星文才像是搞拆迁的吧？高永强在心里吐槽着，忽然见越星文从布娃娃身体里掏出一大堆布条。

那些布条都是灰色的，其中有几个布条上写了一些数字——

    71-16-30

    99-16-9

    281-22-1

    …………

第七章 死亡密码

围着圆桌坐了一圈的同学们兴奋起来:"数字密码出现了吗?"

越星文下意识地看向江平策,后者摇了摇头,低声说:"几串数字毫无规律,彼此也没有关联,应该跟数学运算无关,要从别的地方找对应线索。"

对应这几串数字的会是什么呢?

越星文继续拆另一个布娃娃,但没有在这个男性布娃娃的身体内发现数字。

屋内陷入沉默。

刘照青忍耐了很久,终于忍不住吐槽:"这次的课程这么难吗?线索多得我快晕了。"

柯少彬的肚子忽然"咕噜"叫了两声,他的耳根迅速泛红,小声道:"我们一整天没吃过东西了,大家不饿吗?"

忙活一整天,不知不觉天又快黑了。之前一直精神紧绷,忘了吃饭这件事,柯少彬一提醒,大家才觉得肚子里空空如也。

越星文揉了揉空荡荡的胃部,意识到一个很重要的问题:"考试要求我们生存六天,却没给我们提供食物;图书馆不至于将我们饿死,看来又要就地取材?"

高小欣道:"刚才走出树林的路上我看见很多野果,应该能吃。"

秦露紧跟着道:"我看到树林那边有大片竹笋,客栈有厨房,我们可以炒竹笋吃;树林里还有很多蘑菇,跟平时超市里卖的那种圆蘑菇长得一样,也能吃。"

见大家都很累,越星文便干脆地做出决定:"好吧,今天才第一天,我们不可能一天时间就直接破案。先吃饭,吃完饭再讨论。"

大家分头去采集野果、竹笋和蘑菇,越星文和江平策则去树林里捡柴火。

越星文边走边想,江平策看他认真思考的样子,没有打断他的思路。

过了片刻,江平策已经收集了一大捆木柴,越星文这才回过神,道:"我忽然有了一种想法,可以解释目前的一些疑点。"

江平策道:"说来听听。"

越星文理了理思绪,分析道:"我们的梦境和现实世界有种奇怪的割裂感,梦里都是古代场景,现实却是现代,不能直接画上等号。可是,梦境又跟现实有着千丝万缕的联系。例如,梦里的女主角姓苏,现实中,墓碑上的女人也姓苏。"

江平策想起刚才发现的墓碑,接着分析:"墓碑写的是'爱妻苏婉芯',梦里能称苏小姐为'爱妻'的只有跟她拜过天地的赵公子。这墓碑,说不定是一位姓赵的先生立的?"

越星文点头:"我也这么想。梦境很像是某个人根据自己的经历写下来的一个古代故事，跟现实不能完全对等，却又影射现实中的一些事情。苏小姐是女主角，串联梦境和现实的关键人物。梦里，赵公子病入膏肓，家人娶苏小姐冲喜，最后苏小姐死了。现实中，赵先生可能也是生了某种病，苏小姐在他的身边悉心照料，最后也意外身亡？"

江平策仔细琢磨了一下越星文的话，道："有这个可能。用一个故事，来隐晦地说出自己的经历，以现实作为背景太像自传小说，所以换成了古代？"

越星文接着说："这个客栈的主人很大概率就是杀死新娘的凶手。一来，客栈结构很奇怪，二楼有两个储藏室，楼顶还做了个1米高的大型储藏间，一般人盖房子不可能这么盖。他明显是早有预谋，专门设计出这座奇怪的客栈，方便杀人藏尸。"

江平策赞同："有道理。这客栈的结构，确实是刻意设计。他绝不是凑巧来到这里杀人，而是将人引到这里，杀死之后，再藏在储藏室。"

连环杀人案的凶手有一种是主动出击的，四处寻找目标，杀人的地点并不固定；还有一种就是本案遇到的凶手，找到目标后将目标引到自己的地盘，再杀死目标。

在他的地盘，他杀人自然顺手。

越星文道："我们在阁楼发现了那么多行李，显然有很多人曾经来到这里住宿。荒山野岭，没有电，没有网，现代人为什么会来这种偏僻的地方住宿？他一个人不可能绑架十几个人，所以，他一定有什么手段，吸引这些人主动来到他的客栈。"

江平策道："例如，拍摄古装写真？"

越星文摇头："我觉得，光是拍写真的吸引力还不够大，能拍古装写真的影楼多得数不清，他这个客栈风景也不算数一数二。民宿的话，吸引力更不够了，住在这里好几天，没电没网，还不能洗澡，现代人估计要疯掉。"他顿了顿，"还有一种吸引客人的手段，我刚才没跟大家说，怕猜错了会把大家带偏。"

江平策轻轻按了按越星文的肩膀："没关系，我俩先讨论讨论。"

越星文笑了笑："这猜测有些大胆，你别觉得我瞎想就行。"

江平策目光温和："不会的。"

越星文收起笑容，认真地看着江平策道："你有没有听说过剧本杀？"

剧本杀是最近几年在年轻人群体中非常火爆的游戏，江平策自己没有参与过，却听说过。所谓剧本杀，就是编造一个谋杀案的剧本，让参与游戏者各自扮演某个角色，有人扮演受害人，有人扮演凶手，也有嫌疑人、路人甲，等等。

剧本杀比狼人杀还要刺激和凶险，因为每个剧本都是不一样的，剧情往往

第七章 死亡密码

跌宕起伏，更可怕的是，凶手就在你身边。

假设，客栈老板以"沉浸式古风剧本杀"作为噱头，在网上吸引一些喜爱挑战、冒险的年轻人来这里玩剧本杀，然后趁他们不注意，将一些穿着嫁衣的女生杀掉……

江平策有些意外地看向越星文："你是怎么想到剧本杀去的？"

"一楼那个餐厅，你当时说出'圆桌会议'的时候，我脑子里就闪过一群人穿着古装衣服开会的画面。八个座位，八个房间，各种各样的古代衣服，这个客栈如果是单纯的民宿或者是影楼，怎么都解释不通。"

越星文话锋一转："但如果是专门用作玩古风剧本杀的地方，客人们在进入客栈后会穿上不同的古代衣服，如同穿越去古代。手机、电脑这些现代化的东西都被客栈主人没收，接下来的一两天内，他们将沉浸式体验古代剧本杀，是不是就能说得通了？"

因为是沉浸式体验，所以，每个房间内都不会存在现代化的工具。

没有电灯，却配备蜡烛、火石用于照明；一楼的圆桌和八个座位，可以当作剧本杀推理分析时的会议室，也可以用作餐厅；自带的厨房，还能让大家体验一下亲自择菜、做饭的古代日常趣味……肯定会有一些爱好新奇、刺激的人，络绎不绝地来到这里。

老板再挑选其中的一些目标，作为自己的猎物。

那些玩家来到这里，只是为了扮演一个剧本中的角色，玩一次有趣的游戏。他们绝不会料到，这是一场真正的"谋杀"，他们的命运，早就被剧本安排得明明白白。

越星文和江平策回到客栈时，同学们已经采来了大量的蘑菇和野果，秦淼还挖了不少竹笋回来。江平策将柴火放去厨房，越星文的目光扫过同学们，问："大家谁会炒菜？"

秦淼举手："我来吧。"

客栈后面有一口水井，刘照青去打了一桶清水放在厨房。见秦淼动作熟练地舀了一勺水倒进锅里洗锅，刘照青惊讶道："师妹会做饭啊？"

秦淼一边洗锅一边随口答道："爸妈不在家的时候都是我做饭。"

秦露在旁边说："我姐姐厨艺挺好的，可惜这里条件有限，没那么多食材。"

刘照青笑道："比公共选修课好多了，起码有盐！"他撸起袖子在旁边洗起了菜，右手拿出几把锋利的手术刀，道："这菜刀上面有血，说不定是杀人留下的。我用干净的手术刀帮你们切菜。"

几个人在厨房里忙活，越星文不会做饭，便叫上江平策坐在餐厅分析案情。

半小时后，几盘菜端上桌，秦露给大家发了洗干净的筷子。

大家饿了一整天，立刻不客气地大快朵颐起来。秦淼做的菜还挺好吃的，越星文没想到，这个外表冰冷的女生居然会有这么好的厨艺。

众人边聊边吃。满桌子的蘑菇和竹笋，清汤寡水的素菜让大家的心态也变得很是"佛系"——在图书馆要求不能太高，能吃饱就不错了。

黄昏时候，吃过晚饭的大伙再次聚集在餐厅。

越星文也整理好了思绪，将自己的猜测告诉同学们："我有种大胆的猜想——这个地方或许是用来做沉浸式剧本杀的客栈。"

柯少彬听到这里一脸迷茫，小声问："剧本杀是什么？"

坐他旁边的秦淼淡淡地解释道："剧本杀，也叫谋杀之谜，是一种角色扮演游戏。大家根据一个谋杀案的剧本，扮演其中的各种角色，互相不知道身份，通过推理来找到凶手。如果是古代沉浸式剧本杀，通常会没收大家的手机，让大家换上古装衣服，扮演古人，这样才能让玩家们身临其境地体验到古代谋杀案的刺激。"

柯少彬听明白了，认真地推了推眼镜，道："也就是说，为了玩这个剧本杀游戏，玩家需要在这里住上一两天，穿上古人的衣服，扮演不同的角色，这就是储藏室和楼上的房间出现大量古代衣服的原因。由于玩家从外地赶过来，剧本杀结束后或许还有旅行计划，所以带上了行李箱，这可以解释我们在阁楼发现的行李。"

刘照青摸了摸后脑勺："所以，我们梦见的古代内容，其实是个剧本？"

众人齐齐将目光投向越星文。

越星文点点头："没错。这次课程最难的地方就在于'剧中剧'的设定。我们把所有的线索分成两部分来理解——现代部分，凶手开客栈杀人；古代部分，是凶手写的一个剧本。由于两个世界的女主角都姓苏，可以大胆猜测，古代的剧本，有可能影射了现实中一些事件，也就是根据现实改编出来的剧本。"

他将刚才和江平策一起整理的线索分别写了两张纸，摊开在桌子上，耐心地分析道："我们所处的世界是现实世界，发生了连环谋杀案。客栈结构奇怪，明显是精心设计的，凶手利用剧本杀作为噱头，吸引一些爱好这类游戏的年轻人来到客栈住宿，暗中杀害一些穿着嫁衣的女生，将尸体藏进储藏间。"

江平策补充道："七号客栈，储藏室里七把座椅、七个红衣新娘，凶手对'7'这个数字明显有执念。但现实世界有个疑点，我们目前还没有弄清楚——树林外的坟墓里被葬的女子，跟藏在储藏室里的六个死者，待遇完全不同。"

越星文点头道："而且，墓碑上刻了'爱妻苏婉芯之墓'的字样。被土葬

第七章　死亡密码

的女子很大可能不是凶手杀掉的，而是死于其他事件，被深爱她的丈夫埋在了这里。"

他顿了顿，总结道："也就是说，墓里发现的女子不能直接归类到'七个死者'和'七个红衣新娘'当中，她明显是特别的存在。我更倾向于，七具尸体我们还没找全。"

秦淼仔细想了想，赞同地说："有道理。从客栈的布置，还有各种储藏室来看，凶手有收集癖和严重的强迫症，储藏室里既然摆了七把椅子，那就应该对应七具尸体，他没道理只将六个女子的尸体绑在上面，空出来一个座位。"

高小欣一脸茫然："如果尸体还差一个的话，会在哪儿呢？"

众人陷入沉思，总觉得脊背毛毛的，像是被一双眼睛盯着。

越星文忽然说道："有阁楼，会不会还有地下室？"

高永强双眼一亮："对！地下室从外观上是看不出来的，也不影响建筑高度，我们测量这栋建筑的时候没把这部分算进去。"

众人互相对视一眼，迅速起身。

江平策道："分头找。"

大家蹲下来，从角落开始，一片一片敲地砖。

过了片刻，秦淼的声音从餐厅内部传来："这里有松动。"

越星文三两步走进餐厅，只见秦淼蹲在餐桌下面，将一块砖拿去旁边，方砖被拿走后确实露出了一平米左右的洞口，还有向下的梯子。

刘照青低声吐槽："这个客栈到底有多少密室？"

秦淼蹲在桌子下面，听见声音后抬头看向越星文，道："我先去探探路。"

她手脚麻利地顺着梯子爬下去，秦露拿了根蜡烛紧跟在姐姐身后。很快，秦淼的声音从地下传了过来："这里空间好大，你们下来看看吧。"

众人排队爬进地下室。

这地下室居然有上百平方米，被隔成两室两厅，主卧有张大床，各厅还有配套的沙发、桌子，最里面一间房做了书房，三面墙的书柜放满了各种书籍。越星文粗略地扫了一眼，除了一些名著之外，剩下的60%都是跟风水、八卦、古代民间奇闻相关的古籍。

此外还有一个小厨房，厨房里没有灶台和冰箱，只有简单的台面和几个柜子。

让越星文在意的是，主卧的三面墙上全部贴着照片，密密麻麻无缝衔接，简直是把照片当成了墙纸来用。

所有照片里都是同一个女孩。

女孩长相甜美，笑起来嘴角还有个酒窝，留着黑色长发，唇红齿白，颜值完全不输于娱乐圈的当红女星。而且，她很会拍照，对着镜头做出各种搞怪的动作，给人的第一印象很是活泼可爱，就像个开心果。

越星文走到一张照片前停下脚步。这张照片跟旁边的日常照不同，是全屋所有照片中最大的一张——女孩穿上了洁白的婚纱，头顶戴着皇冠，笑得一脸幸福。

他从口袋里拿出今天在棺材发现的钻戒，跟女孩手指上的钻戒做对比。

江平策问："是苏婉芯吗？"

越星文点头："就是她，同款钻戒。"

众人面面相觑。

秦淼走过来看了眼钻戒，道："钻戒戴在手上，看来两个人已经结婚了。"

越星文回头看向大家，道："这里，就是凶手的住处。"

越星文的这句话让大家全身冒起了鸡皮疙瘩。

满屋子的照片，女孩的笑容灿烂甜美，搭配着这样阴森、黑暗的地下室，众人只觉得脊背发毛，就好像这个女孩在对着他们笑。

凶手居然住在地下室！

刘照青想起刚才大家在餐厅里热热闹闹吃饭，忍不住道："玩家们在餐厅吃饭时的欢笑声，还有玩家们聚在圆桌、开会讨论的声音，凶手岂不是听得一清二楚？！"

江平策冷冷地道："他住在地下室，门就开在圆桌正下方，玩家不可能想到自己的脚底下还藏着一个凶手。半夜的时候，他就可以爬出来作案，神不知，鬼不觉。"

高小欣搓了搓发冷的手臂，嘴唇苍白："太恐怖了！他为了杀人真是煞费苦心！"

用来居住和偷听的地下室、二楼藏衣服和尸体的储藏室、楼顶的储藏室——这样复杂的设计，确实是煞费苦心。

越星文道："大家在地下室里仔细找找线索。"

众人分头在空旷的地下室里寻找。

片刻后，柯少彬激动地跑来找越星文："我在厨房柜子里发现好几箱泡面和榨菜，应该是凶手囤起来，打算在这里住的时候吃的！"

越星文拍拍柯少彬的肩膀："把泡面抬上去，之后几天的伙食就不用发愁了。"

刘照青也走过来道："抽屉里发现大量安眠药，不知道是他自己吃的，还是

第七章　死亡密码

用来加进饭菜里，迷晕那些玩家的。"

秦露道："垃圾桶里找到了很多烟头，凶手很爱抽烟。"

地下室内的线索都跟凶手的个人习惯有关，还翻出一些发霉的衣服和鞋子，可以判断凶手是身高一米八左右、身材健硕的男性。和死者相关的线索却没有收获，也没找到尸体。

越星文站在客厅中，分析道：

"女主角苏婉芯，不知道什么原因去世了，深爱她的男人将她装到棺材里，葬在树林外面，给她立碑，然后在附近修了这家客栈。

"修客栈的时候他就有了杀人的计划，所以才设计了地下室、阁楼这些隐秘的空间。他用剧本杀的名义，吸引一些人来到客栈，选择其中的目标，并趁着玩家们不注意的时候，从地下室爬出来作案。

"他的书架上有大量跟风水、八卦、民间奇谈相关的古籍，显然他对风水很有研究。"越星文顿了顿，"我需要再画一下整个场景的地图，来验证我的猜测。"

众人从地下室爬回餐厅，越星文带着江平策和高永强重新绘制场景地图。

今天去找墓碑的时候，越星文记得耳边响起机械音提示"你已来到考场边界"，说明这个考场是个封闭的空间，就像游戏里的副本，总会有边界。

这次他要绘制的就是整个考场的地图：东边的边界是墓碑；往西的边界是池塘后方的树林；往北有一段连绵不绝的山脉，山上他们当然上不去，但能看清山脉的轮廓。

越星文在地图上简单画出池塘、客栈、山脉、树林、墓碑……

他微微眯起眼，看向客栈前方的三棵高大树木，脑子里忽然灵光一闪，道："我虽然不太懂风水，但我觉得，这个地方依山傍水，树木茂盛，环境确实很好。你们看，那边的三棵树。"

众人顺着他的目光看过去，越星文问："你们觉得，那像是什么？"

江平策沉默片刻，忽然低声说："像是在给墓主人上香？"

越星文点头："嗯。笔直、整齐的三棵树，就像是插在坟头的三炷香。客栈的位置、池塘的位置，也像是一种祭奠——那些被杀害的新娘，就是祭品。"

众人听得心惊。

越星文道："我明白凶手的作案动机了。他深爱的苏婉芯去世了，他在给亡妻寻找祭品。书架上的那些书，说不定会有'超度亡魂'之类的迷信说法。"

越星文顿了顿，总结了一下目前的所有线索："现实中，客栈杀人的这条线逻辑基本上理顺了，还找到了凶手在地下室的住处。目前的疑点——第一，七个座椅空了一个，差的那具尸体在哪儿；第二，布娃娃里发现的数字密码是什么

259

意思。

"梦境这条线，我们已经推断出梦境是剧本杀的剧本，可能影射凶手的一些经历。那是纯古代世界，主线是苏小姐被送去赵府冲喜，最后苏小姐死了，剧情中出现护卫、郎中、粉衣女子、布娃娃等线索，目前剧情还不够完整，需要继续靠梦境线索补充。大家注意，今晚睡着之后，如果又有梦境，一定要仔细观察。"

时而古代，时而现代，很容易让人思维错乱，但越星文这么一整理，大家的脑子总算清晰起来——剧中剧。

古代线，是剧本杀的一个剧本。现代线，是真正的谋杀案。

凶手写的剧本影射自己的经历。通过完整的古代线，可以推理出凶手和苏小姐的关系，以及苏小姐真正的死因。

现代线，则能推理出凶手杀人的动机、方式，找到所有的受害者。

两条线全部推完，凶手的整个心路历程就能连贯起来。

这便是考试要求的"破解死亡谜题"！

黑夜降临，大家在餐厅点燃了蜡烛。

想到昨晚梦境里的剧情，越星文看向同学们，叮嘱道："今晚我们重新分配房间，如果再出现梦境，大家一定要仔细观察，收集线索。"

昨夜由于骆佳佳和陆凯掉链子，他们缺了条剧情线，没法继续推理。越星文猜测梦境的剧情线索会反复出现，他主动选了骆佳佳昨晚住的那间房："我住8号房。"

高小欣急忙说："我能继续住6号房吗？"

越星文点了一下头，问高永强："我们只有八个人，你俩也最好分开，各住一个房间收集线索，没问题吧？"

高永强干脆地说："没问题。我住4号，在小欣隔壁。"

越星文看向其他人："大家都选一下房间。"

刘照青、柯少彬仍住了5号和7号，秦淼和秦露选了2号和3号，只剩1号房没人选。众人齐齐看向江平策。

江平策声音平淡："我住1号。"

1号房布置成婚房，本来氛围就很诡异，今天又在床边发现了一个停尸房，大家心理上还是不太愿意跟尸体住在一个房间……

江平策神色漠然，似乎对跟尸体睡一间房这件事毫不介意。

越星文凑去他耳边低声道："你得小心些，我们白天打开储藏室惊扰到了那些死者，1号房很可能是最凶险的。"

江平策道："放心，我会注意。"

越星文笑了笑，拍拍他的肩膀以示安慰，回头叮嘱大家："跟昨晚一样，遇到红衣新娘的袭击第一时间出门，在秦露房间门口集合，到时候让秦露用'板块运动'带大家逃跑。"

众人在越星文的带领下上了楼，各自进屋。

越星文走进8号房，在木床上和衣睡下。迷迷糊糊睡着之后，他果然又做了个梦。

梦里是一个寒冷的冬天，天空中大雪纷飞，地面上有一层厚厚的积雪，一个七八岁的小女孩拿着个破碗四处乞讨。她在雪地里摔倒，被路过的混混打得全身是伤。就在她奄奄一息的时候，一个穿着华丽服饰的贵公子救了她，带她上了马车。

马车一路前行，最后停在一扇十分气派的大门前，门上的牌匾写着"赵府"。

小女孩来到赵府后洗了澡，换上一身干净的粉色衣裙，赵公子笑着说："以后你就留在我家吧，叫小忧，愿你此生无怨无忧。"

越星文从梦中惊醒。

他坐起身，发现一个红衣新娘正站在床边，定定地看着他。月光透过窗棂洒进屋内，那红衣新娘背光而立，显得面色苍白如纸，一双嘴唇红得像是染了血……

越星文的心跳差点停滞。

姐姐，你这样静静地看着我很吓人好吧！心脏不好的学生估计要吓疯的！

越星文一个箭步冲到门口，大喊一声："大家快集合！"

其他房间的同学们也纷纷跑了出来，显然都被吓到了，脸色一个比一个难看，只有江平策神色平静——没想到他的1号房反而是最安全的，今晚没有红衣新娘探访。

秦露直接拿出地球仪，连续开启三次"板块运动"，将大家飞快地移出树林。

越星文回头一看——七个红衣新娘整齐地站在树林的边缘，像是忌惮什么一样，没有继续追击。昨晚也是这样，她们会在树林的边界处停下，不再向前一步。

越星文仔细看着她们，疑惑地问："她们不过来，是害怕什么吧？"

江平策猜测："怕苏婉芯？"

越星文转过身，拿出白天画的考场地图仔细看了看，紧跟着朝远处眺望片刻："从这个方向看过去，苏婉芯的坟墓就在那边。难道是因为，她们是被选中的苏婉芯的祭品，所以害怕苏婉芯？苏婉芯就像是整个考场的 boss，这七个红衣新娘是小怪？"

这么解释倒也能说得通，这些红衣新娘一到树林的边界就不继续往前追，确实很像是有更厉害的东西震慑住了她们。在树林里，她们行动如风，可以瞬间来到大家面前，攻击手段也极为凌厉凶狠。可一出树林，由于有苏婉芯的墓碑镇场，她们不敢越雷池一步。

越星文暂时这样理解着。他拿出火石，找一些干枯的树枝点了个小火堆，召集大家围着火堆坐下，道："先理一理梦境的线索吧。我在 8 号房梦见一个衣衫褴褛的小姑娘，被赵公子救了。赵公子将她带回赵府，给了她一套干净的粉色衣服，还给她取了个名叫小忧。她爱穿粉色，应该跟昨晚柯少梦见的缝布娃娃的粉衣女子是同一个人。"

6 号房的高小欣道："我梦见新娘被葬之后，有人来她的墓碑前给她放了一大捧菊花，那人是个郎中，背着药篓，在墓前哭得很伤心。"

4 号房的高永强道："我梦见的是媒婆提亲，好像跟秦露同学昨晚的梦一样。"

2 号房的秦淼说："我的梦也跟昨晚的一致。"

越星文看向江平策，后者低声说："我梦见一场婚礼，跟你昨晚的梦一样。布娃娃身上的字条还是没看清。"

刘照青道："我梦见苏小姐出嫁的时候，有个妹妹抱着她哭，苏小姐安慰妹妹说'没事，姐姐只是嫁人，以后还会回来看你'。妹妹说'就怕你这次一去不回'。另外，苏家还派了春兰、春雨两个陪嫁的丫头，陪着苏小姐一起出嫁。"

刘照青顿了顿，又补充一句："对了，出嫁的苏小姐，长得跟照片里的苏婉芯一模一样，说明星文的推理是对的——梦境世界就是以苏婉芯为原型，根据她的经历写出来的一个古代版剧本。"

柯少彬道："我梦见一个穿蓝色衣服、绾着发髻的中年女子，苏小姐叫她陈姨娘。姨娘去找算命先生算卦，合了男女主角的生辰八字，苏小姐的生日正好是七月初七。"

众人一时陷入沉默，大家都在低着头思考。

越星文闭上眼整理了一下思绪，这才道："出现了四条新线索：一是赵公子年幼时救了个女孩，很可能就是缝娃娃的粉衣女子；二是女主角苏婉芯还有个妹妹；三是女主角死后郎中曾去墓前祭拜；四是出现了新人物——陈姨娘和两个陪嫁丫头春兰、春雨。"

他拿出词典撕下一张纸，开始画人物关系网。

第七章　死亡密码

苏婉芯、赵公子放在关系网的最中间，这两人是整个事件的中心。

赵公子右侧加了个女性角色"小忧"。他年幼时将这个救下的乞丐小女孩收养在赵府，或许这女孩对他暗生情愫，因此才缝娃娃诅咒新娘。

苏小姐左侧加了个"妹妹"，姐姐出嫁时妹妹说的"就怕你这次一去不回"，也不知是真的舍不得姐姐，还是嫉恨姐姐，故意说这种不吉利的话。

护卫应该是苏小姐的保镖，暗恋苏小姐，才会画她的肖像。郎中或许也喜欢苏小姐，去苏小姐的墓碑前祭拜。

他将画好的关系网递给江平策。

苏小姐、赵公子、小忧、苏妹妹、郎中、护卫、媒婆、陈姨娘、春兰、春雨……

江平策皱着眉看完了复杂的关系网，片刻后，忽然说："十个人，三个男性、七个女性，跟行李箱的数量、性别都能对上。"

越星文看向江平策道："这十个人，就是剧本杀的全部人员配置。"

昨晚第一轮线索还不够明确，今晚给了第二次线索后，整个事件和人物更加清晰。

剧本杀部分，苏小姐最终死亡，目前嫌疑最大的有这几位——

小忧，年幼时被赵公子所救，或许喜欢上了赵公子，看赵公子跟另外的女子结婚心生不满，缝娃娃诅咒苏小姐。动机明确，手段简单粗暴，她缝布娃娃的片段昨晚就给出了线索。

苏妹妹，姐姐出嫁时说的那段话十分奇怪，有可能是嫉妒姐姐，谋害姐姐。

陈姨娘，只有她清楚地知道男女主的生辰八字。

护卫，武功高强，喜欢女主，见女主嫁人心生不满，爱而不得干脆杀掉。

郎中，虽然在女主墓碑前痛哭，看上去很伤心，但也不排除他因爱生恨，杀了人又跑来坟前忏悔哭泣的可能性。

丫鬟、媒婆这些人，从剧本杀的编剧角度来讲，通常会设置成发现线索的路人。

十人剧本杀的配置目前已经齐全，一出多角恋狗血大戏，谁是凶手还得继续找线索推理。而现实这条线，由于人数和行李箱对上，也让越星文产生了新的思路。

越星文道："我们之前的猜测也可能是错的。凶手平时住在地下室，但杀人的时候，他或许会混在剧本杀的十个人当中，装作玩家，跟其他人一起带行李来到这个客栈，降低自己的嫌疑。"

秦淼微微皱眉："可是，剧本杀通常不都是朋友们约着一起去玩的吗？跟陌生人玩剧本杀，他们也放心？"

越星文道："除了现实中的朋友，还有网友。"

柯少彬立刻举起手，认真发言道："我听说有很多剧本杀、密室逃生之类的论坛，有些人虽然现实中没见过面，但在论坛很聊得来，可以加微信或者用其他方式拉一个群聊天。聊一段时间后，大家彼此熟悉了，群里有人提议，我们去某个地方见面，顺便玩剧本杀。我想，大部分人不会第一时间想到'有凶手'这么可怕的事情。"

众人纷纷点头赞同。他们也是二十来岁的大学生，加过一些群。

没见过面的人在聊天群里面也能聊得很嗨，部分网友的关系，甚至比现实中的朋友关系还要好，也有聊了一段时间约着见面的。

剧本杀爱好者，当然可以约到一个地方去玩。

跟一些聊得来的网友，一起去玩沉浸式古风剧本杀，这一听就很新鲜刺激。

凶手先混在这样的一个群里，用约网友玩剧本杀的方式，将来自全国各地的人约到他提前布置好的陷阱客栈，然后挑选合适的目标，作为祭品。

由于这个剧本中，新娘是第一个死的，扮演新娘的玩家死后，其他人并不会第一时间察觉到不对劲——因为剧本里的新娘也死了。

他们不可能想到，扮演新娘的玩家真的会被杀死！

而剧本中杀死新娘的凶手，或许也正是现实中杀死这些新娘的凶手！

越星文道："苏婉芯的生日是七月初七，能跟'7'这个数对上。凶手杀掉七个新娘，感觉像是在摆出一种邪门的阵法？古代确实有些歪门邪道是用活人作为祭品。"

众人纷纷点头赞同。

这样一来，剧本和现实的线索就能对应起来。凶手既然混在玩家当中，他们只要推出剧本中杀死苏小姐的凶手，也就能推出现实中的凶手。

越星文之所以猜测凶手混在剧本杀的玩家当中，是因为客栈这种荒凉的地方如果没有"熟人介绍"，光凭网上的一段广告，胆子再大的人也不会跑来玩游戏。没电，没网，就能劝退大部分人。

可如果是认识很久甚至还见过面的群友，主动介绍说"我知道一个地方，剧本杀很好玩"，然后召集大家过来，再假装"这是我一个朋友开的沉浸式剧本杀客栈"，就可以在很大程度上消除玩家们的戒心。

当然，也可能凶手就是客栈的老板，十位玩家是他在网上通过交友或发帖等方式叫到的胆子特别大的人。但越星文更倾向于，凶手就在剧本杀当中，这样才能将剧本和现实联系在一起。

第七章　死亡密码

秦淼皱着眉想了片刻，疑惑地看向越星文："假设，剧本凶手和现实凶手是同一个人，作案动机能对得上吗？现实凶手应该很爱苏婉芯，杀这些新娘是为了超度苏婉芯的亡魂。那剧本中，杀死苏婉芯的人又是什么动机？"

越星文道："剧本中的凶手也很爱苏小姐，爱而不得才杀人？"

秦淼还是觉得不太对："但现实中，他对苏婉芯并没有'爱而不得'吧，不是都戴上钻戒结婚了吗？按之前的推论，现实中的凶手就是苏婉芯的老公。"

越星文想了想，说："也是，这一点我还找不到合理的解释。"

众人都沉默下来，低着头苦思冥想。

过了片刻，江平策忽然开口道："你们为什么确定杀害七个新娘的凶手就一定是苏婉芯的丈夫？就凭'爱妻苏婉芯'这几个墓碑上的字，还有地下室的照片？"

柯少彬愣了一下，小声道："这还不能确定吗？他都写了'爱妻'。"

"那是他写的，苏婉芯不一定承认。"江平策回头看向越星文，神色严肃，"目前为止，客栈现场没发现任何关于凶手的照片，也没看到两人结婚证——苏婉芯的丈夫为超度她的亡魂杀人，这个推测太过主观了。"

越星文仔细琢磨了一下江平策的分析，点点头道："平策说得对。爱妻，是立碑的人单方面的刻字，苏婉芯不一定真的嫁给了他，有可能他深爱苏婉芯，爱而不得，所以苏婉芯死后，他一厢情愿地给苏婉芯立了个碑，刻上'爱妻'两个字。"

这个猜测一出现，就像是黑暗中忽然亮起了一道光，很多让人迷茫的事情，都变得清晰、明朗起来。

柯少彬若有所思："好像也有道理，我们确实没看见他们的合影。"

秦露激动地说："所以，凶手并不是她老公？我之前梦见媒人提亲，剧本中的赵公子病入膏肓，苏小姐嫁过去是为了冲喜。赵公子病得那么重，哪有力气杀人？"

秦淼顺着妹妹的话说："剧本中的赵公子生了重病，没能力杀人。那么，现实中苏婉芯的合法丈夫赵先生，也没有能力杀人？"

剧本影射现实，赵公子对应赵先生，也就是苏婉芯的合法丈夫。

剧本中的赵公子病入膏肓，苏小姐嫁到赵府冲喜。一个病入膏肓的人，没有任何动机杀死来给自己冲喜的妻子，两人婚前都没见过面，更别提有什么仇怨了。

现实中的赵先生，或许也跟苏婉芯不熟，两人是出于某种目的才结婚。例如，被长辈逼迫联姻，这种"被迫联姻"就能跟剧本中的"冲喜"相对应，共同点是苏、赵两人的这段婚姻，苏小姐嫁得并不心甘情愿。

他们昨天猜测凶手是苏婉芯的丈夫，依据有钻戒、婚纱照、墓碑上的"爱妻"刻字。但他们没找到结婚证！

没有结婚证，就不能板上钉钉地说，他是她的丈夫。

江平策的逻辑思维果然很强，一针见血地指出了这个很难想到的关键。

越星文顺着这个关键点继续往下分析，感觉就像在黑暗的空间终于找到了一扇出去的门。他看着江平策道："假设，苏婉芯有个感情很好的男朋友，两人已经到了谈婚论嫁的地步，结果这时候忽然出了意外，苏家长辈强迫苏婉芯嫁去赵家商业联姻，两人迫不得已分手，就跟剧本中苏小姐嫁去赵府冲喜相对应，都是长辈棒打鸳鸯。"

思路一旦打开，后面的分析也变得顺理成章。

江平策接着说道："苏婉芯嫁给赵先生之后，前男友不甘心，爱而不得，干脆杀掉苏婉芯，给苏婉芯立碑，写上'爱妻苏婉芯之墓'。"

越星文道："剧本中也有一个跟苏婉芯感情特别好，在苏婉芯嫁人后爱而不得、干脆杀掉苏婉芯的凶手。这样的话，剧本和现实就能完全对得上。"

众人听着两人的分析，心头都无比震撼。

爱妻，并不是真正的"妻子"，而是一个心理扭曲的疯子在自己所爱之人嫁人之后，爱而不得，杀掉对方，将对方葬在自己的身边，并且在墓碑上刻上"爱妻"二字。

想到这里，三个女生都脊背发毛。

遇到这种变态的男人，苏小姐真是死了都不得安宁！

秦露的脸色很难看，声音都气得发抖："这个男人掌控欲极强，喜欢的人迫不得已嫁给别人。婚前他没本事挽留，婚后却杀掉对方，葬在自己选定的风水宝地。我看过那么多小说，见过那么多渣男，他这样的渣男真是太刷新三观了！"

秦淼冷道："这不仅是渣，这是变态，是精神病，不能用正常人的思维理解！"

高小欣愤愤不平地道："如果真是这样，苏小姐也太可怜了吧！"

想到被埋在棺材里的苏婉芯，众人心里都有些难受。

她真是倒了八辈子霉才遇到这样的人渣！她死了还要被埋在这里，墓碑也被刻上"爱妻"两字，穿上鲜红的嫁衣，手指上还被强迫戴上分手前的钻戒，真是过于恶心。

目前来看，这种推论比其他的推论更加合理。只有这样，才能将剧本杀和

第七章 死亡密码

真人杀完全联系在一起，两个凶手也能画上等号。

越星文轻叹口气，道："剧本和现实当中，凶手杀死苏小姐的动机都是爱而不得、因爱生恨。嫌疑人可以进一步缩小，只剩郎中、护卫两个人。"

江平策低声补充道："现实中，凶手继续残杀无辜新娘的动机，或许并不是超度亡魂，而是——禁锢苏婉芯的亡魂。"

他的目光变得锋锐而冰冷，缓缓说道："凶手要用七个活人作为祭品，将苏婉芯的灵魂永生永世锁在他的身边。"

一阵冷风吹过，火堆上的木柴发出"噼噼啪啪"的声响，火星四溅。

所有人的脸色都很难看。这样的推理结果真是颠覆了他们的认知。

这种扭曲的爱，谁都不想要。真正爱一个人，怎么能这样罔顾对方的意愿，一厢情愿地给对方立碑甚至禁锢对方的亡魂？

越星文看向江平策："我也觉得这个做法过于阴森。如果是超度亡魂，怎么会用杀害他人的方式？禁锢亡魂，更贴合凶手的作案动机。"

高小欣脸色苍白："太可怕了……"

高永强轻咳一声，道："这种变态，几亿人里也挑不出一个。真喜欢一个女孩的话，她嫁人了，应该真心祝福她过得好，而不是杀了她埋在自己身边。"

真的是让人心理上很难接受。

越星文叹了口气，笑着调动大家的情绪："好了，就当这是个虚构的故事，不要想太多。目前，我们厘清了剧情和客栈两条线的关联，推理反倒会变简单。动机是因爱生恨，嫌疑人就剩两个。从五选一变成二选一，是不是轻松多了？"

秦淼问道："小忧、苏妹妹、陈姨娘这些人都是干扰项。郎中和护卫二选一，你更倾向于哪个？"

越星文道："都有可能吧。郎中应该对应现实中的医生。剧本杀里，苏小姐被蛇咬伤郎中救了她；现实中，苏小姐可能也有某方面的疾病，某位医生一直在给她治疗。"

江平策道："护卫对应现实中守护她的男人。我梦见古代剧情中，护卫一直在画苏小姐的画像，这符合心理变态，杀掉她并将她的亡魂禁锢在身边的凶手特质。"

众人心情复杂地沉默下来。

越星文故作轻松地道："找到动机之后，果然变得清晰多了。第三天晚上，我们再收集一些古代剧情的线索，如果跟推理的结果一致，并且出现关于护卫、郎中的新剧情，应该就能锁定凶手。"

江平策道："客栈这条线，那些布条上的数字密码，明天我们抓紧时间

267

研究。"

越星文点了点头:"还有少了的那具尸体,明天也得尽快找到。"他见大家都脸色不好,便说,"大家先睡吧,这只是一次考试,没必要联想到现实。"

越星文的话让大家好受了许多,众人纷纷闭上眼睛睡下。

次日天亮后,众人回到客栈,用打来的井水简单洗漱一番。早餐越星文不准备吃,他看向秦淼道:"中午就煮泡面吧,不用麻烦做饭了。"

秦淼看向客栈门口的荷花池,说:"池塘里应该有莲藕,厨房还有些冰糖,今天中午我可以给你们做点糖藕当零食。"

柯少彬听到这里,眼睛忽地一亮:"糖藕,我爱吃这个。"

越星文调侃道:"你这么爱吃甜食?上次公共选修课,我记得你吃了十条蜂蜜烤鱼。"

柯少彬不好意思地笑笑:"我老家在南方,我从小就喜欢甜食。"

"行,师兄去给你们捞几支莲藕。"刘照青觉得逻辑推理方面有星文和平策在,自己反正也帮不上忙,干脆多干点体力活儿给大家弄点吃的。他来到池塘边,将袖子撸到肩膀处,手伸进池塘里捞了一会儿,道:"这池塘还挺深,摸不着啊。"

秦淼在旁边指挥:"拿根棍子,钩住藕身的中间,往上提试试。"

柯少彬积极地跑去旁边树林拿来了一根很长的竹竿。刘照青接过竹竿,站在池塘边在池塘里摸索片刻。察觉到竹竿被莲藕给挡住了,他心头一喜:"找到了,看我的!"

刘照青用力往上一钩——

柯少彬满脸笑容,以为师兄会钩出来一大截莲藕,中午就有好吃的了,他还挺期待秦淼做的糖藕的。然而,他的笑容在看清刘照青钩上来的东西之后,瞬间僵住!

刘照青也愣了愣,紧跟着大叫起来。

秦淼沉着脸回去叫越星文:"星文,你们来看看。"

越星文和江平策正在屋里分析布条上的密码,跟着秦淼来到池塘边一看,顿时面面相觑——刘照青没钩到莲藕,居然钩上来一具尸骨。

那尸骨同样穿着大红嫁衣,衣服长时间泡在水里,已经被腐蚀得残破不堪,上面还沾了些水草。白森森的骨头挂在竹竿上面,正对着柯少彬的方向。

柯少彬沉默了。

秦淼面无表情地问:"还吃吗?"

柯少彬:"不吃了……"

池塘里泡了具尸体,谁还吃得下长在这里的藕?柯少彬有点想吐。

第七章　死亡密码

越星文轻轻扶额:"第七个新娘,原来在这儿。"

江平策道:"应该是被凶手追杀的时候慌忙逃跑,掉进池塘的吧?"

越星文赞同:"嗯。凶手有强迫症,他既然习惯杀人之后将尸体整整齐齐地藏在阁楼的储藏室里,就不会将她推进池塘。她在玩剧本杀的时候发现了不对劲,但由于手机被没收,无法报警或是通知其他人,所以她慌乱逃跑,可惜还是没能逃掉。"

凶手前六次杀人都很顺利,第七次的时候出了差错。这也是储藏室只发现六具新娘的尸骨,第七具消失了的原因。

又一个谜团解开了。

七个红衣新娘的尸骨集齐,客栈这条线渐渐拨开了云雾。古代剧本和现实客栈的联系也已经确定,接下来的关键,就是破解布娃娃里的数字密码了。

刘照青将池塘里捞出来的尸骨放到树荫下面,越星文仔细观察片刻,衣服腐烂不堪,但从上面刺绣的花纹来看,跟二楼储藏室发现的六个新娘穿的是同款嫁衣。

越星文道:"这衣服跟苏婉芯身上的嫁衣也一样。看来,凶手定制了九套嫁衣,一套给苏婉芯,七套给祭品,剩下的一套作为展示?"

储藏室里确实没有发现多余的嫁衣,凶手对自己杀人的成功率显然很自信。

刘照青回头问道:"布娃娃里的密码,会是这位 7 号新娘留下的吗?"

越星文在脑海里模拟了一下新婚当夜的画面,说:"应该不是。新郎病入膏肓,新婚当夜,穿着嫁衣的新娘会独自一人在婚房内。她有可能发现了不对劲,例如床边的藏尸房,然后匆忙逃跑,被早就盯住她的凶手追赶,在慌乱之间失足落水,她没时间拆开布娃娃留下数字线索。"

刘照青摸了摸下巴,接着问道:"可她如果发现了藏尸房,大叫一声的话,其他人也会注意到吧?她为什么要慌乱逃跑,而不是去叫其他的伙伴呢?"

越星文道:"其他人当然会注意到,但别忘了现在是剧本杀。新娘尖叫,很大可能是剧本中原来就有的环节。新婚之夜,新娘是一个人,其他人肯定跟她暂时隔开了,听见尖叫声,以为她在演剧本,就没有介意,也不会赶去支援。"

这就是凶手最聪明的地方,利用剧本杀来杀害剧本中的人。剧本里原先就有"新娘独自一人留在婚房,婚房内传来一声尖叫"的设计,那么,其他玩家即便听到了尖叫,也会下意识地以为她演得很好,而不会想到她真的会被谋害。

刘照青恍然大悟:"确实,这就跟演戏一样,大家都成了演员,第一反应就是她在演剧本,根本不会往'凶手在身边'这种恐怖的方向去想。"

江平策分析道:"数字密码,很可能是一位敏锐的玩家在新娘死后察觉到了问题，偷偷留下来的。这位玩家戒备心理很强，不敢轻易相信任何人，他猜到凶手就在身边，因此也不敢将自己的推测告诉别人，只能通过这种方式留下一些线索。"

越星文赞同地点了点头，道："毕竟凶手就在身边，随时都可能杀掉他。表面上装作不动声色，暗中留下线索，等剧本杀结束，自己逃出去之后再想办法报警才是最稳妥的做法。"

这也是最明智的做法，如果当场揭穿，其他人信不信是个问题，万一猜错了凶手，自己也会立刻殒命。能在这种情况下保持冷静，留下密码的玩家心理素质一流。

众人沉默了一阵，刘照青道："客栈这条线就差最后的密码。那些数字密码，到底代表什么意思？"扭头一看，柯少彬难受地蹲在旁边，想吐又吐不出来的样子，看着挺委屈，刘照青走过去拍了拍他的肩膀，笑道："你的糖藕，看来是吃不成了。"

柯少彬苦着脸："师兄，能别说了吗……"现在一提起糖藕，他就想到白森森的人骨和那个对他咧着嘴的骷髅头，真是一点胃口都没有。

越星文笑道："走吧，别想了，中午吃泡面。"

柯少彬站起来跟上了他们，众人一起回到餐厅继续分析。

桌上摆满了从布娃娃身体中掏出来的布条，上面的数字显得极为凌乱。

71-16-30
99-16-9
281-22-1
299-1-5
6-17-11
…………

柯少彬疑惑道："三段式的密码，不太常见啊？"

江平策皱着眉仔细观察了片刻，总结出数字的规律："大家看，第一个数字从1到299随机出现，第二个数字从1到22随机出现，第三个数字从1到30。数字的大小、顺序，一直在变化，没有任何跟数列、函数相关的规律。这样奇怪的密码到底对应着什么？"

众人都没什么头绪。

江平策仔细一想，扫了眼桌上的书，忽然说："难道是书的页码、行数和

第七章　死亡密码

字数？"

越星文的心头豁然开朗，急忙将之前从行李箱里翻出来的三本书摊开在大家面前："平策说的有道理！一般书籍的厚度在 300 页以内，第一个数如果对应页码，不超过 300 就很合理。书籍每一页的行数一般在 25 行左右，每行的字数在 30 个字左右。"

柯少彬双眼一亮："这么一看，书中字符的排列规律，正好符合三段式密码的特征——第一个数字代表页数，最高能到 299，第二个、三个数字就比较小了，分别代表行和字。"

越星文迅速将三本书翻到最后一页，名著的总页数是 275 页，现代言情小说总页数 245 页，古代言情小说正好是 299 页。

众人看到这里都激动起来："这本 299 页的书，就是密码书？"

古代言情小说对应古代剧本杀，布娃娃里的密码第一个数字最大的是 299，跟小说的页数正好一致——所有的密码，对应的应该正是这本小说里的字！

越星文看了江平策一眼，轻轻拍着对方的肩膀，赞道："还是平策细心，每次遇到与数字相关的问题，总能在最短时间内发现其中的规律。"

江平策唇角轻扬，将桌上的布条迅速按页数从小到大的顺序排列好，道："开始破译吧。第一个——6 页、17 行、11 字。"

越星文迅速翻到第 6 页，数到第 17 行第 11 个字，在一张纸上写下来："手。"

江平策继续念："8 页、15 行、1 字。"

越星文翻书的动作非常熟练："在。"

江平策："11 页、1 行、15 字。"

越星文："婚。"

两人配合默契，江平策低声念出布条上的数字，越星文迅速翻书找到对应的字符。十多分钟后，江平策终于念完了全部密码，越星文也在白纸上写下了不少汉字还有标点。

江平策道："散字造句，就交给你了。"

越星文笑道："没问题。"

用一堆汉字造句，这是小学语文的考点。只是，这次给的字有上百个，得拼成一段逻辑完整的话。

手、边、娘、我、新、剧、杀……

由于布条并不是按每句话的顺序排列的，破译出来的上百个字被彻底打乱。

越星文飞快地将它们重组，然后在另一张纸上写出了一段话——

271

>太可怕了，这不是剧本杀，而是真人杀——凶手就在我们身边！新娘真的死了，我亲眼看到她被一个黑影追着掉进了池塘里！我只想活着走出去……

越星文抬头看向江平策："看来，我们的推理全都正确。"

周围的同学纷纷面露喜色。

脸色难看的柯少彬此时也终于露出了笑容，赞道："太好了。第七个新娘死的时候惊动了在玩剧本杀的另一个玩家，这玩家察觉到不对，但他没有选择当面揭穿……这么理智的人，会是谁呢？"

江平策分析道："密码的来源是一本古代言情小说，男生应该不会在外出的时候带这种言情小说来看，这本书大概率属于女生。昨天检查行李箱的时候，有个女生没带任何化妆品，只带了洗面奶，你们还记不记得？"

秦露想起这件事，忙说："对，其他女生都带了粉底、口红、眉笔，她的箱子里只有洗漱用品。当时我们还评价说，她是个不爱化妆爱素颜的妹子，跟其他人不太一样。"

江平策道："她和其他女生明显不同，外出不带化妆品，行李箱里的衣服颜色也是清一色的黑白，没有好看的连衣裙，应该是个性格比较冷淡的女生。她比一般人要理智和敏锐，这本书，很可能就是她的。"

越星文仔细回忆了一下昨天检查行李箱时的场景，道："玩家们的行李箱全都留在这里，那么，其他的八个玩家可能……"

江平策神色凝重："也遇害了。"

刘照青惊讶地睁大眼睛："留下线索的女生也没能逃掉？"

柯少彬愣了愣："你们的意思是，这组剧本杀的成员，有可能被团灭了吗？"

江平策和越星文对视一眼，同时点头。

越星文道："7号新娘忽然失足掉进了湖里，影响了凶手的计划，并且惊动了其他玩家。凶手察觉到有人对布娃娃动了手脚，知道自己很可能已经暴露，干脆杀掉其他的玩家，彻底灭口。"

柯少彬脊背发凉："怪不得这些人的行李箱全都留在这里！"

越星文道："假设凶手只杀新娘的扮演者，那么，他至今为止作案七次；每次剧本杀的人数都是十人，排除凶手，剩下九人，那么，客栈从始至终应该有过七九六十三位住客。之前六次凶手杀人很顺利，其他玩家也没有怀疑，完成剧本杀后会离开客栈。至于新娘的死，凶手有新娘的手机，随便给家人发信息说'我要去某地旅行'，其间一直保持跟家人的联络，过几天再在另外的城市安排新娘'失踪'，警察也查不到他的头上来。"

众人纷纷点头赞同。

越星文接着说："结果第七次作案时，出现了意外，有玩家发现了这座客栈的秘密，于是，凶手杀掉所有人灭口，这也是客栈出现十个行李箱的原因——九个是玩家的，剩下一个是他自己的。他大概也知道自己瞒不住了，干脆扔下这处客栈逃跑了。"

越星文看着桌上留下的数字密码，轻轻叹了口气，道："太可惜了，要不是玩剧本杀之前把手机交给了陌生人保管，这位发现秘密的玩家本可以活下来的。"

秦淼脸色严肃："他们真的太过大意，来到这荒郊野岭的地方，还集体上交手机，剧本杀的过程又那么凶险……换成是我，我绝对不会来这种地方参与这种游戏。"

追求刺激，也应该跟真正信得过的人，去安全的地方玩。

柯少彬嘴唇发白："那，最后一组被团灭了的话，其他八个玩家的尸体呢？"

江平策沉默了片刻，忽然说："你们记不记得，厨房的灶台下面有很多灰？厨房像是很久没有使用过，那些灰的数量……有些太多了。"

柯少彬脸色一变，道："难道尸体被烧成了骨灰藏在厨房吗？"

众人一时无语。

池塘发现了尸骨，如果厨房里有骨灰，那他们以后不用挖莲藕，也不用在厨房里炒菜了，接下来的几天就天天吃泡面吧。

好在客栈这条线已经全部厘清，现在还剩最后的一个谜题——剧中剧。

剧本杀的故事是怎么发展的，凶手又会是谁？

柯少彬的问题让同学们心理上很不舒服，毕竟昨天他们还在厨房里炒菜吃，如果厨房里全是尸骨，那真是想吐都吐不出来。

江平策道："人体的肌肉、骨骼只有在高温熔炉下才能彻底化成灰，普通的火只能将人体给烧焦。我是说，厨房里的灰有些多，不一定是骨灰，有可能是烧其他东西留下来的灰烬。"

越星文干脆转身走向厨房："去看看就知道了。"

众人来到厨房重新检查线索。锋利的菜刀上依旧有明显的已经干涸的血迹，刘照青昨天担心那是凶手杀人留下的血，做饭时没敢用菜刀，而是用他的手术刀切的菜。

越星文拿起菜刀仔细观察片刻，道："大概率是人血。附近没看见养鸡鸭牛羊的地方，池塘也没有鱼。这把刀，就是凶手最后杀掉玩家团队的作案工具。"

秦露盯着血淋淋的菜刀，小声问道："可是，他一个人怎么能杀掉那么多成年人？八个玩家当中还有男性，大家都四肢健全，不反抗的吗？"

高小欣也道："如果他追杀那八个人，血迹是不是应该一路从客栈流到厨房？但是客栈里面并没有发现血迹……"

江平策低声打断了她："你忘了安眠药。"

昨天他们在地下室里发现了大量的安眠药，越星文当时就怀疑过凶手很可能在玩家的饭菜中加入了安眠药，趁着玩家们熟睡的时候作案。

越星文道："他可以趁人不注意，偷偷从餐桌下爬回自己的住处，将大量安眠药加到饮水或者饭菜当中。玩家们吃了安眠药就会陷入沉睡。他再将那些人一个一个地杀掉……那些人死在睡梦中，根本没法反抗。"

江平策点了点头："所以，他并不是直接跟八个人对抗，而是分别将每一个睡得很沉的人拖出去杀掉。睡梦中被杀死的人连尖叫声都没有，他连杀八个人也很容易。"

几个女生听到这里，全身如坠冰窖——只不过出来玩了一次剧本杀，结果饭菜被下药，谁能想到自己会一睡不醒？

越星文干脆拿起铁锨，将灶台下面的灰全部扒拉出来。忽然，他眼尖地发现灰烬中有一些碎纸的形状。江平策也发现了这一点，从旁边拿了根树枝，在灰烬中拨了几下，道："没烧干净的碎纸。"

他将残余的碎纸挑出来全部摆在旁边。

由于纸张被烧掉大部分，上面的字迹很模糊，越星文拿起来仔细辨认片刻，道："这种纸的材质很特别，有点像是制作卡牌的硬壳纸，也正因为这种硬壳纸不容易燃烧，才没被烧干净。"他将一块碎纸递给江平策，"你觉得像什么？"

江平策接过来仔细一看，皱着眉道："剧本杀的身份卡？"

他在这张纸上看见了"春兰"的字样，他记得苏小姐的陪嫁丫鬟就叫春兰。

越星文将剩下几块碎纸都仔细看了看，道："确实是剧本杀的道具，写了名字的是剧本身份卡，其他有一些应该是剧本介绍和剧情线索卡。"

秦淼说道："我曾经玩过剧本杀。玩家领到身份卡之后，会阅读身份资料和剧情线，再扮演好自己的角色。每个人只知道自己角色的身份以及自己是不是凶手，对其他人的背景和经历一无所知。"

越星文点了点头："所以，这次游戏，凶手拿到的身份卡很关键。"

由于剧本资料被烧掉了大半，光从这些留下来的灰烬中的碎纸，很难判断凶手拿到的是什么身份卡，而零碎的剧本描述也只能依稀看出"新婚之夜""离奇死亡"等字眼，对剧情推理帮助不大，但至少能证明他们的思路是对的。

第七章 死亡密码

柯少彬扶了扶眼镜，道："星文提前猜到了剧本杀，如果是推理能力比较弱的团队考这门课，只要扒出厨房里的灰烬找到身份卡，应该也能想到剧本杀吧？"

越星文点头："嗯，这就是确认剧本杀的关键线索。"

厨房里的灰烬居然是凶手烧掉剧本杀资料后留下来的，那么，被他杀死的玩家尸体又藏在哪儿？越星文和江平策对视一眼，后者低声说："再去池塘找找看。"

刘照青拿了根竹竿，在池塘里四处翻找，柯少彬绷紧脊背站在旁边。如果池塘里泡满了尸体，以后他对糖藕会有心理阴影的！

然而师兄找了半天，并没有发现其他的尸体，柯少彬愣了愣，道："也不在池塘？"

越星文低头想了想，说："不是被烧，也没有扔在池塘里，那很大可能就是被埋了。我们在树林周围再仔细找找看。"

八个人立刻开始行动，地毯式搜索整片树林。

一整天时间，一寸不漏地找，终于在黄昏时分在树林角落里发现了一个大坑。

那个坑有两米多深，表面上覆盖着杂草和树叶，跟周围没什么区别，越星文差点一脚踩空摔进去，江平策急忙伸手抓住他。越星文心惊胆战地站稳，回头一看——

坑里胡乱堆放着几具尸体，都已只剩森森白骨。

越星文看向秦露："把他们挪上来。"

秦露白着脸拿出地球仪，用"板块运动"将坑里的尸骨瞬间移到地上。江平策走过去数了数，皱眉道："只有七具尸体。"

越星文问："师兄分得清男女吗？"

刘照青笑道："虽然我不是法医，但男女还是很好区分的，直接看骨盆就行。"他指向脚边的其中一具尸骨："男性的骨盆下方狭窄，如同一个漏斗，耻骨夹角是锐角，通常小于九十度；女性因为要生育子嗣，骨盆宽大，下方夹角在一百二十度左右。"

他飞快地清点了一下现场的尸体，道："这七具尸体，两个男的，五个女的。"

越星文和江平策对视一眼，后者道："十个玩家是三个男的七个女的，扮演新娘的女孩也死了，也就是说，目前死了两个男生、六个女生。"

越星文道："还差一个男生一个女生。我们之前分析，留下线索的应该是女生，那本古代言情小说就是她的。那么，剩下的一个男生就是凶手。"

275

柯少彬仔细整理了一下，道："十个玩家，一个男的是凶手，剩下九个人。早上发现了坠湖新娘的尸体，坑里发现两个男性、五个女性共七具尸体，还差一个女孩。这么说，留下线索的那个女孩，很可能是逃掉了？"

凶手集中杀人并将尸体埋进坑里，不会特意漏掉谁。

最合理的解释就是，玩家逃走了一个。那女孩早就察觉到不对劲，用布娃娃留线索。她既然已经发现了问题，就不会粗心大意地吃下这里的饭菜。

很可能凶手在饭菜里下安眠药的时候，女孩警觉地没有吃，而是蒙混过关。晚上凶手开始杀人时，她趁机溜了。逃跑的时候，她当然不可能带着行李箱跑，所以，她的行李箱留在了这里。

想到这种可能性，越星文心里颇感安慰："逃掉一个，或许这也是凶手放弃继续作案，烧掉剧本离开这里的原因。如果玩家团灭，他可以继续作案，再杀一个新娘，凑齐七个祭品。但他没有完成，而是烧掉剧本离开，应该是怕逃跑的女孩出去报警。"

众人仔细理了理越星文的分析，这样的话，所有线索就能串起来。

江平策道："总结一下目前的线索，看看还有没有遗漏？"

越星文点了点头，道："凶手跟苏婉芯曾是一对情侣，结果苏婉芯迫于父母压力嫁去了赵家；凶手对苏婉芯爱而不得，杀掉了苏婉芯，选了个风水宝地将她埋葬，在墓碑上刻下'爱妻苏婉芯之墓'，并且设计了一栋杀人客栈，根据苏婉芯的经历编写古代版的剧本杀游戏，混入剧本杀爱好者的群，骗一批又一批的玩家来到这里，以实施自己的计划。"

江平策接着说："他利用剧本杀中新娘会在洞房之夜惨死的设定，在不引起其他人怀疑的情况下杀害新娘，藏尸。过几天后，他用新娘的手机给玩家们、新娘的家人们发消息，假装新娘还活着，再安排新娘在别的城市失踪。"

越星文道："他天衣无缝的计划连续成功了六次，却在最后一次遇到了一个警觉的女孩；女孩察觉到不对，利用布娃娃和自己携带的言情小说留下三段式字符密码，希望能被人看到。凶手怀疑自己行动暴露，决定杀人灭口；他在饭菜里加入了安眠药，但女孩警觉地没有吃，在凶手夜间杀人的时候趁机逃跑；凶手杀掉剩下七人，少了一个，他知道有人跑了出去，便终止计划，烧掉剧本，埋尸离开。"

见其他同学认真听着，越星文顿了顿，说："这就是客栈凶杀案的完整剧情。"

柯少彬道："那女孩跑出去之后，应该会报警吧？"

越星文点头道："她肯定会报警。但图书馆去掉了这部分剧情，将案发现场

第七章　死亡密码

还原给我们，让我们来破案。被烧掉的剧本杀内容，就用梦境的形势来呈现。"

当晚，大家按照昨天分配的房间各自睡下。

越星文又做了一个梦，梦里，长大的小忧缝了一对布娃娃，在布娃娃身上扎了针，并且写了布条——他终于看清了白色布条上的字，正是苏小姐的生辰八字。

她将布娃娃放进了婚房，冷冷地道："哥哥是我的，你别想将他抢走。"

铜镜里印出的脸苍白而扭曲，一身粉色的衣服在红烛的照映下越发诡异。外面响起"新娘到"的声音，她推开窗户看了眼下面，想要翻窗逃跑，结果犹豫了一下，没有跳窗，反而偷偷藏到了床底下。

"吱呀"一声，门被推开，新娘被两个丫鬟搀扶着走了进来。

等媒婆等人离开后，丫鬟春兰小委屈地道："小姐，听说那赵公子是个病秧了，都快病死了，老爷将你送来冲喜，这不是把你往火坑里推吗？"

春雨小声附和："就是，小姐你为什么要答应……"

一个温柔的声音响起："别说了，木已成舟。你们先下去吧，让我安静一会儿。"

两个丫鬟推门离开。

新娘坐在床上，沉默良久。

忽然有人推门进来，耳边响起沉重的脚步声。越星文此时的视角是躲在床下的小忧的视角，根本看不清发生了什么，他只听见那新娘问道："你怎么会来？"

一个低沉的男性声音响起："我来看你。"

新娘愣了愣，声音有些失落："我已经跟人成亲，以后各走各的，不要再见面了。"

下一刻，屋内忽然响起刺耳的尖叫——"啊！"

明晃晃的刀锋闪过，新娘惊恐地推门跑出去："救命——"

小忧战战兢兢地缩在了床底下，视野一直在晃动。她看见一双脚停在床边，那人穿着双黑色的皮靴，靴子上的花纹，有点像银色的云纹。

越星文被梦境惊醒。

他蓦地从床上坐起来时，发现床边又站着一个红衣新娘，面无表情地盯着他。

越星文被吓着吓着就习惯了，三两步冲出去，大喊："集合！"

一群人心惊胆战地逃出树林。秦露喘了口气，苦笑着道："每天半夜醒来，床边都站着个红衣新娘，我以后都不敢一个人睡觉了……"

277

越星文迅速调整好心跳，道："汇总线索。"

他仔细回忆了一下梦境的片段，道："剧本杀中，新婚之夜，小忧也进过新娘的房间，她是去放诅咒布娃娃的。我的梦有些奇怪，原本她应该翻窗出去，可她推开窗后，犹豫了一下，然后钻到了床底下。"

江平策听到这里，道："小忧的扮演者，就是那个留下线索的女生，她当时在新娘的床底下，目睹了一个人来杀新娘、新娘惊慌逃出门的剧情。"

越星文点头："我也是这么想的。按照原来的剧情，小忧的扮演者拿到的剧本，应该是翻窗出去，窗外有梯子可以落到地上。但是，这次剧本杀中，演小忧的人可能是恐高，没翻窗出去，而是背离剧本，躲去了床底下。"

次日，新娘不见了。小忧的扮演者不确定凶手是哪个男生，又不敢告诉其他人，就用布娃娃留线索。剧本杀的剧情被扰乱，出现了目击者，凶手开始屠杀所有玩家。

越星文深吸一口气，道："黑色靴子、银色云纹、男性——郎中还是护卫？"

江平策低声道："是护卫。"

越星文侧头看向他，江平策说："我第一天晚上的梦境里，护卫画的那幅画当中，苏小姐绑的腰带上就有银色的云纹图案，这个细节能对得上。云纹绣线，应该是他们在一起时的情侣装扮。"

江平策捡起了一根树枝，将自己梦到的护卫画中女子腰带上的云纹图案画在地上，越星文跟自己的梦境仔细核对过后，确认道："是同样的图案。"

江平策紧跟着说："苏婉芯的棺材的四个角上也有类似的图案。"

越星文竖起大拇指："观察得够仔细。"

高小欣和高永强对视一眼，面面相觑。当时，高永强也跟两人一起去挖坟了，但他根本没注意棺材的角上是不是有什么纹路。这就是学霸和学渣的区别吧？这么小的细节，江平策居然也清楚地记得。

越星文笑着拍拍江平策的肩："就知道你靠谱。"他看向身边的同学们，问道："大家还有谁梦到过这种图案吗？"

刘照青率先说道："我梦见郎中救下苏小姐的那次，郎中穿的是蓝色衣服，身上没有任何花纹，这一点可以确认。"

高小欣紧跟着说："我梦见郎中在坟前哭，穿的是白色衣服，系的是白色发带，看着像丧服，也没有花纹。"

其他人都摇头表示梦境里没出现过这种云纹。

新婚当日见过苏小姐的人很多，但最后出现在洞房并杀死她的人就是护卫。

剧本杀的凶手也终于浮出水面，这剧中剧的谜题总算能彻底破解了！

第七章 死亡密码

这次考试要求他们生存六天,现在是第三天夜间,越星文和江平策已经将所有的线索完整地串了起来,可以说,他们只用了一半时间就顺利破案。

天亮后,越星文带着大家对场地重新进行了搜索,以免漏掉证据。

昨天,他们已经地毯式搜索过整片树林和池塘,今天大家又对客栈周围的地面、草丛进行搜查,可惜没有发现新的线索。

第四天夜里,越星文梦见了一幅很美的画面——

春暖花开的时节,穿着一身红色长裙的少女在花园里翩翩起舞,一个青年站在旁边看着她。女孩的舞姿柔美动人,就像轻灵的蝴蝶,她回头朝青年粲然一笑。

梦境在女孩笑起来的那一刻定格,就像时间被按下了暂停键。

越星文惊醒的时候,梦里的女孩就穿着嫁衣,站在床边对越星文笑得很是灿烂。

这笑容跟梦里一模一样,只不过换了一张苍白如纸的脸。

越星文心脏蓦地一跳,动作熟练地冲出门,就看到同样脸色难看冲出来的队友们。秦露急忙道:"大家快过来!"

众人集合后,她立刻用"板块运动"带大家逃出树林。

路上,刘照青忍不住吐槽道:"我梦见一个穿红衣服的女孩对我笑,一睁开眼,红衣新娘就站在床边对着我笑,还露出一口白牙!吓死我了!"

柯少彬脸色发白:"我……我也是。"

秦露小声道:"我梦见一个女孩在跳舞,旁边有个男的一直盯着她看。我在梦里也有种被人从身后盯着的感觉,后背毛毛的。"

秦淼淡淡地道:"我也一样。"

高小欣和高永强先后说道:"我也是!"

越星文和江平策对视一眼,说:"看来大家的梦都一样。"

八个人都做了同样的梦!

众人"板块运动"到树林外面,本以为新娘不会追出来,越星文刚想坐下分析,结果下一刻,刚才在客栈追击他们的红衣新娘忽然汇聚成一个红影,那红影的口中发出一阵诡异的笑声:"嘻嘻……嘻……"

清脆悦耳的笑声,如同活泼可爱的少女在嬉笑玩闹。

漆黑的深夜里,那笑声像是有种魔性,从红衣新娘的口中发出来,笑得人头皮发麻,脊背不由冒出了一层冷汗。

越星文察觉到不对,回头一看,急忙说:"快跑!"

红衣新娘的行动快如闪电,飘出树林,鬼魅一般瞬间来到众人的身后。

逃离图书馆

穿着崭新嫁衣的女子一张脸苍白得像是被粉笔涂抹过，漆黑的长发如瀑布般披在脑后，嘴唇鲜红似血。她的脸上带着灿烂的笑容，嘴角还有两个可爱的酒窝。

她手中拿着红色的丝绸，就在越星文回头的那一瞬间，丝绸倏地一分为八，朝着八个人凶狠地席卷过来！

柯少彬离她最近，转眼间就被绸缎缠住了脖子！

强烈的窒息感让柯少彬的脸色苍白，他想要开口求救，却发不出任何声音，无法呼吸氧气，他的大脑一阵晕眩。丝绸越勒越紧，几乎要将他的脖子生生给勒断。

刘照青见状，急忙丢出一把手术刀，锋利的刀凌空而至，将丝绸"唰"的一下切开！

缠在颈部的丝绸滑落到了地上，被解救的柯少彬捂着心脏大口大口地呼吸，来不及说谢，手腕就被越星文抓住："跑！"

秦露心跳都快停滞，急忙在地球仪上点选两个位置，将大家继续换位向前。

众人瞬移将近一百米，但那些丝绸如影随形——别说是跑掉，所有人的腿都被丝绸给缠住了。那红色的丝绸如灵蛇一般顺着他们的身体往上爬，将众人的双腿裹得无法动弹。

雪上加霜的是，秦露手中的地球仪也被一条灵活的丝绸瞬间卷走！

"嘻嘻嘻……"

红衣新娘的笑声一直响在耳边，眼看那丝绸已经缠到同学们的腰部，刘照青速度飞快地召唤手术刀，一时间，锋利的刀子如暴雨一般激射而出，"唰唰"几下从空中切断了丝绸！

然而那些丝绸源源不绝，刘照青自己也被绑住，根本没法照顾到这么多的同学，转眼间，高小欣就在尖叫声中被红色绸缎整个裹成了粽子！

秦淼迫不得已开大招："'杯酒释兵权'！"

所有丝绸落地，但这个大招也只能控制几秒时间，几秒之后那些丝绸像是有眼睛一样，又一次缠绕上来，速度比之前还要快。

越星文心脏怦怦跳动着，脑子飞快地思考对策。

红衣新娘不受物理攻击，法术类攻击也不管用，这一点他们之前就做过实验。这新娘可以越过树林追杀他们，攻击手段极为凌厉，明显比前几天的难对付，如同副本里的 boss 出场。

对了，boss——她是苏婉芯！

越星文出声喊道："苏婉芯？"

第七章　死亡密码

　　耳边诡异的笑声停了几秒，那红衣新娘似乎是愣了一下，越星文急忙道："柯少，放小图！"

　　柯少彬刚才背对新娘，被猝不及防地勒住脖子，差点窒息而亡，如今他也冷静下来，立刻放出小图引走了红衣新娘。

　　她再厉害，小图的强制歌声吸引依旧对她有效。白色的机器人飞快地滑行回客栈的方向，红衣新娘跟了上去。

　　越星文道："师兄，这里交给你了，我跟平策去对付她！"

　　他说罢就飞快地召唤出词典："'金蝉脱壳'，'风驰电掣'！"

　　团队"金蝉脱壳"对课题组成员有效，这个技能一开，他们四个人身上的红绸瞬间消失。越星文带着江平策瞬移到二十米以外的地方，开加速技能飞快地往苏婉芯的坟墓跑去。

　　刘照青则留下来，用手术刀去救被红绸缠成粽子的其他同学。

　　远处，越星文和江平策跑得飞快。江平策并没有问越星文要去哪里，他们之间足够默契，此时也不需要过多的询问。

　　两人以快五倍的速度狂奔到苏婉芯的墓前。

　　江平策猜到了越星文的想法，低声道："你想烧掉苏婉芯的墓？"

　　越星文神色严肃："苏婉芯的灵魂之所以被禁锢在这片区域，就是因为她的尸骨被埋在了这个墓里，还被人用祭品来控制她。这个墓穴应该就是禁锢她的地方，我们直接杀她肯定杀不死，但可以让她的灵魂脱离束缚。"

　　毁掉坟墓，苏婉芯的灵魂或许也能得到解脱，这才能从根本上解决问题。墓穴位置很奇怪，棺材上有云纹装饰，这个棺材显然就是束缚苏婉芯的关键。

　　当然，越星文对这种东西也不是很清楚，他只是通过分析得出的结论——红衣新娘杀不死，速度又快如闪电，只能控制。可同学们的控制技能有限，一旦用完，被苏婉芯追上，他们岂不是分分钟被团灭？考试不可能出这种无解的题，一定有解法。

　　红衣新娘对付不了，那就对付她的原身。

　　越星文立刻拿出火石，江平策飞快地找来干枯的杂草和树枝引了火，两人将火投到之前被挖开的坟墓之中。

　　棺材被埋在地下多年，潮湿发霉，难以点燃，越星文和江平策增加了木柴的数量，将火势扩大，围着棺木点了一整圈，棺材才渐渐被点燃。

　　渐渐地，熊熊烈火冲天而起，刷着红漆的棺木被火舌席卷、吞噬，火焰照亮了夜空，远处红衣新娘的笑声也戛然而止！

　　课题组频道，柯少彬飞快地打来一行字："小图的歌刚唱完，她就不见了！"

281

越星文道:"她在我这儿。"

柯少彬和刘照青看到课题组频道的这条消息，还以为越星文遇到了危险，需要帮忙，急忙让秦露开启"板块运动"，飞快地跑过来支援。

然而，眼前的画面却让大家震撼地僵在原地——

只见那红衣新娘出现在了熊熊烈火之中，苍白的脸在晃动的火焰中忽明忽暗，她不再发出奇怪的笑声，眼角反而流下了两行鲜明的血泪。

烈火席卷了她的身体，她的嫁衣却丝毫没有被烧毁。她就这样飘在火焰中哭泣，直到那棺材快被彻底烧干净的时候，一道温柔的声音忽然响在众人耳边："谢谢你们……"

红衣新娘消失不见，只留下被烧焦的尸骨和化成黑灰的棺木。

众人面面相觑。

越星文叹了口气:"她应该是解脱了吧。"

柯少彬揉了揉脖子，刚才被勒的窒息感似乎还留在脑海里，他怔怔地看着被烧毁的棺木，问道:"她走了？接下来不会再攻击我们了吗？"

越星文道:"嗯。这次副本的 boss，我们正面打根本打不过。既然已经推理出她是被禁锢在了这里，只要让她的灵魂得以解脱，她就不会再变身为红衣新娘继续追杀我们了。"

刘照青听到这里，干脆将"爱妻苏婉芯之墓"几个字用手术刀彻底划掉了。

江平策低声说:"明天，我们把所有新娘的尸体，找个地方好好安葬了吧。"

越星文点头同意:"我也这么想。"

夜凉如水，柔和的月光温柔地洒在这片树林里，一阵冷风吹过，刮起墓穴里焦黑的灰尘。想起这几天的经历，越星文的心情久久难以平静。

他轻声道:"希望现实中不要出现这样的变态。这种扭曲的爱太可怕了。喜欢一个人的前提是尊重对方，努力让对方过得幸福，而不是自私地占有、禁锢对方。"

刘照青玩笑道:"星文，你这话说的，好像深有感触。你有喜欢的人吗？"

越星文不好意思地摸了摸鼻子:"我没谈过恋爱，就是想说说自己的看法。"

江平策淡淡地道:"星文是理论派，没有实践经验，不过……他的观点我赞同。"

越星文回头看他:"你不也没实践经验吗？"

江平策咳了一声，没有回答这个问题。

柯少彬小声转移话题道:"如果，我们天亮之后把所有的新娘都安葬了，到了晚上，是不是就不会再有红衣新娘站在床头吓我们了？我真的被吓出心理阴影了……"

越星文道:"试试吧。"

次日天亮后,大家将所有尸骨选了个地方安葬。

接下来的两晚,他们果然没有再被红衣新娘追杀,而梦里也完整地呈现了剧本杀的详细剧情。越星文根据剧本杀的剧情,推理出了对应的现实剧情。

苏家本来很有钱,因为苏父投资失败生意亏损,迫不得已跟赵家联姻。苏婉芯母亲早逝,苏父续弦,也就是剧中的陈姨娘,生下个妹妹。剧中的护卫,对应到现实,是跟苏婉芯一起长大的保镖,一直在她身边保护她,两人年少时曾有过一段恋情。决定跟赵某结婚后,苏婉芯提出分手,但保镖对苏婉芯已经产生了"你只能是我的"这种扭曲的占有欲,于是在她婚礼后杀了她,秘密带走了她的尸体,想出了这个方法继续禁锢她。

线索集齐,剧情线推理完。第六天凌晨0点,所有人眼前同时弹出提示——

课题组:C-183

课程:死亡密码

学分:6分

考核评分:95分

附加题:无

获得积分:6×95=570分

课题组加成:C组积分加成×1.5倍,每人最终获得积分855分

该课程挂科率:70%

越星文看到积分时心头一喜,看到70%的挂科率后,心却蓦地往下一沉。

看来,有很多学生团队没能推理出剧本杀和现实剧情的关联,又或者在夜间逃跑阶段被红衣新娘所杀?这门课的挂科率高得惊人。

越星文深吸一口气,最后看了眼被月色笼罩的诡异客栈,离开了考场。

越星文想,如果他喜欢上谁,他一定会宠着对方,爱护对方,支持对方的想法,给予对方足够的尊重和私人空间。

江平策说他是理论派,但理论可以指导实践。

第八章 团队组建

第八章 团队组建

在客栈世界心惊胆战地过了六天，可越星文四个人回到图书馆时却是上午10点，所有课程的考试刚刚结束，二楼数学学院的大厅里依旧人山人海。

四个人坐电梯前往F-930宿舍，在宿舍门口正好碰见刚考完试回来的卓峰师兄团队。

卓峰率先开口问道："你们考得怎么样？"

越星文说："成绩还好，95分，就是考试的过程有些心理不适。"

卓峰用指纹打开房间："进来聊吧。"

越星文和江平策跟着进屋，简单描述了一下"死亡密码"这门课的考试过程。

林蔓萝听完后，脸色不由微微发白："居然还有红衣新娘、灵魂禁锢之类的设定？这比我们上周的数学学院推理课要难得多。"

卓峰皱眉道："看来推理类课程每周都会更换，这周过不去，下周只会更难。"

许亦深揉了揉额角，笑道："我其实也猜到了。如果图书馆的课程一直不变，重修就跟期末考试直接复制去年的试卷一样，没什么难度。更换课程，同学们就不会再有侥幸心理，毕竟重修变难了，更容易挂科，一旦挂科就会被淘汰。"

屋内忽然陷入沉默。如果他们下周在三楼建筑学院挂科，回到一楼、二楼重修，那么一楼的课程或许不再是"心血管病区"，二楼的课程也不再是"死亡密码"，换成新的课，他们不一定能过关，重修时过不去就会完蛋。

越星文无奈地耸了耸肩："解决这个问题的最好办法就是尽量别挂科。"

卓峰点了点头表示赞同，看了眼墙上的时钟，道："联系辛言吧，今天抽空开个会，商量一下升级课题组重新组队的事情。"

章小年一直缩在角落里没说话，这里的人都是学长学姐，他最小，不好意思发言。

直到越星文和江平策出门时，他才跟在越星文身后一起出门。越星文回头看他一眼，问道："迷宫怎么样？还顺利吧？"

章小年笑了笑说："卓师兄带路，最后成绩虽然没你们那么强拿到满分，但也有 125 分，很高了……就是，我没帮上忙，挺不好意思的。"

越星文玩笑道："你这个路痴，能在迷宫帮上忙才怪吧。"

章小年耳根一红，低下头不说话。

江平策淡淡地道："你能在建筑学院帮上忙就行。"

越星文也道："就是，我们组队并不是为了找全能型的人才，毕竟大家各有所长。迷宫不是你擅长的东西，不用觉得内疚。"

章小年小声说："可我学习成绩也不是很好，跟你们比，我确实比较弱啊。"

越星文道："你是七中毕业的，咱们高中是省重点，差不到哪儿去。而且你能考上全国排名前三的华安大学建筑系，那就证明你并不笨，不要怀疑自己。"

章小年抬头看向越星文，认真地说："我高中的时候也是班里前几名，但华安大学厉害的人太多了，到了大学，就觉得课程有些吃力。"

越星文笑道："这是正常的。重点大学聚集的是全国各地的精英学生，很多人高中成绩特别好，到了大学，发现身边的人一个比一个厉害，产生自我怀疑，也是很常见的现象，调整好心态就行了。你不一定非跟我们比，跟过去的自己比，有进步就是好的。"

章小年听了越星文的话，眼神也恢复了神采，笑着说道："师兄，我会尽力不拖大家的后腿的。"他顿了顿，又补充一句，"毕竟咱们团队有七中双学神坐镇，我要是太菜的话，会给两位师兄丢脸吧。"

越星文拍拍他的肩膀："我相信你不会。"

章小年的宿舍就在 F 区，很快就到了。他跟两人道别后开门进了屋，越星文则和江平策并肩走向拐角处的电梯。

回宿舍后两人先后洗了个澡，江平策坐在床边，低声问："章小年迷迷糊糊的，你确定加他进来没问题？"

越星文一边擦头发，一边说道："你对小年可能不太了解。这家伙平时生活上是有些迷糊，但脑袋其实挺聪明的。他跟我提过，他老爸是建筑工程师，他从小就喜欢玩搭房子的积木游戏，这也是他大学报建筑学院的原因。"

越星文顿了顿，道："我觉得，比起那些只会死读书的人，他的思维会更灵活。至于路痴这件事，以后让他跟紧团队，别迷路就行了。"

江平策对越星文的决定一向支持，听到这里便说："好吧，加一个建筑系的也很有用。这次课程有建筑系的高永强帮忙，测绘、画图都很方便。"

越星文想了想，又说："对了，我要给秦露和秦淼发条消息。她们两姐妹目前还没有固定的课题组，问问看她们愿不愿意加入，给蔓萝师姐找个伴儿，不然团队就蔓萝师姐一个女生，也挺不方便的。"

江平策道："嗯，这对姐妹可以。"

越星文当下就通过论坛给秦淼发去一条信息，邀请她加入课题组："我们后期应该会组语数外、政史地、理化生齐全的综合型团队，你们姐妹一个历史一个地理，正好是我们急缺的队友，我很诚恳地邀请你们加入。"

秦淼回复得很快："感谢你的认可，有时间跟大家见个面再聊。"

加入课题组毕竟不是儿戏，还有很多陌生的同学她们并不熟悉，也不好草率答应。万一团队里有三观不合、让她们特别讨厌的人呢？

越星文理解地道："我明白你们的顾虑。今晚7点，我们在课题组中心的会议室见面，到时候我再把房间号和密码发给你们。"

关掉论坛私信后，越星文顺手打开论坛首页，看了眼同学们的发帖。论坛有不少刚考完"死亡密码"这门课的同学发帖吐槽。

> 这门课太吓人了！每天半夜睡醒，床边站着个红衣新娘是什么感受？
>
> 我们是被红衣新娘给勒死的，团灭，挂科了！第三天出现的这个boss到底要怎么打？攻击技能无效啊！
>
> 我们都没坚持到第三天，第一天晚上红衣新娘出现的时候跑得不够及时，死了一半。

这门课的挂科率高达70%，可见有多少学生在客栈吃了苦头。

推理是一方面，夜间对付红衣新娘也是个难点，尤其是苏婉芯这位boss，如果想不到解除禁锢这一点，直接正面硬刚，那结果很可能就是被团灭。

看着同学们在论坛上悲愤地吐槽，以及对自己命运的担忧……越星文决定再发一份"死亡密码"课程的攻略，让需要的同学能过关保命。

为免考试内容变动对其他学生产生误导，越星文并没有直接写"凶手是谁"，而是详细列出这门课的推理思路，以及需要注意的重点线索。

写答案，不如教人解题的方法。

越星文花了一个多小时整理攻略，发出去后，立刻有无数迷弟迷妹跟帖表示感谢，还有人将越星文和江平策称为"图书馆攻略组大佬"。

就像玩网游的时候，新出一个副本，总会有开荒团队进去跟那些boss死磕，花费大量的时间和精力研究出打boss的方法，再发出攻略，造福大众。

然而这里跟网游不同。网游开荒，死了可以无限复活。但在图书馆，通关失败只有一次重修的机会。在这种情况下，还愿意无条件分享出通关经验的人，真的尤为可贵。

越星文并不想当太阳，他只是第一个发光的萤火虫。他相信这里还有很多高手，只要每个人都愿意出力，无数萤火虫汇聚在一起，再可怕的图书馆也难不倒他们。

当天下午6点30分，越星文和江平策来到负二楼，花积分开了间小型会议室，将会议室房间号和密码发给了队友们。

7点整，全员到齐，大家围绕着会议桌依次坐下。

越星文目光环顾四周，微笑着说："欢迎大家，这是我们课题组的第一次全员会议。因为今天有新人到场，大家先自我介绍一下吧。"

众人依次自我介绍完，越星文才道："我想把课题组直升三级，让辛言、秦淼、秦露和章小年四位同学加入，大家有什么意见吗？"

卓峰问道："升三级的话，你们的积分够不够？"

江平策算了算，说："我们课题组的四个人，在'素数迷宫''死亡密码'两门课的积分都留着没用，目前每人有1440分，加起来5760分，应该足够。"

卓峰干脆地说："那行，你们C-183课题组直接升三级，我们其他课题组就地解散，加到你们那边，以后星文做队长。"

越星文道："师兄你比我高一届，你不当队长？"

卓峰笑道："不用客套。你这么说的话，刘照青师兄还比我们高两届呢。星文当队长，大家都服，有不服的现在举手。"

谁现在举手说不服，那才是脑子坏掉了。

之前高校联盟的时候，卓峰就让越星文代表学生会发言，这次让越星文当队长，其实也在众人的意料之中。何况辛言、秦家姐妹、章小年，都是越星文拉进来的。

刘照青率先说道："星文很会带队，我同意他当队长。"

辛言接着道："我没意见。"

秦淼道："没意见。"

越星文爽快地说："那就这样决定了！我把C-183课题组直升三级，大家解散自己的组，加到我这边来。我跟平策、刘师兄、柯少出课题组升级的积分，其他人每人上交 300 积分团费给平策，由平策统一管理团队的日常花费。以后大家尽量一起行动，也好培养默契。"

越星文带上三位队友去升级课题组。平板电脑弹出提示，目前的 C-183 还是一级课题组，升二级需要 2000 积分，升三级则要 3000 积分。

也就是说，他们得拿出 5000 积分才能升到三级。

这么多积分让越星文有些心疼，可扩大课题组迫在眉睫，他的词典倒不用急着升级，想到这里，越星文便说："5000 分，我们四个人平摊吧。"

江平策道："每人给星文 1250。"

刘照青和柯少彬都不是斤斤计较的人，干脆地将 1250 分交给越星文。

越星文将手指轻放在平板电脑的指纹识别区，屏幕上弹出提示——

C-183 课题组升至三级，消耗 5000 积分，是否确认？

越星文按下"确认"。

紧跟着又是一行提示——

三级课题组可容纳组员十二人，解锁"X 组员"功能，解锁"学分共享"功能，请点击查看详情。

越星文和江平策对视一眼，好奇之下立刻点开了详细介绍——

X 组员：

为团队不固定组员，不占用团队上限名额，可随时更换。该组员可同时加入两个课题组并获取学分，相当于"外援"。必要的时候，三级及以上的课题组，可招募"X 组员"协助通关，但每层楼仅有一次招募的机会，请合理利用。

学分共享：

在标注了"课题组限定"的课程当中，当整个课题组一半以上的组员通过该课程的考试，其余组员自动共享学分和平均积分。"一半"以课题组上限组员数为计算标准，如，三级课题组上限为十二人，一半以上，是指七人过关，剩下的五人享受同等过关待遇。

组长可根据组员擅长的领域，组合不同的团队参加不同科目的考试。在学分共享模式下，组员如果挂科，没有参与考试的组员同样判定挂科，课题组全员打回一楼重修。

随着课题组规模扩张，成员数量将渐渐增多。组长责任重大，请谨慎使用课题组的限定功能。

越星文仔细琢磨片刻，道："X组员就是外援，不占名额还能同时加入两个课题组，也就是说，我们可以跟其他课题组合作，交换组员？"

柯少彬声音激动："这就解决了部分学院的课程没有专业人士难以通关的问题！越到后面的楼层，落单的同学就会越少，因为二楼、三楼的课都是必须加入课题组才能过关的。我们想招募固定队友会越来越难，X组员就给了课题组无限的可能性！"

越星文点头："是这个意思。任何课题组都不可能组满所有专业的学生。有X组员这个流动性人员的存在，在面对部分学院课程的时候，我们可以和其他课题组交换成员，或临时'借用'他们的成员来帮忙。"

刘照青赞道："不讲武德的图书馆，总算是做了件人事儿！"

江平策道："学分共享模式也很好用。后期部分课程没必要我们十一个人同时上，有些推理课，人越多反而越乱，挑其中一些人去过关，其他人直接共享学分就行。"

回到会议室后，越星文将三级课题组的新功能介绍给大家。

秦淼立刻抓住关键："课题组限定？我记得'素数迷宫'的报名信息就写了'课题组限定'。也就是说如果当时我们是三级课题组，开放了学分共享功能，星文就可以挑七个在迷宫方面厉害的同学去考试，不擅长迷宫的同学等着躺赢？"

章小年听到这里，双眼一亮："像我这样的路痴，迷宫课就可以不去？"

卓峰摸着下巴道："有意思，后面的课程还可以让不同的组员去考不同的科目，擅长推理的去考推理课，攻击、位移技能多的考生存类课程……"他看向越星文，笑道："就是星文会很头疼。每次考试让谁去、不让谁去，你要掉一把头发。"

越星文的目光扫过所有人，认真地说："如果以后真要分组考试，希望大家能理解我的安排，有疑问就当面说，不要憋在心里。我这个人性子比较直接，你当面说我，我不会生气；可如果背后抱怨、跟人吐槽，我知道了会生气。"

刘照青调侃道："星文要是生气了，后果会很严重，毕竟他的词典比砖头还要厚，砸过来能让我们随时脑震荡。"

想起他的词典，会议室内顿时响起一阵笑声。

越星文也笑了起来，道："以后我们就是一个团队，一切以团队利益为先。在图书馆这个环境艰难的地方，大家能聚到一起，互相照顾，互相帮助，是很难得的一件事情，希望大家彼此尊重，最好别闹矛盾。"

江平策淡淡地道："都不是小孩子，我想大家心里也有个数，别让星文为难。"

越星文点了点头："我当然也相信大家。接下来，先统计一下大家的学分，还有目前的技能。"他看向柯少彬，"麻烦柯少用电脑记一下，你的电脑可以带去考场。"

柯少彬立刻打开笔记本电脑，飞快地做了个组员信息表格。

卓峰说道："我目前拿到'逃离实验室'2学分、'心血管病区'4学分、'珠宝鉴赏'2学分、'素数迷宫'3学分，数学学院的第二门课'死亡密码'还没来得及考，总学分是11分。高压电才一级，串联电路、并联电路都还没解锁。"

越星文疑惑道："重修的话，之前考过的课程学分都不算吗？"

卓峰点头："对，重修会清零重来，而且只给学分，不给积分，不升级技能。"

清零重来真是太惨了。

林蔓萝道："我跟卓峰、许亦深学分一样，藤蔓技能也是一级。"

许亦深紧跟着道："我的'有丝分裂'一级。"

章小年轻声说："我这周才来的图书馆，没赶上周末的公共选修课，比三位师兄师姐差2学分。"

越星文想了想，道："你们四个目前还没法直接加课题组，数学学院你们还有一门课没考。明天周五，你们先考完'死亡密码'，晚上再进队吧。"

卓峰点头："只能这样，我们数学学院差一门必修课没考，还不算通关。"

秦淼道："我和秦露的学分跟星文一样。技能方面，我有赵匡胤的'杯酒释兵权'，大范围群体缴械，下个技能还差点积分就能换。"

秦露道："我地球仪的'板块运动'是二级，可以用六次。"

辛言道："我多考了一门选修课，总学分19分。"

江平策道："我多考了两门选修课，总学分23分。"

至于越星文、刘照青的学分和技能，柯少彬都知道，直接输入了。

整理好表格后，他将笔记本电脑屏幕旋转给越星文看。

江平策的学分最高，23学分。辛言在公共选修课结束后，为了在三楼等他们，也去刷了选修课，19学分。越星文、刘照青、柯少彬、秦淼、秦露，拿到17学分。卓峰三人组分别拿到11学分，章小年只有9学分。

见自己排在末尾，章小年有些不好意思地垂下头。

越星文拍拍小师弟的肩膀："别担心，最后肯定会让大家一起毕业。课题组有 X 组员设定，必修课不够 100 学分，最后我们集体刷选修课凑学分的时候，我会把你借去别的课题组，拿外援学分。"

章小年点头："嗯，我听你们安排！"

次日下午，卓峰带队进入"死亡密码"课程，顺利结束考试，拿到 6 学分，通过了数学学院的所有必修课，正式入组。

卓峰三人的学分均变成 17 分，章小年 15 分。章小年不是重修，因此能拿到积分，他手里的积分较多，还去换了个建筑学院的新技能"墙壁建造"。

越星文问他："这个技能怎么用？"

章小年兴奋地说："可以随时随地造墙，连续几面墙就是一个房间。"他顿了顿，"可惜，一级的土墙容易被破坏，撞一下就塌了。升级后可以变成砖墙、水泥墙以及剪力墙。最高级的剪力墙使用钢筋混凝土结构筑成，能扛得住 8 级地震！"

厉害了。以后被追杀跑不掉的话，章小年是不是能现场造个抗震屋让大家躲起来？

周五晚间，所有学生的平板电脑上再次弹出课程表——

周末公共选修课
8:00—10:00：定向越野
14:00—16:00：珠宝鉴赏

越星文有些意外："怎么公共选修课跟上周是重复的？"

江平策道："可能是很多同学没选上课，又给了一次机会。"

由于卓峰三人参加过"珠宝鉴赏"课程，其他人参加过"定向越野"课程，他们这个课题组两门课都没法报名。越星文无奈道："那这周就算了吧，大家好好休息，下周直接去建筑学院。周一早上 7 点 30 分，第一食堂集合，不要迟到。"

组好队伍后，越星文又在周末的休息时间安排大家调换了宿舍。秦淼、秦露姐妹俩住在一起，林蔓萝建议道："我那个外语学院的舍友搬走了，目前四人间就我一个人住，你们干脆搬过来跟我住吧，大家一起，也方便行动。"

秦淼道："好，我们今天中午去办换宿舍的手续。"

卓峰放心多了，"蔓萝之前一直担心队里就她一个女生，现在好了，终于有伴儿了。"他顿了顿，又道，"就是秦淼和秦露双胞胎长得一模一样，我有点分不清哪个是姐姐、哪个是妹妹，以后叫错名字会不会很尴尬？"

秦露道："我们正在负五楼购物中心买衣服。以后，姐姐穿黑色上衣，我穿白色上衣，这样大家就不会认错了。"

秦淼接着道："如果遇到统一服装的课程，秦露会在头上戴个红色发夹。"

这样确实很好区分，也避免认错人的尴尬。

章小年在课题组频道打字问："我跟舍友都不熟，能换去你们的宿舍吗？"

越星文和江平策住双人间，刘照青宿舍满员。柯少彬想到这里，便打字问："辛言，你的宿舍是不是还有空位？"

辛言回："嗯。"

柯少彬说："那让小师弟搬去你那儿住吧？"

辛言道："你搬来跟我住，让章小年搬去跟他们三个住。"

两句话同时在课题组频道发出来，气氛一时有些尴尬。

章小年能感觉到辛言学长并不是很喜欢他，吓得不敢说话，其他人也不好贸然出来说话。

越星文知道辛言很难相处，他跟柯少彬是高中同班同学，提出这个换宿舍的方案倒也在情理之中。

当组长的越星文只好出面调解："这样吧，辛言和柯少彬是高中同班同学，两个人比较熟，柯少，你搬去跟辛言住，章小年搬去 F-930 跟卓师兄、刘师兄、许师兄一起住。大家觉得呢？"

章小年急忙说："我都行！"

柯少彬："好吧，那我去跟辛言住。"

越星文叮嘱道："小年是我们团最小的师弟，三位师兄以后多多关照一下他。"

刘照青笑道："没问题，我会看好阳台的玻璃，不让小年撞碎。"

章小年欲哭无泪："我头倒也没那么铁……"

许亦深道："欢迎小师弟来 F-930，师兄们会好好疼爱你的。"

章小年惊恐："怎么这话听起来有点吓人？"

卓峰道："他们在开玩笑。我们不会欺负小朋友的。"

小朋友？两个大四、一个研二，他这个大一的菜鸟，在三位师兄面前确实像小朋友！

事情就这样定了下来。章小年战战兢兢地搬去三个师兄的宿舍，柯少彬换去 E 区的宿舍跟辛言一起住。辛言的那张脸依旧苍白得有些病态，眼睛漆黑冰冷，柯少彬想起他曾经把某个同学脑袋上砸得缝了七针，就忍不住脊背发凉。

辛言侧身让开，顺手帮他提起行李箱放进屋里："左边的床是我的，你睡另一边。"

柯少彬愣在原地："为什么是双人间？"

辛言道："我不喜欢四人间。"

柯少彬其实有些害怕辛言，总觉得辛言性格阴郁，如果用一种动物来形容的话，辛言应该最像冰冰凉凉的——毒蛇！

但只要别得罪他，他也不会主动袭击别人。

柯少彬朝辛言露出个笑容："我睡觉不打呼，不说梦话，你可以放心。图书馆强制熄灯断网，这几天我作息也很规律。"

辛言淡淡地道："那就好。"

大家换完宿舍，团队也终于固定下来。

第九章

城市崩塌

第九章 城市崩塌

周末两天公共选修课没法报名,大家便利用这点时间好好休息调整,互相熟悉。

建筑学院下周的课表出现了三门必修课。

周一、周三、周五的上午8点,安排的必修课是"城市崩塌",学分3分。

周二、周四上午8点是必修课"无尽阶梯",学分3分。

周一到周五,每天下午2点都有一门必修课"工地之谜",学分4分。

其他时间,上午10点到12点,下午4点到6点,安排的全是选修课。

越星文抱着平板电脑,跟江平策一起研究:"建筑学院的课表换了,三门课,总学分比数学学院高了1分。"

江平策看完课表,说:"三门课分别是3学分、3学分、4学分,光看学分不会太难。我们抓紧时间过了三楼,去四楼?"

越星文低着头思考片刻,在课题组频道发消息:"周一上午8点的'城市崩塌'、下午2点的'工地之谜'、周二上午8点的'无尽阶梯',顺利的话两天就能通关建筑学院。周三去下一个学院,大家觉得呢?"

周末两天休息养精蓄锐,下周,越星文打算抓紧时间速刷课程。

卓峰很快回复:"我没意见。"

课题组频道内,大家排队回复"同意"。

越星文道:"那就这样决定了。明天早晨7点30分在1号食堂门口见,吃完早餐,7点45分在三楼建筑学院集合,提前15分钟选课,以免出意外。"

次日早晨,众人准时在食堂门口集合。江平策手里有团队经费,直接去传送带点了十一份早餐,越星文带队占好座,江平策和刘照青、卓峰将早餐盒端回桌上,大家抓紧时间吃完,一起来到三楼的建筑学院。

上周,在江平策、越星文攻略的帮助下,图书馆的大部分同学通过了数学

299

逃离图书馆

学院的考试，今天的建筑学院选课大厅里人山人海。越星文带着大家来到一台平板电脑前，按下选课按钮。

> 建筑学院必修课：城市崩塌
> 学分：3分
> 考场规则：课题组限定课程，必须以课题组形式报名。
> 课程描述：由于年久失修，整个城市的大楼地基出现严重的问题，下水系统彻底瘫痪，城市即将在3分钟后开始崩塌。一旦城市塌陷，住在这座城市的居民，将被倒塌的建筑彻底掩埋。
> 考试要求：1小时内逃离正在崩塌的城市。
> 备注：课题组为A组（全队速度增加）的，或课题组有位移技能的，推荐此课程。
> 确认选课：是／否

越星文按下"是"。屏幕中紧跟着弹出提示——

> C-183课题组报名成功。检测到你所在的课题组为三级课题组，该课程为"课题组限定"，可使用"学分共享"功能，是否开启该项课题组功能？

越星文回头看向江平策："这门课我们可以开学分共享，一半以上的人参加考试，只要过关，剩下的同学就能自动过关。"

X组员目前还用不上，学分共享功能可以在有课题组限定的课程中使用，三级课题组，需要七人以上学员参加考试。

江平策道："这门课考验速度，人少更方便控制。"

越星文点了点头："平策要用坐标系控制运动，十一个人太多，控制起来会比较吃力，人越少，我们的速度就能越快。所以，我想开学分共享功能，这门课只派七位同学参加考试。秦露、平策都有团队位移技能，必须上场，我作为组长也得去，还差四人。"他目光扫过全场："章小年，建筑学院的课，你不参加说不过去吧？"

章小年点头："嗯，我参加！"

越星文目光投向许亦深："许师兄也参加吧，你的有丝分裂可以当位移用。"

许亦深笑了一下："没问题。"

第九章　城市崩塌

越星文又看向柯少彬："让小图扫描、探路。"

柯少彬点头："好。"

剩下一位，秦淼主动开口道："我不去了，我的技能在这门课没用。"

卓峰和林蔓萝对视一眼，后者道："我跟卓峰之前考过这门课，感觉我俩的技能帮助不会很大。"

辛言淡淡地道："我的酒精灯和酸也帮不上。"

刘照青举手自荐："那我去吧。要是有人受伤，我可以随时治疗，给你们当后援。"

名单确定。越星文在平板电脑上按下了"学分共享"的选项，屏幕上弹出课题组十一位成员的名字，越星文飞快地选取其中七人。

被选择的七人耳边响起提示音："考试即将在8点准时开始，请做好准备。"

剩下四个人的提示音则是："你所在的C-183课题组即将开始建筑学院'城市崩塌'考试，你的队友将进入考场，请你在休息区等候，队友考试的结果将直接共享给你。"

队友过关你就过关，队友挂科你也会挂科，相当于将自己的命运交到了越星文手里。

越星文走上前去，神色无比认真："等我们的好消息。"

他不会让信任他的队友失望。

课题组第一次分队行动，他会拼尽全力拿下好成绩。

早晨8点整，"城市崩塌"的考试正式开始，越星文等七人从面前瞬间消失。卓峰看了看身旁剩下的队友，道："考试要两个小时，我们去旁边找个教室等吧。"

卓峰带着大家走进旁边的空教室，坐下来等待。

大家的心情，比考场外面等待孩子高考的家长还要紧张。

辛言淡淡地道："你们之前已经挂过科，一旦他们通关失败，会被淘汰吧。"

卓峰坦言说："没错。你是不是想问，我怎么会放心把自己的命运交到越星文的手里？不怕被他们连累？"

辛言耸了耸肩，默认了卓峰的反问。

林蔓萝微笑着道："你可能不太了解星文。我们跟星文认识三年，星文从来没让信任他的人失望过。如果这次他带队不能过关，那我俩跟着去，一样过不了。我的藤蔓和卓峰的电流，对这门课真的一点帮助都没有。"

她扭头看向身旁面色冷淡的辛言，说："我知道，你加入这个团队，是因为小柯是你的高中同学，对团队的其他人，你并没有多少感情和信任可言。没关系，以后等你了解星文了，你会跟我们一样相信他的。"

301

辛言没有回答——信任，这种感情在他的心里早就不复存在了。

秦淼平静地说："师姐，我不太理解你们的做法，但我佩服你们的决定。"

林蔓萝看了卓峰一眼，调侃说："如果星文真让我俩被淘汰，那我们……做鬼也不放过他！"

卓峰笑道："你别这么毒舌，你变成厉鬼的样子，我可没法想象。"

此时，越星文的压力也很大。

几人已经被传送到考试准备区。这里是一片宽阔的广场，跟攻略里写的完全不一样，显然，这门课考试的出发点和终点都是随机生成的。距离考试正式开始还有三分钟，广场上的宣传栏贴了一张庞大的城市地图。

越星文看向大家，严肃地说："卓师兄和林师姐还在外面等，给你们提个醒，他俩已经挂过一次，我们要是出错，他俩会直接被图书馆淘汰。所以，大家必须集中精神，不要犯错！技能交替使用，跟紧队伍，逃跑的过程中听我指挥，都记下了吧？"

众人认真点头："记下了！"

越星文带着大家来到城市地图面前。

这座城市的地图，跟当初的定向越野的地图相比，简直不是一个量级。广场上出现的平面地图有大量的建筑、高速公路、高架桥、绕城公路、隧道……

这都比得上国内真实存在的三线城市了。

更难的是，谁都不知道，哪栋楼会塌，哪条路会中断。

喻明羽提供的速度流攻略对他们完全没用，他们不可能靠"板块运动"跑完整座城市。

章小年紧张地盯着地图，指向最西边道："我们现在的位置是新华广场，终点是不是选西郊机场比较好？城市崩塌的话，隧道、铁路都会受影响，空中路线才能逃离？"

这一点越星文也想到了，点头说："终点西郊机场。平策，你算一下路径。"

江平策很快就找出一条最佳路径，他在地图上一边画一边说："市区走L形路线最近，新华路右拐到秀水路，再左拐到丁香大道，沿着昆仑东路、昆仑西路，上绕城高速，再上机场高速，全程约六十公里。我们有各种位移技能，不出意外的话，一个小时勉强能到。"

柯少彬手指飞快地敲击键盘，根据江平策的提示建了一条导航路线，输入到小图的导航程序当中，这样就能让小图随时判断他们是不是偏离了路线。

江平策补充道："但昆仑东路和西路都是高架桥，容易塌方。"

第九章 城市崩塌

这一点也必须考虑进去，越星文想了想，道："秦露，注意留'板块运动'技能，遇到塌方路段过不去的话直接团队瞬移。"

秦露认真地说："明白，你让我开技能，我再开。"

章小年补充道："师兄，要是路被障碍物堵了，我的挖掘机也能用上。"

越星文点了点头，道："大家注意，考试马上要开始。"

考前准备的三分钟很快过去，右上角出现倒计时。

同时，悬浮框弹出提示——

> 这座老旧的城市年久失修，居民们迫不得已，已经离开了自己的家园。由于建筑地基不牢固，所有建筑随时都有可能塌方，请在考试开始后，用最快速度逃离这座城市。

倒计时数到"1"，越星文道："跑！"

队长一声令下，七个人飞快地沿着人行道往西边冲去，小图在前面带路。

整座城市如同空城，看不到任何行人的踪迹。大街小巷空空荡荡，没有一家店开门，让人忍不住联想到电影里荒废的末日之城。

刘照青低声吐槽："这是城市跑酷游戏吧？"

话音刚落，章小年忽然大喊："师兄小心！"

体能比较好、跑在前面的刘照青还没反应过来是怎么回事，右侧高楼上，一块巨大的广告牌忽然"轰"的一声掉落了下来！章小年右手一抬，一面高达三米的土墙瞬间立在刘照青的身侧，硬生生挡住了掉落的广告牌。

土墙十分脆弱，在广告牌的重压下摇摇欲坠，众人飞快地往前几步躲开。

刘照青回头一看，脸色铁青："这么大的广告牌，是要砸死人吗？！"

越星文也没想到大家才刚跑出广场，图书馆就给他们送了这样一份见面礼。好在章小年反应够快，直接用墙接住了广告牌。

越星文回头看向小师弟，本想表扬一句，结果却发现章小年脸色一变，喊道："师兄，前面这栋楼要塌了！"

前方不远处是一栋十层高的大楼，外表看上去好好的，没有一丝一毫摇晃的痕迹，但越星文相信建筑专业的判断，直接开启"风驰电掣"的团队加速技能："快跑！"

全团五倍加速，众人如风一般飞快地跑出这条街，下一刻，就听耳边响起震耳欲聋的轰然巨响！刚才那栋十层高的楼就在他们的身后彻底倒塌。

高楼大厦瞬间倒塌，大量灰尘在空中飘散，还有一些散落的砖块四处飞溅。

如此震撼的画面让七个人不由睁大眼睛。

章小年紧张地说道："刚才那栋楼的结构有问题，三楼的承重墙已经断裂。这里的建筑一个挨着一个，会发生多米诺骨牌效应，连续崩塌，我们得抢速度！"

多米诺骨牌，一块块积木连续摆放在一起，第一块积木倒下的时候，推倒第二块，引发连锁反应，让所有的积木接二连三地全部倒塌。

这座空荡荡的城市，建筑相当密集，如果真的发生多米诺骨牌效应，建筑连续崩塌，一旦他们逃跑的速度不够快，就会直接被淹没在塌陷的大楼废墟中，压得尸骨无存！

越星文脸色严肃："加快速度去新华路！"

小图的脚下有滑轮，速度比他们快得多。柯少彬让小图在前面探路，左转之后，就是江平策计算的最佳路线中的第一条街：新华路。

新华路是城市主干道之一，双向四车道，周围全是高楼大厦。

左右都有高楼，几乎是他们刚走到新华路，两边的大楼就开始摇摇欲坠，楼上的广告牌掉落下来，擦过空中的电线，"砰"的一声砸烂了路边一辆私家车的玻璃！电线带着火星一路延伸，很快就点燃了对面二楼上的大型宣传海报。

空气里满是灰尘，还有海报、塑料被烧焦的刺鼻气味。

越星文来不及仔细观察，带大家沿着新华路飞快地往西狂奔！

他的心脏剧烈跳动着，这是他从小到大奔跑得最快的一次。全团加速只能持续五分钟，他们必须跟大楼倒塌拼速度抢时间！

几人一路疯狂逃命，在跑到新华路尽头的时候，整条街的建筑已经一栋接一栋地轰然倒塌——身后早已看不出城市的样子，反而像是一片废墟。

小图继续往前滑行。

右拐到秀水路的时候，小图忽然停了下来，并且给柯少彬报警："主人，前方道路不通，是否更换导航路线？"

越星文朝远处眺望，惊讶地发现，前方由于一栋大楼倒塌，秀水路彻底被堵，过不去了！

此时他们正位于新华路和秀水路的交界处。左右两边各立着一栋高达三十层的大楼，不远处倒塌的楼房，如同乌云压顶一般，朝着这边飞快地压了过来。

越星文回头一看，那高楼遮天蔽日，如同恐怖的野兽，顷刻之间就能将他们彻底压成碎肉！

更换路线是来不及的，走另一条路，不但让距离变得更远，那边的楼房也有塌方的可能性。刚才，章小年说路被堵的时候，挖掘机能用得上，但现在，整条路都被堵了,挖掘机慢慢挖要到猴年马月?

越星文用询问的目光看向章小年,后者立刻说道:"我可以开路,大家继续跑!"

小师弟右手一抬,只见一台挖掘机出现在众人面前。

橙色的机器体积庞大,上面写着"图书馆建筑学院出品"的字样,它像是变形金刚一样,瞬间变换外形——居然成了推土机!

推土机像一辆巨型坦克,两侧的履带宽阔厚实,前方宽约四米的铲刀闪烁着锐利的光芒。章小年一声令下,推土机以让人震撼的速度,将前方堵住的路瞬间推开了十几米!

要通过建筑学院的课程,带个建筑系的同学果然是明智的选择。这挖掘机也太高级了,还会变身成推土机用于开路。

越星文赞道:"很好。其他人的技能先留着,小年迅速开路!"

机械工作的声音震得人脑袋嗡嗡作响。

建筑学院出品的机械确实牛,整条路原本已经被倒塌的大楼彻底掩埋,在推土机的清理之下,居然开辟出了一条畅通无阻的大马路。

越星文带着队友们飞快地往前跑,倒塌的大楼"轰"的一声再次将身后的道路掩埋,飞溅起来的砖头差一点就砸到他们的后背!

推土机"哐哐哐"在前面开路,小图脑门亮着灯跟在推土机的后面导航,大家跟在小图的后面一路狂奔……

在这个即将崩塌的城市,他们简直是在跟死神赛跑。

但他们别无选择。一个小时内,他们必须到达西郊机场!

新华广场本来就位于城西区,江平策算出来的前往机场的最短路径,是新华路→秀水路→丁香大道→昆仑东路→昆仑西路→绕城高速→机场高速。

考试开始已经五分钟了,他们才刚刚跑到秀水路。

越星文的"风驰电掣"全团加速技能也只能维持五分钟的时间。在推土机推到秀水路的尽头时,全团加速技能正好失效,大家明显感觉到自己奔跑的速度变慢了很多。

小图在认真地给大家导航:"前方道路尽头左转,进入丁香大道。"

加速狂奔了五分钟,大家都有些累。

越星文看了眼身后迅速崩塌的建筑群,问道:"还跑得动吗?"

刘照青道:"我体力还行,平时随便跑十几公里。"

江平策的体力越星文当然不担心,两人在学校的时候,也经常一起去操场跑步锻炼。许亦深师兄到现在面不改色,但柯少彬、章小年、秦露这三人,体能明显有些跟不上，已经开始气喘吁吁。倒也不能怪他们，估计他们平时也没这么玩命地狂奔过。

越星文目光飞快地扫过丁香大道，庆幸的是，丁香大道这边属于城市老城区，整条路虽然没有刚才的主路那么宽敞，但好处是，路两边的建筑大部分是三楼高的商铺。这样低矮的建筑倒塌，对他们的威胁会比高层建筑小得多。

丁香大道两边的建筑目前还没有倒塌，整条路的路面也很平整，没有任何掉落的砖块、水泥的痕迹。

章小年用手比了个暂停的手势，橙黄的推土机便听从他的命令停在旁边。

越星文深吸一口气，回头看向章小年："你这个可变身的机器，能工作多久？"

章小年道："召唤一次能持续十分钟。"

越星文问："最快速度多少？"

章小年道："最快时速五十公里。"

每小时五十公里，那就跟市区不堵车时的私家车的速度差不多。坐车的速度肯定比人类用双脚跑路要快，越星文打定主意，果断地说道："都爬上去！"

在队友们疑惑的时候，越星文率先攀住推土机的边缘，脚踩住旁边的履带，双腿用力一蹬，手脚麻利地爬了上去。然后，他回头朝江平策伸出手，江平策将手递给他，被越星文一拉，也跳跃两下爬了上去。其他队友反应过来他的意思，一个拉一个，纷纷往上爬。

章小年整个人都有点蒙——推土机还有载人功能吗？

越星文将章小年最后拉了上来，让他坐在推土机的驾驶舱上方。

于是，七个人姿势凌乱地"挂"在庞大的推土机上——驾驶舱的上方并排坐了三个，后面还吊着四个。

刘照青忍不住吐槽道："我们快成杂技团了。"

许亦深笑眯眯地说："应该是拆迁办。"

越星文道："小年，走！"

章小年右手比了个向前的手势，推土机就带着七个人飞快前进。

推土机前进时"哐哐"的声音震耳欲聋，迎面而来的风吹乱了众人的头发，尤其是许亦深，他吊在车子后面，栗色的鬈发快要遮住整张脸了。许亦深捋了捋遮住眼睛的头发，笑眯眯地道："我还是第一次坐推土机，真刺激！"

大家都是第一次坐推土机吧？！

队友们哭笑不得，星文确实脑洞清奇，居然想到用推土机载人。

不过，这样一来效率确实变高了，推土机的时速最高可达五十公里，比大家跑要快太多。何况，大家跑了两条街已经很累，正好坐上去休息片刻。

没过多久，身后又一次传来"轰"的巨响，丁香大道路口的三层商铺也塌了。

大家扭头看去——整条街塌方的速度快得惊人！

那些建筑就像是泡沫堆成的一样，瞬间就能变成一摊废墟。街道两旁的路灯接连倒下，广告牌、灯饰如暴雪般簌簌掉落，碎裂的玻璃转眼间就铺满了整条路面！

假如刚才他们没坐推土机加速前进，还真不一定能跑出来。

众人想到这里都是心有余悸。

推土机载着七人一路飞快向前，只花了几分钟，就走完了几公里长的丁香大道。章小年提醒道："大家快下来吧，我的机械使用时间就要到了！"

建筑系的机械确实很强，挖掘机、推土机能切换变身，就跟变形金刚一样，但缺点是每次召唤只能使用十分钟，不能无限使用。

越星文带头跳下推土机，其他人也纷纷爬下来，章小年立刻将机器收了回去。

小图清脆的机械音喊道："前方左转，上高架，进入昆仑东路。"

这条高架桥分成了两段——昆仑东路和昆仑西路，是去往机场的最短路径。

江平策之前也说过高架桥容易塌方，好在他们位移技能目前还没用，就算走一半塌了，也可以用"板块运动"技能或者"画坐标系"飞过去。想到这里，越星文便干脆地说："走，上桥！"

这段路将近八百米。大家体育课跑个八百米是常事，刚才坐着推土机休息片刻，此时体能已经恢复，在越星文的带领下，众人一路狂奔，转眼间就来到高架桥的入口处。

在即将上桥的那一刻，越星文忽然眼尖地发现附近有处广阔的室外停车场，停了很多车辆，越星文问道："你们谁会开车？"

许亦深主动举起手："高三毕业考的驾照，四年驾龄。"

越星文看了眼身后崩塌的建筑群，估算了一下时间，道："应该来得及！麻烦师兄去停车场看一下，有没有七座的车可以用！"

开车跑路，当然比用双腿跑路快得多，还省力！

许亦深点了点头，原地分裂出五个影子，其中一个影子瞬间出现在几十米外的地方，五个一模一样的许亦深，如幻影一样消失在拐角处，让人眼花缭乱。

秦露、章小年之前都没见过他的技能，看着许师兄的背影，眼睛都直了。

越星文解释道："不是你们眼花。生科院的'有丝分裂'，那些是他的分裂体。"

秦露回过神，问道："分裂体和本体可以交换位置的吗？"

越星文点头："嗯。我们一秒跑两米，他可以放影子去远处，一秒跑十几米。"

章小年感慨道："好厉害，都分不清哪个是他。"

没过几分钟，众人耳边就响起车辆启动的声音。许亦深在停车场找了一辆商务车，开着车来到队友们身边，将车门打开："快上来！"

越星文坐去副驾，其他人飞快上车坐在第二排、第三排。

七座的商务车正好容纳下他们七个人，等最后一位同学关上车门，许亦深一脚油门下去，车子就如离弦之箭一样瞬间蹿出——

坐在后排的同学差点一头撞到座椅上，柯少彬的眼镜都歪了。

许亦深提醒道："都扶好了！"

油门几乎要踩到底，车子的速度转眼就飙到了每小时八十公里，刘照青坐在后排，忍不住吐槽道："从城市跑酷变成跑跑卡丁车了吗？"

现在的局面确实像跑跑卡丁车。

昆仑东路并不是直线，有不少大弯道，许亦深的驾驶技术还挺厉害，过弯道的时候直接九十度大漂移，坐在车里的同学们紧张地抓住座椅旁的扶手，生怕许师兄方向盘稍微偏移那么几度，直接撞下桥来一场团队车祸……

江平策精神紧绷，目光一直盯着车子正前方，万一许师兄不靠谱，他还能第一时间用坐标系纠正。

忽然，拐角处出现了一辆废弃的大货车，原本双车道的路被堵住了一大半！看到右侧货车的越星文忍不住叫出声："小心！"

许亦深反应极快，猛打方向盘，惊险地擦着货车飞过。通道太过狭窄，车子右边避开了货车，左边却蹭在了高架桥旁边的桥墩上，一路火花带闪电！

众人心惊胆战，刘照青忍不住吐槽："真人版《速度与激情》！许亦深你靠谱一点，带着这么多人飙车，别太玩命！"

许亦深道："放心，我开跑车上过山路。"

前面的路段有很多大大小小的废弃车辆，许亦深一脚刹车减慢速度，开着车在无数障碍物之间以S形路线飞快穿梭。

越星文坐在副驾驶位，脸色异常严肃。他没想到许师兄开车这么豪放，简直跟开赛车似的。也幸好许师兄车速够快，那些崩塌的建筑被他们远远地甩在了身后。

就在这时，小图的清脆童音在耳边响起："前方道路塌方，请注意绕行……"机器人可以雷达探测，比他们人眼看到的更远。

小图话音刚落，许亦深就猛一脚急刹车，将车子惊险地停了下来。

第九章 城市崩塌

车内众人被撞得头晕眼花，柯少彬的眼镜直接掉了，他急忙在车厢里找眼镜。

越星文定睛一看——昆仑东路和昆仑西路的交界处，高架桥已然断裂！

此时，他们身在高空当中，小图让他们"绕行"，但他们骑虎难下，根本没有路可以绕行，越星文立刻做出指令："章小年，测距！"

章小年急忙打开红外测距仪，一束红色的激光射向前方的断裂处，章小年迅速报出结果："塌方路段长三十五米。"

越星文道："秦露，换位。"

秦露抬起右手召唤出地球仪。"板块运动"需要指定两个换位的板块，她必须将队友们换到比三十五米更远的地方。女生手指在地球仪上一番飞快操作，七个人，连同所坐的车子，像是被神秘的力量所操控，瞬移换位，出现在了塌方路段的另一头。

地理系，果然是过这门课的关键助力。

许亦深道："坐稳了！"

车子再次启动，沿着昆仑西路继续向前飞驰。

越星文回头一看，就在他们跨过塌方路段不久，整条昆仑东路的高架桥，如同碎裂的豆腐一样轰然塌陷，撑住高架桥的那些柱子脆弱得不堪一击，转眼间就变成了一堆水泥粉末，刚刚走过的路面开始四分五裂，路旁的桥墩纷纷掉落，停在桥下的大量车子直接被压成了一堆废铁……

城市崩塌，真是太可怕了！

由于高架桥有塌方的风险，许亦深也不敢开得太快，免得遇到塌方路段刹不住车。

他刚这么想着，前面又出现塌方路段。这次不是路面断裂，而是路边山体滑坡，大量落石堵住了道路。人可以从碎石块中慢慢跑过去，但车子过不去。

不等越星文提醒，章小年就自觉地用红外测绘仪测出距离："拥堵路段长五十米。"

秦露继续开启"板块运动"，大家通过群体瞬移绕过了这段路。

小图导航提示："前方，昆仑西路尽头左转，进入西绕城高速。两公里后，从113出口出高速，进入机场高速。"

许亦深根据导航上了绕城高速。

绕城高速是环形路段，转弯时车速太快，车里的同学都有些头晕。越星文道："晕车的忍一忍，这段路弯道比较多！"

两公里的绕城高速，绕得大家都快要晕过去了。

309

终于，环形路段过去，前方出现了路标提示——是一公里的隧道。

许亦深一脚刹车停下来："隧道入口被山顶的落石给堵了。"

章小年忙说："我可以挖通！我的挖掘机十分钟冷却时间到了，现在可以用。"

江平策忽然问道："隧道长达一公里，如果里面也被堵了，挖通需要多久？"

章小年想了想，答道："一公里，可能要五分钟。"

越星文回头看去，自昆仑东路的高架桥塌方之后，连在一起的昆仑西路，路面也在不断地开裂。那裂缝越来越大，仿佛张开的巨口，要将他们彻底吞噬。

开裂的路面距离他们越来越近，还在不断地往前延伸，很快就会追上他们。

越星文看向江平策，两人交换了一个眼神。

江平策果断地说："测山体高度。"

章小年的红外激光仪打向山顶，很快就报出结果："最高处532米。"

江平策伸出右手，飞快地画出个坐标系，低声提醒："都扶好！"

大家意识到他要做什么，急忙紧张地抓住车内扶手——

下一刻，整个车子忽然腾空而起！

在江平策计算的抛物线运动影响之下，车子像是长了翅膀一样，飞快地被抛向高空，在空中擦着山顶飞过，然后飞出将近一公里的距离，再朝下急速坠落！

柯少彬从窗户往外一看，五百多米的高度啊！这掉下去就摔成肉饼了，比"定向越野"的跳伞还要恐怖！他紧张地闭上眼睛。

直到片刻后，车子稳稳地落在了地面上。

这简直比坐过山车还要惊险！

江平策算运动曲线算得非常精准，知道了抛物线的最高点和隧道的长度后，他居然操控着车子，翻过整座山，稳稳地落在了山的正对面！

想起刚才的"空中飞跃"，章小年心惊胆战，看向江平策道："师兄厉害！"

江平策直接用空中抛物线，越过了整座山，比他用挖掘机把隧道挖通更厉害！这就是学霸的考试方法吗？！

许亦深有轻度恐高症，何况他坐在驾驶位，车子往下的时候，他有种一头从空中栽下去的错觉，头晕目眩。

他揉了揉太阳穴，迅速调整过来，道："前面是机场高速，就剩最后的一段路了。"

越星文神色凝重："大家坐好，准备向终点冲刺！"

机场高速全长十五公里，只要道路畅通，开车的话十分钟就能到达。为了

第九章　城市崩塌

抢时间,许亦深将车子开到了最左边的超车道,时速直接飙到一百公里。

然而,车子开出去还不到一分钟,前方的路面就有一条车道被全线封锁,并出现了"道路施工中"的路标提示。能通行的另一半道路也是坑坑洼洼,车子在这样凹凸不平的路面上剧烈震荡,坐在后排的几个同学被颠簸得几乎要把胃酸给吐出来。

秦露脸色苍白,用手捂着嘴,强忍住想吐的冲动,就连一向冷静的江平策脸色都有些难看。

许亦深一脚刹车,将车子停靠在路边,看向越星文道:"不行,路面颠簸太严重了,根本没法开车,这条路到处都是坑!"

江平策皱眉道:"路面难走,那就走空中。"

刘照青扭头看着他严肃的脸色,忍不住道:"你该不会又要来一次空中飞车吧?"

江平策道:"都坐稳,扶好扶手。"

想起刚才的"空中过山车",众人立刻紧张地抓紧了车内的扶手。

江平策刚才已经召唤出了坐标系,还能继续使用一段时间。他迅速算出车子所在的位置,写出一个正弦公式。

随着公式写完,七座的商务车忽然原地起飞,在距离地面三米高的空中悬停了一秒,然后就以极快的速度,呈波浪状向前冲去!

时高时低的波浪状运动,让大家如同在海上坐船。

身体时而飘上高空,时而迅速向下,反反复复,在空中画出一条接一条巨大的正弦曲线,游乐场最刺激的过山车也比不上江平策的真人正弦运动。

秦露干脆闭上了眼睛;柯少彬脸色发白,攥紧了车内扶手;许亦深双手离开方向盘,将车子交给江平策来操控;越星文坐在副驾驶座上,一直盯着前面的路。

还好机场高速是一条直线,江平策的正弦运动可以一直持续。

机场高速的两边也有不少高楼大厦,他们的车子在高楼之间的空中飞快地穿梭。越星文从后视镜里清楚地看见,身后的两栋楼轰然倒塌,将道路彻底掩埋在了一片废墟里。这一幕画面让他的心脏都快要提到嗓子眼儿了!

忽然,前方出现一个洞口,右侧标注着"西山隧道,全长两公里"。

越星文急忙出声提醒:"注意隧道!"

他们的车子此时正在三米左右的空中飞行,速度极快,眼看车子就要直接撞上山体,车内有些同学甚至尖叫出声!

江平策神色镇定,右手快速写下了一行公式。车辆在撞上隧道之前的瞬间忽然下降，惊险地擦着隧道的顶端飞了进去——

漆黑的隧道里没有一点光芒，江平策立刻说："开灯。"

许亦深开了远光灯，江平策借着灯光，继续写公式操控车子在隧道里向前运动。

其实，使用坐标系，只能操控指定物体在视野范围内运动，江平策之所以能操控车子翻过高山、穿过隧道，是因为他在边走边算！

随着他往前走，他的视野范围就会扩大。江平策一直在修改公式，并随时调整数据。越星文知道，在运动的过程中定位并调整运动曲线，比直接操控静止的坐标难太多了，可他相信江平策的能力。

越星文问道："能直接飞出去吗？"

江平策冷静的声音在身后传来："隧道不塌就能出去。"

话音刚落，身后忽然传来"轰隆隆"的巨响，紧跟着整个隧道都开始剧烈地晃动！

章小年咬牙道："不至于连隧道都要塌吧！"

隧道顶部，有泥土开始簌簌掉落，还有大量泥土落在车子前方的玻璃上，挡住了越星文的视线。隧道两边安装的灯也开始纷纷掉落，碎裂的灯具四处飞溅。

周围晃动得越来越厉害，耳边传来隧道震颤的嗡嗡声，连视野都开始扭曲，情况显然很不乐观！

万一走到中途隧道塌方，他们会瞬间被埋葬在这里，连人带车变成肉饼。

越星文语速飞快："秦露，准备瞬移！"

秦露颤声道："隧道有两公里，我的'板块运动'一次最多挪五百米……"

江平策道："刚才已经飞了五百米，你连续挪两次就能出去。准备落地！"

他结束了公式运算，车子"砰"的一声落在地面上。秦露立刻拿出地球仪，手指飞快地在地球仪上操作："移形换位！"

车子连续瞬移两次，众人离开黑暗的隧道，眼前果然出现了光芒。

许亦深接过方向盘，一脚油门下去，车辆再次驶上高速——

身后，整个隧道轰然崩塌，发出爆炸般的巨响。众人回头一看，漫天的尘土已经将隧道彻底掩埋，别说是隧道塌方，整座山居然都塌了！

惊险万分地从隧道逃离，大家手心里都捏了一把汗。

许亦深开着车只往前走了一公里，就发现路面裂开了很多大口子，车轮很容易陷进那些深深的沟壑之中无法动弹。许亦深无奈之下猛打方向盘将车停在路边，问道："江师弟，你还能继续控制车子从空中走吗？"

江平策道:"不能,坐标系陷入冷却。"

越星文道:"柯少,看一下小图导航,距离终点还有多远?"

柯少彬立刻报出数据:"两公里。"

越星文咬了咬牙:"下车,大家一起跑过去!"

路面开裂严重,他们只能弃车步行。好在这一路大家的体能已经彻底恢复,徒步跑两公里也不算太难。

众人纷纷下车,在越星文的带领下飞快地往前冲。

越星文大声提醒:"注意脚下,小心别踩空,麻烦许师兄探个路!"

路面裂缝太多,视觉效果惊人,有种路面随时会裂开一个大口子将他们吞掉的错觉。众人在这样的路上跑得心惊胆战,何况,左右两边的建筑像是给他们"助兴"一样,时不时就倒塌一栋,身后不断地响起建筑崩塌的巨响,无形中给了他们极大的心理压力。

人在面临生死关头的时候,会激发出身体的潜能。

此时虽然没有全队加速的增益效果,可大家也跑出了有生以来的最快速度。刘照青一边跑一边说:"平时在学校要是跑成这样,运动会的短跑、长跑比赛我分分钟拿冠军了。"

刘照青体力确实很好,学外科的,体力不好的话,站手术台估计都站不住。江平策和越星文也经常一起锻炼,能跟上刘照青的速度。

许亦深在前面当先锋,他直接开启"有丝分裂"技能——徒步跑对他来说最为轻松,毕竟别人就两条腿,许亦深可以分裂出五个人、十条腿。他在前面探路,万一某处路面松软、塌陷,他也可以随时跟分裂体换位,不至于掉进坑里。

刘照青、越星文和江平策紧跟着许亦深。

柯少彬、秦露和章小年都属于不爱运动的学生,落在队伍后面。

整个队伍分成三组往前冲刺,最后的两公里,只要咬牙坚持下来他们就能过关。想起还在外面等的卓峰和林蔓萝,众人都不敢大意。

在许亦深分裂体的探路之下,很多看上去完整、其实有塌陷风险的路面被排除,他们在遍地是坑的路上连续跑了十几分钟,累得气喘吁吁。

脚下的路面动不动就出现大坑和裂缝,这一路跑得真是心脏病都要犯了。

好不容易坚持跑完两公里,越星文远远看见一栋大楼,正是机场!

柯少彬也激动地道:"西郊机场!"

越星文道:"走吧,前面就是终点,不要松懈。"

众人对视一眼,心底有了动力,咬紧牙关继续跑完最后的一程。

然而,他们刚跑到机场大楼面前,还没来得及进去,那三层高的机场建筑居然当着他们的面直接倒塌。三层楼的落地窗"砰"的一声陡然碎裂，漫天的玻璃碴儿如暴雪一般当头砸了下来！

越星文大喊一声："小心！"

秦露反应极快地将大家瞬移了十几米，避免被碎玻璃淹没。但碎玻璃的数量太多，四处飞溅，大家难以避免地被飞溅到空中的碎玻璃扎伤。

跑在前面的越星文伤势最为严重，手臂上鲜血直流。江平策看着他身上的血，脸色难看到了极点，倒是无暇顾及自己的脸也被玻璃划破，额头也在流血。

刘照青嘴里忍不住大骂图书馆丧心病狂，一边麻利地给大家扯纱布，一边说："先包扎止血！留在手臂上的碎玻璃碴等考试结束了我再帮你们取！"

时间有限，他们也没法在原地治疗伤口。

七人都或轻或重地被玻璃刮伤了，大家纷纷领了刘照青发的纱布，胡乱包住伤口。

对上江平策担心的眼眸，越星文道："没事，皮外伤，先去机场！"

江平策点了一下头。

由于大楼塌方，他们没法直接走进机场。秦露开启最后一次"板块运动"技能，直接将团队送了进去。

停机坪的地面也有不少已经塌陷，越星文目光飞快地扫过四周，然后看见停机坪的正中央，居然有一架直升机正悬浮在空中。

螺旋桨的轰鸣声震耳欲聋，似乎在提示他们："这里才是终点。"

众人对视一眼，内心都很想骂人。

刘照青气愤道："终点是那架直升机！我们要怎么上去？！"

考试要求是逃离即将崩塌的城市。怎么逃离？

大家很容易想到走空中路线逃离，但越星文当初以为只要来到机场，就有飞机带他们离开。没想到，飞机有是有，但是已经飞上天的！

江平策的坐标系在冷却，越星文的目光扫过大家："还有能上天的技能吗？不行的话，我们找梯子爬上去！"

章小年忽然道："我有办法。"

他右手一伸，那庞大的挖掘机出现在身侧，"咔咔"两下变形，变成了推土机。

在众人疑惑推土机能干吗的时候，它又再次变形，居然变成了——起重机。

章小年道："让吊车送大家上去。"

众人不敢相信：你们建筑学院的"变形金刚"到底能变多少种？

第九章 城市崩塌

章小年看出大家的疑问，认真说道："我的机械技能升到三级，可以变挖掘机、推土机、起重机三种，往后升级的话，还有压路机、搅拌机之类的工程器械。"

越星文竖了个大拇指："牛！走吧，赶紧上去！"

这起重机足以将上吨重的东西给吊起来，吊七个渺小的人类简直轻而易举。

七个人集体爬上起重机。在章小年的操控下，起重机立刻开始工作，臂架迅速升空。众人抓紧臂架的围栏，恐高的同学迅速闭上眼睛。

臂架将他们升起来，送到了直升机的机舱门口。

章小年打开护栏，越星文带队，几人依次登上直升机。

耳边响起熟悉的机械音："恭喜C-183课题组成功通过'城市崩塌'课程。"

大家互相对视一眼，看着身边头发凌乱、满身是灰，身上还被玻璃划伤带着血的同伴们，再看看脚下这座已经彻底崩塌了的城市，心情真是无比复杂。

刘照青调侃道："我们这次的体验还真够丰富的，从城市跑酷，变成空中飞车，最后还坐了次直升机，感觉像是真人出演了一次灾难大片。"

许亦深也笑着说道："坐着推土机跑路，坐着起重机上飞机，空中飞车翻山、穿隧道，这比拍电影刺激多了。"

越星文松了口气，一直严肃的脸上也难得露出笑容："好在最后顺利过关，总算能给卓师兄和林师姐一个满意的交代了。"

"飞机即将起飞，请各位同学系好安全带。"耳边响起提示，众人迅速找位置坐好。直升机的舱门自动关上，螺旋桨高速转动，飞机缓缓在空中升起。

江平策皱着眉看向越星文："伤口疼吗？"

刚才，三层楼的落地玻璃瞬间砸下时，有不少尖锐的玻璃扎进了几人的皮肤里，没来得及取出。尤其是当时冲在最前面的越星文，整条手臂都在流血，也不知道伤得多严重。

越星文一门心思只想跑去终点，精神紧绷，身体上的疼痛反倒被他忽略了。如今他安稳地坐在直升机上，通关的提示让他心情放松下来，手臂上传来的剧痛也变得清晰起来。

越星文疼得倒抽一口气，嘴唇微微发白，开口时却装作镇定的样子，说："还好，这点小伤没什么……"

江平策看他一眼，修长的手指飞快地解开了他胡乱包在手臂上的纱布。只见数不清的玻璃碎片戳在血肉里，密密麻麻，整条手臂到处都是玻璃碴儿。

江平策皱眉："伤成这样了，还说没事？"

越星文很少见他这么严厉，小声解释道："刚才顾不上。"

江平策看向前排："刘师兄，帮忙看一下星文的伤。"

刘照青急忙起身来到越星文另一边的位置坐下，看了眼越星文的手臂，忍不住道："星文，你的伤挺严重的，这些玻璃碴儿得尽快取出来。"

江平策托起越星文的手臂："有点疼，忍一忍，别乱动。"

越星文点点头，老老实实，不敢乱动。

刘照青拿出手术刀帮他把手臂上的那些碎玻璃迅速挑出来。随着玻璃碴儿被取出，手臂又开始流血，血淋淋的手臂让队友们看得心惊胆战。

许亦深担心地问："星文真没事吗？看着很严重啊。"

章小年也道："手臂还在流血！"

刘照青做出专业的判断："没事，玻璃碴儿都在皮肤层，取出来包扎止血就行。"

取玻璃碴儿时，越星文虽然一脸镇定，可有些碎玻璃扎得比较深，必须用手术刀挑开皮肤来取。刘照青是学外科的，处理这种伤又快又专业，越星文咬牙忍耐，一声不吭。

不知过了多久，刘照青总算将玻璃碴儿全部取出。

在医用纱布的作用下，手臂的疼痛感渐渐消失，皮肤也开始愈合。越星文的脸色这才好转，看向江平策，道："对了，你没事吧？我刚才看见你的脸好像也在流血。"

江平策道："没事，被玻璃划伤，已经止血了。"

越星文松了口气，道："回到图书馆之后我们的身体就会复原，大家不用担心。有师兄在，只要别伤到五脏六腑，一般的外伤都能治。"

众人听到这里确实放心了很多。

刘照青环顾四周，疑惑地问："考试已经结束了，怎么还不放我们回去？"

许亦深捋了捋额前的鬈发，透过窗户往下看了一眼，道："没到交卷时间吧？课程要求一小时逃离这座城市，我们用时不到一小时，估计这直升机要把我们运出城市才算完。"

柯少彬道："小图一直在计时，我们从新华路跑到机场总共花了三十八分钟。"

越星文道："这次应该能拿高分。"

刘照青问道："出去之后，星文是不是又要写攻略？"

许亦深道："我们的过关方式很难复制。江师弟瞬间算出坐标位置，操控车子从山顶飞过，大部分数学系的同学，哪怕拿到坐标系技能，也无法做这么快的运算吧？"

越星文看了江平策一眼："使用坐标系只能控制视野范围内的运动曲线，当时车辆翻越山体,平策只能看到山顶,看不到山的对面,没法一次算清楚。所以,车子飞上高空后,他是边走边算,不断修改公式,直到车辆安稳落地。"

在大家都因为"空中飞车"而恶心、呕吐、恐高、闭眼,甚至尖叫出声的时候……江平策居然在算数据?!这是人能做到的吗?

众人纷纷震撼地看向江平策。要不是越星文解释,大家都没想到,那一番空中飞跃山体的惊险操作,居然是江学霸一边飞一边改数据完成的。

许亦深叹了口气,说:"整个图书馆,能模仿江师弟操作的人也没几个吧?"

刘照青感慨道:"换成学渣抽到坐标系这种技能,估计都不会用!"

越星义笑道:"所以我们这次的通关攻略确实不能直接复制,倒是可以给其他团队提供一些思路。"他回头看向章小年,问:"建筑系有没有建造桥梁之类的技能?"

章小年认真答道:"有的。建筑系技能包括两大类——一类是机械工具,例如我的挖掘机,可以升级变形成推土机、起重机等工程器械;另一类是建造类技能,除了我得到的'墙体建造',还有'道路建设',可以修建公路、桥梁、隧道,也可以升级。"

越星文琢磨片刻:"也就是说,你的积分主加了机械技能,如果有人主加道路建设技能的话,可以在断裂的路面直接搭桥?"

章小年点头:"没错!"

图书馆的技能确实五花八门,主修哪个方向,学生们可以自由选择。

柯少彬听到这里,忍不住羡慕起来:"建筑学院的技能好厉害啊!我们计算机系就给我发个机器人,我的小图什么时候才能长大?"

越星文道:"别急,小图长大了肯定也很强。过完建筑学院的所有课程后,大家都去升级一下技能,积分如果有零头,再集中到平策这里分配,升一些急需的技能出来。"

众人纷纷点头。

越星文总结道:"所以'城市崩塌'这门课如果不想抢时间拿高分,可以只带建筑系升级了桥梁建造技能的同学,遇到崩塌路段就修桥过去。"

刘照青道:"队里最好有个会开车的同学,开着车跑路会省力很多。"他看向许亦深,调侃道,"不过,能像许亦深这样弯道漂移的老司机,估计也难找。"

许亦深笑眯眯地道:"过奖过奖,正常发挥。"

越星文决定出去之后发个简易版攻略。

直升机渐渐远离城市。考试时间结束,众人悬浮框中同时弹出提示——

课题组：C-183

课程：城市崩塌

学分：3分

考核评分：95分（过关+60分，用时较短+25分，无人重伤+10分）

附加题：无

获得积分：3×95=285分

课题组加成：C组积分加成×1.5倍，每人最终获得积分428分。

学分共享功能结算：

卓峰、林蔓萝、许亦深为重修考生，获得学分3分，不获得积分。

辛言、秦淼为初考考生，获得学分3分，获得共享积分428分。

该课程挂科率：45%

在空教室等待结果的四个人也看到了这条信息。

卓峰和林蔓萝总算松了口气——他们不会被淘汰了！

林蔓萝笑道："我就说星文肯定能过关。95分这么高，不知道他们怎么过的？"

卓峰猜测道："估计是江平策用了坐标运动？"

辛言和秦淼坐在教室里，直接就拿到了428分的共享积分。他俩什么都没做，队友过关就直接躺赢，这样的经历有些微妙，两人对视一眼，都没说话。

片刻后，越星文带着考完试的队友来到教室。

卓峰立刻站起来，走上前拍了拍越星文的肩膀："好样的！"

越星文笑道："有惊无险。师兄是不是一直提心吊胆，生怕我们挂了？"

林蔓萝道："没有，他很淡定地刷论坛呢，因为他知道，你肯定能过关。"

越星文心底一暖，看向秦淼和辛言："两位都拿到积分了？"

秦淼道："428分，跟你们一样。辛苦各位了。"

辛言走到柯少彬面前，淡淡问道："过关还顺利吗？"

柯少彬扶了扶眼镜，说："过程有点刺激，跑了好几公里，累死我了。"

许亦深玩笑道："我坐过的最刺激的过山车，也比不上这次真正的'过山车'！"

一门课顺利考完，大家心情都不错，聊了几句后便各自回宿舍休息。

回到宿舍后，越星文开始整理简易版攻略。他提出了几种方法——

1.速度流：地理系板块运动三级，十二次全团瞬移，请参考喻明羽学长的攻略。

2. 施工流：建筑系桥梁建造三级，遇到断裂路面搭桥，崩塌路面修路。

3. 拆迁流：建筑系器械技能三级，遇到堵塞的路面推土机直接推平，断裂路面利用起重机过去。

4. 空中位移法：物理系三级磁铁，靠引力将队友吸过去；数学系坐标轴空中运动曲线操控（计算能力不够强的请勿模仿）。

5. 体力流：体校位移技能，如团队滑板、撑竿跳、三级跳远等，可以带人跑。

这门课的关键在于随机应变，很多专业的技能都可以用上。
越星文最后写道——

建筑学院的"城市崩塌"视觉效果极为震撼，在即将塌陷的城市奔跑，感觉自己随时都有可能被压成肉饼。调节好心态，时间其实是足够的，合理利用各种位移技能，这门课其实不难。

写好之后，他将攻略发去论坛，刚一发布，就有很多人回帖。

星文学长的攻略又来了，给学长点赞！
这么多过法，厉害了！
体校生泪流满面，终于有一门课需要我们了吗？
我注意到了星文学长的括号——"计算能力不够强的请勿模仿"，哈哈哈，这计算能力够强，说的明显就是江平策学长吧！

越星文微微一笑，这门课虽然惊喜刺激，好在最终结果令人满意。
接下来，还有建筑学院的其他课程在等着他们挑战。

第十章 工地之谜

众人养足精神，下午 1 点 40 分准时在建筑学院的选课大厅集合。越星文走到平板电脑前，从课程表中选取了必修课。

熟悉的课程信息很快就在屏幕上弹了出来——

建筑学院必修课：工地之谜

学分：4 分

考场规则：可个人报名，或课题组报名。

考场人数：≤ 12

课程描述：A 市南郊的一片荒地，被某开发商用 2 亿元的高价竞拍购买。开发商承诺将这里打造为城市南部的商业中心，建设规划包括购物广场、步行街、美食街。经过一年的开发建设，高达七层的购物广场大楼终于在近期封顶。

考试要求：破解工地之谜。

备注：解谜类课程，推荐携带建筑专业队友。

确认选课：是 / 否

越星文回头朝大家道："这次不是课题组限定课程，没法用学分共享功能，也就是说，我们十一个人都得参加考试。"

秦淼问道："考场上限是多少人？不会又给我们匹配乱七八糟的同学吧。"

越星文知道她的想法，笑着说："放心，这次考场的上限是十二个人，我们课题组就占了十一个名额，最多随机匹配一个散人进来的。我们可以不要求匹配，自己去考。"

他在屏幕上按下"是"选项，众人耳边同时响起提示："你所在的 C–183

逃离图书馆

课题组成功报名建筑学院必修课'工地之谜',考试将在十分钟后开始,请做好准备。"

考试时间很快到了,众人眼前倏地一晃——他们出现在一片建筑工地上。

十一个人集体换上工人的衣服,还戴上了安全帽。

只是大家的安全帽颜色并不相同,越星文、江平策戴的是红色的安全帽,章小年、柯少彬、卓峰头上的是蓝色安全帽,其他人的全是黄色安全帽。

越星文回头看着大家:"建筑工地?我们要扮演工人?"

刘照青看了看周围的同学:"为什么帽子颜色不一样,有什么讲究吗?"

章小年头型偏小,帽子快要把他的整颗脑袋给罩住了。他摘下帽子,一边调整系带,一边认真回答道:"建筑工地上,不同颜色的帽子代表不同身份。普通建筑工人戴黄帽;技术类工人戴蓝帽;红帽子是管理层;还有戴白帽子的,是整个项目的负责人,平时不太出现。"

刘照青恍然大悟:"这么说,我们戴黄帽的都是普通工人;小柯、小年、卓峰是技术工人,星文和平策是管理层?"

江平策道:"柯少彬和章小年加入工程师队伍,卓峰学长进电工队伍,我跟星文混进管理层,其他人跟建筑工人在一起,方便从不同角度调查案件。"

大家听到他的解析后,总算明白了在建筑工地戴不同帽子的用意。

建筑工地的外面立起一圈围墙,上面刷着"×省第八施工总队""A市南郊欣悦广场项目"等标语;前方一栋七层的建筑上挂了大量红色彩带,上面写的全是"××集团祝贺欣悦广场项目顺利封顶"的金色大字。

越星文抬头一看:"最近刚举办过封顶仪式?"

章小年道:"施工队的工程分成好几个阶段,通常,楼层封顶之后都会举行一次封顶仪式,会有领导亲自来视察。封顶完了,才会完善内部的设施建造。"

刘照青摸了摸下巴,抬头看向面前的七层大楼:"就我所知,光盖楼的话其实挺快的吧?一栋楼从打地基到封顶,应该用不了太长时间。"

章小年点头道:"是的,大楼框架很好搭建,速度快的施工队一天就能盖一层楼。但从封顶到正式交工,时间就比较长了。内部的消防、水电、网络、暖气,这些才是最麻烦的细活儿。"

越星文若有所思:"会是什么案子呢?"

江平策道:"应该是剧情案件。工地的这些人,我们可以调查走访一下。"

众人心里都没底。

越星文道:"戴好安全帽,先进去再说吧。"

工地一圈都被围住,只留了一个出入口,宽约五米,高约三米。

第十章 工地之谜

出入口的最上方用蓝底白字的横幅写着"安全通道"四个字,旁边有"注意安全""当心坠落"之类的符号警示;左右两侧则是一副蓝底白字的对联,左边写了"安全生产,生产蒸蒸日上",右边是"文明建设,建设欣欣向荣"。

大家都是第一次来建筑工地。看着被绿色安全网罩住的大楼以及那些不断工作的器械,还有那些"咚咚咚"的工地杂音,几个人心里难免有些不安。

耳边响起熟悉的机械音提示:"请将身份卡戴在胸前,进入建筑工地。"

越星文摸了摸口袋,果然发现一张类似"参会代表证"的身份卡,统一用蓝色绳子系着。大家纷纷将身份卡戴在胸前,才在越星文的带领下走进安全通道。

今天工地上人很多,工人们都在勤劳地忙碌着,还出现了几个戴白色帽子的中年人。

章小年指了指他们,轻声说:"那几个,应该是来工地视察的领导。"

几个领导在一群人的簇拥下在工地上四处检查。周围的建筑工人都在各自忙碌,有人搅拌水泥,有人在搬砖,还有人在旁边焊接金属,电焊条跟金属摩擦发出刺耳的"刺刺"声。

杂乱的声音和画面让越星文脑袋嗡嗡作响。

江平策皱了一下眉,目光快速扫过施工现场,只见一个吊篮停在六楼高的位置,有人站在吊篮里修补墙面;远处停着些挖掘机、起重机;高空中的吊篮也在运送建筑材料。

到底哪里会出事?

江平策低声在越星文耳边说:"太乱了,我们得拿到建筑工地的图纸。"

越星文点点头:"一是这栋大楼的设计图、施工图,二是建筑工地的平面图。施工图就交给柯少和小年了,建筑工地的分布图我们考察一圈,再自己画。"

柯少彬问道:"那我跟小年先去他们办公室,把施工图纸给拷下来?"

章小年小声说道:"今天领导来视察,陪在白帽子旁边的那几个蓝帽子,应该就是设计师、工程师,这时候,他们的办公室很可能没人。我们可以偷偷溜进去拷走他们的电脑数据,或者直接复印一份他们画好的图纸。"

两人对视一眼,刚要往前走,越星文道:"辛言、秦露,跟上保护。"

柯少彬和章小年一旦出事,并没有自保能力,越星文给他俩派了两个保镖,四个人立刻猫着腰从大楼后方绕过,往旁边的办公区赶去。

越星文道:"卓师兄、林师姐,你们两位一组,查一下工地大概的水电分布。"

卓峰点了点头,带上林蔓萝离开。

剩下的人则跟着越星文在工地上四处溜达。

刘照青压低声音，猜测道："建筑工地最容易出事。会不会有建筑工人坠楼身亡？又或者，施工的过程中挖着挖着，挖出一堆尸体？"

许亦深扶了扶安全帽："你先停下脑补。"

越星文道："刘师兄说的都有可能。不管接下来发生什么，我们先做好准备工作，有备无患。至少这次工地上有很多人，不用像上回那样半夜被红衣新娘追着跑。现代建筑工地，应该也不会出现什么诡异的剧情。"

刘照青点头赞同："白天推理，夜间大逃杀，真的太累了，希望这次，图书馆能让我们在晚上睡个安稳觉吧。"

一群人簇拥着几位领导在工地视察。章小年四个人偷偷从他们背后溜进了位于工地西北角的办公楼。

财务部的办公室开了条门缝，屋内传来几个女生的对话。四个人对视一眼，迅速绕过财务部，轻手轻脚地走到设计部办公室的门口。

辛言道："你们进去拷资料，我在这里守着。"

柯少彬和章小年推门进去，秦露和辛言守在门口。

屋内的两台电脑此时都是开机状态，桌上还堆着不少图纸。章小年动作麻利地翻找桌上的图纸，很快就找到一本施工图册。章小年掂了掂手里的图册，道："这么厚一本，复印太麻烦了，看看有没有电子版，直接拷下来！"

柯少彬此时也解锁了电脑，在电脑里直接搜索"施工图纸"，很快就在D盘找到了一个文件夹，里面有几百页图片，他打开问章小年："是这个吗？"

章小年点头："没错，电子版的！"

计算机系发的笔记本电脑传输速度极快，不出五分钟，整个工程项目的资料就全被柯少彬拷了过去。两人将电脑复原成待机状态，迅速走出办公室。

就在这时，课题组频道出现越星文发来的消息："小年，你们方便的话，顺便去趟人事部，把整个工地的人员资料也拷下来。"

辛言看到这话，便快步走到人事部办公室门口，轻轻敲了敲门。屋内没有声音，他朝大家比了个"没人"的手势，推开门，道："抓紧时间。"

柯少彬和章小年一路小跑进人事部办公室，反手关上门。

人事部的电脑里有工地所有建筑工人、技术工人、管理人员的名单和详细资料，有了这份名单，对他们接下来查案会有很大的帮助。

拷完人事部资料后，辛言又建议道："总监理的办公室也没人，顺便把工程企划、竞标方案这些也拷回去。"

柯少彬和章小年走进办公室连上电脑，两人正在拷资料，忽然，远处走廊里传来一阵脚步声，还有几个人的对话，辛言立刻竖起耳朵仔细去听——

"张总，你们这工程进度很顺利啊，比预期的提前半个月封顶！照这样下去，明年 7 月份应该能正式开业吧？"一个中年男人带着笑问道。

"秦书记放心，我已经跟工人们说过，抓紧时间赶工，争取明年暑假开业。"一个中气十足的男音回答道，"肯定不会耽误市里的宣传。明年旅游节正式开幕之前，咱们广场一定会做好准备，迎接来自全国各地的游客。"

一个女声补充道："秦书记，我刚问了营销部，他们正在联系各大品牌商，等招标完成，欣悦广场和欣悦步行街会同时开业。"

"太好了。"有人笑着夸赞道，"欣悦广场一定会成为咱们 A 市的地标建筑！"

柯少彬和章小年在办公室里神色紧张，电脑上的数据传输已经到了 80%。就在几个人转过走廊拐角的那一瞬间，辛言轻轻敲了一下办公室的门作为信号，数据传输正好到 100%，柯少彬立刻合上电脑，下一刻，秦露就拿出了地球仪。

"移形换位！"秦露手指在地球仪上一点，四个人眼前场景一晃，同时出现在工地西南角没人的角落。

见柯少彬一脸紧张，辛言低声问："资料都拷齐了？"

"嗯，我把他电脑硬盘里的所有资料都拷了过来。"

"你这电脑硬盘多大？"

"图书馆给我发的笔记本电脑硬盘容量是 10T，这台电脑还有无线数据传输功能，可以隔空传送数据，确实很好用。"

秦露好奇地问道："10T 是多大？我的电脑硬盘是 500G，我觉得已经够大了。"

柯少彬解释道："1T 等于 1024G，10T 就是一万多 G，是你电脑硬盘的二十倍。"

那确实多少资料都放得下。

辛言道："走吧，组长叫我们过去。"

课题组频道果然弹出越星文发来的消息，让大家到工地中央会合。

四人小分队来到会合点时，大家已经到齐。

越星文拿出一张纸，摊开在众人面前："我们在工地转了一圈。欣悦广场，就是大家面前这栋七层高的购物中心；这座广场的后面还有上、下两层楼结构的建筑，交叉成'十'字形的美食步行街，十字中间的位置是个音乐喷泉。"

越星文将手指向工地的西南角："这一片是工人休息区，包括建筑工人的宿舍、食堂；再往上，两层楼建筑，就是办公区。"他抬头看向章小年："我只画了大概的平面图，还得小年测一下具体数据。"

章小年立刻拿出激光测距仪："没问题，我用激光测距仪测数据会很快。"

越星文看向卓峰："大家还有什么发现？"

卓峰汇报道："我在工地现场看过了，有很多电工正在广场内部梳理电路。施工期间为了安全，总电闸是关闭的状态。夜间照明用的灯，是从外面接过去的灯泡。"

林蔓萝道："大楼已经封顶，外部墙体正在补刷水泥，那些停在楼上的吊篮就是水泥工人在用。工地还有不少女性工人。"

秦露补充道："我们刚才在办公室听见几个领导的对话，提到A市要在明年举办旅游节，欣悦广场项目加急赶工，要在明年7月旅游节开幕之前开业，吸引游客。"

辛言道："广场内部设计，七楼是电影院和健身中心，六楼连锁美食，一楼到五楼应该是服装、玩具等购物店，美食街是当地特色小吃荟萃的地方：跟很多城市的购物广场设计差不多。"

柯少彬道："我电脑里拷了所有的施工图、项目设计图、人事部名单还有项目企划书，需要的话可以随时查看。"

越星文点了点头，认真记下队友们汇总的消息，道："你们先各自回宿舍安顿下来，我跟平策带上小年再转一圈工地，画一份更精确的工地平面图。"

其他人一起回了宿舍，越星文和江平策带着章小年从头到尾转了一圈工地，用激光测距仪测量数据，包括宿舍区的面积、办公区的具体位置、仓库的大小等——这些工地的临时建筑并不会体现在施工图纸上。

测完后，章小年画了一份更加精确的平面图。

整个建筑工地的面积有一万三千多平方米，欣悦广场、"十"字形步行街、音乐喷泉都属于施工位置，被绿色的防护网隔了起来。工地西南边是功能区，包括宿舍、食堂等；工地东南角有一个大型仓库，放了大量的施工材料。

他们刚测完数据，就见戴着白帽子的几位领导从办公区走出来，在一群人的簇拥下走出了工地大门。越星文和江平策对视一眼，远远地跟了上去。

领导们的车停在工地旁边的宽阔停车场。走出工地后，他们便摘下安全帽，一边聊天一边往停车场的方向走去。

江平策的目光迅速扫过那一行人。

三男一女，其中一个男的身材发福，四十岁以上，看上去精神抖擞，被称为"秦书记"；另一个长相端正，戴金丝眼镜，斯斯文文，被称为"赵工"；最后一位皮肤黝黑，身材健硕，脸颊上有一颗明显的黑痣，看上去精明干练，被称为"张总"。女人穿了身职业化西装，长发在脑袋后面扎了个马尾辫，戴一对红色耳环，应该是秘书。

江平策观察力敏锐，并且过目不忘，不管这四个人会不会跟案件有关，下次见面，他一定能认出来。

越星文试着往前走了几步，果然听见耳边传来机械音警告："即将离开考试范围！"他停下来，道："跟上回一样，这次考试活动范围是工地，我们出不去。"

章小年挠了挠头，问道："图书馆给我们分配了不同的身份，工地上的建筑工人好像对我们的出现毫无意外？他们是认识我们吗？"

越星文点头："应该认识。要不然，我们十一张陌生面孔出现在工地，肯定会引人怀疑。我们刚才在工地转了一圈，没人问我们是哪里来的。"他拿起挂在胸前的身份卡翻到背面，说："这身份卡，就是进入工地的通行证。"

既然分配到了身份，接下来，他们就可以光明正大地待在工地了。

三人回到宿舍。工地宿舍条件非常简陋，房间里只摆了两张床，没有洗脸池，只能用脸盆接水洗脸；也没有独立的洗手间，每层楼有一个公共厕所。

越星文推开房门，看见屋内的布置后，忍不住看了江平策一眼："你能受得了吗？"

江平策有洁癖，最讨厌的就是脏、乱、吵，越星文本以为他会一脸嫌弃，没想到他神色平静，淡淡地说道："没关系，有地方睡觉就不错了。"

来到图书馆之后，江平策的生活要求直线下降。以前他住的地方一定要干净、整洁，吃的东西一定要合口味，现在却是有床睡、能吃饱就行。

越星文笑着拍了拍他的肩膀："适应能力变强了啊。"

江平策嘴角轻扬："跟你学的。"

越星文顺便在课题组频道发消息："工地的条件就这样，大家忍忍吧。"

众人纷纷表示："还行，有床。"

"至少比睡在野外冷冰冰的地上舒服。"刘照青继续吐槽，"只要今晚别来个红衣新娘追着我跑，我就满足了。"

在图书馆的折磨下，大家的要求竟然变得如此卑微……

许亦深道："万一这工地以前是片坟场，变成恐怖副本也有可能吧？"

林蔓萝脊背一阵恶寒："你俩能不能闭上乌鸦嘴？"

越星文正回话题："柯少、小午，来一下二楼201房间，我们过一遍图纸和资料。"

柯少彬带着笔记本电脑过来，四个人一起在房间看资料，看得眼睛都花了。

一项工程要顺利完工，需要各专业的技术人员和工人们一起合作。这是他们第一次亲自来到建筑工地，看完资料，越星文觉得自己涨了不少知识。

天快黑了，工地食堂开饭，众人去食堂简单吃过晚饭便回到宿舍睡下。

越星文睡在硬板床上，全身都不舒服，但总比睡野外地面要强得多。由于之前的考试半夜要么出现怪物，要么出现红衣新娘，他都有心理阴影了，这一觉也没能睡安稳。

迷迷糊糊、半梦半醒之间，外面忽然响起一声尖叫："啊啊啊——"

那叫声凄厉，尖锐，分贝高得几乎要震破耳膜！

越星文猛然惊醒，江平策也醒来，两人对视一眼，一起冲出门去——

天刚蒙蒙亮，整片工地都很安静，因此，那尖叫声就显得极为突兀。楼下也有同学被惊醒，众人飞快地循着声音传来的方向跑了过去。

欣悦广场施工地点，一个穿着水泥工服装的年轻男人从高处坠落。他坠落的下方正好摆着一堆施工器材，一根尖锐的钢管插穿了他的腹部！

喷涌而出的鲜血染红了地面，男人的眼睛睁得很大，眼球几乎要从眼眶里凸出来了。

越星文看着这一幕血腥的画面，只觉得脊背发冷。

这次考试，居然是让他们亲自经历一场工地谋杀案？！

越星文看到尸体的第一反应就是谋杀，他立刻环顾四周，寻找可疑的作案人员。时间刚到凌晨5点30分，大部分工人还没有起床，工地上空空荡荡，除了尸体以外，附近就只有发出尖叫的那位女工人。

尸体周围的鲜血还没有凝固，说明死者死亡时间并不长。

从尸体所在的位置来看，最大的可能就是从大楼的高处坠落下来的。如果是谋杀，凶手从高处将他推下来再逃离这栋楼至少要几分钟时间，说不定凶手还在案发现场。

越星文和江平策对视一眼，后者点了一下头，立刻带上闻声前来的几位队友，转身去大楼的几个出口堵人。

越星文和刘照青留在现场。

刘照青显然没睡好，眼睑下方有明显的黑眼圈。队里没法医，他好歹是学医的，能大概判断出死因。他向前一步仔细观察了一下死者的尸体，道："坠落的时候正好撞上这根钢管，钢管贯穿腹部的位置在左侧脾脏附近，应该是脾脏破裂导致腹腔大出血。"

坠楼死亡的人通常有几种可能：脑袋着地，颅骨碎裂直接脑出血致死；身体着地，内脏破裂大出血致死；坠落过程中撞到尖锐的东西，刺穿内脏致死。

这个人死得很干脆，毫无生还的可能。

刘照青抬头看了眼大楼，道："位置选得很巧妙啊，专门把人往放钢管的地

第十章　工地之谜

方推，是要一击必杀。"

旁边尖叫的女工吓得脸色发白，越星文回头问："你好，你认识这个人吗？"

女工嘴唇哆嗦着道："他……他是我老乡，叫赵大勇，是个水泥工。我早上起来上完厕所，路过这里的时候看见他挂在这根钢管上，到处都是血……"

身后响起凌乱的脚步声，显然有些工人也被她的尖叫吵醒，过来看情况。

有人认出了死者，大喊一声："赵大勇？怎么回事？！"

"天哪，他怎么死了？！"

"快叫救护车啊！"

"应该先打110报警吧！"

有人急忙掏出手机打110，有人打120，整个工地陷入一团混乱。

此时，江平策正带着人在欣悦广场大楼内部搜寻。

秦露、秦淼、林蔓萝守住大楼的三个出口，其他男生飞快地在大楼内部寻找，并随时在课题组交流情况。

卓峰道："A区没发现可疑人员。"

许亦深道："B区也没发现，整栋楼都是空的。"

江平策负责C区。由于昨天已经看过建筑内部的图纸，他对这里的道路非常熟悉，他沿着楼梯，放轻脚步往七楼一层一层地搜寻。

刚走过六楼拐角，忽然有个人影从旁边闪了过去！

那人跑得极快，如同机灵的小动物一样，猫着腰从墙洞的中间钻过。

大楼内部还没有竣工，所以，不同区域之间会留下方便建筑工人通行的墙洞。江平策身高腿长，反而不方便在墙洞之间穿梭追人。

他皱了皱眉，右手忽然一抬——

坐标系瞬间定位，刚跑出去几米远的家伙，被江平策的一个反向直线运动控制，倒退回了江平策的面前。江平策伸出手猛地揪住对方的后领："跑什么？"

那人满脸惊恐，似乎想不明白，自己明明跑了出去，怎么会倒退回来。

他蒙了两秒，才结结巴巴地道："我……我内急，跑……跑去上厕所不行啊！"

这声音听着很是青涩，像个少年。江平策将他的身体扳过来一看，在安全帽的遮盖下，男生的脸显得很小，十七八岁的模样，皮肤黝黑，眼睛又大又亮，长得不算好看，但给人的第一印象很是机灵。

江平策严肃地问："你不回宿舍睡觉，在这里干什么？"

少年战战兢兢地说："我……我宿舍的床被人占了，昨晚在这里打地铺睡的……"

他的体重目测还不到一百二十斤，又黑又瘦的少年推得动一个成年人吗？他出现在这里，只是凑巧？还是说，他是心机深沉的凶手，又或者是案件的目击者？

江平策沉声问："你刚才有没有看见或者听见什么？"

少年一脸无辜地说："我睡得迷迷糊糊，听见'砰'的一声，好像有什么东西掉了下去，然后，楼下响起一个女人的尖叫！"他顿了顿，认真问，"出什么事了吗？"

江平策目光锐利地盯着他的眼睛，淡淡地道："不是内急想上厕所吗？怎么又睡得迷迷糊糊了？"

被拆穿的少年脸色尴尬："我被吵醒之后才内急……不……不是，你刚才忽然上来，吓了我一跳，我就跑了。"

这小家伙满嘴谎话，江平策不想跟他浪费时间，拎着他转身下楼。

楼下，尸体旁边围了一群人，很多人都认出了死者，越星文正在找周围的工人探听消息。看见江平策，他快步走过来，用眼神询问对方的收获。江平策摇了摇头，低声在越星文耳边说："我上去的时候没发现其他人，只找到这个小家伙。"

越星文仔细看了看皮肤黝黑、眼睛明亮的少年，轻声问江平策："你觉得他不像凶手？"

江平策道："得问问，看他跟死者的关系。"

话音刚落，小少年看见人群里的尸体，忽然疯了一样扑过去，崩溃地大哭："二叔，二叔你怎么了？来人，救命啊！"

旁边有女工在劝他："阿亮，你二叔摔死了。"

"唉，怎么会这样？"

周围议论纷纷。

从大家的谈论中，江平策总算知道了少年的名字。

赵亮，赵大勇的亲侄子，今年十八岁，6月份刚从高中毕业。因为没考上好大学，赵亮就跟着他二叔来工地学手艺。

侄子谋杀叔叔？从少年刚才崩溃大哭的表现来看，这种可能性似乎不大，但也不能完全排除，毕竟，赵亮是案发时唯一留在大楼里的人。

没过多久，外面响起了救护车、警车的鸣笛声。

越星文退回到队友们身边，大家面面相觑。

刘照青低声吐槽："有人报警了。案子交给警方不就行了，我们能干吗？"

许亦深打了个哈欠，眯着眼睛道："在图书馆的设计中，警方肯定不会帮我

第十章　工地之谜

们破案的。有线索他们也不会告诉我们。"

众人仔细一想，如果直接让警方破案，他们还考什么试？

江平策眉头紧锁，低声说道："凶手很谨慎，我们上楼检查过，他没留下任何痕迹。这栋楼里的脚印多得数不清，非常凌乱，也没什么参考价值。"

越星文若有所思地摸了摸下巴："如果案发当时有人在楼上推他下来，那这个人肯定是趁着大家还没发现死者尸体的时候逃走了。平策带人过去的时候他已经跑了，所以你们没能堵到他。他很熟悉建筑内部的构造，并且知道最快速度逃离的路径。"

卓峰道："这里的工人对大楼都很熟，光凭这个，嫌疑范围太大了。"

越星文点头道："是的，所有人都可能作案。关键是作案时间。死者死亡的时间并不久，工地的宿舍全是双人间，这期间谁出去过，谁就有嫌疑？"

江平策想了想，补充道："而且凶手对工人的作息非常了解，他很清楚赵大勇的习惯——赵大勇喜欢在凌晨的时候提前起来干活儿，所以他才会选在这个时间动手。"

越星文看向江平策："凌晨 5 点 30 分之前起来杀人，为情？为财？为仇？"

赵大勇奇怪的作息时间成了凶手针对他的利器，两人到底有什么恩怨？

柯少彬忽然问："对了，工地有监控吗？"

卓峰无奈地摊了摊手，道："大楼内部的监控还没安装，现在的进度是水电改造，为免过程中发生意外，总电闸也是关闭的。"

林蔓萝道："工地的出入口还有几个拐角处倒是有监控，我们可以去查查看。"

柯少彬小声道："趁着警方还没去找监控，我先把监控拷到电脑里？"

越星文干脆地说："好，抓紧时间，你跟秦露一起过去。"

秦露的"板块运动"确实很好用，神不知、鬼不觉就能将柯少彬运送到监控室。等柯少彬飞快地拷了数据，回到队友们身边时，法医的车已经将尸体拉走，警察正在走访调查，还有几个年轻的刑警上楼去取证。

越星文站在旁边听了片刻。

"赵大勇的老家在 A 市附近的一个村子，他无父无母，是被哥哥带大的。哥哥和嫂子早年出车祸死了，留下赵亮这一个孩子。他们家很穷，穷得娶不起媳妇，小亮学习成绩又差，没考上大学，叔侄两个就一起来工地干活儿……"

警察问："赵大勇最近几天有没有跟人发生过争执？"

工地的人纷纷摇头。

"没有。他可老实了，对谁都笑呵呵的。"

"大家都叫他闷葫芦，平时问他话，三脚踹不出一个响屁！"

片刻后，上楼取证的几个警察下来，低声在队长耳边说了几句。越星文听不清他们在说什么，但从警察的表情判断，应该是没有太大的收获。

警方封锁了现场，对所有人展开了详细调查。

法医推出了准确的死亡时间，是凌晨5点左右，工人们需要一个个说清楚自己当时在做什么。天气已经入了秋，凌晨5点天还没亮，这个时间段正好是睡眠最香的时候，舍友是不是出去了，很多人也不知道。大部分人的回答都是"我当时在宿舍睡觉"，也因此，众人的不在场证明，可信度都大打折扣。

警方收队后，早上8点，工地来了一大堆领导，要求暂时停工。

越星文回到宿舍，仔细看了柯少彬拷来的监控，居然没有人上楼。

这栋楼总共三个出口，出口都被监控摄像头覆盖，不管有人进去还是出来，都可以拍摄到录像。可是，从凌晨3点30分赵大勇进入大楼，到5点30分发现赵大勇的尸体，整整两个小时都没有其他人上过楼，也没有人从大楼里走出来。

当时在这栋楼里的，只有赵大勇和他十八岁的侄子赵亮。

越星文和江平策对视一眼，道："如果侄子不是凶手，那么，凶手肯定是提前藏在大楼里的；而且，案发之后，他还没从这三个出口出来。"

江平策皱眉："我们当时详细检查过，大楼里确实没有人。"

凶手到底去哪儿了？杀完人还能原地蒸发吗？

章小年忽然问道："这栋楼的地面上只有三个出入口，目前监控覆盖的范围也只能拍到地面的出入口，可如果他不走地面呢？"

越星文双眼一亮，立刻想到另一种可能性："还没建好的地下停车场？"

欣悦广场项目规模庞大，为了让开车前来的客人方便停车，地下停车场的规划是负二层结构。整个项目的地基打得很深，目前所在的工地正下方以及"十"字形步行街的下方，都被挖空，修建了大面积的停车场。

如果凶手躲在地下停车场，确实不需要从出入口走进大楼，也不需要走出来。

从死者被杀到警方到达，这段时间，监控根本拍不到凶手的身影，他完全可以趁人不注意，找一个通往地面的井盖偷偷爬出去。

想到这里，越星文立刻说道："柯少，打开地下停车场的设计图看看。"

大楼刚刚封顶，地下车库只建造出了一个雏形。整个地下车库是一个"凸"字形结构，凸起的那片区域位于大楼正下方，剩下的长方形区域在步行街的下方。车库里有很多支撑建筑重量的方柱，天花板上分布着大量排水管道。车库

第十章　工地之谜

地面别说是停车位的标示线了，连水泥都没来得及抹——这个地下车库的施工进度目前还不到30%。

步行街那边也在施工。江平策指了指地图上步行街的位置："从步行街这里进入地下车库，一路走到大楼正下方的负二楼，顺着楼梯上楼、杀人，然后下楼从地下通道逃跑，就可以完美躲掉所有的监控。"

越星文问道："步行街那边距离宿舍区比较远。他从宿舍走到步行街，通过地下通道走去大楼，杀完人再逃回来，全程得花多少时间？"

江平策仔细算了算，道："一路小跑的话，来回也要半小时左右。也就是说，凶手至少需要有三十分钟的时间不在宿舍。警方今天询问的时候，哪些人的不在场证明有疑点？"

越星文立刻拿出口袋里的笔记。警方刚才调查时，他一直在记录信息，这时候正好派上用场。越星文按照记录的信息依次给大家分析："大部分工人都说自己当时睡得很沉，不知道舍友是不是离开过。特殊的只有三个人。"

"第一个，116宿舍的工人凌晨4点30分醒来，发现隔壁床没人。不在房间的这位名叫赵强，跟死者赵大勇是一个村子里出来的。他跟警察解释说出去上厕所了，但他舍友说他5点左右才回来。他给警察的解释是，自己在拉肚子。"

"也就是说，案发当时，他离开了半个多小时？理由是拉肚子？"江平策记下这个关键，"但并没有人能证实他去了厕所。"

"嗯，他确实可疑。"越星文接着说，"第二个，是207宿舍一个叫龙锐的电工，也是在4点多的时候离开过。他说是半夜被噩梦惊醒，睡不着，去外面找了个角落抽烟，那里还有他留下的烟灰。"

"第三个，就是今天案发现场尖叫的女人，叫赵雪梅，也是跟死者同一个村子的。她舍友说凌晨4点30分左右醒来时发现她不在，而她发出尖叫时是5点30分，其间她消失了一个小时。"

越星文微微一顿，抬头看向大家．"其他工人大部分都睡着了，不知道舍友的情况。但目前发现的案发时间离开过的这三个人，行踪都有疑点。"

刘照青摸了一把后脑勺，吐槽道："赵大勇、赵亮、赵强、赵雪梅……全都姓赵，他们这个村子是叫赵家村吗？"

卓峰道："我老家那边就有个王家村，80%的村民姓王。这几位说不定真就都是赵家村出来的，私下还有恩怨，得重点关注。"

越星文开始逐一分析："死者赵大勇，三十五岁，水泥工。据工人们评价，他平时性格内向，沉默寡言，没跟谁产生过争执。这只是表面现象，他私下跟谁有过恩怨目前还不清楚。"

335

"1号嫌疑人，赵亮，十八岁，死者的侄子。案发时他就在大楼里，被平策逮了个正着。如果他是凶手，直接将叔叔推下楼，想逃跑时被平策发现……时间上说得通，监控没拍到他这点也能解释。"越星文看向江平策。

"他父母双亡，由叔叔抚养长大，杀掉叔叔的动机是什么？除非父母给他留下巨额财产，被他叔叔独吞。但工人们说，他家很穷，他叔叔穷到娶不起老婆，不像是为了财产杀掉亲人。"江平策冷静地说。

"会不会是他叔叔长期虐待他？比如他叔叔其实从他童年的时候起就欺负他，他势单力薄无法反抗；如今他长大了，终于忍无可忍，干脆跟着叔叔来工地，找机会将叔叔推下楼摔死？"柯少彬认真地分析着。

旁边，林蔓萝忍着笑说："小柯，你的想象力很丰富。多提一些猜想是好事，有助于大家打开思路。"

"父母双亡，可怜的孩子无依无靠，被叔叔欺辱多年，终于忍不住将叔叔推下楼？推测是成立的，但赵亮和他叔叔的关系怎么样，我们还得调查，这个人先待定。"越星文在十八岁少年名字上画了一个圈，道，"分析下一位吧。"

"赵强，三十岁，水泥工，跟死者同村，年龄相仿，案发时离开宿舍长达半小时，理由是去厕所拉肚子。没有人证实他的话是真是假。"

"4点30分起来上厕所，不太可信。"江平策道。

"这个人也得继续调查。"越星文在旁边标了个待定，接着说，"3号嫌疑人，发出尖叫的赵雪梅。如果她是凶手，她要从宿舍跑去步行街，然后潜伏到地下车库，之后爬上楼将一个成年男性推下去，再从地下车库跑去步行街，掀开井盖爬出来，然后跑回赵大勇摔死的现场发出尖叫……这太麻烦了吧？"

许亦深揉着额头，道："我就算用分裂体跑路，来回跑这么多次也会累个半死。"

越星文看向江平策："我们当时赶到现场的时候，她并没有表现出很累？"

江平策点头："她只是嘴唇苍白，一脸惊恐，并没有剧烈运动后气喘吁吁的表现。她是凶手的话，时间上应该来不及。"

一个普通的女人，不可能做到来回跑三次还呼吸平稳。

越星文道："4号嫌疑人，龙锐，跟死者不是同村，电工。他说自己去抽烟了，这点也很奇怪。烟灰并不能作为证据，毕竟他可以提前在那里放一堆烟灰。"

越星文停下笔，总结道："目前，赵雪梅的嫌疑比较低；赵亮、赵强、龙锐这三个人，大家分头询问工地的其他工人，仔细调查一下再说。"

越星文分配好任务，众人便出门，找附近的工人走访调查。

由于工地发生了命案，今天必须停工，工人们的情绪显然有些激动，工地上来了不少领导，正在安抚大家的情绪。

越星文带大家出门的时候，就见一个戴白色安全帽的领导手里拿着大喇叭，站在工地中间喊："大家不要恐慌！赵大勇从工地坠落，这只是意外事故！我们正在配合警方全力调查！等调查结果出来，我们也一定会按照法律法规对他的家属给予一定的赔偿！"

江平策凑到越星文耳边，低声说："是昨天来过的张总。"

张志伟，欣悦广场项目施工方负责人，皮肤黝黑，身材健硕，身高在178厘米左右，脸颊上有一颗明显的黑痣，看上去精明干练。

张总这一番话说得很官方。

忽然，有人在人群里高声喊道："张总，拖欠我们的工资什么时候发？！"

张志伟拿着话筒，笑容满面："大家放心，开发商已经承诺会在年前给我们结算二期工程款，我们也一直在跟开发商协商，绝对不会让大家的辛苦钱打水漂！"

人群里立刻发出不满的声音："年前？离过年还有好几个月呢，我们这几个月喝西北风吗？这都拖了大半年，我孩子还等着我寄钱回家交学费呢！"

"就是，我爸妈的病也要钱。再不发工资，我们干脆罢工不干了！"

"对，不干了！"

"工地安全没保障，今天是赵大勇掉下来摔死，明天说不定就轮到我们了！"

"辛苦赚的血汗钱一分都没拿到手，还要把小命搭进去，不合算！"

"发工资，发工资！"

一群工人齐声大叫，整个工地乱成一团。

张总擦了擦额头的汗，拿起喇叭想安抚大家的情绪。但显然，赵大勇的死激起了工人们压抑很久的愤怒，在众人的怒骂声中，张总的喇叭都被撞掉了，人也灰溜溜地跑了。

越星文看着他被人护送着逃跑的背影，微微皱了皱眉："工人们被拖欠工资，而且持续了大半年？"

这个消息让大家都神色凝重。

许亦深说道："政府将土地使用权卖给开发商，开发商做好项目规划，施工单位竞标建设。通常，政府卖了地之后就不再参与了，施工单位的钱是由开发商给的，两者之间产生利益纠纷、互相扯皮拖欠工资的事情经常出现。"

越星文回头看他："许师兄很懂这些？"

卓峰笑道："他爸是做房地产生意的，他不想继承家业，考到生科院研究基因工程，想当一名科学家。"

"咳，没那么伟大，我只是对基因比较感兴趣而已。"许亦深谦虚道，"而且我做生意根本没天赋，要我接手，不出三年就能让公司倒闭。"

"师兄有什么看法？"越星文正回话题。

"开发商拖欠工程款项的原因很多：第一，开发商在多个地块同时开发项目，导致资金链断裂，拿不出钱给施工方；第二，施工单位跟开发商谈好的预算超标，例如，一期工程款本来说好给八千万，结果施工方花了九千万，开发商不认可施工方的材料报价，双方通过法院扯皮，打官司期间也不可能付款；第三，这种原因比较极端，就是施工方或者开发商，有负责人卷钱跑路了。"

越星文琢磨片刻，道："不管是什么原因，工人们已经有半年没拿到工资了，拖欠工资是板上钉钉的事。那么，赵大勇的死，会不会也跟这件事有关？"他看向身侧的江平策："有人想通过这种方式，影响施工进度？"

越星文再次整理了一下目前的线索。

假设，工人被拖欠工资和赵大勇的死毫无关联，那么，赵大勇的死因依旧是个人恩怨，需要继续从四个嫌疑人身上着手调查，并且扩大范围，看看还有没有其他人私下跟赵大勇存在交集。

如果工人被拖欠工资和赵大勇的死有关，那么，有可能是某人故意杀掉赵大勇给施工方施压，拖延工程进度；又或者赵大勇知道了什么，被高层灭口。

越星文看了一下手表，现在是上午10点，他迅速安排道："这样，我们先从赵大勇的个人恩怨、工人被拖欠工资这两条线索着手调查，找工人们套话。今天工地很乱，工人们情绪低落，大家注意调查的时候不要用警察审问犯人的语气，而是用闲聊、八卦的方式。我们的身份也是工人，跟他们是同一战线的战友，只有这样他们才愿意跟我们说实话。"

他目光环顾四周："秦露、林师姐一组，卓师兄、许师兄一组，刘师兄、章小年一组，我跟平策一组。秦淼、辛言、柯少彬，你们去地下停车场溜达一圈，模拟凶手的移动轨迹。柯少用小图扫描全景，建一条凶手杀人、逃跑的最佳路径，顺便沿路侦查，看看有没有凶手留下来的线索。"

越星文的安排非常合理，大家都没意见，众人便分头去调查。

出门后，越星文和江平策发现几个工人在角落里蹲着抽烟，两人对视一眼，快步走了过去。那几人正在聊发不了工资该怎么办。

"唉，家里快揭不开锅了！"

"我家也是，孩子上学还没交学费呢。"

越星文找了个空位挤进去，叹了口气，很自然地接话道："我哥去年诊断出肝癌，医生说要动手术，家里拿不出钱，我还等着这笔工资救急呢……"

第十章　工地之谜

越星文是独生子，根本没有哥哥。这家伙见人说人话、见鬼说鬼话的本事，江平策早就见识过，因此，听星文编故事，江平策表情很镇定，随口问道："你哥的病情严重吗？"

越星文道："医生说是肝癌早期，做手术的话还有救。家里能借的亲戚都借遍了，手术费还是不够，就等我这笔工资，结果现在发不了……"

几个人见越星文愁眉苦脸，这种"同病相怜"的感觉瞬间将几人的距离拉近。

一个年过五十的老头悠悠吐出一口烟圈，操着一口不知道哪里的口音说："3月份的时候说7月发钱，7月的时候又说大楼封顶了就发，如今10月份了，大楼封顶了，又说年底发！唉，把我们当猴儿耍呢！"

右手边的年轻工人压低声音，八卦道："欣悦广场项目的开发商是德鑫集团，老板叫江德鑫。我听说啊，他在B市也圈了一块地，要搞什么高端住宅区，资金都被挪去那边了，我们这儿的工资就拖着不发了。"

抽烟的老头道："还有没有王法？！"

工人们群情激奋，开始大骂开发商。越星文和江平策对视一眼，努力将话题往赵大勇身上转："对了，像赵大勇这样的，属于工伤吧？他们不是该赔钱吗？"

刚才八卦的年轻工人道："钱肯定要赔的，可惜赵大勇没结婚，家属就剩赵亮一个了。18岁的小孩子能懂个屁！我估计，张总也就给他几万块钱，随便把他给打发了。"

江平策低声问道："赵大勇家里一个亲戚都没有了吗？姑姑、舅舅之类，遇到这种事，家属不来工地闹？"

越星文立刻点头附和："就是，多来几个家属，说不定张总为了息事宁人，会多给他们一些赔偿款。"

年轻工人道："他们家里人都死光了。"

这工人显然也来自同一个村子，越星文竖起耳朵听他讲了一段故事——

"赵大勇他爹妈都是得肝癌去世的，他是他哥拉扯大的。他哥赵大诚比他大了10岁，是我们村手艺最好的木工，后来娶了媳妇，生下了赵亮这个孩子。夫妻俩常年在外地干活儿，孩子就丢给赵大勇这个叔叔来照顾。

"本来，夫妻俩前几年赚的钱还行，日子也越过越好。可后来，赵大诚给一家人装修的时候，因为那家的阳台护栏松动，不小心从楼上掉下来，当场摔死了。他媳妇儿去那家讨要说法，路上又不小心被车撞死了……唉，可怜哪，赵亮这孩子当时还在读初中，本来成绩挺好，可这件事对他打击太大了，他一下

339

子从班里前几名变成了倒数，没考上好高中，后来大学也没考上。"

说起这段往事，年轻工人表情沉重，唉声叹气，很是遗憾。

父母意外身亡导致赵亮的成绩一落千丈？又或者，他成绩一落千丈的原因不只如此，还包括叔叔对他的欺辱？柯少彬提出的赵亮自小被叔叔欺负，于是报复性杀人的可能性不能完全排除。

越星文假装八卦道："赵大勇没结婚，带着个这么大的侄子，他们叔侄关系好吗？赵大勇会不会觉得赵亮是拖油瓶？"

年轻工人道："平时赵大勇就在外面打工，每个月会给阿亮寄生活费。他对这侄子倒是很上心，逢年过节的还会买些衣服、零食寄回来。"

江平策抓住关键："赵亮一个人在老家念书，赵大勇外出打工，他们不常在一起？"

工人道："没错。赵亮这孩子成绩越来越差也有这个原因，他叔叔没时间管他，他跟一群混混天天泡网吧。唉，好好的苗子就这么被耽误了……"

越星文接着问："对了，赵亮为什么不住宿舍，要跑去大楼里面打地铺？"

工人神秘兮兮地道："这孩子来工地的时候就只有一间空宿舍了，住的是管仓库的严凯。后勤班长安排他跟严凯住一间，阿亮天天被严凯欺负。大概是受不了，阿亮干脆搬出去打地铺了，反正现在天气热，睡在大楼里还凉快。"

刚说到这里，那工人忽然见了鬼一样立刻闭上了嘴。

越星文扭头一看，只见一个戴着蓝色技工帽子的男人从远处经过。那人身高腿长，手臂上有一条文身，眼窝凹陷，一双眼睛锐利如鹰隼，一看就不太好惹。

工人压低声音："这个严凯是张总的人，脾气特别差。"

江平策和越星文交换了一个眼神——看来赵亮之前跟江平策说"宿舍床位被占了，只能在楼里打地铺"并不是说谎。这个姓严的仓库管理员仗着自己和张总有点关系，在工地欺压其他人也不是秘密。

两人跟工人们一直聊到午饭时间，这才转身回了宿舍。

越星文简单总结了自己听到的信息："赵亮的父亲坠楼、母亲车祸，叔叔这些年外出打工养他；叔侄两个见面的机会不多，赵亮跟着一群混混天天泡网吧，没考上大学，于是被叔叔拎到工地帮忙，学手艺。"

刘照青说："我们去找赵亮聊了一下，他情绪很激动。叔叔的死对他打击挺大的，他说叔叔是他唯一的亲人，看他表现不像是装的。"

章小年点头："他眼睛都哭肿了。如果他是凶手的话，那他的演技是真的厉害。"

江平策一针见血地问："他身上有没有被虐待过的痕迹？"

刘照青道："发现了几处青肿的地方，是被打伤的。他说宿舍那个姓严的脾气暴躁，因为他睡觉打呼噜吵醒了对方，就被揍了两拳，他才吓得搬出来睡。"

越星文思考片刻，道："这么一说，赵亮出现在大楼里就有了合理的解释。跟他同住的人叫严凯，仗着自己认识张总，在工地作威作福，欺负新人。赵亮被打，于是搬去大楼里打地铺，他可能不知道叔叔会坠楼。"

江平策赞同道："赵亮的嫌疑确实降低了。刘师兄继续接触他吧，看看他对叔叔的死是真心难过还是演出来的。"

刘照青道："没问题。"

越星文目光看向其他队友："大家还有什么发现？"

林蓦萝道："我跟秦露问了工地所有的女工，她们对赵雪梅的评价都不错。赵雪梅三十岁，未婚，家里有个生病的奶奶，条件不太好，但她长得漂亮，人勤快，厨艺也不错，据说工地很多单身汉都对她有意思。"

秦露补充道："她半夜出去不是第一次了。有人八卦说，她很可能在跟人私会。"

卓峰道："我们去查了龙锐。这人是个出了名的烟鬼，每天能抽一包烟。没人能证实凌晨4点30分他是不是出去抽烟了，但现场确实有大量烟灰。不过，我们问了他那位舍友，他说龙锐跟赵大勇根本不熟，电工和水泥工不是一起工作的。"

许亦深道："赵强这边一口咬定自己是去上厕所了，没有人证。但我们听到一些工人私底下的议论，说有人看见赵强和赵大勇前几天在地下车库单独聊天，似乎在争执什么。"

越星文将这些线索全部整理出来，看向柯少彬："你们在地下车库有什么发现吗？"

柯少彬打开笔记本电脑，给大家呈现出一幅立体图像。

小图扫描了整个车库，在电脑里做出了地下车库的3D全景图，柯少彬再根据江平策早上的分析，画出了一条杀人、逃跑的最佳路线。

柯少彬指着地图，解释道："死者坠楼的位置在大楼C区，如果凶手不是赵亮，而是杀完人之后逃走了的话，他会从这个楼梯下来，进入地下车库负二层，然后走L形路线来到步行街的正下方，再直线穿过这片区域，最后从这个井盖出去。"

江平策赞道："确实是距离最短、用时最短的路径，能躲开监控。"

越星文道："沿着这条路查过了吗？"

秦淼回答说："地下车库一片黑暗，辛言用酒精灯照明，我们进行了地毯式搜索，来回走了几遍，没发现有用的线索，连根头发丝都没有。"

看来，凶手非常谨慎，行动过程中没有留下任何痕迹。

赵雪梅没有作案的条件，她是发出尖叫声吵醒大家的人，在地下通道来回跑两次再去现场尖叫，时间上来不及。龙锐跟死者不认识，目前没有作案动机。

赵亮、赵强，这两个来自同一个村子的人，会是凶手吗？

越星文仔细分析道：

"假设，赵亮因为被叔叔欺辱，压抑多年，最终杀死叔叔，获得资金赔偿，动机是没问题，可他看到叔叔死亡时为什么会崩溃大哭，还哭肿了眼睛？他一个18岁的高中毕业生，演技能有这么好吗？

"赵强跟死者发生过争执，也有作案动机。但凶手没在摄像头下留下线索，地下通道中也没留下相关的证据，说明凶手不是冲动作案，而是筹划已久。这样心思缜密的凶手，又怎么会让舍友轻易发现案发时他有长达半个小时的时间不在宿舍呢？"

大家都沉默下来，低着头思考。

江平策忽然说："或许，赵大勇的死不是他跟谁的个人恩怨，而是跟项目拖欠工人的工资有关？你之前也提到过，我们要从两个方面着手调查。"

越星文点头："对，如果个人恩怨没什么进展，我们就查拖欠工资的这条线。今天下午听工人们聊了很久，这个项目的开发商是德鑫集团，老板叫江德鑫，施工方是A市第八工程总队，负责人张总，叫张志伟。"

柯少彬打开电脑："我这里有项目竞标书、施工合同、工程预算等等。这些资料，我们昨天去张总办公室的时候全部拷了下来。"

越星文毕竟不是专业人士，看不太懂合同内容。

许亦深接过去过了一遍，道："表面上看，这些合同没什么问题，都是常见的模板，也写清楚了项目交付时间、施工进度、一期、二期款项结算等。"

江平策道："有工人提到，德鑫集团在B市同时在开发一片高端住宅区，将资金挪去了那边，这才导致欣悦广场项目拖欠工程款，工人们的工资发不出来。"

想起下午抽着烟聊天的那些工人，越星文轻叹一口气，道："工人们也挺难的，本来说好3月份发工资，拖到7月，又拖到10月。今天张总拿着大喇叭说年底再发，相当于大家忙活大半年没有任何收入。他们很多人家里条件不好，都在等着这笔钱过活。"

柯少彬积极地分析道："会不会有人家里快要揭不开锅，愤怒之下产生了极端的想法？这样的话就是说，赵大勇跟凶手没有私人恩怨，凶手杀他，只是想引起公众的关注，拖延施工进度，让媒体曝光这件事，目的在于讨回工资？"

越星文思考片刻，道："有这种可能。工资拖欠大半年，工人们积怨已久，凶手有充足的时间做准备，并且挑一个合适的时机动手。昨天市里的领导不是来视察了吗？领导刚走，工地就出事，市政府肯定会重视的。"

章小年想起昨天的那几人，立刻说道："那个身材发福的中年男人秦书记，应该是分管这一片的领导吧？"

秦露也道："昨天我们去拷资料的时候，秦书记跟张总聊天提到，明年7月份的旅游节，欣悦广场一定要开业，方便吸引各地游客。还有个女人汇报说，商业招标的进度已经完成了70%，电影院、健身房、很多餐饮品牌都签了入驻合同，7月份开业肯定没问题。"

许亦深插话道："对市政府来说，欣悦广场这样的大项目是整个A市南区的门面，政府将这块地承包给德鑫集团开发，当然希望开发过程顺顺利利，7月份趁着旅游节开业，还能拉升明年整个市的GDP，他们最不希望工地出事。"

这样一来就说得通了。有人在领导视察后立刻杀掉赵大勇，惊动警方，警方会找施工方了解情况，知道秦书记昨天来过，说不定也要找他调查。

秦书记前脚刚走，后脚就出了人命。这时候他肯定忙得焦头烂额，当然得亲自跟进这件事，说不定还要让消防部门来详查工地的安全措施是否完善。

停工调查，工人们被拖欠工资的事就会瞒不住，开发商也会承担舆论压力，下一步，就是市政府出面干涉，强制开发商给工人发工资，安抚工人们的情绪。

越星文仔细捋了捋这一环扣一环的逻辑，总结道："如果凶手想通过杀人这种方式帮工人们讨要工资，做法虽然偏激了些，但也能讲得通。毕竟工人们闹得再大，也没有出人命严重。工地死人，施工方、开发商、市领导，全都坐不住。"

柯少彬脑袋灵光一闪，道："凶手应该会扩大舆论影响力吧？那么，他下一步的做法，是不是把拍摄到的工地现场出人命的照片或者视频发到网上？"

越星文想起凌晨出事时，有人急忙拿起手机打110报警。他们十一个考生身上没有带手机，但身边的工人都拿着手机。正如柯少彬所说，他们完全可以用手机拍摄一些照片，打马赛克，发到网上，以此吸引舆论关注。

越星文立刻问道："柯少，你的笔记本电脑能上网吗？"

柯少彬道："我的电脑只有数据传输功能，没有无线上网功能。我得去他们的办公室，连上他们的Wi-Fi（一种短距离高速无线数据传输技术）才可以上网。"

今天工地停工，张总担心工人们闹事，叫人把办公区的门全给锁了。财务、人事这些部门的人当然也放假回家了。

越星文看向秦露:"用'板块运动'带我们进去。"

秦露拿出地球仪,定位坐标,将大家瞬移进了办公室。

张总的办公室很大,他们十一个人待在办公室里丝毫不显得拥挤。

柯少彬找到路由器捣鼓了两下,让自己的电脑连上网络。打开网页,弹出搜索框,柯少彬心头一喜:"能上网!"

然后,他飞快地输入母校"华安大学",结果页面弹出一条红字:"未检索到相关信息"。

柯少彬的眼中闪过一丝失落:"这里跟我们现实所在的世界并不联通,搜不到我们学校,也不知道我们在那边怎么样了。"

越星文拍了拍柯少彬的肩膀,道:"别担心,我们这么多人,应该不会全部失踪。先查这次的案子,总有一天大家会一起回去的。"

柯少彬点了点头,迅速检索关键字"欣悦广场",网页上果然弹出大量信息。

> 欣悦广场项目于3月1日正式开工!
> 欣悦广场大楼封顶,市领导亲自到工地视察。
> …………

这些都是官方新闻报道,没多少参考价值。

柯少彬往下翻,点开一条信息——

> 欣悦广场工人坠落身亡

标题很简单,并且@了很多当地的媒体。

上面有几张配图,正是死者赵大勇坠落现场的照片,虽然死者的面部被马赛克处理掉了,但腹部被钢管贯穿的情形,却清楚地呈现在画面当中,触目惊心!

信息下面已经有几千条留言,很多人对死者表示同情,网友们讨论得非常激烈——

> 好可怜,看着好疼!
> 天哪,太可怕了!这工地安全措施没做到位吧,怎么会坠落?
> …………

留言中有一条"据说欣悦广场项目工人的工资被拖欠了大半年"被多人关

注，顶到了热评第一。

有人在后面紧跟着回复——

我大哥就在这个工地，是真的。

确实一分钱没发，开发商各种借口推脱，说是年底发，把工人们当猴耍。

工人工资被拖欠大半年，还有人坠落身亡！一石激起千层浪，这条消息转眼间被顶上了社会新闻热搜榜。

越星文看到网上铺天盖地关于工地死人的消息，回头看向江平策，低声说："发微博的这个人，早有预谋。"

江平策看着微博"讨回公道"的ID，微微皱眉："这个人是凌晨5点45分发的微博，赵雪梅尖叫引人注意的时间是5点30分。5点45分，警方还没到达现场，当时，除了我们，还有很多工人听见尖叫声赶来围观，现场非常混乱。"

越星文道："那些工人都有可能拍下现场的照片发到网上。发微博的人很会把握时机，引导舆论。会不会这个ID叫'讨回公道'的人就是凶手？"

警方来到工地之后立刻封锁了现场，不允许围观群众拍照。网上的照片是警方到场之前抓紧时间拍下来发到网上的，警方也没来得及处理。结果，事件发酵，被顶上热搜，引起了媒体和网友们的广泛关注。

"讨回公道"？这明显是微博小号，到底会是谁？

越星文沉默片刻，说："查一下德鑫集团。"

柯少彬飞快地输入关键字检索，并且筛选出有价值的信息。

德鑫集团成立于十年前，是当地很出名的房地产商，开发了不少知名项目。老板江德鑫今年四十岁，白手起家，是经常出现在财经网站上的传奇企业家。

这位老板看上去笑容和善，照片里的他一身灰色西装，打着领带，皮鞋擦得纤尘不染，一副成功人士装扮。

许亦深指了指他的手腕："光这块表就要二十万，一身暴发户的气息。"

柯少彬感慨道："照片背景应该是他家吧？五层的大别墅，这位江总真有钱。"

江平策眉头微蹙："检索法院信息，看看这家企业有没有官司在身。"

柯少彬很快就搜出结果：

"德鑫集团两年前在C市开发的住宅区'江南水岸'工程进度缓慢，延期交房，被业主联合告上法庭。法院判业主胜诉，开发商按合同赔偿违约金。

"在D市的项目也是延期交房，官司正在打，还没有结果。"

"清水湾项目……"柯少彬的鼠标忽然一顿，回头看向越星文，声音激动，"德鑫集团在六年前开发过一个项目，叫'清水湾度假胜地'，位置就在赵家村附近！"

"六年前？"越星文侧头看向江平策。

"赵大勇的哥哥、嫂子就死于六年前。"江平策冷静地说，"两件事肯定有关联。"

"今天听赵家村的人说起赵大勇家的故事，我当时就觉得奇怪。他哥哥是个手艺很好的木工，说是去给人装修的时候坠楼死了；他嫂子去找雇主讨要说法，半路上出车祸死了：这两人一前一后，死得很是离奇。"越星文顿了顿，猜测道，"会不会两人的死跟德鑫集团有关？赵大勇一直在调查真相，这次才会来到德鑫集团投资的项目工地？"

"假如他哥嫂的死真的跟德鑫集团有关，他发现了当年害死他哥嫂的凶手，就很可能被凶手灭口。"江平策顺着这思路分析道，"这位江总，在开发清水湾项目的时候或许干了一些坏事，被赵大勇知道，江总怕他曝出来，干脆下令灭口。"

"嗯。"越星文沉默片刻，道，"继续搜，把德鑫集团这些年开发过的项目全部找出来，还有这位江总的详细资料也要查。"

"好的。"柯少彬开始飞快地搜索资料，并且将搜到的资料全部保存在自己的电脑里，越星文和江平策则在旁边仔细分析——

"目前出现了三种可能性。

"第一，私人恩怨杀人，嫌疑人是赵亮、赵强，但证据不足，并且这两人都不符合凶手预谋已久、心思缜密的特征。

"第二，工地的工人杀人，目的是引起媒体的注意，讨回被拖欠的工资。凶手跟赵大勇没有恩怨，只是赵大勇好下手，才挑选他作为目标。这跟网络上出现热搜以及凶手缜密的计划都能对上号。如果是这样，嫌疑人就要从整个工地被拖欠工资的人当中找。

"第三，赵大勇的哥嫂六年前的死因有问题，跟德鑫集团在赵家村的清水湾项目相关。有可能是江总害死了赵大勇的哥哥，又让人开车撞死了他嫂子。赵大勇一直在调查真相，并且知道了一些内幕，在这次施工的过程中，被灭口。"

越星文推测的三种可能都有一定的合理性。

第一种私人恩怨是最简单的，第二种和第三种牵扯的人更多，查起来也更难。

越星文有种奇怪的预感。

他总觉得事情还没完，接下来，工地可能还会出事！

三种可能性，哪种可能性最大？

凶杀案不能主观判断，还是得找到更明确的证据。越星文让柯少彬拷了所有跟德鑫集团有关的项目资料，还将网上关于这件事的报道以及评论全部下载回去，从头到尾认真看了一遍。

他发现了几个疑点——

第一，ID为"讨回公道"的人，账号的注册时间在9月份，也就是一个月前。

这说明，早在一个月前，他就做好了曝光德鑫集团拖欠工人工资的准备。欣悦广场项目3月份动工，从4月开始一直没给工人按月发放工资，拖欠工资长达七个月之久。

这个人从4月一直忍耐到9月，才注册了这个账号。9月份，或许工地上发生过什么，才让他产生了"曝光这件事"的念头，提前注册账号？

此人一定接受过较好的教育，语言组织能力、煽动大众情绪的水平都很高，并且对上网曝光事件的手段十分熟悉。

工地上的很多农民工都是初中毕业，有些年纪大没赶上九年义务教育的，甚至连小学都没上几年，只认识几个字，手机都玩不转，更别说在网上注册账号、上网发消息，还打上热搜标签，寻找各种媒体求助了。

这样一来，发微博的人嫌疑范围就能缩小——他应该是比较年轻，对手机、网络和媒体十分熟悉，文化程度在初中、高中以上的人。

第二个疑点，微博发布之后，回帖中出现了很多奇怪的留言，尤其是点赞最多的那条评论的留言者，ID叫"知情人"的这位，显然也是工地的工人，点进去看，主页只转发了一些新闻，是个小号。

有两种可能：要么发消息的人注册了大量小号，自己给自己留言、点赞，循序渐进地曝光这件事；要么，他有好几个同伙，在他发布微博后，同伴们纷纷去留言、转发，让事件热度提升。如果是第二种情况，那么，工地上的有些工人肯定知道发微博的人是谁。

多人伙同作案？

想到这个可能性，越星文看向江平策说道："假如凶手还有同伙，那么，赵雪梅、赵强、龙锐这几个凌晨离开的人，说不定都是知情者。三人互相包庇，还有可能互相做不在场证明，洗清嫌疑。"

江平策顺着他的思路分析道："也就是说，赵雪梅发出尖叫是早就算好了时间，在凶手逃离现场并确认安全之后，她在凌晨5点30分尖叫吵醒了工地的众人，那时候大部分人都在睡觉，凶手就能混入人群当中，降低自己的存在感；而离开过宿舍的这三个人，如果互相做不在场证明，警方的调查就会陷入死局？"

不在场的三人互相做证，其他人都在昏睡，不知道谁出去过，凶手又没在现场留下任何痕迹，警方确实难以取证。

隐藏在工人中的凶手才是事件真正的组织者，赵强、赵雪梅、龙锐这三个人都是帮凶？

如果这种推测成立的话，几人互相包庇，他们该怎么做才能找到凶手？

越星文皱了皱眉，道："警方那边不知道进展怎么样。他们应该有高科技手段，现场会不会找到指纹、毛发之类的东西拿回去鉴定？如果什么都没找到，监控也没拍到凶手的踪迹，这个案子，很可能会被定性为意外事故。"

江平策道："死者的手机呢，也被警察带走了吧？"

刘照青无奈地说："尸体都被抬走了，手机肯定在警察那儿。当时现场有很多人围观，我们没法直接去搜死者口袋里的手机，要不然，我们几个也成嫌疑人了。"

越星文沉默片刻，才道："大家继续跟工人们保持联系，等等警方的后续证据吧。我猜他们应该还会来工地，不可能这么快就结案。"

越星文的猜测没错，下午的时候，工地忽然变得无比热闹。

先是秦书记焦头烂额地带着一群人前来慰问，拿着大喇叭说市政府对工人被拖欠工资的事非常关心，已经联系了开发商，希望大家少安毋躁，坐下来好好谈；市领导很重视这件事，一定会维护工人们的权益。

市领导亲自慰问，工人们的情绪得到了安抚。很多人跟秦书记哭诉家里的困境，希望能尽快发工资；秦书记表示，会督促开发商尽快解决这个问题。

紧跟着，消防局的人来工地检查，结果还真的查出一些安全隐患，尤其是地下车库的排水、电路分布都不合规，他们要求项目重新整改。

然后警方也来人了，几个便衣刑警直接将赵雪梅、赵亮、赵强、龙锐四个人带走，此外，还带走了欺负过赵亮的严凯。

一批又一批的人，来了又走，工地上人心惶惶。

越星文没法跟去警察局听人问话，但他听到工人们私底下的讨论——

"赵雪梅和赵强是不是有情况啊？"

"肯定有问题。上个月不是赵雪梅生日吗？赵强这傻大个儿还去外面偷偷买了个蛋糕送给赵雪梅，被我撞见了……"

"赵强和赵大勇吵架该不会是为了她吧？"

"有可能，他们都是赵家村出来的，赵雪梅和赵大勇以前还是邻居。"上午

第十章 工地之谜

跟越星文说了很多"赵家村往事"的年轻人说道,"赵大勇这个闷葫芦,虽然不爱说话,但前几年外出打工,每个月给他侄子寄衣服,都是寄到赵雪梅那里让她转交的。"

"有一次,我看见赵雪梅穿了件特别好看的裙子,说是有人寄给她的,说不定就是赵大勇寄的。"这位年轻小伙低声八卦道,"赵雪梅长得好看,又勤快,赵大勇和赵强说不定都喜欢她,两个人才会吵起来。"

"原来是这样!"周围一群人纷纷露出吃瓜群众的表情。

"赵大勇的死该不会是赵强干的吧?警察怎么把他们几个全都带走了啊?"有个皮肤黝黑的男人,一脸好奇地说道,"为了女人争风吃醋,不至于杀人吧?"

"难说。"有个老人家悠悠地吐着烟圈,"说不定赵雪梅和赵大勇半夜跑出去偷情,被赵强撞见,赵强愤怒之下失手把人推下了楼。"

越星文发现这个大爷的想象力还挺丰富。

"唉,赵大勇这事一出,领导都被惊动,咱们的工资应该会有着落吧?"有个工人愁眉苦脸地道,"再不发钱,家里真的揭不开锅了。"

听了半天,这些人根本没提到微博的事情。越星文干脆主动问道:"大哥,你们玩微博吗?咱们工地的这件事,被人发到微博上面了。"

"微博是啥?"有人露出困惑的表情。

"我只玩微信,跟家里人视频。"有个年轻人拿出手机说。

"你手机借我用一下,我找给你看。"越星文从年轻人手里接过手机,手机里果然没有下载微博。江平策、刘照青、柯少彬等人也过来帮忙,大家以"给你们看新闻"为理由,借用他们的手机帮助他们下载微博。

其实他们是想看谁的手机里有微博,并且发表了留言。

女生那边,林蔓萝、秦露和秦淼也在帮女工们下载微博。

大家忙活了一个小时,整个工地的工人只有八个人手机里下载了微博,并且有自己的账号,关注一些新闻、娱乐圈八卦。剩下的人,大多不玩微博,甚至有人不知道微博是什么,平时只使用微信。

越星文疑惑:"你们都不知道工地死人的新闻上了热搜吗?"

工人们满脸疑惑:"不知道!""谁把照片发上去的?这个人帮我们说话,是个好人!""会不会是记者?你看他微博里还找了很多媒体转发,肯定是记者吧。"

看来,发微博的人并没有主动告知工人们这件事。或许是怕曝光自己?难道微博下面顶帖的那些"知情人""工人"全是他自己开的小号?

越星文一圈查下来,手机里有微博的总共八人,其中七个跟赵大勇不熟,剩下一个年轻男人正是跟越星文讲了很多"赵家村往事"的爱八卦的小伙子，名叫赵安明。

越星文将目光投向他："赵哥，你玩微博多久了啊？"

赵安明笑着说："中学毕业就注册了账号，平时刷刷娱乐新闻什么的。"

越星文道："我能借你的手机看下新闻吗？"

赵安明很大方地将手机递了过来。

越星文打开微博，浏览记录里并没有跟工地死人相关的新闻，全是些娱乐圈八卦，关注了几个美女明星，也没有切换账号的选项，他自己的账号叫"明天会更好"。

他是无辜的？还是说，他心思缜密到发完微博后删光了所有的记录？

越星文暂时无法判断这个人的身份——赵安明，到底是提供线索的无辜路人，还是披着一层面具、藏得很深的真凶？

他来自赵家村，知道赵大勇哥嫂死亡的事，知道赵大勇和赵雪梅是邻居，还说出死者赵大勇、赵雪梅、赵强是三角恋关系。看上去，他是个很爱八卦的赵家村工人。可他给出的这些信息，真实度如何？他会不会在故意误导大家的判断？

假如，他是这件事的主谋，赵家村的其他人配合他行动呢？

越星文将手机还给了对方，礼貌地道："谢谢赵哥。你们赵家村的人是不是沾亲带故的比较多？我老家有个王家村，整个村子全是亲戚。"

赵安明笑道："当然。我们村的姑娘以前都不外嫁，时间长了，亲戚关系都快分不清了。我媳妇是我嫂子的表侄女。"

听着都很乱，但这样的村子凝聚力也很强，毕竟大家都沾亲带故。越星文总觉得，这个赵安明殷勤地给他们提供这么多赵家村的信息，不太对劲。

下午4点左右，被警队带去的几个人都回来了。既然回来了，说明这几人的嫌疑还不够拘留，警方只是带他们去问话。

工人们迅速拥上前表示关心。

赵安明问道："阿强，怎么样？警察怎么说啊？"

赵强脸色尴尬，摸了摸鼻子道："警察找我们问凌晨4点30分出去干吗了，怀疑我们跟大勇的死有关。我跟大勇是从光屁股长大的兄弟，就是吵了几句，我怎么可能杀他！"

赵安明："那你大半夜出去干吗啊？"

龙锐神色复杂地看了眼赵强和赵雪梅。

赵雪梅满脸通红，转身飞快地走了，赵强也耳根发红，追着她离开了人群。

第十章 工地之谜

众人立刻围住龙锐："老锐，说说呗，怎么回事？"

龙锐从口袋里摸出一根烟点上火，一脸沧桑的表情："他俩，大清早的跑去工地旁边亲热。唉，我当时就在附近抽烟，正好撞见了。我本来不想说的，但不说的话警察怀疑他们跟大勇的死有关，没办法，我只好说了。"

越星文和江平策对视一眼。

事情居然朝着越星文的猜测发展——这三个人，互相做了不在场证明！

赵雪梅和赵强看见龙锐抽烟，龙锐看见他俩偷情。

他们仨的嫌疑一下子全部排除了。

他们到底是早就合谋，提前串供？还是说，他们真的无辜？

越星文看问身旁的赵安明，年轻男人依旧一脸爱八卦的惊讶表情："我还以为小梅跟大勇是一对，没想到，她喜欢赵强！"

这赵家村的人，一个个都是戏精么？

赵雪梅跑回宿舍就趴在床上哭，哭得上气不接下气。附近的女工都跑去安慰她，越星文给林蔓萝、秦露使了个眼色，两人也立刻跟了过去。

跟她同宿舍的女工一边拍着她的肩膀安慰，一边关心地问道："雪梅啊，警察没有为难你吧？你怎么哭得眼睛都肿了？"

赵雪梅哽咽道："没有为难我，就是问了我一些大勇的情况。"

她吸了吸鼻子，眼眶发红，声音也在微微发抖："我跟大勇是从小一起长大的，我们两家是邻居。他大哥大嫂死后，他外出打工，担心阿亮年纪小，拿着钱乱花，所以，每个月他都是把钱寄给我，让我给阿亮买学习用品、衣服零食之类的。"

秦露小声说道："所以，警察是查到大勇哥经常给你汇款，才找你确认的吗？"

赵雪梅咬着唇点了点头，她的情绪明显有些失控，一边哭一边说："我跟勇哥就跟亲兄妹一样，勇哥给我寄的钱，我一分没动，全给阿亮了。我怎么也没想到，勇哥来工地才一个月，居然会掉下楼摔死！早知道，我就不该让他来这儿的，是我害了他！呜呜呜……"

一个月？这时间点，正好跟星文查到的微博小号的注册时间一致。

林蔓萝和秦露对视一眼，立刻抓住这个关键点，问道："勇哥是一个月前才来工地的？不是一开始就在这儿吗？"

赵雪梅哽咽着解释道："他是个水泥工，本来在给附近一户人家装修房子，上个月正好装修完了。我们工地在招聘临时水泥工，我就让他来这里试试。阿

351

亮高考才考了 280 分，连大专都没考上，他就把阿亮也带到工地上学手艺，俩人就一起过来了。"

赵大勇和赵亮是上个月才来的工地，这一点很重要。

工人们提到过，赵亮来的时候，后勤分配宿舍的人让他跟严凯一起住。严凯和张总有点关系，天天在工地作威作福，欺负赵亮，逼得赵亮迫不得已，去大楼打地铺。

林蔓萝有些疑惑："为什么他们叔侄俩不住在一个房间呢？"

赵雪梅道："因为勇哥先来的工地，阿亮当时还在赵家村，迟了两天才来。赵安明主动说要跟勇哥一起住。勇哥从小就老实木讷，别人说跟他住，他不好意思反对，而且，赵安明跟我们是老乡，他俩也认识。"

林蔓萝道："也就是说，勇哥来工地后，赵安明主动拉勇哥当舍友，所以，等阿亮来的时候，就剩一间宿舍，只能跟严凯住？"

赵雪梅点了点头。

旁边的女工叹了口气，道："雪梅，你别太难过了。工地上到处都在传赵强和大勇都喜欢你，两个人争风吃醋，所以，赵强才把大勇推下楼。肯定没这回事，对不对？"

赵雪梅紧紧地攥住拳头，满脸羞愤："我跟阿强早就见过父母，准备过年回老家就领证；我跟勇哥之间是清清白白的，他俩吵架也不是我的原因！勇哥的死，我们很难过，他不小心从楼上摔下来跟赵强有什么关系？！那些人真是胡说八道，也不怕闪到舌头！"

秦露轻声安慰道："雪梅姐，我们当然相信你。"

林蔓萝道："对了，今天工地的事上了微博热搜，你看见了吗？"

赵雪梅将手机拿出来："微博？我看看。"

她当着大家的面打开微博，刷到首页，熟练地输入"工地"关键词检索，果然看到一条"欣悦广场工地工人坠落身亡"的热搜话题，点进话题，留言数已经有好几万了。

赵雪梅愣了愣，道："这么多转发和留言？勇哥的照片，是工地的人拍照发上去的吗？"

她看上去并不知情，账号也没有在这条微博下留过言。点开微博后，见到那张触目惊心的血淋淋的照片，她又开始控制不住地流泪。

林蔓萝和秦露对视一眼，跟她们寒暄几句便转身离开，回去将调查的结果一字不漏地转述给越星文。

同时，刘照青和章小年去接近赵亮，也将询问结果告诉了越星文。

第十章　工地之谜

刘照青道："赵亮被警察传唤，是因为案发时大楼里只有他一个人，但警察找到了赵大勇坠楼的地方，是七楼的吊篮。赵亮当时在六楼，现场没有他的指纹和脚印，加上他跟叔叔关系很好，没有作案动机，嫌疑暂时排除了。"

章小年补充道："警察还检查了他身上的伤，确认是被同屋的严凯打的。严凯还在警察局写检讨，认了错，说是自己那天喝醉酒，被小孩的呼噜声吵醒，心烦之下就揍了小孩几拳。两个人在警察局和解了。"

柯少彬扶着眼镜道："看来，我之前猜的他因被叔叔虐待而杀人，可以排除了。"

越星文将这些新线索在脑子里捋了捋，分析道："赵大勇上个月来工地，跟微博账号'讨回公道'的注册时间一致。也就是说，赵大勇的出现让凶手产生了曝光这件事的想法，开始计划杀人。"

柯少彬认真问："有没有可能，赵大勇9月份来到工地，发现大家被拖欠工资，工人们怨声载道，于是他自己注册了这个微博小号，想帮助大家呢？"

越星文侧头看他："微博里有赵大勇死亡现场的照片，他总不能自己拍自己死掉的照片发到网上。当然，这个账号如果是他9月份到工地后注册的，他把密码告诉别人，两人合谋也有可能。"越星文顿了顿，"如果这样的话，赵大勇岂不是早就知道自己会死？"

江平策淡淡地道："他也有可能是自杀。"

这句话一说出来，周围的同学们都倒吸一口冷气。

江平策接着说："现场找不到凶手作案的痕迹，监控没有拍到除赵大勇叔侄以外的第三人进入大楼，地下通道也没有凶手留下的线索。要么是凶手神出鬼没，筹划已久，足够谨慎，没有留下任何的证据，要么就是——没有凶手。"

越星文跟江平策对视一眼，道："如果赵大勇是自杀，那监控没拍到凶手出入大楼，地下通道没留下痕迹，警方在现场没找到第三人的指纹、毛发等信息，将相关人员叫去问话，又因证据不足全部放了回来……这一切都能得到合理的解释。"

为什么找不到凶手留下的痕迹？

因为没有凶手。

赵大勇自己爬上楼，自己跳了下来，通过自杀来引起各方面的关注。

刘照青紧皱眉头："通过自杀来引人关注，有必要牺牲这么大吗？他是赵亮唯一的监护人，他死了，赵亮不就无依无靠了吗？"

许亦深也道："我记得赵大勇今年才三十五岁吧？正值壮年，哥嫂去世后将独生子赵亮托付给他照顾，如今赵亮没考上好大学，前途未卜，他丢下侄子去自杀，这不太合理。"

江平策道："我跟星文只是提出一种可能性，就算只有1％概率的罕见事件，也是有可能发生的。"

越星文点头赞同："没错，分析要全面一些。赵大勇自杀虽然不太符合常理，但也不是完全没可能，而且这个结论可以解释目前的所有疑点。当然，凶手足够谨慎，抹去痕迹从地下通道逃离，这种可能性会更大。"

他扭头看向柯少彬："'讨回公道'的账号来自哪里，柯少能查到吗？"

柯少彬道："微博注册是实名制。这个人既然筹划已久，肯定不会傻到用自己的身份证去注册。他应该是买的小号，我从关注列表，还有其他几个小号的来源查一下看看。"

柯少彬打开电脑，连上了Wi-Fi，打开热搜话题里所有的留言，将几个顶帖说工地欠款一事的ID全部挑出来，找它们的粉丝、关注列表、日常转发……顺藤摸瓜，一路往下查，居然查到其中两个小号都关注了一个叫"博雅工作室"的营销号。

柯少彬激动地说："专门卖水军小号的工作室！"

越星文立刻凑过去看向他的电脑屏幕："能查到购买记录吗？"

柯少彬道："工作室卖水军账号，说不定有专门卖号的网店。"柯少彬假装自己要买水军，和对方私聊："你好，我想买几个微博小号，请问怎么卖？"

对方业务成熟，直接发来一个链接："亲，您好，我们有各种套餐哦，一次买上百个水军号还有优惠，您可以看看。"

是网店的链接。柯少彬点进去一看，它家的账号非常便宜，还有各种大礼包，评论中有不少好评，也有一些"该用户没有及时做出评价"的匿名默认评论。

柯少彬飞快地扫过评论列表，找到9月份的评论，眼尖地锁定了其中一单交易记录。

——9月10日，用户（赵××）默认给出好评。

这位用户买的是"新号套餐"，跟"讨回公道"的注册时间正好一致。他在当天登录了微博，确认账号密码没问题，然后付款，默认发了好评。

越星文和江平策对视一眼。

互联网时代，只要你在网上买过东西，总会留下蛛丝马迹。柯少彬顺藤摸瓜，居然精确地找到了买账号的人，"赵××"。

虽然名字后面的两个字被隐藏了，但一个"赵"字，足够把他跟赵家村联系在一起。点进这位"赵××"的购买记录，发现他还在网上买过打折的洗发水、香皂等日常用品，以及几件二十元左右的白色短袖衫。

第十章 工地之谜

越星文道:"果然跟赵家村有关。"

江平策道:"姓赵的,赵强、赵雪梅、赵亮、赵安明。其中,赵强和赵雪梅被警察带去问话,两人凌晨出来偷情,被抽烟的龙锐撞见。假设,龙锐跟这件事无关,这两个人的不在场证明才算可信。"

卓峰立刻说道:"龙锐这个人我接触过,大烟鬼一个,老家是北方的,距离A市坐火车要二十多个小时,家里有一儿一女,都在上大学。他是个电工,出来干活儿挣一些家用。提到死者赵大勇,他说不太熟,没说过几句话。"

越星文道:"他跟死者私下没有交集。所以,他凌晨出去抽烟,真的只是半夜惊醒,烟瘾犯了,结果出门抽烟的时候撞见赵雪梅和赵强在亲热,正好这段时间赵大勇死亡……会不会太过凑巧?"

江平策道:"是有些巧。但龙锐的背景、来历,看上去跟赵家村没什么关系。"

越星文道:"龙锐没问题的话,赵强和赵雪梅的不在场证明就是真的,至少说明他们跟死亡案件没有直接的关联。赵亮这个侄子没作案动机,剩下的赵安明,天天蹲在那跟工人们聊天八卦,我们目前获得的很多跟赵家村相关的信息都来自他的口述。"

江平策提醒道:"他手机里有微博,对微博的各种功能都非常熟悉;而且赵大勇来到工地的时候,赵安明主动提出要跟赵大勇合住一个房间,这样,岂不是很方便他观察赵大勇的作息和生活习惯?"

越星文点头道:"赵大勇的舍友确实是最清楚赵大勇行踪的人。这个赵安明,昨天跟工人们聚在一起聊天的时候提到他家欠了一屁股债,急需用钱,再不发工资,家里就揭不开锅了。他如果杀赵大勇来博关注,有作案动机,也有作案条件。"

舍友确实能精准地掌握赵大勇的生活习惯,比如,他喜欢凌晨4点多早起去工地。

屋内再次陷入沉默。

购买微博小号的"赵××",到底是谁?

越星文将柯少彬查到的洗发水的牌子记下来,道:"辛苦大家再走访各位工人的宿舍,看看谁用这个牌子的洗发水和香皂。"

几人分头行动,以"我洗发水用完了"为借口去各个宿舍借用。

结果却让人惊讶——

工地所有工人的宿舍,用的都是同款洗发水和香皂。

赵安明殷勤地推荐道:"这个又便宜又好用,门口超市就有得卖。"

越星文对上他带着笑的目光,礼貌地问:"赵哥,您会网购吗?我手机前几

355

天摔坏了，我能不能给您现金，您帮我买一部便宜的手机？"

"没问题！你要买多少价位的？"

赵安明说罢就打开了淘宝购买网页。越星文趁看手机价格时瞄了一眼他的用户名，并不是"赵××"，而是个很有江湖气息的名字——"仗剑天涯"。

越星文笑道："我手里的钱不够，找我朋友凑一点再给你。"

"好嘞！"

越星文回到宿舍，百思不得其解。

赵××到底是谁，能藏得这么深？

每当他们查到一些线索，继续往下查的时候却没法更进一步。本来赵安明的嫌疑是最大的，但他淘宝的账户名字不是"赵××"，而且洗发水、香皂这些线索也断了。

这个人就像是朦朦胧胧的雾，明明就在身边，却不能准确地抓住。

越星文觉得自己陷入了思维误区，在姓赵的几个人之间来回纠结，万一凶手并不在这几人当中呢？赵××，是他网上购物用的 ID，虽然能让人联系到赵家村，可不能证明他一定姓赵，谁都可以取个赵先生、赵小姐之类的网名用于网购。

如果凶手不是姓赵，他又会是谁？

越星文头疼地按住太阳穴，脑袋快要爆炸。江平策见他眉头紧皱，不由伸出手轻轻拍了拍他的肩膀，低声说道："别想了，先休息一下吧，明天再说。"

越星文暂时也理不出个头绪，便点头道："行，大家今天忙活了一天，先回去休息，说不定后面还有新的线索。今天才第二天，我们也不可能这么快破案。"

众人各自回了房。

由于秦书记今天亲自来视察，工人们的情绪明显稳定很多，大家没再闹事，吃过晚饭后便各自回去睡下。

越星文躺在床上，翻来覆去地睡不着，干脆坐起身道："我们要不要去大楼看看？万一凶手半夜行动，说不定能将他堵个正着？"

江平策道："晚上可能出不去。"

越星文翻身下床，试着推开门往外走，果然听见一句提示："考试时间，请勿在晚上离开宿舍区。"

果然，图书馆不会让他们直接目睹杀人现场。如果第一天夜里他们通宵不睡，守在大楼门口，不就看到凶手行动的过程了？图书馆强行将他们限制在宿舍区域活动，让他们通过推理来判断凶手。

越星文无奈道："算了，明天说不定还有新线索。"

江平策柔声道:"嗯,别想太多,你这样脑细胞都不够用,快睡吧。"

越星文闭上眼睛努力催眠自己,不知不觉地睡了过去。

他还以为次日早晨又会被尖叫声吵醒,结果,这一天风平浪静,没有发生任何意外,倒是传来了一条消息。

这消息是 A 市城南区刑警支队在官方渠道发布的新闻。

赵大勇的死因确定为"意外事故"。

由于大楼七楼的吊篮不够稳定,赵大勇凌晨站在吊篮内整理水泥时,护栏松动,他意外坠落,正好撞上了堆在地上的钢管,钢管贯穿腹部,内脏破裂导致大出血身亡。

警方的通报让越星文和江平策面面相觑。

意外坠落?

越星文皱眉道:"这么快结案,你相信是意外坠落?"

江平策摇头:"肯定不是意外。可如果警方没有在现场找到任何的线索,加上监控没有拍到第三人,确实不能定义为谋杀。微博热搜出现的时机太过巧合,这样一来,赵大勇更有可能是……自杀?"

昨天推理的时候,他们推出了赵大勇自杀的可能性,如今,警方定案为意外事故,根本没提到凶手,这么看来,赵大勇自杀的概率瞬间提升。

但他才三十五岁,年纪轻轻,靠自杀来引起媒体的关注,是不是太过火了?

越星文道:"如果他是自杀,那他的目的,肯定不止引爆热搜,帮工人们讨要工资,我觉得还有更深层次的东西没有挖掘出来。"

江平策赞同:"例如,他哥嫂的死因?"

由于赵大勇是临时工,施工方没有给他购买商业意外保险。工地下方堆放的钢管以及松动的吊篮护栏是导致赵大勇死亡的直接原因,施工方管理不当,承担全责,需要给赵大勇的家属赵亮赔偿一定的抚恤金。

但因为赵大勇是临时工,没跟施工方签订正式合同,所以施工方真要赖皮的话,也有可能不赔钱,可这件事已经闹大并且引起了媒体的关注,施工方为了息事宁人,负责人张总大清早就带着人来到工地,亲自慰问了赵亮,并且承诺会好好安葬他叔叔,给他抚恤金。

赵亮神情低落,接受了张总的处理方案。

第二条消息也是张总带来的。上次他焦头烂额地安抚大家,结果被工人们骂走,这回他精神抖擞,拿起大喇叭道:"我们施工队被拖欠工资的事情,引起了领导层的高度重视!德鑫集团的江总,今天下午坐飞机过来跟大家谈,放心,这次一定会给大家一个满意的答复!"

听说开发商老板要来，工地上一片欢呼，工人们各个喜形于色。媒体的力量确实很强，他们之前组织闹了好几次，都没有这次的效果好。

下午2点，果然有几辆车开到工地外面，一位穿着西装的老板被人前呼后拥着来到工地。

越星文一眼就认出这个人是德鑫集团的老板江德鑫。

由于赵大勇哥嫂的死太过离奇，越星文从来没减少过对德鑫集团的怀疑，最初他还想过，是不是赵大勇查出德鑫集团的什么内幕，被德鑫集团的老板派人灭口。他忍不住多看了江总几眼，这个四十岁左右的企业家，表面看着人模人样，笑容很有亲和力。

江总来到工地后，先是关心了一下死者的家属赵亮，然后跟工人们耐心解释道："我们德鑫集团之前在B市开发的项目审批出现问题，银行贷款一直没批下来，导致资金回笼迟了几个月。最近我们已经跟银行谈妥，我保证，这个月底一定会给大家发放上半年的工资，并且按利息给大家一定的补偿！"

听到有补偿，赵安明立刻大声问道："给多少补偿？不要要我们！必须出书面声明，签字盖章！要是再拖欠工资，我们就告到法院！"

江总脸色一僵，道："这次绝对不会骗大家。我们会出书面声明，补偿就按每个月5%的利息算！半年加起来，每个人额外补偿一千元！"

听到每人多拿一千元，大家都很高兴。

他旁边的秘书拿过话筒道："各位，可以选几位工人代表，跟我们江总一起去办公室签一份协议，我们德鑫集团一定会履行承诺。"

工人们议论纷纷，很快就选出几个代表，越星文也跟了上去，来到办公室起草协议。

江总确实老奸巨猾，说了一堆理由安抚住工人们的情绪。他始终笑眯眯的，亲切温和，工人们也不好对着他发火，最后双方和平签字完事。

这个类似"声明"的协议有没有法律效力暂且不谈，事情平息得太快，让越星文心里总觉得哪里不对劲。

江总走后，越星文心里的不安越来越强烈。

事情这么轻易就解决了吗？

赵大勇意外坠落，赵亮获得赔偿金，惊动德鑫集团的江总亲自出面，承诺月底给工人发工资，并给予一定的补偿。

微博热搜目的达到，赵大勇没有白死，工人们还拿到额外补偿。

但，用一个人的牺牲换来这一切，总觉得不值得。

越星文回宿舍后就开始分析柯少彬查到的德鑫集团有关的资料，可惜关于

第十章　工地之谜

清水湾项目的报道非常少。

一天时间很快过去，就在调查陷入困境的时候……

第三天下午2点，警方忽然来到工地，神色严肃地询问谁跟江德鑫接触过。

昨天还笑容亲切地跟工人们解释，并且在办公室签下协议的江总，居然失踪了！

越星文听到了江总的私人助理和警察的对话。根据私人助理的讲述，江总昨天在工地上跟工人代表签完协议后，司机送两人回去的路上，江总忽然说"有点私事处理"，然后在中途下车，一直到深夜也没回酒店。

江总出差的时候经常去各种俱乐部找乐子，玩通宵是常事，助理以为他又出去玩了，一开始并没有在意，直到江总的老婆今天上午打电话查岗，说江总的手机一直打不通，助理这才察觉到不对，打他电话，果然关机。

江总就算出去玩，手机也从没关机过，事情有些反常，助理心急之下给江总在A市的几位朋友打电话，朋友们都说昨天没跟江总联系。助理心中不安，只好报警。

最近网上有很多人在骂德鑫集团，加上工地有人意外坠落的事被刷上热搜，警方立刻介入调查，第一时间赶来工地询问。

就连越星文也被叫去问话："你昨天有没有见过江德鑫？"

越星文道："见过。"

警察："你亲眼看见他离开工地了吗？"

越星文点了点头道："江总跟我们签完协议后，就上了门口那辆黑色的奥迪，车子开出工地，我们大家都看见了。"

越星文说的是实话，他们昨天下午确实亲眼看见江总离开工地。警察又问了其他人，所有工人的答复都一致——江总签完协议离开后没再回来过。

赵安明大声说道："江总失踪跟我们肯定没关系！昨天我们跟他谈判谈得很顺利，最后他也承诺这个月底给大家发工资，我们几个代表都在协议上按了手印！"

旁边立刻有人附和："没错。他怎么会忽然失踪？"

还有人义愤填膺道："这王八羔子该不会是反悔，卷钱跑路了吧？！""警察同志，你们快去查查，他是不是跑了，我们的工资可别打了水漂！"

一群工人将昨天负责起草协议的江总助理团团围住："你们江总该不会真跑了吧？""大家的钱还发不发了？他要是跑了，签的协议还有效吗？"

助理焦头烂额，急忙说道："大家放心，昨天的协议盖了德鑫集团的公章，还有江总的签名，是有法律效力的。江总已经跟财务那边说过了，大家的工资这个月肯定发。"

工人们这才放开了他。

助理狼狈地从人群中挣扎出来，哭丧着脸道："警察同志，拜托你们尽快找到江总。江太太已经订了机票今天下午就从 B 市飞过来。没看好江总，她肯定会撕了我！"

几个警察在工地调查无果，便转身离开。

他们一边走，一边低声谈论。

柯少彬和章小年机灵地躲在工地门口角落里偷听，等警察走远后，两人才回到越星文身边，将自己偷听到的结果告诉了越星文："有个年轻警察说，他们在网上查到信息，江德鑫在赵大勇死的那天，购买了今天上午从 A 市飞 M 国的机票。"

章小年补充道："警察怀疑德鑫集团有问题，江德鑫很可能是卷款跑路，负责此案的警察已经跟经侦的同事打了电话，让经侦那边好好查一查德鑫集团的财务问题。"

听到这里，越星文和江平策对视一眼，眼中同时浮起一丝困惑。

刘照青忍不住骂道："这个王八蛋真的卷款跑路了吗？他不是失踪，而是偷偷出国？手机关机是因为他现在正在飞机上？"

越星文摸着下巴，分析道："如果他真的出国，德鑫集团肯定有严重的财务问题，江德鑫的身上说不定还背着命案——赵大勇哥嫂的死跟他有关，赵大勇查出了真相，也被他在工地上灭口。如今，他怕事情曝光，干脆卷钱跑路？"

林蔓萝道："赵大勇出事当天他就买了出国的机票，听起来确实像做贼心虚。"

秦淼冷静地说："可如果江总是幕后主使，微博热搜的事又该怎么解释？上个月就有人注册微博，准备曝光德鑫集团拖欠工资的内幕。赵大勇死后这个人立刻发照片引爆媒体。他总不能一边帮江总办事杀赵大勇灭口，一边又反过来曝光德鑫集团吧？"

越星文仔细理了理逻辑——

江总当年在赵家村投资清水湾项目时害死了赵大勇的哥嫂，赵大勇查出真相，被江总安排在工地上的人灭口。江总出现在工地，假仁假义和工人们签协议，只是给市领导做样子，真正的目的，是从 A 市坐飞机卷款跑路。

这条逻辑线看上去合理，但秦淼提出的问题也很关键——热搜没法解释。

微博曝光赵大勇惨死的照片是为了扩大影响力给工人们讨回工资。从小号回帖到媒体转发，这个 ID 叫"讨回公道"的人很熟悉舆论操控，而且他 9 月份

第十章 工地之谜

购买账号，在赵大勇死后第一时间发照片，这不像是巧合，更像是早有预谋。

这个人，不可能是江总派来灭口的凶手。

他把事情闹大，甚至影响到了德鑫集团的声誉，做法自相矛盾。

越星文眉头紧锁："难道是两个人？杀赵大勇的，是江总派来灭口的凶手；曝光拖欠工资的，则是一直潜伏在工地上帮助大家的工人？"

柯少彬扶了扶眼镜，神色认真地说："两个人的话，勉强能解释目前的事件逻辑。但还是有疑点啊，曝光这件事的人，一个月前就预料到赵大勇会被灭口了吗？"

众人都无法提出合理的解释。

确实太过巧合。一个月前赵大勇来到工地后，这个人就做好了一切准备，买了一堆小号，他不可能有"先知"能力，知道工地会出事。

江平策忽然问："你们真的相信江德鑫出国了吗？"

众人齐齐看向江平策。

江平策道："注意柯少彬转述的细节，警察只说，查到江德鑫购买了今天上午飞往 M 国的机票，怀疑他卷款跑路，而不是明确在机场看到了他，或者在出入境登记处看到了江德鑫出国的记录——光有机票并不能说明他现在就在飞机上。"

越星文看向江平策，笑道："平策抠细节确实厉害，这一点非常关键。目前，并没有明确的证据表明江德鑫出国了。卷款跑路，连老婆孩子都不提前通知，自己一个人跑？还非要来 A 市跑？这不太合理。"

柯少彬脑子里灵光一闪，激动地道："机票不一定是他本人买的吧？只要知道他的身份证号码，别人也可以帮他订机票啊！就算是他本人买的，他也有可能没赶上这一趟航班，半路被人劫走了？"

许亦深道："我觉得这张机票有问题。江总他们一家子都住在 B 市，他如果想卷款跑路，最合理的做法是带上老婆孩子，连夜从 B 市出国，而不是从 B 市飞到 A 市，还浪费时间跟工人们谈判、签协议，签完协议又一个人从 A 市跑出国。这路径也太绕了吧？"

许师兄说得没错，要跑，肯定是抓紧时间从 B 市的机场跑，还花这么多功夫换一座城市，跟工人们解释一堆废话签完协议再跑，这不是画蛇添足吗？

江平策目光锐利，沉声道："江德鑫出国，是凶手给出的误导信息。"

刚才，大家的思维一直在"幕后主使出国跑路"上，还是江平策细心，将"买机票不等于坐飞机"这个关键点提了出来。

大家仔细一分析，发现江德鑫出国的操作，确实奇奇怪怪。

361

越星文道："很大可能机票不是他买的，他并没有出国，而是……遇害了。"

江平策点头赞同："我也这么认为，凶手帮江德鑫买了一张出国的机票，警察查到江德鑫购买机票的信息后，肯定会去找机场核实，然后发现江德鑫并没有出国。一个大老板忽然失踪，警方第一个要查的就是德鑫集团。经侦一旦介入，德鑫集团的旧账就能被翻出来——或许，这才是凶手真正的目的。"

他侧头看向越星文："你有没有觉得，幕后有一个人，似乎早就料到了故事会怎么发展，做好了一切规划，我们和警方，一直在被他引导着做事？"

越星文也有种这样的感觉。

凶手像是开了上帝视角，布好了一局棋，冷眼旁观警方一步步调查取证，将事件引导到他所期待的方向。如今，江德鑫失踪，警方肯定会去查德鑫集团，这才是他的目标。

越星文从头捋了捋逻辑，总结道：

"赵大勇死亡，微博热搜爆出工人被拖欠工资长达半年，网络上群情激奋，德鑫集团被骂得股票下跌，老板江德鑫不得不亲自来到工地，安抚工人们的情绪。江德鑫在签完协议离开工地的路上，忽然跟助理说有私事要处理，然后中途下车，手机关机，行踪不明。

"老板失踪，警方肯定要详查江德鑫是不是有什么仇家，德鑫集团过去几年内投资的项目都会被翻出来调查，包括赵家村的清水湾项目。说不定，警方还没找到江德鑫在哪里，反而查出德鑫集团一大堆不干净的过去。"

"赵大勇的死，就像一条导火索，引发了一系列的后续事件。"越星文说到这里，不由看了看江平策。

两人交换了一个眼神，不约而同地说道："诱饵？"

同学们听到这个关键词，豁然开朗。

柯少彬瞪大眼睛："赵大勇的死是个诱饵，为了引出江德鑫？"

刘照青感慨道："凶手是个猎人，赵大勇是他放出去的诱饵，江德鑫就是那条毒蛇，凶手的这一切做法就是为了——引蛇出洞？！"

刘师兄总结得很贴切。

越星文点头道："这样的话，所有事件都能串起来。"

许亦深眯起眼道："江德鑫是德鑫集团的老板，一般人想要接近他会很难。但是，德鑫集团开发的欣悦广场项目工地上出了人命，开发商拖欠工人工资的事闹上热搜，引起网友、媒体的广泛关注，市政府肯定会给德鑫集团施压，让他们尽快解决拖欠农民工工资的问题。只有这样，江德鑫才有可能亲自来到工地。"

越星文道:"这也是凶手杀死江德鑫的最好的机会。"

一环扣一环,凶手这缜密的逻辑,让越星文都不得不服。

江平策道:"赵家村的清水湾项目肯定出过事,工地有这么多赵家村的人不会是巧合。赵大勇的哥嫂死亡不是意外,大概率跟江德鑫有直接关联。"

刘照青若有所思地道:"之前,我一直觉得赵大勇才三十五岁,年纪轻轻去自杀不太合理,可如果凶手以替他哥嫂报仇为条件,说服他自杀呢?他会不会愿意当这个诱饵?"

许亦深摇头:"这样还是缺一点说服力——赵大勇就那么相信凶手会成功,愿意赌命?万一凶手计划失败,他不就白死了,还让赵亮没了依靠,怎么都不划算。"

江平策忽然说:"你们不记得赵大勇的父母是怎么死的吗?"

众人互相对视一眼:"好像是病死的?"

江平策道:"两人都死于肝癌。"

刘照青的眼睛忽然一亮:"肝癌,我差点忘了这个!家族有肝癌患者的人,发生恶性肿瘤的概率比一般人要高得多。假设,赵大勇也被诊断出了肝癌,而且是晚期呢?"

越星文的心脏微微发紧:"他知道自己活不长,自杀,就不用因为高额的医疗费用拖累侄子,反而能给侄子换来一大笔的赔偿金,还能协助凶手引出江德鑫,帮哥嫂报仇,是一举两得的选择。"

刘照青神色沉重:"如果是这样的情况,他确实会愿意自杀吧?"

赵大勇一案,凶手没留下任何线索,警方用高科技手段也找不到指纹、毛发等信息,仿佛凶手根本不存在。

他们之前怀疑过赵大勇会不会是自杀,但总觉得自杀的理由不够充分。

可如果赵大勇像他的父母一样,诊断出了肝癌呢?

面临生死抉择的时候,他会不会觉得,自己一死了之,就不用让赵亮小小年纪背负上叔叔重病的负担,还能给赵亮换一笔赔偿金?

想到从高楼坠落,被钢管瞬间捅穿腹部的年轻男人,众人一时沉默下来。

扑朔迷离的案情总算是理顺了头绪,推理的结果却让人心惊。

接下来,就是验证结论的时候了。

赵大勇是不是被诊断出了肝癌,越星文跟刘照青直接去找他侄子赵亮询问:"你叔叔最近有没有身体不舒服?例如食欲不好、恶心、呕吐之类的情况?"

赵亮愣了愣,疑惑地看向刘照青:"你怎么知道?"

越星文精神一振:"他确实有这种状况,对吗?"

赵亮点了点头："他最近经常拉肚子。我问他怎么回事，他说肠胃不好，吃不习惯工地的饭菜，过几天习惯了就好了。"

呕吐、腹泻，这些消化道症状正是肝癌常见的临床表现。刘照青接着问："他最近有没有去过医院？"

"不知道。我高考结束后一直待在老家，几个月没见过他。上个月他忽然打电话回家让我来工地上帮忙，顺便学学手艺，我才坐车过来的。"说到这里，赵亮有些难过地低下头，"都怪我不懂事，以前也没好好关心过他，他寄给我的钱我都拿去打游戏……叔叔走了，我也不知道以后该怎么办。"

刘照青拍了拍少年的肩膀："你才十八岁，施工队不是给了你很多赔偿金吗？好好利用这笔钱，去学点本事吧。"

赵亮轻声说："我知道，这笔钱我不会乱花的。"

转身回去的路上，刘照青低声问："星文，你觉得这个赵亮像是不知情吗？"

越星文仔细回忆了一下赵亮在事发后的表现，看见叔叔惨死的崩溃大哭、被警察带走时的无辜眼神，还有提到叔叔的失落神情，这些都不像是装的。越星文叹了口气，道："可能，赵大勇为了保护这个侄子，并没有将计划告诉他吧。"

刘照青道："这么说来，赵大勇对侄子真是仁至义尽。"

越星文回到宿舍后，又跟江平策一起去找赵大勇的舍友赵安明，打听赵大勇最近有没有去过医院。

赵安明神秘兮兮地道："我在大勇抽屉里发现过化验单，但我看不太懂，反正有好几项什么酶的数据异常。他偷偷将化验单撕碎扔掉了。"

化验单数据异常，加上长期腹泻，赵大勇患有肝癌的推论看来是正确的。知道这件事的人应该不多，赵安明作为舍友，是最容易接近赵大勇并且得知真相的人。

他是故意装无辜，还是真的不知情？

江平策问道："你昨天下午出去过吗？"

"没有啊，我昨天跟赵强他们一块儿聊天呢。阿强说过年回家就跟雪梅举办婚礼，还请我去帮忙迎亲，我答应了。"赵安明笑着挠头，"我之前以为雪梅跟大勇是一对，大勇经常给她寄东西来着，没想到，她跟阿强才是一对……"

江平策看向越星文，越星文跟赵安明寒暄了几句，便离开了宿舍。

赵安明跟死者赵大勇是舍友，方便接近对方，第一时间得知对方身患癌症，并劝说他自杀作为诱饵引出江总。可是，昨天江总失踪的时候，赵安明并没有离开过工地。

没有离开过工地，那他是怎么杀死江总的？

第十章　工地之谜

越星文道:"昨天下午他在工地跟人聊天。难道,他真的只是个爱八卦的赵家村知情人?江总失踪,跟他没有关系?"

江平策道:"再去问问别人,看他是不是在说谎。"

越星文在课题组频道写下一行字,让大家分头走访工人,问清楚昨天下午有谁离开过工地,然而,调查的结果却让大家一头雾水——

昨天下午没有人离开工地。

赵雪梅、赵强、赵安明这几位重点"赵家村嫌疑人"全都留在工地,并且聚在一起聊天,聊的内容是过年回家结婚的事情。当时,一起聊天的人还有很多,好几个女工以过来人的身份,跟雪梅说了些婚礼需要准备的东西。

这么多人可以证明他们一整天都在工地,他们哪有分身术去杀掉江总?

越星文百思不得其解:"江总坐着车离开,我们都亲眼所见吧?想杀掉江总,得离开工地……除非,江总去而复返?"

江平策道:"按助理的说法,江德鑫走到半路忽然说有私事处理,独自下车,他下车后去了哪里谁都不知道。说不定他又返回工地,甚至走了地下通道?"

越星文琢磨片刻,赞同地点了点头:"有道理。他肯定收到了凶手威胁他的信息,例如清水湾项目的真相。江总做贼心虚,当然要跟凶手面谈。他本以为对方只是敲诈他一笔钱,没想对方会直接要他的命。"

许亦深提出疑问:"凶手如果直接约他来工地,并且让他走地下通道,江总一个精明的商人,会傻乎乎地独自一个人跑去地下车库跟人谈判吗?他就不怕危险?"

越星文仔细一想,道:"有两种可能——第一,凶手不知道用什么理由威胁江德鑫来到工地附近,然后从地下通道出去,趁江总不注意打晕了他,将他拖回工地杀掉并藏尸;第二,凶手并不在工地的这些嫌疑人当中,昨天下午,他是在外面杀掉江总并藏尸的。"

章小年轻声道:"我们的活动范围局限在这片工地,不让出去,如果凶手在外面杀人藏尸的话,我们根本没法查吧?所以,我更倾向于,江总的尸体就藏在工地上!"

众人虽然觉得用考试活动范围来限定案件发生地有些牵强,但又觉得这个逻辑倒也没错。他们没法离开工地,不能去整个Ａ市调查走访,所以,江德鑫如果真的死了,那很可能就跟这片工地有关。

越星文说道:"走吧,去搜搜地下车库。"

众人立刻行动,按照柯少彬早就建好的模拟路径,从步行街那边的井盖下去,对地下车库展开了地毯式的搜索。

365

"凸"字形的车库施工进度还在早期，连电灯都没有安装，辛言用酒精灯照明。大家打开柯少彬的笔记本电脑地图，从左下角开始，将整整两层地下车库仔仔细细地搜了个遍，没有发现任何血迹，也没有闻见尸体的腐臭味。

刘照青疑惑道："这几天的平均温度在30摄氏度左右，尸体只要不是冻在冰箱里，放这么久，肯定会有味道。地下车库并没有奇怪的味道和血迹……他是怎么处理尸体的？"

空中悬浮着辛言的酒精灯，越星文借着暖色的光线飞快地环顾四周。

整个地下车库漆黑、阴冷，一眼望不到尽头。地面上连水泥都没刷，周围的墙壁和石柱也是最原始的状态，尸体还能藏在哪里？

想起之前在客栈找到的密室，越星文说道："会不会有隐藏的密室？"

章小年道："应该不会，我们来到工地的第一天就下载了施工图纸，仔细核对过所有的数据，没出现客栈那样数据对不上的问题。地下车库的长、宽、高，我们当天亲自用激光测距仪测量过，数据跟图纸一模一样，不会有额外的密室。"

江平策建议道："地下没有，去已经封顶的大楼找找看吧。大楼跟地下车库也是连通的，他们说不定会将尸体搬上楼。"

众人一起来到欣悦广场正下方的位置，越星文道："分头搜吧。卓师兄、许师兄、林师姐去A区，秦露、秦淼、柯少、辛言去B区，我跟平策、刘师兄、小年去C区，随时在课题组频道发消息确认。"

大家按照越星文的安排兵分三路，从一楼开始，往七楼逐层搜寻。

课题组频道不断弹出大家打出来的消息："A区一楼，没发现异常。"

"B区二楼搜遍了，没有异常……"

越星文四个人来到C区，搜完一楼。

大楼刚刚封顶，最近正在内部施工，墙面上有一些水泥修修补补的痕迹。整个大楼无比空旷，没有一个人影，也没有血迹。

他们一路从一楼搜到六楼。

在东边的拐角处，江平策脚步忽然一顿，扭头看向旁边的墙壁。

越星文顺着他的目光看过去，只见那墙壁上糊着一层水泥，应该是不久之前刚刷上去的，还没有干透。施工现场出现这种水泥再正常不过，刚才他们一路爬上来，也发现了很多墙壁上刷了水泥。

然而，江平策却朝那面墙快步走了过去。

越星文立刻跟上他："怎么了平策，这里有问题吗？"

江平策低声道："这里，原本有个墙洞。"

他走到墙壁面前，屈起手指轻轻敲了敲，并没有听到中空的回音。

江平策闭上眼仔细回忆片刻，道："我没记错，六楼东边拐角，这个房间跟旁边的房间原本是互通的，两间房之间，有个可以容人通过的墙洞。当时，我在大楼里发现赵亮，他就从墙洞钻过去跑了。"

章小年说道："建筑工地不同区域之间，为了方便工人们来回走动，确实会留下一些容人通过的墙洞，等内部施工结束后，再把这些洞口给封住。"

越星文点了点头，道："我相信平策的记忆不会出错。既然这里原本有个洞，现在没了，墙面上出现水泥修补的痕迹，这面墙肯定有问题。"

刘照青意识到两个人的意思，忽然头皮发麻："难道，尸体藏在墙壁里面？！"

江平策冷声道："挖开看一下。"

章小年召唤出缩小版的挖掘机，担心地看了眼前方的墙壁，说："这面墙既然留了通道，应该不是承重墙。我这么挖下去，大楼不会塌吧？"

江平策道："放心挖。我记得很清楚，这面墙确实有个大洞。"

章小年点点头，让挖掘机对准水泥封住的位置，从周围轻轻挖开了一道裂缝。随着挖掘机快速工作，被封住的墙体渐渐在众人眼前碎裂——

越星文四个人同时僵在原地。

只见，一身西装的江德鑫老板，瞪大的眼睛几乎要从眼眶里掉出来，他双手双脚被绳子紧紧束缚住，整个人以"立正"的姿势，被封入了墙体的水泥里。

他的身上没有出现任何血迹和伤痕。

他是被活活封在水泥墙壁中，窒息而亡的！

越星文在课题组频道发了条消息，让所有人立刻来C区六楼东边的拐角处。很快，同学们就气喘吁吁地跑了过来。

看见眼前的恐怖画面，大家都僵在原地，脊背上寒毛直竖！

被封入水泥墙的男人临死前因惊恐而瞪大的眼睛，正直勾勾地盯着他们！

死者的身上、脸上都糊了一层水泥，就像是一个活人泥塑，他的嘴里还塞着一块布团，让他即使再恐惧，也无法发出任何求助的声音。

柯少彬脸色微微发白，小声问道："他被封进墙壁里的时候，还没死吧？"

章小年道："凶手应该是从他的双腿开始，慢慢往上涂水泥。他被放在墙体里面，眼睁睁地看着自己的身体一点一点被水泥给包裹住……"

刘照青想象了一下那个画面，忍不住搓了搓手臂上的鸡皮疙瘩："他死前一定很绝望，亲眼看自己被封进墙壁里，嘴巴还被堵上，没法说话，这也太惨了。"

江平策冷道："凶手明显恨极了他，才用这种方式杀人，让他在临死之前遭

367

受了很长时间的精神摧残。"

如果是"一刀毙命"的杀人方式，死者不会感到太多的痛苦。凶手使用的杀人方法，却以折磨对方的精神为主。死者虽然全身上下找不到伤痕和血迹，尸体完完整整，但在死前的每一分每一秒，他都在极端的恐惧、绝望之中度过。

柯少彬小声分析道："江德鑫昨天下午签完协议离开工地，当时是下午3点。车子走到半路，他借口处理私事，紧跟着失踪，他失踪的时间应该在3点30分左右。可昨天下午，工地上几个嫌疑人一直聚在一起聊天，他们并没有作案时间。"

越星文对柯少彬的分析十分赞同，点头道："赵雪梅、赵强、赵安明，昨天下午有很多人证明他们在一起聊婚礼的事，聊到晚上7点才各自回宿舍，这几个人都没有作案时间。之前让大家走访工人们，昨天下午有谁离开过工地吗？"

众人纷纷摇头："没人离开过。"

江总昨天下午3点30分左右失踪，失踪时，工地上所有的工人都没有离开过这里，根本没有作案时间。那江总是怎么忽然出现在工地的？难道江总还能偷偷摸摸回到工地，自己爬上六楼，摆好姿势让人来杀他？

越星文和江平策交换了一个眼神。

江平策冷静地说："江德鑫的失踪时间是昨天下午3点30分左右，死亡时间不一定是下午。大白天的，有人在六楼将活人封进水泥墙里，这么大的动静很容易引起工地其他人的注意。我更倾向于，凶手是在深夜，偷偷摸摸将江总抬到六楼，封进了墙壁。"

这一推测立刻得到了同学们的认可。

越星文赞同道："大白天确实容易被人撞见。深夜的时候，趁工地所有人熟睡，再将江总秘密封进墙壁里，才能做到神不知鬼不觉。也就是说，江总昨天下午先是被人绑架，或者是被打晕了，暂时藏在某处；深夜的时候，凶手才将醒来的江总封入水泥墙。"

若不是他们到处找尸体挖开了墙壁，说不定最后这栋大楼竣工，江德鑫也会一直留在墙壁里无人察觉。深夜将人封进墙壁的"藏尸"方法，确实符合凶手缜密的作风。

江平策道："关键在于，江德鑫昨天下午就失踪了。下午，工人们都没出去过，是谁绑架的他？"

越星文想了想，道："有没有可能，工地外面还有人接应，联手作案？"

工地上的工人既然没有出去过，江德鑫昨天下午失踪时就不可能跟任何工人见面。江德鑫总不至于傻乎乎地在工地附近一直等到深夜吧？外面肯定还有一个人，想办法绑架了江总。只有这样，江德鑫出现在工地才能得到合理的解释。

许亦深眯起眼睛，分析道："星文的意思是，外面有一个人，昨天下午把江德鑫骗出去谈判，假装知道清水湾项目的事情，要敲诈一笔钱。他跟江总约的地方，应该不会太偏僻，不容易引起江总的怀疑，所以，江总才会上钩？"

越星文点头："江德鑫是房地产公司的老板，白手起家，打拼十年，或许曾在清水湾项目中杀过人。但他精明狡诈，如果直接约他在工地见面，以他的警觉，他不可能自己单独跑过来。他在外面跟人谈判的时候，被人绑架到工地，会更加合理。"

卓峰赞同道："有道理。他昨天来工地的时候前呼后拥，带了助理还有好几个保镖，肯定是怕工人们情绪激动对他动手。这样谨慎的一个人，单独出现在工地跟人谈判不合常理。他全身都被绳索绑住，嘴巴也被布堵住，应该是在外面被绑的。"

林蔓萝微微蹙眉："也就是说，有人将他绑好了，送来工地，等夜深人静的时候，再由工人动手将他封入墙壁？两个凶手里应外合？"

越星文道："也可能绑架他和封他入墙的是同一个人，这个人昨天下午先将他绑架藏起来，到了夜间又潜回工地，从地下通道将他背上六楼，封进墙壁。当然，不管哪种可能，肯定有一个凶手是在外面行动。"

江平策道："凶手体能比较强，否则，没法轻易制服江德鑫这样的成年人。"

章小年疑惑地挠了挠头："外面行动的凶手，怎么查啊？我们又出不了工地。"

越星文沉默片刻，道："那就先查工地的人吧。昨天下午确实没有人出去，可晚上呢？会不会有人离开宿舍，偷偷来到大楼，把被绑架的江德鑫封进了墙壁里？"

江平策道："大家分头调查。"

柯少彬转身离开，走到门口又回过头，看了看摆在地上浑身水泥、瞪大眼睛的死者，小声问道："墙壁里挖出尸体，我们要不要报警啊？"

越星文道："先别惊动警方。我们如果能在警方到来之前破案，评分肯定会更高；而且，警察一来，说不定凶手在警觉之下会毁灭证据。"

江平策也道："先查吧，查不出来再考虑报警。"

众人听到这里，便各自回去找熟悉的工人问话，询问的关键是昨晚有没有人出去过。赵雪梅、赵强都没出去，各自的舍友还表示，他们聊完结婚的话题比较兴奋，深夜才睡。

赵安明也没出去过，给他做证的是赵亮。

让大家意外的是，赵亮昨晚居然搬来跟赵安明一起住。

赵亮解释道："明叔跟我说，我那个舍友不好相处，说不定一言不合又要打我，不如先搬过来跟他住，睡我叔叔的那张床，顺便整理一下我叔叔的遗物。"

赵亮前几天被严凯打了，不敢再跟他一起住。赵安明主动叫赵亮过去睡，他就没有拒绝。赵亮道："昨晚，我跟明叔一直在收拾我叔叔的东西，收拾到凌晨1点才睡下。明叔睡觉打呼的声音很大，吵得我一宿没睡好。"

越星文问："你确定他一整夜都在宿舍吗？"

赵亮点了点头："嗯，我迷迷糊糊的，一直听见他打呼的声音，还说梦话，凌晨5点多，天快亮的时候我才睡着。"

赵安明昨晚没有出去过，赵亮的证词不像是说谎。

可这样一来，嫌疑最大的赵安明又没有作案时间了。

越星文总觉得奇怪。这个赵安明，一开始就殷勤地提出跟赵大勇一起住，还给他们八卦了很多赵家村的故事。赵大勇死后，他又主动提出跟赵亮一起住。

是纯粹的八卦热心群众，还是说，他故意拉了赵亮给他做不在场证明？

从赵安明的宿舍出来后，越星文低声问："赵亮听他打呼打了一整夜，他会不会是用手机录下了打呼的声音，循环播放？"

江平策皱了皱眉，道："应该不会，循环播放几个小时，呼声一模一样，容易引起怀疑；而且赵亮听到的声音中还夹杂着一些梦话，也没听见他推门出去、开门进来的声音。我觉得，他昨晚很可能真的待在宿舍。"

越星文仔细一想，无奈道："看来，这赵安明就是个提供线索的干扰项。他跟赵大勇住了一段时间，昨晚又跟赵亮住在一起，纯粹是因为……热心肠？"

调查又一次陷入了死局。

赵雪梅、赵强、赵安明、赵亮，四个重点嫌疑人昨天下午都在工地，昨天晚上都没有离开过宿舍，他们根本没有作案时间！

既然推理出江德鑫的死跟赵家村当年的清水湾项目及赵大勇哥嫂的死亡相关，那么，凶手肯定也跟赵家村相关，总不至于是无关人士"路见不平拔刀相助"吧？

凶手跟赵家村有关，可赵家村的四个人都没作案时间，凶手又会躲在哪里？

越星文若有所思："工地上，难道还有被我们遗漏的赵家村的人？"

江平策沉默片刻，忽然提出一个关键问题："赵家村的人，就一定姓赵吗？"

越星文陷入沉思。

对啊，赵家村的人100%姓赵吗？不一定吧！

第十章 工地之谜

越星文的脑海中忽然闪过一些片段——

"赵大勇的爹妈都是得肝癌去世的,他是他哥拉扯大的。他哥赵大诚比他大了十岁,是我们村手艺最好的木工,后来娶了媳妇,生下赵亮这个孩子。夫妻俩常年在外地干活儿,孩子就丢给赵大勇这个叔叔来照顾……"

"我们村的姑娘以前都不外嫁,时间长了,亲戚关系都快分不清了……"

这些都是前两天闲聊时,赵安明透露给他们的信息。

如今,这些片段在脑海里闪回,越星文豁然开朗:"赵家村的姑娘不外嫁,但是,赵家村的男人可以娶外面的女人——这些女人不一定姓赵!"

江平策瞬间理解了越星文的意思,问道:"赵大勇的嫂子,叫什么?"

这个关键,居然一直被他们忽略了。

之前总是围绕"赵家村"展开调查,大家下意识觉得,赵家村的人嫌疑最大,像赵雪梅、赵强、赵安明这几个人,互相也很熟悉,是从小一起长大的。越星文甚至想过,是不是赵家村的一群人在合伙作案呢?

可查来查去,这几个人总是有不在场证明。

然而,跟赵家村有关的人不一定全是赵家村当地人,还有嫁到赵家村的女方亲属!

两人立刻返回房间。

江平策很直接地问赵安明:"赵大勇的嫂子不是赵家村本地人吧?"

赵安明愣了愣,笑道:"你们连这都能猜到啊!"

越星文察觉到两人的推理已经接近真相,心跳不由加快,看向赵安明,认真问道:"赵大勇的嫂子,是从外地嫁到赵家村的?"

赵安明道:"没错。大勇他哥大诚,是我们村里技术最好的木工,在外面打工的时候认识了一个漂亮姑娘,把人娶了回来。"

越星文紧张地问:"她叫什么名字?"

赵安明挠着头想了想,才道:"她叫……好像叫严慧。"

越星文和江平策对视一眼。

严慧……严凯?!

跟赵亮同住一个房间,把赵亮打了一顿赶出去,在工地以"作威作福、仗势欺人"为标签,工人们见到他都要躲着走的施工方仓库总管,严凯。

越星文倒抽一口凉气——说实话,他们从来没有怀疑过这个人!

在大家看来,这个人就是仗着跟施工方的监理有点私交,在工地到处欺负别人的社会混混。越星文回忆了一下这个人的长相——身材健硕,手臂上有条文身,眼窝微微凹陷,一双眼睛锐利如鹰隼,一看就不太好惹。

他以一种"混混"的形象示人，看着凶巴巴的，情绪都写在脸上，一言不合就揍人，反而不容易让人怀疑他会是心机深沉、心思缜密的凶手！

可转念一想，他一个成年人，直接动手揍赵亮，霸占赵亮的床铺，这合理吗？

赵家村的几个人昨晚都有不在场证明，但是严凯没有舍友，自然也没人知道，他昨晚是否离开过宿舍！

或许，他是找借口，故意赶走了赵亮，好让赵亮不要参与到谋杀案件当中。他打了赵亮一顿，其实是在用另类的方式保护这个孩子？

因为这是他姐姐的儿子，他的亲外甥？

严凯和赵亮的妈妈、赵大勇的嫂子严慧同姓，他到底是不是严慧的亲弟弟，目前越星文只是理论推测，并没有实际证据，其中还有不少的疑点。

他如果是严慧的弟弟，赵亮怎么会表现得跟他并不熟悉，难道赵亮不认识这位亲舅舅？可如果他跟严慧无关，只是凑巧同姓，那他在工地的所作所为又该怎么解释？

越星文让刘照青亲自去问一下赵亮。

刘师兄这几天跟赵亮聊了很多，一有空就去安慰这个刚失去亲人的少年，两人的关系渐渐变得熟悉，赵亮也愿意跟他说话。

刘照青假装不经意地问道："阿亮，你家里，现在还有没有别的亲人？"

赵亮摇头道："没有了。"

刘照青道："你爸就大勇一个弟弟，你妈妈呢？家里没有别的兄弟姐妹吗？"

赵亮沉默片刻，才说："不知道。就我有记忆以来，我妈妈从来没回过娘家，赵家村的人都说她是个孤儿，是我爸收留了她……我也从没听她提起过外公、外婆。"

少年并不像是说谎。刘照青顿了顿，紧跟着问："那你知道你妈妈的老家是哪里的吗？说不定还有别的亲戚？"

赵亮咬着嘴唇道："我妈妈是B市附近秀禾镇的人。她从不回老家，我也不想去找她老家的那些亲戚。妈妈在世的时候那些人不管她，我去找他们，他们也不可能收留我的。"

他顿了顿，抬头看向刘照青道："刘哥你放心，我叔叔已经走了，我拿到赔偿金，以后会用这笔钱好好学一门本事。雪梅阿姨和赵强叔叔，都会照顾我的。"

刘照青轻轻拍了拍他的肩膀："你年纪还小，以后好好过吧。"

刘照青将赵亮的回答转述给越星文。越星文和江平策对视一眼，分析道：

第十章　工地之谜

"看来，赵亮的妈妈严慧家里可能也出过事，她老家在 B 市附近，这不正好是江德鑫的老家吗？"

江平策道："假设，严慧的父母也遭遇过意外，并且跟江德鑫有关。"

刘照青叹了口气："那严慧的家人，就更有理由报仇了。"

越星文道："仔细查一下德鑫集团成立的历史。"

柯少彬之前就下载过德鑫集团的资料，听到这里立刻打开了笔记本电脑。

从官方资料来看，德鑫集团成立于十年前，是在 A 市注册成立的。江德鑫白手起家，将房地产公司做大做强，生意越来越红火，成了 A 市出名的企业家代表。他虽然经常在 A 市活动，但老家其实远在 B 市，而且是……B 市秀禾镇。

柯少彬指着这行字："他老家，跟赵亮妈妈的老家在同一个地方！"

许亦深眯起眼看着电脑屏幕："从资料看，江德鑫的父母都是没多少收入的农民，他自己也不是名牌大学毕业，像他这样没有经济基础没有家族后盾的人，想要白手起家创业，直接找银行贷款是不可能批下来的。那么，他的第一桶金来自哪里？"

创业，总要有起始资金，不能用嘴皮子说几句，别人就给你投资。江德鑫一个毫无背景的人，哪来的钱注册成立房地产公司？

越星文想到这里，急忙说："柯少，查一下，二十多年前秀禾镇那边有没有老人意外死亡，或者是自杀的新闻。"

江平策道："你怀疑他的第一桶金来自欺骗家乡的老人……非法集资？"

越星文点头："严慧嫁给赵大诚是二十年前的事情。严慧嫁人的时候就没有娘家的亲戚来参加婚礼，这也是赵家村的人认为她是个孤儿的原因。赵亮没听她提过外公外婆、舅舅之类的亲戚，那就说明，严家如果出了事，肯定是在她嫁人之前。"

假设严慧嫁人前严家出过事，她不肯在丈夫和儿子面前提起自己的家人就能说得通。

江德鑫今年四十来岁，二十年前他的年龄正好在二十岁左右，回到老家秀禾镇后，他做过什么伤天害理的事吗？

二十年前的事很难查，大部分新闻都被淹没了。柯少彬搜索了很久，才在不起眼的角落里找到一条当地的媒体报道："有一对秀禾镇的老人，因为投资失败，赔光了几十万养老金，绝望之下在家里开煤气自杀了；还有几个老人跳楼自杀。秀禾镇当年确实出过非法集资案，但犯罪嫌疑人携款外逃，没抓到。"

老人是最容易上当受骗的群体，那些诈骗分子打着"高利息、高回报"的幌子，送些鸡蛋、水果，骗取他们的养老金。一开始诈骗分子确实会给点利息和甜头，老人家们看见利息那么高自然会追加投资，甚至拉着亲戚们一起投，最后血本无归。"

这样的骗局太多了。

越星文低声问："自杀的老人，姓严？"

柯少彬点头："严某和梁某，秀禾镇人，自杀时的年龄在六十岁左右。"

江平策冷静地说："这对老人就是严慧、严凯的父母，被人骗光家产，绝望之下开煤气自杀。严慧和严凯或许亲眼看到了父母死亡的惨状，不想再提这件事，因此，赵亮从没听母亲提起过外公、外婆。"

越星文道："江德鑫肯定跟这个诈骗组织有关，这笔钱款在境外转了一圈后被江德鑫收入囊中，成了江德鑫开创的德鑫集团的第一桶金。二十年前的事，江德鑫这个奸商肯定已经抹去了相关证据。"

江平策道："后来，赵家村清水湾项目再次出事，赵安明提到，赵大勇的哥哥意外坠亡后，嫂子去找对方讨回公道……'讨回公道'这四个字，或许就包括当年父母的死？"

越星文赞同："如果只是她丈夫意外坠楼，江德鑫给她赔点钱就行，没必要杀她，然而她上门去讨要说法的时候被车撞死，明显是被灭口的，这说明严慧要讨回公道的事情并不简单，很可能涉及江德鑫多年前集资诈骗的内幕。"

许亦深皱着眉道："严慧可能不太懂法律常识，以为自己去闹就能拿到更多赔偿，没想到江德鑫心狠手辣，直接制造了一起交通意外杀她灭口。"

柯少彬认真总结道："父母赔光养老金，在二十年前开煤气自杀；姐姐在几年前被车撞死，这一切都跟江德鑫有关，严凯对江德鑫恨之入骨，就有了充分的作案动机。"

越星文道："查查严凯的履历。"

柯少彬飞快地检索相关信息："严凯今年三十五岁，学历不高，毕业后一直在四处打工，三年前来到A市第八工程总队，一直跟着工程队做事。"

江平策道："如今的江德鑫已经是当地知名的企业家，德鑫集团的老板，严凯一个施工队的人很难见到江总，所以，严凯哪怕对江总恨之入骨，也没办法拿江总怎么样。直到这次，他遇到了绝佳的机会。"

越星文仔细捋了捋时间线："他所在的市第八工程总队，正好跟德鑫集团合作开发欣悦广场项目。3月份项目启动时，江总一定来过现场，严凯见到他，心中产生了杀死对方的念头，但当时并没有合适的时机；直到9月，赵大勇的到来让他想到了一个绝妙的方法。"

柯少彬顺着他的话道："利用赵大勇做诱饵，引出江德鑫！"

刘照青道:"赵大勇应该不认识他,但他知道姐姐嫁去了赵家村,还知道姐姐死亡的真相。只要他告诉赵大勇我是你嫂子严慧的亲弟弟,赵大勇自然会跟他迅速亲近起来。"

许亦深补充道:"如果其他人跟赵大勇说你去自杀、我帮你报仇,赵大勇可能还会怀疑,但对方是嫂子的亲弟弟,或许还承诺会好好照顾赵亮,赵大勇就能放心地赴死!"

这样一来,所有线索都能串起来了。

"9月份,赵大勇来到工地,严凯主动跟他相认。赵大勇听见阿亮居然还有舅舅,心情激动,便把自己得肝癌的事告诉对方,希望自己一旦去世,对方可以照顾好赵亮。

"得知赵大勇已是肝癌晚期,严凯想到了引蛇出洞的计划,跟赵大勇商议,建议他自杀。赵大勇一方面不想让自己的病拖累侄子,另一方面又对哥嫂的死耿耿于怀,一直想查清真相。两个人一拍即合——赵大勇找准时机,在领导视察的当夜自杀;严凯操作早就买好的微博账号发照片,刷上热搜,引出江德鑫这条毒蛇,再以当年的集资诈骗案和清水湾杀人灭口案作为威胁,请江德鑫出来面谈。

"江德鑫没想到二十年前的旧账会被翻出来,更没想到严慧还有个弟弟,他心虚之下独自赴约,想用钱打发对方,结果被身强体壮的严凯绑架到工地。深夜时分,严凯将他扛去大厦,等他醒来后用水泥一寸寸地将他封进墙壁,让他在恐惧和绝望中慢慢死去。"

越星文梳理完之后,众人都认为,逻辑很完整了。

柯少彬推了推眼镜,道:"严凯也藏得太深了,居然是赵大勇嫂子的弟弟。我们之前一直纠结赵家村,根本没往嫂子的亲人这方面联想……"

刘照青挠挠后脑勺道:"目前只剩最后一个问题。昨天下午,严凯是在工地吧?没人看见他出去过,他是怎么把江德鑫绑过来的?"

越星文仔细想了想,忽然双眼一亮:"他没出去过,不代表他没有离开过!别忘了他是仓库主管,他跟着施工队好几年,对工程项目非常熟悉!"

章小年愣了愣,明白了越星文的意思:"难道仓库那边还有地下通道?"

越星文道:"你们找工人们打听的时候,有没有问严凯昨天下午去哪儿了?"

林蔓萝举起手道:"我问的。严凯昨天下午去仓库睡觉,中午进去,睡到傍晚时分才出来。也就是说,这期间他到底是不是在仓库,没有人可以做证,因为他太凶了,工人们都不敢接近他。"

他一个人在仓库,看似他有充分的不在场证明,毕竟他没离开过工地。可

375

假如他从9月份谋划杀人的那一刻起，就在仓库里挖了一条地下通道呢？

从仓库直通到地下车库，再从外面的井盖出去，神不知鬼不觉。

他是工地的仓库主管，平时经常去仓库，工人们早已习惯，完全不会怀疑他会从仓库溜出去。但其实，他的不在场证明是"独自一个人"，并没有目击者。

越星文看向秦露："用'板块运动'移过去看看。"

秦露立刻拿出地球仪，将大家直接送进了仓库。大家在地面上敲敲打打一阵，很快，章小年的声音从角落里传来："这里有个地洞！"

众人齐齐跑过去。

只见仓库的角落被挖出了一条地下通道，应该是用铁锹挖了很长时间，慢慢挖出来的。通道的周围并不平整，但足以容一个成年人通过。

秦淼身材清瘦，顺着通道爬下去，辛言带着酒精灯随后照明。

通道的尽头，果然是地下车库。

这就是严凯揍了赵亮一顿并赶走赵亮的真正原因。只有赵亮不在宿舍，他才能毫无后顾之忧地一个人去仓库，通过仓库离开工地，实施精密的杀人计划！

越星文最终决定报警。

严凯的父母和姐姐都被江德鑫害死，严凯没有证据告发他，更不能让他坐牢，于是用了最偏激的方式，亲自杀死他。

接下来的事，交给警方处理才是最好的选择。

报警后，警方果然迅速来到了现场，发现了严凯在仓库里挖出来的地洞，也找到了封锁在墙壁里的江德鑫的尸体。

严凯像是早有所料，神色无比平静。

赵亮一脸茫然地看着这位前"舍友"被警察带走。

严凯走到工地门口，忽然回头看向赵亮："知道我为什么揍你吗？"

赵亮有些怕他，缩了缩脖子。

下一刻，就听他沉声说："你叔叔为了养你，在外面拼命打工挣钱，你跟一群混混打游戏耽误学业！像你这样不争气的王八蛋，愧对你父母、叔叔的在天之灵。我揍你那一顿算是下手轻的，应该把你打残废了让你长长记性！"

赵亮脸色惨白，低下头小声道："我……我知道错了。"

严凯道："你年纪还小，以后堂堂正正地做人——他们都在天上看着你呢。"

男人跟着警察转身离开工地，赵亮看着他的背影，沉默了很久。赵安明轻轻叹了口气，拍拍少年的肩膀道："他跟你妈妈一个姓呢。"

赵亮愣了愣："啊？明叔你什么意思啊？"

赵安明笑了笑，看着严凯的背影说："没什么。你现在真的没有亲人了。不过以后，我们赵家村的人，都是你的亲人，大家都会照顾你的。"

赵亮哽咽着"嗯"了一声，回头看向赵雪梅，认真说："雪梅姨，我想回高中复读，你能帮我回学校办一下手续吗？"

赵雪梅既意外又激动地问道："阿亮，你确定要去复读？现在才开学不到一个月，你想回学校的话还来得及！"

赵亮用力点头："我以前成绩挺好的，就是太爱玩，爸妈死后觉得自己没人管，所以就放纵自己，逃课、玩游戏……我现在知道错了，我想回去好好念书。"

少年目光坚定地说："我要复读，考个好大学！我爸是木工，我叔是水泥工，都跟工地有关系，我想学建筑设计，将来当一名出色的建筑设计师！"

赵雪梅激动地抱住他："太好了！"

赵家村的几个人对视一眼，纷纷露出欣慰的表情。

大勇，你看到了吗？阿亮懂事了。

番外

少年时光

番外　少年时光

江平策走进星城七中的校门，第一眼就看到了那个笑容灿烂的少年。

对方走上前主动找他搭话："你好，你也是高一的吗？"

此时才8月，其他年级还没有开学，只有高一新生才会提前到校参加军训。

江平策不爱跟陌生人交谈，然而少年的笑容太过友好和真诚，他下意识地回答道："嗯，高一（7）班。"

对方笑弯了眼睛："这么巧？我也是（7）班的！我们一起去报到吧。"

两人一前一后来到高一（7）班的报到处，在报到册上写下自己的名字。

江平策的字迹工整得如同印刷体，越星文的字迹潇洒飞扬。班主任见他们签完名，好奇地问："你们两个认识？"

越星文道："不认识，刚在操场遇到的。"

班主任笑着说："那倒巧了。你俩是我们班录取成绩最高的学生，总分一样，单科成绩不一样，一个数学最高，一个语文最高。"

越星文听到这里不由扭头看向江平策，后者也正好在看他。两人目光相对，越星文主动伸出手："看来我们挺有缘的。正式认识一下吧，我叫越星文，是光华中学毕业的。"

江平策也伸出手跟他握了握："江平策，文汇中学。"

文汇中学和光华中学距离不超过三公里，都是星城市南川新区的初中。由于初中是"就近入学"原则，越星文想，江平策的家可能就在自己家附近。

越星文正想着，就听班主任问道："等开学之后，你们两位，分别担任我们班的数学课代表和语文课代表，可以吗？"

越星文爽快地说："没问题老师！"

江平策很讨厌麻烦，不想管收发作业这些琐碎的事情，但越星文当场答应，他也不好拒绝，便点点头，说："可以。"

报到完后，所有高一新生留下来打扫教室，班主任严肃地叮嘱道："接下来是为期半个月的军训，希望大家服从教官的指令，不要给我惹事！军训期间，不允许携带一切电子设备，一经发现立刻没收。"

七中作为星城的重点高中，管理一向严格。新生们排队领取了迷彩服、水壶，这才放学回家。

回去的路上，越星文跟着江平策一起走，边走边聊。

越星文问："你家住哪儿啊？"

江平策道："广场路，嘉园小区。"

"巧了，我家跟你家就隔着一条街！"

初中学区的划分正好是以这条街道为界限，广场路以西的去文汇中学，以东的去光华中学，所以，江平策和越星文小学、初中都不在一块儿。

高中需要自己考，两人以各自学校最高分的成绩被市七中录取。

一路上，越星文说个不停，江平策偶尔回应几句，越星文倒也不觉得无聊。直到两人在广场路分开，越星文才笑着挥手："平策，明天见！"

江平策看着他的背影，总觉得这家伙自来熟得有些过分。

大概这就是传说中的"社牛（指擅长社交的人）"！

那年的天气很热，烈日当头的酷暑，在操场站军姿站几个小时，所有人都站得汗流浃背，一个个如同被晒蔫了的茄子。

越星文是很容易出汗的体质，他正好站在江平策的前排，江平策能看见他被汗水浸湿的迷彩服，还有湿漉漉地贴在后脑的头发。

明明这么热了，越星文偏偏还活力十足，每到休息时间，他就去找周围的同学聊天，问人家叫什么名字，哪个学校毕业的。

他本来就长得帅，笑起来又很阳光，没人能拒绝这样热心的同学。不出三天，越星文就跟高一（7）班的所有男生称兄道弟，打成了一片。

而江平策依旧只认识越星文这一位同学。

出汗多的越星文，水壶里的水总是不够喝，他不是在接水，就是在去接水的路上。因此，很多年后，江平策对于高中军训记忆最深刻的，便是少年在阳光下挥汗如雨的模样和仰起头喝水时微微滚动的喉结。

军训结束时，学校组织了一场联欢晚会，老师让越星文担任主持。

他穿着一身利落的迷彩服站在舞台上，手持话筒，侃侃而谈，完全不看稿子，口才好得令人羡慕。

番外　少年时光

江平策坐在台下看着他，总觉得这个人的身上像是在发光。

那一届的高一新生，越星文是最出名的——颜值高，口才好，还加入了校篮球队。刚一开学，他就成了全校的风云人物，听说有不少女生暗恋他。

开学后，江平策和越星文由于个子太高，被老师安排坐在最后一排，成了同桌。江平策坐过道一边，越星文坐靠窗的位置。

那天，正在上数学课，江平策全神贯注、认真听讲，突然，他听见身旁传来一阵窸窸窣窣的响动，回头一看，就见越星文偷偷从书包里翻出了一包薯片。

老师正好转身去黑板上写公式，越星文抓紧时间，迅速将薯片塞进嘴里，慢慢咀嚼着。等老师回过头时，他立刻端正坐好，摆出一副认真听讲的姿态。

片刻后，老师继续回头去写公式，越星文故技重施，又把薯片塞进嘴里。

偷吃薯片的家伙如同鬼鬼祟祟的小松鼠。

江平策有些想笑，没想到被女生们评为"学霸校草"的越星文同学，还有这样的一面，居然在课堂上偷吃东西。

似乎察觉到江平策的视线，越星文朝江平策笑了一下，指了指书包里番茄味的薯片，似乎在问：你要不要？

江平策摇了摇头，移开视线继续做笔记。

一节数学课，越星文吃掉了半包薯片。

第二节语文课的时候，他又开始吃，结果，语文老师回头写板书写了一个字，突然转身道："越星文同学，你来背一下昨天讲过的课文。"

越星文塞进嘴里的薯片还没来得及咽下去，站起来瞪大眼睛，腮帮子鼓鼓的，一脸无辜。

老师走到他旁边敲课桌："别以为我不知道！你是属老鼠的吗？在课堂上偷吃，我从黑板旁边的反光镜将你的'作案'过程看得一清二楚！"

全班哄堂大笑。

越星文挠了挠头，迅速将薯片咽下去，这才开始背课文。

男生清朗的声音很快在教室内响起，抑扬顿挫，普通话如同播音员的一样标准。几百字的长篇古文，他背得朗朗上口，一字不差。

语文老师也被惊到了，没想到昨天刚讲完的课文，他居然能全文背诵，而班上大部分同学连一段都记不住。这就是差距吧！

语文老师拍拍他的肩膀："背得很好，坐吧。下次别在课堂上偷吃东西了，再让我发现一次，就让你家长过来陪你一起吃！"

越星文也不害臊，笑眯眯地坐下。

下课后，他继续埋头把剩下的半包薯片吃完。

江平策听着旁边"咔嚓咔嚓"的清脆咀嚼声，忍不住道："你没吃早饭？"

越星文说："今早没听见闹钟，起床起晚了。"

江平策瞄了一眼他背包里的薯片袋子，没有多说什么。

次日，越星文又带了包薯片来学校，这次是烧烤味的。他不在上课时偷吃了，而是趁着课间休息的十分钟时间飞快地咀嚼。

江平策听着旁边"咔嚓咔嚓"嚼薯片的声音，居然也饿了。

越星文给他递过来："尝尝？"

江平策有生以来第一次吃薯片这种"垃圾食品"，没想到还挺好吃的，香浓的味道留在舌尖，让他多年难忘。

薯片几乎成了越星文的"标配零食"，经常出现在他的书包里，还被老师没收过很多次。

奇怪的是，越星文吃这种高热量的食物居然一点都不胖。可能是因为他热爱运动，每天放学都会跟班里的男生一起去打篮球。

江平策从来不吃零食，却被越星文塞过各种各样的薯片，也清晰地记得各种薯片的味道。

后来，在图书馆跟越星文相遇，一起去超市购物的时候，江平策也很自然地帮越星文拿了几包薯片。

他一直记得，那个偷吃薯片被老师逮住的少年，站起来背诵课文时的自信模样，是那样明亮和鲜活。

在图书馆恶劣的环境下，每次去超市购物都帮越星文买薯片，渐渐成了江平策的习惯。

高中时的越星文是典型的天赋型学生，记忆力超强，背古文和单词时总能做到过目不忘，虽然调皮了些，爱出去玩，但成绩一直很好，老师对他也是睁一只眼闭一只眼。

江平策在数学上天赋突出，中学时就参加过不少次全国竞赛，但其他的科目，江平策还是靠勤学苦练才能稳住成绩。

高一年级第一次全校统考，越星文第一，江平策第二。

江平策学习更加努力，因为他不想比越星文差。

第二次月考，江平策反超越星文成了年级第一，数学成绩依旧是满分。

之后月考，越星文重回第一名宝座。

下个月，又是江平策第一名。

那个时候，星城七中还有个全年级的"光荣榜"，会将每次考试年级排名前二十的学生放在榜单上面作为嘉奖和激励。

同学们发现，越星文和江平策的名字时上时下，不断轮替，这次你第一，下次必定是我第一，总分的差距总是维持在 10 分以内。

两位学霸的较劲，也成了同学们津津乐道的八卦话题。

"这两个人简直是学神！"

"反正第一名和第二名被他俩承包了，第三名表示：我就静静地看着你们神仙打架。"

"这次数学卷子特别难，江平策不管数学多难都能拿满分，星文只要错一道数学题，肯定又是江平策第一。"

"这回古文的阅读理解和翻译我根本没看懂，我感觉会是星文第一！"

"你们看成绩了吗？大家都猜错了，他俩并列第一，绝了！"

"江平策语文被扣 10 分，越星文数学被扣 10 分；英语成绩差不多；江平策理化生的分数高，越星文政史地分数高，加起来总分居然一模一样！"

"我不知道说什么了，我的英语只有越星文的零头。"

"我的数学连江平策的零头都没有！"

看着光荣榜上并列第一的两个名字，学渣们纷纷顶礼膜拜。甚至有人写了越星文、江平策的名字贴在自己的床头，考试之前拜一拜，希望拜这两位学神，考试能拿高分。

作为学校的风云人物，越星文和江平策是两个极端。

越星文的身边朋友非常多，打篮球认识的兄弟，辩论队的哥们儿，还有作文竞赛认识的同学……他跟任何人都能聊得来，幽默又活泼，有他在的地方，总是充满了欢声笑语。

江平策却很讨厌社交，不爱跟陌生人说话。他从小就喜欢待在自己的小天地里默默研究数学，数学就是他的一切。由于性格太过冷淡，也没有同学敢主动去招惹他。

独来独往的江平策，朋友遍布全校的越星文，两位风格迥异的学霸成了星城七中的传奇，在学校拥有不少迷弟迷妹，也经常被人一起提及。

后来还有同学偷偷写小段子："社恐（恐惧社交的人）和社牛的第一名之争！"

也有女生私下将两位放在一起比较：更喜欢越星文还是江平策。

有人认为，星文这样的男生更好相处，跟星文在一起会很开心。但也有人认为，平策这样看似高冷的学霸才有男神范儿，这样的男生会更专一深情。

逃离图书馆

直到高二的时候全校开始文理分班。那时候的高考还是 3+3 模式，理科班考语数外和理化生，文科班考语数外和政史地。

不出意外，越星文选择了文科，江平策选择了理科。

两人终于分开了，再也不需要在成绩榜上较劲了。但是从此以后，两位学霸凭借着在成绩上大魔王级别的统治力，文科班第一被越星文承包，理科班第一被江平策霸占，学校的"光荣榜"上，两人的名字并列写在了一起。

越星文去参加作文竞赛拿奖了。

江平策去参加全国中学生数学竞赛拿到冠军。

学校里依然有很多关于两人的传说。

而自从分班之后，越星文和江平策见面的机会就很少了，偶尔在学校遇到，也是匆匆擦肩而过，点头打招呼。

有一次月考，理科班的成绩榜上没了江平策的名字，越星文疑惑之下去找人打听，这才知道江平策生病请假了。

于是，越星文放学时，刻意绕了一大圈，从江平策的家门前路过。看见江平策正在院子里跟他爸爸打羽毛球，越星文才放下心，偷偷转身回家。

高考结束那年，两人分别成了星城市的文、理状元。

国内最好的大学是华安大学、京都大学，两所学校的招生办老师都朝他们伸出了橄榄枝，京都大学还给江平策开出了很优厚的奖学金。

江平策并没有急着做出决定。

他打听到越星文去了华安大学，便也跟着去了华安大学的数学系，两人再次成了校友，并在大一那年正式交换联系方式，成了无话不谈的知己。

他们两个看似是竞争对手，却一直关注着彼此的动向。

因为，在他们的心里——只有你，才有资格和我并肩而立。

（未完待续）

图书在版编目（CIP）数据

逃离图书馆 / 蝶之灵著 . — 成都：天地出版社，2022.11

ISBN 978-7-5455-7228-5

Ⅰ.①逃… Ⅱ.①蝶… Ⅲ.①长篇小说—中国—当代 Ⅳ.① I247.5

中国版本图书馆 CIP 数据核字 (2022) 第 161052 号

TAOLI TUSHUGUAN

逃离图书馆

出 品 人	杨 政
作 者	蝶之灵
责任编辑	孙学良
特邀编辑	马春雪 刘玉瑶
责任校对	梁续红
封面设计	春帆设计 QQ 2649686699
责任印制	白 雪

出版发行	天地出版社 （成都市锦江区三色路 238 号 邮政编码：610023） （北京市方庄芳群园3区3号 邮政编码：100078）
网　　址	http://www.tiandiph.com
电子邮箱	tianditg@163.com
经　　销	新华文轩出版传媒股份有限公司
印　　刷	天津鑫旭阳印刷有限公司
版　　次	2022年11月第1版
印　　次	2022年11月第1次印刷
开　　本	680mm×970mm 1/16
印　　张	24.5
字　　数	467千字
定　　价	49.80元
书　　号	ISBN 978-7-5455-7228-5

版权所有◆违者必究

咨询电话：（028）86361282（总编室）
购书热线：（010）67693207（营销中心）

如有印装错误，请与本社联系调换。